MIRA®

Umwelthinweis:
Dieses Buch wurde auf chlor- und säurefreiem Papier gedruckt.

Märchen unter dem Wüstenhimmel

MIRA®

MIRA® TASCHENBUCH
Band 25381
1. Auflage: Juni 2009

MIRA® TASCHENBÜCHER
erscheinen in der Cora Verlag GmbH & Co. KG,
Valentinskamp 24, 20350 Hamburg
Deutsche Taschenbucherstausgabe

Titel der nordamerikanischen Originalausgaben:
The Sheik's Kidnapped Bride

Aus dem Amerikanischen von Tatjána Lénárt-Seidnitzer

The Sheik's Arranged Marriage

Aus dem Amerikanischen von Tatjána Lénárt-Seidnitzer

The Sheik's Secret Bride

Aus dem Amerikanischen von Tatjána Lénárt-Seidnitzer

erschienen bei: Harlequin Enterprises Ltd., Toronto
Published by arrangement with HARLEQUIN ENTERPRISES II B.V./S.àr.l.

Konzeption/Reihengestaltung: fredebold&partner gmbh, Köln
Umschlaggestaltung: pecher und soiron, Köln
Redaktion: Ivonne Senn
Titelabbildung: mauritius images GmbH, Mittenwald;
pecher und soiron, Köln
Autorenfoto: © by Harlequin Enterprise S.A., Schweiz
Satz: Buch-Werkstatt GmbH, Bad Aibling
Druck und Bindearbeiten: CPI – Ebner & Spiegel, Ulm
Printed in Germany
ISBN 978-3-89941-618-3

www.mira-taschenbuch.de

Susan Mallery

Happy End – und dann?

Roman

Aus dem Amerikanischen von
Tatjána Lénárt-Seidnitzer

MIRA®

1. KAPITEL

Eine Braut?

Ungläubig starrte Prinz Khalil Khan hinaus auf das Rollfeld. Es musste sich um eine Fata Morgana handeln. Das Phänomen war ihm vertraut, da er zweimal so töricht gewesen war, sich in der weiten Wüste von El Bahar zu verirren. Er kannte die verräterischen Anzeichen: tanzende Bilder in der flimmernden Hitze und pochende Schmerzen hinter den Augen.

Doch momentan war keines dieser Anzeichen vorhanden. Es war Januar. Schmutziger Schnee türmte sich ringsumher auf und weder schmerzten seine Augen, noch flimmerte das fragliche Bild. Es näherte sich vielmehr steten Schrittes. Außerdem befand er sich nicht in El Bahar, sondern auf einem Flugplatz in Kansas.

„Ich muss eine schwere Sünde begangen haben", murrte er vor sich hin. „Wenn nicht in diesem Leben, dann in einem vorherigen."

Die Frau blieb vor ihm stehen. Ihr Brautkleid saß schlecht, und ihre Augen waren gerötet vom Weinen. „Entschuldigung", sagte sie mit rauer Stimme. „Es klingt wahrscheinlich seltsam, aber ich brauche eine Mitfluggelegenheit."

Er hasste sentimentale Frauen und bedachte sie daher mit einem Blick, den seine Großmutter Fatima als gebieterisch bezeichnet hätte. „Sie wissen doch gar nicht, wohin ich fliege."

Sie schluckte. Zwei hektische Flecken auf ihrem blassen Gesicht ließen sie fieberkrank und unattraktiv wirken. „Das ist mir egal. Ich muss in eine Stadt. Ich bin hier gestrandet. Ich habe kein Gepäck und keine gewöhnliche Kleidung."

Aus reiner Neugier hätte er beinahe gefragt, warum sie mitten im Winter in einem Brautkleid und ohne Mantel auf dem Flughafen von Salina festsaß. Vielleicht war sie geistig gestört.

In diesem Moment kam eine große, üppige Blondine aus

dem Terminal. Ihr kurzer Rock enthüllte lange, perfekte Beine, während der hautenge Pullover volle Brüste betonte, die bei jedem Schritt hüpften.

Nicht zum ersten Mal fragte er sich, warum sich das Schicksal derart gegen ihn verschworen und seine dreiwöchige Geschäftsreise in die Vereinigten Staaten in einen Höllentrip verwandelt hatte. Sein sympathischer, tüchtiger Assistent hatte wegen einer Erkrankung seiner Mutter nach El Bahar zurückkehren müssen. Der Intelligenzquotient seiner Aushilfssekretärin stand in direktem Gegensatz zur Größe ihrer Brüste. Das Hotel in Los Angeles hatte Khalils Reservierung verschlampt und ihn in einem gewöhnlichen Zimmer statt in einer Suite untergebracht. Wegen eines Defekts an seinem Jet hatte er ein Flugzeug chartern müssen, das nicht genug Treibstoff für den Flug nach New York aufnehmen konnte, sodass es zu dieser Zwischenlandung gekommen war. Und zu allem Überfluss bat nun eine verlorene Braut um seine Hilfe!

Ein Pochen begann in seinen Schläfen. „Wir fliegen nach New York“, sagte er schließlich. „Sie können mitkommen, wenn Sie wollen, aber tun Sie es schweigend. Sonst befördere ich Sie eigenhändig aus der Maschine, ungeachtet der Höhe.“ Und damit wandte er sich ab und schritt zu dem kleinen Jet.

Dora Nelson starrte dem Fremden nach. Freundlichkeit war offensichtlich ein Fremdwort für ihn, aber sie befand sich nicht in der Position, um sich zu beklagen. Wenn sie Kritik üben konnte, dann höchstens an ihrem eigenen Verhalten.

Soweit sie wusste, hatte sie sich in den vergangenen fünf Jahren nur zweimal wirklich töricht benommen, leider jedoch im Abstand von wenigen Wochen. Ihr erster Irrtum hatte darin bestanden, an Geralds Liebe zu glauben. Der zweite Fehler war die Weigerung an diesem Morgen, sein Flugzeug wieder zu besteigen. Sie hatte nicht damit gerechnet, dass ihr Boss und Exverlobter tatsächlich abfliegen und sie ohne ihr Gepäck zurücklassen würde. Sie hatte kein Geld, keine Papiere, keine Kleidung und höchstwahrscheinlich auch keinen Job mehr.

Aber zumindest hatte sie eine Transportmöglichkeit. Sie hob die Schleppe des Brautkleides und ging zu dem wartenden Jet. Sobald sie in New York eingetroffen war, konnte sie ihre Bank anrufen und sich Geld schicken lassen. Da sie keinen Ausweis bei sich hatte, war es ihr allerdings unmöglich, mit einem Linienflug nach Hause zurückzukehren. Außerdem stand ihr die unangenehme Aufgabe bevor, ihre Hochzeit abzusagen, die in vier Wochen stattfinden sollte. Vor zwei Tagen erst hatte sie voller Freude dreihundert Einladungen verschickt. Sie war wirklich ein Dummkopf.

Dora erklomm die Stufen zum Jet. Das Brautkleid rutschte ihr von einer Schulter, und sie zerrte es hastig wieder hoch. Es war erst an diesem Morgen geliefert worden, und sie hatte es erwartungsvoll während des Fluges anprobiert und festgestellt, dass es zu klein war und sich die Knöpfe im Rücken nicht schließen ließen.

Sie betrat die Kabine und ließ den Blick über die üppigen Ledersitze gleiten. Die unglaublich schöne Blondine blickte auf. „Ich bin Bambi. Und wer sind Sie?"

„Niemand", murmelte Dora. Sie schritt zum Heck und nahm hinter ihrem unglaublich gut aussehenden Retter Platz. Kurz darauf hob das Flugzeug ab. Sie machte sich nicht die Mühe, aus dem Fenster zu sehen. Von Berufs wegen war sie schon so oft geflogen, dass es sie nicht länger beeindruckte.

Etwa vierzig Minuten später durchbrach eine hitzige Unterhaltung ihre Gedanken.

„Ich habe Ihnen doch gesagt, dass Sie diese Zahlen auflisten sollen", sagte eine vorwurfsvolle männliche Stimme. „So ist es nicht richtig."

„Seien Sie nicht böse, Khalil", entgegnete Bambi sanft. „Ich gebe mir doch Mühe."

„Das ist nicht genug. Ich brauche diesen Bericht vor der Landung. Sobald wir New York erreichen, verlassen Sie dieses Flugzeug und gehen mir aus den Augen."

Zumindest muss sie nicht sofort aussteigen, dachte Dora belustigt und beobachtete, wie er mit einem Laptop an seinen Platz zurückkehrte.

„Sie denken vermutlich, dass ich unangemessen grausam bin", murmelte er, als sich ihre Blicke begegneten.

„Nicht, wenn sie die von ihr erwartete Leistung nicht erbringt."

„Mir wurde eine tüchtige Assistentin zugesagt, aber sie ist ein Reinfall."

Dora streckte eine Hand nach dem Laptop aus. „Vertrauen Sie mir", sage sie, als er misstrauisch zögerte. „Wenn Ihnen meine Arbeit nicht zusagt, können Sie mich ja eigenhändig aus dem Flugzeug befördern."

Mit einem flüchtigen Lächeln gab er ihr den Laptop. Sie blickte in seine dunklen Augen und stellte wieder fest, dass er äußerst gut aussah. Seine Haut war ebenfalls dunkel. Eine schmale Narbe auf der linken Wange erhöhte nur noch seinen Reiz.

Markante Züge – gerade Nase, ausgeprägtes Kinn, hohe Wangenknochen – ließen ihn wie eine antike, zum Leben erweckte Statue wirken. Er trug einen grauen Anzug, der seine breiten Schultern und schmalen Hüften betonte und vermutlich mehr kostete, als sie im vergangenen Quartal verdient hatte.

Niedergeschlagen rief sie sich in Erinnerung, dass sie dreißig und unscheinbar war und jedes einzelne der zwanzig Pfund Übergewicht unterhalb der Taille saß. Ihre Figur war birnenförmig. Männer wie er beachteten Frauen wie sie nicht. Oder genauer gesagt, kein Mann beachtete eine Frau wie sie. Außer Gerald, und der hatte ihr nur etwas vorgemacht, wie sie an diesem Morgen herausgefunden hatte.

„Wo sind die Daten, die ich verarbeiten soll?"

Er reichte ihr eine Akte. „Wir planen, eine von zwei Firmen zu kaufen. Für die Entscheidung brauche ich einen Vergleich der Bilanzen."

Dora sah sich die Papiere an und nickte. Sie hätte die Arbeit im Schlaf erledigen können.

Zwei Stunden später übergab sie Khalil den ausgedruckten Bericht. Kurz darauf setzte das Flugzeug zur Landung an. Sie blickte zur Uhr und unterdrückte ein Stöhnen. Es war sieben Uhr abends durch, also nach vier Uhr in Los Angeles. Ihre Bank hatte inzwischen geschlossen. Es sah ganz so aus, als ob sie die Nacht im Flughafen verbringen musste.

Da es ihr peinlich war, in einem zu kleinen Brautkleid herumzuspazieren, trödelte sie, bevor sie das Flugzeug verließ. Dennoch standen Khalil und Bambi immer noch auf dem Rollfeld.

„Ich habe gesagt, dass Sie entlassen sind", sagte er gerade.

Bambi lächelte. „Ich weiß. Es war so schwer, für Sie zu arbeiten. Ihre Geschäfte sind so kompliziert, und außerdem konnte ich mich kaum zurückhalten." Sie schmiegte ihren üppigen Körper an seinen. „Ich will dich."

Unwillkürlich verlangsamte Dora den Schritt und lauschte.

„Miss Anderson, ich habe keinerlei Interesse an Ihnen, weder persönlich noch anderweitig. Sie sind entlassen. Gehen Sie mir aus den Augen."

Bambi verzog die blutrot geschminkten Lippen zu einem Schmollmund. „Das ist nicht dein Ernst. Du bist reich und ich bin schön. Wir gehören zusammen."

Er versteifte sich empört. „Ich bin Prinz Khalil Khan von El Bahar. Mir widerspricht man nicht."

Er ist ein Prinz, durchfuhr es Dora. Hektisch suchte sie in ihrem Gedächtnis nach Informationen über das Land. Ihr fiel nicht viel ein, außer dass es irgendwo auf der Arabischen Halbinsel lag, von einem König mit drei Söhnen regiert wurde und seit langem neutral in politischen Angelegenheiten war.

„Aber Khalil“, widersprach Bambi. „Ich war Miss Juli.“

Dora musterte Bambis Körper und zweifelte nicht an der Aussage. Die beiden hätten ein hübsches Paar abgegeben.

Khalil wandte sich an Dora. „Ich kenne Ihren Namen nicht.“

„Weil Sie mich nicht danach gefragt haben.“ Sie trat vor und reichte ihm die Hand. „Ich bin Dora Nelson.“

Ihre Dreistigkeit schien ihn einen Moment zu verblüffen. Dann nahm er ihre Hand. Die Berührung sandte ein heftiges Prickeln durch ihren Körper. Er hingegen blieb natürlich völlig ungerührt und nickte ihr knapp zu.

„Vielen Dank, dass Sie mich mitgenommen haben“, sagte sie mit erzwungener Gelassenheit und wandte sich zum Gehen.

„Warten Sie, Miss Nelson. Ich habe derzeit keine Assistentin. Da ich mich noch zwei Wochen in Ihrem Land aufhalten werde, möchte ich Sie bitten, bis zu meiner Abreise für mich zu arbeiten.“

„Das ist ja lächerlich!“ Bambi stampfte mit dem Fuß auf. „Ich bin schön. Sie ist es nicht. Sie ist sogar …“ Bevor sie eine Beleidigung aussprechen konnte, stürmten auf ein Zeichen von Khalil zwei Männer herbei und führten sie davon. „Das kannst du nicht tun!“, rief sie empört. „Wir beide passen großartig zusammen. Du bist so reich und ich …“ Die Tür zum Terminal schloss sich und unterbrach sie mitten im Satz.

„Eine höchst unangenehme Person“, sagte Khalil. „Würden Sie einen vorübergehenden Job erwägen? Die Bezahlung wäre großzügig. Fünftausend pro Woche.“

„Dollar?“

„Ja, natürlich.“

Das war mehr, als sie in Los Angeles in einem Monat verdient hatte. Das Angebot war ein Geschenk des Himmels. Sie nickte. „Okay. Unter der Bedingung, dass ich einen Vorschuss bekomme, damit ich mir Kleidung kaufen kann.“

Er zückte seine Brieftasche und reichte ihr mehrere Hundertdollarscheine. „Hier. Das ist für Sie. Was die Kleidung angeht, können Sie vom Wagen aus anrufen und sich alles Nötige ins Hotel liefern lassen.“ Er lächelte. „Betrachten Sie es als Bonus.“

Dora erblasste. Es lag nicht am Anblick des Geldes oder der Tatsache, dass ihre Probleme zumindest vorübergehend gelöst waren. Es war vielmehr die Wirkung seines Lächelns, das ihn von gut aussehend in absolut unwiderstehlich verwandelte.

In diesem Moment fuhr eine lange, dunkle Limousine vor. Die beiden Männer, offensichtlich Khalils Leibwächter, kehrten aus dem Terminal zurück und öffneten die Türen zum Fond.

In ihrer Funktion als Chefsekretärin war Dora schon häufig stilvoll gereist, aber nie zuvor in der Gesellschaft eines Prinzen. Khalil nahm neben ihr Platz, während die beiden Männer sich ihnen gegenüber setzten.

Sie unterdrückte ein Lachen. Noch an diesem Morgen hatte sie in ihrer Wohnung in Los Angeles ihren Tagesablauf und ihre Hochzeit Ende des Monats geplant. Nun war sie in New York, in einer Limousine mit einem Prinzen von El Bahar. Sie hatte ihr Gepäck, ihren Verlobten und ihre Würde verloren. Dennoch war ihr nach Lachen zumute. War es Hysterie oder einfach Erleichterung darüber, dass sie die Nacht nicht auf einer Bank verbringen musste?

Khalil nahm ein Mobiltelefon aus der Armlehne zwischen ihnen und reichte es ihr zusammen mit einer Visitenkarte. „Hier steigen wir ab. Rufen Sie das Hotel an und lassen Sie sich eine Boutique empfehlen. Dann bestellen Sie, was Sie brauchen, und lassen Sie es auf meine Hotelrechnung setzen.“

Er gab ihr eine zweite Karte, die ihn als Khalil Khan, Wirtschaftsminister von El Bahar auswies. Die kleine Krone in der Mitte verdeutlichte, dass er der königlichen Familie angehörte.

2. KAPITEL

Das Foyer des eleganten Hotels war mindestens drei Stockwerke hoch. Dora stockte der Atem, als sie die exklusiven Möbel, die teuren Teppiche und die glitzernden Kronleuchter erblickte.

Bevor sie die Rezeption erreichten, trat ein kleiner, gut gekleideter Mann zu ihnen, verbeugte sich tief vor Khalil und stellte sich als Geschäftsführer vor. Unverzüglich führte er sie zu einem Fahrstuhl.

Die Reichen brauchen sich also nicht einzutragen, dachte Dora lächelnd. Wie nett. Vermutlich durften sie auch die flauschigen Bademäntel behalten.

In der obersten Etage angekommen, öffnete der Manager die Doppeltür zu einer Suite. Khalil bedeutete Dora voranzugehen. Nur widerstrebend gehorchte sie, denn der Anblick ihres BHs und der nackten Haut im Rücken wirkte gewiss nicht gerade reizvoll.

Der Salon war so groß wie ein Basketballfeld und mit Marmorsäulen, eleganten Sofas, Originalgemälden, einem Piano und der fast lebensgroßen Bronzestatue eines Pferdes ausgestattet. Eine Fensterfront bot einen atemberaubenden Blick auf die Stadt und den Central Park. Zu beiden Seiten eröffneten sich Korridore.

„Zur Linken befinden sich der Speiseraum, die Küche und die Büroräume“, erklärte der Manager. „Bitte lassen Sie uns wissen, wenn Sie die Dienste eines Chefkochs in Anspruch nehmen möchten.“ Er deutete nach rechts. „Vier Schlafzimmer. Die Lieferung der Boutique ist bereits eingetroffen, und es wurde ein leichtes Abendessen serviert.“

Khalil nickte. „Danke, Jacques. Das wäre dann alles.“

Der Manager verbeugte sich. „Es ist uns eine große Freude, Sie als Gast bei uns zu haben, Prinz Khalil. Meine Belegschaft steht Ihnen zu Diensten."

„Ja. Gute Nacht."

Dora konnte es kaum fassen, dass sie sich in einem derart vornehmen Hotel befand. Sie hatte nicht gewusst, dass solche prunkvollen Suiten existierten, geschweige denn davon geträumt, jemals in einer zu übernachten.

Khalil sprach zu den beiden Männern, die daraufhin über den Flur verschwanden. Dann wandte er sich an Dora. „Ich möchte unseren Arbeitstag morgen um acht Uhr beginnen."

„Ich werde pünktlich sein", versprach sie. „Falls ich mich verlaufe, rufe ich ein Zimmermädchen und lasse mir den Weg zeigen."

„Ich halte Sie für intelligent genug, um sich allein zurechtzufinden."

Er lächelte sie an, und ihr stockte der Atem. Sie musste sich räuspern, bevor sie sprechen konnte.

„Wie soll ich Sie eigentlich ansprechen? Eure Hoheit? Prinz Khalil?"

„Khalil reicht."

Sie ging einen Schritt zu den Schlafräumen, blieb dann stehen und drehte sich zu ihm um. Eine Sekunde lang wünschte sie sich, vom Schöpfer wie die Bambis dieser Welt mit einem schönen Gesicht und einem reizvollen Körper statt mit Verstand ausgestattet worden zu sein. Aber eigentlich wollte sie nicht auf ihre Intelligenz verzichten. „Danke", sagte sie schlicht. „Sie waren heute sehr gütig zu mir, und ich weiß es zu schätzen."

Er winkte ab. „Meine so genannte Güte hat sich zu meinem eigenen Glück entwickelt. Ich hätte keinen weiteren Tag mit jener furchtbaren Frau ertragen. Gute Nacht, Dora."

Sie nickte und wandte sich ab. Es war nicht schwer zu ergründen, welcher Schlafraum ihr zugedacht war. Zwei Türen waren bereits geschlossen, und eine dritte führte in ein riesiges Gemach. Flüchtig gewahrte sie ein Bett, das Platz genug für vier

Personen bot, einen Sitzbereich und dahinter ein luxuriöses Badezimmer.

Sie ging weiter zu der offenen Tür am Ende des Flures. Der große Raum war in Blau und Gold gehalten. Das Mobiliar sah französisch aus. Auf einem kleinen Tisch in einer Ecke stand ein Tablett vom Zimmerservice, und vor dem breiten Bett waren mehrere Einkaufstüten aufgereiht.

Dora überlegte, was sie als Nächstes tun sollte. Ihr Magen knurrte und rief ihr in Erinnerung, dass sie seit dem frühen Morgen nichts gegessen hatte. Daher verzehrte sie zunächst das Mahl aus Salat, köstlich gewürzter Hähnchenbrust, zartem Gemüse und Safranreis. Das Dessert hob sie sich für später auf.

Während sie noch an dem Weinglas nippte, setzte sie sich auf das Bett. Als sie sich im Spiegel über der Frisierkommode erblickte, stöhnte sie laut auf. Sie sah furchtbar aus. Das Make-up, das sie am Morgen aufgelegt hatte, war verschwunden. Ihre Haut war blässlich und fleckig, die kurzen, dunklen Haare zusammengefallen, und das Brautkleid bauschte sich auf höchst unvorteilhafte Weise um ihren Körper.

„Mein Leben ist ein einziges Chaos", teilte sie ihrem Spiegelbild mit.

Zwölf Stunden zuvor hatte sie glücklich und zufrieden ihre Hochzeit geplant und sich mit ihrem Boss und Verlobten auf Geschäftsreise nach Boston begeben. Nun war sie allein in New York und einem Fremden ausgeliefert. Der Fremde war zwar ein Prinz, aber kaum mehr als eine vorübergehende Rettung. Nach Ablauf der zwei Wochen musste sie in ihr wahres Leben zurückkehren und vermutlich Gerald wieder sehen.

Entschieden verdrängte sie den furchtbaren Gedanken und leerte eine Tüte nach der anderen auf dem Bett aus, bis sie von einem großen Haufen neuer Sachen umgeben war. Nicht nur Schuhe, Kleider, Röcke, Blusen, Dessous und Nachthemden waren vorhanden, sondern auch ein Schminkkoffer und eine Kulturtasche.

Dora stand auf, zerrte sich das Brautkleid vom Leib und warf es in eine Ecke. Dann schlüpfte sie in das erste Kleid aus blauer Seide. Das Oberteil war mit helleren Rosen bestickt, die den Blick von ihren üppigen Hüften ablenkten und ihre Figur beinahe ausgewogen wirken ließen. Sie betrachtete sich im Spiegel und stellte fest, dass sie nie besser ausgesehen hatte. Dann blickte sie auf das Preisschild am Ärmel und rang nach Atem.

Zwölfhundert Dollar! Für ein Kleid, das sie im Büro tragen würde? Sie wagte nicht auszurechnen, wie viel die gesamte Garderobe kosten mochte, die sie so achtlos auf das Bett geworfen hatte. Ihr wäre bestimmt schwindelig geworden. Stattdessen hängte sie alles sorgfältig in den Kleiderschrank. Dann wusch sie sich und schlüpfte in ein schlichtes Nachthemd, das vermutlich mehr gekostet hatte als ihr Brautkleid.

Als sie sich in die weichen Kissen kuschelte, dachte sie über die turbulenten Ereignisse des Tages nach. Es erwies sich als Fehler, weil es sie zwang, an Gerald zu denken. Sie redete sich ein, dass sie ohne ihn besser dran war, obwohl es ihr das Herz brach und ihr Tränen in die Augen trieb. Sie hatte sich seine Liebe so sehr ersehnt, doch er hatte ihr nur etwas vorgemacht. Lag es an ihr, dass kein Mann sie begehrte? Musste sie die Schuld bei sich suchen? Oder war er einfach ein Schuft und keine Träne wert?

Dann wandte sie ihre Gedanken dem Mann zu, der ihr Leben geändert hatte, wenn auch nur für ein paar Tage? Wie war er? War er ein Schuft wie Gerald? Waren alle Männer so? Oder war er ehrenwert und aufrichtig?

„Ja, ich verstehe, Mr. Boulier. Die Weinkarte Ihres Restaurants ist höchst eindrucksvoll, aber der Prinz zieht es vor, eine Auswahl aus seinem eigenen Weinkeller zu treffen. Diese Weine sind aus El Bahar eingeflogen worden. Er ist gern bereit, Korkgeld zu zahlen, aber wenn es eine Beleidigung für Sie und Ihre Belegschaft bedeutet, werden wir das Dinner eben anderswo abhalten müssen."

„Natürlich habe ich Verständnis für die Wahl des Prinzen. Wir fühlen uns sehr geehrt, seiner Bitte nachzukommen."

Dora lächelte, unterdrückte jedoch jeglichen Triumph aus ihrer Stimme. „Ich werde ihn von Ihrer Hilfsbereitschaft in Kenntnis setzen. Richten Sie sich auf fünfunddreißig Dinnergäste ein."

„Wir werden bereit sein", versicherte Mr. Boulier.

„Vielen Dank für Ihre Mitarbeit. Wir sehen uns morgen Abend."

Dora legte den Hörer auf, schaltete den Anrufbeantworter ein, griff nach einigen Unterlagen und verließ den Raum.

Khalils Büro lag neben ihrem. Er ließ die Tür offen stehen und hatte sie angewiesen, jederzeit ohne Hemmungen einzutreten. In den vergangenen fünf Tagen hatte sich eine Routine in ihrem Arbeitsrhythmus entwickelt. Jeden Vormittag und dann erneut am Nachmittag führten sie eine Besprechung.

Als sie sich vor seinen Schreibtisch setzte, nickte er ihr zu und murmelte: „Ich bin gleich so weit."

„In Ordnung."

Khalil fuhr fort, mit äußerster Konzentration Daten in seinen Computer zu tippen. Er besaß ein markantes, eindrucksvolles Profil. Sein dunkles, streng zurückgekämmtes Haar reichte ihm bis auf den Kragen. Wie gewöhnlich trug er einen maßgeschneiderten Anzug, der die Stärke und Grazie seines Körpers unterstrich. Es war gefährlich, ihn zu lange zu betrachten. Daher blickte sie aus dem Fenster hinter ihm auf die Stadt tief unten.

Als er sich ihr schließlich zuwandte, fiel ihr der unbeugsame Zug um seinen Mund auf, die strenge Miene und die schmale, blasse Narbe auf seiner linken Wange.

Nur gelegentlich gelang es ihr zu vergessen, dass ihr derzeitiger Arbeitgeber königlicher Abstammung war. Denn Khalil sonderte sich stets ein wenig ab. Er ermutigte keinerlei Vertrautheit und ging selten auf ihren Humor ein. Nur seine scharfe Intelligenz verhinderte, dass er pompös wirkte. Er war in vielerlei Hinsicht der vielschichtigste Mensch, dem sie je begegnet war.

„Wie war Ihr Morgen?", erkundigte er sich.

Sie kannte ihn gut genug, um zu wissen, dass er die Frage aus reiner Höflichkeit stellte. „Es läuft gut." Sie reichte ihm ein Fax. „Hier ist der Bericht über die neuen Computerchips."

Sie wartete, während er den Bericht überflog. Seine Augen waren groß und dunkel. Manchmal hätte sie schwören können, dass er ihr bis in die Seele blickte, doch das war lächerlich und Wunschdenken ihrerseits. Er bemerkte kaum, dass sie lebte. Für ihn war sie eine effektive Büroeinrichtung. Ein weiblicher Roboter.

Khalil legte das Fax beiseite. „Was gibt es sonst noch?"

„Für morgen habe ich einen Termin mit den Wissenschaftlern vereinbart, die sich mit der Rückgewinnung von Wasser beschäftigten."

„Sehr gut", lobte er. „Als Wüstennation ist es für uns von höchster Wichtigkeit, genügend Wasser für die Landwirtschaft und die wachsende Bevölkerung zu beschaffen. Ich glaube fest daran, dass wir die Wüste schließlich zurückgewinnen, obwohl es ihr sicherlich sehr widerstrebt, gezähmt zu werden."

„Mir war gar nicht bewusst, dass die Wüste als weibliches Wesen angesehen wird."

„Aber ja. Alle unberechenbaren Dinge sind weiblich. Schiffe, Flugzeuge, Mutter Natur."

Sie fragte sich, ob er Probleme mit Frauen hatte. Gab es eine besondere Frau in seinem Leben? War er womöglich verheiratet? Sie verdrängte den unliebsamen Gedanken. „Ich habe die Vorkehrungen für das morgige Dinner abgeschlossen. Der Wein wird am Morgen geliefert."

„Wie groß waren die Proteste?"

Sie lächelte. „Mr. Boulier hat zunächst aufbegehrt, aber dann ist er zur Vernunft gekommen."

„Ich bin sicher, dass Sie erheblich dazu beigetragen haben." Er reichte ihr drei Umschläge. „Weitere Einladungen zu Wohltätigkeitsveranstaltungen. Ich habe nur Zeit für eine. Welche würden Sie mir empfehlen?"

Sie sah sich die Einladungskarten an. „Ich persönlich würde die Veranstaltung zugunsten aidskranker Kinder besuchen, aber bei der Modenschau zur Unterstützung Obdachloser sind vermutlich mehr attraktive junge Frauen zugegen."

Verstohlen musterte sie ihn unter gesenkten Lidern. Nicht einmal der Anflug eines Lächelns zeigte sich auf seinem Gesicht. Offensichtlich besaß er überhaupt keinen Sinn für Humor. Dennoch wollte sie sich nicht beklagen. Er hatte sie zu einem wichtigen Bestandteil seines Teams in den Vereinigten Staaten auserkoren, anstatt sie nur für Botendienste zu benutzen. Am vergangenen Abend hatte sie mit Khalil und zwei Senatoren diniert, die sich für die Züchtung gegen Dürre resistenter Feldfrüchte interessierten. Offiziell hatte sie nur als Protokollführerin fungiert, doch anschließend hatte er eine ganze Weile mit ihr über das Meeting gesprochen.

Ein leises Klopfen an der offenen Tür unterbrach ihre Gedanken. Sie blickte auf, sah einen Kellner mit einem Servierwagen auf der Schwelle stehen und sagte: „Ins Speisezimmer, bitte." Mit den Akten unter dem Arm begleitete sie Khalil den langen Flur entlang zum Esszimmer.

Als er sie an ihrem ersten Arbeitstag aufgefordert hatte, den Lunch mit ihm einzunehmen, war sie ganz aufgeregt und nervös geworden. Doch sie hatte sehr schnell erkannt, dass er lediglich Zeitverschwendung vermeiden wollte. Es gab viel zu besprechen, sie mussten essen – warum also nicht beides gleichzeitig erledigen?

„Nehmen Sie die Einladung zugunsten der Kinder an und lehnen Sie die anderen ab“, trug er ihr auf, sobald sie sich an den Tisch gesetzt hatten.

„In Ordnung.“

Zwei Stunden später ging die Besprechung zu Ende, und Dora hatte genug Arbeit, um bis spät am Abend beschäftigt zu sein. Es störte sie jedoch nicht. Im Gegenteil. Es hielt sie davor ab, über ihr verkorkstes Leben nachzudenken. Leider konnte sie es nicht auf ewig verschieben.

Sie räusperte sich. „Khalil, ich brauche heute Nachmittag eine Stunde frei. Ich habe einige Telefonate mit Los Angeles zu führen.“

„Haben Sie Probleme, Ihre Papiere wieder zu beschaffen?“

„Eigentlich nicht. Ich habe bereits einige Kreditkarten erhalten, und eine Arbeitskollegin hat mir meinen Pass zugeschickt. Aber ich muss mich um eine private Angelegenheit kümmern.“

Bis zu diesem Augenblick war ihm nicht in den Sinn gekommen, dass seine Assistentin ein Privatleben haben könnte. Sie war so gut in ihrem Job, dass er sie kaum als Person ansah. Er runzelte die Stirn, als ihm die Umstände ihrer ersten Begegnung in Kansas einfielen. „Ich nehme an, es hat damit zu tun, dass Sie in einem Brautkleid allein auf dem Flughafen von Salina standen.“

Sie errötete ein wenig und zupfte am Saum ihres Pullovers. „Nun, ja, natürlich.“

„Stecken Sie in irgendwelchen Schwierigkeiten?“

Sie wirkte verblüfft. Sie hatte braune Augen, wie viele Frauen von El Bahar, aber damit endete die Ähnlichkeit. Ihre Haut war blass, ihr Gesicht eher rund als hager.

„Ich stecke nicht in Schwierigkeiten, wie Sie es meinen.“ Sie seufzte. „Ich war mit meinem Boss, der mein Verlobter war, auf dem Weg nach Boston. Das Brautkleid war an dem Morgen geliefert worden, und ich bin nach hinten gegangen, um es anzuprobieren. Als ich wieder nach vorn kam, hatte Gerald, mein Boss, die Hand unter Glendas Rock, und sie standen im Begriff, die wilde Sache zu tun." Sie sprach in sachlichem Ton, doch er sah den Schmerz in ihren Augen. „Zumindest habe ich es vor der Hochzeit herausgefunden."

Khalil wusste nicht recht, worauf er als Erstes eingehen sollte – ihre Verlobung mit ihrem Chef, die Identität der mysteriösen Glenda oder die Bezeichnung *wilde Sache*. „Wer ist Glenda?"

„Eine leitende Angestellte der Firma, für die ich gearbeitet habe. Es ist ein Familienbetrieb. Mr. Greene mag es gar nicht, wenn seine Angestellten miteinander turteln. Glenda ist verheiratet, und das macht die ganze Sache noch schäbiger."

Für gewöhnlich spielte ein kleines Lächeln um Doras Mundwinkel, doch nun bildeten ihre Lippen eine gerade Linie. Er verspürte einen Anflug von Mitgefühl. Sie besaß viele Qualitäten. Sie war intelligent und arbeitsam. Er genoss ihren Sinn für Humor, auch wenn er es sich nicht anmerken ließ. Sie war forscher und weniger unterwürfig, als es ihm bei seinen Frauen gefiel, aber das lag natürlich daran, dass sie Amerikanerin war. Alles in allem war sie eine ausgezeichnete Angestellte, und es erzürnte ihn, dass ihr ehemaliger Arbeitgeber sie derart schlecht behandelt hatte.

„Natürlich kam es zu einem heftigen Streit", fuhr sie fort. „Ich war zornig und verletzt und gedemütigt. Als das Flugzeug in Salina landete, stieg ich einfach aus und weigerte mich, wieder einzusteigen. Ich konnte überhaupt nicht klar denken."

„Wie ungewöhnlich für Sie", murmelte er.

„Nicht wahr? Ich hätte nie gedacht, dass Gerald mich einfach sitzen lassen würde. Aber ich hätte auch nie gedacht, dass er Glenda vernaschen würde. Anscheinend habe ich ihn überhaupt nicht gekannt.“ Sie senkte die Stimme zu einem niedergeschlagenen Flüstern. „Jetzt muss ich die Hochzeit absagen. Ich hatte am Vortag dreihundert Einladungen verschickt.“

„Wie Sie selbst gesagt haben, ist es besser, dass Sie es rechtzeitig erfahren haben.“

„Richtig.“ Sie schenkte ihm ein flüchtiges Lächeln.

„Haben Sie seitdem mit ihm gesprochen?“

„Mit Gerald? Nein, und ich will es auch nicht.“ Sie schluckte schwer. „Ich bin froh, dass es vorbei ist. Er hat mir gesagt, dass ihm etwas an mir liegt, aber es war gelogen. Ich könnte niemals mit so einem Menschen zusammenbleiben. Es ist besser so.“

Khalil bezweifelte, dass sie an ihre eigenen Worte glaubte. Sie brauchte Zeit, um ihr Leben wieder in den Griff zu bekommen. Und bis dahin war ihr am meisten geholfen, viel beschäftigt zu werden. Und darin zumindest übertraf er sich selbst.

3. KAPITEL

Die Standuhr in der Ecke des Salons schlug die Stunden. Dora zählte mit und stellte überrascht fest, dass es bereits Mitternacht war. Es schien ihr, als wären nur ein paar Minuten vergangen. In Wirklichkeit unterhielt sie sich bereits seit fast drei Stunden mit Khalil. Sie wusste, dass sie sich zurückziehen sollte. Doch sie wollte nicht nur das Ende seiner Geschichte hören, sondern weiterhin davon träumen, dass er mehr als nur ihr Boss wäre.

„… unsere Mutter starb, als wir noch sehr klein waren. Fatima hat uns erzogen. Sie ist eine außergewöhnliche Frau. Wir beten sie alle an."

Seine großen, dunklen Augen nahmen einen entrückten Ausdruck an. Sie wusste, dass er im Geiste nicht länger in der Suite in New York saß, sondern nach El Bahar zurückgekehrt war. Wie mochte es dort sein? War das geheimnisvolle Land, von dem er erzählte, so wundervoll, wie sie es sich ausmalte?

„Wird Ihr Bruder Malik einmal König werden?", erkundigte sich.

„Ja, wenn unser Vater stirbt. Malik ist ein guter Führer, wenn auch ein bisschen anmaßend und diktatorisch."

„Das muss in der Familie liegen", murmelte sie und nahm einen Schluck aus ihrem Glas.

Khalil musterte sie und zog die Augenbrauen hoch. „Ich weiß, dass Sie nicht von mir reden."

„Natürlich nicht", versicherte sie, doch sie konnte die Belustigung nicht aus ihrer Stimme verbannen.

„Es liegt nur daran, dass Sie eine Frau aus dem Westen sind", informierte er sie ernst. „Sie sind zu sehr daran gewöhnt, Ihren eigenen Kopf durchzusetzen. Hätte man Sie korrekt erzogen, würden Sie nicht schlecht von mir denken."

„Korrekt erzogen?" Sie lachte. „Ich will nicht daran denken, was das bedeutet. Und da wir gerade bei dem Thema sind, ich denke nicht schlecht von Ihnen. Ich habe es sehr genossen, für Sie zu arbeiten. Die Zeit ist sehr schnell vergangen." Sie konnte kaum glauben, dass nur noch zwei Tage bis zu seiner Rückkehr nach El Bahar blieben. „Sie werden mir fehlen", fügte sie spontan hinzu.

In den vergangenen zwölf Tagen hatte sie ihren Arbeitgeber kennengelernt. Er war anmaßend und diktatorisch, aber auch fair. Manchmal behandelte er sie wie einen Computer oder Roboter, aber das störte sie nicht weiter. Er war nie verletzend. Er machte keine höhnischen Bemerkungen, behandelte sie nie von oben herab. Wenn er sie nach ihrer Meinung fragte, lauschte er ihr. Wenn es sich um eine rein amerikanische Angelegenheit handelte, nahm er häufig ihren Rat an.

Er war außerdem ein reicher, gut aussehender Prinz. Sie versuchte, diese Tatsache zu ignorieren, aber manchmal wollte es ihr nicht gelingen.

„Sie waren sehr tüchtig", sagte er ihr. „Mir wurde gesagt, dass ich zu viel von meinen Angestellten erwarte, aber Sie haben sich nicht ein einziges Mal beklagt. Das weiß ich zu schätzen, ebenso wie Ihre harte Arbeit."

Sein Kompliment machte sie verlegen. „Sie sind nur froh, weil Sie sich nicht mit Bambi abgeben müssen", neckte sie.

Er erwiderte ihr Lächeln nicht. „Ich glaube, ich hätte mich gezwungen gesehen, sie zu erwürgen. Das hätte einen internationalen Skandal hervorgerufen." Er drehte sich zu ihr um. „Was werden Sie tun, wenn ich fort bin? Nicht zu Gerald zurückkehren, hoffe ich."

„Niemals", versprach sie und schluckte schwer. Im Stillen hatte sie gehofft, dass er sie mitnehmen würde. Ein törichter Traum. Aber sie sehnte sich danach, seine Familie kennenzulernen, von der er ihr so viel erzählt hatte. Sie träumte davon, El Bahar und den Palast zu sehen. Khalil hatte ein wildes, ungezähmtes Land beschrieben, das auf der Schwelle zur Moderne stand. Unwillkürlich wollte sie an dieser Transformation teilhaben. Doch das war verrückt. Frauen wie sie änderten gar nichts.

Er beugte sich vor und griff nach seinem Glas. „Ich werde morgen ein paar Erkundigungen einholen. Ich kenne mehrere Geschäftsleiter hier. Ich möchte Ihnen helfen, eine gute Stellung zu finden."

„Danke."

Seine freundlichen Worte linderten ihren Kummer. Wie viele andere Männer hätten sich nach so kurzer Bekanntschaft für sie eingesetzt? Sie stand auf. „Gute Nacht, Khalil."

„Gute Nacht, Dora."

Lächelnd verließ sie den Raum und ging in ihr Zimmer. Ein Teil von ihr wollte glauben, dass er ihrem Namen einen zärtlichen Unterton verliehen hatte. Doch es war derselbe Teil von ihr, der bereit gewesen war zu glauben, dass Gerald ein Mann von Wort war.

Trotz der späten Stunde war sie noch nicht müde. Daher überlegte sie, ob sie alle nötigen Schritte unternommen hatte, um die Hochzeit abzusagen. Die Kirche, der Speiselieferant, der Florist und die Musiker waren bereits abbestellt, und sie hatte eine sorgfältig formulierte Absage an die dreihundert Gäste verfasst. Sie musste sich nur noch des Brautkleides entledigen, das sie ganz hinten in den Schrank gestopft hatte und der Kleidersammlung geben wollte, wenn sie das Hotel verließ.

Die Beschäftigung mit der Vergangenheit machte ihr bewusst, wie wichtig es war, auch in Herzensdingen Vernunft walten zu lassen, und dass es sehr unheilsam sein konnte, sich in den Boss zu verlieben.

Fast ein Jahr lang hatte sie für Gerald gearbeitet, ohne dass zwischen ihnen etwas vorgefallen war. Doch sie hatte von ihm geträumt. Vielleicht lag es daran, dass sie einsam war und es in ihrem Leben nichts weiter gab als Arbeit. Sie hatte keine Hobbys, wenige Freunde, ging selten aus. Sie wirkte nicht attraktiv auf Männer. Zum Teil lag es an ihrem Verstand. Die meisten Männer fühlten sich bedroht von ihrer überlegenen Klugheit. Außerdem war ihr Gesicht unscheinbar und ihr Körper keineswegs perfekt, und sie war von Natur aus zurückhaltend.

Eines Abends hatten sie und Gerald Überstunden gemacht, und er hatte irgendwo eine Flasche Wein ausgegraben. Nach nur einem Glas hatte sie einen Schwips bekommen und zu kichern begonnen, und er hatte sie plötzlich in den Armen gehalten und geküsst.

Bevor es zu mehr als leidenschaftlichen Küssen gekommen war, hatte Mr. Greene, der Präsident der Firma, sie überrascht. Die Firmenpolitik verbot flüchtige Beziehungen zwischen den Angestellten, und sogar Geschäftsleiter wurden gefeuert, wenn sie sich mit ihren Mitarbeitern einließen. Daher hatte Gerald behauptet, mit ihr verlobt zu sein.

Von jenem Moment an hatte Dora in einer Traumwelt gelebt, an Geralds Liebe geglaubt und sich zum ersten Mal im Leben zugehörig gefühlt. Doch er hatte ihr nie gesagt, dass er sie liebte. Er hatte nie mit ihr geschlafen. Er hatte sie nur selten berührt.

Jener hässliche Vorfall im Flugzeug hatte ihr schließlich die Augen geöffnet. Gerald hatte sie nur benutzt, um seinen Job nicht zu verlieren. Ihm hatte nie an ihr gelegen. Sie konnte froh sein, dass die Sache vorüber war.

Dora streckte sich auf dem Bett aus und schwor sich, ihm keine Träne mehr nachzuweinen. Viele Frauen waren auf sich gestellt glücklich und führten auch ohne Ehemann und Kinder ein ausgefülltes Leben. Sie hatte den Fehler begangen, auf einen Mann zu warten. Das sollte sich nun ändern.

Sobald sie eine neue Stellung gefunden hatte, wollte sie Kurse wie Kochen, Dekorieren und Sprachen belegen, bis sie ein Hobby fand, das sie wirklich fesselte. Sie wollte an all die

Orte reisen und all die Bücher lesen, die sie schon immer interessierten. Sie schwor sich zu lernen, allein glücklich zu sein. Denn wenn sie sich selbst aufgab, dann hatte Gerald gewonnen. Doch der Sieg sollte letztendlich ihr gehören.

Vergeblich versuchte Khalil, sich auf einen technischen Bericht über Straßenbeläge zu konzentrieren. Beinahe drei Wochen hielt er sich nun in den Vereinigten Staaten auf, und er sehnte sich nach El Bahar zurück. Er vermisste seine Arbeit im Palast und seine Familie. Obwohl er von Zeit zu Zeit gern verreiste, freute er sich stets wieder auf seine Heimat.

Ein leises Klopfen an der Tür erklang. Er legte den Bericht nieder und blickte mit gerunzelter Stirn zur Uhr. Es war weit nach Mitternacht, und er erwartete keinen Besucher.

Als er die Tür öffnete, erblickte er eine zierliche, dunkelhaarige junge Frau mit dem Gesicht eines Engels.

„Hallo, Khalil." Ihre Stimme klang wie ein Schnurren, und sie betrat den Raum mit der Anmut einer Katze. Ein dunkelblaues, mit Pailletten besetztes Kleid betonte jede vollkommene Kurve ihres verführerischen Körpers. Make-up unterstrich ihre wundervollen Züge, besonders ihre vollen Lippen, und sie war in eine Wolke sinnlichen Parfums gehüllt. Diamanten glitzerten an ihren Ohren, um ihren Hals und ihre Handgelenke. Ihre Hände waren klein, ihre Fingernägel lang. Sie war, zumindest äußerlich, das lieblichste weibliche Wesen auf Erden.

Khalil wich einen Schritt zurück, um einer Berührung mit ihr zu entgehen.

Sie lächelte über die unwillkürliche Geste. „Wollen wir wieder dieses Spiel veranstalten?" Sie hängte ihren Pelzmantel über einen Sessel. „Soll ich die Jägerin sein, während du die verängstigte Beute bist?" Sie trat näher, drängte ihn zurück an eine Marmorsäule. „Mir gefällt das." Ihre mandelförmigen Augen funkelten vor Begierde. Sie presste die Hände auf seine Brust. „Küss mich, Khalil, und liebe mich."

Er stieß sie von sich. „Verschwinde", sagte er mit leiser, mühsam beherrschter Stimme.

Sie lachte. „Aber, Darling, ich bin doch böse auf dich, nicht umgekehrt. Du bist seit fast zwei Wochen in der Stadt, aber du hast mich nicht ein einziges Mal angerufen oder eingeladen. Ich bin sehr aufgebracht." Sie zog einen Schmollmund.

„Wir haben uns nichts zu sagen, Amber. Ich habe dich nicht angerufen, weil ich keinen Wunsch nach deiner Gesellschaft habe."

Sie wedelte mit der linken Hand. Der große Brillant an ihrem Finger funkelte wie Modeschmuck aus einem Warenhaus. Aber er wusste, dass es ein echter Diamant war. Schließlich hatte er ihn bezahlt.

„Du wirst deine Ansicht über mich ändern müssen, mein Liebling", entgegnete sie. „Schließlich sind wir verlobt."

Khalil wandte sich ab und starrte aus dem Fenster. „Ich will dich nicht heiraten", knurrte er. „Ich habe dich nie gewollt."

„Aber du bist nun mal ein Prinz und heiratest daher aus Pflicht und für dein Land statt aus persönlichen Gründen. Ich bin deine Pflicht, Khalil. Ich bin dein Schicksal."

Er wirbelte zu ihr herum. Zorn und Verzweiflung stiegen in ihm auf, weil er keinen Ausweg wusste.

Amber lehnte sich an das Sofa. Ihr katzenhaftes Lächeln enthüllte kleine weiße Zähne. Die vollkommenen Züge und der unglaubliche Körper verbargen das Wesen einer Schlange.

Er kannte die Wahrheit über sie. Wenn sie in El Bahar weilte, spielte sie die gehorsame Tochter. Doch wenn sie ihr Land und ihre Familie hinter sich ließ, verwandelte sie sich. Mit dreizehn Jahren hatte sie sich den ersten Mann genommen, und seitdem nahm die Zahl ihrer Eroberungen beständig zu.

Sie stieß sich vom Sofa ab und trat zu ihm. „Ich werde dich

bekommen", flüsterte sie. „Du wirst mich heiraten und mit mir ins Bett gehen."

„Niemals."

Sie lachte. „Du willst die Verlobung lösen? Ich glaube kaum. Schließlich müsstest du einen Grund angeben. Was würdest du sagen?"

„Die Wahrheit."

Sie lachte erneut. „Du würdest also zu meinem Vater, dem Premierminister von El Bahar, gehen und ihm von meinem ausschweifenden Leben berichten? Du würdest ihm ins Gesicht sagen, dass seine Lieblingstochter, sein Augapfel, sich mit Männern herumtreibt? Das glaube ich nicht." Ihre braunen Augen funkelten. „Wie traurig wäre er! Dieser großartige Staatsmann, ein wahrer Führer und Advokat des Volkes, von einem ungehorsamen Kind zu Fall gebracht."

Khalil biss die Zähne zusammen. Er wollte ihre Worte leugnen, aber er konnte es nicht. Amber hatte recht. Die Wahrheit hätte ihren Vater vernichtet. Die Tradition von El Bahar verlangte, dass ein Vater die Verantwortung für die Sünden seiner Kinder übernahm. Aleser würde als Premierminister zurücktreten müssen, und El Bahar würde einen großen Staatsmann verlieren. Die Wahl war einfach – Khalils Schweigen für die Zukunft seines Landes.

„Ich habe Geld", murmelte er.

Sie winkte ab. „Ich habe auch Geld. Was ich nicht habe, ist ein Titel. Ich wünsche Prinzessin zu werden."

„Was ist mit Königin? Ich hätte gedacht, das würde dir eher gefallen."

Sie blickte nachdenklich drein. „Ich habe es in Erwägung gezogen, aber ich fürchte, das kommt nicht in Frage. Weißt du, ich war bereits mit deinem Bruder zusammen."

Er erstarrte. Nicht aus Zorn, aber vor Verblüffung. Malik?

„Es war kurz nachdem er seine Frau verloren hat", erklärte

Amber. „Er war so furchtbar traurig und betrunken, und ich war so allein. Ich dachte mir, wir könnten uns gegenseitig trösten. Er war sehr beeindruckend." Sie ließ den Blick über seinen Körper gleiten. „Ich hoffe, dass es in der Familie liegt. Wollen wir nicht mal probieren, ob wir auch so gut zusammenpassen?"

Abscheu stieg in ihm auf.

Sie rückte näher. „Warum warten? Wir werden ohnehin bald heiraten, und ich werde dir Söhne gebären. Dann kannst du mir nichts mehr verwehren."

„Verschwinde", entgegnete er. „Ich habe heute Nacht keinen Bedarf an einer Hure."

„Sei vorsichtig", warnte sie. „Ich bin ein ernst zu nehmender Gegner."

„Das bin ich auch, Amber. Du glaubst, dass du sagen oder tun kannst, was dir beliebt, weil ich in der Falle sitze, aber du irrst dich." Er trat einen Schritt auf sie zu. „Ich stelle mich dem Teufel persönlich, bevor ich dich heirate."

„Mag sein. Aber wirst du El Bahar vernichten?" Sie trat zu dem Sessel und nahm ihren Pelzmantel. „Der Teufel ist nicht das Problem, Khalil. Du selbst bist dein ärgster Feind. Du bist ein gehorsamer Prinz. Du liebst dein Land und dein Volk. Du würdest dafür sterben." Sie lachte. „Dafür würdest du sogar mich heiraten. Du siehst also, dass ich nichts zu befürchten habe."

Mit einer spöttischen Verbeugung ging sie. Selbst als sie die Tür hinter sich geschlossen hatte, hörte er sie noch lachen.

Er fluchte lange und laut. Zorn erfüllte ihn. Er beabsichtigte nicht, sie zu heiraten. Bei seiner Ehre als Königssohn schwor er sich, einen Ausweg aus dem Dilemma zu finden. Aber wie? Konnte er seinem Vater im Vertrauen von Ambers wahrem Wesen erzählen? Er schüttelte den Kopf. Der König würde sich verpflichtet fühlen, seinen besten Freund Aleser einzuweihen. So, wie die Dinge lagen, schien die Situation ausweglos zu sein.

4. KAPITEL

Das Klingeln des Telefons schreckte Khalil aus seinen Grübeleien. Er ging zum Schreibtisch, hob den Hörer ab und hörte Doras Stimme. Gerade wollte er auflegen, als er einen Mann sagen hörte: „Dora, hier ist Gerald. Wo zum Teufel steckst du?"

Khalil wusste durchaus, dass er nicht lauschen sollte, doch er legte nicht auf. Denn seine Neugier war erwacht.

„Wie hast du mich gefunden?", wollte Dora wissen.

„Du hast dem Speiselieferanten deine Nummer gegeben. Jetzt erzähl mir, was in dich gefahren ist. Wie konntest du es wagen, die Hochzeit abzusagen, ohne mich zu fragen?"

„Du fragst, wie ich es wagen konnte, obwohl du die Hand unter dem Rock einer verheirateten Frau hattest? Du bist ein gefühlloser Schuft, Gerald. Weißt du überhaupt, wie spät es hier ist?"

„Kurz nach zehn. Was ist schon dabei?"

„Es ist ein Uhr nachts durch. Ich bin in New York. Aber du hast dir natürlich nicht die Mühe gemacht, die Vorwahl zu überprüfen." Sie seufzte. „Na ja, ist ja auch egal."

„Da hast du verdammt recht", knurrte Gerald. „Es ist mir egal, ob du in New York oder sonst wo steckst. Hauptsache, du bringst deinen fetten Hintern bis Ende der Woche hierher zurück. Hast du mich verstanden?"

Khalil umklammerte den Hörer fester, als er Dora nach Luft schnappen hörte.

„Nein", entgegnete sie mit zittriger Stimme. „Die Verlobung ist gelöst. Ich kann es nicht fassen, dass ich so dumm war. Du bist nichts weiter als ein untreues Scheusal, und ich bin froh, dass es vorbei ist."

„Du kannst dir gar nicht vorstellen, wie sehr ich mir wünsche, mich aus der Affäre ziehen zu können. Aber es geht nicht.

Mr. Greene wünscht zu wissen, wo du steckst. So sehr wir beide es auch möchten, wir können es nicht beenden."

Sie schniefte. „Da irrst du dich. Ich habe es beendet."

„Verdammt, und was soll ich Greene erzählen?"

„Wie wäre es mit der Wahrheit? Sag ihm doch, dass du unsere Verlobung nur vorgetäuscht hast, weil er uns erwischt hat. Und sag ihm bei der Gelegenheit auch gleich, dass du mit Glenda und wer weiß noch wem geschlafen hast."

„Ich werde meinen Job nicht verlieren, nur weil eine ausgedörrte Jungfrau kalte Füße kriegt."

„Du warst schon immer ein sehr geschickter Schmeichler", erwiderte Dora sarkastisch. „Fahr zur Hölle, Gerald. Ich will nichts mehr mit dir zu tun haben."

„Ich war in der Hölle", konterte er. „Jedes Mal, wenn ich mir vorgestellt habe, mit dir schlafen zu müssen. Hast du dich je gefragt, warum ich es nie versucht habe? Du bist eine alte Frau, auch wenn du noch nicht mal dreißig bist. Du bist eine geborene Jungfrau und wirst als Jungfrau sterben. Kein Mann, der bei Verstand ist, wird dich je begehren. Ich würde …"

Khalil hörte ein Klicken und wusste, dass Dora den Hörer aufgelegt hatte. Er folgte ihrem Beispiel. In der nächtlichen Stille hörte er ihre gedämpften Schluchzer.

Unbehaglich trat er von einem Fuß auf den anderen. Bis zu diesem Augenblick hatte er seine vorübergehende Assistentin nicht als reale Person angesehen. Er arbeitete gern mit ihr zusammen. Sie war tüchtig, intelligent und humorvoll. Aber er hatte nicht erkannt, dass sie ein Wesen mit Hoffnungen und Träumen, dass sie verletzlich war.

„Wir hatten beide einen höllischen Abend", murmelte er vor sich hin. Ein grimmiges Lächeln spielte um seine Lippen. Vielleicht sollte er Gerald mit Amber verkuppeln. Die beiden verdienten einander.

Er ging zur Bar am anderen Ende des Raumes. Er brauchte

einen Drink. Doch als er sich gerade einschenken wollte, kam ihm eine Idee, die lächerlich war, sich aber nicht verdrängen ließ. Er stellte die Flasche zurück und verließ den Raum.

Im halbdunklen Flur war Doras Weinen deutlicher zu hören. Er blieb vor ihrer Tür stehen. Die vage Idee nahm immer mehr Gestalt an. Er musste einen Weg finden, seine Verlobung mit Amber zu lösen, ohne die Position ihres Vaters in der Regierung zu gefährden.

Er wollte unbedingt eine Jungfrau heiraten. Seine Braut musste als künftige Prinzessin mehr als nur eine Zierde sein. Sie musste intelligent sein und sich für den Fortschritt von El Bahar engagieren. Er wollte eine vernünftige, unterwürfige und ausgeglichene Frau, deren Gesellschaft er genießen konnte. Eine Heirat aus Leidenschaft wäre zwar nett, aber wichtiger war es, eine Frau zu finden, die eine gute Mutter war.

Er stellte sich Dora vor … ihre sanften braunen Augen und ihr gefälliges Lächeln. Es war schwerer, sich ihren Körper vorzustellen, da er nicht besonders auf ihre Figur geachtet hatte. Aufgefallen war ihm allerdings, dass sie ein breites Becken besaß – ein gebärfreudiges Becken. Im Gegensatz zu der zierlichen Amber war Dora wie geschaffen dazu, einem Mann starke Söhne zu schenken.

Sie war nicht unterwürfig und vermutlich nicht bereit, sich seinem Willen zu beugen, aber sie besaß all die anderen Qualitäten, die er von einer Ehefrau erwartete.

Der König würde zornig reagieren, denn die Lösung der Verlobung mit Amber würde zunächst Schande über die Familie bringen. Vielleicht ließen sich die Gemüter beizeiten besänftigen, doch vorläufig war mit dem Unwillen des Königs zu rechnen.

Khalil atmete tief durch, drückte die Klinke und öffnete lautlos die Tür. Zusammengerollt wie ein Kind lag Dora im Bett. Sie hatte die Knie angezogen und das Gesicht mit den Händen bedeckt. Ihre Schluchzer waren verstummt, aber ihre Schultern zitterten. Er konnte ihren Schmerz nachempfinden und wusste, dass sie bis ins Innerste verletzt war.

Er trat an das Bett und setzte sich auf die Matratze. Sie schreckte auf, stieß einen Schrei aus und zog hastig die Decke bis zu den Schultern hoch.

„Khalil, was tun Sie denn hier?“

Ihr Gesicht war feucht. Augen und Lippen waren geschwollen. Sie sah nicht besonders attraktiv aus, aber er fühlte sich seltsam zu ihr hingezogen. Er schmiegte eine Hand um ihre Wange und wischte die Tränen mit dem Daumen fort. Ihre Haut war zart und reizvoll.

„Ich konnte es nicht ertragen“, erklärte er, „deinen Schmerz zu hören, süße Dora.“ Er schlang die Arme um sie und zog sie an sich. Vermutlich ließ sie es nur geschehen, weil er sie überrumpelt hatte.

Ihre Nähe war ihm nicht unangenehm. Bisher war ihm nie der weibliche Duft ihres Körpers aufgefallen. Instinktiv ahnte er, dass es sich nicht um ein teures Parfum handelte. Der Duft ließ ihn an Sonnenschein und Lachen denken. Seltsam angesichts der Tatsache, dass es mitten in der Nacht war und sie weinte.

„Ich … ich kann nicht …“ Sie schniefte. „Khalil?“

„Ich verstehe.“ Im Licht, das vom Flur ins Zimmer fiel, sah er die Umrisse ihrer Brüste unter ihrem Nachthemd. Wie unschuldig war sie? Hatte jemals ein Mann diese Kurven gesehen, berührt, gekostet?

Erstaunt stellte er fest, dass er erregt war – nicht nur durch den Gedanken an ihre Unschuld, sondern auch durch die Nähe ihres weiblichen Körpers. Mit Dora zu schlafen, erschien ihm überraschend einfach, und es würde ihrer beider Probleme lösen.

Dora fühlte sich wie in einem dichten Nebel. Sie konnte nicht klar denken. Offensichtlich träumte sie. Es gab keine andere Erklärung. Unmöglich konnte Khalil in ihrem Schlafzimmer sein und sie in den Armen halten.

Doch dieser Traum wirkte allzu real. Sie spürte die Härte seiner Brust, die Stärke seiner Arme, die Hitze seines Körpers. Lange Finger streichelten ihr Gesicht, wischten Tränen fort, die immer noch aus ihren Augen rannen.

„Khalil?"

„Sei still, Liebes."

Sie konnte nicht still sein. Es gab zu viele Fragen. „Was tust du hier?", fragte sie erneut und versuchte zu ignorieren, dass er sie *Liebes* genannt hatte. „Bist du betrunken?"

Eine Sekunde lang wirkte seine Miene wild. Sie hatte das seltsame Gefühl, dass er kein Wort sagen, sondern sie vielmehr küssen würde. Statt entsetzt zu sein, beugte sie sich unwillkürlich zu ihm, ersehnte den Kuss, ob es nun ein Traum war oder nicht.

„Natürlich nicht." Er stand auf und durchquerte den Raum. Wollte er gehen? Sie setzte zu einem Protest an. Doch er schloss die Tür und betätigte den Lichtschalter.

Die Nachttischlampe erhellte den Raum. Flüchtig schloss Dora die Augen vor Entsetzen bei der Vorstellung, wie sie aussehen musste. Zweifellos war ihr Gesicht gerötet und fleckig vom Weinen und ihr Haar zerzaust. Was mochte Khalil von ihr denken? Bevor sie die Frage beantworten oder laut stellen konnte, wurde ihr bewusst, dass sie immer noch nicht wusste, was er mitten in der Nacht in ihrem Zimmer tat. „Khalil?"

Wortlos kehrte er zum Bett zurück, sank auf die Matratze, nahm ihre Hände und küsste ihre Finger.

Verwirrt blinzelte sie. Es erschien ihr unmöglich, dass Prinz Khalil Khan von El Bahar auf ihrem Bett saß und sie liebkoste. Doch obwohl sie ihren Augen nicht traute, konnte sie nicht an ihren Empfindungen zweifeln. Schauer rannen an ihren Armen hinauf. Hitze durchströmte sie. Ihr Atem stockte. Sie wollte sprechen, doch sie brachte keinen Ton heraus. Zwischen den Beinen verspürte sie ein unbekanntes Ziehen. Ihre Brüste schienen zu schwellen, die Knospen spannten sich.

„Ich werde ihn vernichten“, murrte er. „Ich werde ihn erschießen lassen.“

„Was? Erschießen? Wen?“

„Diesen Sohn eines Schakals. Diesen Fresser von Kameldung. Gerald.“

Sie zuckte zusammen. „Gerald?“

Er hob den Kopf und blickte sie an. Sein dichtes Haar war nicht länger perfekt frisiert. Mehrere Strähnen fielen ihm in die Stirn. Seine Augen glühten zornig und besitzergreifend. Sie blinzelte. Ihr gegenüber besitzergreifend? Unmöglich.

„Ich habe dich mit ihm telefonieren hören. Er ist ein abscheuliches Exemplar eines Mannes. Wie kann er es wagen, dich so schlecht zu behandeln? Er ist dumm und wertlos. Du, süße Dora, bist ein Schatz. Lieblich und intelligent. Du bist all das, was ein Mann sich von einer Frau wünschen kann. Ich lasse ihn erschießen – oder, wenn du nicht einwilligst, zumindest auspeitschen.“

„Ich … ich verstehe nicht“, brachte sie mit zitternder Stimme hervor.

„Du bist ohne ihn besser dran. Gerald verdient dich nicht. Sei froh, dass du ihn los bist.“ Er umfasste ihre Hände fester. „Ich will dich“, teilte er ihr rau mit. „Ich will dich schon, seit ich dich zum ersten Mal auf dem Flughafen gesehen habe. Es war quälend, diese vergangenen zwei Wochen mit dir zu arbeiten und den Vorgesetzten zu spielen, während ich mir in Wirklichkeit die Rolle deines Liebhabers ersehnt habe.“

Sein glühender Blick hielt ihren gefangen. Sie wollte sich abwenden, aber sie konnte es nicht. Sie wollte ihm außerdem glauben, aber auch das konnte sie nicht. Vielleicht tat sie ihm leid. Obwohl es eine bewundernswerte Geste war, wollte sie niemandes Mitleid.

„Ich verstehe nicht, was das soll. Es ist sehr nett von dir, besorgt zu sein, aber es geht mir gut." Sie dachte an ihre Tränen und zuckte die Achseln. „Okay, das ist etwas übertrieben, aber irgendwann wird es mir wieder gut gehen. Du brauchst nicht vorzutäuschen, dass du ..."

„Nein!", unterbrach er sie scharf. „Behandle mich nicht so gönnerhaft. Glaube ja nicht, dass du verstehst, was ich denke oder was ich will. Und wage es nicht anzunehmen, dass es aus Mitleid geschieht. Ich täusche gar nichts vor."

Hastig stand er auf und griff nach den Knöpfen seines Hemdes. „Du glaubst ihm, diesem Sohn eines Schakals. Du hörst dir seine Lügen an und machst sie zu deiner Wahrheit. Warum? Warum lässt du dir von ihm wehtun? Er weiß nichts von dir." Er streifte sich das Hemd ab und warf es zu Boden. „Er hatte seine Chance und hat sie zerstört. Jetzt bin ich an der Reihe. Ich werde nicht seinen Fehler begehen."

Dora setzte sich auf und rückte zurück bis zum Kopfteil. Offensichtlich wollte Khalil sich entkleiden. Einerseits hielt sie es für angebracht zu entfliehen, doch andererseits bekam sie vermutlich nicht so schnell wieder eine Gelegenheit, einen nackten Mann zu sehen. Der Himmel wusste, dass sie sich seit Jahren nach dieser Erfahrung sehnte. Außerdem war er so wundervoll, dass sie nicht die Kraft fand, den Blick abzuwenden.

Lampenlicht fiel auf seine glatte Haut, betonte seine Muskeln. Dunkles Haar bedeckte seine breite Brust. Als er den Gürtel öffnete, hielt sie unwillkürlich erwartungsvoll den Atem an.

Doch er schob die Hose nicht hinab. Stattdessen zog er sich Schuhe und Socken aus, stützte dann die Hände in die Hüften und teilte ihr mit: „Ich will dich. Nur dich. Ich will dich in meinen Armen, in meinem Bett. Ich will dich berühren, dich mit meinen Händen und meiner Zunge liebkosen. Du bist mein Herzenswunsch. Es geschieht nicht aus Mitleid und nicht, um dich zu trösten. Ich bin nicht so selbstlos. Ich bin hier wegen des Sehnens in meinem Körper. Es gibt Dinge, die ein Mann nicht vortäuschen kann. Das Verlangen muss echt sein. Verstehst du?"

Sie nickte. Sie verstand nur zu gut. Gerald hatte sie bis ins Innerste getroffen mit seiner Mitteilung, dass sie ihn nicht erregen konnte. Sie wusste, dass sie nicht gerade die hübscheste Frau auf der Welt war, aber sie hatte sich nie für derart abstoßend gehalten, dass kein Mann sie begehren konnte.

Khalil schob die Daumen in den Bund seine Hose. Der feine Wollstoff bauschte sich über seinen Lenden. Nun erst wurde ihr bewusst, dass die seltsame Form, der sie kaum Beachtung geschenkt hatte, der Beweis für seine Worte war. Khalil ließ die Hose zu Boden gleiten und stand in voller Pracht da.

„Ich will dich", sagte er sanft.

„Ja, das sehe ich." Sie presste eine Hand auf den Mund. „Entschuldige. Ich wollte es nicht laut sagen."

Doch er wurde nicht zornig, sondern grinste sie an. „Du bist beeindruckt." Er trat einen Schritt auf sie zu. „Zweifelst du immer noch an mir?"

Er hatte ihr einen beachtlichen Beweis geliefert. Sie wollte ihm glauben, aber es gelang ihr nicht recht. Da waren all die Dinge, die Gerald gesagt hatte. Und warum in aller Welt sollte Khalil an ihr interessiert sein?

„Hör auf", befahl er streng. Er trat näher und kniete sich auf das Bett. „Höre nicht auf die Stimmen in deinem Kopf, sondern nur auf mich. Du wirst meine Frau sein. Meine allein. Verstehst du?"

Sie starrte in seine Augen und glaubte, in deren Tiefen die wilde Wüste von El Bahar zu sehen. Ein Schauer rann durch ihren Körper. Vorfreude? Vielleicht. Angst? Sicherlich. Aber Angst vor dem Unbekannten, nicht Angst vor ihm.

„Sei mein, Dora", flüsterte er. „Lass mich dich lieben."

Sie war überzeugt, dass es eine geistreiche Antwort auf all die schönen Worte gab, doch ihr fiel keine ein. Hilflos ließ sie sich umarmen und hinab auf die Matratze ziehen, und jeglicher Protest erstarb unter der Berührung seiner Lippen.

Sie war schon öfter geküsst worden – in der High School, im College und natürlich von Gerald, dessen Küsse geübt, beinahe nüchtern gewirkt hatten. Doch nie zuvor war sie von einem wilden, sinnlichen und verführerischen Mann wie Khalil geküsst worden.

Sie hatte ein stürmisches Drängen erwartet, doch es geschah ganz anders. Seine Lippen wirkten weich und gefügig an ihren, doch sie ließen keinen Zweifel daran, wer der Meister war. Gemächlich erforschte er die Konturen ihres Mundes. Dann legte er sich zu ihr auf die Decke.

Er umschmiegte ihr Gesicht mit einer Hand, so als fürchtete er, sie könnte zu entkommen versuchen. Hätte sie die Kraft oder den Willen besessen zu sprechen, hätte sie ihm gesagt, dass es ihr unmöglich war. Sie war gefangen – nicht wegen seiner überragenden Stärke, sondern weil sie nirgendwo sonst lieber gewesen wäre. Sie fürchtete ihn nicht. Instinktiv wusste sie, dass er ihr niemals wehtun würde.

„Dora", murmelte er an ihren Lippen „Ich will dich, meine süße Wüstenrose. Du bist so weich, so warm, so passend für mich."

Seine Worte wirkten so berauschend wie schwerer Wein. Er erweckte ein unbestimmtes Verlangen in ihr. Sie begehrte verzweifelt, ohne zu wissen, was ihr Befriedigung schenken würde.

„Berühre mich", befahl er und streichelte ihre Unterlippe mit der Zunge.

Instinktiv vertraute sie ihm und legte eine Hand auf seine Schulter. Während seine Zunge in ihren Mund glitt, erforschte sie seine harten Muskeln und wünschte sich verzweifelt, dass er niemals aufhören möge.

Er neigte ein wenig den Kopf und vertiefte den Kuss. Eine Woge der Hitze stieg in ihr auf. Ihr stockte der Atem. Sie seufzte, schmiegte sich an ihn, erwiderte den Kuss.

Sie hatte nicht gewusst, dass ein solches Entzücken existierte.

Khalil ließ die Lippen zu ihrem Hals wandern, liebkoste die empfindsame Stelle unter ihrem Ohr. Er rollte sich zur Bettkante und schlug die Decke zurück.

Instinktiv griff Dora nach ihrem Nachthemd, das hochgerutscht war. Doch bevor sie den Saum hinabziehen konnte, spürte sie seine Finger über ihr Bein gleiten. Hinauf und hinab, von der Innenseite ihres Knie bis zum Scheitelpunkt ihrer Schenkel. Sie erschauerte und unterdrückte den Drang, seinen Namen zu rufen.

„Sag meinen Namen", verlangte er und blickte ihr dabei tief in die Augen.

Ein entzückendes Verlangen durchströmte sie. „Khalil", wisperte sie atemlos.

Er lächelte. „Was für ein leidenschaftliches Geschöpf du doch bist, meine tüchtige Dora. Ich bin ein sehr glücklicher Mann."

Er zog sie zu einer sitzenden Position hoch. Bevor sie es sich versah, streifte er ihr das Nachthemd ab und entblößte ihre Brüste.

Sie wollte protestieren oder sich zumindest wieder bedecken, doch schon drückte er sie hinab auf den Rücken, presste die Lippen auf eine Brust und schloss eine Hand über der anderen. Plötzlich erschien es ihr gar nicht so schlimm, nackt zu sein.

Sie schloss die Augen und genoss die wundervollen Liebkosungen. Seine Zunge und Lippen waren weich und feucht an ihrer empfindsamen Haut.

Sie schmolz förmlich dahin. War das dieses Wunder zwischen Mann und Frau, von dem sie gelesen hatte? So vieles wurde ihr klar. Dass Geliebte Berge versetzten, um beisammen zu sein. Dass sie ihr Leben riskierten. Sie hätte alles getan, um den Zauber dieses Augenblicks zu verlängern.

Er saugte an einer Brust, während er die andere mit den Fingern liebkoste. Sie sah ihm zu, doch dann vermochte sie die Augen nicht mehr offen zu halten. Sie legte die Hände um seinen Kopf und strich durch sein seidiges Haar. Alles war zu vollkommen, zu unglaublich.

Dann spürte sie einen Druck an ihrem Schenkel. Seine Erregung war so deutlich, dass sogar sie es erkannte. Er begehrte sie. Aus einem ihr unerklärlichen Grund hatte dieser gutaussehende, reiche, gütige Mann beschlossen, mit ihr zu schlafen. Sie glaubte nicht recht, dass ihm wirklich etwas an ihr lag, aber sein Verlangen nach ihr war unbestreitbar. Es war das kostbarste Geschenk, das ihr je zuteil geworden war.

Tränen stiegen in ihre Augen, aber es waren keine Tränen des Schmerzes oder der Reue. Es waren Tränen der Freude und der Dankbarkeit.

Khalil kniete sich zwischen ihre Schenkel und blickte ihr in das Gesicht. „Du entzückst mich. Jetzt werde ich dich entzücken."

Doch er drang nicht wie erwartet in sie ein. Stattdessen beugte er sich hinab und küsste ihre intimste Stelle. Schock raubte ihr den Atem, als er mit der Zunge sanft einen winzigen Punkt des Entzückens berührte.

Ihr gesamter Körper versteifte sich. Sie wollte ihm nicht Einhalt gebieten, aber sie war sich nicht sicher, ob sie die Erfahrung verkraften konnte. Er schien ihre heftige Reaktion nicht zu spüren, denn er hörte nicht auf, sie zu liebkosen.

Schließlich sank sie zurück in die Kissen, warf den Kopf hin und her.

Mit jedem Zungenschlag trug er sie höher und höher davon – oder zumindest erschien es ihr so. Sie hatte das Gefühl zu schweben, konnte nicht genug bekommen.

Sie flüsterte seinen Namen. Sie flehte ihn an, nie aufzuhören, befahl ihm, aufzuhören. Sie stemmte die Fersen in die Matratze, wand sich, bäumte sich auf.

Sie wusste nicht, wie lange es anhielt. Ihr gesamter Körper spannte sich, strebte einem ihr unbekannten Ziel entgegen. Dann ließ er sanft einen Finger eindringen und bewegte ihn im Rhythmus seiner Zunge.

Dora hatte nicht geahnt, dass ihr Körper so heftig reagieren konnte. Die Erlösung wirkte überwältigend. Schauer schüttelten sie.

Khalil flüsterte ihren Namen, während er sie an sich drückte und ihr Gesicht berührte. „Die Wüstenrose ist also eine Wüstenkatze", murmelte er und küsste sie. „Du bist eine große Überraschung, süße Dora."

Noch immer pochte ihr Herz schnell und hart. „Ist es normal, dass es so schön war?", fragte sie.

Er lachte. „Nur, wenn zwei Menschen großes Glück haben." Seine Miene wurde ernst. „Wir passen sehr gut zueinander."

Dann kniete er sich erneut zwischen ihre Schenkel, doch diesmal küsste er sie nicht. „Sag mir, dass du es willst", verlangte er.

Verzweifelt sehnte sie sich danach, ihn in sich spüren, eins zu werden mit diesem unglaublichen Mann und zu erfahren, was Generationen von Frauen vor ihr erfahren hatten. „Ja, Khalil", flüsterte sie. „Ich will es. Bitte. Jetzt."

Sie spreizte die Schenkel, und er drang ein, füllte sie aus. Dann hielt er inne. „Der Beweis", murmelte er, bevor er sich erneut bewegte, tiefer eindrang.

Ein scharfer Schmerz durchfuhr sie, ließ sie aufschreien. Doch er hörte nicht auf. Er bewegte sich voller Leidenschaft, während er ihr tief in die Augen blickte. Und sie glaubte, das Wispern des Wüstenwindes zu hören, als er sie in die Arme schloss und den Himmelsmächten zurief: „Du gehörst mir."

5. KAPITEL

Khalil lag in der Dunkelheit. Er war müde, aber er konnte nicht schlafen. Er drehte den Kopf zur Seite und musterte die Frau, die an seiner Seite lag. Er konnte die Konturen ihres Körpers kaum erkennen, aber ihr Duft füllte seine Sinne und erweckte den Drang, sie an sich zu ziehen und erneut zu lieben.

Stattdessen setzte er sich auf und schwang die Beine aus dem Bett. Zum ersten Mal im Leben hatte er mit einer Jungfrau geschlafen. Er hatte Geralds Vorwürfe gehört und war davon ausgegangen, dass sie der Wahrheit entsprachen, aber ein Rest Unsicherheit war geblieben. Doras zögernde Reaktion hatte ebenfalls darauf hingedeutet, aber erst als er den Widerstand gespürt hatte, war er völlig sicher gewesen.

Der Akt der Entjungferung hatte überraschend befriedigend gewirkt. Er genoss das Wissen, dass kein anderer Mann seinen Samen in sie ergossen hatte, dass sie auf die primitivste Weise sein war.

Khalil lächelte, doch es wirkte eher zynisch als belustigt. Er brüstete sich damit, ein moderner Mann zu sein, der fortschrittlich bestrebt war, sein Land in ein neues Millennium zu führen. Doch da saß er nun und war entzückt darüber, endlich mit einer Jungfrau ins Bett gegangen zu sein. So viel also zu seiner Tünche der Zivilisierung. Er war nicht so weit entfernt von seinen primitiven Vorfahren, wie er gern geglaubt hätte.

Er blickte über die Schulter zu der schlafenden Frau. Konnte er es tun? War es falsch?

Er verwarf die Bedenken, sobald sie auftauchten. Er war Khalil Khan, Prinz von El Bahar. Er konnte tun, was immer ihm beliebte. Das Schicksal des Landes stand an erster Stelle. Er hatte nicht die Absicht, Amber zu ehelichen und seine Nation ihrem ungehörigen Wesen auszusetzen. Dennoch musste er heiraten und Söhne hervorbringen, die nach seinem Tode die Linie fortsetzten. Er war ein Mitglied der königlichen Familie, und als solches hatte er Pflichten.

Außerdem, wer war Dora Nelson schon ohne ihn? Eine Sekretärin, die von ihrem früheren Arbeitgeber schwer missbraucht worden war, ein Niemand. Mit ihm konnte sie so viel mehr sein. Sein Antrag wäre eine Ehre für sie und das Beste für alle Beteiligte.

Das entschieden, streckte er sich wieder auf dem Bett aus. Sobald der Morgen graute, wollte er die ersten Telefonate führen. Wenn Dora erwachte, sollte alles arrangiert sein. Er schloss die Augen, doch anstatt einzuschlafen, durchlebte er noch einmal das Entzücken, das er in ihren Armen gefunden hatte. Sie war unerfahren, aber eifrig. Die Erinnerung ließ ihn lächeln und weckte erneut sein Verlangen.

Er hatte beabsichtigt, in sein eigenes Zimmer zurückzukehren, doch er schaffte es nicht. Stattdessen zog er sie an sich, atmete ihren Duft ein, lauschte ihrem sanften Atem und wartete auf den Morgen.

Dora rührte sich unter der Decke, die ihr außergewöhnlich schwer erschien. Sie drehte sich um, stieß an etwas Warmes und riss die Augen auf.

Khalil lag neben ihr, mit hellwachen Augen und lächelnden Lippen. „Guten Morgen."

Sie schluckte schwer, als Erinnerungen an die vergangene Nacht auf sie einstürmten. Eine verlegene Röte stieg ihr ins Gesicht, und sie musste den Drang unterdrücken, sich unter der Decke zu verkriechen.

„Aha. Du erinnerst dich also daran, was letzte Nacht passiert ist. Das hatte ich gehofft." Seine Stimme klang sanft, und ebenso sanft legte er eine Hand auf ihre Schulter und streichelte ihren Arm. „Es hat sehr gut mit uns geklappt." Er schob ein nacktes Bein zwischen ihre nackten Schenkel. „So gut, dass ich nicht schlafen konnte. Ich konnte nur daran denken, mich wieder mit dir zu lieben."

Sie wusste nicht, was sie sagen sollte. Welche Bemerkung war am Morgen danach angebracht? Vor allem, wenn die Nacht davor unerwartet eingetreten und zudem das allererste Mal darstellte?

„Danke", murmelte er und küsste sie auf die Wange.

Sie wusste nicht, ob sie lachen oder weinen sollte. Da war sie, nackt im Bett mit einem gutaussehenden Prinzen, und er dankte ihr für ihr intimes Erlebnis. War die Welt völlig verrückt geworden? Oder suchte er nach einem Ausweg? Wollte er ihr damit mitteilen, dass es töricht von ihr wäre, Erwartungen zu hegen?

„Für mich war es auch ganz nett", sagte sie dann schließlich, als ihr klar wurde, dass er auf eine Antwort wartete. Sie hätte gern etwas Distanz zwischen ihnen geschaffen, wusste aber nicht, wie sie es bewerkstelligen sollte, ohne verletzend zu wirken. Sie wäre auch gern aufgestanden, aber die Vorstellung, sich ihm nackt zu präsentieren und ihre körperlichen Mängel bei hellem Tageslicht zur Schau zu stellen, sagte ihr gar nicht zu.

„Ich hatte gehofft, du hättest unser Liebesspiel nicht nur als nett empfunden", schalt er. „Wie wäre es mit spektakulär? Außerordentlich? Zauberhaft?"

Der Klang seiner Stimme verriet ihr, dass er sie neckte. „Ich bleibe lieber bei nett", entgegnete sie spröde.

Seine Vergeltung ließ keine zwei Sekunden auf sich warten. Er warf sich über sie und kitzelte sie. Lachend und prustend versuchte sie, sich zu entwinden. Doch er hielt mit einer Hand ihre Arme über ihrem Kopf gefangen und küsste ihre Brüste, sodass sie erschauerte.

Er gab sie frei und setzte sich auf. „Wir passen sehr gut zusammen“, verkündete er. „Es war kein Fehler, dich zu erwählen.“

„Wovon redest du?“

Er runzelte die Stirn, so als hätte er intuitives Verständnis von ihr erwartet. „Ist das nicht offensichtlich? Wir werden heute Nachmittag getraut. Um fünf Uhr. Die Boutique, in der du deine anderen Sachen gekauft hast, wird um zwei Uhr eine Auswahl an Kleidern liefern.“

Während er sprach, stand er auf und nahm einen Bademantel, der auf einem Sessel lag. Ihre Ohren hörten, was er ihr sagte, aber die Informationen hatten für sie keinerlei Bedeutung. Er hätte ebenso gut über den Mangel an Sauerstoff auf Jupiter reden können, oder über die Anzahl der einzelligen Lebewesen auf dem Meeresgrund. „Getraut?“, hakte sie verwirrt nach.

„Ja. Das habe ich gesagt.“

Fassungslos starrte sie ihn an. „Du willst mich heiraten?“

„Natürlich. Warum bist du überrascht?“

Ja, warum eigentlich? Prinzen verliebten sich jeden Tag in ihre Sekretärinnen. „Wir sind nicht in irgendeinem Film aus den Vierzigerjahren“, entgegnete sie verärgert. Sie setzte sich auf und zog die Knie an die Brust. „Ich finde das gar nicht witzig.“

„Ich auch nicht.“

Sie hatte sich nie zu hoffen gestattet, dass Khalil etwas an ihr liegen könnte. Aber er war kein herzloser Mann. Zumindest hatte er sich ihr gegenüber nie so verhalten. „Ich verstehe das nicht“, flüsterte sie. „Warum tust du mir das an?“

„Das ist doch klar. Ich habe dich vom ersten Moment an begehrt. Du bist intelligent, verlässlich, anständig und gesund. Du hast all die Qualitäten, die ich von einer Ehefrau erwarte. Bis gestern Nacht warst du Jungfrau. Ich bin Prinz Khalil Khan, und ich entehre keine Frauen.“

„Das kann nicht dein Ernst sein. Du willst mich nicht wirklich heiraten.“

„Warum nicht?"

Vermutlich gab es Tausende von Gründen. Leider fiel ihr momentan nicht ein einziger ein. Sie zuckte die Achseln. „Darum nicht."

„Aha, das erklärt alles." Er kehrte zum Bett zurück, setzte sich neben sie und nahm ihre Hand. „Wovor hast du Angst?"

Sie forschte in seinen Augen und fragte sich, ob sie es wagen sollte, die Wahrheit zu sagen. Da ihr nichts anderes einfiel, blieb ihr kaum eine Wahl. „Davor, dass für dich alles ein Spiel ist. Wenn dem so ist, dann verstehe ich die Regeln nicht, und ich weiß, dass mir wehgetan wird. Das will ich nicht."

Er strich ihr eine Locke hinter das Ohr und berührte ihre Wange. „Ich verstehe. Du willst mir glauben, aber du hast Angst. Was ist aus meiner wundervollen Wüstenkatze geworden?"

„Sie hat heute Morgen einen anderen Termin und konnte nicht kommen."

Er lächelte. „Ich bete dich an. Ich weiß, dass es sehr rasch geschehen ist, aber dadurch ist es nicht weniger bedeutungsvoll. Vertraue mir. Noch wichtiger, vertraue dir selbst, süße Dora." Er drückte ihre Hand. „Ich will dich, in meinem Bett und in meiner Welt. Heirate mich. Komm mit mir nach El Bahar. Hilf mir bei meiner Arbeit. Hilf mir, mein Land zu verändern. Ich muss zurückkehren, aber ich weiß nicht, ob ich es ohne dich vermag."

Sie sog seine Worte in sich auf wie der Wüstensand den Regen, blühte tief in ihrem Innern auf. Wie sehr ersehnte sie sich, ihm Glauben schenken zu können.

Abwägend musterte sie ihn. Er hatte ihr viel abverlangt und war autokratisch, aber niemals grausam. Er hatte sie nie belogen. Er war hart, aber auch ehrlich im Umgang mit anderen Menschen. Er besaß eine moralische Gesinnung. Er war nicht Gerald.

Dennoch fürchtete sie, dass er sie wie Gerald benutzte, um

von ihr etwas zu bekommen. Andererseits hatte sie ihm nichts zu bieten. Sie war eine arbeitslose Jungfer mittleren Alters mit einigen Bürokenntnissen. Er hingegen war Khalil Khan, Prinz von El Bahar.

Ehe sie es sich versah, schloss er sie in die Arme und drückte sie hinab auf das Bett. Er griff unter die Decke und streichelte sie. „Heirate mich", drängte er. „Komm mit mir. Schenke mir Söhne. Ich werde dich zu einer Prinzessin machen, meine süße, liebliche Dora."

Es war ihr unmöglich klar zu denken, während er sie liebkoste. Er umkreiste ihre Brüste, reizte die Knospen. Ihr stockte der Atem vor Entzücken, und sie wurde feucht vor Vorfreude auf die Vereinigung. „Khalil", wisperte sie.

„Ja. Begehre mich, wie ich dich begehre. Glaube an mich. Hab keine Angst. Das Schicksal bietet dir eine große Chance. Dieses eine Mal greife mit beiden Händen danach. Wenn du es nicht tust, wirst du es für den Rest deines Lebens bereuen."

Von all seinen Bemerkungen übte die letzte die größte Wirkung auf sie aus. Denn Reue hatte sie ihr ganzes Leben lang begleitet. Sie bereute ihre unglückliche Kindheit, den Mangel an Beziehungen in ihrer Jugend, das Verhältnis mit Gerald. So viel Bedauern. Und nichts davon beruhte auf etwas, das sie getan hatte. Sie bereute nicht ihre Taten, sondern ihre Untätigkeit.

Gingen ihre Träume endlich in Erfüllung?

„Heirate mich", drängte er erneut, während er ihren Hals küsste. „Sag ja."

Wollte sie weiterhin mit Reue leben oder ein Risiko eingehen? Sie schloss die Augen, holte tief Luft und wisperte: „Ja."

Khalil setzte sich auf. „Ich wusste doch, dass ich dich zur Vernunft bringen kann. Gut." Er sprang auf und zog sie hoch. Bevor sie sich ihrer Nacktheit bewusst und verlegen werden konnte, schob er sie sanft zum Badezimmer. „Beeil dich. Es ist noch viel zu tun vor der Hochzeit. Ich treffe dich in zwanzig

Minuten im Speisesaal."

Und damit war er verschwunden. Dora starrte ihm nach. Irgendwie war es nicht die Reaktion, die sie auf ihre Einwilligung erwartet hatte. Sie schüttelte den Kopf. Es konnte nicht wahr sein. Offensichtlich war sie in einem verrückten Traum gefangen. Wie auch immer, es konnte nichts schaden zu duschen. Wenn auch nur, um den Traum voranzutreiben und zu sehen, was als Nächstes passierte.

Die Hochzeitsgesellschaft bestand aus Dora, Khalil, einem Friedensrichter und den beiden Bodyguards, die als Trauzeugen fungierten.

Dora blickte sich in dem großen Salon der Hotelsuite um und staunte über das Wunder, das vom Management in so kurzer Zeit vollbracht worden war.

Weiße Rosen waren um einen schmalen, hölzernen Torbogen gewoben worden. Große, mit Rosen gefüllte Vasen standen auf niedrigen Tischchen, die einen Mittelgang im Raum bildeten. Ein langer weißer Teppich war vom Eingang bis zu dem Torbogen ausgebreitet worden, und sanfte Musik ertönte aus der Stereoanlage.

In Anbetracht der kurzen Zeitspanne war alles erstaunlich glatt gelaufen. Pünktlich um zwei Uhr hatte die Boutique ein halbes Dutzend Kleider zur Auswahl geliefert. Sie hatte ein schlichtes Gewand aus elfenbeinfarbener Spitze gewählt, das an die Zwanzigerjahre erinnerte. Ihr schulterlanges Haar hatte sie zu einer eleganten Frisur hochgesteckt, sodass die Perlenohrringe, die Khalil ihr beim Lunch geschenkt hatte, zu sehen waren. Sie wusste, dass sie recht gut aussah.

Unter den gegebenen Umständen lief alles bestens. Und das war ihr Problem. Die Umstände behagten ihr nicht. Mit zitternden Händen hielt sie den Brautstrauß aus exotischen Blüten. Selbst als der Friedensrichter über Krankheit und Gesundheit sprach, fühlte sie sich immer noch wie in einem Traum.

Wurde sie wirklich soeben mit Prinz Khalil Khan von El Bahar getraut? Sie schüttelte ein wenig den Kopf, um ihre Gedanken zu klären. Diese Zeremonie entsprach nicht ihren Vorstellungen von einer Hochzeit. Sie trug kein richtiges Brautkleid, keine Gäste waren geladen, keine kirchliche Trauung und kein Empfang waren geplant.

Sie blickte zu Khalil, der anziehend und zuversichtlich wirkte und aufmerksam dem Friedensrichter lauschte. Was mochte er denken? Hielt er alles für normal? Als sie am Morgen aus dem Badezimmer gekommen war, hatte sie ihn in seinem Büro bei der Arbeit angetroffen. Nach einer geistesabwesenden Begrüßung hatte er ihr einen Stoß Akten in die Hand gedrückt und sich wieder dem Computer zugewandt. Sie hatten die letzten Stunden vor ihrer Hochzeit mit geschäftlichen Problemen verbracht. So als hätte sich zwischen ihnen nichts geändert.

„Dora?"

Sie erkannte, dass sowohl Khalil wie auch der Friedensrichter sie eindringlich anblickten. „Was?"

Khalil lächelte. „Ich glaube, die erwartete Antwort lautet eher: Ja, ich will."

Ich will was? fragte sie sich. Dann begriff sie. „Oh. Sicher." Sie hüstelte. „Ich meine, ich will."

„Den Ring bitte", sagte der Friedensrichter.

Khalil nahm einen Diamantring aus seiner Tasche. Dora starrte zuerst das glitzernde Schmuckstück und dann ihn an.

„Angemessen für eine Prinzessin", murmelte er und steckte ihn ihr an den Finger.

Sie öffnete den Mund, um zu protestieren. Der Schmuck war zu außergewöhnlich, zu schön, zu teuer. Dann fiel ihr ein, dass sie nicht nur in eine königliche, sondern auch eine der reichsten Familien der Welt einheiratete. Für Khalil war der Erwerb dieses Juwels vermutlich nicht bedeutungsvoller als der Kauf einer Strumpfhose für sie.

Der Friedensrichter sprach erneut, aber sie hörte nicht zu. Sie war gefesselt von dem breiten Goldreif an ihrer Hand, der ringsum von Diamanten besetzt war. Jeder einzelne Stein hatte mindestens zwei Karat. Sie selbst hätte sich dieses Stück nicht ausgesucht, aber es war wundervoll und passte, als wäre es für ihre Hand erschaffen worden.

„Sie dürfen die Braut jetzt küssen."

Dora blickte auf, als Khalil sich zu ihr beugte und die Lippen auf ihre presste. Der Kuss war süß und viel zu kurz. Dann drückte er ihre Hand und fragte: „Fühlst du dich anders?"

„Weil ich verheiratet bin?"

„Das natürlich auch. Aber ich meinte, wie du dich fühlst, eine Prinzessin zu sein."

Prinzessin Dora Khan von El Bahar, dachte sie und musste einen hysterischen Lachanfall unterdrücken. „Ich glaube, es ist noch nicht eingesickert."

„Herzlichen Glückwunsch, Eure Hoheit", sagte einer der Bodyguards, während er ihr die Hand schüttelte.

Dora lächelte automatisch. Sie fühlte sich benommen. Sie, eine Prinzessin? Sie war nichts weiter als eine kleine Sekretärin aus Los Angeles, die in eine verrückte Situation geraten war. Sie musste verschwinden, bevor sie etwas Törichtes sagte oder tat – wie zu glauben, dass es Wirklichkeit war.

Ehe sie es sich versah, waren der Friedensrichter und die Bodyguards verschwunden. Sie war allein im Raum mit ihrem frisch gebackenen Ehemann und beobachtete, wie er zwei Gläser Champagner einschenkte.

Wer ist dieser Fremde? fragte sie sich, während sie sich in eine Ecke des Sofas setzte. Ihre Nervosität wuchs, und als er ihr ein Glas reichte, zitterte ihre Hand so heftig, dass sie sich die perlende Flüssigkeit beinahe über das Kleid goss. Bevor es geschehen konnte, nahm sie hastig einen Schluck. Sie befand, dass es außerordentlich gut schmeckte und leerte das Glas.

Wortlos schenkte Khalil ihr nach. Er stellte den Eiskübel auf den Tisch und setzte sich neben sie. „Geht es dir gut?" Seine Stimme klang freundlich und gelassen.

„Macht es dich nicht verrückt?", platzte sie hervor.

Er nahm einen Schluck. „Was? Die Hochzeit? Ich finde, es ist alles glatt gelaufen."

„Oh, ja, sicher." Sie rieb sich die Schläfen. Ihr Magen prickelte. Vielleicht lag es daran, dass sie den ganzen Tag nichts gegessen hatte. Oder hing es mit dem Champagner zusammen? Um es herauszufinden, trank sie noch ein wenig. Außerdem war sie durstig. „Vielleicht sollte ich etwas essen", murmelte sie.

„Natürlich. Wir können dinieren, wann immer du willst."

„Großartig." Doch ihr war nicht danach zumute aufzustehen. „In ein paar Minuten." Sie musterte sein Gesicht. Sein Profil war scharf geschnitten, wie das einer Statue aus Granit. Er wirkte dunkel und gefährlich, wie die Wüste bei Nacht. Nicht, dass sie die Wüste kannte, weder bei Nacht noch bei Tag.

Sanft berührte er ihre Hand. „Ich weiß, dass es ungewohnt ist. Wir brauchen etwas Zeit, um uns besser kennenzulernen. Warum reden wir nicht über unsere Vergangenheit? Danach essen wir, und dann lieben wir uns bis zum Morgengrauen."

Uns lieben, dachte sie benommen, das wäre schön. Vielleicht konnten sie alles andere weglassen und gleich zur Sache kommen. Sie wollte es wieder und immer wieder tun und alles darüber lernen. Sie wollte ihn nackt sehen. Die kleine Plauderei über die Vergangenheit wäre bestimmt erfreulicher, wenn er sich vorher auszöge.

„Hast du Geschwister?"

Seine Frage durchdrang ihre Phantasien und verwirrte sie. Dann fiel ihr ein, dass sie sich besser kennenlernen wollten. Ein vernünftiger Plan. Sie trank das Glas aus und wollte es auf den

Tisch stellten, doch Khalil füllte es erneut. Sie spielte mit dem Gedanken abzulehnen, da ihr bereits etwas schwindelte, hielt es aber für unhöflich. Schließlich war es auch seine Hochzeit. Was hatte er doch gleich gefragt?

„Nein, ich bin ein Einzelkind." Sie lehnte sich zurück an das Sofa. „Meine Mom hat es mir nie gesagt, aber ich glaube, ich war ein Unfall. Sie und Dad haben etwa zwei Monate vor meiner Geburt geheiratet. Danach war er nicht oft da. Sie haben sich scheiden lassen, als ich sieben war."

„Aha. Ich bin der Jüngste. Ich kann mir nicht vorstellen, wie es ist, Einzelkind zu sein."

„Es ist einsam", erwiderte sie unverhohlen. „Für mich war es das jedenfalls. Meine Mom musste viel arbeiten, um uns zu ernähren. Außerdem war ich nicht besonders beliebt in der Schule." Sie lehnte den Kopf zurück und blickte ihn an. „Ich war zu klug und nicht attraktiv genug. Außerdem war ich schüchtern und wusste nie, was ich zu jemandem sagen sollte. Es war einfacher, sich in der Bibliothek zu verkriechen und zu lesen."

Sie nahm noch einen Schluck. Das Prickeln im Magen breitete sich im gesamten Körper aus, und ihr Kopf wurde schwer, aber es war ein angenehmes Gefühl. So als wäre sie geschützt vor allem, was beängstigend wirkte.

„Wann hast du aufgehört, einsam zu sein?", hakte er nach.

Sie drehte sich zu ihm um. „Gestern, glaube ich. Ich kann mich nicht erinnern." Sein Gesicht wirkte verschwommen. Sie schloss die Augen und fuhr verträumt fort: „Im College war es zuerst ganz nett. Ich hatte ein Stipendium. Es hat mir gefallen, weil es dort als positiv angesehen wurde, klug zu sein und viel zu lernen. Aber das Leben auf dem Campus hat mehr gekostet als erwartet. Meine Mom hatte kein Geld übrig, und ich musste mir etwas dazu verdienen." Sie öffnete die Augen. „Ich nehme an, das war nie ein Problem für dich?"

„Nein."

„Das muss schön sein."

„Wir hatten dafür andere Probleme."

„Die hat wohl jeder. Jedenfalls habe ich Privatunterricht gegeben. Vor allem Sportlern, weil sie am besten bezahlten. Aber sie waren nur daran interessiert, irgendwie durchzukommen. Sie wollten nicht lernen. Ist das nicht schrecklich?"

Sie blinzelte. Ihre Lider waren ungewöhnlich schwer. „Eines Tages waren meine Studienunterlagen verschwunden. Ich stellte die Jungs zur Rede, aber sie wollten nicht zugeben, dass sie die Papiere gestohlen hatten. Ich weigerte mich, sie weiter zu unterrichten. Etwa drei Wochen später wurden sie beim Schummeln erwischt und sollten vom College verwiesen werden. Sie behaupteten, sie hätten ein System benutzt, das ich entworfen und ihnen verkauft hätte."

Die Worte blieben ihr beinahe im Halse stecken. Es war so lange her, dass sie geglaubt hatte, es überwunden zu haben. Doch es schmerzte immer noch. „Sechs von ihnen erzählten dieselbe Geschichte. Niemand glaubte mir. Daher wurde ich zusammen mit ihnen vom College verwiesen. Ich ging nach Hause, nahm einen Job an, besuchte die Abendschule und machte schließlich meinen Abschluss. Aber das ist wahrscheinlich nicht das, was du wissen wolltest."

„Ich will alles wissen, was du mir sagen willst."

Sie versuchte zu lächeln, doch es misslang. „Das glaube ich nicht. Ich bezweifle, dass irgendetwas an meinem Leben interessant für dich ist."

„Das ist nicht wahr." Er berührte ihre Wange, und es fühlte sich wundervoll an. „Warum bist du nicht wieder auf ein College gegangen?"

„Ich hatte Angst. Ich wollte das nicht noch einmal durchmachen. Ich habe mich nie so einsam gefühlt wie damals – außer als Gerald mich auf dem Flughafen sitzen gelassen hat."

Khalil nahm ihr das Glas aus der Hand und murmelte: „Du, meine Wüstenrose, erzählst eine sehr traurige Geschichte. Aber all das wird sich ändern."

„Versprichst du es?"

„Ja." Er rückte näher zu ihr und schloss sie in die Arme. „Nichts wird dir je wieder wehtun."

„Nicht mal du?"

„Am allerwenigsten ich."

Dann küsste er sie. Ein Gefühl der Lethargie überkam sie, und die Augen fielen ihr zu.

6. KAPITEL

Ein rothaariges Model schritt in einem dunkelbraunen säulenförmigen Seidenkleid durch den Vorführraum. Dora versuchte, den überschlanken Körper der Achtzehnjährigen zu ignorieren, und musterte das Gewand. Die Farbe sagte ihr durchaus zu, aber der Schnitt kam für sie überhaupt nicht in Frage.

Unbehaglich rutschte sie auf dem güldenen Stuhl in dem exklusiven Salon umher, in den Khalil sie geführt hatte. Er wollte ihr eine neue Garderobe kaufen, bevor sie am Nachmittag nach El Bahar flogen.

Sie wollte sich einreden, dass sie froh sein sollte über seine Großzügigkeit, dass er freundlich und aufmerksam war. Doch es gelang ihr nicht ganz, da sie an diesem Morgen allein im Bett aufgewacht war und er sich allen Anzeichen nach nicht zu ihr gesellt hatte.

Vermutlich musste sie die Schuld bei sich selbst suchen. Sie presste die Finger an die Schläfen. Ihr Kopf pochte immer noch und ermahnte sie, dass Alkohol auf leeren Magen nicht unbedingt zu empfehlen war.

Irgendwann musste sie eingeschlafen und von Khalil ins Bett gebracht worden sein. Natürlich wollte sie nicht, dass ihr Mann mit ihr schlief, während sie bewusstlos war. Technisch gesehen war nichts falsch. Dennoch konnte sie sich des Gefühls nicht erwehren, dass auch nicht alles in Ordnung war. Schließlich hatte sie ihre Hochzeitsnacht allein verbracht.

Babette, die Besitzerin des Modesalons, befingerte die zarte Seide des Kleides. „Der Stoff ist außerordentlich, und die Farbe würde Madam fabelhaft stehen."

Sicher, dachte Dora düster, würde es nicht verblüffend aussehen, wenn sich der Stoff über ihren Hüften spannte? Doch sie sagte nichts. Das exklusive Geschäft erweckte in ihr das Gefühl, fehl am Platze und unzulänglich zu sein. Alle Verkäuferinnen sahen wie Models aus. Auch Babette war zierlich gebaut und elegant gekleidet. Neben ihr fühlte Dora sich selbst in ihrem neuen blauen Lieblingskleid altbacken und dick.

Babette musterte sie nachdenklich. „Ich bin mir allerdings nicht sicher, ob der Schnitt Madam schmeicheln würde."

Welche Einsicht, dachte Dora sarkastisch. Dann seufzte sie und rief sich in Erinnerung, dass ihre negative Einstellung eher auf Angst beruhte als auf Kränkung. Sie gehörte nicht hierher. Sie gehörte auch nicht mehr nach Los Angeles. Sie war heimatlos und verwirrt und hatte kürzlich einen Prinzen geheiratet.

Khalil hatte sich in der Nähe des Eingangs postiert und telefonierte per Handy. Nun trat er zu Dora. Sein Blick glitt über das Model, das vor ihm eine Pirouette drehte und ihm einen koketten Blick zuwarf. Er wandte sich an Babette. „Das Mädchen sieht aus, als hätte es einen Monat lang nichts gegessen. Bezahlen Sie Ihre Models nicht anständig?"

Ihr perfekt geschminktes Gesicht erblasste. „Eure Hoheit, ich versichere Ihnen ..."

Er winkte ab. „Meine Frau hat eine wundervolle frauliche Figur, und sie ist eine Prinzessin. Ich rate Ihnen, das zu berücksichtigen." Er beugte sich zu Dora und küsste sie auf die Wange. „Ich habe noch einige Telefonate zu führen. Kommst du zurecht?"

„Ja, sicher."

„Gut. Rufe mich, falls es Probleme gib." Damit kehrte er zu dem Tresen beim Eingang zurück und griff nach seinem Handy.

Babette schenkte Dora einen anerkennenden Blick. „Er muss Sie sehr lieben, Eure Hoheit. Sie können sich glücklich schätzen."

Dora lächelte strahlend, doch insgeheim zweifelte sie daran.

Drei Stunden später wollte sie nur noch ins Bett fallen und eine Woche lang schlafen. Sie hatte nicht geahnt, dass die Anprobe von Kleidern so ermüdend sein konnte. Sie konnte nicht mehr zählen, wie viele Outfits sie bereits ausgewählt hatte.

Endlich hatte die Schneiderin das letzte Kleid abgesteckt. Dora nutzte die Gelegenheit und schlüpfte aus der Umkleidekabine, um nach Khalil zu sehen. Was mochte er die ganze Zeit getrieben haben?

Sie ging zum Eingangsbereich und sah ihn mit einer jungen Frau mit hüftlangen dunklen Haaren sprechen. Zuerst glaubte sie, dass es sich um eine Verkäuferin handelte. Doch dann erkannte sie, dass es sich keineswegs um ein sachliches Gespräch handelte. Sie konnte die Worte nicht verstehen, aber die Körpersprache der beiden verriet heftigen Zorn.

Khalil legte der Frau die Hände auf die Schultern und schob sie entschieden von sich. Sie schüttelte heftig den Kopf und redete auf ihn ein. Dann plötzlich erstarrte sie und wirbelte herum. Sie war atemberaubend schön. Nur der hasserfüllte Blick ihrer großen, ausdrucksvollen Augen beeinträchtigte ihre makellosen Züge.

Khalil nahm die Frau am Arm und führte sie aus der Boutique. Instinktiv wollte Dora ihm folgen und ihn zur Rede stellen, doch Babette trat zu ihr und verkündete: „Madam, Sie müssen noch die restlichen Schuhe anprobieren."

Dora gab sich wohl oder übel geschlagen. Doch sobald sie in der Limousine saßen und zum Hotel zurückfuhren, fragte sie: „Khalil, wer war diese hübsche Frau, mit der du so eindringlich gesprochen hast?"

Die hübsche Frau, dachte er mit einem Anflug von Belustigung. Amber hätte höchst beleidigt auf die unzulängliche Bezeichnung reagiert. Sie war nicht nur hübsch, sie war eine Göttin – und eine Schlange. „Sie ist unwichtig", entgegnete er lächelnd. „Eine Freundin der Familie. Ihr Vater arbeitet in der Regierung. Ich habe ihr von unserer Hochzeit erzählt."

„Sie schien nicht sehr glücklich darüber zu sein."

„Sie war nur überrascht", behauptete er leichthin. Denn seine Frau brauchte nicht zu erfahren, dass Amber ihr am liebsten die Augen ausgekratzt hätte und ihn mit derben Schimpfwörtern überhäuft hatte.

Seine Frau. Er musterte die stille Fremde, die er geheiratet hatte. Sie mochte nicht so reizvoll sein wie Amber, aber in jeder anderen Hinsicht war sie ihr überlegen. Hätte er irgendwelche Bedenken gehegt, wären sie durch die zufällige – oder vielleicht gar nicht so zufällige – Begegnung mit seiner Exverlobten restlos ausgeräumt worden.

Dora würde die Pflichten ihrer neuen Position sehr schnell erlernen und niemals einen Skandal verursachen. Sie war loyal und liebevoll, und wenn er Glück hatte, wurde sie mit der Zeit auch fügsamer.

Er nahm ihre Hand. „Ich bin sehr glücklich darüber, dass ich dich geheiratet habe."

Sie schenkte ihm ein zittriges Lächeln. „Das freut mich."

Er drückte ihre Hand und ließ sie los. Ja, er konnte sich glücklich schätzen, dass er einen Ausweg aus dem Dilemma und zugleich einen angemessenen Ersatz gefunden hatte. Alles in allem war seine Geschäftsreise sehr erfolgreich verlaufen.

Dora starrte aus dem Fenster von Khalils Privatjet, aber das Gelände tief unten war ihr ebenso fremd wie die Mondoberfläche. Im Gegensatz zu ihrem Schulatlas war es nicht in farbige Felder aufgeteilt, und sie wusste nicht, wo ein Land endete und das andere begann. Hatten sie bereits die Grenze von El Bahar überflogen?

Die Reise war viel zu lang, dachte sie und versuchte, einen Anfall von Panik zu unterdrücken. Ihr war zu viel Zeit zum Nachdenken geblieben – vor allem, da Khalil sich auf seinem bequemen Sitz ausgestreckt hatte und eingeschlafen war. Nun stand die Landung kurz bevor, und sie wollte ihm unbedingt sagen, dass sie es sich anders überlegt hatte.

Sie warf ihm einen Blick zu und sah ihn in einen Bericht über Müllverbrennung vertieft. Er hatte während des elfstündigen Fluges überwiegend geschlafen, war dann rechtzeitig zum Frühstück aufgewacht und hatte sich rasiert und ein frisches Hemd angezogen. Sie musterte ihr zerknittertes Kleid und bereute, dass sie nicht daran gedacht hatte, sich ebenfalls etwas zum Umziehen mit in die Kabine zu nehmen.

Was will ich eigentlich hier? schoss es ihr durch den Kopf. In Panik griff sie zu dem Funktelefon in ihrer Armlehne. Dann hielt sie inne. Wen sollte sie anrufen? Ihren Vater hatte sie seit zwanzig Jahren nicht gesehen, und ihre Mutter war seit fünf Jahren tot. Sie hatte keine anderen Verwandten und keine engen Freunde, denen sie sich hätte anvertrauen können. Was hätte sie außerdem sagen sollen? Dass sie zwei Tage nach ihrer Hochzeit Bedenken hegte und es sie beängstigte, ihre Heimat zu verlassen?

Seufzend ließ sie die Hand sinken. Sie musste die nächsten Tage überstehen, ohne überstürzt zu handeln. Mit der Zeit fühlte sie sich bestimmt nicht mehr so verloren.

Erneut blickte sie zu Khalil und stellte fest, dass er immer noch dieselbe Seite las. War er ebenso verwirrt wie sie? Hegte er ebenfalls Bedenken? Sie wollte ihn fragen, doch sie fürchtete die Antwort. Was sollte sie tun, wenn er bejahte?

Hätte sie in ihrer Hochzeitsnacht nur weniger getrunken! Hätten sie vor der Abreise doch nur noch eine Nacht in New York verbracht und Zeit gehabt, sich zu unterhalten und zu lieben! Dann hätte sie sich gewiss besser gefühlt. Doch stattdessen hatten sie sein Flugzeug bestiegen und wurden von zwei eifrigen Stewards betreut, die ihnen keinen Augenblick der Privatsphäre ließen.

Druck entstand in ihren Ohren, und sie schluckte instinktiv. Der Sinkflug hatte begonnen. Sie blickte aus dem Fenster und sah, dass sie die weite Wüste hinter sich gelassen hatten. Unter ihnen lag eine große Stadt mit breiten Straßen und Hunderten von Gebäuden, darunter auch moderne Hochhäuser. Jenseits der Stadt sah sie glitzerndes Blau.

Das Arabische Meer, dachte sie verwundert. War sie wirklich um die halbe Welt gereist?

„Da ist der Palast“, sagte Khalil und deutete aus dem Fenster. „An der Küste. Man sieht auch die alte Stadtmauer.“

Direkt am Meer erstreckte sich ein riesiges weißes Gebäude. Dahinter bildete gepflegter Grund ein Flickwerk aus Farben. Die erwähnte Mauer umschloss einen Großteil der Stadt, allerdings nicht die Hochhäuser, die ihr zuvor aufgefallen waren.

Vorfreude verdrängte die Panik. Aus der Luft sah El Bahar exotisch, aber dennoch einladend aus.

Der Jet landete sanft und rollte zu einem kleinen Gebäude am entfernten Ende des Rollfelds. Als Dora ausstieg, fiel ihr ein wesentlich größerer Terminal auf.

„Der ist für den kommerziellen Flugverkehr“, erklärte Khalil. „Dort befinden sich auch Einwanderungsbehörde und Zoll. Auf der anderen Seite befindet sich ein großer Bereich für Speditionen. Sie haben sogar ihre eigenen Startbahnen. Wie du siehst, ist EL Bahar bereit für das neue Millennium.“

„Sehr eindrucksvoll.“ Sie stieg die schmale Treppe hinab und atmete tief die Luft von El Bahar ein, die angenehm kühl war. Der Duft einer fremdartigen Blume stieg ihr in die Nase, doch sie sah keine Pflanzen. Der Himmel war von einem erstaunlichen Blau und wirkte ungewöhnlich hoch. Sie sagte sich, dass es derselbe Himmel war, den sie ihr Leben lang kannte, aber er wirkte dennoch anders.

Khalil führte sie zu einer weißen Limousine mit zwei kleinen Flaggen auf der Motorhaube. Das goldene königliche Emblem flatterte in der Brise. Ein uniformierter Chauffeur hielt die Fondtür auf, doch bevor sie einsteigen konnte, legte Khalil ihr eine Hand auf den Arm und hielt sie zurück.

„Dora, das ist Roger, unser bevorzugter Fahrer. Er ist schon bei meiner Familie, so lange ich denken kann."

Roger, ein hellhäutiger Mann in den Fünfzigern, berührte seine Mütze. „Danke, Prinz Khalil, aber ich muss mich gegen den Ausdruck *so lange ich denken kann* verwahren. Die junge Dame muss glauben, dass ich uralt bin", bemerkte der Engländer lächelnd.

„Uralt vielleicht nicht", räumte Khalil ein. „Wie wäre es mit so alt wie die Zeit?"

„Nun gut, Eure Hoheit. Wenn es sein muss." Roger zwinkerte Dora zu, und sie lächelte ihn an.

Flüchtig legte Khalil ihm eine Hand auf die Schulter. „Ich bin froh, dass Sie uns abholen. Jetzt macht Dora sich nicht mehr so große Sorgen über ihren Aufenthalt in El Bahar."

Überrascht blickte sie ihn an. „Woher wusstest du, was ich gedacht habe?"

„Ich bin dein Ehemann. Wieso sollte ich es nicht wissen?"

Sie wusste nicht, was sie darauf antworten sollte. Ihrer Meinung nach kannte er sie kaum. Oder hatte sie ihn falsch eingeschätzt? War er wirklich schon seit ihrer ersten Begegnung an ihr interessiert? Die Vorstellung rief ein angenehmes Gefühl hervor.

„Ihre Frau?", hakte Roger verblüfft nach. „Sir, ich hatte ja keine Ahnung." Er nahm seine Mütze ab und verbeugte sich tief vor Dora.

Die Unterwürfigkeit verblüffte sie derart, dass sie hilflos zu Khalil blickte, der jedoch völlig ungerührt wirkte. Schließlich war er ja auch von Geburt an ein Prinz und an derartig untertänige Gesten gewöhnt.

„Eure Hoheit, ich wollte nicht unhöflich sein", erklärte Roger. „Wenn ich gewusst hätte …"

„Ich hoffe, dann hätten Sie mich genauso freundlich begrüßt", unterbrach Dora ihn sanft. „Der Prinz hat recht. Ich bin zum ersten Mal in El Bahar und etwas nervös. Sie haben mich großartig empfangen."

„Danke." Roger deutete zum Wagen. „Wenn Eure Hoheit bereit sind."

Als Dora auf den Rücksitz glitt, hörte sie Roger leise sagen: „Eine gute Wahl, Sir. Sie ist eine beachtliche Lady."

Die Bemerkung half ihr, sich ein wenig zu entspannen. Wenn die königliche Familie nur halb so nett war wie Roger, wurde vielleicht doch alles gut.

Sobald das Gepäck im Kofferraum verstaut war, setzte Roger sich an das Steuer und fuhr los. Wenige Minuten später hatten sie den Flughafen hinter sich gelassen.

Interessiert blickte Dora aus dem Fenster auf ihre neue Heimat. Sie fuhren in südlicher Richtung auf die Küstenstraße und dann nach Osten zur Stadt. Die Straßen waren breit und in gutem Zustand. Erneut erregte der Himmel ihre Aufmerksamkeit, und sie sehnte sich danach, das Fenster zu öffnen und die frische Luft zu riechen. „Darf ich?", fragte sie und deutete zum Bedienknopf.

„Bitte." Khalil lehnte sich zurück. „Du sollst dich wohlfühlen."

Sie hätte sich wohler gefühlt, wenn er ihre Hand gehalten hätte, doch sie traute sich nicht, ihm das zu sagen. Obwohl sie verheiratet waren, fühlte sie sich nicht berechtigt, die Privilegien einer Ehefrau zu fordern.

Sie drückte den Knopf, und das Fenster senkte sich lautlos. Eine kühle Brise ließ ihre Haare flattern. Sie spürte die Wärme der Sonne im Gesicht, roch das Salz vom Meer und erneut diesen seltsamen, lieblichen Duft. Am Straßenrand stand eine Reihe Palmen. „Dattelpalmen?"

„Ja. Vor nicht sehr langer Zeit haben Datteln ein Hauptnahrungsmittel im Sommer dargestellt. Jetzt werden sie überwiegend exportiert, obwohl sie immer noch auf den Speisezettel gehören. Sieh mal." Er deutete zur Linken.

Sie drehte sich um und sah einen Mann in Nomadenkleidern mit zwei beladenen Kamelen.

„Er ist unterwegs zum *souk* – dem Marktplatz. Einer der größten und ältesten der Stadt befindet sich beim Palast. Ich werde ihn dir bei Gelegenheit zeigen."

Trotz ihrer Nervosität verspürte Dora einen Anflug von Vorfreude bei dem Gedanken an all die exotischen Abenteuer, die sie erwarteten.

Als sie durch das Büroviertel fuhren, verrenkte sie sich den Hals nach der Spitze der gläsernen Hochhäuser. Mehrere Firmennamen auf den Schildern waren ihr geläufig.

„Jamal, der Mittlere von uns Brüdern, ist für die Finanzen zuständig", erklärte Khalil. „Während mein Vater den Drang hatte, El Bahar zum finanziellen Zentrum der arabischen Welt zu machen, hat Jamal es bewerkstelligt, große Banken und Firmen hierher zu bringen. Dennoch sind wir nicht so reich wie Bahania."

„Wer?"

„Bahania – unser Nachbar im Nordosten. Mein Vater sagt immer, dass er mit seinen drei Söhnen viel geringere Probleme hat als der König von Bahania, der vier Söhne und eine Tochter hat. Die beiden sind gute Freunde. Meine Brüder und ich dachten schon, dass es zu arrangierten Ehen kommen würde, aber meine Großmutter stammt aus Bahania, und daher war Inzucht zu befürchten."

„Dein Vater arrangiert Ehen für seine Söhne?"

„Natürlich. Wir sind eine königliche Familie."

„Aber du führst keine arrangierte Ehe." Entsetzen stieg in ihr auf. „Oder doch? Du hast andere Frauen." Ihr Magen verkrampfte sich. War El Bahar nicht moslemisch? Waren Männern nicht vier Frauen gestattet?

Khalil lachte. „Du siehst so erschrocken aus wie eine Maus, die von einem Habicht gefressen werden soll. Ich habe keine andere Frau als dich, Dora. In El Bahar herrscht Religionsfreiheit, aber ein Mann darf sich nur eine Frau nehmen. Mein Vater behauptet, dass für einige Männer schon eine Frau zu viel ist."

Sie befeuchtete sich die ausgedörrten Lippen. „Bist du sicher?"

„Ziemlich. Ich habe mein ganzes Leben hier verbracht und bin mit den Sitten vertraut. Jetzt hör auf, dich zu sorgen, und sieh dich um. Wir erreichen gleich den Palast."

Nun erst bemerkte sie, dass sie von der Schnellstraße in eine von Geschäften gesäumte Seitenstraße abgebogen waren. In einem großen Hof spielten Kinder Fußball. Als sie die Limousine erblickten, rannten sie sofort herbei und winkten. Khalil öffnete sein Fenster und winkte zurück.

Ein kleines Mädchen pflückte eine Blume und warf sie auf das langsam fahrende Gefährt. „Prinz Khalil! Prinz Khalil! Willkommen zu Hause!"

Dora fühlte sich wie in einem alten Spielfilm. „Sie sprechen ja Englisch", bemerkte sie verwundert.

„Die meisten Leute hier. Englisch ist Pflichtfach in allen Schulen und wird bei geschäftlichen Transaktionen gesprochen. El Bahar bereitet sich auf eine wichtige Rolle in diesem Jahrhundert vor."

„Ich verstehe."

„Da vorn ist der Eingang zum Palast", erklärte Khalil, als die Limousine in eine lange Allee einbog.

Sie fuhren durch ein großes Tor. Etwa ein Dutzend bewaffneter Posten in Uniform stand Wache. Innerhalb der Mauern schlängelte sich die Auffahrt zwischen üppigen Gärten hindurch. Zwischen dem dichten Laubwerk erblickte Dora Gebäude, Teiche, Tennisplätze und eine Armee von Gärtnern.

„Die Palastanlage steht der Öffentlichkeit zweimal in der

Woche offen. Es gibt einen kleinen Zoo und zahlreiche Spazierwege. Für Einwohner ist der Besuch kostenlos, während Touristen eine kleine Gebühr zahlen."

Der liebliche Duft wurde stärker. Dora sog ihn tief in sich auf. Dann stockte ihr der Atem, als sie die letzte Kurve nahmen und vor einem riesigen Gebäude anhielten.

Das Bauwerk schien sich meilenweit zu erstrecken. Es war mindestens drei Stockwerke hoch und besaß ein wundervolles Kacheldach, das in der Sonne glänzte. Balkone mit schwarzen, schmiedeeisernen Geländern bildeten einen starken Kontrast zu den strahlend weißen Mauern.

Ein gewaltiger Torbogen führte in den Palast. Ein kreisförmiger Bereich vor dem Gebäude war mit kobaltblauen Mosaiksteinen versehen, die den Ozean mit Fischen und Booten darstellten. Es war ein hervorragendes Werk, das sehr anheimelnd wirkte.

„Willkommen, Prinzessin Dora", wünschte Roger, als er ihr aus der Limousine half. „Sind Sie bereit für den großen Empfang?"

„Ich hoffe es." Sie wandte sich an Khalil. „Weiß deine Familie von mir?"

„Mein Vater schon. Er war entzückt." Es war eine kleine, aber nötige Lüge. Auch wenn Khalil sie nicht besonders gut kannte, spürte er ihre Nervosität, die durchaus verständlich war. Schließlich lernte man nicht jeden Tag seine Schwiegerleute kennen. Noch aufregender war es, in eine königliche Familie einzuheiraten, die eine andere Wahl getroffen hätte.

Er dachte zurück an das Telefonat mit seinem Vater am Vortag. König Givon Khan hatte vor Zorn gebrüllt und sich geweigert, irgendwelche Argumente anzuhören. Es war sehr zu bezweifeln, dass er sich inzwischen beruhigt hatte.

Die gesamte Familie hatte sich zur Begrüßung versammelt. Khalils Brüder Malik und Jamal lehnten an den großen Säulen vor der Doppeltür, die in den Palast führte. Seine Großmutter wartete am Fuße der Stufen. Ihr schlanker, beinahe zerbrechlicher Körper verlieh ihr den Eindruck von Schwäche, aber Fatima Khan konnte sie alle immer noch überlisten.

Sein Vater Givon Khan war beinahe sechzig, aber er sah so stark und ungebeugt wie ein zwanzig Jahre jüngerer Mann aus. Trotz seiner Vorliebe für moderne, westliche Kleidung war er oftmals ein altmodischer König. Er regierte El Bahar mit Weisheit und Geduld – einer Geduld, die er seinen Söhnen gegenüber selten bewies. Enttäuschung und Zorn spiegelten sich in seinen Augen, die von Unheil kündeten.

Niemand sprach. Fatima starrte den König finster an, was bedeutete, dass es bereits zu einem Streit zwischen ihnen gekommen war.

Khalil und Dora blieben vor der Gruppe stehen. Er legte ihr eine Hand auf die zitternde Schulter und drückte sie ermutigend. „Vater, ich möchte dir Prinzessin Dora Khan vorstellen. Dora, das ist mein Vater, König Givon von El Bahar."

Sie überraschte ihn, indem sie vortrat und einen sehr anmutigen Hofknicks vollführte. „Eure Majestät, vielen Dank, dass Sie mich in Ihrem wundervollen Land willkommen heißen."

Givon starrte sie an, nickte flüchtig und wandte sich an seinen Sohn. „Khalil, ich war in der Vergangenheit oft zornig auf dich, ich war enttäuscht, aber zum ersten Male wünschte ich nun, du wärest nicht mein Sohn."

Dora drehte sich um und blickte Khalil erschrocken und verletzt an. Er hätte sie gern beruhigt, aber es war nicht der geeignete Augenblick. Er hätte die Situation gern geklärt und seinem Vater die Wahrheit über Amber erzählt, aber auch das musste warten.

Beschützend zog er Dora an sich. „Du kannst zu mir sagen, was du willst, Vater, aber du wirst meine Frau mit dem Respekt behandeln, den sie verdient. Ich möchte darum bitten, dass du sie als deine neue Tochter willkommen heißt."

Junge Augen starrten in alte. Die Atmosphäre knisterte vor Spannung. Nie zuvor hatte Khalil einen derartigen Willenskampf gewonnen, aber ihm war auch nie zuvor etwas so wichtig gewesen. Er wartete. Dora erzitterte.

Der König trat drei Schritte vor, bis er vor ihr stand. Dann legte er ihr die Hände auf die Schultern, beugte sich zu ihr und küsste sie auf beide Wangen. „Willkommen, Tochter, im Haus deiner neuen Familie. Mögest du gesegnet sein mit einem langen Leben, zahlreichen Söhnen und Frieden im Alter."

Dora lächelte. „Nicht mit Liebe?"

Der König wirkte so erstaunt, wie Khalil sich fühlte. Er hatte nicht erwartet, dass sie den Mund öffnete. „Ich fürchte, dein Ehemann wird nicht lange genug bei dir sein, als dass die Liebe fortdauern könnte."

„Wenn Sie so zornig sind, dass Sie ihn töten werden, kann ich nicht viel Hoffnung auf die Söhne hegen, die Sie mir versprochen haben."

Die Mundwinkel des Königs hoben sich. „Vielleicht verabreiche ich ihm nur eine Tracht Prügel."

Sie beugte sich zu ihm und flüsterte in vertraulichem Ton: „Ich weiß genau, wie Sie sich fühlen."

Givon lachte laut auf und zog Dora in die Arme. „Ich beginne zu ahnen, warum mein Sohn der Tradition den Rücken gekehrt und dich geheiratet hat. Also gut, ich werde meinen Zorn vorläufig vergessen. Komm, Prinzessin Dora, und sieh dir dein neues Zuhause an."

7. KAPITEL

Eine junge dunkelhaarige Zofe führte Dora über einen langen Korridor in eine überwältigende Suite. Der Salon war riesig und sehr hoch. Gobelins mit orientalischen Mustern zierten die Wände. Möbel im westlichen Stil bemühten sich, den Raum zu füllen, doch es blieb genug Platz für eine Ballettvorführung. Das Atemberaubendste war jedoch die Fensterwand, die auf einen Balkon führte und über das Arabische Meer blickte.

Dora öffnete die Schiebetür und trat hinaus. Meeresluft umgab sie. Der liebliche Duft wirkte entspannend. Kleine Tische und Stühle standen auf dem langen Balkon, der zu allen Räumen auf dieser Etage gehörte.

Sie fühlte sich von dem Gefühl überwältigt, eine sehr fremdartige Welt betreten zu haben. Obwohl sie einen guten Eindruck auf den König gemacht zu haben schien, hatte er sie schnell wieder loswerden wollen – vermutlich, um seinen ungehorsamen Sohn ins Gebet nehmen zu können. Höchstwahrscheinlich hatte die Familie andere Pläne für Khalil gehegt.

„O Khalil, was hast du getan?“, murmelte sie vor sich hin und schlug die Hände vor das Gesicht. Warum hatte sie die Situation nicht durchdacht? Er war kein gewöhnlicher Mann, der sich seine Braut aussuchen konnte. Eheschließungen von Königskindern erforderten sicherlich die Zustimmung der Regierung. Oder war das nur in England so? Sie blickte hinab auf den schweren Diamantring an ihrer Hand. War ihre Ehe in diesem Land überhaupt gültig?

„Eure Hoheit?“

Sie drehte sich um und sah die Zofe in der Tür stehen. „Ja?“

Die Frau war Anfang zwanzig und sehr hübsch mit ihren großen dunklen Augen und glänzenden, zu einem Knoten verschlungenen Haaren. Sie trug ein graues Kleid und flache Schuhe. „Ihre Koffer sind angekommen. Ich möchte gern Ihre Erlaubnis, Ihre Sachen auszupacken."

Nicht zum ersten Mal fühlte Dora sich wie in einem alten Spielfilm. Doch sie befürchtete, dass sich ihre Probleme nicht in knapp zwei Stunden lösen ließen. „Wie heißt du?"

„Rihana, Eure Hoheit." Sie deutete einen Knicks an. „Es ist mir eine Ehre, Ihnen zu dienen."

Dora wünschte sagen zu können, dass es ihr eine Ehre sei, bedient zu werden. Aber sie wusste, dass es lange dauern würde, sich daran zu gewöhnen. „Ist es dir gestattet, mich anders als Eure Hoheit zu nennen?"

Rihana lächelte. „Natürlich. Prinzessin Dora wäre ein akzeptabler Titel."

„Dann lass uns lieber den benutzen. Wenn ich meinen Namen höre, weiß ich wenigstens, dass ich gemeint bin." Dora deutete zu einer breiten Doppeltür zur Linken. „Ist dort das Schlafzimmer?"

„Ja."

„Ich würde meine Sachen lieber selbst auspacken. Dann finde ich sie leichter wieder."

Rihana runzelte die Stirn. „Prinzessin Dora, es ist meine Aufgabe, mich um Sie zu kümmern."

„Und was war deine Aufgabe, bevor ich gekommen bin?"

„Ich gehöre zum Haushaltspersonal."

„Aha." Dora lächelte. „Da ich gerade erst angekommen bin, ist deine Aufgabe, mir zu helfen, bestimmt noch ganz neu. Vermutlich hast du noch andere Pflichten im Haushalt zu erfüllen."

„Natürlich, aber sie werden meinen Dienst bei Ihnen nicht beeinflussen. Ich kann hart arbeiten."

„Das bezweifle ich nicht. Ich bin nicht an den Palast und die Gepflogenheiten dieses Landes gewöhnt und werde eine Weile brauchen, um mich anzupassen. Lass mich selbst auspacken. Ich verspreche, dass du mich ab morgen bedienen kannst."

Zögernd ging Rihana zur Tür. „Wenn Sie es sich anders überlegen, greifen Sie nur zum Telefon und fragen nach mir."

„Das werde ich tun. Danke."

Als Dora allein war, betrat sie das Schlafzimmer. Es war etwas kleiner als das Wohnzimmer, aber nicht weniger eindrucksvoll. Ein riesiges Bett mit Baldachin stand auf einer Empore mitten im Raum. Eine Glaswand führte hinaus auf den Balkon. Blaue, grüne und goldene Kacheln bildeten ein exotisches Muster an den Wänden. Schwarz lackierte, mit goldenen Intarsien verzierte Möbel muteten orientalisch an.

Sie öffnete den Kleiderschrank und stellte überrascht fest, dass er völlig leer war. Sie war also nicht in Khalils Suite, sondern im Gästequartier untergebracht worden.

Was hatte das zu bedeuten? War es ein Irrtum? Oder entsprach es den Gepflogenheiten der königlichen Familie? Warum hatte sie keine Nachforschungen angestellt, bevor sie New York verlassen hatten?

Panik stieg in ihr auf, als ihr bewusst wurde, dass außer Khalil und seiner Familie niemand auf der Welt wusste, wo sie sich aufhielt. Es war alles so überstürzt geschehen, dass sie niemanden angerufen hatte. Niemand würde sie vermissen, wenn sie einfach verschwand.

War sie eine Gefangene? Szenen aus alten Filmen stiegen im Geiste vor ihr auf. Bilder von entführten, gefangenen, getöteten Frauen. Ihre Kehle war wie ausgedörrt, als sie sich fragte, ob sie ihr Heimatland je wieder sehen würde.

Hastig lief sie zur Eingangstür der Suite, die sich zu ihrer Erleichterung mühelos öffnen ließ. Es war auch kein Wächter im Korridor postiert.

Sie blickte in die eine und dann in die andere Richtung und versuchte sich zu erinnern, wo der Eingang des Palastes lag. Da ihre Suite zum Meer ging, musste …

„Prinzessin Dora, kann ich Ihnen helfen?"

Sie blickte auf und sah einen älteren Mann vor sich stehen. Er trug mehrere flauschige Handtücher über seinen mageren braunen Armen. Seine Kleidung – eine offene Robe über heller, weiter Hose und einem ebenso weiten Hemd – wirkte fremdartig, seine Miene jedoch freundlich.

„Sind Sie hungrig, Eure Hoheit? Kann ich Ihnen etwas zu essen bringen? Oder soll ich Rihana rufen?"

Sie öffnete den Mund und schloss ihn wieder. Wenn sie fliehen wollte, brauchte sie offensichtlich einen Plan. „Nein, danke. Ich brauche nichts", sagte sie und kehrte in ihre Suite zurück.

Sie nahm eine Mappe mit feinem Schreibpapier vom Schreibtisch, der in einer Ecke stand, und setzte sich auf das Sofa. Dann skizzierte sie einen groben Grundriss des Palastes, wie sie ihn vom Flugzeug aus erinnerte, und kennzeichnete die Räume, die sie kannte. Die Eingangshalle, einen Korridor und ihre Suite. Nichts weiter.

Mit einem Seufzer lehnte sie sich zurück an die weichen Polster. Vielleicht machte sie es sich zu schwer. Vielleicht sollte sie einfach zum Telefon greifen und sich mit Khalil verbinden lassen. Schließlich war er ihr Ehemann. Wenn sie ihn sehen, mit ihm sprechen konnte, sah alles schon viel besser aus.

Mit diesem Entschluss schloss sie die Augen. Vor lauter Anspannung hatte sie in der Nacht zuvor, während des Fluges, nicht geschlafen. Nur für eine Sekunde ruhen, dachte sie.

„Entschuldige, Kind, aber du hast nicht viel Zeit."

Dora blinzelte und erblickte eine schlanke Frau mit grauen Strähnen in den dichten dunklen Haaren. Ein wundervoll geschnittenes saphirblaues Kostüm ließ sie königlich aussehen. Doch es war ihr Gesicht, das besondere Aufmerksamkeit forderte. Trotz des hohen Alters und der winzigen Runzeln in der papierdünnen Haut war sie eine Schönheit.

„Fatima“, flüsterte Dora und setzte sich auf dem Sofa auf. Dann wurde ihr bewusst, dass sie mit der Königsmutter sprach. Hastig sprang sie auf und knickste. „Ich meine, Eure Hoheit.“

Fatima winkte ab. „Ich bitte dich, wir sind doch Familie, meine Liebe. Wenn dir Großmutter zu vertraut erscheint, dann nenne mich Fatima. Oder *Erhabene*. Dieser Titel hat mir immer gefallen. Zum ersten Mal hörte ich ihn vor vierzig Jahren, von einem Staatsoberhaupt. Der Mann hatte seine Hand unter meinem Rock, als er es sagte. Ich teilte ihm mit, dass ich durchaus bereit wäre, seine Geliebte zu werden, aber keine Geheimnisse hüten könne, und dass mein Mann, der König, wenn er von der Affäre erführe, ihm die Fähigkeit nehmen würde, je wieder mit einer Frau zu verkehren. Falls du verstehst, was ich meine.“

Fatima zwinkerte. Dann wurde ihre Miene traurig. „Ich vermisse ihn. Meinen Mann, nicht den anderen. Trotz meiner Späße war ich ihm fast vierzig Jahre lang eine gute und treue Ehefrau. Wir führten eine wundervolle Ehe.“ Sie befingerte den Ausschnitt ihres Kostüms. „Es ist von Chanel. Ich kannte Coco persönlich, aber in meinem Alter ist das nicht verwunderlich. Du bist also Khalils Braut. Ich kann mir denken, dass du recht verwirrt von allem hier bist.“

„Jetzt noch mehr als vorher“, sagte Dora unbedacht und schlug sich eine Hand vor den Mund. „Es tut mir leid. Das wollte ich nicht sagen.“

Fatima lachte. „Mag sein. Aber du hast es gedacht.“ Sie nahm auf dem Sofa Platz und bedeutete Dora, sich zu ihr zu setzen. „Ich bin etwas exzentrisch. Zum Teil liegt es an meinem Alter, aber hauptsächlich an meinem Naturell. Ich hatte mehr als siebzig Jahre Zeit, meine Sonderlichkeit zu kultivieren, und es bereitet mir großes Vergnügen, unerwartet zu handeln.“ Sie beugte sich vor und senkte die Stimme. „Wir sind von Männern umringt, meine Liebe. Givons Frau ist vor einigen Jahren gestorben, und ich kann ihn nicht dazu bringen, wieder zu heiraten. Er hat drei Söhne. Bahania, unser Nachbar und das Land meiner Geburt, hat eine Königsfamilie mit vier Söhnen und nur einer Tochter. Wir Frauen müssen zusammenhalten."

Dora wusste nicht, was sie dazu sagen sollte. Also schwieg sie. Noch immer fühlte sie sich wie in einem Traum.

„Der Palast ist in Aufruhr", fuhr Fatima fort. „Zum Teil deshalb, weil der jüngste Sohn des Königs in einem fremden Land in einer Ziviltrauung eine völlig Fremde geheiratet hat." Sie tätschelte Doras Hand. „Nichts für ungut, aber wir kennen dich nicht, oder?"

„Nein."

„Außerdem geht es darum, dass es Khalil gar nicht ähnlich sieht. Er ist nicht impulsiv. Wenn Malik plötzlich mit einer Braut aufgetaucht wäre, wäre es eher verständlich." Fatima runzelte die Stirn. „Wie gut kennst du meinen Enkel?"

Dora schluckte. „Ich war seine Sekretärin in den Vereinigten Staaten."

„Ein Impuls", murmelte Fatima mehr zu sich selbst als zu Dora. „Hat er dir von der Narbe erzählt?"

Dora blinzelte verwirrt. „Die auf seiner Wange?"

„Es ist die einzige, von der ich weiß. Wenn er eine interessantere hat, musst du mir davon erzählen."

„Ich weiß nicht, woher er die Narbe hat, und es ist die einzige, von der ich weiß."

„Zu schade." Fatima verschränkte die Hände im Schoß. „Du musst ihn danach fragen. Durch diese Narbe hat Khalil viele Dinge gelernt – einschließlich nicht zu reden, ohne vorher zu denken. Ich verstehe das einfach nicht. Bestimmt bist du ein nettes Mädchen, aber du bist nicht mit Amber zu vergleichen. Hat er dich deshalb geheiratet?"

Ein Gefühl der Kälte beschlich Dora. „Wer ist Amber?"

Fatima musterte sie eindringlich. „Bis zu eurer Trauung war

Khalil mit der jüngsten Tochter des Premierministers verlobt. Ich nehme an, er hat es dir gegenüber nie erwähnt?"

Stumm schüttelte Dora den Kopf und schluckte schwer. „Wann hätte die Hochzeit sein sollen?", fragte sie mit rauer Stimme.

„Khalil hat sich nie auf ein Datum festlegen lassen", erwiderte Fatima nachdenklich. „Ich habe mir bisher nichts dabei gedacht, aber jetzt ergibt alles einen Sinn. Er hat auf die Liebe gewartet. Wie romantisch."

Dora hätte gern daran geglaubt, dass er sie liebte. War es möglich?

„El Bahar ist zwar auf dem Weg in die Moderne, aber wir sind auch unseren Traditionen verhaftet. Das Volk wird es nicht billigen, dass der jüngste Sohn des Königs in einem fremden Land heiratet. Das riecht nach …" Fatima riss die Augen auf. „Oje, ihr habt doch nicht geheiratet, weil du schwanger bist, oder?"

„Ich kenne ihn nicht mal einen Monat."

„Ja, natürlich. Nun, um diesem Gerücht und möglichen anderen vorzubeugen, schlage ich eine zweite Trauung vor, und zwar eine traditionelle. Sagen wir in zwei Wochen? Bis dahin können wir den Premierminister und seine Familie beschwichtigen."

„Ich weiß nicht, was ich dazu sagen soll", verkündete Dora aufrichtig. „Wenn du meinst, dass es hilft, bin ich gern bereit."

„Gut." Fatima erhob sich und zog Dora mit sich ins Schlafzimmer. „Jetzt wird es Zeit, dich für das Dinner anzukleiden. Ich nehme an, Khalil hat dir nichts von Chanel gekauft, oder? Die Jungen haben nicht meinen Sinn für Stil geerbt."

Sie kramte in den geöffneten Koffern auf dem Bett und hielt Doras Lieblingskleid hoch. „Das hier wird wundervoll aussehen. Zum Glück ist es heller als meins, sodass wir nicht wie im Partnerlook aussehen werden." Sie lächelte schelmisch. „Oder möchtest du deinen Mann mit traditioneller Kleidung überraschen?"

„Ich glaube, dazu sind wir beide nicht bereit."

„Da magst du recht haben." Fatima berührte sie am Arm. „Hab keine Angst vor uns, Dora, oder lass es dir zumindest nicht anmerken. Wir respektieren Stärke und Entschlossenheit, auch bei unseren Frauen. Mein Sohn ist im Moment verärgert und enttäuscht, aber es richtet sich gegen Khalil, nicht gegen dich. Wenn er unhöflich wirkt, dann lass ihn nicht spüren, dass er dir wehtut. Du musst stark sein. Wenn du dich von einem der Männer dominieren lässt, machst du dich zur Sklavin. Verstehst du das?"

„Ich glaube, ja", erwiderte Dora und fragte sich insgeheim, ob sie es jemals verstehen würde.

Fatima schob sie sanft zum Badezimmer. „Geh dich anziehen. Ich warte und begleite dich dann hinunter zum Dinner. Ich habe einen nicht gerade subtilen Wink von meinem Sohn erhalten, dass die Mahlzeit nur für Männer gedacht ist. Also werden wir sie überraschen. Das ist immer gut. Und jetzt beeil dich."

Eine halbe Stunde später folgte Dora ihr endlose Korridore entlang. Sie erhaschte Blicke in große Räume, die in westlichem wie in östlichem Stil eingerichtet waren. Durch die Fenster sah sie erleuchtete Gärten und Springbrunnen. Obwohl sie noch immer verwirrt und nervös war, konnte sie nicht umhin, sich auf die Erforschung dieses wundervollen Palastes und seiner Anlagen zu freuen.

Schließlich betraten sie ein Speisezimmer. An dem langen Tisch hätten zehn oder zwölf Personen Platz gefunden, aber er wies nur vier Gedecke auf. Der König saß am Kopfende, mit zwei Söhnen zu seiner Rechten und Khalil zu seiner Linken. Alle vier Männer blickten auf, als die Frauen eintraten.

„Kommen wir zu spät?", fragte Fatima und ignorierte den unwilligen Blick des Königs. „Ich habe Dora gerade informiert, dass heute Abend ein Familiendinner stattfindet, bei dem wir diskutieren wollen, wie diese Krise gehandhabt werden soll. Der Zeitpunkt ist unglücklich. Schließlich ist es ihr erster Abend in El Bahar, und daher sollten wir sie nicht allein in ihrem Zimmer lassen."

Khalil grinste verstohlen, als seine Großmutter dem Blick des Königs trotzig standhielt. Givon Khan mochte zu den sechs reichsten Männern der Welt gehören und ein mächtiger Monarch sein, aber er musste es dennoch mit einer starrsinnigen Mutter aufnehmen. Fatima war in den Siebzigern, aber eine durchaus ernst zu nehmende Widersacherin.

Daher war es nicht sonderlich überraschend, dass der König weder den Zeitpunkt noch den Ort geeignet für eine Konfrontation erachtete. Er nickte einem der Diener zu, die geduldig bei der Tür warteten. Zwei weitere Gedecke wurden aufgelegt.

„Mutter, deine Bereitschaft, an andere zu denken, hat dich zu der beachtlichen Frau gemacht, die du bist." Givon erhob sich und breitete die Arme aus. „Wie immer bist du sehr weise für dein Alter."

Fatima trat zu ihm und ließ sich in die Arme schließen. Sie berührte seine Wange. „Ich bin dreiundsiebzig, Givon. Es ist an der Zeit, nicht mehr zu sagen, dass ich weise bin für mein Alter, findest du nicht?" Sie drehte sich zum Tisch um. „Dora, setz dich neben deinen Ehemann. Jamal, rutsch rüber und lass mich zwischen dir und deinem Bruder sitzen."

Innerhalb von Sekunden hatte Fatima die Sitzordnung ihren Wünschen entsprechend arrangiert und saß zwischen ihren ältesten Enkeln. Khalil warf Dora einen Blick zu. Sie versuchte zu lächeln, doch es gelang ihr nicht ganz.

„Ich weiß immer noch nicht, was ich Aleser sagen soll", eröffnete Givon, während der Salat serviert wurde. „Er ist seit über dreißig Jahren mein höchst loyaler Berater. Wir waren uns immer einig, dass seine jüngste Tochter in unsere Familie einheiraten würde. Sie war mit dir verlobt, Khalil. Wir waren uns alle einig.“

„Anscheinend nicht alle von uns“, entgegnete Fatima. „Ich mag Dora und halte sie für geeigneter als Amber. Das Mädchen ist klug und hat Rückgrat. Meine Enkelsöhne sind zu starrsinnig. Sie brauchen Frauen mit Rückgrat.“

Khalil konnte sich lebhaft den Zorn seines Vaters über diese Bemerkung vorstellen und unterdrückte mühsam ein Lachen. Verstohlen blickte er zu Fatima. Warum stellte sie sich in dieser Angelegenheit auf seine Seite? Wusste sie etwas von Ambers Mätzchen?

Ihm fiel auf, dass Dora ihr Essen nicht anrührte. Um sie zu beruhigen, suchte er unter dem Tisch ihre Hand, drückte sie und erhielt ein dankbares Lächeln.

„Das Problem lässt sich leicht lösen“, erklärte Fatima. „In zwei Wochen werden wir eine traditionelle Zeremonie abhalten. Das wird das Volk beschwichtigen.“

„Aber was ist mit Aleser?“, hakte der König nach. „Wie sollen wir ihn beschwichtigen?“

„Da der Mann selbst Kinder hat, wird er verstehen, dass sie manchmal schwierig sein können.“ Fatima nahm einen Bissen Salat. Ihre scharfsinnigen Augen funkelten vor Belustigung. „In der Zwischenzeit kann Dora bei mir im Harem leben. Ich werde ihr alles beibringen, was sie wissen muss, um einem Prinzen eine gute Ehefrau zu sein.“

Khalil runzelte die Stirn. Wie er wusste, war Dora von seinem Vater als Ausdruck des Unwillens in einer eigenen Suite untergebracht worden. Er gedachte, es noch an diesem Abend zu ändern. Sie mochte nicht die Frau seiner Träume sein, aber er beabsichtigte, mit ihr zu schlafen. Zum einen wollte er Söhne, zum anderen hatte er das Liebesspiel mit ihr genossen. Doch im Harem war sie unerreichbar für ihn. „Das ist nicht möglich“, entgegnete er schroff. „Dora und ich sind verheiratet. Wir werden ein Quartier teilen."

Fatima zog die Augenbrauen hoch. „Heute Nachmittag hattest du es nicht so eilig, die Situation zu korrigieren."

„Ich hatte eine Unterredung mit meinem Vater." Bei der er mir das Fell über die Ohren gezogen hat, fügte er im Stillen grimmig hinzu.

„Wie auch immer. Es wird dir nicht schaden, zwei Wochen auf deine Braut zu warten."

„Wie gesagt, das ist unmöglich. Zumal Dora für mich arbeitet."

„Nicht mehr, Khalil", teilte Fatima ihm mit einem triumphierenden Lächeln mit. „Sie ist jetzt eine Prinzessin, keine Sekretärin. Du wirst einfach ohne sie auskommen müssen."

Im Laufe des Dinners hatte Khalil das Thema Unterbringung noch zweimal angeschnitten, doch Fatima war unerbittlich geblieben. Dora hatte die nächsten zwei Wochen bei ihr im Harem zu verbringen, um zu lernen, eine angemessene Ehefrau zu sein. Er war sich nicht sicher, was diese Lektionen beinhalten sollten, aber er bezweifelte, dass Dora sie bereitwillig lernen würde. Sie war eine sehr westlich gesinnte Frau.

Nach dem Mahl geleitete er sie wohl oder übel zum Harem. „Es tut mir sehr leid", sagte er, als sie die reich verzierte goldene Tür erreichten. „Ich dachte, wir könnten zusammen sein, aber es ist ja nur für zwei Wochen."

Er sprach ebenso zu sich selbst wie zu ihr. Aus ihm unverständlichen Gründen verspürte er ein schmerzliches Verlangen nach ihr. Er begehrte sie mehr als alles andere seit langer Zeit.

Sie drehte sich zu ihm um. „Unsere Unterbringung ist unser kleinstes Problem. Warum hast du mir nicht gesagt, dass du verlobt warst?"

Verlegen trat er von einem Fuß auf den anderen. „Tja, das hätte ich vielleicht erwähnen sollen."

„Vielleicht? Was glaubst du wohl, wie ich mich fühle in dem Wissen, dass du eine andere heiraten solltest?“

„Warum ist das so wichtig? Ich habe schließlich dich geheiratet.“

„Was zu Dutzenden anderer Fragen führt.“ Sie wandte sich ab und legte eine Hand an die Tür. „Ist das echtes Gold?“

„Natürlich.“

Ihr Lachen klang erstickt. „Goldene Türen und gebrochene Verlobungen. Also, warum hast du mich und nicht sie geheiratet? Wie heißt sie doch gleich? Amber?“

Er war nicht auf Fragen über seine Exverlobte vorbereitet. Was ihm in New York wie ein sinnvoller Plan erschienen war, hatte sich in ein Desaster verwandelt. Warum konnten sie ihn nicht alle in Ruhe lassen? „Ich habe sie nie geliebt“, sagte er schließlich.

Sie blickte ihn erwartungsvoll an, aber er wusste nichts mehr zu sagen. Flüchtig fragte er sich, wie seltsam ihr alles erscheinen musste. Das fremde Land, seine Familie, der Palast.

„Du musst nicht zwei Wochen hier bleiben“, versprach er. „Ich werde mit meinem Vater reden und deine Sachen in mein Zimmer bringen lassen.“ Eine Woge des Verlangens stieg in ihm auf, als er sich an die Liebesnacht mit ihr erinnerte. Er trat näher. „Es war gut mit uns“, murmelte er und berührte ihre Lippen mit seinen. „Ich will dich.“

Sie wich zurück. „Ich weiß nicht, was ich denken soll. Du wolltest seit dem ersten Mal nicht mehr mit mir zusammen sein. Ich dachte, du hättest vielleicht entschieden, dass unsere Hochzeit ein Fehler war.“

Zweifel füllten ihre Augen. Zweifel und Fragen. In New York war es ihm leicht gefallen, sie zu belügen, doch nun war es schwieriger. Lag es an der Umgebung oder daran, dass er sie inzwischen besser kannte? Sie war nicht länger eine Angestellte, sondern eine Persönlichkeit. Er legte eine Hand um ihren Nacken und zog sie an sich. „Es war kein Fehler."

„Also liebst du mich noch", flüsterte sie erleichtert und schloss die Augen.

„So etwas kommt nicht in Frage!", durchbrach eine scharfe Stimme die Stille.

Khalil wich zurück und sah Fatima neben sich stehen. Sie nahm Dora am Arm und führte sie in den Harem. Er trat einen Schritt vor, so als wollte er mit ihnen gehen, aber er wusste seit seiner frühesten Kindheit, dass diese goldene Tür unüberwindlich für ihn war. Er hatte noch nie einen Fuß über die Schwelle gesetzt, und das würde sich an diesem Abend nicht ändern.

Mit einem unterdrückten Fluch stürmte er den Korridor entlang und trat hinaus auf den Balkon. Tief atmete er den vertrauten Geruch des Meeres und den einzigartigen Duft von El Bahar ein.

„Ich wäre auch nicht glücklich."

Khalil blickte auf und sah Malik, seinen ältesten Bruder, an der Brüstung stehen.

„Du bist gerade mal drei Tage verheiratet und hast schon deine Braut verloren."

„Ich weiß. Ich werde mit Vater reden."

„Spare dir deinen Atem. Er wird sich nicht gegen Großmutter stellen. Nicht in dieser Angelegenheit."

Khalil wusste, dass Malik recht hatte, aber es gefiel ihm dennoch nicht.

Malik trat näher, legte ihm eine Hand auf die Schulter und blickte ihn mit großen dunklen Augen an. „Ich finde, du hast eine gute Wahl getroffen. Amber ist nicht geschaffen für das Leben einer Prinzessin", sagte er leise, und dann verschwand er.

Khalil fragte sich unwillkürlich, ob sein Bruder sich besser an die Nacht mit Amber erinnerte, als sie sich bewusst war.

8. KAPITEL

Dora musterte die grafische Darstellung, in der die Positionen der amtierenden Regierungsmitglieder verzeichnet waren, nicht aber deren Namen. Mühelos trug sie die entsprechenden Namen ein.

Fatima strahlte. „Du lernst sehr schnell. Ich hatte gehofft, dass meine Enkelsöhne intelligente Frauen heiraten würden, aber bei Prinzen weiß man ja nie."

„Danke."

Fatima war wie immer makellos frisiert und geschminkt. An diesem Tag trug sie Rock, Bluse und hochhackige Schuhe, die ihre schlanken Fesseln zur Geltung brachten. Obwohl subtile, verräterische Anzeichen ihres Alters vorhanden waren, hätte sie für eine Frau Anfang fünfzig durchgehen können.

Sie saßen auf einem niedrigen Sofa im Harem. Seit elf Tagen lebte Dora hinter den schützenden Mauern. Nur noch drei Tage bis zu ihrer Hochzeit. Alles um sie herum wirkte neu und fremdartig, und doch erschien es ihr in mancherlei Hinsicht, als hätte sie schon immer dort gelebt.

„Und jetzt wollen wir über Geschichte reden", entschied Fatima. „Erinnerst du dich …" Sie brach ab, als Rihana mit einem großen Tablett eintrat. „Ist es schon vier Uhr? Der Nachmittag ist förmlich verflogen."

Rihana zögerte. „Soll ich später zurückkommen, Eure Hoheit?"

„Nein. Natürlich nicht." Fatima schnupperte. „Aha, es gibt Zimtsterne zum Tee. Mein Lieblingsgebäck." Sie lächelte. „Du verwöhnst mich, Kind."

Rihana stellte das Tablett ab und begann, die Köstlichkeiten auf dem Tisch vor dem Sofa aufzubauen.

Dora, die das Ritual jeden Nachmittag gesehen hatte, stand auf und trat auf den Balkon. Im Gegensatz zu dem normalen

Wohnbereich und den Büroräumen blickten die Fenster des Harems nicht auf das Meer, sondern auf die Gärten hinaus.

Am ersten Abend hatte Fatima sie durch die Gemächer geführt, die entworfen worden waren, um Frauen zu erfreuen wie gefangen zu halten. Es gab Dutzende von Schlafkammern unterschiedlichen Ausmaßes, die den Bewohnerinnen entsprechend ihres Ansehens beim König zugeteilt wurden. Die Bäder waren mit kunstvollen Mosaiken verziert, die erotische Szenen zwischen Nixen und Seemännern darstellten. Wasser strömte aus goldenen Händen, und die Juwelen auf der Rückseite der Handspiegel waren groß und echt.

Die Gemeinschaftsräume waren durch Torbögen, nicht durch Türen abgeteilt, sodass der Bereich weitläufig und offen erschien. Eine verborgene Treppe führte hinauf zu einem kleinen, abgeschlossenen Raum. Früher einmal hatte von dort aus der Eunuch über die Frauen in seiner Obhut gewacht und der König seine Schönheiten besichtigt, um seine Wahl für die Nacht zu treffen.

Nun stand Dora, eine Frau des einundzwanzigsten Jahrhunderts, in demselben Harem. Sie war so anders als die Frauen von früher, deren einzige Lebensaufgabe darin bestanden hatte, ihrem König Freude zu bereiten – und doch so gleich. Seit sie in El Bahar weilte, drehte sich ihr Leben hauptsächlich um die Launen des Prinzen, den sie so impulsiv geheiratet und in den vergangenen elf Tagen nur beim Dinner im Kreis der Familie gesehen hatte.

Sie erschauerte, als sie sich an den vergangenen Abend erinnerte. Er hatte sie derart glühend angeblickt, dass sie keinen Bissen mehr heruntergebracht und sich gefragt hatte, wie sie an seinem Verlangen zweifeln konnte. Ob er sie liebte oder nicht, blieb fraglich, aber vorläufig musste ihr sein Verlangen reichen. Nur noch drei Tage, bis sie in einer traditionellen Zeremonie getraut wurden. Eine Zeremonie mit bedeutungsvollen Ritualen, die so alt wie die Zeit waren.

Sie hörte das Schließen der Eingangstür und kehrte in das zentrale Gemach zurück. Fatima hatte bereits Tee eingeschenkt und das Gebäck auf zwei Teller verteilt.

„El Bahar stand nie unter britischer Kolonialherrschaft", bemerkte Dora, während sie ihren Platz auf dem Sofa wieder einnahm. „Warum also englischer Tee?"

„Tee trinken ist sehr zivilisiert." Lächelnd reichte Fatima ihr eine zarte Porzellantasse. „Du hast in den vergangenen Tagen viel über unsere Geschichte gelernt."

„Die Bücher, die du mir geliehen hast, sind sehr interessant. Ich möchte so viel wie möglich über mein neues Land erfahren."

„Ich habe die ganze Welt bereist und einige Zeit in deinem Heimatland verbracht. Ich weiß einiges über die amerikanische Kultur. Ihr seid klug, redegewandt, gut organisiert und von Natur aus Führungskräfte. Frauen stehen beruflich zahlreiche Möglichkeiten offen. Warum hast du also als Khalils Sekretärin gearbeitet?"

„Du meinst, warum ich nicht in der Geschäftsführung einer Firma gearbeitet habe?"

„Genau."

„Ich habe kein volles Studium absolviert. Ich hatte zwar ein Stipendium, aber es gab gewisse Probleme, und ich habe das College verlassen." Dora verstummte. Fatima war zwar warmherzig und freundlich, aber sie war auch eine Frau von Klasse und Bildung und hätte sicherlich kein Verständnis für die schäbigen Details aufgebracht.

„Du hast deine Ausbildung nie fortgesetzt?"

Dora presste die Lippen zusammen. Eigentlich hatte sie beabsichtigt, ein College im Raum Los Angeles zu besuchen, sobald Gras über den Skandal gewachsen war. „Ich habe irgendwie nicht die Zeit dazu gefunden und nur ein Abendstudium absolviert."

Fatima musterte sie nachdenklich und schien ihr bis in die Seele zu blicken. „Männer sind seltsame Kreaturen“, sinnierte sie. „Die Schwachen laufen vor ihren Problemen davon und machen die ganze Welt verantwortlich. Die Starken übernehmen Verantwortung, aber sie haben andere Fehler. Sie wollen nicht zugeben, dass sie andere Menschen brauchen. Manchmal müssen sie etwas beinahe verlieren, um es schätzen zu lernen.“

Dora lächelte. „Lässt du mich deshalb im Harem wohnen?“

„Vielleicht. Muss Khalil überlistet werden, um zu erkennen, dass er ein Juwel geheiratet hat?“

Dora fühlte sich gleichermaßen geschmeichelt wie unbehaglich. „Ich hoffe nicht.“

„Ich habe es genossen, dich hier bei mir zu haben.“

Dora blickte sich in dem luxuriösen Gemach um. „Es ist hier noch schöner, als ich es mir vorgestellt hatte.“ Sie grinste. „Und meine Erziehung ist ganz anders, als ich erwartet hatte.“

„Du hast geglaubt, wir würden über sexuelle Künste sprechen. Dafür bleibt noch genug Zeit. Das erste Jahr deiner Ehe wird eine Zeit großer Leidenschaft sein. Nachdem dein erstes Kind geboren ist, werden wir über Liebesspiele reden. Dann wirst du bereit sein, die alten Geheimnisse zu erlernen.“

Unwillkürlich errötete Dora. Gab es wirklich Geheimnisse, die ihr helfen konnten, Khalil in ihrem Bett zu halten? Sie dachte zurück an ihre einzige Liebesnacht. Sie konnte sich nichts Schöneres vorstellen.

„Warum hast du Khalil geheiratet?“, wollte Fatima wissen und riss Dora damit aus ihrer Träumerei.

„Er hat mir den Kopf verdreht. Ich war tief beeindruckt von ihm. Als er mir gesagt hat, dass ihm viel an mir liegt und er mich begehrt, konnte ich ihm nicht widerstehen.“

„Ich verstehe. Er ist kein einfacher Mensch, ebenso wenig wie seine Brüder oder sein Vater. Sie haben kein Verständnis für das Herz einer Frau. Du wirst wie das schlanke Schilf sein müssen, das sich im Sturm beugt.“ Fatima seufzte. „Ich hasse es, in Klischees zu sprechen, aber in diesem Fall trifft es zu. Die Männer der Familie Khan sind große Führer, ehrenwert und gerecht, aber auch überheblich und unnachgiebig. Khalil ist ein wertvoller Mann, aber nur für eine würdige und starke Frau. Du musst diese Eigenschaften verkörpern, meine Liebe, auch wenn du dich nicht so fühlst.“

Dora schluckte schwer. Sie fragte nicht, wie diese kluge alte Frau erraten hatte, dass sie sich Khalils oder ihres neuen Titels kein bisschen würdig fühlte. Sie wusste nicht, ob sie fähig war, sich wie Schilf zu beugen. Obwohl es nicht in ihrer Natur lag, für etwas zu kämpfen, war sie gewöhnlich auch nicht fügsam.

Dora musterte das verschlungene Muster aus Henna, das sich wie dunkle Spitze über ihre Handrücken und um jeden Finger wand.

„Die Tradition verlangt, dass eine Braut nicht im Haushalt arbeitet, bis die letzte Spur des Henna verblasst ist“, erklärte Fatima. „Das bedeutet das Ende der Flitterwochen. Du kannst dir sicher vorstellen, dass junge Bräute Wasser oder alles andere meiden, das den Prozess beschleunigen könnte.“ Sie lächelte herzlich. „Aber darüber brauchst du dir keine Sorgen zu machen. Du bist schließlich eine Prinzessin, und es ist höchst unwahrscheinlich, dass du für die Arbeit in der Küche eingeteilt wirst.“

„Ich weiß nicht recht“, neckte Dora. „Ich kann sehr gut Kartoffeln schälen.“

Fatima blieb ernst. „Ich kann mir denken, dass du alles kannst, was du dir vornimmst. Vergiss das nicht, Kind. Gib nicht zu leicht auf.“ Sie erhob sich. „Steh auf und lass dich ansehen.“

Dora tat wie geheißen. Sie war wie Fatima traditionell gekleidet für die Zeremonie. Ein schlichtes Seidenhemd stellte ihre einzige Unterwäsche dar. Darüber trug sie ein langärmeliges Spitzenkleid, das an der Taille eng saß und dann locker bis zum Boden fiel. Dicht bestickte Roben vervollständigten die Aufmachung. Ihre Haare waren von Rihana zu einer wundervollen Hochfrisur aufgesteckt und mit einem von Diamanten besetzten Diadem verziert worden. Abgesehen von dem Goldfaden der Stickerei war sie ganz in Weiß gekleidet.

Fatima, die exquisite Roben in Blau und Grün trug, ging um sie herum. „Einfach wundervoll. Dieses Brautkleid ist über hundert Jahre alt. Ich selbst bin darin getraut worden."

Dora blickte über die Schulter und musterte den Stoff im Spiegel. Die Tradition von El Bahar verlangte, dass jede Braut ein kleines Bildnis zu der Hochzeitsrobe beitrug, das für sie allein etwas versinnbildlichte. In der königlichen Familie wurde das Bildnis vom Bräutigam bestimmt und von einer weiblichen Verwandten gestickt. Fatima hatte mehrere Abende bis spät in die Nacht daran gearbeitet.

Sie berührte das kleine Abbild eines Baumes mit vielen Zweigen an Doras rechter Hüfte. „Das ist das Sinnbild meines Vaterlandes Bahania. Es wurde viel darüber diskutiert, welches Symbol für dich hinzugefügt werden sollte." Sie lachte. „Jamal hat ein Porträt von Elvis vorgeschlagen, während Malik die amerikanische Fahne bevorzugt hätte."

„Und was hat Khalil ausgesucht?"

„Das hier." Fatima berührte eine kleine Blume in der Nähe des Saumes. „Das Symbol einer Wüstenrose. Aber er hat ausdrücklich verlangt, dass eines der Blätter so aussehen soll wie der Tatzenabdruck einer Wüstenkatze. Da es eine solche Kreatur nicht in unserem Land gibt, hielt ich es für eine sehr ungewöhnliche Forderung."

Dora errötete. Sie dachte zurück an ihre Liebesnacht, als er sie zuerst mit einer Wüstenrose verglichen und dann seine

Wüstenkatze genannt hatte. „Sehr interessant", murmelte sie mit gesenktem Blick.

Fatima küsste ihre Wange. „Hab keine Angst. Ich habe in deiner Zukunft gelesen. Du wirst stark sein müssen, aber wenn du deinem Herzen vertraust und auf dem rechten Weg bleibst, wird sich dein Herzenswunsch erfüllen." Damit befestigte sie den zarten weißen Schleier vor Doras unterer Gesichtshälfte und verließ den Raum.

Dora stand allein in den schützenden Mauern des Harems. Sie konnte kaum glauben, was ihr in dem vergangenen Monat widerfahren war. Ihr Leben hatte sich so drastisch verändert, dass ihr der Atem stockte. Sie drehte sich um und betrachtete sich im Spiegel. Statt der schüchternen, unscheinbaren Frau, die sie einen Monat zuvor gewesen war, erblickte sie ein exotisches, fremdes Wesen in vornehmer Kleidung.

Fest presste sie die mit Henna bemalten Hände zusammen. Ihr Herzenswunsch bestand darin, die wahre Liebe zu finden, Kinder zu bekommen und an der Seite ihres Mannes alt zu werden. Keine Reichtümer, keine Titel, keine Macht – nur eine liebevolle Ehe. War das zu viel verlangt?

„Sind Sie nervös?"

Dora drehte sich um und sah eine zierliche, dunkelhaarige Gestalt hinter sich stehen. Die schöne junge Frau trug ein glänzendes Kleid aus Gold und Weiß, das ihre Figur betonte. Ihr Gesicht wies vollkommene Züge auf, die Dora irgendwie bekannt vorkamen. Dann fiel es ihr wieder ein. Es war die Frau, mit der Khalil in der New Yorker Boutique gestritten hatte.

Sie trat zu Dora. „Mein Name ist Amber. Ich bin Khalils Verlobte." Sie schlug sich eine perfekt manikürte Hand mit langen roten Fingernägeln vor den Mund. „Oje, das war ein Versprecher. Ich hätte Exverlobte sagen sollen."

Die schweren Seidenroben mochten Doras Gestalt verhüllen, doch sie wusste, dass sie mit ihrer birnenförmigen Figur nicht konkurrenzfähig war. Die schöne junge Amber verkörperte all das, was sie sich je gewünscht hatte. Wie hatte Khalil diesem Traum von Frau den Rücken kehren können?

„Haben Sie Ihre Zunge verschluckt?“, fragte Amber mit leiser, sinnlicher Stimme.

„Natürlich nicht. Es überrascht mich nur, Sie zu sehen.“

„Das kann ich mir denken.“ Amber ging um Dora herum. „Oje, Sie sind gar nicht das, was ich mir vorgestellt hatte. Ich hatte gehofft, dass er sich zumindest eine aussucht, die mehr …“ Sie machte eine bedeutungsvolle Handbewegung.

Ihr langes, dichtes Haar war hochgesteckt und mit großen Diamanten geschmückt. Unwillkürlich berührte Dora ihr Diadem. Nun erst wurde ihr bewusst, dass Ambers Kleid ihrem eigenen ähnelte und nur aus dünnerem Stoff war, der ihren Körper umschmiegte. Ambers Aufmachung war entweder eine Verspottung oder eine Imitation des Brautgewandes. „Was wollen Sie hier?“

„Bei der Hochzeit? Ich bin die Tochter des Premierministers und eng mit der Familie befreundet. Das macht mich zu einem wichtigen Gast. Allerdings hatte ich erwartet, in anderer Funktion an der Hochzeit teilzunehmen. Es ist ein Desaster für uns alle. Natürlich muss ich mir selbst die Schuld geben. Wenn ich in New York nicht mit Khalil gestritten hätte, wäre alles anders gekommen.“

Sie hielt inne und senkte den Blick. „Es war ein Streit unter Liebenden. Wir waren beide so dumm. Khalil besteht darauf, mein Leben zu diktieren, und ich konnte es nicht mehr ertragen. Ich habe ihm gesagt, dass es aus ist.“ Sie schaute Dora an. „Er war so wütend. Also bin ich gegangen. Aber anstatt mir nachzulaufen, ist er zu Ihnen gegangen. In Ihr jungfräuliches Bett.“

Dora versteifte sich. Woher wusste Amber …

„Er hat es mir gesagt“, beantwortete Amber die stumme

Frage. „Er erzählt mir alles. Können Sie sich vorstellen, wie sehr ihn die Entdeckung bestürzt hat, dass Sie unschuldig waren? Da er durch und durch ein Ehrenmann ist, musste er Ihnen wohl oder übel einen Heiratsantrag machen. Natürlich hätten wir nie gedacht, dass Sie annehmen würden."

Doras Magen verkrampfte sich, und ihre Kehle war wie zugeschnürt. „Er hat darauf bestanden", brachte sie mühsam hervor.

„Ach ja?" Amber trat vor den Spiegel und befühlte ihr perfekt frisiertes Haar. „Er kann sehr überzeugend sein. Wie peinlich für uns alle, dass Sie ihm geglaubt haben. Mein Vater ist bestürzt, wie auch das ganze Land. Ich bin eine auserwählte Tochter, während Sie … es nicht sind."

Dora wusste nicht, was sie denken oder fühlen sollte. Sie wich einen Schritt zurück.

Amber lächelte traurig. „Und vor allem geht es darum, dass wir uns lieben. Ich weiß nicht, was ich anfangen soll."

„Er liebt Sie nicht", wandte Dora ein.

Amber drehte sich zu ihr um. Mitgefühl erhöhte die Schönheit ihres Gesichtes. „Hat Khalil seit der ersten Nacht mit Ihnen geschlafen?"

Dora öffnete den Mund, fand aber keine Worte. Stumm schüttelte sie den Kopf.

„Und war er mit Ihnen zusammen, seit Sie in meinem Land sind?"

„Ich war im Harem", flüsterte sie mühsam.

„Khalil hat es geschafft, den Weg in das Haus meines Vaters zu finden, das am anderen Ende der Stadt liegt und so gut bewacht ist wie der Palast. Meinen Sie nicht, dass er den Weg über den Korridor gefunden hätte, wenn er gewollt hätte?"

Dora erblasste. Ihre Augen brannten, aber sie durfte den Tränen nicht nachgeben.

„Er war jede Nacht bei mir", fuhr Amber leise fort. „Wir

sind verrückt nacheinander. Zum Teil liegt es wohl am Reiz des Verbotenen." Sie seufzte. „Er ist so von Leidenschaft erfüllt, dass seine Augen glühen, selbst nachdem wir Befriedigung gefunden haben."

Ein Schluchzen stieg in Doras Kehle auf. Sie wollte all die infamen Behauptungen nicht glauben, aber sie enthielten zu viele Details und Fakten. Galt die Leidenschaft, die sie in seinen Augen gesehen hatte, tatsächlich Amber? Es war zwei Wochen her, seit sie allein mit ihm gewesen war. Das entsprach kaum dem Verhalten eines Mannes, der seine Braut liebt.

Schlimmer noch war, dass sie nie wirklich daran geglaubt hatte, dass er ausgerechnet in sie verliebt war. Sie war nicht der Typ, der solche Leidenschaft erweckte. Sie war nur eine gewöhnliche Frau – im Gegensatz zu Amber. „Warum heiratet er mich dann?"

„Hat er denn eine Wahl?", entgegnete Amber mit bitterem Unterton. „Haben Sie ihm einen Ausweg geboten? Haben Sie nur einmal nicht an sich selbst gedacht? Natürlich nicht! Ehe er Zeit hatte, eine Alternative zu finden, war er schon verheiratet. Sie haben ihn ausgenutzt. Sie sind habgierig und egoistisch."

Dora wich noch einen Schritt zurück. „So war es nicht. Ich habe nie …"

Amber winkte ab. „Am Tag nach der Hochzeit sind Sie einkaufen gegangen und haben Tausende von Dollar für Kleider ausgegeben. Und was ist mit dem Ehering und den Juwelen?"

„Ich habe keine Juwelen. Der Kopfschmuck gehört Fatima. Und ich habe keine Kleider verlangt."

„Aber Sie haben sie genommen. Sie haben nichts abgelehnt."

Mühsam klammerte Dora sich an den letzten Rest ihrer Würde und weigerte sich zu weinen. „Sie irren sich."

„Das werden wir ja sehen. Sie haben Khalil in die Ehe gelockt, aber das ist nur vorübergehend. Mit der Zeit wird seine

Leidenschaft zu mir sein Pflichtgefühl übersteigen, und er wird Sie verlassen. El Bahar hat in den vergangenen fünfzig Jahre große Fortschritte gemacht, und es ist überraschend leicht für einen Mann, sich scheiden zu lassen – sogar für einen Prinzen. An Ihrer Stelle würde ich mich nicht zu sehr daran gewöhnen, im Palast zu leben."

„Das würde er nicht tun", flüsterte Dora, obwohl sie wusste, dass er es sehr wohl tun konnte.

„Bauen Sie nicht darauf. Ich kenne Khalil bis ins Innerste. Ich weiß, dass ich im Besitz seines Herzens bin. Können Sie das Gleiche von sich sagen?" Mit dieser Frage wandte Amber sich ab und ging so lautlos, wie sie gekommen war.

Dora starrte ihr nach. Alles, was sie sich gewünscht hatte, worauf sie gehofft hatte, war eine Lüge. Khalil wollte sie nicht, hatte sie nie gewollt. Warum hatte sie das nicht erkannt?

„Prinzessin Dora?"

Sie blickte auf und sah Rihana lächelnd in der Tür stehen.

„Kommen Sie. Es wird Zeit für die Trauung."

9. KAPITEL

Der alte Mann sprach Worte aus alter Zeit. Unzählige Kerzen erhellten den riesigen Raum. Ringsumher saßen Dutzende von Menschen auf Sitzkissen. Doch für Dora hatte sich die Welt auf einen stechenden Schmerz reduziert, eine vergebliche Bitte um Vergessen, und das Ende eines Traumes.

Selbst als Khalil ihre Hand nahm und zu ihr sprach, konnte sie an nichts anderes denken als an Ambers Behauptungen. Es mussten Lügen sein. Sie presste die Fingerspitzen an die Schläfe und versuchte, sich genau zu erinnern, was in jener Liebesnacht und am Morgen danach geschehen war. War es möglich, dass sie es missverstanden hatte? Hatte sein Heiratsantrag lediglich auf Höflichkeit beruhte?

Nein, dachte sie verzweifelt. Er hatte darauf gedrängt, ebenso wie er sie wirklich überzeugt hatte, dass er sie begehrte. Sie erinnerte sich, dass er sich ausgezogen hatte, um ihr sein Verlangen zu beweisen. Das hatte sie sich nicht eingebildet. Schließlich hatte sie nie zuvor einen nackten Mann gesehen. Gewiss hatte er die Leidenschaft nicht vortäuschen können. Oder doch? Konnte er aus anderen Gründen erregt gewesen sein? Hatte er womöglich an Amber gedacht?

Der heilige Mann sprach weiter. Der Duft von Weihrauch füllte die große Halle. Und dann entfernte Khalil ihren Schleier und presste die Lippen auf ihre.

Trotz ihres Schmerzes und ihrer Verwirrung sandte die Berührung eine Woge der Hitze durch ihren Körper. Ihr Verlangen nach diesem Mann beängstigte sie. Sie wollte ihm gegenüber nicht verletzlich sein. Sie musste stark sein.

Als Khalil den Kopf hob, johlte die Menge um sie her. Er grinste, als er den Schleier wieder befestigte. „Jetzt bist du offiziell meine Ehefrau, kleine Wüstenrose. Was sagst du dazu?"

Verzweifelt suchte sie in seinem Gesicht nach einem Anzeichen, dass er glücklich war. Aber sie kannte ihn nicht gut genug, um seinen Ausdruck deuten zu können. „Khalil?"

Bevor er antworten konnte, wurden sie in einen großen Saal mit unzähligen Tischen geführt und in die Mitte der längsten Tafel gesetzt. Ein Festmahl lag vor ihnen, aber beim Gedanken an Essen drehte sich Dora der Magen um.

Sie versuchte, sich auf ihre Umgebung zu konzentrieren. Der Raum war wunderschön. Antike Gobelins hingen von der hohen, gewölbten Decke. Offene Fenster und Türen führten auf Balkone, die auf das Meer hinaus blickten. Tropische Blumen standen in den Ecken und auf den Tischen. All das fiel ihr ins Auge, fesselte aber nicht ihre Aufmerksamkeit.

Gespräche und Gelächter füllten den Raum, aber sie vermochte nicht teilzunehmen. Die wilde Musik ließ ihren Kopf pochen. Sie ignorierte das Essen, das Khalil ihr auf den Teller legte, und nippte kaum an ihrem Wein.

„Du bist sehr still", bemerkte er. „Hat dich die Zeremonie enttäuscht?"

Sie räusperte sich. „Keineswegs. Ich habe Kopfschmerzen."

„Ich hoffe, dass es bald besser wird. Ich habe meine Wüstenkatze sehr vermisst." Er schob eine Hand zwischen ihre Schenkel. „Es ist zu lange her."

Sie starrte ihn an und wusste nicht, was sie davon halten sollte. Leider war es ihr unmöglich zu denken, während seine Finger jenen magischen Punkt liebkosten. Schauer durchliefen sie, und ihre Brüste schwollen. Sie wollte die Beine spreizen, damit er sie wieder und wieder berühren konnte, bis sie Erlösung fand. Sie ahnte, dass er immer sexuelle Macht über sie besitzen würde, selbst wenn er sie in jeder Hinsicht belogen hatte. Die Situation war unerträglich.

Mühsam überstand sie den Rest der Mahlzeit. Sie bemühte sich zu lächeln und vorzutäuschen, dass alles in Ordnung war.

Als das Dessert serviert wurde, beugte Khalil sich zu ihr. „Jeder wird Verständnis haben, wenn wir jetzt entfliehen. Rihana hat deine Tasche für die Nacht gepackt."

Sie blinzelte. „Welche Tasche? Für welche Nacht?"

Er lächelte. „Du hast doch zwei Wochen im Harem verbracht. Hat meine Großmutter dir nichts von der traditionellen Hochzeitsnacht erzählt?"

Stumm schüttelte sie den Kopf.

„Aha. Dann nehme ich an, dass du die Überraschung genießen wirst. Ich weiß, dass ich es genießen werde, sie mit dir zu teilen."

Als er sich erhob, gerieten sie sofort in den Mittelpunkt der Aufmerksamkeit.

„Ihr schleicht euch schon so schnell davon?", rief Malik von seinem Platz am entfernten Ende des Tisches aus. „Na ja, mein kleiner Bruder war schon immer ungeduldig."

Khalil winkte ab. „Wir haben einen weiten Weg. Es ist spät."

„Du musst so weit gehen, damit sie dir nicht weglaufen kann", scherzte Jamal, und alle lachten laut.

Khalil ignorierte diese Bemerkung und die anderen, die folgten. Er nahm Dora bei der Hand und ging zur Tür. Aber Dutzende von Menschen hielten sie auf, um ihnen zu gratulieren.

Dann, gerade als sie auf den Korridor treten wollten, tauchte Amber auf. Dora spürte Khalil erstarren. Offensichtlich hegte er starke Gefühle für diese Frau.

Amber, so wunderschön wie die vollkommenste Statue, die je erschaffen worden war, blickte stumm zu ihm auf. Tränen hingen an ihren Wimpern, fielen aber nicht. Ihre Lippen zitterten. „Khalil", wisperte sie. „Ich liebe dich."

Auf Dora wirkte dieses Geständnis wie ein Messerstich ins Herz. Sie musste sich zwingen, stumm zu bleiben, nicht laut zu schreien. Warum hatte sie sich zum zweiten Mal in ihrem Leben zum Narren gemacht?

Er drängte sich an Amber vorbei, ohne ein Wort zu sagen. Wenige Minuten später saßen sie in einem Jeep und fuhren davon. „Entspanne dich. Wir fahren gar nicht so weit. Die Tradition verlangt eigentlich, dass wir zu unserem Ziel reiten, aber ich dachte, dass dir danach nicht zumute ist."

„Reiten?"

Er grinste sie an. „Auf Pferden."

„Wohin fahren wir denn?"

„Du wirst schon sehen." Khalil nahm sich den traditionellen Kopfschmuck ab und warf ihn auf den Rücksitz. Er trug immer noch die Roben, die nur ein wenig dunkler waren als ihre. Sie betonten seine Größe und Kraft und gaben ihr das Gefühl, verletzlich und töricht zu sein.

Dora blickte sich um und versuchte, Interesse an ihrer Umgebung aufzubringen. Die ungezähmte weite Wüste wies eine eigenwillige, wilde Schönheit auf. In weniger als zehn Minuten hatten sie die Stadt und den Palast hinter sich gelassen und schienen im Umkreis von Meilen die einzigen Menschen zu sein.

Sie erreichten den Gipfel eines Hügels. Dahinter lag ein flaches Tal mit einer Oase in der Mitte. Bisher kannte Dora diese überraschend grünen Inseln des Lebens inmitten des Nichts nur aus Filmen. Schlanke Palmen bildeten einen Halbkreis um einen tiefblauen Teich. Üppige Pflanzen und Büsche wucherten ringsumher.

„Ihr Palast für die Nacht, Mylady", sagte Khalil scherzend und deutete auf ein großes sandfarbenes Zelt.

Als sie näher kamen, erblickte sie mehrere Jeeps und bewaffnete Männer. „Wer sind die?", fragte sie steif.

„Bedauerliche Mahnungen der Realität. Seit Generationen verbringen die Brautleute meiner Familie traditionsgemäß ihre erste Nacht in der Wüste. Die Zeiten haben sich jedoch geändert, und daher haben wir ein paar Wachtposten bei uns."

Er drückte ihr beruhigend die Hand. „Keine Sorge. Sie werden sich im Hintergrund halten und unsere Privatsphäre nicht stören."

Ein Zelt in der Wüste? Wächter? Wo sollte dieser Wahnsinn enden? Was hatte sie sich dabei gedacht, seinen Heiratsantrag anzunehmen? Offensichtlich hatte sie gar nicht gedacht. Das war ihr Problem. Sie hatte unbedingt an ihn glauben wollen und daher das Offensichtliche ignoriert – dass eine Frau wie sie nicht für einen Mann wie ihn geschaffen war.

Khalil parkte neben dem Zelt, ging um den Wagen herum und öffnete ihr die Tür. Sie stieg aus, weil ihr nichts zu sagen einfiel und es das Einfachste war, mit ihm zu gehen.

Einer der Wächter trat herbei und schlug den Eingang des Zeltes zurück. Seine Miene wirkte verschlossen und abschreckend. Als sie eingetreten waren, schloss er den Eingang.

„Machen sie dich nicht nervös?", fragte Dora.

„Im Gegenteil. Ich fühle mich sehr sicher durch sie."

Vermutlich hatte er recht. Sie blickte sich um und verlor sich einen Moment lang in dem Zauber, der am Rande der kleinen Oase erschaffen worden war. In dem Zelt befand sich ein kleineres Innenzelt. Sie trat ein und fand sich in einem weißgoldenen Wunderland aus flauschigen Teppichen, Wandbehängen und unzähligen tiefroten Kissen wieder. In einer Ecke stand ein Bett auf einer Empore, mit einladend zurückgeschlagener Decke und strahlend weißen Laken. Zur Rechten befand sich ein reich gedeckter Tisch. Champagner kühlte in einem Eisbehälter.

Hätte sie nicht mit eigenen Augen das Zelt gesehen, hätte sie schwören können, dass sie sich in einem luxuriösen Haus mitten in einer exotischen Stadt befanden. „Es ist sehr schön."

„Wir verstehen es, stilvoll zu reisen", entgegnete Khalil leichthin. „Das haben wir vor über tausend Jahren gelernt." Er trat hinter sie und legte ihr die Hände auf die Schultern.

Sie wollte keine Reaktion zeigen, doch es war ihr unmöglich. Schon zuckte sie zusammen, und dann wirbelte sie zu ihm herum. „Fass mich nicht an!"

Überrascht wich er zurück. „Was ist denn los?" Seine dunklen Augen forschten in ihrem Gesicht. „Da steckt mehr dahinter als die Nervosität einer Braut. Irgendetwas ist passiert."

„Wie scharfsinnig", sagte sie sarkastisch. „Was war dein erster Anhaltspunkt?"

Er runzelte die Stirn. „Was hast du denn, Dora? Warum benimmst du dich so? Es liegt nicht in deiner Natur, bockig zu sein. Du bist normalerweise so vernünftig."

Sie starrte den Mann an, an den sie gebunden war durch zwei sehr unterschiedliche Zeremonien, zwischen denen fast eine halbe Welt lag. „Du kennst mich überhaupt nicht", sagte sie sanft. „Aber das ist nur fair. Denn ich kenne dich auch nicht."

Er gestikulierte ungehalten. In seiner traditionellen Robe wirkte er durch und durch wie der Prinz eines Wüstenkönigreiches, der sie niemals freiwillig zur Ehefrau genommen hätte. „Du hast die Frage nicht beantwortet. Was ist los?"

„Amber hat mich besucht. Heute, kurz vor der Trauung."

Seine Miene änderte sich keinen Deut. Ebenso gut hätte sie über das Wetter reden können. „Ihr ist nicht zu trauen. Ignoriere alles, was sie gesagt hat."

„So leicht ist das nicht. Willst du nicht wissen, was sie zu mir gesagt hat?"

„Eigentlich nicht."

Sie wollte lachen, aber sie war zu verletzt. Ihre Kehle war wie zugeschnürt. „Ich wünschte, ich könnte es vergessen, aber ich kann nicht. Die Worte haben sich in mein Gedächtnis eingebrannt." Sie holte tief Luft. „Sie hat gesagt, dass du Streit mit ihr hattest, während du in New York warst. Dass du nur aus diesem Grund zu mir gekommen bist. Dass du mit mir intim geworden bist, um ihr eins auszuwischen. Dass es nie um mich ging."

Verzweifelt hoffte sie, dass er zornig auf Amber wurde als Anzeichen dafür, dass die Behauptungen erlogen waren. Sie sehnte sich nach freundlichen Worten und sanften Liebkosungen.

Stattdessen wandte Khalil sich ab. „Ich verstehe."

Schweigen folgte. Sie fröstelte. Schließlich sprudelte sie hervor: „Sie hat gesagt, es hätte dich schockiert, dass ich noch Jungfrau war. Schockiert und entsetzt." Hastig blinzelte sie die Tränen fort, die in ihren Augen brannten. „Sie hat gesagt, dass du mir nur aus Pflichtgefühl den Heiratsantrag gemacht und nicht erwartet hättest, dass ich Ja sage. Sie hat gesagt, dass du dich von mir scheiden lassen willst, damit du sie heiraten kannst."

„Genug!", knurrte er. „Sie hat dir Lügen erzählt. Alles Lügen. Wir werden nicht wieder davon sprechen."

Sie konnte sich nicht erinnern, dass ihr jemals so kalt gewesen war. Die Tränen fielen. „Das reicht nicht. Ich will die Wahrheit wissen."

„Warum?" Er drehte sich zu ihr um und blickte sie verärgert an. „Was wird es ändern? Du bist meine Frau, und du wirst meine Frau bleiben."

Niedergeschlagen sank Dora auf ein Sitzkissen. „Sie hat gesagt, dass du bei ihr warst. Dass du dich in all den Nächten, während ich im Harem war, in das Haus ihres Vaters geschlichen und sie genommen hast. Deswegen bist du nicht zu mir gekommen."

Er stürmte zu ihr, baute sich vor ihr auf. „Ich bin nicht zu dir gekommen, weil ich die Wünsche meines Vaters und meiner Großmutter respektiere. Der Harem ist ein Heiligtum. Kein Mann darf ihn betreten. Ich habe mein ganzes Leben im Palast gewohnt und nicht einen Fuß hinter diese goldene Tür gesetzt." Er stemmte die Hände in die Hüften. „Ich dachte, du wärst anders. Ich dachte, du könntest das alles logisch sehen, aber offensichtlich ist das unmöglich."

Dora hörte seine Worte kaum. Zu viele Lügen waren mit zu wenig Wahrheit verflochten. Sie schlug die Hände vor das Gesicht und versuchte, den Tränenfluss zu stoppen. Sie musste gehen. Sie musste zurück nach … nach … wohin? Sie hatte kein eigenes Leben mehr. „Ich möchte es nur wissen", flüsterte sie.

Khalil seufzte. „Also gut. Ich werde dir die Wahrheit sagen." Er beugte sich hinab, legte einen Finger unter ihr Kinn und zwang sie, zu ihm aufzuschauen. „Ich werde dir alles erzählen, und dann werden wir es hinter uns lassen können. Wir werden unsere Ehe mit einer reinen Weste beginnen."

Er ließ ihr Gesicht los und begann, im Zelt auf und ab zu wandern. „Amber und ich waren seit unserer Kindheit miteinander verlobt. Es war der Wunsch unserer beider Väter. Wir haben in New York wirklich gestritten, weil ich ihr gesagt habe, dass ich sie nicht heiraten will."

Dora hob den Kopf und wischte sich die Tränen fort. „Wie bitte?"

„Ich wollte sie nicht heiraten. Amber ist nicht …" Er zögerte. „Sie wäre keine gute Frau oder Mutter. Aber ich wusste nicht, wie ich die Verlobung lösen sollte, ohne einen Skandal hervorzurufen. Dann hörte ich dich mit Gerald telefonieren und dachte mir, du könntest ein guter Ausweg aus meinem Dilemma sein. Du bist intelligent und ausgeglichen und kannst lernen, die Verpflichtungen zu erfüllen und eine gute Mutter zu sein. Du warst außerdem eine Jungfrau. Ich brauchte eine Frau, und du warst eine sehr angemessene Kandidatin."

Sie wünschte, sich an einen anderen Ort oder sogar in eine andere Zeit versetzen zu können. „Es war also gelogen, dass du mich von Anfang an begehrt hast." Das Sprechen fiel ihr schwer, doch sie zwang sich, fortzufahren. Sie musste die Wahrheit aussprechen. „Du hast gelogen, als du mir gesagt hast, dass du mich nicht in New York zurücklassen könntest. Du hast mir das Gefühl gegeben, wichtig und etwas Besonderes zu sein, aber es war alles gelogen."

Khalil blieb vor ihr stehen. „Die Vergangenheit ist beendet, und es hat keinen Sinn, darüber zu reden. Ja, ich habe die Wahrheit etwas verdreht, damit du dich besser fühlst. Bis zu der Nacht habe ich in dir nichts anderes als eine tüchtige Arbeitskraft gesehen. Damals habe ich keine besonderen Empfindungen für dich gehegt, aber jetzt bist du meine Ehefrau. Ich glaube, wir haben eine Chance, diese Vereinigung erfolgreich zu gestalten."

„Erfolgreich? Bist du verrückt?", entgegnete sie und sprang auf.

„Keineswegs. Ich habe Schwüre abgelegt, und ich beabsichtige, sie zu ehren."

„Aber das alles ist nicht real. Du hast in jeder Beziehung gelogen."

„Du bauschst die Sache zu sehr auf."

„Und du nimmst sie zu leicht. Du hast mit mir gespielt. Du hast mich dazu gebracht, dir zu glauben."

Sein Mund verzog sich. „Du wolltest mir glauben. Du wolltest verzweifelt glauben, dass ein Märchenprinz gekommen sei, um dich aus deinem traurigen kleinen Leben zu entführen. Du hast dich selbst genauso belogen wie ich dich."

Finster starrte sie ihn an. „Aber ich habe dich nie belogen. Du kannst dein eigenes Verhalten nicht entschuldigen, indem du mit dem Finger auf mich zeigst."

„Und als du mir gesagt hast, dass du mich liebst? Du kennst mich nicht mal."

„Ich habe dir nie gesagt, dass ich dich liebe."

Unbehaglich wandte er sich ab. Stille trat ein, lastete auf ihnen. „Was willst du von mir?", fragte er schließlich. „Also gut, ich habe gelogen. Ich habe dich unter Vorspiegelung falscher Tatsachen überredet, mich zu heiraten. Jetzt werden wir das Beste daraus machen. Wir fangen von vorn an." Er griff nach ihr. „Dora, einiges von dem, was ich gesagt habe, ist wahr. Ich glaube wirklich, dass du mir eine gute Frau und meinen Söhnen eine gute Mutter sein wirst. Dein Körper ist perfekt gebaut, damit meine Söhne gesund in dir wachsen können."

Empört rang sie nach Atem. „Ich will nicht mit dir verheiratet sein. Ich will nach Hause."

„Wo ist zu Hause? Bei Gerald?"

Sie zuckte zusammen. „Überall, nur nicht hier. Ich werde nicht bleiben."

„Du hast keine andere Wahl." Er trat näher und griff nach ihr.

Trotz ihres Bestrebens, ihm standzuhalten, wich sie hastig zurück. Denn sie wusste, dass sie verloren war, wenn er ihren Körper berührte. „Lass das", verlangte sie und verschränkte die Arme vor der Brust.

Sie brauchte Zeit zum Nachdenken. Doch er ließ ihr keine Zeit, sondern näherte sich ihr. Sie wich zurück. Er hatte sie auserwählt, weil sie eine dienliche Jungfrau war. Das war kaum eine Basis für eine erfolgreiche Ehe. Doch noch schmerzlicher war, dass sie sich selbst zum Narren hatte halten lassen – erneut.

Er legte ihr eine Hand auf die Schulter. „Dora."

Impulsiv lief sie aus dem Zelt. Dann wurde ihr bewusst, dass sie sich mitten in der Wüste befand und nicht wusste, wohin sie sich wenden sollte. Sie wusste nicht, wo ihr Zuhause war. El Bahar? Natürlich nicht. Los Angeles? Nicht mehr. Wohin sollte sie gehen?

Khalil nahm sie am Arm und zog sie wieder in das Zelt. „Laufe ja nicht wieder vor mir davon", knurrte er.

„Oder was? Lässt du mich einsperren oder auspeitschen? Du scheinst ein sehr geübter Tyrann zu sein."

Seine dunklen Augen sprühten Funken. „Ich habe dich nie tyrannisiert."

„Du hast mich benutzt."

„Du hast dich benutzen lassen. Du hast mich in deinem Bett willkommen geheißen."

Sie schluckte schwer. „Bilde dir bloß nicht ein, dass es noch mal passieren wird. Ich will die Scheidung. Ich will dich und dieses Land verlassen."

Er beugte sich so nahe zu ihr, dass sein Gesicht beinahe ihres berührte. „Niemals."

„Ich lasse mich nicht von dir vernichten."

Er lachte auf. „Vernichten? Was denn?", spottete er. „Du bist auf einem Flughafen herumgeirrt, als ich dich fand. Dein Verlobter hatte dich sitzen lassen, du hattest keine Arbeit und kein Geld. Ich habe dich gerettet. Ich habe dich geheiratet und in mein Land gebracht, wo du ein Leben führen kannst, wie du es dir nie erträumt hättest. Hier hast du Reichtum und Macht und einen Titel. Du bist ein geehrtes Mitglied der Familie Khan. Vergiss das nicht. Du bist meine Ehefrau, und du wirst mir viele Söhne gebären."

„Ich wäre lieber mit einem armseligen Farmer verheiratet als mit dir, und ich werde nie deine Kinder kriegen, weil ich mich niemals von dir anfassen lasse. Ich will die Scheidung."

„Niemals. Du gehörst mir."

„Ich bin kein Besitztum."

„Du bist meine Ehefrau. Mach nicht den Fehler, mich herauszufordern, denn ich gewinne immer."

„Nicht dieses Mal. Nicht gegen mich."

„Da irrst du dich gewaltig." Er nahm sie am Arm, bevor sie ihm entwischen konnte, und zog sie an sich.

Zorn, Schmerz, Traurigkeit, Einsamkeit, Enttäuschung raubten ihr die Kraft und den Willen zu kämpfen.

„Ich will dich", flüsterte er wenige Zentimeter von ihrem Mund entfernt. „Ich werde dich bekommen."

„Du wirst mich zwingen müssen, denn ich werde es nicht freiwillig tun."

Seine Augen funkelten. „Habe ich dich nicht gerade davor gewarnt, mich herauszufordern?“

Dann küsste er sie. Nicht sanft und verführerisch wie bei ihrem ersten Liebesspiel, sondern stürmisch und fordernd.

Sie stemmte sich gegen seine Schultern, versuchte ihn fortzustoßen. Doch gleichzeitig spürte sie Verlangen in sich aufsteigen, das ihre innere Kälte vertrieb und ihr die Willenskraft raubte. Sie wollte widerstehen, wollte stark sein und redete sich ein, dass sie ihn hasste, weil er sie benutzt hatte und …

„Du bist meine Ehefrau, kleine Wüstenkatze. Ich werde dich immer beschützen.“

Vielleicht glaubte er wirklich, sie beschützen zu können. Und er sollte niemals merken, dass niemand anderer als er die größte Bedrohung für sie darstellte.

10. KAPITEL

Wehr dich nicht", flüsterte Khalil, während er die winzigen Schleifen öffnete und ihr die Robe von den Schultern schob. Der schwere Seidenstoff fiel zu Boden. Darunter trug sie ein Spitzenkleid und ein seidenes Hemd. Die traditionelle Tracht gestattete keinen BH und keinen Slip, und sie fühlte sich sehr verletzlich.

Er streichelte ihre Wange. „Dora, gib nach", drängte er. „Warum willst du diesen Kampf gewinnen? Inwiefern wäre es ein Sieg?"

„Ich würde meine Würde behalten."

„Und ein kaltes Bett. Willst du das wirklich?"

Sie wollte eine richtige Ehe mit einem Mann, der sie zumindest respektierte und mochte, und mit der Hoffnung, dass sich die Liebe vielleicht einstellen würde. „Ich will dich nicht."

Mit einer Fingerspitze berührte er die harte Knospe. „Dein Körper sagt etwas anderes."

Sie erschauerte unwillkürlich. „Das bedeutet gar nichts. Es ist so, als wenn der Arzt dir auf das Knie hämmert und das Bein zuckt. Mein Körper mag auf dich reagieren, aber mein Herz und meine Seele sind völlig unbeteiligt."

Nachdenklich musterte er sie. „Eine sehr hübsche Rede. Wollen wir deine Theorie testen?" Er nahm ihre Hand in seine, schob den langen, weiten Ärmel hoch und streichelte die empfindsame Innenfläche von ihrem Handgelenk bis hinauf zum Ellbogen. „Du behauptest also, dass es dich innerlich kalt lässt, wenn ich dich so berühre?"

„Ja", beharrte sie und ignorierte das Zittern, das in ihr erwachte.

Er drehte ihre Hand um und zeichnete die feinen Linien aus Henna nach. „Weißt du, dass hier irgendwo in dem Muster mein Name verborgen ist?"

Sie blinzelte. Es fiel ihr schwer, sich auf seine Worte zu konzentrieren, wenn er sie berührte. „Dein Name?"

„Ja. Die Tradition verlangt es so." Er blickte sie verlangend an. „Wo ist mein Name, Dora?"

„Ich weiß es nicht", sagte sie mit zitternder Stimme. „Ich habe Rihana nicht zugeschaut, als sie mich bemalt hat."

„Dann muss ich also weitersuchen. Wie schade, dass nur deine Hände und Füße bemalt sind."

Sehr schade, dachte sie benommen. Die Vorstellung, dass seine Finger und vielleicht sogar seine Zunge ihren ganzen Körper erforschten, ließ ihre Knie weich werden.

Er führte sie zum Bett, streifte ihr das Spitzenkleid ab, sodass sie nur noch das Seidenhemdchen trug. Sie erschauerte, aber nicht vor Kälte. In seiner Tracht, mit seinen leidenschaftlich blitzenden Augen, war Khalil ein dunkler, geheimnisvoller Fremder, in dessen Gewalt sie sich befand. Sie wusste weder, was sie für ihn empfand, noch warum er sie geheiratet hatte. Sie wusste allerdings, dass sie sich für ihre Schwäche hassen würde, aber sie begehrte ihn mit überwältigender Stärke.

Er drückte sie hinab auf das Bett, setzte sich neben sie und nahm ihre linke Hand. Er studierte das rötlichbraune Muster aus Henna, das exotisch auf ihrer blassen Haut wirkte und in Erinnerung rief, wie fehl am Platze sie in diesem fremden Land war.

Mit den Fingerspitzen strich er über ihre Haut. „Ich sehe meinen Namen nicht", murmelte er, bevor er ihre Hand an die Lippen zog und mit der Zunge streichelte.

Sie wollte aufstöhnen und sich an ihn schmiegen. Stattdessen biss sie die Zähne zusammen und ertrug schweigend die aufreizende Tortur.

Während er die Lippen an ihrem Arm hinaufgleiten ließ, sprach er von seinem Namen und ihrem, von der Zukunft und davon, dass sie zu ihm gehörte. Sie hörte nicht richtig zu. Sie hatten keine Zukunft, sie gehörte nicht zu ihm, und in diesem Augenblick interessierte sie nichts anderes als seine Liebkosungen.

Er drückte sie hinab auf die Kissen und beugte sich über sie. „Dora“, flüsterte er leidenschaftlich.

Nur flüchtig dachte sie daran, sich zu wehren. Es war zu spät für Stolz. Sie war bereit für ihn.

Sie wartete auf seinen Kuss, doch er senkte den Mund auf ihre Brust und saugte an der Knospe. Sie trug immer noch das Seidenhemd. Als er den Kopf hob, sah sie, dass der dünne Stoff feucht und transparent geworden war. Aufreizend streichelte er die harte Knospe. Seine Liebkosungen zu beobachten und zu spüren war mehr, als sie ertragen konnte. Sie richtete sich halb auf und zog seinen Kopf zu sich hinab.

Mit stürmischer Leidenschaft küssten sie sich. Sie brauchte ihn ganz, wollte ihn auf sich, in sich spüren. Sie zerrte an seinen Kleidern. Hastig streifte er sich die Robe und das Hemd ab. Sie stöhnte protestierend, als er das Bett verließ, um sich die Hose auszuziehen.

Doch dann stand er vor ihr, nackt und unglaublich wundervoll. Verlangend betrachtete sie seinen muskulösen, erregten Körper.

„Sag es mir“, verlangte er. „Sprich die Worte aus. Sag mir, dass du mich begehrst.“

Sie schüttelte den Kopf. „Ich kann nicht.“

Er trat näher, sodass sie die Hand nach ihm ausstrecken und ihn streicheln konnte. Sein Blick hielt ihren gefangen. Nur das Zucken eines Muskels an seinem Kiefer verriet, dass ihre Liebkosungen ihn erregten.

„Sag es mir“, verlangte er erneut, während er zwischen ihre Beine glitt. „Sag mir, dass du mich willst.“

Stumm schüttelte sie den Kopf. Als er ihr Hemd hochschob und die Innenseite ihrer Schenkel küsste, schloss sie die Augen.

Unwillkürlich spreizte sie die Beine, und dann spürte sie die warme Liebkosung seiner Lippen und Zunge.

Ungewollt bewegte sie die Hüften im Rhythmus seiner Liebkosungen. Ihr Atem beschleunigte sich, ihr Körper spannte sich. Die Kälte war längst von ihr gewichen, ebenso wie der Zorn und der Schmerz. Sie spürte nur noch Verlangen.

Er bewegte sich schneller, brachte sie dem Höhepunkt nahe, verlangsamte dann das Tempo. Ihr Verlangen wuchs. Sie stemmte die Füße gegen die Matratze, hob die Hüften, stöhnte seinen Namen.

Mit einer raschen Bewegung setzte er sich zurück auf die Fersen und zog sie mit sich hoch. Fassungslos starrte sie ihn an. Wie hatte er so abrupt aufhören können? Die Begierde in ihr wuchs. Verzweifelt griff sie nach ihm, wollte ihn an sich ziehen.

Doch er widersetzte sich, zog ihr das Hemd über den Kopf und betrachtete entzückt ihre nackten Brüste. „Wundervoll", murmelte er, beugte sich vor und nahm eine Knospe in den Mund.

Immer mehr näherte sie sich dem Gipfel, während er an der Knospe saugte und mit beiden Händen ihren Rücken streichelte. „Khalil, bitte."

Er hob den Kopf. Das dunkle Haar fiel ihm in die Stirn. Ungezügeltes Verlangen schärfte seine Züge und kündete davon, dass seine Vorfahren wild und furchtlos regiert hatten. Glaubte sie wirklich, sich ihm widersetzen zu können?

Er schob eine Hand zwischen ihre Körper, rieb den Punkt des Entzückens, bis sie wimmerte, hörte aber auf, bevor sie den Höhepunkt erreichte. „Sag es mir."

„Ich kann nicht."

„Aber du willst mich."

Sie zog seinen Kopf hinab und küsste ihn. Mit ihrem Körper sagte sie ihm auch, dass sie ihn jetzt begehrte, aber sie weigerte sich, es auszusprechen.

„Dein Wille ist nicht stärker als meiner", murrte er, während er sie noch intensiver und aufreizender liebkoste.

„Doch."

„Nein." Er richtete sich auf und drang in sie ein. Sie schrie entzückt auf, und er griff zwischen ihre Schenkel und berührte jenen winzigen Punkt.

Khalil spürte die ersten Zuckungen ihres Körpers. Vergeblich versuchte er, sich zurückzuhalten. In seinem Bestreben, sie zu unterwerfen, war auch seine Erregung zu sehr gewachsen. Er wollte sich zurückzuziehen, aber es war zu spät. Im Wirbelsturm ihrer Gefühle wurde auch er mitgerissen. Sie schlang die Arme um ihn, klammerte sich an ihn, und sie erschauerten gemeinsam.

Als sein Atem sich wieder beruhigt hatte, stützte er sich auf die Ellbogen und blickte sie an. Mit geschlossenen Augen und fest zusammengepressten Lippen lag sie da. Tränen rannen über ihre Schläfen in ihre Haare.

„Dora?"

„Geh weg. Du hast gewonnen."

„Wir haben beide gewonnen", entgegnete er, obwohl sie streng genommen die Siegerin war. Er hatte sie nicht dazu bringen können, die Worte auszusprechen.

Sie stemmte sich gegen seine Schultern, bis er von ihr hinabglitt. „Gibt es hier ein Bad?"

Er deutete zu mehreren Hängeteppichen am anderen Ende des Zeltes. „Da drinnen. Wir haben fließendes Wasser, aber nicht sehr viel. Also sei sparsam."

Sie nickte stumm, griff nach ihrem Hemd und bedeckte sich, bevor sie das Bett verließ und das Zelt durchquerte.

Als sie zurückkehrte, hatte Khalil die Kissen aufgeschüttelt und war unter die Decke geschlüpft. Sie legte sich neben ihn, kuschelte sich aber nicht an ihn, sondern hielt so viel Abstand wie nur möglich und drehte ihm den Rücken zu.

„Du benimmst dich kindisch“, schalt er.

„Lass mich in Ruhe. Du hast bekommen, was du wolltest. Alles andere kann dir doch egal sein.“

Er starrte sie noch einen Moment an, ließ sich dann auf den Rücken fallen. Eigentlich hatte sie recht. Doch er sehnte sich danach, sie in den Armen zu halten.

Im Laufe der Nacht schien die Distanz zwischen ihnen zu wachsen, bis er das Gefühl hegte, in einem anderen Land zu sein. Einmal, als sie fest eingeschlafen war, rückte er zu ihr und legte einen Arm um sie. Doch selbst im Schlaf schüttelte sie ihn ab, und er kehrte auf seine Seite zurück.

Eine innere Kälte breitete sich aus. Er hatte das Gefühl, überstürzt gehandelt und einen unkorrigierbaren Fehler begangen zu haben. Unwillkürlich berührte er die schmale Narbe auf seiner Wange. Die Geschichte wiederholt sich nicht, dachte er grimmig. Die Situation war eine ganz andere. Dennoch grübelte er bis spät in die Nacht.

Dora erwachte in Khalils Armen. Als sie die Augen öffnete, erkannte sie, dass sie irgendwann in der Nacht zu ihm gerückt war. Sie versteifte sich und wollte zurückweichen, doch er verstärkte den Griff um ihre Taille.

„Guten Morgen“, murmelte er leise.

Sie hasste es, dass allein der Klang seiner Stimme einen Schauer durch ihren Körper jagte und den Drang erweckte, sich an ihn zu schmiegen.

Ein Lächeln spielte um seine Lippen. „Du widersetzt dich und du begehrst gleichermaßen, meine Wüstenkatze. Welcher Teil von dir wird gewinnen?“ Während er sprach, schob er ein Bein zwischen ihre Schenkel und presste das Knie an ihr Zentrum.

Augenblicklich erwachte ein heftiges Verlangen. Es erforderte all ihre Willenkraft, standhaft zu bleiben. „Ich werde mich dir niemals freiwillig hingeben", schwor sie. „Du magst meinen Körper zu einer Reaktion bringen, aber du wirst niemals mein Herz erreichen."

„Habe ich dich nicht davor gewarnt, mich herauszufordern? Du kannst nur besiegt werden." Er küsste ihre Stirn. „Auf höchst entzückende Weise natürlich. Außerdem macht die Jagd einen Teil des Reizes aus."

Verzweiflung stieg in ihr auf. Wie hatte sie sich in eine derartige Lage bringen können? Ungeachtet dessen, dass er ihr wehgetan, sie belogen und benutzt hatte, sehnte sich jede Zelle ihres Körpers nach ihm.

„Du wirst mir gehören", fuhr er zuversichtlich fort.

„Niemals. Ich werde mich immer von dir abwenden."

„Und ich werde dich Nacht für Nacht verführen." Er lachte. „Wenn du mich bestrafen willst, musst du einen anderen Weg suchen. Mit der Zeit wirst du lernen, mich wie eine gehorsame Ehefrau zu lieben."

Innerlich fühlte sie sich wieder kalt und leer, wie am vergangenen Abend. Sie wusste, dass er Wort halten und sie verführen würde, so oft es ihm beliebte, und dass sie sich fügen würde. „Ich werde dich niemals lieben", schwor sie.

„Das sagst du jetzt. Aber ich frage mich, ob du dich nicht schon ein wenig in mich verliebt hast. Bin ich dein Traummann, meine Wüstenkatze?"

Sie riss sich von ihm los und sprang aus dem Bett. Als sie ihn finster anstarrte, lächelte er nur und schlug die Decke zurück, sodass sie seine Erregung sehen konnte.

Sie drehte ihm den Rücken zu und rang um Beherrschung. Sie musste lernen, sich vor ihm zu schützen. Sie musste stark sein. Denn er hatte recht. In gewisser Weise war er der Mann, den sie sich erträumt hatte – der intelligente Geschäftsmann, für den sie in New York gearbeitet hatte, der charmante Liebhaber, der sie in jener ersten Nacht verführt hatte. Nicht aber der egoistische Prinz von El Bahar, der sich ihr aufdrängte.

Erst als sie sich vollständig bekleidet hatte, drehte sie sich zu ihm um und sagte ruhig: „Ich werde dich niemals mögen oder respektieren. Wenn du darauf bestehst, mich hier zu behalten, wirst du dich damit zufrieden geben müssen, dass ich meine Pflicht erfülle."

„Eine pflichtgetreue Ehefrau bei Tag und eine Wildkatze bei Nacht. Du, meine Liebe, bist meine Traumfrau."

Tränen brannten in ihren Augen. „Wie schön für dich, Khalil. Du bist für mich nicht mehr als ein Albtraum, aus dem ich zu erwachen hoffe."

Sie musterte ihn forschend, doch nicht einmal ein Wimpernzucken verriet seine Gedanken. Dann wandte sie sich ab, weil sie entschlossen war, ihn niemals wieder ihre Tränen sehen zu lassen.

11. KAPITEL

Die Rückfahrt zum Palast verlief in angespanntem Schweigen. Während Dora stur geradeaus starrte, warf Khalil ihr verstohlene Seitenblicke zu. Weshalb war sie so aufgebracht? Er mochte sie am Anfang hinsichtlich seiner Gefühle irregeführt haben, aber was zählte das noch? Er hatte sie geheiratet und beabsichtigte, sie mit Respekt und Rücksicht zu behandeln. Die Eheschließung ermöglichte ihr ein Leben in Wohlstand und voller Privilegien. Mit der Zeit musste sie doch einsehen, dass es nur von Vorteil für sie war.

Oder nicht? Dora war wesentlich intelligenter und selbstständiger als die Frauen, die er vor ihr kennengelernt hatte. Sie gestattete es nicht, manipuliert zu werden, und während er sie dafür respektierte, verdross es ihn auch.

Als sie sich dem Palast näherten, warf er ihr erneut einen Blick zu. Sie war nicht schön wie Amber oder andere Frauen, mit denen er verkehrt hatte, aber sie besaß einen eigenen Liebreiz. Ihm gefiel, wie ihre Augen funkelten, wenn sie zornig war, und wie ihr Mund sie verriet, wenn sie nicht zu lächeln versuchte. Er unterhielt sich gern mit ihr, fand Gefallen an ihren Worten wie an ihrer wohlklingenden Stimme. Außerdem gefiel es ihm, mit ihr zu schlafen. Sie mochte nicht seine erste Wahl gewesen sein, aber sie verkörperte alles, was ein Mann sich von einer Ehefrau wünschen konnte.

Als er anhielt, stieg Dora unverzüglich aus und ging zum Eingang des Palastes.

Verblüfft starrte Khalil ihr nach. Wie konnte sie es wagen, ihn stehen zu lassen, so als wäre er nichts weiter als ein Chauffeur? „Dora!“, rief er und eilte ihr nach. „Dora, was soll das? Wohin gehst du?“

Sie blieb stehen und blickte über die Schulter zurück. „Ich dachte, das wäre offensichtlich. Ich gehe in meine Räume.“

Im Foyer holte er sie ein. Der plätschernde Springbrunnen bot einen idyllischen Hintergrund. Er berührte ihre Wange. „Du wohnst nicht mehr im Harem, meine kleine Wüstenkatze. Du wohnst mit mir zusammen."

Ihre Augen blitzten. Er spürte förmlich ihren Zorn erwachen und unterdrückte ein Grinsen. Sie würden streiten und sich versöhnen, und er freute sich auf beides gleichermaßen.

Rihana tauchte aus den Schatten auf und verbeugte sich tief. „Willkommen." Sie lächelte Dora schüchtern an. „Ich habe Ihre Sachen in die Räume Ihres Gatten gebracht. Darf ich Ihnen den Weg zeigen?"

„Nein", entgegnete Dora entschieden. „Bitte bring meine Sachen in die Gästesuite, in der ich bei meiner Ankunft im Palast untergebracht wurde."

Khalil runzelte die Stirn. „Dora, das ist lächerlich. Was soll das Spielchen? Du bist meine Ehefrau."

Sie blickte ihn kühl an. „Ja, das bin ich allerdings. Das macht mich zu einer Prinzessin. Als solche ist es mir vermutlich gestattet, der Dienerschaft Anweisungen zu geben, und ich kann erwarten, dass meine Anweisungen befolgt werden. Ist das korrekt?"

Er biss die Zähne zusammen und blickte sie finster an. Sie hatte ihn geschickt in die Enge getrieben. Er konnte ihr nicht widersprechen, ohne ihr Ansehen bei der Dienerschaft für den Rest ihres Lebens zu vernichten. „Rihana, tu bitte, was meine Frau verlangt", sagte er schließlich steif.

Sie nickte mit besorgter Miene. „Hier entlang, Prinzessin."

Dora schenkte ihm ein triumphierendes Lächeln, bevor sie dem Mädchen folgte. Khalil blieb allein zurück und fragte sich, wie alles so schieflaufen konnte und was er dagegen tun sollte.

Dora stand auf dem Balkon und starrte hinaus auf das Meer. Sie hatte die vergangenen sechs Stunden allein in ihrer Suite verbracht und versucht, ihren Sieg auszukosten. Doch er schmeckte nicht so süß wie erwartet. Der restliche Tag lag einsam und endlos lang vor ihr, ebenso wie all die anderen künftigen Tage. Was sollte sie mit sich anfangen?

Ein Klopfen an der Tür unterbrach ihre trübseligen Gedanken. Sie eilte durch den großen Salon und öffnete. Fatima stand auf der Schwelle. „Oh, welch nette Überraschung. Bitte, komm herein."

Fatima trat ein und blickte sich um, als hätte sie die Suite noch nie gesehen, bevor sie sich auf ein Sofa setzte. „Ich habe gehört, dass du lieber hier anstatt bei Khalil wohnen willst. Ich wusste nicht, dass dir deine Privatsphäre so überaus wichtig ist. Ich muss mich dafür entschuldigen, dass ich dir Unbehagen verursacht habe, indem ich dich bei mir im Harem habe wohnen lassen."

Mit glühenden Wangen nahm Dora ihr gegenüber Platz. „Du missbilligst mein Verhalten."

„Es steht mir nicht zu, darüber zu urteilen. Die Ehe ist eine Privatangelegenheit zwischen den beteiligten Parteien." Sie presste die Lippen zusammen. „Ich habe gehört, dass du Khalil gezwungen hast, zwischen deinem Gehorsam und deiner Macht im Haus zu entscheiden. Es war ein netter Trick, aber es erinnert mich an eine alte Redensart. Ich glaube, sie stammt ursprünglich aus England. Vielleicht hast du sie schon mal gehört. Es geht darum, den Kampf zu gewinnen, aber den Krieg zu verlieren."

„Wir kämpfen nicht", entgegnete Dora.

„Wirklich nicht? Wenn Mann und Frau sich für getrennte Quartiere entscheiden, ist es meiner Meinung nach selten ein Hinweis darauf, dass alles in Ordnung ist. Aber ich stamme ja auch aus einer anderen Generation."

Dora senkte den Kopf. „Khalil und ich haben einige Dinge zu klären."

„Wenn du darauf wartest, dass mein Enkel sich beugt, kannst du lange hier allein wohnen. Er gibt nicht nach."

„Dann ist es vielleicht an der Zeit, dass er es lernt. Ich habe deinen Rat nicht vergessen, dass ich mich beugen soll. Aber manchmal muss man seinen Standpunkt vertreten."

Fatima musterte sie forschend. „Willst du mir verraten, was mein Enkel getan hat?"

„Das kann ich nicht." Es war ihr zu peinlich, darüber zu reden.

„Und wenn er sich nicht ändert, was dann?"

„Ich weiß es nicht."

„Ich dachte, du liebst ihn." Fatima stand auf. „Es tut mir leid, dass ich mich geirrt habe."

„Mir liegt sehr viel an ihm", versicherte Dora.

„Aber du liebst ihn nicht. Zumindest nicht genug, um für ihn zu kämpfen." Fatima ging zu Tür und trat hinaus auf den Flur. „Leb wohl."

Dora blieb allein in ihren stillen Räumen zurück. Es war nicht fair, dass sie bestraft wurde, während Khalil sie belogen und getäuscht hatte.

Sie sank in einen Sessel und barg das Gesicht in den Händen. Hatte sie wirklich den Kampf gewonnen und den Krieg verloren? War es falsch, mehr von Khalil zu erwarten?

Sie wusste keine Antwort. Also blieb sie einfach sitzen, bis die Sonne unterging. Sie verbrachte die Nacht allein, und auch den folgenden Tag.

Zwei Abende später tauchte Khalil plötzlich in Doras Suite auf. „Guten Abend", wünschte er und setzte sich neben sie auf das Sofa.

Sie nickte ihm zu. „Hallo."

„Ich habe deine Wünsche respektiert", bemerkte er schroff.

„Welche Wünsche?"

„Dass du in Ruhe gelassen wirst. Genießt du deine Einsamkeit?"

Sie schloss das Buch, in dem sie gelesen hatte, und legte es auf den Tisch. „Ich habe nie Einsamkeit verlangt. Ich habe lediglich um getrennte Unterbringung gebeten. Du hast die Gelegenheit jedoch dazu genutzt, mich von der Außenwelt abzuschneiden. Fühlst du dich groß und stark, indem du mich so behandelst?"

Nachdenklich musterte er sie. „Was immer ich auch tue, du scheinst entschlossen zu sein, das Schlimmste von mir zu denken. Ich habe ehrlich geglaubt, dass du allein sein wolltest. Als meine Frau bist du ein Mitglied der Familie, und es steht dir frei, deine Suite jederzeit zu verlassen und an den Mahlzeiten teilzunehmen. Du bist hier in einem Palast, nicht in einem Gefängnis."

Sie wusste nicht, was sie von seinen Worten halten sollte. Meinte er es aufrichtig, oder spielte er ihr wieder nur etwas vor? „Also gut", sagte sie schließlich. „Danke."

„Du darfst außerdem deine Arbeit wieder aufnehmen. Ich erwarte dich um acht Uhr morgen früh in meinem Büro."

Hätte er sie gefragt, ob sie gern wieder arbeiten wollte, hätte er ihr die Entscheidung überlassen, hätte sie bejaht. „Ich glaube nicht", entgegnete sie kühl und trat hinaus auf den Balkon. Die Sonne war längst untergegangen. Dunkel und geheimnisvoll schimmerte der Ozean.

Khalil folgte ihr hinaus. „Ich gebe dir meine Erlaubnis."

„Ja, ich weiß. Aber ich bin nicht interessiert."

„Ich will, dass du für mich arbeitest."

Sie lächelte zuckersüß. „Und ich will, dass du dich dafür entschuldigst, dass du mich belogen und damit in die Ehe gelockt hast. Ich will, dass du mir sagst, dass es ein Fehler war und du mich magst. Ich vermute, dass keiner von uns bekommen wird, was er will."

„Du wirst nicht mit mir spielen, Weib."

Sie drehte sich zu ihm um. „Und ich dachte, dass du gerade das willst."

Seine Miene verfinsterte sich. „Ich bin Khalil Khan, Prinz …"

„Von El Bahar, ich weiß", unterbrach sie ihn. „Ich habe diese kleine Rede schon hundert Mal gehört. Worauf willst du hinaus?"

Er erstarrte, offensichtlich vor Verblüffung über ihre Impertinenz. Sie selbst war ebenfalls ein wenig überrascht. Die Einsamkeit hatte ihr anscheinend Mut verliehen. „Ein Prinz zu sein, gibt dir nicht das Recht, andere zu benutzen. Du warst grausam zu mir. Du hast mich belogen und meine Unschuld ausgenutzt."

„Ich habe dich geheiratet." Er trat näher zu ihr und nahm ihre Hand. „Komm für mich arbeiten."

Sie ignorierte das Prickeln, das seine Berührung auslöste. „Ich bin die Prinzessin von El Bahar. Ich arbeite nicht. Außerdem ist mein Henna noch nicht verschwunden. Die Tradition verlangt …"

„Mir ist die Tradition bekannt", unterbrach er sie diesmal schroff. „Ich wurde hier geboren. Wenn es dein Wunsch ist, dann soll es so sein. Du darfst in deinen Räumen bleiben, aber versuche nicht, sie zu verlassen. Von mir aus kannst du hier versauern." Er machte auf dem Absatz kehrt und stürmte zur Tür.

Dora schluckte schwer. Fatimas Worte über den gewonnenen Kampf und den verlorenen Krieg kamen ihr in den Sinn, und ein weiteres Sprichwort: *Hochmut kommt vor dem Fall.*

„Khalil?", rief sie ihm nach. „Ich bin bereit, für dich zu arbeiten, aber nicht als deine Sekretärin."

Er blieb stehen. „Ich nehme an, du willst das Land regieren."

Sie ignorierte seinen Sarkasmus. „Nein." Sie trat zu ihm.

„Ich will als Vermittlerin zwischen der Regierung und den westlichen Firmen fungieren, die hier investieren wollen. Ich habe viel Erfahrung mit amerikanischen Firmen, und ich habe schon sehr viel über El Bahar gelernt und lerne jeden Tag dazu."

Wortlos blickte er sie an.

„Es wäre sehr vernünftig", fuhr sie hastig fort. „Als Mitglied der königlichen Familie werde ich eher als Aushängeschild statt als Politikerin angesehen. Das würde die Männer in der Regierung beschwichtigen. Die westlichen Firmen hingegen wird es beeindrucken, dass El Bahar einer Frau eine so bedeutende Position verleiht."

Er öffnete den Mund, schloss ihn wieder und wandte sich ab. Dora atmete tief durch. Hatte sie ihre Forderung zu früh gestellt? Hätte sie erst einmal als seine Sekretärin arbeiten und sich sein Vertrauen verdienen sollen, bevor sie ihn mit ihrer Idee konfrontierte?

„Dein Posten würde unter die Zuständigkeit meines Büros fallen", sagte er schließlich, ohne sie anzublicken.

Ihr Herz begann zu pochen. „Das wäre kein Problem."

„Es wäre dir nicht gestattet, dich allein mit irgendeinem Mann zu treffen, und du müsstest dich konservativ kleiden. Andernfalls würde mein Ruf in Frage gestellt werden."

„Ich verstehe. Ich wäre damit einverstanden." Sie musterte ihn forschend, doch sie konnte seine Miene nicht deuten. Warum willigte er ein?

„Um den Schein zu wahren, müssen wir wie ein glückliches Paar wirken. Du wirst jeden Tag mit mir den Lunch einnehmen."

Ein Anflug von Hoffnung stieg in ihr auf. Sie erinnerte sich an die gemeinsamen Mahlzeiten in New York. Teilweise hatten sie über geschäftliche Belange gesprochen, teilweise aber auch über persönlichere Dinge wie Politik, Bücher und Musik diskutiert. Sie vermisste diese Zeiten sehr. Erging es ihm ebenso?

„Das wäre mir sehr lieb."

„Gut. Dann sind wir uns einig." Er lächelte zufrieden und nahm ihr Gesicht zwischen die Hände. „Ich will dich."

Seine Worte wirkten auf sie wie ein Schlag ins Gesicht. Wie hatte sie nur glauben können, dass sich zwischen ihnen etwas geändert hatte? Sie versteifte sich und wollte sich ihm entziehen, doch es war bereits zu spät. Seine Berührung ließ sie schwach werden. Sie war gefangen in einem Netz, das sie selbst gesponnen hatte – indem sie einen Mann zugleich begehrte und hasste.

„Lass das", sagte sie und entzog sich seiner sanften Berührung. „Ich fühle mich nicht wohl."

Khalil packte ihre Oberarme und zog sie an sich. „Beschimpfe mich, kämpfe gegen mich, schlage mich, hasse mich, aber belüge mich nicht."

Tränen brannten in ihren Augen, und sie hasste sich für ihre Weichheit. „Natürlich. Lügen ist dein Privileg."

Statt zornig zu werden, lächelte er. „Ich dachte, ich hätte eine vernünftige, aber etwas langweilige Frau geheiratet. Stattdessen entdecke ich eine aufmüpfige, sinnliche Wüstenkatze. Beißt du, mein Kätzchen? Ich weiß, dass du zu kratzen versuchst, aber deine Krallen sind nicht lang genug."

„Ich hasse dich!", rief sie heftig. Sie versuchte, sich zu befreien, aber er hielt sie eisern fest. Schließlich gab sie den sinnlosen Versuch auf. „Ich werde niemals freiwillig nachgeben."

„So viele Versprechungen", murmelte er, während er den Kopf senkte und ihre Lippen küsste. „Wie viel Energie du doch verschwendest. Ich nehme an, dein Temperamentausbruch bedeutet, dass du dich wieder gut fühlst."

„Ich bin nicht krank. Ich will nur keinen Sex mit dir haben."

Er ließ einen ihrer Arme los und schob langsam eine Hand unter ihren Rock. Sie wusste, dass sie um ihres Stolzes willen weglaufen sollte, aber sie blieb wie angewurzelt stehen und erschauerte, während er sie liebkoste.

„Wer lügt denn jetzt?“, fragte er und küsste sie.

Dora antwortete nicht, weil sie nicht wusste, was sie sagen sollte. Sie konnte die offensichtliche Reaktion ihres Körpers nicht leugnen. Und wieder einmal war ihr Ehemann siegreich.

12. KAPITEL

Dora blieb vor dem Büroflügel des Palastes stehen. Sie hatte nun eine verantwortungsvolle Position und ein eigenes Büro. Die Frage war nur, ob sie dem Job auch gewachsen war. El Bahar war ein friedliches Land und wurde als die Schweiz des Nahen Ostens bezeichnet. Zahlreiche Multimillionenkonzerne, die an Expansion in diesem Teil der Welt interessiert waren, investierten daher dort.

Sie holte tief Luft und widerstand dem Drang, in ihr einsames Quartier zurückzukehren.

Eine Doppeltür führte in einen großzügigen Eingangsbereich mit fabelhaften impressionistischen Gemälden. An einem großen Schreibtisch saß ein Mann mittleren Alters. Er blickte auf und lächelte. „Guten Morgen, Eure Hoheit. Ich bin Martin Wingbird. Darf ich Sie in Ihr Büro führen?"

Er war perfekt gekleidet und sprach mit britischem Akzent. Dora wusste bereits, dass im Palast internationales Personal beschäftigt wurde.

„Danke, Mr. Wingbird."

Hinter dem Empfangspult zweigten zwei Korridore ab. Martin wandte sich nach links und ging zügig voraus.

Sie passierten mehrere große Büros, die komplett mit Computern, Faxgeräten und Kopierern ausgestattet waren. Die Wüste lag zwar nur wenige Meilen entfernt, aber in den Palast hatte längst die Moderne Einzug gehalten.

Am Ende des Korridors führte eine massive Doppeltür in einen Vorraum, von dem zwei weitere Türen abzweigten.

„Die rechte Tür führt in Prinz Khalils und die linke in Ihr Büro", erklärte Martin Wingbird. Dann stellte er ihre Assistentin vor, eine zierliche Asiatin namens Eva.

Dora lächelte. „Danke für Ihre Hilfe, Martin."

„Es war mir ein besonderes Vergnügen, Eure Hoheit." Er

verbeugte sich und ging.

Eva führte Dora in ein geräumiges Büro. Es war mit Möbeln im französischen Landhausstil, Blumengemälden und einer kleinen Sitzgruppe ausgestattet. Auf dem Couchtisch stand ein großer Strauß Rosen. Die Fenster boten einen Ausblick auf den perfekt angelegten englischen Garten.

Dora musterte die kräftigen Farben des Orientteppichs und die Seidenbezüge der Sofakissen. „Der Raum ist so vollkommen, dass ich fast glauben möchte, er wäre extra für mich eingerichtet worden", sagte sie mehr zu sich.

„Prinz Khalil hat alles persönlich arrangiert", teilte Eva ihr mit. „Er hat gestern den ganzen Tag alles beaufsichtigt und viele Gegenstände zurückgehen lassen, die ihm nicht zusagten."

Sie konnte sich nicht vorstellen, dass ausgerechnet Khalil sich mit der Auswahl von Möbeln und Sofakissen befasste.

Eva trat an den Schreibtisch und gab etwas in Computer ein. „Ich habe einen Terminkalender für Sie angelegt. Für heute Nachmittag sind zwei Treffen anberaumt, um Sie mit den Präsidenten der zwei größten ausländischen Banken hier bekannt zu machen."

„Aha. Würden Sie mir bitte vorab Informationen über die Präsidenten und die Banken beschaffen? Die Bilanzen der letzten Jahre und Kopien sämtlicher Zeitungsartikel, die über sie erschienen sind. Ach ja, und allgemeine Informationen über das Bankwesen. Die Anzahl von einheimischen und ausländischen Banken, die Prozentzahl der Einwohner, die hiesige statt ausländischer Banken benutzen, Angaben über Auslandskonten."

Eva machte sich Notizen. „Ich kümmere mich sofort darum", versprach sie und ging hinaus.

Bevor sie die Tür hinter sich schließen konnte, spazierte Khalil herein.

Ein Maßanzug betonte seinen eindrucksvollen Körper, den sie in der vergangenen Nacht ausgiebig liebkost hatte. Sie hielt

Wort und widersetzte sich ihm, wann immer er mit ihr schlafen wollte, und auch er hielt sein Versprechen ein und verführte sie Nacht für Nacht. Es war ein dummes Spiel, das sie veranstalteten, und sie wusste nicht, wann es enden und wer als Sieger hervorgehen würde. Sie wusste nur, dass sie sehr glücklich war, ihn zu sehen, und dass sie es vor ihm verbergen musste.

„Gefällt es dir?“, erkundigte er sich, während er durch den Raum spazierte. „Mein Büro liegt nebenan. Ich wusste, dass du einen eigenen Bereich vorgezogen hättest, aber es gilt gewisse Anstandsregeln einzuhalten. Der König war nicht sehr angetan davon, dass die Frau eines Prinzen arbeitet.“

Das hatte Dora gar nicht bedacht. „Das tut mir leid, Khalil. Habe ich Streit zwischen dir und deinem Vater verursacht?“

Er zuckte die Achseln. „Er hat nachgegeben.“ Er trat an den Schreibtisch und deutete auf das Telefon. „Meine Nummer ist vorprogrammiert. Wenn du Sternchen und eins drückst, wirst du mit meinem Büro verbunden. Malik ist Sternchen und zwei, Jamal hat Sternchen und drei.“

„Warum sollte ich deine Brüder anrufen?“

„Du wirst von uns allen Projekte übernehmen. Ich bin für Wirtschaft und Industrie zuständig, Jamal kümmert sich um die Finanzen, und Malik ist für das Ölvorkommen zuständig und repräsentiert El Bahar als Kronprinz im Ausland. Wir alle haben mit ausländischen Firmen zu tun, sodass du regelmäßig mit uns allen zu tun haben wirst.“

Dora schluckte und versuchte, ihre Nervosität zu verbergen. Nicht zum ersten Mal fragte sie sich, ob sie voreilig und anmaßend in ihrer Bitte um diesen Job gehandelt hatte.

„Du hast doch keine Angst, oder?“

Sie straffte die Schultern. „Natürlich nicht. Ich bin der Aufgabe durchaus gewachsen.“ Sie trat hinter ihren Schreibtisch und setzte sich. „Und wie viel bekomme ich bezahlt?“

„Wozu brauchst du denn Geld?“

„Darüber habe ich noch nicht nachgedacht."

Er stützte die Hände auf den Schreibtisch und beugte sich eindringlich vor. „Täusche dich nicht in deiner Position bei alldem. Du bist und bleibst meine Ehefrau."

Bis zu diesem Moment hatte Dora angenommen, dass er nach einem Weg suchte, sich von ihr scheiden zu lassen. Denn sie verstand immer noch nicht, warum er sie überhaupt geheiratet hatte.

„Ich werde dich nicht gehen lassen", fuhr er fort. „El Bahar gestattet einer Prinzessin keine Scheidung ohne Zustimmung ihres Mannes, und ich werde niemals einwilligen."

Seltsamerweise trösteten seine Worte sie. Trotz ihrer Differenzen wollte sie ihn nicht verlassen. Denn im Stillen klammerte sie sich immer noch an den Traum von dem Märchenprinzen, der sie unsterblich liebte.

„Du warst wundervoll letzte Nacht", verkündete er unvermittelt, während er sie mit einem glühenden Blick musterte.

„Danke", murmelte sie. Die Erinnerung an die kühnen Liebkosungen, mit denen sie ihn überhäuft hatte, nachdem er ihren ursprünglichen Widerstand gebrochen hatte, rief Erregung hervor. „Khalil …"

Er lächelte zufrieden. „Ich wusste, dass du zur Vernunft kommen würdest. Du begehrst mich. Gib es zu."

Ihre Erregung verflog so schnell, wie sie gekommen war. Sie richtete sich auf und blickte ihn kühl an. „Dass ich deine Ehefrau bin, gibt dir noch lange nicht das Recht, mich sexuell zu belästigen, Khalil. Während der Bürostunden will ich über nichts anderes als geschäftliche Belange reden."

Er richtete sich auf und blickte sie finster an. „Wie kannst du mich begehren und in der nächsten Sekunde eiskalt abblitzen lassen? Warum gibst du nicht nach? Du weißt, dass ich letztendlich gewinnen werde."

„Zufällig bin ich überzeugt, dass ich gewinnen werde. Ich

kann sehr starrsinnig sein."

„Ich weiß. Das ist nicht gerade deine attraktivste Eigenschaft."

„Möchtest du eine Liste deiner eigenen Fehler?"

„Ich habe keine Fehler."

Sie lehnte sich auf dem Stuhl zurück. „*Honey*, du hast so viele, dass ich einen Krampf in der Hand bekommen würde, wenn ich sie aufschreiben wollte."

„Das ist nicht wahr. Ich rufe dir in Erinnerung, dass ich dein Ehemann bin, und erwarte, mit Respekt behandelt zu werden."

„Ich meine es ernst, Khalil", beharrte sie. „Kein Geplauder über Sex während der Arbeitszeit."

„Glaubst du etwa, dass du in diesem Ton mit mir reden und deinen Kopf durchsetzen kannst?"

Sie dachte einen Moment nach und lächelte dann. „Absolut."

„Du bist eine unmögliche Frau."

„Ja, aber ich bin *deine* unmögliche Frau. Jetzt geh wieder an die Arbeit und lass mich in Ruhe."

„Wir essen um halb eins", verkündete er, während er zur Tür eilte. „Und ich gehe, weil ich zu tun habe und nicht, weil du es verlangst."

„Natürlich. Hauptsache, du gehst."

Er drehte sich zu ihr um. „Überschätze deine Macht nicht, meine Wüstenkatze. Du wirst dich mir heute Nacht unterwerfen."

„Ich werde mich nie unterwerfen."

„Du magst zu Beginn Widerstand vortäuschen, aber wir wissen doch beide, dass du mich schon bald anflehen wirst, dich zu liebkosen und zu nehmen und ins Paradies zu entführen."

Mit dieser Prophezeiung verschwand er, und Dora blieb mit

der unangenehmen Einsicht zurück, dass er die reine Wahrheit gesagt hatte.

„Dein Vater hat begonnen, von Dora in widerstrebend respektvollem Ton zu sprechen“, eröffnete Fatima. „Ich vermute, das bedeutet, dass sie außerordentlich gute Arbeit leistet.“

Khalil konnte ein zufriedenes Grinsen nicht unterdrücken. „Momentan steht sie in Verhandlungen mit einer Computerfirma, die ursprünglich ihre Bedingungen diktieren wollte, aber jetzt Doras Forderungen restlos akzeptiert.“

„Also bist du auch zufrieden mit ihr.“

Zufrieden war gar kein Ausdruck. Zunächst hatte Dora vorsichtig und unsicher gewirkt. Irrtümlich war er – wie ihre Verhandlungspartner – davon ausgegangen, dass sie zu schüchtern und daher nicht von großem Nutzen sei. Doch bereits nach Ablauf einer Woche hatte sie kühne Forderungen gestellt und sogar das Angebot einer großen europäischen Bank abgelehnt. Khalil hatte ihre Entscheidung unterstützt, obwohl sie seiner Meinung nach zu weit gegangen war. Doch drei Tage später hatte diese Bank ein neues, sehr lukratives Angebot unterbreitet.

„Sie ist für uns alle eine Bereicherung“, sagte er schließlich. „Obwohl es ihr an spezifischer Ausbildung mangelt, beweist sie ein schlaues Verhandlungsgeschick. Sie benutzt amerikanische Lässigkeit, um ihren Verhandlungspartnern Vertrauen einzuflößen, und dann verwandelt sie sich genau im richtigen Moment in eine Prinzessin, um sie einzuschüchtern.“

„Und mit der Ehe geht es auch gut voran?“, erkundigte sich Fatima.

„Dora und ich sind sehr glücklich.“

Sie schwieg. Sie knabberte an einem Keks und betupfte sich die Lippen mit einer Serviette. Die Sekunden tickten dahin. Die Spannung wuchs.

Schließlich hielt er es nicht länger aus. Er sprang auf und trat an das Fenster. „Sie ist starrsinnig und nervtötend“, knurrte er.

„Zumindest ist sie intelligent“, entgegnete Fatima ruhig. „Das hat doch immerhin etwas für sich.“

„Nicht, wenn diese Intelligenz gegen mich benutzt wird.“ Er drehte sich zu ihr um. „Die zwei Wochen im Harem haben sie nicht gelehrt, eine gute Ehefrau zu sein.“

„Oh, hätte ich das tun sollen? Wie töricht von mir. Ich habe arrangiert, dass sie in den Sitten und der Geschichte von El Bahar ausgebildet wird. Vielleicht solltest du sie zu mir zurückschicken. Dann kann ich ihr Reinigen, Kochen und Stopfen beibringen. Wäre der Prinz dann zufrieden?“

„Ich habe keinen Bedarf an einer weiteren Dienstbotin. Ich will eine Ehefrau.“

„Dann solltet ihr vielleicht nicht in getrennten Räumen leben.“

„Sie weigert sich, zu mir zu ziehen.“

„Ach ja?“ Fatima stellte ihre Teetasse ab und blickte ihn neugierig an. „Was hast du denn falsch gemacht?“

Zorn erwachte in Khalil. „Wieso gehst du davon aus, dass es meine Schuld ist? Sie ist doch diejenige, die sich weigert zu tun, was ihr aufgetragen wird.“

„Ich verstehe.“

Diese beiden kleinen Worte sprachen Bände. Er hasste es, dass Fatima ihm das Gefühl vermittelte, ein kleines Kind zu sein.

„Ich dachte, du hättest die Lektion begriffen, Khalil.“ Sie berührte ihre linke Wange und erinnerte ihn damit an seine Narbe.

„Das eine hat nichts mit dem anderen zu tun.“

„Also hast du zu Dora nichts gesagt, das du bereuen könntest?“

Er antwortete nicht. Stattdessen drehte er sich zum Fenster

um. Er wollte nicht daran erinnert werden, dass er Dora in jener ersten Liebesnacht in New York belogen hatte.

„Du brauchst dir keine Sorgen zu machen. Deine Frau ist intelligent und gut erzogen. Sie wird dir oder El Bahar keine Schande machen. Im Gegenteil, sie erweist sich als Gewinn. Mit der Zeit wird sie dir gesunde Söhne schenken."

Etwas an ihrem Ton erregte seinen Verdacht. Er drehte sich zu ihr um. „Ich stimme zu. Es ist wirklich alles in Ordnung."

„Mit der Zeit wird sie dich natürlich hassen, aber so ist es nun mal bei dieser Art von Ehe."

„Nein!", rief Khalil unwillkürlich. „Ich will nicht, dass sie mich hasst."

Sie zog die Augenbrauen hoch. „Dir liegt doch nicht etwa an diesem Mädchen, oder?"

„Natürlich nicht", behauptete er, doch sie war ihm keineswegs einerlei. „Was soll ich denn tun?", fragte er schließlich hilflos.

„Ach, Khalil, warum müsst ihr Männer immer alles so schwierig machen?" Sie lächelte ihn freundlich an. „Du musst sie umwerben. Sei ein Mann, den sie bewundern kann. Sei zärtlich und aufmerksam und entschuldige dich vor allem für das, womit du ihr auch immer wehgetan hast. Mach es wieder gut. Beuge dich ein wenig. Bedenke ausnahmsweise einmal, dass du an erster Stelle ein Mann und erst an zweiter ein Prinz bist."

„Niemals. Dein Vorschlag ist völlig inakzeptabel."

„Dann gewöhne dich daran, jede Nacht durch den halben Palast zu wandern."

„Ich werde sie zwingen, in meine Räume zu ziehen."

Fatima blickte ihn an, als wäre er ein sehr einfältiges Kind. „Ich kann mir gut vorstellen, wie das auf Dora wirkt. Warum fragst du mich um Rat, wenn du mir nicht zuhörst?"

„Ich habe schon zugehört. Aber du hast mir keinen guten Rat gegeben. Ich bin Prinz Khalil Khan von El Bahar, und ich umwerbe keine Frauen."

„Du bist ein starrsinniger Narr, der sein Leben allein verbringen wird. Willst du das?"

Er antwortete nicht, und schließlich ging seine Großmutter. Ungehalten wanderte er in seinem Büro umher. Er beabsichtigte keineswegs, seine Frau zu umwerben. Es war unmöglich, degradierend, demütigend. Doch die Alternative war die Sackgasse, in der sie sich nun befanden. Wollte er das? Das und die Wahrscheinlichkeit, dass Dora ihn hassen lernte?

13. KAPITEL

„Ich hätte dich mit den amerikanischen Wissenschaftlern verhandeln lassen sollen“, sagte Khalil und legte seine Gabel nieder. „Sie waren höchst schwierig.“

„Ach, jetzt willst du mir also deine schmutzige Arbeit übergeben, wie?“, fragte Dora lächelnd.

Er heftete den Blick auf ihr Gesicht. Sie wusste nicht, was er dachte, aber seine Miene wirkte so zärtlich, dass ihr Herz ein wenig schneller schlug. Es war Anfang April. Seit fast drei Monaten war sie nun in El Bahar. Fast jede Nacht suchte Khalil ihr Schlafzimmer auf, und er besaß immer noch die Macht, sie mit nur einem Blick oder einer Berührung dahinschmelzen zu lassen.

„Du kannst einfach besser mit Wissenschaftlern umgehen als ich. Wahrscheinlich liegt es daran, dass du eine Frau bist. Du lullst sie mit deinem Humor ein und zeigst ihnen dann deine Fesseln.“

Sie blickte hinab auf ihren Rock, der beinahe bis zum Boden reichte. Der Sitte des Landes und Khalils Bitte entsprechend trug sie konservative Kleidung, die Arme und Beine verhüllte. „Ich, die Exhibitionistin.“

„Ich will nicht, dass du dich vor anderen Männern enthüllst.“

„Das war nur ein Scherz, Khalil.“

„Für mich ist das nicht witzig.“

„Ich begreife nicht, wie du einerseits so besitzergreifend und andererseits so gefühllos sein kannst.“ Da sie ihr gemeinsames Mittagsmahl nicht verderben wollte, sagte sie hastig: „Das hätte ich nicht sagen sollen. Ich will nicht streiten.“

„Wir streiten nicht, wir reden.“

„Wo liegt da der Unterschied?“

„Du wirfst nie mit Gegenständen.“

„Soll ich dich etwa mit Tellern bewerfen?“, hakte sie verblüfft nach.

„Es wäre besser als das Schweigen. Hast du gar keine Leidenschaft in dir? Ich meine nicht im Bett, sondern im Leben. Kämpfst du nie für etwas?“

„Doch, natürlich. Wenn es wichtig ist.“

„Wofür hast du in deinem Leben denn schon gekämpft? Bestimmt nicht für diese Ehe.“

Sie reckte das Kinn vor. „Wie meinst du das?“

„Es sind viele Wochen vergangen, doch du wohnst immer noch am anderen Ende des Palastes. Nicht einmal bist du in mein Zimmer gekommen und hast den ersten Schritt unternommen. Ich bin gezwungen, jede Nacht zu deinem Zimmer zu wandern.“

„Das ist deine Entscheidung“, entgegnete sie steif. „Ich habe dir geschworen, nicht nachzugeben, solange du dich nicht entschuldigst und zugibst, dass du mich magst.“

„Du bist äußerst starrsinnig“, beklagte er sich.

„Du auch.“ Sie holte tief Luft. „Ist es so schwer, sich zu entschuldigen? Du sollst doch nur zugeben, dass du mich nicht hättest belügen sollen. Hättest du mir die Situation erklärt, hätte ich womöglich eingewilligt.“

„Du hättest mich für verrückt gehalten. Oder du hättest Bedingungen gestellt. Mein Weg war besser.“

„Was ist mit meinen Gefühlen? Warum bist du nicht ehrlich? Ich weiß immer noch nicht, warum du mich statt Amber geheiratet hast. Du hast lediglich gesagt, dass sie keine gute Ehefrau und Mutter wäre. Was soll das heißen? Warum hast du so viele Geheimnisse?“

„Ich nehme große Rücksicht auf deine Gefühle. Immerhin gestatte ich dir zu arbeiten.“

„Gestatten? Das soll wohl ein Scherz sein!“ Dora sprang auf und stemmte die Hände in die Hüften. „Wenn du darauf bedacht bist, dass ich mit Gegenständen werfe, hast du es fast geschafft. Du und dein Land zieht großen Nutzen aus meiner Arbeit. Ich habe zahlreiche Verbesserungen bei unseren Verträgen mit ausländischen Firmen erzielt. Glaub ja nicht, dass du meinen Beitrag schmälern kannst."

„Ich sage ja nicht, dass du keine Hilfe bist", entgegnete er vorsichtig. „Aber ich verstehe nicht, warum du so schwierig sein musst. Du ruinierst alles zwischen uns."

„Ich? Nein, Khalil, das kannst du nicht auf mich abschieben. Ich bin ja bereit, dir auf halbem Wege entgegenzugehen, aber ich kann nicht alles tun. Du musst Verantwortung für deine Fehler übernehmen. Ist es so furchtbar zuzugeben, dass du dich geirrt hast?"

Er blickte zur Uhr und stand auf. „Ich habe ein Meeting."

Niedergeschlagen nickte Dora, verließ den Raum und eilte in ihr Büro. Sie trat an das Fenster und blickte hinaus in den Garten. Was machte sie falsch? Verlangte sie etwas Unmögliches? Sollte sie einfach nachgeben? Schließlich war Khalil nicht wie andere Männer, sondern ein eigensinniger Prinz.

Sie lehnte die Stirn an das kühle Glas. Draußen war die Temperatur auf über dreißig Grad Celsius gestiegen. Der Sommer nahte mit großen Schritten, und sie konnte nur hoffen, dass die Klimaanlage niemals versagte.

Sie sehnte sich nach einer richtigen Ehe. Sie wollte in Khalils Suite ziehen, mit ihm leben, mit ihm am Morgen aufwachen, seinen Körper nicht nur spüren, wenn sie miteinander schliefen.

Aber wenn sie nachgab, würde er sie niemals anders behandeln. Doch sie wollte eine gleichberechtigte Partnerschaft, soweit es mit einem Prinzen möglich war. Also musste sie stark bleiben.

Und wenn alles nichts half, musste sie sich an den König wenden, eine Scheidung erwirken und El Bahar verlassen.

Die Nacht war kühl nach der Hitze des Tages. Khalil genoss die Meeresbrise, während er auf dem Balkon hin und her wanderte und grübelte.

Zum Teufel mit ihr, durchfuhr es ihn. Dann blieb er stehen und lächelte. Ja, er wollte Dora verfluchen und sie irgendwie zwingen, ihm zu gehorchen. Andererseits respektierte er sie, wie er es einer Frau gegenüber nie für möglich gehalten hätte.

Er spielte mit dem Gedanken, den Rat anzunehmen, den Fatima ihm vor mehreren Wochen gegeben hatte. Aber warum sollte er, der Prinz von El Bahar, seine Frau umwerben? Er bewunderte sie, und wenn sie das nicht merkte, war sie der Mühe nicht wert.

„Khalil?"

Er drehte sich um, sah seinen Vater und Malik auf dem Balkon stehen und ging zu ihnen.

Givon legte ihm eine Hand auf die Schulter. „Mein Sohn, es war falsch von mir, so hart zu dir zu sein."

Verständnislos blickte Khalil von einem zum anderen. „Wovon redest du?"

Malik lehnte sich an die Brüstung. „Ich habe ihm heute erzählt, was mit Amber vorgefallen ist. Ich erinnere mich kaum an jene Nacht. Es ist lange her, und ich war ziemlich betrunken. Zuerst habe ich es für einen Traum gehalten. Ich konnte mir nicht vorstellen, dass die Verlobte meines Bruders wirklich in mein Bett gekommen war."

Khalil wusste, dass er nicht für Ambers Verhalten verantwortlich war, aber er verspürte dennoch Beschämung.

„Bisher dachte ich, es wäre jemand anders gewesen. Aber jetzt bin ich mir sicher. Amber hat mich besucht, während ich in Paris war, und mir angeboten, *unsere Bekanntschaft zu erneuern*."

„Jetzt wird mir manches klar, Khalil", warf Givon ein. „Du wolltest sowohl unser Land als auch Aleser schützen. Du hast zu Recht angenommen, dass er zurücktreten müsste, wenn er vom Lebenswandel seiner Tochter erführe.“ Er schüttelte den Kopf. „Ich hätte erkennen müssen, dass du einen triftigen Grund für deine impulsive Heirat hattest.“

„Was jetzt?“, fragte Malik. „Ich glaube nicht, dass Aleser die Wahrheit über Amber erfahren sollte. Er betet sie an. Es würde ihm das Herz brechen.“

„Es bricht meines“, gestand Givon ein. „Sie war für mich wie eine Tochter. Deswegen war ich so erfreut über die Verlobung.“ Er seufzte. „Aber du hast recht. Wir werden es für uns behalten. Fatima soll mit Amber sprechen und ihr klarmachen, dass sie nicht in El Bahar willkommen ist, außer zu Besuchen bei ihrer Familie. Sie ist schon immer viel gereist, sodass Aleser ihre Abwesenheit nicht auffallen wird.“

Malik nickte. „Es tut mir leid, Khalil.“

„Danke, aber es war nicht deine Schuld. Vielleicht ändert Amber sich mit der Zeit, aber momentan sollten wir sie lieber loswerden, bevor sie noch mehr Schaden anrichten kann.“

Als Malik in den Palast zurückkehrte, eröffnete Givon: „Du hast sehr klug gehandelt. Du hast einen Weg gefunden, die Ehe mit Amber zu verhindern, ohne Schande über Aleser und seine Familie zu bringen. Der einzige Preis war mein Missfallen.“

Obwohl die Entschuldigung recht spät kam, war Khalil erfreut. „Ich wusste, dass du es irgendwann einsehen würdest.“

„Dora hat uns alle überrascht. Sie ist sehr gut in ihrem Job. Ich muss zugeben, dass ich zunächst sehr skeptisch war. Eine Frau als Vermittlerin mit westlichen Firmen? Eine Prinzessin, die arbeitet?“

„Du hättest hören sollen, wie sie über ihr Gehalt verhandelt hat“, sagte Khalil stolz. „Nicht, dass sie es für sich behält. Der gesamte Betrag wird dem Kinderkrankenhaus gespendet. Aber sie wollte mich nicht einfach davonkommen lassen, nur weil wir verheiratet sind.“

„Ich habe Verständnis dafür, wenn du die Ehe annullieren lassen willst", sagte Givon leise. „Dora hätte die Wahl, in ihrer derzeitigen Position in El Bahar zu bleiben oder in die Vereinigten Staaten zurückzukehren. Es würde ihr an nichts mangeln. Dann wärst du frei, eine andere Braut zu suchen. Ich verspreche, diesmal keine Ehe zu arrangieren."

„Nein", entgegnete Khalil schroff. „Wir sind und bleiben verheiratet. Egal, was andere einschließlich sie selbst darüber denken, sie ist meine Ehefrau."

14. KAPITEL

Der warme Wüstenwind wehte Dora ins Gesicht. Ihr Pferd, ein sanfter Wallach, galoppierte neben Khalils kraftvollem Hengst. Die Sonne war kaum aufgegangen, aber sie hatten den Palast bereits weit hinter sich gelassen.

Dank Khalils erstaunlicher Geduld hatte sie rasch reiten gelernt. Mehrere Tage lang hatte er auf einer Koppel mit ihr geübt und sie dann erst mit in die Wüste genommen.

Vor einigen Wochen hatte er sie förmlich zum ersten Ausritt gezwungen. Inzwischen genoss sie die gemeinsamen Ausflüge. Er hatte außerdem angekündigt, dass er sie zu umwerben gedachte. Nicht nur durch Blumen und Komplimente versuchte er, ihren Widerstand zu brechen. Er war mit ihr in die Armenviertel gefahren, nahm sie zu Parlamentssitzungen mit und lauschte eifrig ihren Vorschlägen. Und er hatte ihr ein wundervolles Perserkätzchen mit blauen Augen und viel Temperament geschenkt und ihr gestanden, dass es ihn an sie erinnerte.

Nun, als sie zu der kleinen Oase ritten, in der sie oft rasteten, warf sie ihm einen verstohlenen Blick zu und rief sich in Erinnerung, wie wichtig es war, ihm zu widerstehen. Doch die Gründe dafür wurden immer unklarer. Unwillkürlich verliebte sie sich von Tag zu Tag mehr in ihn. Doch er weigerte sich, über ihre Eheprobleme zu sprechen und sich für sein damaliges Verhalten zu entschuldigen. Sie hatten einen toten Punkt erreicht.

Dattelpalmen säumten die Quelle, die von einem unterirdischen Fluss gespeist wurde. Frisches Gras wucherte am Ufer. Dora zügelte ihr Pferd und wartete. Khalil half ihr immer beim Absteigen. Sie wussten beide, dass sie es allein konnte, aber es gefiel ihr, ihm so nahe zu kommen. Es war eine der seltenen Gelegenheiten, sich außerhalb des Schlafzimmers zu berühren.

„Du siehst so ernst aus“, bemerkte Khalil, als er den Proviant aus der Satteltasche holte.

„Eigentlich nicht. Ich habe gerade daran gedacht, wie sehr ich mein neues Land liebe. Es ist sehr schön. Eine Kombination aus Geschichte und Zukunft. Ihr seid sogar einigermaßen progressiv Frauen gegenüber."

„Ich habe gehört, dass sogar eine Frau in der Regierung arbeitet. Kannst du dir so was vorstellen?"

Sie breitete eine Decke aus. „Wie schockierend! Das Gerücht ist mir auch zu Ohren gekommen. Ich habe außerdem gehört, dass sie brillant sein soll."

„Wirklich? Mir haben alle gesagt, dass ihr Ehemann brillanter ist."

Sie blickte ihn mit gespielter Verärgerung an. „Das ist bestimmt dein Lieblingsgerücht."

„Allerdings."

Sie setzten sich auf die Decke. Der Sonnenschein fiel ihm ins Gesicht und betonte die Narbe auf seiner linken Wange. Sie berührte die dünne Linie und bat impulsiv: „Erzähl mir, woher sie stammt."

Khalil schenkte Kaffee aus der Thermosflasche in zwei Becher und reichte ihr einen. „Da gibt es nicht viel zu erzählen. Es ist beim Fechten mit einem Freund passiert. Wir waren jung und dumm. Jeder von uns hat sich für den Besten der Welt und für unbesiegbar gehalten."

„Ich dachte, dass man sich beim Fechten nicht verletzen kann."

„Normalerweise nicht. Die Degenspitze wird eigentlich mit einem Schutz versehen. Aber wie gesagt, wir waren jung und dumm und haben uns nicht um Vorsichtsmaßnahmen gekümmert. Das Duell war sehr intensiv, und er hat mich getroffen."

Er blickte hinaus zum Horizont. „Es ist seltsam. Jahrelang habe ich nicht an den Zwischenfall gedacht, und jetzt kommt er zum zweiten Mal innerhalb von wenigen Wochen zur Sprache. Meine Großmutter hat mich kurz nach deiner Ankunft daran erinnert."

„Warum?"

„Deinetwegen", erwiderte er, so als ob das alles erklärte. „Die Wunde blutete stark, und ich schrie. Der Fechtmeister und mein Vater kamen angerannt. Ich erzählte ihnen, was mein Freund mir angetan hatte, und schwor in einem Anfall von Wut, dass ich ihn nie wieder sehen wollte. Ich wurde sofort ins Krankenhaus gebracht. Ich hatte Angst und starke Schmerzen, aber das habe ich niemandem eingestanden."

Dora berührte ihn am Arm. „Du musst nicht darüber reden, wenn du nicht willst."

„Schon gut. Ein paar Stunden später, als ich mich beruhigt hatte, bereute ich meine harten Worte und sagte meinem Vater, dass ich meinen Freund sehen wolle." Er verzog den Mund zu einer grimmigen Linie. „Aber ein Prinz hatte gesprochen, und einem Prinzen wird gehorcht. Mein Freund war zu Verwandten in die Berge geschickt worden. Unterwegs wurde er bei einem Autounfall getötet. Ich habe ihn nie wieder gesehen."

Dora wusste nicht, was sie dazu sagen sollte. „Manchmal habe ich das Gefühl, als hätten wir nicht mal auf demselben Planeten gelebt. Wie soll ich einen Bezug zu deinem Leben finden?"

„Das kannst du nicht. Aber du kannst zu mir eine Beziehung finden." Er legte einen Arm um ihre Schultern und verlangte: „Küss mich."

„Ich kann nicht."

„Du willst nicht. Das ist ein Unterschied. Wenn meine Kinder zu deinen Füßen spielen, wirst du dich mir dann immer noch versagen?"

Sie wandte sich ab, damit er die Panik in ihren Augen nicht sah. Großer Gott, Kinder! Es war nur eine Frage der Zeit. Khalil besuchte sie fast jede Nacht. Als Prinzessin von El Bahar konnte sie kaum in die nächste Apotheke gehen und Kondome kaufen. „Wir sollten umkehren“, drängte sie und wollte sich von ihm lösen.

Doch Khalil ließ sie nicht los. „Noch nicht.“ Er seufzte. „Warum ist es so schwer, meine Aufforderung zu befolgen? Du bist so starrsinnig, und trotzdem kann ich mir keinen einzigen Tag mehr ohne dich vorstellen. Ich habe dem König gesagt, dass ich nicht länger ohne dich reisen werde.“

Erstaunt musterte sie ihn. Seine Augen waren groß und dunkel und bargen Gefühle, die sie nie zuvor gesehen hatte. Zuneigung vielleicht? Verletzlichkeit? War es möglich, dass er sich änderte?

„Küss mich.“

Seine Worte stellten eine Bitte, keine Forderung dar. Sie berührte die Narbe auf seiner Wange, die ihr bewusst machte, dass er einen Fehler eingestanden hatte. War das seine arrogante, verdrehte Art, ihr zu zeigen, dass er auch andere Worte bereute?

Kurz entschlossen drückte sie die geschlossenen Lippen auf seine. Nicht, weil er es verlangte, sondern weil er ihr einen kleinen Teil seines Lebens anvertraut hatte. Weil er ein wenig Kompromissbereitschaft bewiesen hatte. Und vor allem, weil sie ihn küssen wollte und es ihr wehtat, sich ihm zu versagen.

Sie erwartete, dass er sie leidenschaftlich liebkoste. Doch er brach den Kuss vielmehr ab, umschmiegte ihr Gesicht und murmelte leise: „Danke.“

Sie wartete, doch es folgte keine spöttische Bemerkung, kein Anzeichen von Triumph. Er zog sie auf die Füße und half ihr in den Sattel, und sie ritten schweigend zurück zum Palast.

„Ich will nicht schmälern, was Eure Majestät bereits vollbracht haben“, sagte Dora geduldig. „Aber die Aufgabe ist noch nicht vollendet. Es gibt noch viel zu tun.“ Ihre Augen funkelten, und ihre Wangen waren gerötet.

Sie ist schön, durchfuhr es Khalil, wenn sie so engagiert ist.

Wieso hatte er es bisher nicht bemerkt? Von Tag zu Tag wurde ihm bewusster, dass Dora Khan, Prinzessin von El Bahar, ein Juwel war.

„Die Universitäten stehen allen offen", entgegnete der König. „Selbst den Frauen."

Sie schob ihr Dessert beiseite und beugte sich eindringlich vor. „König Givon, es reicht nicht, die Universitäten den Frauen zu öffnen. Trotz all der Fortschritte unter Ihrer Regentschaft halten viele Eltern es immer noch für Verschwendung, ihre Töchter auszubilden. Sie schicken sie höchstens sechs Jahre lang zur Grundschule, und das nur, weil Ihre Regierung es gesetzlich vorschreibt. Es gibt Hunderte von klugen Frauen, deren Potential brachliegt."

Der König hob die buschigen ergrauten Augenbrauen. „Sie heiraten und produzieren Kinder. Das ist keine Vergeudung."

„Oh, da stimme ich zu. Wenn Sie damit sagen, dass Ihr Volk die bedeutendsten Ressourcen von El Bahar darstellt."

Khalil durchschaute die Falle sofort, denn er kannte den flinken Verstand seiner Frau.

Der König jedoch hatte diesen Vorteil nicht. „Natürlich. Das Volk ist unsere Zukunft."

„Wenn Sie so denken, dann verstehe ich nicht, warum Sie fast fünfzig Prozent dieser Ressourcen ignorieren und brachliegen lassen. Gebildete Frauen können immer noch heiraten und viele Kinder bekommen, aber ungebildete können wenig tun, um die Technologie zu verbessern, in Schulen zu unterrichten oder Ärzte, Anwälte und Unternehmer zu werden."

Sie holte tief Luft und blickte den König unverwandt an. „Diese Frauen verdienen die Chance, ihre Möglichkeiten auszuschöpfen. Nicht nur um ihretwillen, sondern auch um des Staates willen. Ich bitte nur darum, dass Sie vorbereitende Schulen für weibliche Jugendliche in Erwägung ziehen, in denen sie das Nötige lernen, um Universitäten besuchen zu können."

König Givon schaute sie finster an. „Das würde Gebäude und Lehrer erfordern und eine große finanzielle Verpflichtung bedeuten."

„Du müsstest außerdem Stipendien bereitstellen", warf Khalil ein. „Sehr wenige Familien können es sich leisten, ihre Söhne wie ihre Töchter auf die Universität zu schicken."

Der König runzelte die Stirn. „Ihr verlangt zu viel."

„Es ist nicht unmöglich, zu viele Träume zu hegen, Eure Majestät. Besonders, wenn diese Träume zum Wohle von El Bahar gereichen."

„Ach, jetzt willst du mir also vorschreiben, wie ich mein Land regieren soll?"

Khalil unterdrückte ein Grinsen. Er wusste, dass Dora sich nicht so leicht einschüchtern ließ. Er war stolz auf seine Frau. Er mochte sie geheiratet haben, weil sie gerade greifbar gewesen war, aber er wollte sie behalten, weil keine andere besser zu ihm und in seine Welt gepasst hätte.

Dora lächelte den König an. „Eure Majestät ist ein weiser und engagierter Regent. Ich würde mir nie erlauben, Ihnen zu sagen, wie Sie Ihr Land führen sollen. Ich möchte nur darauf hinweisen, dass es keinen Sinn hat, für den Fortschritt einzutreten, ohne den Ballast einer törichten, hemmenden Tradition abzuwerfen."

Finster blickte der König zu Malik und Jamal. „Habt ihr gar nichts dazu zu sagen?"

Malik zuckte die Achseln. „Wir wollen uns nicht einmischen."

„Sie haben Angst", sagte Dora.

Malik schien protestieren zu wollen. Doch dann grinste er. „Sagen wir mal, dass Jamal und ich nicht den Wunsch haben, es mit Ihnen zu verderben, Prinzessin Dora. Sie wären eine ernst zu nehmende Gegnerin."

„Und eine sehr vorteilhafte Verbündete", fügte Jamal hinzu.

Der König wandte sich an seinen jüngsten Sohn. „Und was ist mit dir?“

„Da ich mit einer der klugen Frauen verheiratet bin, die Dora vorhin erwähnt hat, bin ich es in dieser Angelegenheit zufrieden, meine Frau für uns beide sprechen zu lassen.“

Der König wirkte nicht erfreut über diese Antwort. Er wandte sich an Dora. „Ich werde die Vorschläge in Erwägung ziehen und mich mit dem Innenministerium beraten. Das ist kein Versprechen und keine Verpflichtung, Dora, sondern mein Wort. Du hast das Herz am richtigen Fleck.“ Er lächelte vage. „Geht, ihr alle. Ich habe zu arbeiten.“

Sie erhoben sich und verließen den privaten Speiseraum des Königs. Malik und Jamal begaben sich sogleich in ihre Büros.

„Möchtest du spazieren gehen, um dich zu beruhigen?“, bot Khalil an.

„Ich bin nicht aufgeregt“, entgegnete Dora und schob ihre Hand in seine. „Ich weiß sehr zu schätzen, was du dem König gesagt hast. Dass ich klug bin und für dich sprechen darf. Das bedeutet mir sehr viel.“

„Ich habe die Wahrheit gesagt.“

Sie seufzte. „Es gibt noch so viel zu tun, und es geht so langsam voran.“

„Vielleicht, aber es geht voran. Du engagierst dich sehr für mein Volk, und das bedeutet mir und dem König mehr, als du ahnst. Er wird auf dich hören. Er ist ein kluger Mann.“

„Ich weiß. Ich benehme mich kindisch. Ich will, was ich will, wann ich es will, und das bedeutet sofort.“

Khalil konnte es gut nachempfinden, denn ihm erging es ebenso mit ihr. Er wollte sie zu seinen Bedingungen, und zwar sofort. Seit jenem Kuss in der vergangenen Woche berührte sie ihn häufiger von sich aus, was ihm zwar Hoffnung gab, aber auch seine Ungeduld steigerte. Er wollte die Probleme zwischen ihnen ausgeräumt wissen. Doch sie war nicht nur klug, sondern auch starrsinnig.

Als sie den Bürokomplex erreichten, empfing Eva sie mit einem strahlenden Lächeln. „Ich habe eine Überraschung für Sie. Hier entlang, bitte, Eure Hoheit."

Dora und Khalil tauschten einen erstaunten Blick und folgten Eva in die entgegengesetzte Richtung des Korridors. Neben dem Büro des Premierministers befestigte ein Mann gerade ein Namensschild an einer breiten Doppeltür.

Stolz erfüllte Khalil, als er die Aufschrift las: *Prinzessin Dora Khan, Ministerin für Frauenangelegenheiten.*

Verblüffung, Überraschung, Verwirrung und dann Freude huschten über Doras Gesicht. „Das verstehe ich nicht", sagte sie zu Khalil. „Der König kann das doch nicht seit dem Lunch arrangiert haben."

Eva lachte. „Nein, Eure Hoheit. Er hat es bereits seit Tagen geplant."

Immer noch verwirrt erkundigte Dora sich bei Khalil: „Wusstest du davon?"

„Nein. Das hast du ganz allein bewerkstelligt."

Sie schlang die Arme um ihn und flüsterte: „Danke für alles."

Er drückte sie an sich und atmete tief ihren lieblichen Duft ein. „Ich habe doch gesagt, dass ich gar nichts davon wusste. Du brauchst mir nicht zu danken."

Mit Tränen in den Augen blickte sie ihn an. „Doch. Du magst zwar nicht direkt verantwortlich sein, aber du hast all das ermöglicht." Sie stellte sich auf Zehenspitzen und küsste ihn. „Ich muss jetzt an die Arbeit."

Er blickte ihr nach, als sie hinter der breiten Doppeltür verschwand. Sie hatte so viel in so kurzer Zeit bewirkt – sowohl für sein Land wie bei ihm selbst. Er konnte sich das Leben nicht mehr ohne sie vorstellen. Doch er wusste nicht, ob er ihr geben konnte, was sie verlangte. Konnte er lernen, sich zu beugen? Hatte er eine andere Wahl?

15. KAPITEL

„Ich verlange zu wissen, warum du mir nicht gehorchst, Weib“, murrte Khalil.

„Du weißt den Grund“, erwiderte Dora ruhig. Während leidenschaftlicher Küsse hatte er sie gebeten, ihn auszuziehen. Da sie jedoch nicht ganz bei der Sache war, hatte sie sich geweigert. Sie zog es vor, über das alte Thema mit ihm zu streiten, anstatt ihm zu verraten, warum sie sich nicht völlig für das Liebesspiel zu begeistern vermochte. Schließlich mussten sie erst einmal lernen, eine gute Ehe zu führen, bevor sie Eltern werden konnten.

„Ich weiß nichts dergleichen. Es sind beinahe vier Monate vergangen. Warum gibst du nicht endlich zu, dass du mich liebst?“

„Zu einer Ehe gehört mehr als Unterwürfigkeit von Seiten der Frau. Ich will Partnerschaft und Aufrichtigkeit. Aber das willst du offensichtlich nicht verstehen.“

„Natürlich verstehe ich das. Ich will nicht, dass du unterwürfig bist, sondern dass du deine Gefühle eingestehst.“

„Warum gestehst du deine Gefühle denn nicht ein? Sag mir, dass du mich liebst und es dir leid tut, und alles wird gut.“

Er winkte ab. „Wie lange willst du dieses Spiel denn noch aufführen?“

„Für immer, wenn nötig. Du kennst meine Bedingungen. Es hat sich nichts an den Tatsachen geändert. Du hast mich belogen und meine missliche Lage ausgenutzt. Unter dem Vorwand, mich zu lieben, hast du mich in die Ehe gedrängt und mich hergebracht, ohne mir Zeit zu lassen, es mir anders zu überlegen.“

Seine Augen sprühten Funken. „Ich habe dir eine große Ehre erwiesen, indem ich dich zur Frau genommen habe.“

„Ach, und für dich ist es keine Ehre, dass ich eingewilligt habe?“

„Natürlich nicht. Denk doch mal an das Leben, das du vorher geführt hast. So erbärmlich und dürftig. Du warst ein Niemand, und ich habe dir die Welt zu Füßen gelegt."

Dora presste die Zähne zusammen, um nicht aufzuschluchzen. Seine Worte trafen sie bis ins Innerste. Sie schloss die Augen und zwang sich, tief durchzuatmen. War sie wirklich ein Niemand für ihn?

Etwas Warmes berührte ihre Wange. Sie öffnete die Augen und sah, dass er zu ihr getreten war. „Ich habe unüberlegt gesprochen", sagte er mit einem sanften Lächeln. „Damals kannte ich dich noch nicht gut genug, um mich geehrt zu fühlen. Inzwischen weiß ich, dass du eine großartige Frau bist und ich mich glücklich schätzen kann, dich zu haben."

„Sag mir, dass du einen Fehler begangen hast", murmelte sie und schlang die Arme um ihn. „Sag mir, dass es dir leid tut und du mich liebst."

Er schob sie von sich. „Du verlangst Unmögliches. Ich bin Khalil Khan, Prinz von El Bahar, und ich lasse mir von einer Frau keine Vorschriften machen.

Sie richtete sich auf. „Das mag sein, Prinz Khalil, aber du vergisst dabei eine sehr wichtige Tatsache."

„Und die wäre?"

„Ich bin Dora Khan, Prinzessin von El Bahar, und ich schlafe nicht mit Lügnern." Sie ging zur Tür und öffnete sie.

Khalil folgte ihr. „Ist es so weit gekommen? Zu einem Machtkampf?"

„Es war immer ein Machtkampf. Der Unterschied besteht nur darin, dass du diesmal nicht gewonnen hast."

„Treib es nicht zu weit, Weib, oder es wird dir sehr leid tun."

„Es tut mir bereits leid, Khalil. Du glaubst, dass ich mich aus Starrsinn oder aus dem Wunsch zu strafen von dir abwende, aber in Wahrheit treibt mich der Schmerz in meinem Innern dazu."

Und dann schloss sie sanft die Tür hinter ihm und blieb allein zurück.

Dora stand an einem Seiteneingang zum Ballsaal und bewunderte die prachtvolle Dekoration und die vornehme Menge. König Givon gab eine *kleine, intime* Geburtstagsfeier für seinen guten Freund und Premierminister Aleser. Klein und intim bedeutete in der königlichen Welt jedoch etwas anderes als in Doras Erfahrung. Über hundert Gäste waren geladen worden.

Sie holte tief Luft und versuchte, sich zu entspannen. Sie fühlte sich gut und sah gut aus. Seit sie in El Bahar war, ließ sie ihr Haar wachsen und trug nun eine elegante Hochfrisur. Vor einigen Wochen war sie mit Khalil geschäftlich nach Paris gereist und hatte die Gelegenheit zu einem Besuch in einem Schönheitssalon genutzt. Dort war ihr beigebracht worden, sich kunstvoll zu schminken. Durch die täglichen Ausritte und die langen Wege im Palast hatte sie zehn Pfund abgenommen. Obwohl sie nicht die Perfektion eines Models erreicht hatte, war sie eine attraktive, vitale Frau geworden. Dennoch fiel es ihr schwer, den Ballsaal allein zu betreten. Allzu gern hätte sie es an Khalils Seite getan.

Sie seufzte. Leider hatte sie sich übergeben müssen, während er die Gäste begrüßt hatte. Denn ihre Anfälle von Übelkeit stellten sich selten morgens ein. Da sie ihm die Schwangerschaft bislang verschwieg, hatte sie ihn vorausgeschickt unter dem Vorwand, einen Fleck auf ihrem Kleid entdeckt zu haben und sich umziehen zu müssen.

Nun hielt sie nach ihm Ausschau und erblickte ihn schließlich in einer der vielen Nischen, die den Ballsaal säumten. In seiner Begleitung befand sich Amber, die wunderschöne Verführerin, in einem hautengen roten Seidenkleid, das ihre perfekte Figur betonte.

Im Vergleich zu dieser jungen Schönheit fühlte Dora sich

wie eine hässliche Parodie. Ihr Selbstvertrauen verflüchtigte sich wie eine Pfütze Wasser in der Wüstensonne. Khalil hatte recht. Sie war ein Niemand.

„Ich will dich, Khalil", hörte sie Amber in leidenschaftlichem Ton erklären. „Ich bin dein Schicksal, nicht diese Kuh. Was hast du dir dabei gedacht, sie zu nehmen, während du mich hättest haben können? Ich weiß, dass du sie nicht liebst. Ich will mit dir zusammen sein. Ich will deine Söhne gebären."

Mit Tränen in den Augen eilte Dora davon, floh durch eine Seitentür hinaus auf den Balkon und trat schluchzend an die Brüstung. Sie hatte verloren. Kein Wunder, dass Khalil sich weigerte, ihr seine Liebe zu gestehen. Sie war ihm nur im Weg, denn er liebte eine andere. Wie sollte sie sich jemals gegen eine Frau wie Amber behaupten können?

„Aber, aber, so schlimm kann es nicht sein", murmelte eine sanfte Stimme, und ein Taschentuch wurde ihr in die Hand gedrückt.

Dora nahm es dankbar und wischte sich die Tränen ab.

„Wenn du aufhörtest, dich vor der Wahrheit zu verstecken, wäre alles viel besser, mein Kind", sagte Fatima.

„Es ist nicht so, wie du glaubst."

Fatima, so elegant wie immer in einem ihrer Lieblingskleider von Chanel, tätschelte Doras Hand. „Ich weiß mehr, als du ahnst. Ich sehe viele Dinge, die anderen entgehen, und was ich nicht sehe, berichten mir meine Spione."

Fatima hatte Spione? Warum nicht? dachte Dora. Schließlich schien die ganze Welt verrückt zu sein. „Ich kann ihn nicht verlassen", sinnierte sie, ohne sich bewusst zu werden, dass sie es laut aussprach. „Nicht nur, weil ich ihn liebe. Wenn es nur das wäre, könnte ich mich vermutlich losreißen."

„Das bezweifle ich", entgegnete Fatima. Sie lehnte sich an die Brüstung und blickte zum Himmel hinauf. „Sieh dir nur mal die schönen Sterne an. So viele und so strahlend." Sie seufzte.

„Du bist natürlich gefangen, da du jetzt schwanger bist. Du weißt ja, dass die Gesetze von El Bahar es schwangeren Frauen verbieten, das Land zu verlassen."

„Es sei denn, dass der Ehemann sie oder ihre anderen Kinder misshandelt." Dora legte sich eine Hand auf den Bauch. „Wer weiß alles davon?"

Fatima lachte. „Wir haben es mit Männern zu tun, mein Kind. Sie werden es wissen, wenn du es ihnen sagst, nicht früher."

Ihr blieb also Zeit. Aber wofür? „Nichts wird sich ändern."

„Was möchtest du denn ändern?"

„Alles." Dora seufzte. „Khalil zu lieben, ist schlimm genug. Sein Kind zu bekommen, wird mich für immer an ihn binden." Die Gesetze gestatteten ihr zwar, nach der Geburt das Land zu verlassen, aber die Königsfamilie würde ihr nie gestatten, das Baby mitzunehmen. Außerdem wollte sie gar nicht gehen. Sie wollte, dass Khalil sie liebte.

„Nicht alles", korrigierte Fatima. „Es ist eine Frage der Prioritäten. Du hast es falsch angepackt, wenn ich das mal sagen darf."

„Inwiefern?"

„Du musst dir verdienen, was du am meisten begehrst. Du bist mit Khalils erstem Kind schwanger. Das gibt dir eine Macht, die keine andere Frau besitzt. Aber du musst diese Macht klug einsetzen."

Tränen füllten Doras Augen. „Also ist es offensichtlich, dass Khalil mich nicht liebt."

„Offensichtlich ist, dass ihr beide eure Ehe aus anderen Gründen als Liebe begonnen habt. Das ist bei königlichen Verbindungen häufig der Fall. Nur die sehr Glücklichen oder die Entschlossenen finden die Liebe später. Ersehnst du dir denn Khalils Liebe?"

Dora nickte. „Aber er liebt Amber, und mit ihr kann ich

nicht konkurrieren. Sie ist jünger und schöner."

„Sie ist unbedeutend, wie der Rauch eines Zauberers. Sehr eindrucksvoll während der Darbietung, aber anschließend bleibt nichts zurück. Khalil hat viel auf sich genommen, um dich zu heiraten. Er hat seiner Verlobten und den Traditionen seiner Familie den Rücken gekehrt. Er hat den Zorn seines Vaters riskiert. Hast du dich je gefragt, warum?"

„Er hat gesagt, dass Amber keine gute Mutter abgeben würde. Aber sie ist so schön."

„Was ist Schönheit? Wahre Schönheit kommt von einem guten Herzen, nicht von langen Beinen oder einem hübschen Gesicht. Du musst Khalils Herz erobern."

„Und wie soll ich das bewerkstelligen?"

Fatima lächelte. „Gib ihm, was er sich am meisten wünscht. Dann wirst auch du bekommen, was du dir am meisten ersehnst."

16. KAPITEL

Lange Zeit stand Dora allein auf dem Balkon und dachte über Fatimas Worte nach.

Gerade als sie in den Ballsaal zurückkehren wollte, tauchte Amber aus den Schatten auf. „Oh, Prinzessin Dora, wie schön, Sie zu sehen."

Dora erstarrte. Sie wollte keine verletzenden Worte mehr von dieser Frau hören, die ihr bereits den Hochzeitstag verdorben und sämtliche Illusionen geraubt hatte. Am liebsten wäre sie geflohen, aber diese Blöße wollte sie sich nicht geben. „Ich freue mich auch, Amber. Genießen Sie die Party?"

„Natürlich. Mein Vater ist sehr glücklich darüber, dass seine Familie vereint ist." Amber zog einen Schmollmund. „Es gefällt ihm nicht, dass ich so oft weg bin, aber es ist mir unmöglich, lange in El Bahar zu bleiben. Zu schmerzlich."

„Ich kann mir denken, dass es Ihnen schwer fällt, Ihrem ehemaligen Verlobten und seiner Frau nahe zu sein. Wie schön, dass Sie es sich leisten können zu reisen. Das lenkt ab und erweitert den Horizont."

Amber zog die schmalen Augenbrauen zusammen. „Seien Sie nur nicht so zuversichtlich, Eure Hoheit. Die Dinge sind nicht so, wie Sie glauben."

Bedeutungsvoll blickte Dora auf ihren Ehering. „Immerhin hat er mich geheiratet."

„Sie mögen seinen Namen und seinen Ring tragen, aber sein Herz gehört mir." Amber trat einen Schritt näher. „Wir sind immer noch Geliebte. Er besucht mich, wann immer er kann."

Dora konnte nicht glauben, dass er mit einer anderen Frau verkehrte. Er war vital und leidenschaftlich und kam sehr häufig in ihr Bett. Er hatte viele Fehler, aber Untreue gehörte gewiss nicht dazu. „Ich wüsste nicht, wann er die Zeit dazu haben sollte."

„Natürlich wissen Sie das nicht. Sie schlafen ja allein in Ihrer Suite am anderen Ende des Palastes. Sie können nicht merken, wie oft er in mein Bett kriecht."

„Sie lügen. Ich werde Khalil von Ihrer Unverschämtheit berichten, und Sie werden aus dem Palast verbannt werden."

Amber lachte. „Mein Vater ist der Premierminister von El Bahar und der engste Freund des Königs. Meine Familie steht der Königsfamilie seit Generationen sehr nahe. Glauben Sie ja nicht, dass Sie sich zwischen mich und den Mann, den ich liebe, stellen können. Sagen Sie ihm ruhig, was ich gesagt habe, wenn Sie es wagen. Sie werden sehen, wie wenig Sie zählen."

„Ich bin seine Ehefrau."

„Noch."

Dora straffte die Schultern. „Sie sind ein verwöhntes Kind, Amber. Mit der Zeit werden Sie lernen, dass die Position einer Ehefrau viel Macht verleiht. Sie mögen jünger und schöner sein, aber ich werde diesen Kampf gewinnen."

„Das werden wir sehen. Und wenn er in dieser Nacht nicht zu Ihnen ins Bett kommt, werden Sie wissen, dass ich die Wahrheit gesagt habe."

Wortlos wandte Dora sich ab und kehrte in den Ballsaal zurück. Doch die Begegnung mit Amber hatte sie aufgewühlt und Zweifel gesät. Tränen brannten in ihren Augen.

Khalil trat zu ihr und bemerkte: „Du siehst krank aus. Fühlst du dich nicht gut?"

Was sollte sie antworten? Sollte sie es wagen, Ambers Behauptungen zu wiederholen, die womöglich nicht gelogen waren? Es war weder der richtige Ort noch der richtige Zeitpunkt für eine Auseinandersetzung. „Ich bin nur müde", entgegnete sie daher. „Ich möchte gern in mein Zimmer gehen."

Er legte einen Arm um sie und führte sie hinaus. Als sie ihr Schlafzimmer betraten, sagte er freundlich: „Ich werde dich beim König entschuldigen. Schlaf dich gut aus. Dann fühlst du dich morgen hoffentlich besser. Ich werde dich heute Nacht nicht stören."

Sie redete sich ein, dass er sich nur rücksichtsvoll verhielt und es nichts mit Amber zu tun hatte, aber sie war sich nicht sicher. „So krank fühle ich mich nicht", murmelte sie. „Vielleicht nach der Party …"

Er schüttelte den Kopf. „Du wirfst mir oft vor, gefühllos zu sein, und ich will dir keine Munition liefern. Wenn du dich nicht gut fühlst, werde ich dich nicht belästigen." Er gab ihr einen flüchtigen Kuss auf die Stirn und ließ sie allein.

Betroffen blickte Dora ihm nach und fragte sich, ob es ihr bestimmt war, den Rest ihres Lebens in Einsamkeit zu verbringen.

Sie warf sich auf das Bett, lauschte der Stille und schalt sich eine Närrin. Was hatte sie sich eingebildet? Sie war nichts weiter als eine kleine Sekretärin, die zufällig die Aufmerksamkeit eines wohlhabenden Prinzen erregt hatte. Nicht, weil sie schön oder klug, sondern weil sie verfügbar war. Eine Jungfrau mit gebärfreudigem Becken. Sie war ein Niemand.

Aufschluchzend barg sie das Gesicht in den Kissen. All ihre Träume, ihre Zukunftspläne waren zunichte gemacht.

Lange Zeit später, als ihre Tränen versiegt waren, hallten Fatimas Worte durch ihren Kopf: *Gib ihm, was er sich am meisten wünscht …* Aber was hatte sie Khalil schon zu geben?

Rastlos wanderte sie in ihrer Suite umher. Als ihr Blick in den Spiegel fiel, stellte sie erneut fest, wie sehr der Aufenthalt in El Bahar ihr Aussehen verändert hatte. Der schüchtern gesenkte Blick war verschwunden. Sie hielt sich aufrecht, strahlte Selbstvertrauen aus. Ihre Figur war nun ausgewogen, und das längere Haar schmeichelte ihrem Gesicht. Irgendwann in den vergangenen Monaten hatte sich das hässliche Entlein gemausert.

Sie setzte sich an den Schreibtisch, der von zahlreichen Dokumenten übersät war und blickte sich in dem großen Salon um.

Die luxuriöse Einrichtung wirkte längst nicht mehr einschüchternd auf sie. Denn sie war nicht länger Dora Nelson, der Fußabtreter, sondern Dora Khan, die Prinzessin von El Bahar.

Und plötzlich, völlig unvermittelt verstand sie, wovon Fatima gesprochen hatte. Was Khalil sich von ihr ersehnte, war ihre Liebe.

Lächelnd schüttelte sie den Kopf. Wie einfach! Warum hatte sie es vorher nicht erkannt? Khalil wollte keine Schaufensterpuppe als Ehefrau. Er brauchte und wollte eine Partnerin, die ebenso intelligent war und sich für El Bahar engagierte wie er. All das traf auf sie zu, nicht auf Amber.

Doch er hatte sich nie für seine Lügen entschuldigt und nie seine Gefühle eingestanden. „Aber ich will, dass er sich fügt“, murmelte sie vor sich hin. „Ich will, dass er mich liebt.“

Es war eine Frage des Starrsinns und des Willenskampfes. Wenn sie nachgab, was dann? Würde Khalil sie unterdrücken? Würde ihr die Position als Ministerin aberkannt werden? Oder würde sie sich ihren Herzenswunsch erfüllen?

Sie dachte daran, dass er sie fast jede Nacht beharrlich verführte, und wie sehr die Intimität sie körperlich wie seelisch miteinander verband. Sie dachte daran, wie stolz er auf ihre Ernennung zur Ministerin war, und wie oft er ihr gestattete, dem König gegenüber für beide zu sprechen. Sie dachte an die gemeinsamen Abende, die sie mit Lesen oder Gesprächen verbrachten und an sein Werben.

Das war nicht das Verhalten eines Mannes, der keine Gefühle hegte. In vielerlei Hinsicht hatte er sich ihr gefügt. Wollte sie alles aufs Spiel setzen, indem sie sich an die Erfüllung ihrer Forderungen klammerte?

Gedankenverloren nahm sie den kleinen Dolch mit dem goldenen Griff zur Hand, den sie als Brieföffner benutzte. Sie mussten dringend den Status quo ändern. Doch sie hasste es ebenso wie Khalil, klein beizugeben.

Plötzlich kam ihr eine Idee. Ein Blick zur Uhr verriet ihr, dass die Party inzwischen vorüber sein sollte. Und wenn sie sich irrte und Khalil mit Amber zusammen war, dann war es besser, es zu erfahren, bevor sie sich völlig zum Narren machte.

Kaum eine halbe Stunde später huschte sie leise durch die Korridore des Palastes. Sie trug eines ihrer elegantesten Gewänder, ein Modellkleid mit tieferem Ausschnitt, als sie für gewöhnlich bevorzugte. Denn sie brauchte mehr als nur eine Waffe. Den Dolch hielt sie in den Falten des Kleides verborgen.

Lautlos schlüpfte sie in Khalils Gemächer und verschloss die Tür hinter sich. Ein rascher Blick durch den Raum verriet ihr, dass er allein war. Er saß am Schreibtisch, mit dem Gesicht zum Meer, und hatte ihr Eintreten bislang nicht bemerkt.

Die Terrassentür war geschlossen und wirkte wie ein Spiegel. Deutlich sah sie die Locke, die ihm in die Stirn fiel. Er hatte die Smokingjacke und die Krawatte abgelegt, das Hemd aufgeknöpft und die Ärmel hochgerollt. Sein Anblick raubte ihr den Atem. Wie sehr begehrte sie ihn – nicht nur im Bett, sondern in ihrem Leben. Sie wollte mit ihm alt werden.

Sie trat einen Schritt näher, dann noch einen. Schließlich blickte er auf und sah ihr Spiegelbild in der Fensterscheibe. „Dora, was tust du denn hier? Geht es dir nicht gut?“, fragte er besorgt.

Wortlos trat sie hinter ihn und hielt ihm den Dolch an die Kehle. Zu ihrer Enttäuschung wirkte er nicht einmal überrascht.

Seelenruhig legte er den Kugelschreiber nieder und bemerkte: „Wenn du meine Aufmerksamkeit erringen wolltest, so ist es dir gelungen.“

Sie drückte ihm die Klinge an den Hals. „Wenn ich jemals herausfinde, dass du mich betrügst, werde ich diese Klinge einsetzen, Khalil, und zwar nicht an deiner Kehle.“

„Ich verstehe. Danke für die Vorwarnung. Es beunruhigt

mich aber nicht. Ich habe keinen Wunsch, mit einer anderen Frau als meiner Wildkatze zusammen zu sein."

Im Fenster sah sie ein Lächeln um seine Lippen spielen. „Glaube ja nicht, dass ich bluffe. Ich werde es tun. Du bist mein Ehemann und der Besitzer meines Herzens. Als solcher schuldest du mir Respekt und Ehrerbietung."

Sein Lächeln schwand. Blitzschnell umfasste er ihr Handgelenk, sodass der Dolch zu Boden fiel. Er sprang auf und wirbelte zu ihr herum. „Was hast du da gesagt?"

„Du hast es doch gehört." Sie versuchte, ihr Handgelenk zu befreien, doch er verstärkte den Griff. „Lass mich los."

„Niemals!" Er hob sie auf die Arme, trug sie durch den Raum und legte sie auf das Bett. „Ich werde dich niemals loslassen." Er setzte sich zu ihr, streichelte ihr Gesicht. „Denn du gehörst mir, oder?"

„Ja", flüsterte sie. „Ich liebe dich von ganzem Herzen, aber das allein ändert nichts. Ich will eine richtige Ehe. Ich will, dass du mir schwörst, dass du nie mit einer anderen schlafen wirst, vor allem nicht mit Amber."

Er zog sie in die Arme und bettete ihren Kopf an seiner Schulter. „Ich hätte dir die Wahrheit über sie sagen sollen, aber ich habe mich geschämt. Ich wollte nie etwas mit ihr zu tun haben. Sie ekelt mich an. Seit Jahren hüpft sie von Bett zu Bett. Ich wollte es nicht enthüllen wegen ihres Vaters."

„Aleser ist ein guter Staatsmann", sinnierte Dora. „Wenn du ihm die Augen über seine Tochter geöffnet hättest, wäre er gezwungen gewesen abzudanken."

Khalil nickte. „In New York hat Amber mich aufgesucht und verlangt, dass wir heiraten. Ich war in einem Dilemma."

Nun wurde Dora vieles klar. „Und ich war ein erträglicher Ausweg."

„Weit mehr als erträglich." Er strich mit den Lippen über ihre. „Du bist das Licht meines Lebens."

„Du liebst mich“, murmelte sie.

Er seufzte. „Ja, Dora, ich liebe dich.“

Sie lächelte. „Ach, Khalil, wir waren beide so starrsinnig. Das macht mich traurig.“

„Das sollte es auch. Es war ganz allein deine Schuld. Hättest du dich vernünftig verhalten, hätten wir …“

Sie schob ihn von sich und wollte aus dem Bett springen.

„Wo willst du denn hin?“, fragte er und hielt sie fest.

„Den Dolch holen. Ich werde ihn benutzen.“

Er lachte. „Niemals. Du liebst mich zu sehr.“

„Ich weiß. Das hasse ich.“

„Das stimmt nicht.“

Sie schmiegte sich an ihn. „Nein, es stimmt nicht.“

Er streichelte ihr Haar. „Liebst du mich schon lange?“

„Ja. Fast von Anfang an.“

„Wie konntest du dich dann immer von mir abwenden, wenn ich zu dir kam? Warum wolltest du nicht mit mir schlafen?“

„Ich habe jedes Mal gegen mein Verlangen gekämpft. Ich habe dich verzweifelt begehrt. Ich begehre dich ständig.“

„Wie ich dich.“ Khalil stand auf, entkleidete sich und streckte sich auf dem Bett aus. „Du hast für einiges zu büßen“, verkündete er gebieterisch. „Du hast deinem Ehemann seinen angemessenen Platz in deinem Bett und deinem Herzen verwehrt. Die Strafe dafür wird hart sein.“ Er winkte sie näher. „Du darfst beginnen, deine Sünden zu sühnen, indem du mir zu Diensten bist.“

„Oh, darf ich wirklich? Wie edelmütig.“ Dora stand auf, zog sich gemächlich, aufreizend aus. Dann kniete sie sich über ihn und beugte sich hinab, bis ihre Knospen beinahe seinen Mund berührten. „Sag mir, was du wünschst, Prinz Khalil, und ich werde es erfüllen.“

Er küsste ihre Brüste. „Versprich mir, dass du hier bei mir wohnen wirst.“

„Ich möchte nirgendwo lieber sein. Sonst noch etwas?"

Er dachte einen Moment nach. „Versprich mir, dass du mich immer lieben wirst."

„Für immer."

„Das ist beinahe so lange, wie ich dich lieben werde."

„Ist das alles? Oder hast du weitere Wünsche?"

Er grinste. „Mehrere. Du darfst beginnen, sie zu befriedigen, indem du mit mir schläfst. Leg dich auf mich."

„Jawohl, Eure Hoheit." Sie tat wie geheißen und nahm ihn tief in sich auf.

Er stöhnte. „Ich habe dich vermisst."

Sie sah davon ab, ihm in Erinnerung zu rufen, dass sie erst zwei Nächte zuvor miteinander geschlafen hatten. Stattdessen bewegte sie die Hüften in einem Rhythmus, der sie beide dem Gipfel nahe brachte. Obwohl es ihr schwer fiel, zwang sie sich schließlich innezuhalten. „Khalil?"

„Was denn, Liebes?"

Sie küsste seine Lippen. „Ich bin schwanger", flüsterte sie, bevor sie sich erneut bewegte.

Verblüffung spiegelte sich auf seinem Gesicht. Er öffnete den Mund, um zu sprechen, doch es war zu spät. Die Leidenschaft übermannte ihn. Er stöhnte erstickt auf und zog sie mit verklärter Miene fest an sich.

Da wusste sie, dass sie gewonnen hatte. Nicht nur ihr aufreizendes Spielchen, sondern auch seine Liebe. Was als Ehe der Vernunft und Pflicht begonnen hatte, hatte sich in das Wunder verwandelt, das nur sehr wenigen, vom Glück Begünstigten, widerfuhr.

– ENDE –

Susan Mallery

Und du liebst mich doch

Roman

Aus dem Amerikanischen von
Tatjána Lénárt-Seidnitzer

MIRA®

1. KAPITEL

Nach vier Jahren auf dem College und zwei Jahren in einem Schweizer Mädchenpensionat war es Heather McKinley endlich gestattet worden, an den einen Ort auf Erden zurückzukehren, an dem sie sich zu Hause fühlte. El Bahar, das wundervolle Land des Zaubers, in dem Vergangenheit und Gegenwart in vollkommener Harmonie miteinander verschmolzen. Sie wollte über den Marktplatz bummeln und Granatäpfel und Datteln und all die anderen exotischen Köstlichkeiten kaufen, die dort erhältlich waren. Sie wollte den heißen Sand und das kühle Meer unter den Füßen spüren. Sie wollte die Düfte der wundervollen Gärten einatmen, die den Palast umgaben.

Lachend stürmte sie durch das Wohnzimmer und riss die Terrassentür auf. Ihre Dreizimmersuite im Gästeflügel des Palastes führte hinaus auf einen breiten Balkon. Augenblicklich raubte die Hitze des Nachmittags ihr den Atem. Es war Juni, die heißeste Zeit des Jahres. Es würde ein paar Wochen dauern, bis sie sich an die Temperatur gewöhnt hatte, doch das konnte ihre gute Laune nicht dämpfen. Sie war zurück. Sie war endlich zurück!

„Ich hatte gehofft, dass du vernünftig werden würdest, aber wie ich sehe, war es ein vergeblicher Wunsch."

Beim Klang der vertrauten Stimme drehte sie sich um und lächelte strahlend, als Givon Khan, der König von El Bahar, auf den Balkon trat.

Er breitete die Arme aus. „Komm. Lass mich dich willkommen heißen."

Sie warf sich an seine Brust und sog tief die vertrauten Düfte ihrer Kindheit ein: Sandelholz, Orangen und etwas Undefinierbares, das nur El Bahar eigen war. „Ich bin zurück", verkündete sie glücklich. „Ich habe mein Examen, und ich habe sogar die zwei Jahre in diesem albernen Mädchenpensionat hinter mich gebracht, wie versprochen. Darf ich jetzt hier arbeiten?"

Er zog sie in die Suite und schloss die Tür. „Ich weigere mich, irgend etwas Wichtiges draußen in dieser Hitze zu besprechen. Wir haben nicht ohne Grund eine Klimaanlage."

„Ich weiß, aber ich liebe die Hitze."

König Givon war ein großer Mann mit dem verwitterten Gesicht eines Menschen, der einen Großteil seines Lebens in der Sonne verbracht hatte. Seine weisen braunen Augen schienen ihr bis in die Seele zu blicken – ebenso wie die ihres Großvaters es getan hatten. Sie hatte ihr Leben lang versucht, beide Männer zufrieden zu stellen. Nun, da ihr Großvater gestorben war, gab es nur noch Givon, und sie hätte Berge für ihn versetzt.

Er war ein Herrscher, der sowohl für seine Weisheit als auch für seine Geduld bekannt war. Sie hatte gehört, dass er auch grausam sein konnte, ihn jedoch nie von dieser Seite erlebt.

„Warum sprichst du von Arbeit?", fragte er und legte die rechte Hand an ihre Wange. „Du bist doch gerade erst angekommen."

„Ja, aber ich will arbeiten. Das ist mein Traum, seit ich ein kleines Kind war. Du hast es versprochen", rief sie ihm in Erinnerung.

„Allerdings." Er zog die Augenbrauen zusammen. „Was habe ich mir bloß dabei gedacht?"

Heather seufzte, aber sie wusste es besser, als dem König zu schmeicheln. Außerdem waren weibliche Tricks nicht ihre Spezialität. Flirten lag ihr überhaupt nicht. Abgesehen von dem König und ihrem Großvater bedeuteten Männer für sie kaum mehr als ein Ärgernis.

„Du bist eine wundervolle junge Frau", sagte der König. „Zu wundervoll, um dein Leben lang in dunklen Räumen eingesperrt zu sein."

Flüchtig schloss sie die Augen. „Bitte fang nicht wieder mit dieser Predigt über Heirat an. Ich will nicht heiraten. Du hast mir versprochen, dass ich eine Stellung im Palast erhalte und die antiken Texte übersetzen darf, wenn ich in der Schule hart arbeite und dieses scheußliche Mädchenpensionat besuche. Du kannst dein Wort jetzt nicht brechen."

König Givon schien noch größer zu werden. Er starrte sie so finster an, dass sie ihre Worte bereute. Buschige Augenbrauen zogen sich zusammen. Sie befürchtete, dass er sie anschreien würde. Doch obwohl die Aussicht nicht erfreulich war, schreckte sie nicht zurück. Ihr Großvater hatte sie zu einer echten McKinley erzogen, und das bedeutete, sich zu behaupten.

„Kleines Biest", murmelte der König mit einem Seufzen. „Also gut. Du darfst an deinen kostbaren Texten arbeiten."

„Es wird dir nicht leid tun", versicherte sie hastig. „Es gibt so viel zu übersetzen. Wir müssen die Informationen schnell retten. Die Zeit und die Elemente haben das Papier bereits geschwächt. Ich will alles fotografieren und in einem Computer speichern. Wenn wir …"

Er hielt eine Hand hoch, um sie zum Schweigen zu bringen. „Erspar mir die technischen Details. Es ist ein ehrgeiziges Projekt, und ich bin sicher, dass du es hervorragend bewältigen wirst. Jetzt möchte ich erst einmal etwas anderes mit dir besprechen."

Er ging zu dem Sofa und nahm Platz. Als er auf das Polster neben sich klopfte, tat sie wie geheißen und setzte sich neben ihn. Er nahm ihre Hand in seine. „Wie alt bist du jetzt?"

„Fünfundzwanzig."

„So alt." Er nickte bedächtig. „Du hast nie geheiratet."

Heather lachte und schüttelte dann den Kopf. „Natürlich nicht. Ich bin viel zu unabhängig, um als jemandes Ehefrau glücklich zu sein. Ich habe keine Lust, zu kochen und zu putzen. Vor allem weigere ich mich, meine Entscheidungen von jemand anderem treffen zu lassen, nur weil er ein Mann ist. Das ist lächerlich."

Sie räusperte sich und entzog ihm sanft die Hand. Gewiss konnte er ihre Ansichten über sein Geschlecht nicht gutheißen. Er mochte sein Land erfolgreich in das neue Millennium geführt haben, aber er verkörperte in vielerlei Hinsicht die Essenz von El Bahar, und das bedeutete, dass seine Welt noch immer in der Vergangenheit verankert war.

„Ich wollte nicht respektlos sein", versicherte sie hastig. „Du bist nicht wie andere Männer, und du würdest nicht …"

Erneut hob er eine Hand. „Ich verstehe. Du wurdest im Westen erzogen, was bedeutet, dass du über viele Dinge andere Ansichten hegst. Dein Großvater gestattete dir, meistens deine eigenen Entscheidungen zu treffen. Deine Ansichten über die Ehe sind nicht unerwartet." Er musterte sie flüchtig und blickte dann zur Terrassentür hinaus.

Heather folgte seinem Blick. Das tiefblaue arabische Meer erstreckte sich bis zum Horizont. Es war für sie der wundervollste Anblick. So perfekt, so himmlisch …

„Was ist mit Kindern?", fragte der König.

Sie blinzelte. „Kinder?"

„Wie willst du ohne einen Ehemann welche bekommen?"

Es gibt Dutzende von Möglichkeiten, dachte Heather, aber sie wusste, dass er nicht das meinte. Würde sie sich als ledige Mutter wohl fühlen? Nachdenklich strich sie sich über die Unterlippe. Sie war sich nicht sicher, ob sie die erforderliche Charakterstärke besaß. Aber sie wünschte sich Kinder. „Ich weiß es nicht", gestand sie ein. „Ich habe eigentlich noch nicht darüber nachgedacht. Warum fragst du?"

„Ich habe ein Problem. Nur du kannst mir dabei helfen."

Er hielt inne, um sie wissen zu lassen, dass es ein heikles Thema war. Es rief ihr außerdem in Erinnerung, wie viel sie dem König verdankte. Er hatte sich stets als wundervoller Freund für sie und ihrem Großvater erwiesen. Als Kind hatte sie jeden Sommer in El Bahar verbracht. Als ihr Großvater vor sechs Jahren gestorben war, hatte König Givon sich um sie gekümmert, sie getröstet, sie auf das College vorbereitet. Er hatte ein Königreich zu regieren, und dennoch war er mit ihr nach New York gefahren und hatte sie persönlich in ihrem Schlafsaal untergebracht. Nun war er der Einzige, der sich an ihren Geburtstag erinnerte und ihr das Gefühl vermittelte, in El Bahar stets willkommen zu sein.

„Ich werde alles tun", versicherte sie ihm, und es war ihr ernst.

Er lächelte. „Sehr gut. Ich hatte gehofft, dass du das sagen würdest. Weißt du, ich möchte, dass du meinen Sohn Jamal heiratest."

„Was ist los mit dir?", fragte Jamal Khan, während er sich in seinem ledernen Bürosessel zurücklehnte.

Sein älterer Bruder Malik streckte sich auf dem Sofa am anderen Ende des Zimmers aus, legte die Füße auf die Armlehne und starrte finster an die Decke. „Willst du das wirklich wissen?"

Jamal blickte zur Uhr. Er wartete darauf, dass die Aktienkurse auf dem Monitor erschienen. Der Markt war seit einigen Tagen ein wenig unbeständig.

Als der mittlere Sohn des Königs war er für das private Vermögen der Familie Khan verantwortlich. In den vergangenen fünf Jahren hatte er das Nettoeinkommen verdreifacht. Teilweise lag es an der wachsenden Weltwirtschaft, aber auch an seinem persönlichen Geschick bei Investitionen. „Ich habe zu arbeiten", rief er seinem Bruder in Erinnerung.

Malik warf ihm einen finsteren Blick zu. Er war der älteste Sohn und der Kronprinz von El Bahar. Wenn jemand mehr zu arbeiten hatte als Jamal, dann war er es. Er richtete den Blick wieder zur Decke. „Sie ist zurück."

„Wer ist zurück?"

„Heather, die Schreckliche. Großmutter hat es mir erzählt. Das bedeutet, dass sie uns zum Dinner Gesellschaft leisten wird. Großer Gott, was ist, wenn ich wieder neben ihr sitzen muss? Sie hat diese komische Art, einen Mann anzublicken. Als wäre er in etwa so reizvoll wie ein Wurm mit Eiterbeulen."

Jamal lachte. „Ein Wurm mit Eiterbeulen? Hat sie das gesagt?"

„Das muss sie nicht. Man sieht es ihr an. Ihr Blick wird ganz durchdringend, und ihre Nase kraust sich." Er schüttelte sich.

Erstaunt musterte Jamal ihn. „Du hast Angst vor einer Frau?"

Malik setzte sich auf. „Ich habe keine Angst. Ich mag sie nicht. Das ist ein Unterschied."

Jamal konnte es nicht fassen, dass eine Frau seinen gebieterischen Bruder aus der Fassung brachte. Er erinnerte sich kaum an Heather McKinley. Eigentlich wusste er nur, dass ihr Großvater und der König befreundet gewesen waren. „Sie ist nichts weiter als ein Kind. Vater schenkt ihr nur seine Aufmerksamkeit, weil er keine Töchter hat."

„Da irrst du dich. Du warst während ihrer letzten Besuche verreist. Sie ist kein Kind mehr. Sie ist Anfang zwanzig. Großmutter setzt sie immer neben mich. Als ob ich mich plötzlich in sie verlieben könnte und sie heiraten wollte." Malik erstarrte. „Glaubst du, dass es darum geht? Versuchen sie, eine Ehe zu arrangieren?"

„Ich hoffe nicht. Vor allem nicht, wenn sie so schrecklich ist, wie du sagst."

„Sie ist schlimmer. Eine prüde Jungfrau, die über alles zu viel weiß. Sie hat die Geschichte von El Bahar studiert und redet endlos darüber. Ihr Lebensziel ist es, Texte zu übersetzen. Kannst du das fassen?“

„Ist sie hässlich?“

Malik zögerte. „Ich weiß nicht recht.“

„Du musst es wissen. Du hast sie doch gesehen.“

„So einfach ist das nicht. Sie trägt diese Kleider.“

„Die meisten Frauen tragen Kleider. Es ist tragisch, aber wahr.“

„So meine ich das nicht“, entgegnete Malik verärgert. „Ihre Kleider sind anders. Ich würde sagen, dass sie sich wie eine Nonne kleidet, aber ich möchte den Geschmack der heiligen Schwestern nicht beleidigen. Sie ist pingelig und trägt hoch geschlossene Kragen und eine Brille. Sie hat ihre Haare immer zu einem Knoten geschlungen.“ Er warf die Hände hoch. „Heather McKinley ist eine Schreckschraube, neben der ich nie wieder sitzen will.“

Jamal lehnte sich auf seinem Stuhl zurück und schmunzelte. „Ich muss mir diese Frau unbedingt ansehen, die dem Kronprinzen Angst einjagt.“

Malik stand auf und griff in seine Hosentasche. „Du, mein Bruder, bist äußerst erfolgreich bei den Damen, aber selbst du würdest es nicht schaffen, sie zu verführen. Ich wette fünfzig Dollar, dass du es nicht schaffst, ihr beim Dinner ein Lächeln zu entlocken.“

Jamal erhob sich ebenfalls. „Ich habe eine bessere Idee. Wir wetten um deinen neuen Ferrari für eine Woche.“

„Nicht einmal im Traum!“

„Dein neuer Ferrari für eine Woche, wenn ich sie heute Abend küsse.“

Malik zog die Augenbrauen zusammen. „Wenn du es nicht schaffst, muss dein neuer Hengst sechs von meinen Stuten decken. Jeden Tag eine.“ Er grinste.

Jamal überlegte. Diese geheimnisvolle Heather McKinley musste in der Tat Furcht einflößend sein, wenn sein Bruder bereit war, seinen neuen Wagen dafür aufs Spiel zu setzen. Doch er war nicht beunruhigt. Bisher war ihm noch keine Frau begegnet, die seinem beträchtlichen Charme hatte widerstehen können. „Abgemacht", sagte er und streckte die Hand aus.

„Auf den Mund", verlangte Malik und legte die Hand in die seines Bruders.

Grinsend drückte Jamal zu. „Überlasse es einem Profi."

„Heiraten?" Heather war überzeugt, sich verhört zu haben. „Ich soll heiraten?"

„Überrascht dich das so sehr?", hakte Givon nach. „Du bist weit über zwanzig, und du bist sicherlich vernünftig."

Alt und vernünftig. Zwei gute Gründe, um zu heiraten, dachte sie sarkastisch. „Ich bin allerdings überrascht. Ich habe nie gedacht ..."

„Dann solltest du jetzt daran denken. Du und Jamal habt viel gemeinsam. Er ist zwar ein paar Jahre älter, aber das ist gut für einen Ehemann. Ihr beide liebt El Bahar. Er ist wie du sehr an Geschichte interessiert. Ihr reitet beide gern."

„Ich habe nicht mehr auf einem Pferd gesessen, seit ich zwölf war", murmelte sie, so als wäre es ein ausschlaggebendes Argument.

„Dann wirst du es wieder lernen. Es ist nicht so schwierig."

Heather stand auf und trat an die Wand, die ein Bildnis vom Garten Eden zierte. Die winzigen Mosaiksteinchen zeigten Eva, die von der Schlange in Versuchung geführt wurde. Die roten Steinchen des Apfels schienen von innen zu leuchten. Sollte auch sie auf die Probe gestellt werden? War Givon die Schlange, oder war er die Antwort auf ihre Gebete?

„Jamal braucht dich", fuhr Givon in eindringlichem Ton fort. „Sein Leben ist leer. Es ist fast sechs Jahre her, seit seine Frau starb, und in all der Zeit war er allein."

„Er hat mit jeder attraktiven Frau zwischen hier und dem Nordpol verkehrt“, wandte Heather ein. „Er ist ein Frauenheld.“

Jamal bevorzugte vollbusige, schöne und möglichst blonde Frauen. Je glamouröser, berühmter und sinnlicher, umso besser. Die Klatschspalten sagten ihm nach, ein spektakulärer Liebhaber zu sein. Nicht, dass derartige Dinge sie interessierten und sie sich mit solchen Zeitschriften beschäftigte, aber beim Friseur gab es kaum etwas anderes zu lesen.

„Wie gesagt, ist sein Leben leer. Er lässt sich zwar mit diesen attraktiven Hohlköpfen ein, aber heiratet er sie? Bringt er sie nach El Bahar?“ Mit einem Kopfschütteln beantwortete er seine eigenen Fragen. „Sie bedeuten ihm nichts. Er benutzt sie und wirft sie fort.“

„Eine beeindruckende Charakterreferenz für einen zukünftigen Ehemann“, murrte sie.

„Er braucht eine Ehefrau“, fuhr der König fort, so als hätte er ihren Einwurf nicht gehört. „Jemanden, für den er da sein kann. Den er lieben kann, und der seine Liebe erwidert.“

„Das ist alles sehr interessant, aber es hat nichts mit mir zu tun.“ Heather drehte sich zu ihm um. „Ich will weder Jamal noch sonst jemanden heiraten. Ich bin wieder in El Bahar. Ich habe meine Arbeit. Das ist alles, was ich brauche.“

„Du brauchst mehr. Du musst heiraten, damit du Babys bekommen kannst. Und du kannst nicht behaupten, dass du ihn nicht magst. Ich glaube, dass du ihn bevorzugst.“

„Deine Söhne sind alle sehr nett“, entgegnete sie diplomatisch. „Ich bevorzuge keinen.“

In Wirklichkeit waren ihr alle drei Prinzen zu herrisch und viel zu kühn. Khalil, der jüngste, schien sich mit einer sehr netten Frau niedergelassen zu haben. Aber Malik und Jamal waren immer noch wild und machten sie nervös. Sie wollte nicht heiraten, aber falls sie es tat – um dieser imaginären Kinder willen –, dann sollte es ein sanfter Mann sein, der intellektuell und gütig statt leidenschaftlich war.

„Aber du hältst Jamal für gut aussehend."

Sie holte tief Luft. „Er ist nicht unattraktiv. Keiner deiner Söhne ist es." Alle drei waren hoch gewachsen und wirkten mit ihren dunklen Haaren und glühenden Augen wie eine Kombination aus James Bond und Rudolph Valentino. Und sie mochte gelegentlich von Jamal geträumt haben, als sie jünger – wesentlich jünger gewesen war, aber darüber war sie hinausgewachsen.

Givon stand auf und trat zu ihr. Er legte einen Arm um ihre Schultern und drückte sie an sich. „Gut. Dann wirst du beim Dinner neben ihm sitzen und erwägen, was ich gesagt habe. Er muss heiraten. Du musst heiraten. Es ist perfekt."

„Es ist keineswegs perfekt."

„Fatima will es auch. Du kennst meine Mutter. Wenn sie sich etwas in den Kopf gesetzt hat, ist es unmöglich, es ihr auszureden."

Heather stöhnte. „Nicht auch noch Fatima! Ich kann nicht euch beiden widerstehen."

Der König lächelte. „Da hast du recht. Also gib dir gar nicht erst die Mühe, es zu versuchen." Er küsste ihre Wange und ging.

Sie sank zu Boden, den Rücken an das Wandbild gelehnt. Fatima war wie eine zweite Mutter für sie. Mit ihren Kleidern von Chanel und ihrer Anmut wirkte sie durch und durch königlich. Sie war elegant, intelligent, warmherzig und vermutlich die vollkommenste Königin, die El Bahar je geehrt hatte. Doch hinter dem graziösen Wesen und dezenten Make-up verbargen sich ein stählernes Rückgrat und eine Entschlossenheit, die jeder Armee widerstehen konnte.

„Ich treffe mich nicht mal mit Männern", murrte Heather vor sich hin.

Sie hatte es zweimal probiert und beide Male ein Desaster erlebt. Da sie eine reine Mädchenschule besucht hatte, war ihr erstes Rendezvous erst im College zustande gekommen. Sie war zu einer Party eingeladen worden. Niemand hatte sie gewarnt, dass das köstliche Gebräu mit Kokosnussgeschmack mehr Rum enthielt, als gut für die Gesundheit war.

Seltsamerweise war ihr Date davon ausgegangen, dass sie nach dem Genuss von drei Drinks in einer knappen Stunde leichter ins Bett zu kriegen wäre. Ehe sie es sich versah, hatte er sie flach gelegt und ihr den Rock bis zur Taille hochgeschoben. Zum Glück für sie, wenn auch nicht für ihn, war ihr übel geworden. Das hatte seine Lust gedämpft und ihr zur Flucht verholfen. Die zweite Erfahrung war noch schlimmer gewesen.

Nein, sie war nicht an einer Beziehung interessiert, und schon gar nicht an einer Ehe. Und sie beabsichtigte, beides deutlich klarzustellen, sobald sie Jamal Khan begegnete.

2. KAPITEL

„Um es von vornherein klarzustellen“, verkündete Heather, als sie an diesem Abend das Esszimmer betrat. „Ich bin nicht daran interessiert zu heiraten.“

Der Mann, der an dem großen Tisch saß, besaß nicht einmal den Anstand, schockiert auf ihre Ankündigung zu reagieren. Stattdessen lächelte er höflich, stand auf und nickte. „Danke für die rasche Aufklärung“, sagte er in leisem, sanftem Ton.

Sie spürte ihre Wangen erglühten. Sie redete sich ein, dass es an der Anstrengung des Spaziergangs lag. Schließlich war ihre Suite recht weit vom Esszimmer entfernt. Außerdem war sie schnell gegangen, da sie Jamal allein erwischen wollte, was ihr gelungen war. Sie ignorierte die Hitze und räusperte sich. „Ja, nun, ich kann es erklären.“

Er trat zu ihr und blieb dicht vor ihr stehen. Sie hasste es, dass sie zu ihm aufblicken musste. Noch mehr hasste sie, dass er so reizvoll aussah.

Er maß mindestens einen Meter neunzig. Er trug sein kohlrabenschwarzes Haar streng zurückgekämmt in einem konservativen Stil, der ausgezeichnet zu seinen markanten Zügen passte. Sein Anzug war maßgeschneidert, seine Krawatte allein kostete vermutlich so viel wie die Essenmarken für einen Monat im College, und seine Schuhe waren aus feinstem Leder und von Hand gearbeitet.

Ein Schauer rann über ihren Rücken, den sie ebenfalls ignorierte.

„Es ist lange her, Heather.“ Er reichte ihr die Hand. „Welch ein Vergnügen, dich wiederzusehen.“

Flüchtig schüttelte sie ihm die Hand. Dann verschränkte sie die Finger hinter dem Rücken. „Ja, es ist eine Weile her.“ Sie blickte über die Schulter den Korridor entlang. „Sie werden jeden Moment eintreffen. Wir müssen reden.“

„Sie?“, hakte er gedehnt nach, so als hielte er sie für verrückt.

„Dein Vater und deine Großmutter. König Givon hat mich heute Nachmittag aufgesucht und verlauten lassen, dass wir heiraten sollen. Du und ich. Ich weiß nicht, warum. Wir kennen uns kaum. Wir passen überhaupt nicht zusammen. Wir müssen ihn aufhalten.“

„Der König hat verlauten lassen? Wie denn? Durch Knurren oder eher Hüsteln?“

Finster starrte Heather ihn an. „Du nimmst mich nicht ernst.“

Jamal besaß die Frechheit zu lächeln. „Allerdings nicht. Wenn du nicht an einer arrangierten Ehe interessiert bist, dann sag es ihm einfach.“

„Das habe ich getan. Er hat nicht auf mich gehört.“

„Dann gib mir einen Korb.“

„Bist du gar nicht aufgebracht? Kümmert es dich gar nicht? Er arrangiert dein Leben. Und meines. Ich will das nicht.“

Er berührte ihre Wange. Es war eine ungezwungene, beinahe väterliche Geste. Dennoch setzte ihr Herz einen Schlag lang aus.

„Ich bin Prinz Jamal Khan von El Bahar. Es ist meine Pflicht, zu heiraten und Erben zu produzieren. Ich habe keine Frau kennengelernt, mit der ich zusammen sein möchte. Wenn die Zeit also kommt, werde ich eine arrangierte Ehe akzeptieren. So geschieht es seit Hunderten von Jahren.“

„Ich kenne die Sitten“, stieß Heather zwischen zusammengebissenen Zähnen hervor. „Ich habe die Kultur studiert. Darum geht es mir nicht. Mir geht es darum, dass ich nicht ein Teil der Geschichte werden will. Verstehst du denn nicht? Dein Vater glaubt, dass wir gut zusammenpassen. Du musst ihn aufhalten, bevor er zu weit geht.“

Dunkelbraune Augen musterten sie nachdenklich. „Warum

hältst du ihn nicht auf? Sag ihm einfach, dass du dich mir verweigerst."

„Es wäre besser, wenn du mich gar nicht erst fragen würdest. Ich verdanke dem König sehr viel. Er war immer sehr gut zu mir. Ich würde mich furchtbar fühlen, wenn ich ihn enttäuschen müsste." Sie blickte zu ihm auf. „Aber ich will dich wirklich nicht heiraten."

„Wie schmeichelhaft", murmelte Jamal. Er war darauf vorbereitet gewesen, Heather, die Schreckliche zu treffen. Stattdessen sah er in ihr eher ein Schulmädchen als eine Schreckschraube.

„So habe ich es nicht gemeint", versicherte sie ihm. „Du brauchst nicht gleich den Mann hervorzukehren und dich beleidigt fühlen."

„Was meinst du damit?"

Finster blickte sie ihn an und schob ihre Brille hoch. „Du weißt schon. Männer hassen es, wenn Frauen ehrlich sind. Sie wollen ständig ihr Ego gefüttert wissen. Aber das ist echt Zeitverschwendung."

„Aha. Hast du persönliche Erfahrung mit dieser Egofütterung?"

„Eigentlich nicht, aber ich habe es oft genug gesehen."

„Wissen aus zweiter Hand?"

Ihre Nase kräuselte sich, wie Malik es so abwertend beschrieben hatte. „Ich muss mir nicht den Arm abschneiden, um zu wissen, dass mir die Erfahrung nicht gefallen würde."

Er dachte darüber nach. „Willst du damit sagen, dass du dich nicht mit einem Mann einlassen musst, um zu wissen, dass er sein Ego gefüttert haben will?"

„Genau." Ihre Stimme klang nachsichtig, so als hätte ein besonders dummer Schüler eine kluge Antwort gegeben.

Eingehend musterte Jamal sie. Wie Malik behauptet hatte, kleidete sie sich äußerst prüde. An diesem Abend trug sie trotz der Hitze ein graues Kleid mit hoch geschlossenem Kragen und langen Ärmeln, dessen Saum ihr fast bis an die Knöchel reichte. Nicht die geringste Spur von Make-up bedeckte ihre blasse Haut. Wenn ihre nussbraunen Augen groß wirkten, dann lag es an deren Form, nicht an Schminke. Ihr braunes Haar war zu einem festen Knoten geschlungen. Die kleinen Brillengläser trugen nur noch zu dem Klischee einer altjüngferlichen Lehrerin bei. Sie wirkte wie eine Frau, die nicht viel von Männern hielt. Was schade war. Denn in den richtigen Kleidern und mit einer schmeichelnderen Frisur hätte sie hübsch sein können. Soweit er es durch den dicken Stoff ihres Kleides feststellen konnte, schien ihre Figur recht reizvoll zu sein.

„Jedenfalls würde es niemals klappen", versicherte sie ihm. „Die Sache mit der Ehe. Wir kennen uns nicht. Ich bezweifle, dass wir uns mögen würden. Ich reite nicht mal."

Er blinzelte. „Reiten? Das verstehe ich nicht." Was hatte Reiten mit einer arrangierten Ehe zu tun?

„Ich weiß nicht, wie ich den Satz noch klarer formulieren soll." Ihre Miene verriet deutlich ihr mangelndes Vertrauen in seine Intelligenz. Er war nicht mehr der kluge Schüler wie zuvor.

„Ich verstehe den Satz, nur nicht deinen Standpunkt."

Sie holte tief Luft. „Ich habe seit Jahren kein Pferd mehr geritten. Prinzessinnen reiten. Ist das nicht gesetzlich verankert oder so?"

Unwillkürlich zuckte es um Jamals Mundwinkel. Seltsam, dachte er, aber auf verrückte Art auch reizvoll. „Ich werde mein Bestes tun, dir keinen Antrag zu machen", versprach er.

„Danke. Ich bin überzeugt, dass du ein wundervoller Ehemann wärst, aber ich könnte nicht weniger interessiert sein. Das richtet sich nicht gegen dich persönlich. Ich will niemanden heiraten. Ich bin sehr unabhängig."

Welche Überraschung, dachte er belustigt. Er zog einen

Stuhl für sie hervor, ließ sie Platz nehmen und setzte sich neben sie.

„Warum sitzt du hier?", fragte sie alarmiert. „Komm mir nicht so nahe. Das bringt sie nur auf Ideen."

„Nach deiner Aussage haben sie bereits Ideen."

„Sie brauchen nicht noch darin bestärkt zu werden. Du solltest so weit wie möglich entfernt von mir sitzen. Ignorier mich einfach. Sei sogar unhöflich. Es stört mich nicht."

Jamal konnte sich nicht erinnern, dass eine Frau jemals so deutlich ihren Mangel an Interesse kundgetan hatte. Seltsamerweise fand er ihre Offenheit reizvoll. Das Leben hatte ihn gelehrt, zynisch zu sein, was Frauen betraf. Alle, die er bislang kennengelernt hatte, waren an seinem Geld, seinem Titel, seinem Ruhm interessiert. Eine Jungfrau, die ihn auf Distanz halten wollte, war eine erfrischende Abwechslung.

„Setz dich dorthin", verlangte sie und deutete zum anderen Ende des Tisches.

Der Esstisch aus Teakholz bot Platz für zwanzig Leute, doch an diesem Abend war er nur für sechs gedeckt. Zu ihrem Pech befand sich das am weitesten entfernte Gedeck immer noch so nahe, dass man sich mühelos unterhalten konnte.

Unwillkürlich fragte Jamal sich, wer diese Heather McKinley war. Er erinnerte sich an ein dünnes kleines Mädchen. Aber diese Erinnerung lag sehr lange zurück. Angeblich war sie auch kürzlich zu Besuch gekommen. War er so sehr mit seinem eigenen Leben beschäftigt gewesen, dass er es nicht bemerkt hatte? Welche Umstände hatten sie in diese einzigartige Kombination aus Unschuld und Frechheit verwandelt?

„Du siehst mich an", sagte sie vorwurfsvoll. „Tu das nicht. Ignorier mich."

Gehorsam wandte er den Blick ab, der jedoch automatisch wieder zu ihrem blassen Gesicht zurückkehrte. Warum fürchtete sie sich so sehr vor der Ehe? Und warum geriet er nicht in

Panik? Seine Frau war seit fast sechs Jahren tot. Es war nur eine Frage der Zeit, bis von ihm erwartet wurde, wieder zu heiraten. Da eine Ewigkeit nicht gereicht hätte, um über Yasmin hinwegzukommen, stand eine Liebesheirat außer Frage. Er hoffte nur, eine Frau zu finden, die er tolerieren und mit der er vielleicht sogar Freundschaft schließen konnte.

Vielleicht war Heather keine schlechte Wahl. Malik irrte sich. Sie war keine Schreckschraube, sondern eigentlich ganz niedlich.

Schritte ertönten auf dem Korridor. Sie schob die Brille hoch und beugte sich zu ihm. „Vergiss nicht, mich zu ignorieren. Sei unhöflich. Ich will es wirklich so."

Als die Dienerschaft den Tisch abräumte, beugte Fatima, Jamals Großmutter, sich zu Heather und tätschelte ihr die Hand. „Da du jetzt hier leben wirst, können wir einen Trip nach London planen und ins Theater gehen."

„Das wäre schön", erwiderte Heather und lächelte sie an.

An diesem Abend trug Fatima ein elegantes Kostüm. Die maßgeschneiderte Jacke betonte ihre schlanke, königliche Gestalt, während die kunstvolle Hochfrisur sie einige Zentimeter größer wirken ließ. Ihr Make-up war diskret und perfekt. Kostbare Perlen schimmerten in ihren Ohrläppchen und um ihren Hals. Sie war all das, was Heather zu sein wünschte – schön, selbstbewusst und beherrscht.

„Jamal interessiert sich sehr für Künste", verkündete Givon lautstark. „Theater, Tanz, Musik. Er genießt all das."

Die Bemerkung des Königs war nur eine von unzähligen, äußerst unsubtilen vorangegangenen Versuchen, Gemeinsamkeiten zwischen Jamal und Heather aufzuzeigen.

Khalil, Jamals jüngerer Bruder, blickte grinsend auf. „Das stimmt. Jamal lebt für die Künste. Er ist so angetan davon, dass wir ihn manchmal sogar Kunst nennen. Als Spitzname."

„Ignoriere die beiden“, riet Dora. „Khalil hat einen merkwürdigen Sinn für Humor, der augenblicklich auf deine Kosten geht. Ich werde ihn nachher ins Gebet nehmen und dafür sorgen, dass es sich nicht wiederholt.“

Khalil, der links neben Heather saß, wirkte nicht im Geringsten besorgt. „Willst du mir drohen, Weib?“

Dora, eine hübsche Brünette mit warmen, freundlichen Augen, lächelte. „Allerdings. Heather ist unser Gast. Sei freundlich zu ihr.“

„Dem König hältst du keine Strafpredigt“, wandte er ein.

„Mit dem König bin ich auch nicht verheiratet.“ Dora wandte sich erneut an Heather. „Ich rate dir, nicht auf sie zu achten. Die Männer in dieser Familie meinen es gut, aber sie können eine Plage sein.“

„Ich bin keine Plage“, protestierte der König.

„Doch, das bist du“, beharrten Dora und Fatima gleichzeitig.

Einen Moment lang herrschte Stille. Dann lachten alle. Heather versuchte einzustimmen, doch das Herz klopfte ihr bis zum Halse und erschwerte ihr das Atmen. Es fiel ihr leichter, still zu sein und auf einen Themenwechsel zu hoffen.

Um sich abzulenken, musterte sie den Raum. Eine Wand bestand aus Glas und eröffnete den Blick auf den blühenden Garten und einen Springbrunnen. Blumengestecke zierten den Tisch. Silber glänzte auf dem weißen Tuch, und Kristall reflektierte das Licht des strahlenden Kronleuchters. Im Palast befand sich so viel Schönheit, so viel Geschichte. Teile davon stammten aus der Zeit vor den Kreuzzügen. Ganze Räume waren mit antiken Waffen gefüllt, und die Bibliothek enthielt Dutzende von Büchern, die von Hand geschrieben und illustriert waren.

„Woran denkst du?“, erkundigte sich Jamal, der Heather auf Fatimas Geheiß direkt gegenüber saß.

Sie blickte auf und stellte fest, dass er ihr Gesicht musterte.

Seine Aufmerksamkeit machte sie nervös. Sie schob sich die Brille hoch und räusperte sich. „Dass der Palast ein wundervoller Ort ist. Ich freue mich, wieder zurück zu sein. Habe ich erwähnt, dass ich die antiken Texte restaurieren möchte?"

„Jamal interessiert sich sehr für Geschichte", warf der König ein. „Er liest ständig darüber."

Verärgert verzog Jamal die wohlgeformten Lippen. „Ich lebe für die Geschichte. Man nennt mich Geschichte. Es ist ein Spitzname." Er warf seine Serviette auf den Tisch. „Komm, Heather. Wir lassen diese braven Leute lieber das Dinner ohne uns beenden."

Erleichtert stand sie auf. Obwohl sie keinen großen Wert darauf legte, mit ihm allein zu sein, wollte sie auch nicht bleiben und sich quälen lassen.

„Wohin wollt ihr?", erkundigte sich der König. „In die Stadt? Du könntest sie mit in den Club nehmen. Oder zum Tanzen. Tanzen ist nett." Er lächelte Heather an. „Tanzt du gern?"

„Ihr könnt auch im Garten spazieren gehen", schlug Fatima vor. „Heute Abend ist es sehr schön draußen."

„He, wir können auch den Tisch abräumen, und ihr beide könnt gleich zur Sache …" Khalil hielt abrupt inne und blickte Dora vorwurfsvoll an. „Warum trittst du mich denn? Was habe ich denn Schlimmes gesagt?"

Sie ignorierte ihn und wandte sich an Heather. „Geht, ihr zwei. Ich werde sie ins Gebet nehmen."

Jamal streckte seine Hand aus. Heather nahm sie und ließ sich aus dem Raum führen. Sie eilten den langen Flur entlang, bogen einige Male ab und landeten schließlich in einem Alkoven, der zu einem kleinen Garten an der Seite des Palastes führte.

Er lehnte sich an die Wand und ließ das Kinn auf die Brust sinken. „Das war furchtbar."

„Ich habe ja versucht, dich zu warnen, aber du wolltest nicht hören.“ Sie schüttelte sich. „Tanzen ist nett! Ich kann es nicht fassen, dass der König das gesagt hat.“

„Du hast versäumt, deinen Spruch dazu zum Besten zu geben.“

Sie lachte. „Du hast recht. Ich lebe für den Tanz. Man nennt mich Tanz.“

Er schmunzelte, deutete dann mit dem Kopf zu der Glastür. „Wenn ich verspreche, kein heikles Thema anzuschneiden, gehst du dann ein bisschen mit mir spazieren?“

„Warum nicht?“

Er öffnete die Tür, und sie traten hinaus in die Nacht.

Tief sog Heather die Düfte nach Orangen, Blumen und Erde ein. Seufzend schloss sie die Augen. „Das ist El Bahar“, flüsterte sie. „Wenn ich längere Zeit nicht hier bin, vergesse ich irgendwie immer, wie lieblich es in den Gärten duftet, obwohl ich mich zu erinnern versuche. Auch die nächtlichen Geräusche entfallen mir. Das Zirpen der Grillen und das sanfte Plätschern der Springbrunnen.“

„Du liebst es hier, oder?“

Sie öffnete die Augen und wurde sich bewusst, dass er sie eingehend betrachtete. Als sie einen Schritt zurückweichen wollte, stellte sie fest, dass sie sich bei den Händen hielten. Verwundert blickte sie hinab auf ihre verschränkten Finger. Wie war es dazu gekommen?

Mit einem flüchtigen Lächeln befreite sie sich. „Ich habe mein ganzes Leben darauf gewartet, hier zu wohnen. Das ist der einzige Ort, an dem ich mich zu Hause fühle. Ich liebe die Kombination aus Alt und Neu. Wir befinden uns mitten in der Wüste, und die Tagestemperaturen sind die höchsten der Welt. Trotzdem ist es angenehm.“

Jamal zog sich das Jackett aus und legte es auf eine Bank neben ihnen. „Das liegt bestimmt daran, dass diskrete Klimaanlagen installiert worden sind.“

„Das ist mir egal. Für mich ist es zauberhaft.“

„Bist du deswegen zurückgekommen?“

Sie standen auf einem gepflasterten Weg. Zur Linken befand sich ein Springbrunnen und zur Rechten ein von Wein umranktes Spalier. Sie strich über eines der Blätter. „Ich bin nicht wegen des Zaubers hier. Wie gesagt, möchte ich arbeiten. Zeit und die Elemente zerstören Hunderte von antiken Texten. Ich will die Geschichte bewahren.“

„Und was ist mit deinem Freund? Hast du nicht einen besonderen Mann zurückgelassen?“

„Eigentlich nicht.“

„Was dann … eigentlich?“

„Ich möchte es noch einmal klarstellen. Ich will nicht heiraten.“

„Um mich ebenso klar auszudrücken“, sagte er in ernstem Ton, obwohl ein Lächeln um seine Mundwinkel spielte, „ich kann mich nicht erinnern, dir einen Antrag gemacht zu haben.“

Ihre Wangen erglühten. „Tja, nun, aber du könntest es tun. Und das will ich nicht.“

„Weil du nicht nein sagen kann?“

„Genau. Ich versichere dir, dass König Givon und Fatima Experten darin sind, mich zu manipulieren. Sie haben es schon mal getan. Als ich das College absolviert hatte, wollte ich nur hierher kommen und arbeiten.“

„Ist das nicht geschehen?“

„Nein. Irgendwie haben sie mich überredet, ein Pensionat zu besuchen.“ Sie seufzte. „Heutzutage sollten junge Frauen kein Pensionat besuchen müssen. Es ist furchtbar.“

„Aber du hast es getan.“

„Allerdings. Frag mich nicht, wie es dazu gekommen ist. In einem Moment habe ich mich geweigert, und im nächsten saß ich im Flugzeug in die Schweiz. Ich halte mich selbst für eine starke Person, aber vielleicht habe ich kein Rückgrat. Vielleicht …"

Sie verstummte und presste die Lippen zusammen, als ihr plötzlich ein unangenehmer Gedanke kam. Fatima und der König hatten entschieden darauf beharrt, dass sie das Pensionat besuchte. Zuvor hatten beide sie ermutigt, Politik und Geschichte mit Schwerpunkt auf den Nahen Osten zu studieren. Ihre Ausbildung bereitete sie nicht gerade darauf vor, ihren eigenen Weg in der Welt zu gehen.

Sie rang nach Atem. „O nein! Sie planen es schon seit Jahren!"

„Wer plant was?"

Sie verschränkte die Hände vor der Brust. „Jamal, du musst mir glauben. Der König und deine Großmutter wollen, dass wir heiraten. Mir ist gerade klar geworden, dass sie mich auf die Rolle als deine Ehefrau vorbereitet haben." Sie dachte an das Mädcheninternat, das sie vor dem College besucht hatte. War ihr Großvater überredet worden, sie dorthin zu schicken? „Vielleicht schon länger, als ich dachte."

Sie ist so verdammt ernst, dachte Jamal belustigt, als würde ihre Enthüllung den Lauf der Geschichte verändern. „Du willst damit sagen, dass sie dich auf das Äquivalent einer Prinzessinnenschule geschickt haben?"

Ihre Nase krauste sich. „Du machst dich über mich lustig, aber es ist eine ernste Angelegenheit. Ich will dich nicht heiraten."

„Du musst aufhören, mir zu schmeicheln, Heather. Es steigt mir zu Kopf."

„Ach, sei nicht so ein Macho. Ich will dich nicht beleidigen. Ich kann mir nicht vorstellen, dass du mich heiraten möchtest. Eigentlich betrifft es dich gar nicht."

„Wenn wir über eine Heirat zwischen uns beiden sprechen,

dann betrifft es mich schon."

Sie wandte sich ab. „Tu doch nicht so begriffsstutzig."

Ihr Verhalten faszinierte ihn. Nachdem er seit Jahren Frauen mied, die etwas von ihm wollten, fiel es ihm schwer, einer Person zu widerstehen, die sich überhaupt nicht für seinen Titel, sein Geld oder sein Erbe interessierte.

Er hatte das Gefühl, dass Heather recht hatte – dass Fatima und sein Vater sie seit geraumer Zeit auf die Rolle seiner Braut vorbereiteten. Da er deutlich zum Ausdruck gebracht hatte, dass er es mit einer zweiten Heirat nicht eilig hatte, war nicht zu befürchten gewesen, dass er sich verlieben und eine andere erwählen könnte.

Doch demnächst musste er wieder heiraten, um des Königreichs und seines Kinderwunsches willen. „Was wäre, wenn ich nichts dagegen hätte, dich zu heiraten?"

Sie wirbelte zu ihm herum. „Bist du völlig verrückt? Das ist das Lächerlichste, was ich je gehört habe. Wir haben nichts gemeinsam."

„Im Gegenteil. Wir haben sehr viel gemeinsam. Uns beiden liegt El Bahar am Herzen, sowohl die Vergangenheit als auch die Gegenwart. Ich bin sehr daran interessiert, die Geschichte zu bewahren. Du kennst die Sitten des Landes, dir gefällt das Leben im Palast. Du bist intelligent genug, um die Vielschichtigkeit eines königlichen Lebens zu bewältigen. Ich vermute, dass du mich für gut aussehend hältst, und ich finde dich recht attraktiv."

Die letzte Behauptung entsprach nicht ganz der Wahrheit, aber er hatte in seinem Leben schon schlimmere Lügen von sich gegeben. Schließlich geschah es zu einem guten Zweck. Außerdem war sie eigentlich nicht hässlich. Sie brauchte nur etwas Styling.

Sie öffnete den Mund, doch kein Laut kam heraus.

„Du wirst ja rot", bemerkte er.

„Nein. Ich werde nie rot. In meinem Leben gibt es keine Peinlichkeiten. Warum sollte ich also rot werden?"

„Wäre es denn so furchtbar?"

„Ja! Wieso kümmert es dich gar nicht, dass du eine Fremde heiraten sollst?"

„Ich halte es einfach nicht für das Ende der Welt. Es gibt schlimmere Schicksale."

„Was denn? Lebendig begraben zu werden? Von Blut saugenden Würmern gefressen zu werden?"

„Du fütterst das Ego eines Mannes wirklich nicht. Als meine Ehefrau wirst du daran arbeiten müssen."

Verärgert stampfte sie mit dem Fuß auf. „Jetzt hör mir mal gut zu, Prinz Jamal Khan von El Bahar! Ich werde dich niemals heiraten. Nicht in diesem Leben und nicht im nächsten Leben. Das ist endgültig."

„Wollen wir wetten?" Grinsend trat Jamal zu ihr, legte einen Arm um ihre Schultern und den anderen um ihre Taille.

Sie erstarrte, stemmte sich dann gegen seine Brust. „Was soll der Unsinn?"

„Ich will herausfinden, ob dein Mund zu etwas anderem taugt, als Beleidigungen auszuspucken."

Ihre nussbraunen Augen sprühten Funken. „Wage es ja nicht! Ich bin nicht an dir interessiert. Ich mag keinen Körperkontakt. Ich bitte dich nur einmal: Lass mich los!"

„Wenn du mich nur einmal bittest, brauche ich auch nur einmal zu antworten. Nein."

Sie wollte protestieren, doch eigentlich war es ihr nicht unangenehm, von ihm umarmt zu werden. Wärme strömte von seinem in ihren Körper über, und ihre Brüste, die seine Brust berührten, fühlten sich seltsam empfindsam an. Sie verspürte den heftigen Drang, die Arme um seinen Nacken zu schlingen, doch sie unterließ es.

„Entspann dich doch", sagte er leicht belustigt. „Ich werde

dich schon nicht fressen."

„Ich bin entspannt."

„Du bist so steif wie ein Bügelbrett." Er schüttelte sie sanft. „Atme tief durch."

„Vielen Dank, aber ich brauche keine Instruktionen von dir."

„Lügnerin. Du brauchst Instruktionen, und ich bin als Einziger in der Nähe."

War ihre Unerfahrenheit derart offensichtlich? „Wenn du mich einfach loslässt, können wir das Gespräch fortsetzen."

„Ich will nicht reden. Ich will dich küssen."

Sie hatte sich also nicht geirrt. Es wunderte sie ebenso wie seine Behauptung, dass er sie attraktiv fand. Kein anderer Mann hatte das je geäußert. Sie wusste, dass sie nicht anziehend war. Vielleicht lag es an ihrer Kleidung, an ihrer Frisur oder an der Brille. Sie wollte ihr Äußeres ändern, aber sie wusste nicht, wie sie es anfangen sollte. Ebenso erging es ihr mit Männern. Sie hielt sich zurück, weil sie sich so linkisch fühlte. Nun wünschte sie, mehr Erfahrung zu haben.

„Was denkst du?"

„Nichts."

„Du lügst schon wieder. Ich frage mich, ob der König von diesem Charakterfehler weiß." Er zog sie noch enger an sich. „Jetzt sag meinen Namen."

„Warum?"

„Weil ich hören möchte, wie es klingt."

„Warum muss sich alles um dich drehen?"

Seine Zähne blitzten auf, als er grinste. „Weil es so mehr Spaß macht."

„Ich will es nicht tun."

„Woher weißt du das, wenn du es nicht ausprobiert hast? Zufällig küsse ich großartig."

„Eingebildet bist du wohl gar nicht, wie?"

„Sei nicht so kritisch, solange du meinen Charme nicht genossen hast."

„Dein Charme interessiert mich nicht."

Er strich mit dem Zeigefinger über ihre Lippen. „Entspann dich und sag meinen Namen."

Allmählich begann sie es zu genießen, ihm so nahe zu sein. Er war stark, und sie fühlte sich sicher. „Jamal", flüsterte sie mit geschlossenen Augen, und dann spürte sie einen sanften Druck an den Lippen.

Er küsste sie tatsächlich! Nie zuvor war sie von einem begehrenswerten Mann geküsst worden, und schon gar nicht von einem Mann mit seinem Ruf. Wenn man der Boulevardpresse Glauben schenken konnte, hatte er mehr Frauen geliebt als James Bond.

Er schmiegte eine Hand um ihren Nacken. Seine Finger waren stark, aber sanft. Es war ihr nicht unangenehm. Der Arm um ihre Taille hielt sie fest, doch sie fühlte sich nicht gefangen.

„Entspann dich", murmelte er.

Ihr wurde bewusst, dass sie die Lippen geschürzt hatte wie ein Kind, das einen Kuss von einem Elternteil erwartet. Ein Schauer durchlief ihren Körper, als etwas Warmes, Feuchtes über ihre Unterlippe strich. Ihre Brüste fühlten sich seltsam an, und zwischen den Schenkeln spürte sie Hitze.

Ist das Leidenschaft? durchfuhr es sie, und dann schob er die Zunge in ihren Mund. Unwillkürlich hob sie die Hände zu seinen Schultern, presste sich an ihn und sehnte sich nach mehr.

Jamal brach den Kuss ab und lehnte die Stirn an ihre. Sein Atem ging etwas rascher als zuvor. „Siehst du? Das war doch gar nicht so furchtbar."

Sie musste sich räuspern, bevor sie sprechen konnte. „Eigentlich nicht. Es war ein netter Kuss."

„Danke für die freundlichen Worte."

„Ich habe es ernst gemeint. Wirklich."

Er richtete sich auf und trat einen Schritt zurück. „Ich glaube dir."

Schüchtern lächelte sie ihn an. „Ich sollte jetzt wohl in meine Suite gehen."

Er nickte, was sie sehr enttäuschte. Wollte er sie nicht erneut küssen? Hatte es ihm nicht gefallen? Sie wusste die Antwort nicht und war nicht tapfer genug, um ihn zu fragen. Also wünschte sie ihm hastig eine gute Nacht und verließ den Garten.

3. KAPITEL

Abrupt blieb Heather im Foyer ihrer Suite stehen, als sie die Königmutter in ihrem Wohnzimmer erblickte. Im Moment wollte sie mit niemandem reden. Sie wollte vielmehr allein sein und die wundervollen, verwirrenden und aufregenden Momente mit Jamal erneut durchleben.

„Jamal ist ein sehr charmanter junger Mann“, verkündete Fatima statt einer Begrüßung.

„Er ist sehr nett“, erwiderte Heather ausweichend. „Aber das bedeutet nicht, dass ich ihn heiraten will.“

Fatima erhob sich von dem Sofa und streckte die Hände aus. „Komm her, Kind.“

Widerstrebend tat Heather wie geheißen.

„Ich kenne dich, seit du ein kleines Mädchen warst“, begann Fatima und drückte ihre Hände. „Ich erinnere mich gut, wie stolz dein Großvater war, als er dich zum ersten Mal hierher brachte.“ Sie lächelte in Erinnerung versunken. „Du warst so aufgeweckt und hübsch und hattest vor nichts Angst. Du bist auf meinen Schoß geklettert und hast verlangt, dass ich dir eine Geschichte erzähle. Schon damals hast du mir das Herz gestohlen. Ich habe keine Töchter oder Enkeltöchter, die ich hätte verwöhnen können. Jetzt habe ich Dora, Khalils Frau. Ich hatte so sehr gehofft, auch dich zu haben.“

Heather schluckte schwer. „Tu mir das nicht an“, flüsterte sie, während sie Fatima die Hände entzog und zwei Schritte zurückwich. „Du und der König wart immer sehr gut zu mir. Ich weiß es sehr zu schätzen. Ich würde alles tun, um euch die vielen Gefälligkeiten zu vergelten. Aber bitte verlange nicht, dass ich Jamal heirate. Ich will niemanden heiraten. Ich will nur an den Texten arbeiten und in aller Stille im Palast leben.“

Fatima sank auf das Sofa und klopfte auf das Polster neben

sich. Heather fühlte sich, als würde sie beständig tiefer in eine Falle gezogen, aus der es kein Entrinnen gab. Widerstrebend hockte sie sich auf die Sofakante.

„Du bist die Art Frau, die verheiratet sein muss", eröffnete Fatima freundlich. „Nicht, weil du jemanden brauchst, der für dich Entscheidungen trifft, aber weil du dir dein Leben lang gewünscht hast, zu jemandem zu gehören. Ich weiß, dass dein Großvater ein wundervoller Mann war, und er hat dich von ganzem Herzen geliebt, aber Edmond war nicht dazu geschaffen, ein Mädchen zu erziehen. Er kannte seine Grenzen. Deswegen ist er im Sommer immer mit dir hierher gereist und hat dich für den Rest des Jahres ins Internat geschickt. Um dir das Beste aus beiden Welten zu bieten."

Heather wollte nicht über ihren Großvater reden. Obwohl er seit sechs Jahren tot war, vermisste sie ihn immer noch verzweifelt.

„Du hast dir immer ein Zuhause gewünscht", fuhr Fatima fort. „Wurzeln, eine eigene Familie. Ich weiß, dass du davon träumst, Kinder zu haben. Bei Jamal wirst du all das und mehr haben. El Bahar ist dein Zuhause, mein Kind. Sei eine Prinzessin und werde ein Teil der Geschichte, die du so liebst. Bekomme Babys, damit ich mein Urenkelkind in den Armen halten kann, bevor es für mich Zeit wird abzutreten."

Heather fühlte sich, als würde sie unter dem Gewicht der Argumente erstickt werden. Der Kombination aus Schuld und Traumerfüllung konnte sie kaum widerstehen. Sie konnte nur hoffen, dass Jamal stärker war als sie und sich weigerte, um ihre Hand anzuhalten.

„Ich will nicht heiraten", sagte sie matt, „und wenn ich es wollte, dann wäre es nicht jemand wie Jamal. Er ist mir viel zu sinnlich. Ich würde eine mentale und spirituelle Verbindung statt einer körperlichen wollen. Dem würde er nie zustimmen."

„Eine spirituelle Verbindung wird dir kaum helfen, schwanger zu werden“, konterte Fatima offen. „Das solltest du dir überlegen. Was Jamal und seinen Ruf mit Frauen angeht …“ Sie lächelte. „Du musst mir glauben, dass es von Vorteil ist, einen Mann zu haben, der erfahren im Bett ist.“

Heather rümpfte die Nase. Sie hatte nie verstanden, warum die Leute so viel Aufhebens von Sex machten. Es war eine biologische Funktion, wie Niesen. Wenn die Zeit kam, wollte sie über sich ergehen lassen, was immer nötig war, um ein Baby zu bekommen, aber ganz gewiss würde sie es nicht genießen.

Die Erinnerung an Jamals Kuss drängte sich ihr auf. Bis zu diesem Abend hatte sie die Vorstellung von sich berührenden Zungen stets als peinlich, wenn nicht gar abstoßend empfunden. Doch nun sehnte sie sich danach, es erneut zu erleben. War es mit Sex ebenso? Entging ihr der Sinn durch ihren Mangel an Erfahrung?

Fatima tätschelte ihr die Hand und stand auf. „Denk einfach darüber nach. Es muss nicht heute Abend beschlossen werden.“

Heather befand, dass es niemals beschlossen werden musste, aber sie behielt diese Ansicht für sich und wünschte der alten Frau höflich eine gute Nacht.

Dann war sie endlich allein. Sie kuschelte sich auf das Sofa und schloss die Augen. Mit einem verklärten Lächeln versank sie in die Erinnerung an den zauberhaften Kuss im Garten.

„Hast du es getan?“

Jamal klickte noch ein paar Tasten seines Computers an, blickte dann auf und sah Malik in der Tür zu seinem Büro lehnen. „Habe ich was getan?“

Malik zog die Augenbrauen hoch. „Unsere Wette. Hast du der Schreckschraube ein Lächeln entlockt? Denn geküsst hast du sie bestimmt nicht. Ich habe sogar schon die Stuten ausgesucht, die dein Hengst decken soll.“

Jamal versteifte sich ein wenig. Er konnte es selbst kaum glauben, aber was als ein Spaß begonnen hatte, war zu mehr geworden. Er hatte vergessen, dass es bei dem Kuss um eine Wette ging. Für ihn war Heather faszinierend, charmant und sehr geistreich. Er hatte sie geküsst, weil er es wollte, und es trotz ihrer mangelnden Erfahrung genossen.

Er öffnete den Mund, um sich als Sieger der Wette hervorzutun. Doch aus irgendeinem Grund, den er am allerwenigsten verstand, wollte er nicht, dass Malik davon erfuhr. Als ob der alberne Kuss etwas bedeutete! Schließlich sagte er: „Sie ist gar nicht schrecklich. Sie ist klug und hat viel Sinn für Humor."

„Redest du etwa von der bewussten Heather McKinley?" Er hielt eine Hand in Schulterhöhe hoch. „Etwa so groß, mit Brille, Knoten und hässlichen Kleidern?"

„Sie sind nicht hässlich. Ihr mangelt es an Sinn für Mode, aber sie hat Potenzial."

Malik wirkte nicht überzeugt. „Man müsste tief graben, um das zu entdecken. Ich gebe zu, dass niemand sie auffordern würde, sich eine Tüte über den Kopf zu ziehen, aber schön ist sie nicht."

„Dass ihre Attraktivität nicht sofort ins Auge sticht, bedeutet nicht, dass sie nicht vorhanden ist."

Malik stieß einen Fluch aus. „Du magst sie. Verdammt, Jamal, diese Frau ist eine Schreckschraube. Hat sie dir nicht mit gerümpfter Nase diesen durchdringenden Blick geschenkt, wie sie es zu tun pflegt?"

Jamal lächelte. „Doch. Es ist charmant."

„Sie hat dich verhext oder so. Fühlst du dich krank? Hast du dir den Kopf gestoßen? Du kannst mir doch nicht im Ernst erzählen, dass es dir nichts ausmacht, mit ihr zusammen zu sein?"

„Doch."

„Du warst mit den schönsten Frauen der Welt zusammen.

Willst du etwa behaupten, dass Heather McKinley ihnen das Wasser reichen kann?“

Zum Glück wurde Jamal einer Antwort enthoben, als sein Vater und seine Großmutter das Büro betraten.

„Ich gehe jetzt lieber, aber glaube nicht, dass dieses Thema beendet ist“, versprach Malik. „Ich will wissen, was in dich gefahren ist.“ Und damit schloss er die Tür hinter sich.

Der König und die Königmutter nahmen in den beiden Ledersesseln vor dem Schreibtisch Platz. Fatima sah wie immer wundervoll aus. An diesem Tag trug sie ein rotes Kleid, das ihre schlanke Gestalt betonte. Givon trug einen Anzug, wie gewöhnlich während des Arbeitstages. Abends oder an Wochenenden bevorzugte er die traditionelle Tracht von El Bahar, bestehend aus Hose und Hemd aus Baumwolle unter einer Robe.

„Was glaubt Malik denn, was in dich gefahren sein könnte?“, fragte Fatima.

„Nichts von Bedeutung.“

„Wir sind wegen Heather gekommen“, eröffnete der König auf seine übliche unverhohlene Art. „Es ist an der Zeit, dass du wieder heiratest, und sie ist die Braut, die ich für dich auserwählt habe.“

„Es spricht vieles für diese Verbindung“, warf Fatima ein und beugte sich zu Jamal vor. „Heather hat ein großes Interesse an der Geschichte von El Bahar. Sie liebt das Land und versteht die Sitten. Ihre Ausbildung in der Schweiz hat sie darauf vorbereitet, die sozialen Funktionen erfüllen zu können, die von ihr gefordert werden. Sie ist intelligent und gesund, und sie wünscht sich Kinder. Persönlicher gesehen, glaube ich, dass sie dich recht gern mag.“

„Sie kennt mich nicht gut genug, um mich zu mögen“, konterte Jamal. „Und darum geht es nicht. Heather ist, wie du gesagt hast, eine intelligente Frau. Sie ist nicht daran interessiert, zu diesem Zeitpunkt zu heiraten. Es sollte ihr freigestellt sein, sich ihren zukünftigen Ehemann auszusuchen. Lasst sie jemanden kennenlernen und sich verlieben."

„Wer sagt denn, dass sie sich nicht in dich verlieben wird?", wandte Fatima ein. „Du bist in mehr als nur einer Hinsicht ein Prinz."

Jamal lächelte seine Großmutter an, aber er antwortete nicht. Seiner Erfahrung nach wurden Prinzen nicht wegen ihrer Persönlichkeiten geliebt.

„Willst du mir etwa trotzen?", fragte König Givon.

„Vater, ich werde mich deinen Wünschen fügen. Ich weiß sehr wohl, dass es meine Pflicht ist, zu heiraten und Erben zu produzieren. Ich bitte dich nur, dir deine Wahl noch einmal zu überlegen. Ich habe gestern Abend etwas Zeit mit Heather verbracht und festgestellt, dass sie eine liebliche junge Frau ist. Ich würde es hassen, sie in einer Ehe gefesselt zu sehen, die sie nicht wünscht."

„Selbst wenn diese Ehe mit dir ist?"

Besonders dann, dachte Jamal, aber er sprach es nicht aus.

„Ich halte sie für die richtige Wahl", beharrte der König. Er beugte sich vor und legte die Hände auf den Schreibtisch. „Ich irre mich nicht in diesem Punkt."

„Du hast dich in Yasmin geirrt", konterte Jamal tonlos. „Du hast dich in Maliks Frau geirrt."

Finster blickte Fatima ihn an. „Du wirst nicht von Maliks Frau sprechen", sagte sie streng. „Was Yasmin angeht, da haben wir uns beide geirrt, aber zum Glück für dich und El Bahar ist sie fort."

In diesem Punkt stimmte Jamal ihr zu. Im Gegensatz zu Heather hatte Yasmin sich nichts mehr ersehnt, als mit einem Prinzen verheiratet zu sein. Sie hatte das Leben als Prinzessin sehr genossen. Nur ihn hatte sie nicht gemocht. Leider war er jung und dumm gewesen und hatte die Wahrheit zu spät erkannt. Er hatte den Fehler begangen, sich in seine oberflächliche Frau zu verlieben. Diesen Fehler wollte er nie wieder begehen.

„Tut es Heather nicht an“, bat er. „Sucht mir eine andere Frau, und ich werde bereitwillig heiraten.“

„Nein.“ König Givon erhob sich. „Sie ist diejenige. Die Hochzeit wird Ende des Monats stattfinden.“ Und damit stürmte er aus dem Raum.

Jamal wandte sich an seine Großmutter. „Kannst du nicht mit ihm reden?“

„Ich will es nicht. Heather ist die perfekte Wahl für dich.“ Sie lächelte. „Bitte sie um ihre Hand, Jamal. Ich glaube nicht, dass sie ablehnen wird.“

Drei Tage später gingen Jamal und Heather in dem Garten spazieren, in dem sie jenen ersten Kuss getauscht hatten. Seitdem hatte er sie wie seine Familie gemieden und vergeblich versucht, einen Ausweg zu finden. Doch an diesem Morgen hatte der König ihm einen funkelnden Diamantring gebracht. Die Bedeutung war unmissverständlich.

Er konnte sich den Wünschen seines Vaters nicht widersetzen. Er hatte ihm oft genug getrotzt, vor allem als Teenager, aber stets in kleinen Dingen, niemals in Angelegenheiten, die das Wohlergehen von El Bahar betrafen. Ein Prinz schuldete seinem Land Erben. Ein Sohn schuldete seinem Vater Gehorsam. Diese Regeln waren ihm in die Wiege gelegt worden. Er mochte viele Fehler haben, aber er kannte seine Pflicht.

„Hattest du vor zu reden, oder ist es ein stummer Spaziergang?“, fragte Heather nach einer Weile. „Ich möchte es nur wissen, weil ich die Grundregeln nicht verletzen will, wie immer sie auch aussehen mögen. Wenn ein Gespräch erlaubt ist, würde ich dir gern erzählen, was ich heute gefunden habe: Ein Bündel Liebesbriefe von einem General an seine Braut.“

Sie blieb stehen und blickte zu ihm auf. Ihre Augen funkelten vor Aufregung hinter den Brillengläsern. Das weite gelbe

Kleid schmeichelte weder ihrem Gesicht noch ihrem Körper, aber dennoch strahlte sie eine stille Attraktivität aus, die in ihm den Wunsch erweckte, sie in Spitze und Seide gehüllt zu sehen – oder vielleicht in gar nichts.

In gar nichts? Er fragte sich, woher dieser Gedanke gekommen war, und verdrängte ihn hastig. Er war nicht an ihr auf diese Weise interessiert.

„Sie sind so wundervoll, aber auch so traurig", fuhr sie fort. „Er schreibt von den Schrecken des Krieges, und dass er sie vermisst und wie sehr er sich danach sehnt, sie zu sehen, da sie nun ein Kind erwartet." Sie presste die Hände vor der Brust zusammen. „Das Schlimme daran ist, dass ich wahrscheinlich nie herausfinden werde, was aus ihm geworden ist. Das macht mich ganz traurig. Ist er nach Hause zurückgekehrt? Hat er den Krieg überlebt, um sie und sein Kind zu sehen? Ich finde, es müsste irgendeine Registratur über den Verbleib der militärischen Anführer geben. Eine Art Datenbank. Was meinst du dazu?"

Mondschein ließ ihre blasse Haut leuchten. Sie nagte an der Unterlippe, während sie auf seine Antwort wartete. Er hatte es genossen, sie zu küssen. Er hatte es genossen, mit ihr zu reden. Er wollte nicht, dass sich das änderte. „Ich meine, du solltest mich abweisen."

Heather seufzte und senkte die Hände. „Ach, Jamal. Ich hatte so sehr gehofft, dass es blinder Alarm war, da mich in den letzten Tagen alle in Ruhe gelassen haben."

„Ich fürchte nicht."

Sie berührte seinen Arm. „Dann frage mich nicht. Wenn du nicht fragst, brauche ich nicht zu antworten. Du kannst ihnen sagen, dass es nicht klappen würde, dass wir nicht zusammenpassen."

„Das habe ich bereits versucht." Er griff in seine Hosentasche und zog den Ring hervor. Der vierkarätige Diamant funkelte im Mondschein. Er nahm ihre Hand in seine. „Heather McKinley, hiermit bitte ich dich, mich zu heiraten. Meine Frau und Prinzessin dieses großartigen Landes zu werden. Mir Söhne und Töchter zu gebären." Er hielt inne. Die Rede, die er einstudiert hatte, war länger, aber er vergaß den Rest. Wahrscheinlich lag es daran, dass Heather zu weinen begann.

Sie wischte sich die Tränen von den Wangen. „Entschuldige. Ich weiß nicht, was ich sagen soll."

„Sag nein."

Sie begegnete seinem Blick. „Das kann ich nicht. Ich schulde ihnen zu viel."

„Und wie steht es damit, was du dir selbst schuldest?"

„Dasselbe könnte ich dich fragen. Ich hasse es, gehorsam zu sein."

„Ich auch."

Sie holte tief Luft. „Ja, Jamal, ich werde dich heiraten."

Er ignorierte seine Enttäuschung und steckte ihr den Ring an den Finger. Dann beugte er sich zu ihr und küsste ihre Wange.

Sie starrte auf den Diamanten. „Er ist riesig."

„Gefällt er dir?"

„Ich weiß nicht recht. Ich bin nie der Typ für Schmuck gewesen." Sie schenkte ihm ein unaufrichtiges Lächeln. „Danke."

Seltsamerweise fühlte er sich durch ihren Mangel an Enthusiasmus wesentlich besser. Vielleicht war alles gar nicht so schlimm. Er kannte Heather zwar nicht besonders gut, aber sie schien ganz anders als Yasmin zu sein. „Wir sollten über die Ehe reden. Wenn wir die Situation logisch angehen, müssten wir eigentlich eine gemeinsame Basis finden, sodass jeder von uns bekommt, was er will."

Heather blickte sich um und deutete dann zu einer kleinen Bank in einem Alkoven, der von Wein umrankt war. „Es dürfte allerdings schwierig sein zu bekommen, was wir wollen, wenn wir beide nicht verheiratet sein wollen."

„Wir sind beide einigermaßen intelligente Erwachsene. Wir werden schon zurechtkommen."

Sie setzte sich auf die Bank. „Ich muss dich warnen, Jamal. Ich bin mehr als einigermaßen intelligent, und ich werde recht ungehalten, wenn ich es mit dummen Menschen zu tun habe."

„Das werde ich mir merken."

„Ich wollte damit nicht andeuten, dass du dumm bist."

„So habe ich es auch nicht aufgefasst."

„Ich bin überzeugt, dass du recht klug bist. Für einen Mann."

Er setzte sich neben sie. „Solltest du nicht lieber das Thema wechseln, bevor du dir selbst eine Grube gräbst?"

Sie seufzte. „Das ist wahrscheinlich eine gute Idee. Also, was erwartest du von unserer Ehe?"

Er überlegte einen Moment. „Freundschaft."

„Das ist gut. In Ordnung. Freunde. Was noch?"

„Wir werden Kinder bekommen müssen, aber ich finde, wir sollten damit warten und uns erst besser kennenlernen."

Ihre Augen weiteten sich, und sie räusperte sich mehrmals. „Ja, das wäre klug. Zu warten, meine ich. Kinder belasten eine Beziehung. Jedenfalls habe ich das gehört."

Erleichtert stellte er fest, dass sie zumindest die Fähigkeit besaß, ihn zum Lachen zu bringen. Doch er verbarg seine Belustigung sorgfältig. Er wusste, dass sie es nicht verstanden hätte.

„Ich will weiterhin arbeiten", fuhr sie fort. „Ich liebe meine Aufgabe, und ich habe gerade erst angefangen. Du wirst dich mir gegenüber hoffentlich nicht wie ein Neandertaler benehmen und darauf bestehen, dass ich unsere Suite putze und so weiter, oder?"

„Dafür sind Dienstboten da. Du kannst deinen Tag verbringen, wie du willst. Allerdings wird es einige offizielle Funktionen geben, die deine Anwesenheit erfordern."

Sie presste sich eine Hand auf den Magen. „Sprich nicht davon. Das macht mich noch nervöser, als ich schon bin."

„Aber du solltest wissen, was dich erwartet. Mach dir keine Sorgen. Fatima und Dora werden dir helfen."

Sie nickte. „Ja, nun, darüber werde ich ein andermal nachdenken. Da ist noch etwas."

Als sie verlegen innehielt, drängte er: „Sprich weiter."

„Es wird dir nicht gefallen."

„Sag es trotzdem."

„Also gut. Es geht um deine Frauen. Ich würde es vorziehen, wenn du keine hättest."

Er wusste, worauf sie hinauswollte, aber er täuschte Ahnungslosigkeit vor. „Keine was?"

„Frauen. Geliebte. Mätressen. Wie immer du sie nennen willst. Du bist bekannt dafür, Jamal. Ich lasse mich nicht lächerlich machen."

„Ich verstehe. Du willst Exklusivität."

Ihre Wangen erglühten, aber sie wandte den Blick nicht ab. „Ich erwarte, dass du mich und unser Gelübde respektierst."

„Aber was ist mit meinen animalischen Trieben? Wirst du fähig sein, sie zu befriedigen?"

„Ich ... ich nehme es an. Vielleicht könntest du mir vorher schriftliche Instruktionen geben, damit ich weiß, was ich zu erwarten habe."

Er hüstelte, um ein Lachen zu verbergen. „Kein Problem. Ich könnte sie von meiner Sekretärin aufsetzen lassen."

„Wie wir bereits festgestellt haben, bin ich sehr klug. Ich bin überzeugt, dass ich sie mir so weit einprägen kann, um fähig zu sein, deine ... nun ... du weißt schon zu befriedigen. Und wenn mir der Akt auch nicht besonders zusagt, werde ich es einfach ertragen."

Ihre Worte trafen ihn wie Messerstiche. Sein Humor verflog, ebenso wie seine gute Laune und jede Hoffnung darauf, dass diese Ehe besser werden könnte als seine erste.

Ohne es zu wollen, erinnerte er sich an seine schöne, junge Exfrau, die sich ihm voller Abscheu verweigert und vorgeworfen hatte, wie ein Tier zu sein.

Er verdrängte die Erinnerung, aber die negativen Gefühle blieben. Er stand auf. „Ich werde dich nicht mehr belästigen, als unbedingt nötig ist", stieß er zwischen zusammengebissenen Zähnen hervor.

Heather runzelte die Stirn. „Jamal, was ist denn? Was habe ich gesagt?"

„Nichts als die Wahrheit. Komm, lass uns meinem Vater und meiner Großmutter die gute Neuigkeit überbringen."

„Also gut." Ihre Stimme klang besorgt, aber sie folgte ihm.

Er beeilte sich, denn er wollte es rasch hinter sich bringen. Sobald die Glückwünsche ausgesprochen waren, würde Heather von Fatima in den Harem entführt werden, wo sie bis zum Hochzeitstag bleiben musste. Bis dahin war es ihnen nicht gestattet, allein zu sein. Die Vorstellung, sie nicht sehen zu müssen, war eine Erleichterung für ihn.

4. KAPITEL

Verwundert musterte Heather sich im Spiegel. Sie war sich ebenso fremd wie Jamal, den sie zu heiraten im Begriff stand. Eine weiße Robe mit Schleppe verhüllte sie vom Kinn bis zu den Zehenspitzen. Ihre Haare waren nicht wie gewöhnlich zu einem Knoten verschlungen, sondern fielen ihr locker hinab bis zur Taille. Ihre Augen waren mit Kajal umrahmt und ihre Lippen leuchtend rot geschminkt. Dadurch wirkte ihr Gesicht attraktiv, aber auch fremdartig.

Sie hob eine Hand und betrachtete das zarte, verschlungene Muster aus Henna, das traditionell für eine Braut in El Bahar wie in vielen anderen Teilen der Welt war. Solange die Malerei nicht völlig verschwunden war, dauerten die Flitterwochen an, und die Braut durfte keine Haushaltspflichten versehen.

Als Prinzessin bedeutete es für Heather keinen Unterschied in ihrem alltäglichen Leben. Aber für gewöhnliche Frauen war der Verlust des Henna eine traurige Angelegenheit, und sie ließen sich alles Erdenkliche einfallen, um es lange zu erhalten.

„Du siehst wundervoll aus, Kind", stellte Fatima fest. „Wie fühlst du dich?"

„Als ob ich in die Geschichte eingehen würde", erwiderte Heather aufrichtig. Sie drehte sich zur Seite und musterte die Hochzeitsrobe im Spiegel. Vom Saum bis zur Taille waren goldene Abbilder auf den Stoff gestickt. Für jede Hochzeit wurde ein Bildnis hinzugefügt, das die Braut repräsentierte, die in die Familie Khan eintrat. „Ich weiß genug über die Sitten, um die Bedeutung der Robe und der Zeremonie zu begreifen. Ich fühle mich mit der Vergangenheit verbunden."

Sie wünschte nur, sich mit ihrem Mann mehr verbunden zu fühlen. Seit sie vor fast zwei Wochen eingewilligt hatte, ihn zu heiraten, lebte sie im Harem. Sie hatte keinen einzigen Augenblick allein mit Jamal verbracht, sondern ihn lediglich zweimal beim Dinner im Kreise der Familie gesehen.

Dora trat mit dem Schleier zu ihr. An einem goldenen Diadem waren mehrere Meter Tüll befestigt. „Ich hasse diese Robe“, verkündete Dora munter. „Ich musste meine Stiche nicht nur ungefähr fünfzehn Male wieder entfernen, sondern ich habe mich noch öfter gestochen.“ Sie lachte. „So viel zu meinem Geschick, was Sticken angeht. Trotzdem finde ich, dass es recht gut gelungen ist.“

Heather musterte das neue Bildnis an ihrer Hüfte, das die Ehrenmedaille von El Bahar darstellte – dieselbe Medaille, die ihrem Großvater Edmond für all seine Verdienste während des Zweiten Weltkriegs verliehen worden war.

Als vorangegangene Braut in der Familie war es Doras Pflicht, die Hochzeitsrobe zu besticken. Sie und Jamal hatten mehrere Muster erwogen und sich schließlich für die Medaille entschieden. Heather hatte als Betroffene nicht mitreden dürfen, doch kein anderes Bildnis hätte ihr mehr Freude bereitet.

„Es ist wundervoll“, murmelte sie und unterdrückte die Tränen, die durch die Erinnerung an ihren Großvater aufzusteigen und das Make-up zu ruinieren drohten.

Fatima erriet ihre Gedanken. „Edmond wäre heute so stolz auf dich. Er wollte immer, dass du dem Haus Khan beitrittst.“

„Ich weiß.“

Dora trat einen Schritt näher und musterte sie. „Du siehst wundervoll aus. Die perfekte Braut.“

„Danke“, sagte Heather, doch zu ihrer Betrübnis war sie nicht die perfekte Braut. Sie heiratete einen Mann, den sie kaum kannte und nicht liebte, weil sie nicht genügend Rückgrat besaß, um den zwei Menschen auf der Welt, die sie liebte, etwas abzuschlagen. Sie fühlte sich wie eine Betrügerin.

Verstohlen und mit einem Anflug von Neid musterte sie ihre zukünftige Schwägerin, die ihr den Kopfschmuck aufsetzte. Dora war eine selbstsichere, zufriedene Frau. Ihr Ehemann betete sie an, sie liebte ihre Arbeit, sie hatte ein gesundes Baby, und das zweite war unterwegs.

Die Tür zum Harem schwang auf. Die junge Zofe Rihana, die Heather seit Jahren kannte, trat mit einem Tablett ein. „Ich bringe Tee“, verkündete sie lächelnd. „Um die Braut zu beruhigen und auch Sie, Königin Fatima.“

Dankbar nahm Fatima eine Tasse entgegen und nippte daran. „Du rettest mir das Leben. All die Details, die in so kurzer Zeit erledigt werden müssen! Ich werde zu alt dafür.“

„Niemals“, widersprach Dora und griff ebenfalls zu einer Tasse Kräutertee. „Du beschämst uns alle mit deiner Energie.“

Heather lehnte ab, als Rihana ihr eine Tasse anbot. Ihre Hände zitterten so, dass sie befürchtete, ihr Gewand zu begießen.

„Sie müssen sehr glücklich sein, Jamal zu heiraten“, vermutete Rihana. „Er ist der hübscheste Prinz. Khalil sieht auch sehr gut aus, und Malik auch“, versicherte Rihana eifrig. Sie kicherte. „Aber Jamal … er bezaubert die Damen.“

„Ihm gilt ungewöhnlich viel weibliche Beachtung“, stimmte Fatima zu. „Aber das wird sich ändern, sobald er verheiratet ist.“ Sie tätschelte Heathers Arm. „Keine Sorge, mein Kind, er wird dir ein treuer und liebevoller Ehemann sein.“

Heather nickte ohne Überzeugung. Treu vermutlich schon. Jamal hatte ihr sein Wort gegeben, und sie zweifelte nicht daran. Aber liebevoll? Wie konnten sie einander lieben, wenn sie durch emotionale Erpressung zu dieser Ehe gezwungen wurden?

Fatima stellte ihre Tasse ab.

„Rihana, komm mit mir. Ich möchte noch einmal die Vorbereitungen für das Bankett überprüfen. Dora, du bleibst doch bei Heather, oder? Rede mit ihr über irgendetwas, das sie beruhigt.“

„Kein Problem. Geh nur. Heather und ich kommen schon zurecht.“

Als Fatima mit Rihana den Raum verlassen hatte, schüttelte Dora den Kopf. „Fatima ist eine Naturkraft. Ich hoffe, wie sie zu werden, wenn ich in ihr Alter komme. Eigentlich hätte ich nichts dagegen, jetzt schon wie sie zu sein."

„Mir geht es auch so. Aber ich tröste mich damit, dass sie viel mehr Übung hat."

Dora trat zu Heather und zupfte die Ärmel der Robe zurecht. „Zumindest wirst du die Zeremonie verstehen. Als ich Khalil geheiratet habe, war mir alles schleierhaft."

„Die Bedeutung jeden Wortes zu verstehen, ist nicht unbedingt gut", murmelte Heather unwillkürlich.

Dora musterte sie prüfend. „Du musst ihn nicht heiraten, wenn du nicht willst. Auch wenn ich damit riskiere, es mir mit meinen Schwiegerleuten zu verderben, würde ich dich bereitwillig zum Flughafen bringen."

Das freundliche Angebot trieb Heather Tränen in die Augen. Spontan umarmte sie Dora. „Danke", flüsterte sie. „Ich weiß es sehr zu schätzen."

„Aber du lehnst ab."

„Ich muss."

„Wie du meinst. Aber du sollst wissen, dass ich für dich da bin. Ich glaube, dass wir beide uns sehr gut verstehen werden."

„Das glaube ich auch."

Dora lächelte beruhigend. „Es wird nicht so schlimm werden. Eine Braut hat viele Vorteile in der Familie Khan. Einen wirst du heute Nacht feststellen."

Heather zwang sich, amüsiert dreinzublicken, während die Bemerkung in Wirklichkeit den Drang erweckte, die Flucht zu ergreifen. Bei der Vorstellung, mit Jamal intim werden zu müssen, drehte sich ihr förmlich der Magen um.

Bevor ihr etwas zu sagen einfiel, kehrte Fatima zurück und verkündete: „Es ist alles arrangiert. Bist du bereit?"

Die Zeremonie und das anschließende Bankett verliefen für Heather wie in Trance. Sicher verborgen von der Robe und dem

Schleier blieb sie eine stille Beobachterin.

Von der Braut wurde nichts weiter erwartet, als zu erscheinen und still zu sein. Als Studentin der Geschichte von El Bahar hatte sie sich darüber empört. Doch nun, als sehr nervöse, jungfräuliche Braut war sie begeistert von ihrer einfachen Rolle.

Jamal beugte sich zu ihr und flüsterte ihr ins Ohr: „Bist du bereit? Ich finde, wir sind lange genug hier."

Heather zögerte. Sie wollte nicht länger bleiben und von all den Leuten angestarrt werden, aber sie wollte auch nicht mit ihm allein sein. Widerstrebend nickte sie und ließ sich auf die Füße helfen.

Augenblicklich riefen die Gäste allerlei Kommentare. Khalils Stimme erhob sich über alle anderen. „Ihr könnt nicht mal eine Stunde warten? Pass auf, Heather, Jamal wird dich erschöpfen!"

Empört versuchte Dora, ihn zum Schweigen zu bringen, doch er fügte hinzu: „Ich weiß, wovon ich rede, weil es mir in unserer Hochzeitsnacht genauso ging."

Heathers Wangen glühten vor Verlegenheit, als sie hinaus auf den Korridor traten. „Wie fühlst du dich?", erkundigte Jamal sich.

Sie wusste nicht, was sie sagen sollte. Er bemühte sich, freundlich zu sein, aber sie war überwältigt von der Tatsache, dass er nun ihr Ehemann war. Nach dem Gesetz von El Bahar war sie praktisch sein Besitz. Sie versuchte zu lächeln und musste befürchten, dass es wie eine Grimasse wirkte.

Jamal bestätigte ihren Verdacht. „So schlimm?" Sanft legte er ihr eine Hand auf den Rücken und schob sie den Korridor entlang. „Wir gehen in meine Suite. Dort kannst du dich umziehen, und dann brechen wir auf in die Wüste. Wenn wir erst mal all diese Leute hinter uns gelassen haben, wirst du dich besser fühlen."

Sie schluckte schwer. „In die Wüste?"

„Genau. Wir verbringen die Nacht dort. Weißt du das nicht mehr?“

Sie wusste es sehr wohl, obwohl sie sich sehr bemüht hatte, es zu vergessen. Seit Jahrhunderten verbrachten die Mitglieder der königlichen Familie ihrer Hochzeitsnacht draußen in der Wüste. Sie wusste, dass irgendwo ein großes weißes Zelt aufgebaut worden war, gefüllt mit Teppichen und Kissen und einem großen Bett. Außerdem waren in Hülle und Fülle Speisen, Getränke, duftende Öle und unzählige andere Dinge vorhanden, um die Sinne zu erfreuen.

„Da sind wir“, verkündete Jamal und blieb vor einer geschnitzten Doppeltür stehen.

„Sind das deine Räume?“

„Von jetzt an sind es unsere Räume. Wenn wir morgen zurückkommen, werde ich deine Sachen aus dem Harem hierher bringen lassen.“

Nur mit Mühe gelang es ihr, einen Protest zu unterdrücken. Die Vorstellung, die Räume – und ein Bett – zu teilen, missfiel ihr gewaltig.

„Fatima hat mir erzählt, dass du Reitunterricht genommen hast“, verkündete er, während er sie in die Gemächer führte. „Fühlst du dich bereit zu reiten, oder möchtest du lieber einen Jeep nehmen?“

Eine naheliegende Frage, dachte sie, während sie sich in dem großen Wohnbereich mit dem wundervollen Blick auf das Arabische Meer umblickte. Flüchtig gewahrte sie bequeme Möbel und zahlreiche Kunstgegenstände, bevor sie erwiderte: „Ich habe viel geübt. Ich bin nicht bereit, einen wilden Hengst zu reiten, aber mit einem ruhigen Wallach komme ich zurecht.“

Jamal hob den Schleier vor ihrem Gesicht, entfernte das Diadem und legte es auf einen Stuhl. „Sag mir, dass du dich gut fühlst.“

Sie musterte ihn in seinen rituellen Kleidern. Seine Robe

war ebenfalls weiß, aber nicht dekoriert. Seine Kopfbedeckung ließ ihn gefährlich und wild aussehen, was nicht gerade zu ihrer Gemütsruhe beitrug. Seit sie in seinen Antrag eingewilligt hatte, war sie bemüht, die Realität zu verdrängen. Doch nun musste sie sich der Tatsache stellen, dass sie sich bald von diesem Mann ausziehen und anfassen und jene anderen Dinge mit sich tun lassen musste. „Alles ist wundervoll“, stieß sie zwischen zusammengebissenen Zähnen hervor.

Er lächelte. „Du bist keine gute Lügnerin, was eine positive Eigenschaft bei einer Gattin darstellt.“ Er deutete zu einer Tür. „Dort drinnen findest du deine Reitkleidung. Zieh dich um. Wir treffen uns in einer Viertelstunde im Stall.“

Sie betrat einen kleinen Ankleideraum. Ihre Reitkleidung und Stiefel standen bereit, ebenso wie eine Bürste und ein Haarband. Jamal hatte an alles gedacht. Er hatte sie sogar allein gelassen, damit sie sich sammeln konnte, was sehr nett von ihm war. Offensichtlich bemühte er sich, ihre Ängste zu verscheuchen, doch das war leider ein aussichtsloses Unterfangen.

Wie eine Märtyrerin, die sich dem Scheiterhaufen nähert, betrat Heather den Stall. Sie hielt den Kopf hoch erhoben, aber Jamal entging nicht, dass sie zitterte.

Er wollte ihr sagen, dass es gar nicht so viel zu befürchten gab. Doch er wusste nicht, wie er ihr auf schonende Weise beibringen sollte, dass er zwar durchaus beabsichtigte, intim mit ihr zu werden, es aber nicht in dieser Nacht geschehen musste. Offensichtlich war sie völlig unerfahren. Er fand sie reizvoll genug, um mit ihr schlafen zu wollen, aber es gab keinen Grund zur Eile. Sie waren schließlich verheiratet und hatten den Rest ihres Lebens Zeit für einander.

Eingehend musterte er sie. Bisher hatte er sie nur in ihren unförmigen Kleidern gesehen. Nun war er angenehm überrascht über die kurvenreiche Gestalt, die in der taillierten Bluse und der Reithose zum Vorschein kam.

Sie besaß die vollen Brüste und gerundeten Hüften einer Frau, die dazu geboren war, einen Mann zu erfreuen. Ihre Taille war schmal und ihre Beine waren lang. Zum ersten Mal sah er sie geschminkt. Ihre Augen wirkten größer, trotz der Brille, und leuchtender Lippenstift betonte ihren Mund.

Bisher hatte er Heather als angenehm, intelligent und witzig empfunden, doch nun erschien sie ihn zum ersten Mal sexy. Er stellte sich ihren Körper nackt vor, und das Bild erfreute ihn.

„Wie steht es?“, fragte er.

„Ich bin bereit“, erwiderte sie tonlos.

„Bringen wir es hinter uns?“, neckte er.

Sie erblasste und wich einen Schritt zurück. „Hier? Im Stall?“ Hektisch blickte sie sich um – entweder auf der Suche nach einem Ausweg oder um sich zu vergewissern, ob sie allein waren.

„Beruhige dich. So habe ich es nicht gemeint.“

Er bedeutete dem Stallburschen, ihre Pferde zu bringen. Nachdem sie aufgesessen waren, ritt er voraus aus dem Stall.

Ein Dutzend Soldaten im Sattel erwartete sie. Die Männer waren bewaffnet wie für eine Schlacht. Als Jamal und Heather sich näherten, machten sie Platz und nahmen sie in ihre Mitte.

„Hast du etwa geglaubt, dass ich fliehen würde?“, fragte Heather verwundert.

„Eigentlich nicht. Die Tradition verlangt, dass wir die Nacht in der Wüste verbringen. Aber wir sind Angehörige der Königsfamilie. Daher kann ein bisschen Schutz nicht schaden.“

Er gab den Männern einen Befehl und lockerte die Zügel. Der große schwarze Hengst verfiel sofort in einen gemäßigten Trab. Heather hielt mit ihm Schritt, und die Soldaten schwärmten um sie aus. Die Abendluft war noch immer drückend heiß.

„Kannst du reiten und reden?“, erkundigte sich Jamal. „Oder musst du dich konzentrieren?“

„Ich bin eine Frau!“, rief sie. „Ich bin dazu geboren, mehrere Dinge gleichzeitig zu bewältigen.“

Er grinste. „Wir werden an deinen Vorurteilen arbeiten müssen. Es ist eine Unsitte, ein ganzes Geschlecht zu hassen.“

„Ich hasse euch Männer nicht“, konterte sie. „Ich bin nur der Meinung, dass ihr euch überschätzt. Männer haben Jahrhunderte lang über die Frauen und die Welt kraft ihres Geschlechts regiert.“

„Rahm steigt immer nach oben.“

„Es geht dabei nicht um Qualitäten. Es geht darum, durch körperliche und mentale Einschüchterung zu regieren. Wir alle haben Stärken und Schwächen. Der Unterschied besteht darin, dass die meisten Frauen bereit sind, über beides zu reden, während die meisten Männer nur über ihre Stärken sprechen wollen.“

„Das liegt daran, dass wir keine Schwächen haben. Wir sind perfekt.“

Sie verdrehte die Augen. „Wenn ihr perfekt seid, wieso hat dein Geschlecht dann noch keinen Weg gefunden, selbst Kinder zu kriegen? Dann könntet ihr euch vom schwächeren Geschlecht befreien.“

„Du solltest nicht so negative Dinge über dich selbst sagen. Ich halte dich nicht für schwach – oder für unintelligent.“

„Du hast meine Frage nicht beantwortet.“

„Warum sollten Männer ohne Frauen auskommen wollen? Wir beten Frauen an.“

„Weil wir euch dienen“, murrte sie.

„Nein. Weil ihr uns ergänzt. Frauen sind unsere anderen Hälften. Männer brauchen Frauen.“

Erstaunt blickte sie ihn an. „Ich hätte nicht gedacht, dass du jemanden brauchst.“

Statt einer Antwort deutete er zu dem Lager, das vor ihnen in einem Tal lag. „Reiten wir um die Wette?“

„Nur wenn du mir einen Vorsprung lässt. Du reitest besser und hast das schnellere Pferd."

„Wie viel Vorsprung?"

Sie lachte. „Warum wartest du nicht hier, bis ich das Zelt erreiche? Dann kannst du nachkommen."

Bevor er auf die Herausforderung eingehen konnte, trieb sie ihr Pferd zum Galopp an. Sie beugte sich vor und schlang die Arme um den Hals des Tieres. Ihre Bluse blähte sich, und ihr Zopf wehte wie eine Flagge hinter ihr her.

Einige Sekunden lang beobachtete Jamal sie. Dann ließ er seinem Hengst die Zügel schießen und folgte ihr. Etwa auf halbem Wege holte er sie ein, und gemeinsam ritten sie ins Lager.

Heather lachte, als sie aus dem Sattel stieg. „Das war großartig. Ich habe geübt, aber nur in der Koppel. Ich war nicht mehr in der Wüste, seit ich zwölf oder dreizehn war. Ich hatte vergessen, wie viel Spaß es macht."

Fackeln erhellten das Lager. Ihr flackernder Schein enthüllte die Farbe auf Heathers Wangen und das begeisterte Funkeln in ihren Augen. Es freute ihn, dass ihre Nervosität vergessen war und sie sich entspannt hatte. „Ich reite fast jeden Morgen aus. Du darfst mich gern begleiten, wann immer du möchtest."

Sie lächelte ihn an. „Das wäre sehr schön."

5. KAPITEL

Gobelins zierten die Zeltwände und dicke Teppiche lagen auf dem Boden. Ein großes Bett stand auf einer Empore, unzählige Kissen waren vorhanden, und auf niedrigen Tischen standen köstliche Speisen und eine geöffnete Flasche Champagner. Rosenblätter waren über den gesamten Raum verstreut. Die Atmosphäre wirkte romantisch und intim.

Heather war am Eingang stehen geblieben und rührte sich nicht. Jamal ging um sie herum und stellte fest, dass ihre gute Laune verflogen war. Die Farbe war aus ihrem Gesicht gewichen, und sie zitterte wieder.

„Ist alles in Ordnung?“, erkundigte er sich.

Sie schüttelte den Kopf. „Ich glaube, ich muss mich übergeben.“

„Das sind die Worte, die jeder Bräutigam zu hören hofft.“

Sie schlug sich eine Hand vor den Mund und stöhnte. „Es tut mir leid. Ich kann es nicht fassen, dass ich das gesagt habe. Es ist furchtbar.“

„Schon gut.“ Er ging zu dem niedrigen Tisch neben dem Bett, füllte ein Sektglas und hielt es ihr hin. Als sie den Kopf schüttelte, leerte er es in einem Zug.

Großartig, dachte Heather. Sie war gerade mal drei Stunden verheiratet, und schon trieb sie ihren Mann in den Alkohol. Sie verschränkte die Finger und versuchte zu ignorieren, wie sehr das große Bett den Raum beherrschte. Sie holte tief Luft und presste sich die Hände auf den Magen. „Wir müssen reden. Über etwas Belangloses. Damit ich mich entspannen kann.“

Jamal schenkte sich noch ein Glas Champagner ein. „Du musst nichts tun, was du nicht tun willst. Ich werde dich nicht überfallen.“

„Oh.“ Sie wollte ihm glauben, vermochte es aber nicht. Ihrer begrenzten Erfahrung nach wollten Männer nur das eine. Sie kannte zu viele Frauen, die zu ungewolltem Sex gezwungen wurden.

Er setzte sich auf die Bettkante. „Also gut. Belanglose Unterhaltung. Welche Aktivitäten einer Prinzessin hast du abgesehen vom Reiten noch geübt, während du im Harem warst?"

Sie dachte an die schlüpfrigen Bücher, die Fatima ihr auf den Nachttisch gelegt hatte. Sie hatte keines davon gelesen, sich aber einige Bilder angeschaut und als abstoßend und teilweise beängstigend empfunden. „Ich habe nichts anderes geübt. Hör mal, wir müssen darüber reden."

„Worüber?"

Sie deutete zu dem Bett, auf dem er saß. „Darüber. Ich kann es nicht tun. Ich kann nicht mit einem Fremden Sex haben."

„Ich habe dir doch gesagt, dass es nicht erwartet wird."

„Gut, denn ich möchte dich wirklich erst besser kennenlernen." Ungefähr fünf Jahre lang, fügte sie im Geist hinzu.

„In Ordnung. Heather, ich bin nicht daran interessiert, dir Angst zu machen. Es wird nicht so schrecklich, wie du glaubst."

„Ich weiß dein Vertrauen in mich zu schätzen, aber es ist unangebracht." Sie beschloss, die absolute Wahrheit zu sagen, denn als ihr Ehemann hatte er es verdient. „Ich beabsichtige nicht, Sex zu genießen. Ich meine, ich habe nie den Sinn darin verstanden. Für mich ist die Ehe eher eine spirituelle und mentale Union zwischen zwei Menschen."

Jamal starrte sie an, ohne ein Wort zu sagen. Seine Miene wurde ein wenig strenger, aber sie hegte die Hoffnung, dass er Verständnis aufbrachte.

Sie schluckte und fuhr fort: „Ich bin der Meinung, dass körperliche Leidenschaft überschätzt wird. Vor ein paar Jahren lief dieser Film im Kabelfernsehen, der nach dem wundervollen Buch *Stolz und Vorurteil* gedreht wurde. Der Held, Mr.

Darcy, ist ein wundervoller, perfekter Ehemann. Er respektiert die Heldin wirklich. Er ist gut erzogen und sehr beherrscht und verkörpert alles, was ich mir je von einem Mann gewünscht habe."

„Du bist in den Helden aus einem Buch verliebt?", hakte er lautstark nach.

„Nein, natürlich nicht. Aber er ist anders als andere Männer."

„Das könnte daran liegen, dass er nicht real ist."

Sie schüttelte den Kopf. „Du verstehst nicht, worauf ich hinauswill."

„Dann kläre mich bitte auf."

„Ich habe durchaus die Absicht, deine animalischen Triebe zu respektieren", versicherte sie ihm. „Aber ich hoffe, dass wir schließlich darüber hinauswachsen und zu einer höheren Ebene der Ehe finden."

Langsam stand Jamal auf. Behutsam stellte er das Sektglas auf den Tisch. Dann riss er mit einer heftigen Bewegung die oberste Decke vom Bett.

„Keine Sorge, mein braves Weib", murrte er, während er sich zu ihr umdrehte. „Ich verspreche, dich nicht durch meine animalischen Triebe oder andere Teile von mir zu beleidigen. Ich werde heute Nacht auf dem Fußboden schlafen und nach unserer Rückkehr in den Palast streng darauf achten, dir nicht in die Quere zu kommen."

Vergeblich suchte Heather zu ergründen, was zwischen ihr und Jamal schief gelaufen war. Offensichtlich hatte sie ihn verärgert durch ihre Hoffnung, zu einer höheren Ebene der Beziehung zu finden. Vielleicht hatte sie nicht deutlich genug zum Ausdruck gebracht, dass sie es nicht sofort wünschte. Sie war durchaus bereit, ihre ehelichen Pflichten so lange zu erfüllen, wie er es für nötig hielt. Sie war überzeugt, dass er nach höchstens zwei

Jahren von sich aus darauf verzichten würde.

Sie seufzte, als sie sich an den wortlosen Ritt zurück in den Palast erinnerte. In seiner Suite angekommen, hatte er sie in das Gästezimmer geführt und gesagt: „Hier wirst du dich wohler fühlen." Und dann war er gegangen.

Nun stand sie mitten in diesem Raum und blickte sich um. Das Bett war groß, aber dennoch viel schmaler als das Ehebett im Hauptschlafzimmer. Es war kein Balkon vorhanden, aber die Fenster blickten hinaus auf die Gärten, und das Badezimmer war luxuriös ausgestattet.

Es hatte nicht lange gedauert, ihre Sachen in die Suite zu bringen. Sie besaß nicht viel und musste ihre Garderobe einer Prinzessin entsprechend erweitern. Das bedeutete eine Reise nach Paris und London, doch die Aussicht behagte ihr gar nicht. Sie besaß nicht viel Sinn für Mode und hatte gehofft, dass Jamal mitkommen und sie beraten würde. Schließlich hatte er mit zahlreichen elegant gekleideten Frauen verkehrt. Doch nun bezweifelte sie, dass er bereit war, sie irgendwohin zu begleiten.

Sie spazierte in das Wohnzimmer und musterte das lindgrüne Sofa, die Clubsessel und den niedrigen Couchtisch. An den Wänden hingen farbenfrohe Gemälde. Eine breite Terrassentür führte hinaus auf den Balkon, der einen wundervollen Ausblick auf das Meer bot.

Das war also ihr neues Zuhause. Hierher sollte sie nach der Arbeit an den historischen Texten zurückkehren. Innerhalb dieser Wände würde sie alt werden – ignoriert und verachtet von ihrem Ehemann, der es bereits hasste, mit ihr verheiratet zu sein. Sie hatte nicht erwartet, die wahre Liebe zu finden, aber sie hatte sich zumindest Freundschaft erhofft.

Alles war schief gelaufen. Vermutlich deshalb, weil sie alles falsch gemacht hatte. Was nützte es, intelligent und gebildet zu sein, wenn sie ihr Privatleben derart verpfuschte? Sie kam sich sehr töricht vor. Nach vierundzwanzig Stunden bereute ihr Mann bereits die Heirat, und ihr erging es nicht anders.

Sie atmete tief durch und erkannte, dass sie sich von diesen trübsinnigen Gedanken ablenken musste. Vielleicht sollte sie mit Dora reden, die eine vernünftige Frau war und ihr die Freundschaft angeboten hatte.

Kurz entschlossen eilte Heather aus der Suite. Trotz der sengenden Hitze draußen war es kühl in den Korridoren des Palastes. Mühelos bewegte sie sich durch das Labyrinth an Fluren. Als Kind hatte es ihr großes Vergnügen bereitet, das alte Gebäude zu erforschen und an jeder Ecke etwas Wundervolles zu entdecken – eine kleine Grotte in der Wand, einen Springbrunnen, ein Mosaik, das eine Geschichte erzählte. Die Säulen und Torbögen waren ihr stets exotisch und doch vertraut erschienen. Sie hatte sich danach gesehnt, hierher zu gehören. Nun tat sie es, doch nicht in der erhofften Weise.

Als Ministerin in der Regierung von El Bahar besaß Dora eigene Geschäftsräume im Büroflügel des Palastes. Heather folgte der Beschilderung und erreichte das Foyer. Das Empfangspult war nicht besetzt. Sie zögerte. Sollte sie warten, bis jemand kam, um sie anzumelden, oder durfte sie einfach eintreten?

Die Tür zu Doras Büro stand einen Spalt breit offen. Kurz entschlossen klopfte Heather leise an und trat ein. Sie öffnete den Mund, um zu sprechen, und erstarrte, als sie zwei Personen beim Fenster erblickte. Ihr stockte der Atem.

Dora und Khalil standen eng umschlungen da. Er hatte eine Hand unter ihren Rock geschoben und den anderen Arm um ihre Taille geschlungen. „Ich will dich", murmelte er. „Ich brauche dich."

„Aber du hattest mich doch letzte Nacht", wandte Dora neckend ein.

„Und ich werde dich heute Nacht und morgen Nacht und bis ans Ende unserer Tage brauchen."

Dora lachte sanft und berührte seine Wange. „Ich liebe dich."

„Und ich liebe dich", murmelte er, und dann küssten sie sich.

Leise verließ Heather den Raum und schloss die Tür hinter sich. Ihr Gesicht glühte, und ihre Brust war wie zugeschnürt.

Das war also romantische Liebe und Leidenschaft. Sie hatte es nie zuvor gesehen. Nicht im wirklichen Leben, und in den Filmen wirkte es irgendwie anders. Sie hatte nicht geahnt, dass es so wundervoll, so verlockend sein konnte.

War es das, was Jamal von ihr wollte? Diese Verbundenheit, diese Art von Intimität? Sie hatte geglaubt, dass sie eine körperliche Beziehung als abstoßend empfinden und sich benutzt fühlen würde. Doch was sie soeben zwischen Dora und Khalil beobachtet hatte, erschien ihr sehr reizvoll und hatte nichts mit ihren Erfahrungen mit den beiden grabschenden Jungen im College zu tun.

Aber wie sollte sie diese Erkenntnis mit Jamal teilen? Mit ihm darüber zu reden, erschien ihr allzu demütigend.

Doch vielleicht war es gar nicht nötig. Wenn sie ihm ein wenig Zeit ließ, ergab es sich womöglich von selbst.

Zehn Tage später musste Heather einsehen, dass sie sich falsche Hoffnungen gemacht hatte. Nichts hatte sich von selbst ergeben. Im Gegenteil. Jamal verhielt sich ihr gegenüber kühler und abweisender denn je.

Schweigend gingen sie nach dem Dinner durch die Korridore zu ihrer Suite. Im Allgemeinen fand die Abendmahlzeit zweimal pro Woche im Kreise der Familie statt. Früher hatte Heather diese Zusammenkünfte stets genossen, doch seit der Hochzeit fühlte sie sich ausgeschlossen, denn Jamal schien ihren Anblick kaum zu ertragen.

Als sie die Suite betraten, wünschte er ihr knapp eine gute

Nacht und ging geradewegs zu seinem Schlafzimmer.

Heather nahm all ihren Mut beisammen. „Jamal, warte."

Ihr Ehemann, der immer noch ein Fremder für sie war, drehte sich zu ihr um. Seine dunklen Augen blickten ausdruckslos. Er nahm die Krawatte ab und knöpfte sein Hemd auf. Es übte eine seltsame Wirkung auf sie aus. Sie verspürte ein Flattern im Inneren, und eine Woge der Hitze stieg in ihr auf.

Erwartungsvoll blickte er sie an. Sie räusperte sich, und dann sprudelte sie hervor, was ihr als Erstes in den Sinn kam. „Warum verhält Malik sich so seltsam mir gegenüber?"

Zum ersten Mal seit Tagen entspannte sich Jamals Miene. Es zuckte um seine Mundwinkel. Mit einem Achselzucken lehnte er sich an das Sofa. „Du machst ihm Angst. Er meint, dass du alle Männer hasst und das Schlimmste von ihm denkst."

„Aber das ist nicht wahr. Ich respektiere ihn sehr. Er wird ein ausgezeichneter König sein. Ich finde ihn eher ein bisschen einschüchternd."

Jamal lächelte. Der Anblick ließ ihre Knie weich werden. Erst in diesem Moment wurde ihr bewusst, wie sehr sie ihn mochte, wie gern sie sich mit ihm unterhielt und wie sehr sie ihn in den vergangenen zehn Tagen vermisst hatte.

„Er glaubt, dass du ihn für einen Wurm hältst", erklärte er. „Ich nehme an, dass er deine Befangenheit für Überheblichkeit hält."

„Der zukünftige König von El Bahar glaubt, dass ich ihn für einen Wurm halte?", hakte sie fassungslos nach. „Außerdem bin ich nie überheblich. Ich könnte es gar nicht sein."

„Keine Sorge. Er wird sich schon mit dir vertragen."

„Und wirst du dich auch mit mir vertragen? Du hast einmal gesagt, dass du dir Freundschaft zwischen uns wünschst. Mir ist auch daran gelegen, aber wir sind keine Freunde. Kann ich etwas tun, um das zu ändern?"

Die Belustigung verschwand von seinem Gesicht. Er wurde

wieder der abweisende Fremde, als der er sich ihr in letzter Zeit so oft präsentierte. „Ich bemühe mich nach Kräften, deinen Wunsch nach einer mentalen und spirituellen Union zu respektieren und meine animalischen Triebe unter Kontrolle zu halten“, sagte er tonlos. „Ich würde dein Zartgefühl nicht verletzen wollen.“

„Mein Zartgefühl ist nicht so zart, wie du glaubst“, murmelte sie.

„Im Gegenteil. Mit deinen sehr ausgeprägten Vorstellungen von einem perfekten Ehemann kann ich nicht mithalten.“

Sie trat einen Schritt auf ihn zu. „Ich glaube, ich bin in meinen Ansprüchen zu weit gegangen. Ich meinte nicht, dass wir nur eine mentale und spirituelle Verbindung haben sollten.“

„Du hast gesagt, dass wir über die körperliche Ebene hinauswachsen sollten.“

„Okay, aber so wörtlich habe ich es nicht gemeint.“ Wie sollte sie ihm erklären, dass sich ihre Einstellung zur körperlichen Liebe geändert hatte, seit sie Dora und Khalil zusammen gesehen hatte? „Ich habe eigentlich nichts gegen diese animalischen Triebe.“

Er bedachte sie mit einem spöttischen Blick. „Wie großzügig von dir, meine Liebe. Aber ich bin nicht interessiert an einer Frau, die nur ihre Pflicht erfüllt.“

„Das verstehe ich nicht. Ich dachte, es geht nur darum, dass ich meine Pflicht erfüllen soll. Worum geht es denn sonst?“

Lange Zeit musterte er sie wortlos. „Eine gute Frage“, erwiderte er, bevor er auf dem Absatz kehrtmachte und sie stehen ließ.

6. KAPITEL

„Du hast ihm was gesagt?", hakte Dora verblüfft nach. Fatima war mit der Teetasse in der Hand erstarrt. Nun stellte sie das zarte Porzellan auf den Tisch und starrte Heather an. „Du hast ihm tatsächlich gesagt, dass du hoffst, ihr beide würdet das Verlangen nach animalischer Leidenschaft überwinden? Dann hast du angeboten, deine Pflicht zu tun?" Sie tauschte einen bedeutungsvollen Blick mit Dora.

Heather fühlte sich klein und sehr töricht. Sie sank auf dem Sofa in sich zusammen und starrte auf ihren unberührten Keksteller. „Ich habe euch doch gesagt, dass ich nicht heiraten wollte, und das ist einer der Gründe. Ich bin nicht gut im Umgang mit Männern. Ich verstehe sie nicht und sage immer das Falsche. In einigen Punkten bin ich recht klug, aber was Beziehungen angeht, bin ich eine Niete. Er muss sich ja gar nicht hoffnungslos in mich verlieben, aber es wäre schön, wenn er zumindest ein paar Stunden im selben Raum mit mir bleiben könnte."

„Du hast sein Ego verletzt", sinnierte Dora, „aber Männer haben sich schon von Schlimmerem erholt."

„Aber er hasst mich. Zumindest bin ich ihm völlig gleichgültig", wandte Heather ein. „Gestern Abend habe ich alles nur noch schlimmer gemacht. Dabei weiß ich nicht mal, was ich falsch mache."

„Das Angebot, deine Pflicht zu erfüllen, war ein Anfang, Kind." Fatimas weise Augen schienen ihr bis in die Seele zu blicken. „Du hast die Bücher nicht gelesen, die ich dir gegeben habe, oder?"

Heather zog den Kopf ein. „Nicht richtig. Ich meine, ich habe darin geblättert, aber die Bilder … Tun Leute wirklich solche Sachen?"

Sanft berührte Dora sie am Arm. „Du musst versuchen, dich

mit der Vorstellung anzufreunden, mit deinem Mann zu schlafen. Meinst du, du schaffst es?"

Heather erinnerte sich an die leidenschaftliche Umarmung zwischen Dora und Khalil, die in ihr die Sehnsucht nach einer ebensolchen Beziehung erweckt hatte. „Ich bin nicht prüde. Ich bin nur unwissend und habe Angst." Sie seufzte. „Außerdem kann ich mit den Frauen nicht mithalten, mit denen Jamal verkehrt. Sie sind alle Models oder Schauspielerinnen oder Töchter aus reichen Familien. Sie kleiden sich perfekt und wissen genau, wie sie sich in welcher Situation benehmen müssen und triefen förmlich vor Sinnlichkeit." Sie blickte hinab auf das hellblaue Kleid. „Ich dagegen bin ein Kobold."

„Das ist nicht wahr. Du bist eine schöne Knospe, die noch nicht erblüht ist. Dir fehlt nur eine kleine Verwandlung. Ich weiß, wovon ich rede. Make-up und die richtige Kleidung können wahre Wunder vollbringen."

Heather wagte nicht zu widersprechen, aber sie bezweifelte, dass Dora wusste, wovon sie sprach. Sie war ebenso elegant gekleidet wie Fatima und hatte sich bestimmt noch nie im Leben hässlich gefühlt. „Ich brauche mehr als das. Ich möchte ein anderer Mensch sein. Eine selbstbewusste, charmante Frau, die ihren Ehemann zu faszinieren versteht."

Dora seufzte. „Das ist allerdings ein schwieriges Unterfangen."

„Aber kein unmögliches", entgegnete Fatima nachdenklich. „Ich wüsste genau die richtige Person für dich."

„Wen denn?"

Fatima lächelte. „Nicht die Ehefrau. Die ist sowieso nie interessant. Nein, du musst dich verändern und Jamals Mätresse werden."

„Seine Mätresse?", hakte Heather schockiert nach.

„Sei nicht so schockiert. Männer halten sich seit ewigen Zeiten Mätressen."

„Darum geht es nicht. Ich kann nicht mal eine Ehefrau sein. Wie kommst du auf die Idee, dass ich eine Mätresse sein könnte?"

„Es ist alles eine Frage des Trainings und des Selbstbewusstseins."

„Dass es mir daran mangelt, haben wir bereits festgestellt." Heather seufzte. „Es ist alles so sinnlos. Jamal wird mich nie beachten, wir werden eine furchtbare Ehe führen, nie Kinder kriegen und …"

„Höre auf damit", unterbrach Fatima. „Hör dir lieber an, was ich zu sagen habe."

Dora lachte. „Es klingt zwar verrückt, aber was hast du schon zu verlieren?"

„Das stimmt." Heather wandte sich an Fatima. „Also, was wolltest du sagen?"

Fatima lächelte gedankenverloren. „Als ich geheiratet habe, war der Harem nicht so wie heute, sondern voll von wunderschönen, exotischen Frauen aus der ganzen Welt. Unsere Ehe wurde arrangiert, weil ich aus dem benachbarten Königreich stamme. Ich war nicht exotisch und nicht schön."

„Aber du bist so wundervoll", widersprach Heather.

„Danke für das Kompliment. Aber damals wusste ich nicht, wie ich mich kleiden sollte, um meine Vorzüge hervorzuheben. Ich war unschuldig und relativ ungebildet in weltlichen Dingen. Aber ich betete meinen Ehemann an und war entschlossen, ihn für mich zu gewinnen. Zu diesem Zweck beschloss ich, die exotischste und charmanteste Frau im Harem zu werden."

Sie hob ihre Tasse und nahm einen kleinen Schluck. „Ich studierte die alten Künste des Harems. Ich konnte mich innerlich nicht verändern, aber ich konnte eine geheimnisvolle Aura um mich schaffen. Ich ließ eine Freundin meinem Mann von einer faszinierenden Frau erzählen, die vielleicht für den Harem zur Verfügung stünde. Als diese Frau verkleidet traf ich ihn und verführte ihn. Mit der Zeit verfiel er mir. Nachdem ich sein Herz gewonnen hatte, enthüllte ich meine wahre Identität. Er war so fasziniert, dass er all die anderen Frauen im Harem fortschickte."

Heather traute ihren Ohren kaum. „Dein Leben ist wie eine alte Sage. Wundervoll. Und du warst glücklich?"

„Ja. Bis zu seinem letzten Atemzug liebten wir nur uns." Fatima seufzte. „Das wünsche ich mir auch für dich, Heather. Ich hatte gehofft, dass du dieses Glück bei Jamal finden würdest."

„Und du meinst, ich sollte das Gleiche tun wie du?"

Begeistert klatschte Dora in die Hände. „Das ist eine brillante Idee. Wenn du eine andere Person spielst, kannst du Selbstvertrauen und Sinnlichkeit und all die Dinge vortäuschen, denen es dir deiner Meinung nach mangelt. „

„Es ist eine großartige Theorie", räumte Heather ein. „Aber ich bin nicht sicher, ob es in der Realität funktioniert."

„Die Details müssen allerdings erst erarbeitet werden", gab Fatima nachdenklich zu. „Zu meiner Zeit waren die Dinge einfacher."

Dora ging zu einem Schreibtisch im Foyer und kehrte mit einem großen Block und einem Kugelschreiber zurück. „Also gut, ich bin die Schriftführerin. Wo fangen wir an?"

Fatima schürzte die Lippen und musterte Heather. „Steh auf, Kind, und geh zu Terrassentür."

Äußerst verlegen tat sie, wie geheißen. Der Harem lag im rückwärtigen Teil des Palastes, und breite Glastüren führten in einen Garten. Sie versuchte, sich durch den vertrauten Anblick zu beruhigen, doch es half nicht. Ihre Wangen glühten, als sie umkehrte und zum Sofa zurückkehrte.

Fatima schüttelte den Kopf. „Diese Kleider müssen verschwinden. Die gedeckten Farben und der unförmige Schnitt schmeicheln dir überhaupt nicht."

Heather befingerte den dicken Baumwollstoff. „Sie sind aber sehr angenehm zu tragen."

„Wer schön sein will, muss leiden", konterte Fatima. „Es erfordert Zeit und Hingabe." Sie neigte den Kopf. „Hast du überhaupt eine Figur darunter?"

„Sicher. Ich habe Größe achtunddreißig oder vierzig. Ich bin oben herum etwas stärker als unten herum."

Dora stöhnte. „Das Glück möchte ich auch haben."

„Warum kleidest du dich dann wie eine Spinatwachtel?", schalt Fatima. „Warum schmeichelt du nicht zumindest deiner Figur?"

Unbehaglich rutschte Heather auf dem Sofa umher. „Ich weiß es nicht. Ich sehe mir all die hübschen Sachen in Zeitschriften an, aber ich weiß einfach nicht, was mir steht."

„Kleider", murmelte Dora und schrieb es auf den Block.

„Um ihre normale Garderobe kümmern wir uns später", meinte Fatima. „Jetzt ist erst mal Mätressenmode angesagt."

Heather wagte nicht zu fragen, wie diese Mode aussehen sollte. „Aber wie wollen wir verhindern, dass Jamal mich erkennt?" Sie schob sich die Brille hoch. „Ich glaube nicht, dass er sich so leicht an der Nase herumführen lässt."

„Wir fangen mit Kontaktlinsen an", sagte Dora.

„Ich soll mir diese kleinen Plastikdinger in die Augen stecken? Bist du verrückt?"

„Unbedingt. Notiere es. Ich kenne einen guten Optiker in der Stadt." Fatima neigte den Kopf. „Ihre Augen sind jetzt braun. Grün würde sehr gut zu ihrem Teint passen."

„Ich vertrage keine Kontaktlinsen", protestierte Heather.

„Hast du es ausprobiert?", wollte Dora wissen.

„Nein, aber …"

„Was ist mit ihrem Haar?", unterbrach Fatima. „Mach den Knoten auf, Kind, damit wir sehen können, wie es aussieht. Ich erinnere mich, dass ich es bei der Hochzeit sehr hübsch fand."

Gehorsam zog Heather die Nadeln heraus und schüttelte den Kopf. Die langen Strähnen fielen über ihre Schulter hinab bis zur Taille.

„Fabelhaft", flüsterte Dora beeindruckt. „Aber wir müssen es verändern."

„Ja, aber wie?"

„Wie wäre es mit Locken? Sie könnte es als Heather weiterhin hochstecken und als die geheimnisvolle Frau gelockt und offen tragen. Und sie sollte den Farbton durch ein Shampoo ändern, das sich herauswaschen lässt."

„Rot", schlug Fatima vor.

„Ja, das passt perfekt zu den grünen Kontaktlinsen", stimmte Dora zu. „Vergiss nicht, deine Hände und Füße zu schrubben. Das Henna muss so schnell wie möglich verschwinden."

Betrübt musterte Heather das rotbraune Muster auf ihren Händen. Ihre Flitterwochen waren längst vorüber, noch bevor sie begonnen hatten.

„Was für Kleider nehmen wir denn?", fragte Fatima.

„Ordinär", erwiderte Dora prompt. „Dünne Träger und kurze Röcke."

Fatima runzelte die Stirn. „Ich dachte eher an elegant."

„Elegant ist besser", sagte Heather hastig. „Ich glaube nicht, dass ich einen richtig kurzen Rock tragen könnte."

Dora schüttelte den Kopf. „Es soll keine Verwandlung in eine Prinzessin sein, sondern in eine Mätresse. Außerdem muss sie sich so weit wie möglich von ihrem wahren Ich entfernen. Sonst durchschaut Jamal die Maskerade. Ich würde sagen, viel nackte Haut, viel Make-up und hohe Absätze."

Heather schluckte schwer. „Ich kann nicht gut in hohen Absätzen laufen. Ich trage sie nicht oft und fühle mich linkisch darin. Ich halte den eleganten Stil für besser.

„Nein, Dora hat recht", entschied Fatima. „An der Strandpromenade gibt es mehrere Boutiquen für reiche Touristen. Dort müssten wir alles bekommen, was wir brauchen."

„Als Nächstes sollten wir uns überlegen, wo wir die geheimnisvolle Frau unterbringen."

„In einem der Luxushotels in der Stadt", schlug Fatima prompt vor. „Ich komme natürlich dafür auf, damit du Jamal keine Rechenschaft über irgendwelche Kosten ablegen musst. Wir lassen eine spezielle Telefonleitung in deinen Ankleideraum legen, zu der das Hotel seine Anrufe umleiten kann. Das ist kein Problem. Wir müssen uns noch einen Namen einfallen lassen."

„Wie wäre es mit Bambi oder Amber?", schlug Dora vor.

Heather rümpfte die Nase. „Die gefallen mir nicht." Sie dachte einen Moment nach. „Ich hab's. Honey Martin."

Dora notierte den Namen. „Okay. Jetzt musst du dir noch eine Geschichte ausdenken."

„Ich weiß schon eine. Die von meiner Stubenkameradin im College", verkündete Heather eifrig. „Sie kommt aus Oklahoma und hat vier Brüder, von denen einer in der Ölbranche tätig ist. Ich könnte mit ihm hier sein."

Fatima rieb sich die Hände. „Das ist perfekt. Jamal wird dich niemals mit Honey Martin aus Oklahoma in Verbindung bringen. Ich glaube, wir haben alle wichtigen Punkt geklärt. Also, an die Arbeit."

Auf unsicheren Beinen stakste Heather in die Richtung des Sofas. Ihre Augen tränten so sehr, dass sie den Stapel Kissen auf dem Fußboden übersah und prompt stolperte. Zum Glück dämpften die Kissen ihren Sturz.

„Du brauchst mehr Übung", bemerkte Fatima. „An derart hohe Absätze muss man sich erst mal gewöhnen."

Das hat sie über die Kontaktlinsen auch gesagt, dachte Heather blinzelnd. Sie öffnete den Mund, um sich zu beklagen, und schloss ihn wieder. Ihr Hals schmerzte zu sehr als Resultat ihrer Bemühungen, in kehligem Ton zu sprechen. Offensichtlich hatte sie den Kehlkopf oder die Stimmbänder überanstrengt.

Heather setzte sich auf und zog den dünnen Träger des Kleides hoch, das kaum mehr Stoff aufwies als ein Geschirrhandtuch. Erneut blinzelte sie einige Male, bis die Kontaktlinsen zurück an ihren Platz glitten und sie beinahe normal sehen konnte.

„Es hat keinen Sinn", murmelte sie niedergeschlagen. „Ich bin nicht zu einer Mätresse geschaffen. Ich hasse diese Kleidchen, ich komme mit den Linsen nicht zurecht, ich kann in den Schuhen nicht laufen, und ich wüsste nicht, was ich zu ihm sagen oder wie ich mich verhalten sollte."

Sie befingerte ihr Haar. Das war der einzige Aspekt ihrer Veränderung, der ihr gefiel. Es war gar nicht schwer, es zu locken, und wenn sie es zu einem Knoten hochsteckte, merkte niemand einen Unterschied.

Fatima musterte sie. „Wir haben schon so viel geschafft, Heather. Deine Verwandlung ist gelungen. Das Hotelzimmer ist gebucht. Dora hat herausgefunden, dass Jamal am Donnerstag einen neuen italienischen Sportwagen erwartet. Wir werden ihn abfangen, damit du vortäuschen kannst, dass er irrtümlich dir geliefert wurde. Du brauchst ihn nur vom Hotelzimmer aus anzurufen und einen Termin mit ihm zu vereinbaren. Warum willst du jetzt alles hinwerfen?"

Heather stand vom Fußboden auf und schaffte es, bis zum Sofa zu stöckeln und sich zu setzen. „Sieh mich doch nur an. Ich bin ein Fehlschlag. Ich schaffe es nicht mal, Eyeliner aufzutragen. Ich bin nicht für so etwas geschaffen."

Fatima nickte. „Du musst tun, was du für richtig hältst."

Heather lächelte erleichtert. „Ich will meine Ehe immer noch retten, aber ich glaube, ich sollte es als ich selbst tun.

Nicht als irgendeine Mätresse."

„Natürlich."

„Du bist nicht böse?", hakte Heather besorgt nach. „Ich weiß wirklich sehr zu schätzen, was ihr für mich getan habt. Aber es geht so sehr gegen meine Natur."

„Ich dachte, genau das wäre der Sinn der Sache", entgegnete Fatima und tätschelte ihr die Hand. „Aber wichtig ist mir nur, dass du glücklich wirst. Dafür tue ich alles, was du möchtest."

„Danke." Heather zog sich die Schuhe aus und stand auf. Es war herrlich, wieder richtig gehen zu können. „Ich muss Jamal als ich selbst für mich gewinnen. So schwierig das auch sein mag, es ist zumindest ehrlich."

„Wie du meinst, Kind."

An diesem Abend las Heather in einem der Bücher, die Fatima ihr gegeben hatte. Immer noch konnte sie kaum fassen, auf wie viele verschiedene Arten sich die Leute liebten und was sie alles mit ihren Körpern anstellten.

Sie hatte gerade ein Kapitel zur Hälfte gelesen, als Jamal die Suite betrat. Sie wusste nicht, wo er den Abend verbracht hatte. Er war nicht zum Dinner erschienen, und sie hatte ihn ungeduldig erwartet, da sie nun entschlossen war, ihre Ehe endlich zu kitten.

Sie warf das Buch auf das Bett und ging hinüber in das Wohnzimmer. Er stand bei der Bar und hatte sich bereits einen Drink eingeschenkt.

„Hi", sagte sie und blieb vor dem Sofa stehen. „Hattest du einen schönen Abend?"

Jamal drehte sich zu ihr um. Wie gewöhnlich trug sie ein unförmiges Kleid, diesmal in einem hellen Grün, das ihren Teint blass wirken ließ. Das Haar hing in einem geflochtenen Zopf auf ihrem Rücken, und sie war barfuß. Sie sah jung und verletzlich aus. Der fragende Ausdruck auf ihrem Gesicht erweckte Schuldgefühle in ihm, weil er den Palast verlassen hatte, ohne sie einzuladen oder ihr auch nur Bescheid zu sagen.

Das schlechte Gewissen war neu für ihn. Yasmin gegenüber hatte er es nie verspürt. Aber sie hatte sich auch schon sehr bald nach der Hochzeit verändert. Oder sie hatte vielmehr ihr wahres Wesen zu erkennen gegeben und nur noch bei offiziellen Anlässen als Prinzessin mit ihm verkehren wollen. Sie hatte seine Avancen im Bett abgelehnt und war in das Zimmer umgezogen, das Heather nun bewohnte.

Er redete sich ein, dass Heather nicht wie Yasmin war. Sie war nicht an Äußerlichkeiten und öffentlichen Auftritten interessiert. Aber sie hatte eines mit Yasmin gemeinsam: Auch sie weigerte sich, sein Bett zu teilen.

„Du sprichst nicht einmal mehr mit mir“, sagte sie und blickte ihn mit großen Augen an.

„So ist es nicht. Ich war in Gedanken. Entschuldige bitte.“ Er schenkte ihr ein flüchtiges Lächeln. „Mein Abend war sehr angenehm. Ich habe zusammen mit einem Freund von der Universität gegessen. Nigel und ich haben gemeinsam Oxford besucht. Er ist geschäftlich hier.“ Erneut verspürte er das seltsame Schuldgefühl. „Ich habe daran gedacht, dich einzuladen, aber Nigel hat seine Frau nicht mitgebracht. Daher dachte ich, es wäre zu langweilig für dich, wenn zwei alte Freunde über alte Zeiten und Leute reden, die du nicht kennst.“

Sie nickte. „Ich verstehe. Ich wusste gar nicht, dass du den Palast verlassen hast.“

Er vermutete, dass sie nur versöhnlich sein wollte, doch ihre Worte erhöhten nur sein schlechtes Gewissen. „Möchtest du etwas trinken?“

„Nein, danke.“

Er bedeutete ihr, sich auf das Sofa zu setzen. Dann füllte er sein Glas auf und gesellte sich zu ihr. „Nigel hat eine wichtige

Position in der britischen Regierung inne. Obwohl seine Interessen den gesamten Nahen Osten betreffen, kommt er häufig hierher. Ich habe ihm gesagt, dass er nächstes Mal seine Familie mitbringen und hier im Palast wohnen soll. Dann kannst du sie kennenlernen."

Sie lächelte vage. „Das wäre schön. Du hast von Familie gesprochen. Er hat also Kinder?"

„Ja. Zwei Jungen. Er hat mir Fotos gezeigt. Sie sind zwei und fünf Jahre alt."

„Ich weiß nicht viel über Kinder, aber zwei Jungen in dem Alter müssen viel Arbeit bereiten."

Unwillkürlich fragte Jamal sich, was für eine Mutter Heather sein würde. Yasmin hatte bereits nach einem Monat klargestellt, dass sie nur aus Pflicht bereit war, Kinder zu bekommen und nicht die Absicht hegte, sich selbst um ihren Nachwuchs zu kümmern. „Als Prinzessin hättest du natürlich Hilfe. Eine Amme und ein Kindermädchen."

„Gelegentlich würde ich mich um meine Kinder kümmern müssen", entgegnete Heather mit einem Anflug von Humor. „Was wäre ich sonst für eine Mutter?"

Sie ist nicht wie Yasmin, sagte er sich erneut. Vielleicht beruhte ihr Verhalten eher auf Unerfahrenheit und Angst als aus dem Bedürfnis zu verletzen. Vielleicht geschah es nur zum Selbstschutz.

Sie drehte sich zu ihm um und schob die Brille hoch. „Jamal, wir müssen miteinander reden. Ich weiß, dass ich von Anfang an alles falsch gemacht habe. Wenn ich könnte, würde ich so gern die Zeit bis zu unserer Hochzeitsnacht zurückdrehen und alles anders machen."

Er schüttelte den Kopf. „Es ist nicht deine Schuld."

„O doch. Ich habe völlig versagt."

„Dann sind wir also beide dafür verantwortlich. Du hattest Angst vor etwas, das dir völlig fremd ist, und ich war in der

Vergangenheit gefangen."

Sie runzelte die Stirn. „Du meinst deine Ehe mit Yasmin?"

Er nickte.

„Was hat das damit zu tun?"

„Das ist kompliziert. Ich kann es dir nicht erklären." Außerdem wollte er es nicht.

„Du musst sie sehr geliebt haben", flüsterte Heather. „Du siehst immer noch sehr gequält aus, wenn du über sie redest."

„Sie zu lieben, war das Schlimmste daran", erwiderte er aufrichtig.

Sie schluckte schwer. „Ich verstehe." Ihre Stimme klang tonlos. „Du willst nicht wieder so eine Beziehung."

„Genau. Es war die Hölle."

„Ich verstehe", murmelte sie erneut.

Er wusste, dass sie es nicht verstand, aber er hatte nicht die Absicht, ihre Fehleinschätzung zu korrigieren. Niemand sollte jemals die Wahrheit erfahren. Zu seinem Erstaunen sah er Tränen in ihren Augen glitzern. „Was hast du denn?"

Sie täuschte ein Lächeln vor. „Nichts."

Sanft berührte er ihre Hand. „Lass uns noch einmal von vorn anfangen und versuchen, Freunde zu sein."

„Das möchte ich sehr gern", murmelte sie mit tränenüberströmten Wangen. „Aber jetzt muss ich gehen."

Bevor er es sich versah, lief sie aus dem Raum in ihr Zimmer. Er spielte mit dem Gedanken, ihr zu folgen, aber er wusste nicht, was er ihr sagen sollte. Es war einfacher, es dabei bewenden zu lassen.

Er lehnte sich auf dem Sofa zurück und starrte in seinen Drink. Offensichtlich hatte er kein Glück mit Frauen. Lag das Problem bei ihnen oder bei ihm selbst?

Er dachte an die anderen Frauen in seinem Leben. Heathers Wunsch entsprechend hatte er seine Mätressen tatsächlich aufgegeben. Es war ihm erstaunlich leicht gefallen, diese Liaisons zu beenden, um seiner Ehefrau treu zu sein.

Als Folge war er nun allein. Keine Geliebte und eine Ehefrau, die ihn nicht in ihrem Bett haben wollte. Genau wie damals.

Von Schluchzern geschüttelt lag Heather auf dem Bett und ließ den Tränen freien Lauf. Es war alles viel schlimmer, als sie geahnt hatte.

Jamal liebte Yasmin immer noch. Warum hatte sie das bisher nicht erkannt? Kein Wunder, dass er in der Hochzeitsnacht so zornig reagiert hatte. Vermutlich hatte er an die erste Nacht mit Yasmin gedacht, als ihre Liebe noch frisch gewesen war und sie geglaubt hatten, alle Zeit der Welt gemeinsam zu haben. Doch sie war ihm lange vorher genommen worden.

Neue Tränen strömten über Heathers Wangen, als ihr bewusst wurde, dass sie Jamal niemals für sich gewinnen konnte. Ihre Ehe war von vornherein zum Scheitern verurteilt, da er seiner einzig wahren Liebe nachtrauerte. Wie sollte sie jemals mit Yasmin konkurrieren können?

Während ihrer früheren Aufenthalte in El Bahar waren sie sich mehrmals begegnet. Yasmin war schön, elegant und selbstsicher gewesen. Sie hatte sich sehr geschmackvoll, von bester Qualität und für jede Situation angemessen gekleidet. Ihre Juwelen hatten ebenso geglänzt wie ihre Unterhaltung.

Heather unterdrückte eine neue Woge der Tränen und setzte sich auf. Sie musste sich beherrschen und einen Ausweg suchen. Vielleicht war es das Beste für alle Beteiligten, wenn sie einfach in die Staaten zurückkehrte. Doch sie wollte nicht gehen. Sie liebte El Bahar, ihre Arbeit, den Palast. Wie konnte sie den König und Fatima und vor allem Jamal verlassen?

Sie ging ins Badezimmer und spritze sich kaltes Wasser in das Gesicht. Als sie in den Spiegel blickte, sah sie ein Kleid an der Rückseite der Tür hängen. Der Seidenstoff war hauchzart, der Ausschnitt gewagt, der Saum sehr kurz. Das tiefe Rot wirkte äußerst sexy. Heather hätte niemals so ein Kleid getragen, aber es war ja auch nicht für sie gedacht, sondern für Honey Martin.

Nachdenklich nagte Heather an der Unterlippe. Sie konnte mit Jamals Erinnerung an die stets perfekte Yasmin nicht konkurrieren. Aber Honey war anders. Honey hatte Potenzial. Vielleicht war doch nicht alles verloren.

7. KAPITEL

Jamal klopfte an die Tür der Penthousesuite und wartete ungeduldig. Er hatte keine Zeit für eine Frau, die es offensichtlich auf ihn abgesehen hatte, weil er ein Prinz war. Wäre es nicht um seinen neuen Lamborghini gegangen, auf den er bereits seit Monaten wartete und der irrtümlich an sie ausgeliefert worden war, hätte er einen Angestellten hingeschickt. Nun wollte er ihn so schnell wie möglich in seinen Besitz bringen.

Die Tür öffnete sich und enthüllte eine Frau in einem dürftigen roten Seidenkleid mit Spaghettiträgern und sehr kurzem Saum. Flüchtig musterte er ihre roten Haare, grünen Augen und wohlgeformten, aber zitternden Lippen. Sie war sehr hübsch, aber das waren Tausende andere Frauen auch.

„Prinz Jamal", säuselte sie mit kehliger Stimme. „Ich bin Honey Martin. Bitte kommen Sie herein."

Er unterdrückte ein Seufzen. Also beabsichtigte sie nicht, ihm einfach die Autoschlüssel zu übergeben. Es überraschte ihn nicht. Zweifellos war es ihre einzige Chance, mit einem Prinzen Bekanntschaft zu schließen.

„Es freut mich, Sie kennenzulernen, Miss Martin", sagte er höflich und reichte ihr die Hand.

Die Geste schien sie zu überraschen. Sie zögerte, bevor sie ihre Hand in seine legte. Irgendetwas an ihrem Verhalten erschien ihm verdächtig.

Er musterte sie eingehender. Rote Haare lockten sich um ihr Gesicht und lenkten die Aufmerksamkeit auf ihre beinahe nackten Schultern. Ihre grünen Augen blickten mit einer Mischung aus Vorfreude und Panik. Sie blinzelte mehrmals. Er fragte sich, ob sie etwas in die Augen bekommen hatte oder mit ihm flirtete.

Er gab ihre Hand frei und musterte ihren Körper. Er musste

sich eingestehen, dass ihre Gestalt sehr eindrucksvoll war. Hohe, volle Brüste, eine schmale Taille und lange, wohlgeformte Beine. Aber es war für ihn nur eine Tatsache. Ihre Erscheinung interessierte ihn nicht weiter.

„Danke, dass Sie gekommen sind“, sagte sie mit einem flüchtigen Lächeln, das ihre Augen nicht erreichte. „Nun, Sie mussten ja wohl. Schließlich habe ich Ihr Auto. Es ist ein großartiges Auto. Es scheint ein richtiger Flitzer zu sein. Nicht, dass ich es ausprobiert habe. Das würde ich nicht tun. Ich meine, ich würde, aber ich habe es nicht getan. Möchten Sie einen Drink?“

Sie machte auf dem Absatz kehrt und ging zu der Bar in einer Ecke des Raumes. Verblüfft blickte Jamal ihr nach. Sie wirkte seltsam unsicher auf den Beinen. War sie betrunken?

„Ich möchte nichts weiter als meine Autoschlüssel“, sagte er hastig. „Ich habe heute Nachmittag noch viel zu erledigen und möchte gleich wieder gehen.“

Die Frau – Honey, wenn er ihren Namen recht erinnerte – drehte sich zu ihm um. „Oh, aber Sie können noch nicht gehen. Der Tag ist noch jung und ich bin es auch.“ Sie stieß ein trällerndes Lachen aus.

Das darf doch nicht wahr sein, durchfuhr es Jamal. Dutzende von Frauen hatten Annäherungsversuche unternommen, aber auf subtile Weise. Honey hingegen benahm sich wie ein unschuldiges Schulmädchen, das eifrig darauf bedacht war, seinen Status zu ändern. Damit wollte er nichts zu tun haben.

„Miss Martin“, eröffnete er mit einem verächtlichen Blick, „ich weiß Ihr Angebot zwar zu schätzen, aber …“

Seine Stimme verklang, denn in diesem Moment presste Honey Martin die Hände vor der Brust zusammen, neigte den Kopf und krauste die Nase.

Heather? durchfuhr es ihn. Ihm schwindelte. Er rang nach Atem. War das Heather? In diesem Kleid? Mit diesem Körper?

Was zum Teufel hatte das alles zu bedeuten?

„Jamal? Ist alles in Ordnung?“, erkundigte sie sich besorgt.

Sie hatte vergessen, ihre Stimme zu verstellen, und ihn nicht bei seinem Titel genannt. „Ja. Danke. Aber ich nehme den Drink an. Scotch auf Eis, bitte.“

„Natürlich.“

Während er auf das weiße Sofa sank, schenkte sie ihm den Drink ein. Dann stolzierte sie zu ihm und reichte ihm das Glas.

Er konnte kaum fassen, was da geschah. Was dachte sie sich dabei? Wollte sie seine Treue auf die Probe stellen? Es gelang ihr nicht besonders gut, die Rolle einer Verführerin zu spielen, was gut zu wissen war. Aber die wichtigste Frage blieb offen: Warum?

Sie setzte sich in einen Sessel und schenkte ihm ein strahlendes Lächeln. „Besser?“

„Ja. Es geht mir gut.“ Ihm lag auf der Zunge, sie zur Rede zu stellen. Doch dann beschloss er, mitzuspielen und zu ergründen, was sie mit dieser Scharade beabsichtigte.

Zumindest erlaubte es ihm, seine Frau von einer bisher unbekannten Seite zu erleben. Ihre hässlichen, unförmigen Kleider verbargen eine eindrucksvolle Figur. Er musterte ihre Brüste und fragte sich, warum sie bisher stets einen BH getragen hatte. Dann wandte er die Aufmerksamkeit wieder auf ihr Gesicht.

Die Verwandlung war erstaunlich. Die rote Haarfarbe gefiel ihm nicht, aber die Locken schmeichelten ihr. Offensichtlich trug sie grüne Kontaktlinsen. Er bevorzugte den natürlichen Braunton ihrer Augen. Aber das Make-up unterstrich wirkungsvoll ihre hübschen Züge.

Allein ihr Anblick erregte ihn. Er wollte sie an sich ziehen, sie küssen und überall berühren. Aber er hielt sich zurück. Denn er bezweifelte, dass sich ihre Einstellung zu Sex geändert hatte, und er wollte sich nicht erneut durch eine Abfuhr demütigen lassen.

„Ich genieße meinen Besuch in El Bahar sehr“, verkündete sie. „Ich bin zum ersten Mal hier. Mit meinem Bruder.“

„Sie haben einen Bruder?“

Sie lachte leise. „Sogar vier. Ich bin das mittlere Kind und das einzige Mädchen. Es war sehr hart. Ich musste lernen, genauso zäh wie die Jungen zu sein, um zu überleben. Es war eine Lektion fürs Leben. Mein jüngster Bruder, Steve, ist hier, um alles über Ölförderung zu lernen“, fuhr sie fort. „Er wird diesen Teil des Familienimperiums übernehmen.“

Erwartungsvoll blickte sie ihn an, unter ständigem Blinzeln. Er wollte ihr sagen, dass sie die Kontaktlinsen herausnehmen und die Brille aufsetzen konnte, dass er sie mit Brille mochte. Er wollte ihr vieles sagen. Stattdessen beschloss er, weiter mitzuspielen. „Also werden Sie noch eine Weile in El Bahar bleiben?“

„Oh, ja.“

Sie zappelte auf dem Sofa herum. Er fragte sich, ob sie eine bequemere Position suchte oder es für sexy hielt. Tatsächlich hüpften ihre Brüste dabei sehr aufreizend, doch er bemühte sich, es zu ignorieren.

„Ich werde einige Zeit hier sein. Während Steve sein Handwerk erlernt, bin ich auf mich gestellt.“

„Wohnt er hier bei Ihnen in der Suite?“

Verständnislos blickte sie ihn an. „Wer?“

„Steve. Ihr Bruder?“

„Oh.“ Sie blinzelte mehrmals. „Nein. Er hat ein eigenes Zimmer hier im Hotel. Ich sehe ihn kaum.“

Jamal unterdrückte ein Lächeln. „Vielleicht sollten wir jetzt lieber mein Auto holen.“

Ihre Miene erhellte sich. „Eine gute Idee. Es steht unten in der Tiefgarage. Ich komme mit.“ Sie erhob sich und schwankte ein wenig.

„Vielleicht sollte ich lieber allein gehen", entgegnete er mit zweifelndem Blick zu ihren hohen Absätzen.

„Nein. Ich muss die Übergabe unterschreiben." Sie nahm ihre Handtasche von der Garderobe neben der Eingangstür und begleitete ihn hinaus auf den Korridor.

Während der Fahrt im Lift wusste er nichts zu sagen. Was erwartete Heather in der Verkleidung als Honey von ihm? Dass er Interesse an ihr zeigte? Befürchtete sie wirklich, dass er seine Ehefrau zwei Wochen nach der Hochzeit bereits betrog? In seinem ganzen Leben war er nie untreu gewesen. Sie hatte keinen Grund, an ihm zu zweifeln.

Als sich die Fahrstuhltür öffnete, schlug ihnen eine Woge der Hitze und Abgase entgegen. Heather holte den Parkschein aus der Handtasche und stolzierte zum Parkwächter.

Jamal fiel auf, dass sie zum ersten Mal sicher auf den hohen Absätzen ging. Sie stolperte nicht, sie schwankte nicht, sie bewegte sich mit der königlichen Anmut einer schönen Frau. Ihre langen Beine stolzierten dahin, der kurze Rock wippte bei jedem Schritt. Leider war er nicht der einzige, dem es auffiel. Drei weitere Parkwächter tauchten auf und wetteiferten darum, Heather zu bedienen. Das einzig Gute war, dass sie den Aufruhr nicht bemerkte, den sie verursachte.

Jamal trat zu ihr und legte beschützend wie besitzergreifend einen Arm um sie, während er den jungen Männern warnende Blicke zuwarf, sodass sie sich zurückzogen.

Sobald sie dem Wächter den Parkschein übergeben hatte, zog er sie zu den Fahrstühlen und drückte den Rufknopf. „Oben werden Sie sich wohler fühlen. Es ist zu heiß hier unten."

Sie zupfte am Ausschnitt ihres Kleides. Die völlig unschuldige Geste gewährte ihm einen flüchtigen Blick auf ihre nackten Brüste, und ihm wurde noch wärmer.

„Ich bin dafür gekleidet, die Hitze zu ertragen", bemerkte sie fröhlich und vergaß dabei erneut, ihre Stimme zu verstellen.

„Das sehe ich", murmelte er. „Aber das hier ist kein Ort für eine Frau wie Sie."

„Wie mich?"

„Ja. Zart, sexy und sehr schön." Er blickte ihr in die Augen. „Ich bin begeistert, dass uns das Schicksal zusammengeführt hat."

„Wirklich?"

„Sie nicht?"

Sie blickte zu ihm auf. Ihre Augen tränten ein wenig, aber sie blinzelte nicht mehr so viel.

„Spüren Sie nicht die Hand des Schicksals?"

„Also wollen Sie mich wiedersehen?"

Er lächelte charmant. „Mit jedem Atemzug."

Sie schluckte schwer und wich einen Schritt zurück. „Sie können mich im Hotel erreichen."

„Ich werde mich melden", versprach er.

Der Fahrstuhl öffnete sich. Er schob Heather hinein und drückte den Knopf für ihr Stockwerk. Dann war sie fort.

Jamal stand da mit dem Gefühl, von einem Lastwagen überfahren worden zu sein. Einer von ihnen war verrückt, und er konnte nicht mit Sicherheit sagen, dass er es nicht war.

„Sir, Ihr Wagen."

Er drehte sich um und erblickte seinen schnittigen silbernen Lamborghini. Er gab dem Parkwächter ein Trinkgeld und setzte sich hinter das Lenkrad.

Er achtete nicht auf das Wurzelholz oder die speziellen Armaturen. Er bemerkte kaum das sanfte Schnurren des Motors, als er aus dem Parkhaus fuhr. Er war zu sehr gefesselt von dem geheimnisvollen Spiel seiner Frau. Was in aller Welt mochte sie im Schilde führen?

8. KAPITEL

Normalerweise verfolgte Jamal voller Genuss, wenn Heather den Kronprinzen neckte und verunsicherte. Doch an diesem Abend konzentrierte er sich weniger auf das Gespräch als auf die Tatsache, dass sie vor knapp fünf Stunden in einem Hotelzimmer die Rolle einer anderen gespielt hatte. Es fiel ihm sehr schwer, jene Frau mit derjenigen zu vereinbaren, die ihm nun am Tisch gegenüber saß.

Honey hatte ein verführerisches Kleid getragen, das mehr enthüllte als verdeckte. Ihr lockiges rotes Haar und das Make-up hatten ihre zarten Züge unterstrichen, und sie hatte sich aufreizend gegeben mit ihrem Getue und ihrem albernen Gerede.

Heather hingegen trug ein sandfarbenes Kleid, das wie ein Sack an ihrem Körper hing. Ihr Haar war zu einem strengen Knoten zurückgekämmt. Sie trug keine Spur von Make-up, und ihr einziger Schmuck war der Ehering.

Hätte er die Verwandlung nicht mit eigenen Augen gesehen, hätte er sie niemals für fähig gehalten, sich so verführerisch zu kleiden und zu geben.

Sie warf ihm einen flüchtigen Blick zu, richtete die Aufmerksamkeit wieder auf Malik und verkündete: „Die Kronprinzen von El Bahar haben schon immer als ruhmreiche Feldherren Geschichte gemacht. Im dritten Jahrhundert zum Beispiel gab es einen Königssohn, der eigenhändig eine Armee von dreitausend Mann bezwang."

Malik verschluckte sich beinahe an seinem Dessert. „Ein Mann gegen dreitausend?"

Sie zuckte die Achseln. „So steht es in den Texten."

„Das ist lächerlich. Kein Mensch kann so viele bezwingen, nicht ohne moderne Technologie, und selbst damit ist es sehr zweifelhaft."

„Ich nehme an, Kronprinzen waren damals einfach stärker",

bemerkte sie mit einem Seufzen, so als hielte sie den Zerfall alter Werte für äußerst bedauerlich.

Jamal unterdrückte ein Grinsen. Auch der König und Fatima wirkten belustigt.

Nur Malik blieb ernst. „Die Texte lügen. Es erstaunt mich, dass du ihnen glaubst."

Mit Unschuldsmiene blickte Heather ihn an. „Es tut mir leid, Malik. Ich hatte nicht die Absicht, dich …"

Er sprang auf. „Sag es ja nicht! Ich bin äußerst fähig als Kronprinz."

„Aber natürlich bist du das", murmelte sie. „Niemand sagt etwas anderes. Gewiss nicht ich. Ich finde, dass du dich sehr gut machst – innerhalb deiner Grenzen."

Er öffnete den Mund zu einer heftigen Entgegnung. Dann erkannte er, dass alle sich köstlich amüsierten. „Jamal, bring deine Frau zur Räson."

„Bruder, arbeite an deinem Sinn für Humor."

„Du hast gut reden. Du hast ja keine neue Schwester, die deine Leistungen kritisiert."

„Zieh einfach aus und besiege diese dreitausend", schlug Dora hilfreich vor.

„Habe ich dreitausend gesagt?", warf Heather erschrocken ein. „Das war ein Versprecher. Der Kronprinz besiegte dreißig Krieger."

Malik knurrte. Der König und Fatima lachten. Jamal lehnte sich auf seinem Stuhl zurück und freute sich darüber, dass Heather sich so wohl in seiner Familie fühlte. Natürlich hatte sie den Vorteil, seine Großmutter und seinen Vater ihr Leben lang zu kennen. Dennoch gab es nicht viele Personen, die sich in Anwesenheit so vieler königlicher Herrschaften zu entspannen vermochten.

„Trotz allem, Malik, finde ich, dass du großartige Arbeit leistest", versicherte Heather.

„Dein Lob bedeutet, dass ich heute Nacht schlafen kann“, entgegnete er trocken.

Der König beugte sich vor. „Es macht mir Freude, mich an diesem Tisch umzublicken. Mein jüngster Sohn hat klug geheiratet, obwohl er es ohne meine Erlaubnis tat. Aber nun, da ich seine Frau kennengelernt habe, verstehe ich, warum er es so eilig damit hatte.“

„Danke“, sagte Dora, während Khalil ihre Hand nahm und an die Lippen führte.

„Khalil und Dora haben mir einen Enkelsohn geschenkt, und ein anderer ist unterwegs „ fuhr König Givon fort. „Jamal hat auch geheiratet, und ich weiß, dass es nur eine Frage der Zeit ist, bis er und Heather mir ebenfalls ein Enkelkind schenken.“

Heather zog den Kopf ein und errötete. Schnell lenkte Jamal von ihr ab, indem er Malik grinsend fragte: „Du weißt, worauf er hinauswill, oder?“

Erneut stand Malik auf und verbeugte sich vor seinem Vater. „Mein König, ich wünsche eine gute Nacht.“

Givon zog die Augenbrauen hoch. „Du kannst der Ehe nicht für immer entfliehen.“

„Vielleicht nicht, aber ich kann es noch für eine Weile hinauszögern.“ Und damit verließ Malik den Raum.

Kurz darauf löste sich die Dinnergesellschaft auf. Jamal kehrte mit Heather in ihre Räume zurück. Erneut verglich er die Frau an seiner Seite mit jener Person aus dem Hotelzimmer. Eines war klar – er hatte Heather in vielerlei Hinsicht falsch beurteilt. Die verborgenen Tiefen erweckten seine Neugier. Vielleicht sollte er sich bemühen, sie besser kennenzulernen.

„Wie kommst du mit dem Reitunterricht voran?“, fragte er unvermittelt, als sie ihre Suite betreten hatten.

„Ich bin nicht mehr geritten.“

„Weil es dich nicht interessiert?“

„Doch, es gefällt mir sehr. Aber ich fürchte mich, allein in die Wüste zu reiten, und auf der Koppel langweilt es mich.“

„Du bist willkommen, jederzeit mit mir auszureiten.“

Ihre Miene erhellte sich. „Wirklich?“

„Natürlich. Du bist meine Ehefrau. Es ist wichtig, dass wir Zeit miteinander verbringen.“

Ihr Lächeln schwand. „Das hast du schon mal gesagt, aber seit der Hochzeit habe ich den Eindruck, dass du überhaupt nicht mit mir zusammen sein willst.“

„Doch, das will ich“, erwiderte er aufrichtig, während er ihr Gesicht musterte. Ihr Blick war so offen, dass er darin ihre Hoffnung, ihre Ängste und Sorgen deutlich lesen konnte.

„Ich mache wahrscheinlich viele Fehler“, murmelte sie.

„Du reitest sehr gut.“

Ihre Mundwinkel hoben sich wieder. „Ich meinte dir gegenüber, nicht bei dem Pferd.“

„Es gibt keinen richtigen oder falschen Weg, einander kennenzulernen. Es gibt nur unseren Weg, und den bestimmen wir selbst.“

Sie nickte. „Ich bin ganz anders als Yasmin.“

Gott sei Dank, dachte er. „Darin sehe ich kein Problem. Ich will keine andere Frau wie sie in meinem Leben.“

„Umso besser. Ich weiß, dass du für mich nie so empfinden wirst wie für sie, aber ich hoffe, dass du recht hast und wir unseren eigenen Weg finden. Daran wäre mir sehr gelegen.“ Unwillkürlich stellte sie sich auf Zehenspitzen und gab ihm einen flüchtigen Kuss auf die Wange, bevor sie in ihrem Zimmer verschwand.

„Ich habe keine Ahnung, wovon du redest“, behauptete Fatima mit einem unschuldigen Lächeln.

In weiser Voraussicht hatte Jamal nicht nur Fatima, sondern

auch ihren Lieblingstee und englisches Gebäck in sein Büro bestellt, und sie nippte nun an einem Butterkeks.

„Fatima, ich muss wissen, was vor sich geht." Eindringlich beugte er sich vor. „Ich habe nicht länger als fünf Minuten gebraucht, um ihre Verkleidung zu durchschauen. Heather vereint viele wundervolle Eigenschaften in sich, aber sie ist keine Femme fatale."

„Ist das so schlimm? Wir haben diese Art von Frau schon einmal in der Familie ertragen müssen."

Er wusste, dass sie Maliks Frau meinte, deren Name niemals ausgesprochen wurde. „Ich beklage mich nicht. Ich bin verwirrt. Ich will wissen, warum Heather es für nötig hält, damit ich entscheiden kann, wie ich mich verhalten soll. Ich weiß nicht, ob ich zu erkennen geben soll, dass ich es weiß, oder ob ich mitspielen soll."

„Ich sehe deinen Standpunkt ein", sagte Fatima. Sie seufzte. „Also gut, Dora und ich haben ihr geholfen, sich in die wundervolle Honey Martin zu verwandeln. Wir kamen auf die Idee, weil sie überzeugt ist, dich auf andere Weise niemals reizen zu können. Sie hält sich für sehr ungeschickt in der Kunst der Verführung."

„Sie will mich verführen?"

Fatima nippte an ihrem Tee. „Ja. Sie hat den Eindruck, dass sie es sich mit dir gehörig verdorben hat, und das will sie ändern. Zuerst wollte ich ihr eine Aussprache mit dir vorschlagen, um die Atmosphäre zu klären, aber je mehr ich daran dachte, sie zu verwandeln, umso mehr gefiel mir die Idee. Die Rolle als Honey wird ihr Selbstvertrauen als Frau geben. Sie ist klug, redegewandt und sehr geistreich, aber sie begreift nicht, dass sie auch attraktiv ist." Sie fixierte Jamal mit einem strengen Blick. „Ich hoffe doch, dass du die Vorzüge deiner Braut trotz ihrer furchtbaren Kleidung zu schätzen weißt."

„Natürlich", versicherte er hastig. Er wagte nicht einzugestehen, dass er ein bisschen blind im Hinblick auf Heathers körperliche Vorzüge gewesen war, bis er sie in jenem dürftigen Kleid gesehen hatte.

Fatima wirkte nicht überzeugt. „Irgendetwas muss zwischen euch beiden falsch gelaufen sein. Allerdings kannst du jetzt anfangen, den Schaden zu reparieren. Zeig ihr, wie begehrenswert sie ist."

„Du meinst also, dass ich auf ihr Spiel eingehen soll?"

Sie lächelte. „Nur, wenn dir danach zumute ist, verführt zu werden." Sie stellte ihre Teetasse ab. „Sei sanft zu ihr, Jamal. Heather ist sehr stark in vielerlei Hinsicht, aber nicht in dieser. Ich will nicht, dass du ihr wehtust. In einer Vernunftehe ist die Braut selten so entschlossen, die Zuneigung ihres Mannes zu gewinnen. Das ist ein Vorteil für dich."

„Ich werde es mir merken."

Sie beugte sich zu ihm und berührte seinen Arm. „Ich weiß, dass deine Ehe mit Yasmin ein Desaster war. Du hast zwar nie darüber geredet, aber wir haben alle gemerkt, dass sie dich nicht glücklich gemacht hat. Lass dich durch den Kummer der Vergangenheit nicht davon abhalten, die Verheißung der Gegenwart zu genießen. Wende dich nicht vor dem ab, was Heather dir bietet, weil du dir das alberne Versprechen gegeben hast, dich nie wieder zu verlieben."

„Ob ich Heather liebe oder nicht, ist das geringste meiner Probleme", entgegnete er leichthin. „Zuerst muss ich herausfinden, wie ich mich mit der brillanten Honey Martin in Verbindung setzen kann."

Fatima lächelte. „Ruf einfach in dem Hotel an, in dem du gestern warst. Frag nach ihrer Zimmernummer, und sie wird den Hörer abheben."

Entgeistert blickte er sie an. „Aber sie ist doch nicht in dem Hotel."

„Ich weiß. Ist die moderne Technologie nicht wundervoll?"

„Wie gefällt es Ihnen in El Bahar?", fragte Jamal. Er lehnte sich auf dem bequemen weißen Sofa zurück und betrachtete die Frau, die sich als Honey ausgab. An diesem Tag entsprach ihre Kleidung dem ganz in Weiß gehaltenen Hotelzimmer. Sie trug eine lange Hose, die einige Zentimeter unter dem Bauchnabel begann, den ein goldener Ring zierte. Ihr enges Top hatte einen tiefen Ausschnitt auf und endete knapp unterhalb des Busens. Auch an den Schultern war es ausgeschnitten. Die Kombination aus nackter und bedeckter Haut faszinierte ihn, ebenso wie die ungezähmten roten Locken, die auf ihrem Kopf aufgetürmt waren. Sie sah aus, als wäre sie gerade aus dem Bett gekommen. Offensichtlich hatte sie sich mehr an die Kontaktlinsen gewöhnt – oder sie hatte das Flirten eingestellt, denn sie blinzelte nicht mehr so häufig.

„Es ist wundervoll. Ich hatte noch keine Gelegenheit, all das zu sehen, was mich interessiert, aber es ist sehr schön hier. Der Kontrast zwischen dem Meer und der Wüste, dem Alten und dem Neuen."

„Ich bin froh, dass es Ihnen gefällt. Reisen Sie viel?"

„Nicht besonders", entgegnete sie, ohne nachzudenken. Dann korrigierte sie sich hastig: „Das heißt, ich reise schon relativ viel. Ich liebe es, zu verschiedenen Jahreszeiten an verschiedenen Orten zu sein. Paris, London, Los Angeles."

„Aha. Ihre Familie muss Sie sehr vermissen, wenn Sie fort sind."

„Wollen Sie wirklich über meine Familie reden?", fragte sie in leisem, kehligen Ton. „Würden Sie nicht lieber über uns sprechen?"

„Gibt es denn ein uns?"

Eindringlich beugte sie sich vor. „Möchten Sie es denn?"

„Allerdings", sagte er aufrichtig. „Aber ich glaube, wir sollten uns vorher ein bisschen besser kennenlernen. Verraten Sie mir doch, welche Art von Mann Sie bevorzugen."

Sie blinzelte mehrmals. „Welche Art von Mann?"

„Ja. Haben Sie körperliche Vorlieben? Größe, Haarfarbe und dergleichen. Sagen Sie mir, Honey, was Sie sich von einem Liebhaber wünschen."

Sie nagte an der Unterlippe, lehnte sich auf dem Sofa zurück und verschränkte die Arme vor der Brust. „Na ja, nett soll er natürlich sein."

Er zog die Augenbrauen hoch. „Nett?"

„Ist das schlimm?"

„Das weiß ich nicht. Es sind ja Ihre Liebhaber."

„Okay. Nett und …" Sie machte eine vage Handbewegung. „Sie wissen schon."

„Nein, das weiß ich nicht. Vielleicht war die Frage zu generell. Warum erzählen Sie mir nicht von Ihrem letzten Liebhaber? Oder haben Sie derzeit einen?"

„Nein, momentan nicht."

„Gut. Es freut mich sehr, dass Sie ungebunden sind."

„Ja, mich auch", murmelte sie. „Also gut, mein letzter Liebhaber. Ein Italiener. Sein Name ist Jacques."

„Jacques? Ist das nicht französisch?"

„Oh. Ja, das stimmt. Seine Mutter ist Französin."

„Wo haben Sie sich kennengelernt?"

Sie zögerte. „Beim Skifahrern. Es war ein Urlaubsflirt."

„Aha. Gstaad?"

„Wer?"

„Der Wintersportort. Haben Sie sich in Gstaad kennengelernt?"

„Oh, sicher. Wo sonst?" Sie sprang auf und deutete zu dem gedeckten Tisch. „Der Zimmerservice braucht aber lange. Soll ich die Flasche Wein öffnen oder lieber nachfragen, warum es so lange dauert?"

Jamal lächelte. „Ich habe gebeten, den Lunch erst später zu servieren, damit wir Gelegenheit haben, uns zu … unterhalten."

„Aha." Sie blinzelte erneut. „Sie dürfen also Alkohol trinken?"

Er nickte. „El Bahar ist ein Land vielfältigen Glaubens, und alle Religionen werden respektiert."

„Das ist ja großartig." Sie trat von einem Fuß auf den anderen, wusste offensichtlich nicht, ob sie sich wieder setzen oder stehen bleiben oder einfach aus dem Zimmer laufen sollte.

Er klopfte auf das Polster neben sich. „Kommen Sie und setzen Sie sich zu mir, Honey."

„Oh, sicher. Das hatte ich sowieso vor." Sie lachte nervös und ging um den Couchtisch herum.

Bei jeder anderen Frau hätte er den folgenden Zwischenfall für geplant gehalten. Doch Heather war in erotischen Dingen so unschuldig wie ein Neugeborenes. Daher ging er davon aus, dass es wirklich ein Unfall war, als sie mit einem Absatz im Teppich hängen blieb und prompt in seinen Schoß fiel.

„Oh", flüsterte sie. „Das war nicht beabsichtigt."

„Ich weiß. Es war ein glücklicher Unfall."

„Glücklich? Wieso?"

Statt zu antworten, zog er sie an sich und senkte sanft den Mund auf ihren.

Spontan schlang sie die Arme um seinen Nacken und schmiegte sich an ihn. Der Kuss war sogar noch besser als der erste, was sie nicht für möglich gehalten hätte. Als sie seine Zunge spürte, öffnete sie sogleich die Lippen.

Zwischen ihren Schenkeln begann es zu prickeln, wie sie es nie zuvor erlebt hatte. Sie presste die Beine zusammen, doch es nützte nichts. Die Empfindung verstärkte sich eher noch. Sie verspürte ein heftiges Sehnen, ohne zu wissen wonach.

Während er den Kuss vertiefte, strich er mit den Händen über ihren Rücken. Als seine Finger unter ihr kurzes Top glitten und ihre nackte Haut berührten, stieß sie einen kleinen Schrei des Entzückens aus.

Zögernd legte sie eine Hand an seine Wange. Er drehte das Gesicht und küsste die Innenfläche.

„Wer bist du, Honey Martin?“, murmelte er leise. „Was tust du in meinem Leben?“

Sie lächelte. „Ich weiß es nicht.“

„Und was soll ich nun mit dir tun, da ich dich habe?“

Ein Schauer rann durch ihren Körper. „Hast du mich denn?“

„Noch nicht, aber bald.“

Sie liebte es, in seinen Armen zu liegen, obwohl sie sich unsicher fühlte und befürchtete, etwas falsch zu machen. Zum Glück schien er ihre Unerfahrenheit bisher nicht bemerkt zu haben.

Erneut senkte er den Mund auf ihren. Diesmal öffnete sie sogleich die Lippen. Die Hitze in ihr wuchs, ebenso wie die seltsame Spannung, und jene Stelle zwischen ihren Schenkeln schien zu schwellen.

Er strich über ihren nackten Bauch zum Saum ihres Tops. Ihr stockte der Atem, und ihre Knospen spannten sich erwartungsvoll. Seine Hand glitt höher und schmiegte sich sanft um die Rundung. Ein nie geahntes Entzücken durchströmte sie, als er die harte Knospe zwischen Daumen und Zeigefinger nahm. Zwischen ihren Beinen schien es feucht zu werden.

Jamal brach den Kuss ab und wich zurück. Sie wollte seine Hand wieder zurück auf ihre Brust legen, aber sie war sich nicht sicher, ob es erlaubt war.

„Danke“, sagte er.

„Wie bitte?“

Er hob sie von seinem Schoß. „Ich muss zurück in den Palast.“

„Du willst gehen?“, entgegnete sie verwirrt und enttäuscht. „Aber was ist mit dem Lunch?“

Er stand auf. „Ich bin nicht wegen des Lunchs hergekommen. Ich wollte dich sehen."

„Oh. Werde ich dich wieder sehen?"

„Natürlich." Er küsste sie auf die Stirn, und dann war er fort.

Verwirrt blickte sie ihm nach. Ihr Plan schien aufzugehen. Seine leidenschaftlichen Zärtlichkeiten verliehen ihr Hoffnung. Offensichtlich war er der Vergangenheit nicht so sehr verhaftet, wie sie befürchtet hatte. Doch er fühlte sich zu einer anderen Frau hingezogen. Demnach betrog er sie – mit ihr.

9. KAPITEL

Drei Tage später saß Heather auf ihrem Bett im Palast und studierte antike Papiere. Gewöhnlich fiel es ihr nicht schwer, sich auf ihre Arbeit zu konzentrieren, doch in letzter Zeit hatte sie Probleme damit. Sie war sich nicht sicher, ob es an ihrem neuen Arbeitsplatz oder an der sich ändernden Beziehung zu ihrem Ehemann lag.

Die augenblickliche Situation gestattete ihr nicht, im Büro zu sitzen. Schließlich wollte sie verfügbar sein, wenn Jamal bei Honey anrief. Die Privatleitung war nur in ihr Ankleidezimmer gelegt worden, denn eine derartige Einrichtung in ihrem Büro hätte sicherlich Verdacht erregt.

Daher arbeitete sie in ihrem Schlafzimmer. Sie fühlte sich wie ein Schulmädchen, das ungeduldig auf den Anruf ihres Schwarms wartete.

„Was tust du denn hier?"

Heather blickte auf und zuckte zusammen, als sie Jamal erblickte. Verstohlen vergewisserte sie sich, dass sie nirgendwo Hinweise auf Honey liegen gelassen hatte. „Ich arbeite."

„In deinem Schlafzimmer? Gefällt dir dein Büro nicht?"

In einem perfekt geschnittenen Anzug lehnte er am Türrahmen. Der graue Stoff betonte sein dunkles, glänzendes schwarzes Haar, und das weiße Hemd ließ seinen Teint dunkler wirken. Sie hatte ihn stets als gut aussehend empfunden, doch nun reagierte sie noch stärker auf ihn, da sie in seinen Armen gelegen und seine Hand auf ihrer Brust gespürt hatte. Ihr Herzschlag beschleunigte sich. „Das Büro ist sehr hübsch."

„Warum arbeitest du dann hier?"

Insgeheim betete sie, dass der geheime Apparat nicht klingeln würde. Dann fiel ihr ein, dass Jamal seine Geliebte nicht anrufen konnte, wenn er vor ihr stand.

Fieberhaft überlegte sie. Sie hatte nicht erwartet, dass er sie aufsuchte, und sich daher keine Ausrede zurecht gelegt. Außerdem war sie keine gute Lügnerin. „Ich … mir gefällt die Aussicht. Du weißt schon, das Meer und all das. Es hilft mir beim Nachdenken."

Jamal trat einen Schritt näher und blickte sich um. „Heather, dein Fenster geht zum Garten hinaus."

„Oh, nicht hier drinnen. Wenn ich eine Pause brauche, gehe ich ins Wohnzimmer und schaue von dort hinaus."

Lange Zeit sagte er nichts. Dann zuckte er die Achseln und nahm eine Diskette aus der Tasche. „Ich habe etwas für dich. Erinnerst du dich an den General, der von seiner schwangeren Frau getrennt war?"

Heather legte die Dokumente nieder und richtete sich auf. „Natürlich. Ich habe Dutzende von Papieren durchgesehen, aber nichts mehr über ihn gefunden."

Er wedelte mit der Diskette. „Das Verteidigungsministerium ist offensichtlich auch daran interessiert, die Geschichte von El Bahar zu konservieren. Es hat ein Archiv für historische Militärs auf Computer angelegt. Dein General befindet sich in der Datenbank." Lächelnd reichte er ihr die Diskette.

„Ich kann es nicht glauben."

„Das solltest du aber. Er hat es nach Hause geschafft und war da, als der erste seiner acht Söhne geboren wurde. Seine älteste Enkeltochter hat sogar einen Prinzen geheiratet. Ich kenne noch nicht alle Details, aber ich vermute, dass er ein entfernter Verwandter ist."

Seine teilnahmsvolle Geste rührte sie zutiefst. „Vielen Dank. Das ist sehr zuvorkommend von dir."

„Ich habe es gern für dich getan."

Ein seltsames Leuchten in seinen Augen ließ sie an die Liebkosungen denken, die sie vor wenigen Tagen ausgetauscht hatten. Sie spielte mit dem Gedanken, sich in seine Arme zu werfen und es erneut zu tun. Doch für ihn wäre es nicht erneut gewesen, denn er hatte sie für eine andere gehalten.

„Vielleicht solltest du mit dem Historiker im Verteidigungsministerium sprechen“, schlug er vor. „Womöglich könnt ihr euch gegenseitig helfen.“

„Ja, das werde ich tun.“ Als Jamal unschlüssig in ihrem Zimmer stehen blieb, fragte sie nervös: „Musst du gleich wieder gehen? Ich meine, ich könnte Kaffee oder so bestellen. Es sei denn, du bist beschäftigt.“

„So sehr beschäftigt bin ich nicht.“ Er setzte sich auf das Bett.

Die Matratze sank unter seinem Gewicht ein, und Heather rutschte zu ihm hinüber. Er war ihr so nahe, dass sie seine Wärme und seinen herben, frischen Duft spürte. Es gefiel ihr.

„Wie hast du dich hier eingelebt?“, erkundigte er sich.

„Ich liebe es hier. Hier wollte ich immer sein.“

Er schenkte ihr ein Lächeln. „Du wolltest doch mit mir reiten gehen. Ich breche immer eine Stunde vor Sonnenaufgang auf. Möchtest du mich begleiten?“

„Sehr gern. Als ich noch klein war, ist mein Großvater immer mit mir ausgeritten.“

„Ich vergesse immer, dass du ganz allein in der Welt bist. Du hast niemanden außer mir, oder?“

„Ich habe Freunde“, versicherte Heather hastig. Sie war sich nicht sicher, ob er nur nett sein wollte oder ob sie ihm leid tat. „Und der König und Fatima sind sehr gut zu mir, seit mein Großvater tot ist.“

„Du hast deine Eltern verloren, als du noch sehr klein warst, oder?“

„Ich war vier. Ich erinnere mich kaum an sie. Sie kamen bei einer Überschwemmung während einer Safari in Afrika ums Leben. Ich war bei Nachbarn untergebracht. Mein Großvater war damals gerade in China, glaube ich. Er kam sofort nach Hause und versprach mir, dass er mich nie im Stich lassen würde.“

In einer tröstenden Geste strich Jamal ihr über die Wange. „Er hat sein Versprechen gehalten."

„Das stimmt. Er hat ein Haus gekauft und mein Kinderzimmer in ein Paradies verwandelt. Ich hatte jede Puppe, die je gefertigt wurde. In den Ferien haben wir gemeinsam die Welt bereist. Als ich zwölf war, kamen wir überein, dass ich ein Internat besuchen sollte. Ich war in das schwierige Alter gekommen, in dem Mädchen eine weibliche Person in ihrem Leben brauchen. Außerdem wusste ich, dass er sein Leben nicht in einem Häuschen am Stadtrand verbringen, sondern Abenteuer erleben wollte."

„Das klingt, als wärst du sehr reif für dein Alter gewesen."

„Ich habe mich bemüht. Aber mir war nicht klar, wie hart es ihn getroffen haben muss, seinen einzigen Sohn zu verlieren. Da ich noch so klein war, konnte er seinen Kummer recht leicht vor mir verbergen. Er hat mich nicht einmal spüren lassen, dass er litt. Ich habe immer geglaubt, ich sei das Zentrum seines Universums."

„Er war ein guter Mensch. Ich weiß, dass er unserem Land während des Zweiten Weltkriegs sehr geholfen hat."

„Er hat mir einiges darüber erzählt, ebenso wie dein Vater."

„Mein Großvater war deinem sehr ähnlich. Das haben wir gemeinsam." Er nahm ihre Hand und verschränkte die Finger mit ihren. „Ich habe mich aus vielerlei Gründen dem Wunsch meines Vaters nicht widersetzt, dich zu heiraten. Ich wusste, dass du dich in El Bahar wohl fühlen würdest. Du verstehst die Sitten und liebst das Volk. Du bist intelligent und geistreich, und du hast die wundervolle Fähigkeit, den Kronprinzen aus der Fassung zu bringen."

Seine Worte lösten eine wohlige Wärme in ihr aus und ließen ihrer Wangen erröten. „Ich weiß nicht, warum ich Malik ärgere. Jedes Mal, wenn ich versuche, mich mit ihm auszusöhnen, wird es nur noch schlimmer."

„Du neckst ihn. Er braucht das. Zu viele Leute nehmen ihn ernst. Ich hoffe sehr, dass er eine Frau findet, die ihm gewachsen ist und sich nicht von seiner Position einschüchtern lässt, wenn er wieder heiratet."

„Das ist eine sehr hohe Erwartung."

„Ich weiß. Aber ich habe dich auch gefunden. Er kann auch jemandem wie dich finden."

Forschend musterte sie sein Gesicht. „Es tut dir wirklich nicht leid, dass wir verheiratet sind?"

„Keineswegs."

„Das freut mich", flüsterte sie.

Jamal beugte sich zu ihr. Ihr Herz setzte einen Schlag lang aus. Wollte er sie so küssen, wie er Honey geküsst hatte?

Doch er drückte die Lippen nur flüchtig auf ihre Wange, ließ ihre Hand los und stand auf. „Ich lasse dich jetzt wieder an die Arbeit gehen."

„Danke für die Diskette", sagte sie und hoffte, dass er ihre Enttäuschung nicht merkte.

Er ging ohne ein weiteres Wort. Heather krauste die Nase. Lag es an ihr? War sie zu unscheinbar, um ihn sexuell zu reizen? Dass er die Ehe nicht bereute, wärmte ihr Herz, aber sie war sich nicht sicher, ob es ihr reichte.

Es ist Yasmin, dachte sie düster. Seine verstorbene Frau regierte noch immer über seine Gefühle. Und das bedeutete, dass er Freundschaft mit seiner Ehefrau schloss und mit seiner Geliebten schlief, aber beiden seine tieferen Gefühle vorenthielt.

„Das war köstlich", sagte Jamal und legte seine Serviette auf den Glastisch.

Honey legte ihre Gabel nieder. Es war ihr zweites Date mit Jamal, und es enttäuschte sie ein wenig, dass er diesmal tatsächlich zum Lunch gekommen war, während sie sich eine Wiederholung der leidenschaftlichen Liebkosungen ersehnte. Die

Vorfreude auf die Berührung seiner Lippen, seiner Zunge und seiner Hände erregte sie derart, dass sie ihren Salat kaum angerührt hatte.

Sie rutschte auf ihrem Sitz umher und wollte gerade die Beine übereinander schlagen, als ihr einfiel, dass ihr der enge, kurze Rock bis zum Slip hinaufgerutscht wäre. Da der Tisch zwischen ihr und Jamal aus Glas war, sah sie lieber davon ab.

Doch er schien ihre aufreizende Kleidung gar nicht zu bemerken. Er beugte sich zu ihr vor. „Wie gesagt, habe ich auch in England studiert. Es war nicht nur eine schöne Zeit."

Sie schüttelte den Kopf. „Mir scheint, dass du wesentlich mehr Spaß hattest als ich. Einige der Mädchen im College waren recht wild, aber ich hatte mit einer sehr fleißigen Gruppe Umgang. Ich kann dir gar nicht sagen, wie oft ich an den Wochenenden gelernt habe."

Erstaunt blickte er sie an und grinste dann. „Oh, ich verstehe. Du neckst mich. Ich kann mir nicht vorstellen, dass du auch nur einen Abend zu Hause verbracht hast."

Gerade als sie protestieren wollte, fiel ihr wieder ein, dass sie Honey Martin verkörperte, nicht die unschuldige Heather. „Du hast mich ertappt", erwiderte sie mit einem Lachen. „Zugegeben, ich war meistens bis zum Morgengrauen auf Achse. Es wundert mich, dass ich den Abschluss überhaupt geschafft habe." Bevor er weitere Fragen über sie stellen konnte, wechselte sie hastig das Thema. „Haben deine Brüder alle ein College im Ausland besucht? Ich meine, du hast doch Brüder, oder?"

„Ja, zwei, und wir wurden alle in verschiedenen Teilen der Welt ausgebildet, gefolgt von einem Studium in England. Es gibt hier in El Bahar zwar ausgezeichnete Schulen, aber mein Vater legte großen Wert darauf, dass wir andere Kulturen kennenlernen. El Bahar ist eine erfolgreiche Verschmelzung von Ost und West, von Alt und Neu."

„Er scheint ein wundervoller Mensch zu sein. Es muss

schwer für einen Sohn sein, in die Fußstapfen seines Vaters zu treten und König zu werden."

„Das stimmt." Jamal nahm ihre Hand in seine. „Ich würde für kein Geld der Welt Maliks Verantwortung übernehmen wollen."

Es fiel ihr schwer, sich auf das Gespräch zu konzentrieren, während er ihre Finger in seiner warmen, starken Hand hielt. „Malik ist der Kronprinz, oder?"

Er nickte. „Als der Älteste musste er sämtliche Bereiche der Regierung erlernen. Er wird unser Land in einer sehr schnelllebigen Zeit voranbringen müssen. Mein Vater hat viel dafür getan, ihn darauf vorzubereiten. Bald wird Malik allein zurechtkommen müssen."

Heather hatte sich nie Gedanken darüber gemacht, was es bedeuten musste, der Erbe eines gesamten Landes zu sein. Sie war froh, das Jamals Verantwortlichkeiten nicht so groß waren. Er war der Finanzminister, und ihm oblag das Finanzwesen der Familie. Das erschien ihr genug Arbeit für einen Mann.

Nachdenklich strich er mit dem Daumen über ihren Handrücken. „Vater war immer viel strenger zu Malik als zu uns anderen. Khalil und ich durften viel spielen, aber Malik nicht. Selbst als er noch klein war, musste er an langen, langweiligen Konferenzen teilnehmen. Er durfte keinerlei Schwäche zeigen. Was auch geschah, von ihm wurde erwartet, stark zu sein."

„Und wo war deine Mutter bei alledem?", fragte sie unbedacht. Sie wusste nichts über die verstorbene Frau des Königs, außer dass niemand von ihr sprach. „Entschuldige", fügte sie hastig hinzu. „Du musst nicht antworten, wenn du nicht willst."

„Es gibt nicht viel zu sagen. Sie starb etwa ein Jahr nach Khalils Geburt. Ich erinnere mich überhaupt nicht an sie. Mein Vater wurde von zahlreichen Regierungsvertretern gedrängt, wieder zu heiraten. Doch er weigerte sich stets. Er sagt, dass er eine großartige Frau geliebt hat und keine wie sie finden wird. Da er eine zweite Frau nicht ständigen Vergleichen aussetzen will, bei denen sie den Kürzeren ziehen würde, bleibt er lieber Witwer." Er lächelte. „Außerdem hat er bereits drei gesunde Söhne, sodass keine Notwendigkeit für eine zweite Ehe besteht."

„Er muss sie sehr geliebt haben."

„Sie war seine Welt." Er drückte ihre Hand. „Mein Vater ist ein Mann, der von ganzem Herzen liebt, aber nur einmal im Leben."

Heather wusste nicht, was sie dazu sagen sollte. Sie wollte fragen, ob es in der Familie lag. Liebte auch Jamal nur einmal, und war Yasmin diese eine große Liebe? Wenn ja, dann waren sämtliche Bemühungen vergebens.

„Woran denkst du?", erkundigte er sich.

„An deine verstorbene Frau", erwiderte sie wahrheitsgemäß. Dann fiel ihr ein, dass sie als Honey von seiner Vergangenheit nichts wissen durfte. „Ich meine, ich habe in einem Artikel gelesen, dass du verheiratet warst."

„Yasmin ist tabu für dich, junge Dame."

„Warum?"

„Weil deine Vergangenheit für mich auch tabu ist. Ich bezweifle, dass du über intime Dinge redest, oder?"

„Natürlich nicht."

„Du willst mir also nicht von deinen Dutzenden von Liebhabern erzählen?", hakte er in neckendem Ton nach.

„Dutzende ist leicht übertrieben."

„Es waren also weniger als fünfzig?"

Sie lachte. „Eindeutig weniger."

„Weniger als zwanzig?"

„Natürlich."

Anerkennend musterte er sie. „Ich würde gern glauben, dass es weniger als zehn waren, aber du bist so schön. Die Männer müssen dir nachstellen, wohin du auch immer gehst."

„Du wärst überrascht", entgegnete sie.

Er stand auf und zog sie mit sich hoch. „Aber jetzt bist du hier – in meiner Gewalt sozusagen. Ich habe plötzlich den Drang, dafür zu sorgen, dass du mir nie entkommst."

Ihre Kehle war wie zugeschnürt, und ihr Herz pochte heftig. Ihr fiel keine Erwiderung ein. Daher ließ sie sich in die Arme schließen. Sie konnte es kaum erwarten, dass er sie erneut so leidenschaftlich küsste wie zuvor.

Nun, als sie ihm so nahe stand und in sein markantes Gesicht blickte, konnte sie sich nicht mehr erklären, warum sie sich davor gefürchtet hatte, mit einem Mann intim zu werden.

„Woran denkst du jetzt?", fragte er, während er die Lippen auf ihre senkte.

„Nichts Wichtiges", murmelte sie und erwiderte kühn seinen Kuss.

„Es muss wichtig gewesen sein, denn du bist rot geworden."

„Ich werde niemals rot. Es muss an dem Licht hier liegen."

„Lügnerin. Aber wenn du mir nicht sagen willst, woran du gedacht hast, möchtest du vielleicht hören, was ich denke."

Er hauchte sanfte, feuchte Küsse auf ihren Hals und ihr Dekolleté bis hinab zu dem Tal zwischen ihren Brüsten. Ihr stockte der Atem, und sie vergaß beinahe, so gelassen zu bleiben, wie es ihrer Rolle als erfahrener Geliebte entsprach.

„Willst du es wissen?", hakte er nach.

„Wie bitte?"

Er lachte. „Willst du wissen, was ich denke?"

„Oh. Ja, sicher."

„Ich habe schon seit Jahren einen Traum, der mir noch nie erfüllt wurde."

Sie richtete sich auf. „Noch nie?"

„Nein. Es klingt wahrscheinlich etwas albern für eine

weltoffene Person wie dich."

„Das bezweifle ich. Sag es mir."

Er beugte sich zu ihr und flüsterte ihr ins Ohr: „Ich möchte gern sehen, wie du für mich den Tanz der sieben Schleier vollführst."

Sie blinzelte. „Den Tanz der sieben Schleier? Wie in den Kinofilmen?"

Er liebkoste ihr Ohrläppchen. „Genau."

„Ist die Frau dabei zum Schluss nicht nackt?"

„Ja. Und dann liebt sie sich mit dem gut aussehenden Scheich." Er richtete sich auf und lächelte. „Du wärst eine wundervolle Tänzerin."

„Du möchtest, dass ich für dich tanze?"

„Ich kann mir nichts Schöneres vorstellen."

Sie wollte ihm jeden Traum erfüllen – vor allem, wenn Yasmin ihn nicht erfüllt hatte. „Kein Problem. Lass mir nur ein paar Tage Zeit, um ein Kostüm zu besorgen und die Schritte zu lernen."

Er drückte sie an sich. „Ich wusste, dass du diejenige bist." Er küsste sie flüchtig, ließ sie dann los. „Ich melde mich wieder", versprach er, und schon war er fort.

10. KAPITEL

Das kann nicht dein Ernst sein", meinte Fatima erstaunt, während sie mit sehr geschickten Händen langstielige Lilien in einer roten Vase anordnete.

„Es ist mein Ernst", beharrte sie. „Ich muss wissen, wo ich die Schleier kaufen kann, und ich brauche ein Video, um den Tanz der sieben Schleier zu erlernen."

Fatima schüttelte den Kopf. „Du musst ihn missverstanden haben. Dieser Tanz wurde von Hollywood erfunden. In Wirklichkeit gibt es so etwas nicht. Sei ein braves Kind und reiche mir die Rosen aus der Schachtel da drüben."

Heather lächelte. Manchmal behandelte Fatima sie immer noch wie eine Zwölfjährige. Doch leider war das Leben nicht mehr so einfach wie damals. „Ich weiß genau, was er gesagt hat. Ich war ihm sehr nahe und kann mich nicht verhört haben. Er hat eindeutig *Tanz der sieben Schleier* gesagt."

„So ein Unsinn von meinem eigenen Enkelsohn! Er will nur erreichen, dass du dich ausziehst."

Heather nahm die Rosen aus der Schachtel. Sie verströmten einen lieblichen Duft, was für die langstielige Sorte sehr ungewöhnlich war. Vermutlich ließ Fatima sie speziell für sich züchten. „Mir ist sein Ziel durchaus klar. Ich weiß nur nicht, was ich tun soll."

„Was willst du denn tun?"

„Das ist eine gute Frage. Wenn ich mich davor drücke und ihm auf den Kopf zusage, dass er mich nur nackt sehen will, durchschaut er meine Rolle und merkt, dass ich keine erfahrene Frau bin", sinnierte Heather. „Kann ich nicht einen ähnlichen Tanz erlernen und Schleier einsetzen?"

„Oh, Schleier gehören zu allen orientalischen Tänzen. Aber das Abnehmen der Schleier macht den Unterschied." Fatima musterte sie forschend über die Blumen hinweg. „Ich nehme an, es läuft gut zwischen euch?"

„Gewissermaßen."

„Das ist keine eindeutige Antwort."

„Ich weiß. Es ist alles so verwirrend. Ich mag Jamal. Er ist gut zu mir." In knappen Zügen berichtete sie von der Diskette über den General, die er ihr besorgt hatte. „Er ist rücksichtsvoll, und ich bin gern mit ihm zusammen. Aber es ist sehr seltsam, seine Ehefrau und seine Geliebte zu sein."

„Du scheinst das Beste von beiden Welten zu haben. Wollen Ehefrauen nicht immer Geliebte sein und umgekehrt?"

„Davon weiß ich nichts. Aber ich fürchte, dass er mehr an Honey interessiert ist als an mir."

„Das ist nicht möglich. Du bist doch ein und dieselbe Person."

„Ich weiß, aber ... Mir gefällt es, seine Geliebte zu sein. Aber als seine Ehefrau gefällt es mir nicht, dass er mit einer anderen zusammen ist."

„Das ist er doch gar nicht."

„Aber das weiß er doch nicht."

„Darüber kannst du dir später Gedanken machen. Vorerst hast du ein größeres Problem."

„Und das wäre?"

Fatima lächelte. „Du kannst die Schleier auf dem Marktplatz kaufen, und ich besorge dir ein Tanzvideo. Aber das sind nur Äußerlichkeiten. Wie willst du das eigentliche Problem lösen?"

„Wieso? Wenn ich die Schleier und Tanzschritte habe, ist doch alles klar."

„So, meinst du? Wie interessant. Wenn ich mich recht erinnere, soll Honey eine Frau von Welt sein."

„Das stimmt."

„Wird es Jamal dann nicht überraschen, dass diese Frau von Welt noch Jungfrau ist?"

Heather öffnete den Mund und schloss ihn wieder. Ihr fehlten die Worte. „Oh", murmelte sie schließlich.

„Allerdings. Oh. Du siehst also, meine Liebe, die Schleier sind Nebensache. Bevor du als seine Geliebte bei ihm weiterkommst, musst du einen Weg finden, mit ihm als seine Ehefrau zu schlafen."

Heathers Wangen erglühten. „O Gott, was soll ich bloß tun?"

„Ganz einfach. Verführe ihn."

Zwei Tage später schlich Heather sich aus dem Palast, um auf den Jahrhunderte alten Marktplatz zu fahren und Schleier zu kaufen. Fatima hatte ihr ein Video mit orientalischen Tänzen besorgt, doch ohne den Stoff war es ihr unmöglich, die Schritte einzustudieren.

Auch für sich selbst konnte sie eine neue Garderobe gebrauchen. Der aufreizende Stil, den sie als Honey trug, sagte ihr zwar nicht besonders zu, doch sie zog in Erwägung, sich schmeichelhafter zu kleiden und einige taillierte Kleider anzuschaffen. Außerdem musste sie in absehbarer Zeit zu offiziellen Anlässen erscheinen und brauchte daher Abendkleider.

Doch momentan waren die Schleier vorrangig – und die Tatsache, dass sie ihren eigenen Ehemann verführen musste. Allein der Gedanke daran versetzte sie in Panik. Doch Fatima hatte recht. Honey durfte keine Jungfrau sein. Daher musste sie schleunigst etwas dagegen tun.

Aber was? fragte sie sich, als sie zur Garage hinter dem Palast eilte. Sie war überzeugt, dass Jamal nicht auf diese Weise an ihr interessiert war. Er liebte immer noch Yasmin, was die Situation sehr erschwerte. Andererseits hatte er in den vergangenen sechs Jahren mit vielen Frauen verkehrt und war demnach nicht völlig gegen Intimitäten eingestellt. Vielleicht hatte er also gar nichts dagegen, ihre Ehe zu vollziehen. Das Problem lag darin, wie sie das Thema zur Sprache bringen und ihre Bereitschaft kundtun sollte. Vielleicht war es das Beste, eine direkte Konfrontation zu vermeiden und ihm einfach eine E-Mail zu schicken.

Heather lächelte über den Gedanken, während sie um eine Ecke bog und prompt gegen eine sehr breite, starke Brust stieß. Kräftige Arme packten sie, damit sie nicht das Gleichgewicht verlor.

„Heather", sagte Jamal überrascht. „Wo willst du denn hin?"

Ihr Herz begann zu pochen. „Oh. Ich … Meinst du mich?" Fieberhaft suchte sie nach einer plausiblen Erklärung. Natürlich stand es ihr frei, den Palast zu verlassen. Sie besaß sogar einen eigenen Wagen, aber sie fühlte sich schuldig, weil sie eine Besorgung für Honey tätigen wollte.

„Oh. Ich … Ja, ich meine dich." Lächelnd musterte er sie. „Du hast einen sehr interessanten Ausdruck auf dem Gesicht. Wenn ich es nicht besser wüsste, würde ich schwören, dass du dich heimlich wegschleichen willst." Er legte einen Finger unter ihr Kinn und zwang sie, ihn anzusehen. „Ist dem so?"

Sein Blick schien bis in ihr Innerstes zu dringen. „Ich will zum Marktplatz."

„Aha. Du willst also mein Geld ausgeben. Kein Wunder, dass du so schuldbewusst wirkst."

„Ich wollte nur ein paar Kleinigkeiten besorgen."

Sein Blick glitt über ihre Gestalt. „Ich wollte dich nur necken. Ich möchte, dass du schöne Sachen hast. Deshalb freut es mich, dass du einkaufen gehst." Spontan fügte er hinzu: „Was hältst du davon, wenn ich dich begleite? Ich kann meine Termine für heute Nachmittag absagen. Möchtest du gern die Meinung eines Mannes zu deiner Wahl hören?"

Heather zögerte. Wenn sie ablehnte, musste er annehmen, dass sie nicht an ihm oder ihrer Ehe interessiert war. Wenn sie jedoch zusagte, konnte sie keine Schleier kaufen.

Seine Miene wurde streng. „Schon gut. Geh nur und amüsier dich. Wir sehen uns später." Er wandte sich zum Gehen.

Sie holte tief Luft und legte eine Hand auf seinen Arm. „Ich möchte sehr gern, dass du mitkommst. Aber ich weiß nicht, was ich kaufen soll. Daher dachte ich, dass du dich langweilen würdest."

„Nicht, wenn ich mit dir zusammen bin", entgegnete er und nahm ihre Hand. „Außerdem kenne ich die besten Geschäfte für wundervolle Kleider, in denen du dich wie eine Märchenprinzessin fühlen wirst."

„Ich vermute, du kennst diese Geschäfte, weil du für deine anderen Frauen dort eingekauft hast", murrte sie.

„Das stimmt", erwiderte er grinsend. Dann zog er ihre Hand an die Lippen. „Aber das war vor deiner Zeit. Jetzt kleide ich meine Ehefrau ein, und das ist etwas ganz anderes."

Sie nahmen ihren Wagen, einen kleinen Mercedes. Jamal lenkte ihn geschickt durch den Verkehr. Er mied die verstopften Hauptstraßen, nahm kleine Seitenstraßen und parkte schließlich hinter einem zweistöckigen Gebäude, das völlig in Pink und Gold gehalten war.

„Madame Monique", verkündete er. „Und bevor du fragst, sage ich gleich, dass ich hier nicht oft einkaufe. Aber Fatima und Dora schwören auf diese Boutique." Er schaltete den Motor ab. „Wie ich dich kenne, möchtest du zuerst über den Basar bummeln, bevor du Kleider kaufst. Richtig?"

Sie wollte schon verneinen, doch dann wurde ihr bewusst, dass sie den *souk* seit ihrer Rückkehr nach El Bahar noch nicht aufgesucht hatte und sich nach all den exotischen Anblicken und Gerüchen sehnte. „Nichts wäre mir lieber."

„Ich wusste es doch." Jamal stieg aus, legte Jackett und die Krawatte ab und warf beides auf den Sitz. Nachdem er den Wagen verschlossen hatte, öffnete er den obersten Hemdknopf und krempelte die Ärmel bis zum Ellbogen hoch.

In wenigen Sekunden hatte er sich von einem strengen Geschäftsmann in einen charmanten, lässigen Begleiter verwandelt. Er nahm Heather bei der Hand und führte sie zwischen den Gebäuden hindurch. Der Lärmpegel stieg beträchtlich, als sie die Marktstraße erreichten. Sie hielt sich an seiner Hand fest, damit sie von der Menschenmenge nicht getrennt werden konnten.

Tief atmete sie die vertrauten Gerüche ein. Parfums und Duftöle mischten sich mit gegrilltem Fleisch, frischen Blumen, Früchten, Kamelen und dem lieblichen Duft, der El Bahar eigen war.

Was früher einmal als Treffpunkt der Nomadenstämme gedient hatte, war zu einem internationalen Handelszentrum geworden. Der alte Platz war noch immer von Ständen übersät, die von Obst und Fleisch über Messinglampen und gefälschte Kunstwerke für ahnungslose Touristen alles Erdenkliche feilboten. Doch die Straßen ringsumher hatten sich zu einem supermodernen Einkaufszentrum entwickelt, das Modehäuser aus der ganzen Welt beherbergte.

Verkäufer boten lautstark ihre Waren an. Kinder spielten unter Gelächter und Geschrei zwischen den Buden. Musik dröhnte aus tragbaren Radios. Ein einsamer Gitarrist saß auf einer Bank und besang Wein aus Wassermelonen.

Langsam drehte Heather sich im Kreis und betrachtete die Farbenvielfalt. Das Blau des Himmels, die leuchtenden Früchte, die dunklen Augen der Einheimischen, die bunten Hemden der Touristen, die gestreiften Markisen über den Ständen.

Das Kopfsteinpflaster unter ihren Füßen war glatt und blank gescheuert von den Tausenden von Besuchern, die seit Hunderten von Jahren darauf wandelten. Abgesehen von modernen elektronischen Geräten wurden dieselben Waren wie Generationen zuvor angeboten.

„Was denkst du?", frage Jamal.

„Dass mein Großvater mich oft hierher mitgenommen hat. Er hat gesagt, es sei das Herz von El Bahar. Wie der König sei der *souk* ein Symbol für das Volk. Solange die Leute hierher kommen können, wie ihre Eltern und all ihre Vorfahren zuvor, können sie Hoffnung für die Zukunft hegen."

„Dein Großvater war ein weiser Mann." Er drückte ihre Hand. „Komm, sehen wir uns um."

Er zog sie mit sich zwischen den Buden hindurch. Er kaufte ihr Obst und die schönsten Orchideen, die sie je gesehen hatte. Behutsam hielt sie die Blüten im Arm und fragte sich, wie etwas so Zartes in einem derart strengen Klima überleben konnte.

Sie bewunderten Orientteppiche und goldene Armreifen, schauten einem Jongleur zu und kosteten die verschiedensten Snacks.

Schließlich spazierten sie zur Boutique von Madame Monique zurück. Der klimatisierte, elegant eingerichtete Ausstellungsraum war wie die Fassade in Pink und Gold gehalten und enthielt eine große Auswahl kunstvoll drapierter Kleidungsstücke.

„Eure Hoheit, wir sind entzückt, Sie hier begrüßen zu dürfen", verkündete eine Frau mit unangenehm schriller Stimme. „Ihre Großmutter und die wundervolle Prinzessin Dora pflegen ebenfalls hier zu kaufen."

Die Frau war groß, schlank, Anfang vierzig und ganz in Schwarz gekleidet. Ihre Figur wies keinerlei sichtbare Rundungen auf, und ihr Gesicht war weiß wie Kalk. Dennoch strahlte sie eine Eleganz aus, durch die Heather sich noch unscheinbarer als gewöhnlich vorkam.

„Prinz Jamal, Prinzessin Heather, wir fühlen uns sehr geehrt." Madame Monique verbeugte sich tief, ebenso wie die drei Verkäuferinnen hinter ihr. „Wir stehen ganz zu Ihren Diensten. Was würde der Königlichen Hoheit Freude bereiten?"

Zu gehen, dachte Heather. Sie fühlte sich völlig fehl am Platze und wusste nicht, wie sie auf diese ehrerbietige Begrüßung reagieren sollte. Denn bisher hatte sie noch nie in ihrer Rolle als Prinzessin in der Öffentlichkeit auftreten müssen.

Jamal half ihr aus dem Dilemma, indem er vortrat und Madame die Hand schüttelte. Dann legte er einen Arm um Heather und zog sie an sich. „Ich bin ein höchst nachlässiger Ehemann und habe viel zu lange gewartet, meine Braut in Samt und Seide zu hüllen. Deshalb bin ich hier, um es gutzumachen."

Eine gute Rede, dachte Heather.

Madame beäugte sie kritisch. „Sie ist eine zarte Blume."

„Das ist sie fürwahr", stimmt er zu. „Ich möchte Kleider, die ebenso schön sind wie meine Frau."

Heather blinzelte. Hatte sie richtig gehört?

„Natürlich, Eure Hoheit." Madame Monique verbeugte sich erneut und verschwand mit ihren Angestellten im Hinterzimmer.

„Ich mag vieles sein", sagte Heather trocken, „aber ich bin keine zarte Blume."

„Für mich bist du es", entgegnete Jamal.

Meinte er es ernst? Sie war intelligent und kompetent und vermochte den Kronprinzen einzuschüchtern, aber offensichtlich sah Jamal sie in einem anderen Licht. Vielleicht bestand doch Anlass zu der Hoffnung, dass er sich für sie und nicht nur für Honey interessierte.

Madame und die Verkäuferinnen kehrten mit unzähligen Kleidungsstücken beladen zurück und entführten Heather in eine Umkleidekabine, die so groß wie ein kleines Haus war.

Sie probierte Tageskleider und Abendkleider an, Hosen und Röcke, Blusen und Pullover, Dessous und Strümpfe, Sandaletten und Stiefel.

Einige Sachen führte sie Jamal vor, der an einem Tisch saß und mit Kaffee und Zeitschriften versorgt worden war. Als sie in einem schwarzen Abendkleid erschien, in dem sie sich wie ein Filmstar fühlte, nickte er anerkennend. Ein anderes Kleid war ihm vorn zu tief ausgeschnitten, und er teilte Madame mit, dass es nur ihm gestattet sei, die Perfektion seiner Frau zu bewundern. Das nächste Gewand wies einen tiefen Rückenausschnitt auf. Er überließ ihr die Entscheidung, strich aber mit den Fingerspitzen über ihre nackte Haut, und die Liebkosung raubte ihr den Atem.

Als sie in die Kabine zurückkehrte, lächelte Madame Monique wissend. „Der Prinz ist ein glücklicher Mann, ja?“

„Ich hoffe es“, murmelte Heather. Dann kam ihr eine Idee. „Darf ich Sie etwas fragen?“

„Natürlich. Was denn?“

„Ich möchte gern Schleier kaufen. Sie wissen schon, solche, mit denen man tanzt.“

Madames Augen leuchteten auf. Sie seufzte theatralisch. „Oh, so jung und so verliebt zu sein! Sie möchten Ihren Mann überraschen.“ Sie senkte die schrille Stimme zu einem Flüstern. „Ich habe solche Dinge nicht, aber ich weiß, wovon Sie sprechen. Ich schicke eines meiner Mädchen, für Sie welche zu besorgen“, versprach sie mit einem Augenzwinkern.

11. KAPITEL

„Du hast mir viel zu viel gekauft", befand Heather zwei Stunden später, als Rihana mehrere Einkaufstüten in die Suite trug.

„Du bist eine Prinzessin und meine Frau", entgegnete Jamal. „Du musst dich angemessen kleiden. Außerdem will ich mit dir angeben."

Er sah den erstaunten Blick in ihren Augen. Offensichtlich hielt sie sich aus irgendeinem Grund nicht für attraktiv. Oder vielleicht glaubte sie, dass er sie nicht anziehend fand. Wie auch immer, er nahm sich vor, ihr weiterhin Komplimente zu zollen, um ihr Selbstbewusstsein zu steigern.

„Ich weiß ja, dass ich Abendkleidung für formelle Empfänge brauche", räumte sie ein, als Rihana den nächsten Schwung Tüten holen ging. „Aber das ist übertrieben. Ich kann sie niemals alle tragen."

Nachdenklich musterte er sie. Während sie seine Freigebigkeit kritisierte, hatte Yasmin stets noch mehr verlangt, sodass er im Laufe der Zeit jedes Geschenk an sie bereut hatte. Heather hingegen wollte er mehr geben. Sanft streichelte er ihre Wange. „Erfreue dich an den neuen Kleidern. Du musst nicht auf einen besonderen Anlass warten. Trag sie hier im Palast."

Sie nickte bedächtig. „Mir gefällt alles, was wir gekauft haben, aber ich befürchte, du könntest mich für habgierig halten."

„Wohl kaum."

„Gut, weil ich …"

„Prinzessin, was soll ich hiermit tun?" Rihana war mit mehreren Kleidern über dem Arm zurückgekehrt und hielt ein kleines Päckchen in der Hand.

Heather erblasste, als sie es erblickte, und nahm es ihr hastig ab. „Ach, das räume ich selbst fort." Mit vorgetäuschter Gelassenheit warf sie es auf das Bett, so als wäre es völlig unbedeutend.

Jamal fragte sich, ob es die Schleier für seinen Tanz enthielt. Inzwischen hatte sie bestimmt mit Fatima über sein Begehren gesprochen und erfahren, dass es einen Tanz der sieben Schleier nicht gab. Er war neugierig darauf, ob Honey ihn auf seinen Irrtum hinweisen oder improvisieren würde.

„Ich hänge auch die Kleider auf“, bot Heather an und nahm sie Rihana ab. „Danke für deine Hilfe.“

Die Zofe nickte und ging.

Jamal begleitete Heather in ihr Ankleidezimmer. Die drei verspiegelten Wände gestatteten ihm zu beobachten, wie sie die neuen Kleider auf eine Weise sortierte, die nur für sie einen Sinn ergab.

Auf seine Bitte hin hatte sie die Boutique in einem neuen Outfit verlassen. Statt eines ihrer formlosen Kleider trug sie nun eine enge Hose und eine taillierte Bluse. Der schlichte Stil betonte ihre erfreuliche Gestalt, vor allem ihren rundlichen Po, den er in den Spiegeln aus jedem erdenklichen Blickwinkel betrachten konnte. Er spielte mit dem Gedanken, sie an sich zu ziehen und die Kurven zu umschmiegen, die er soeben bewunderte. Wie hätte sie reagiert? Hätte sie seine Liebkosungen erwidert oder ihn fortgestoßen? „Heather?“

Sie drehte sich zu ihm um. „Was denn?“

„Willst du heute Abend mit mir essen?“ Er deutete auf die neuen Kleider. „Zieh etwas Hübsches an, und ich lasse das Dinner in unsere Suite kommen.“

Ihre Augen weiteten sich. Er wusste nicht, ob es aus Freude oder Abneigung geschah. Er wollte allzu gern glauben, dass sie ihn durch ihre Rolle als Honey zu gewinnen suchte, und er war bereit, in jeder erdenklichen Weise zu kooperieren. Aber er war sich ihrer Absichten nicht sicher. Denn Yasmin hatte ihre Rolle zu gut gespielt und seinen Glauben in sie ebenso zerstört wie seinen Stolz, als sie sich in ihrem wahren Licht gezeigt hatte.

„Das klingt verlockend“, murmelte Heather. Sie räusperte sich. „Wirst du dich fein anziehen?“

„Möchtest du es denn?“

Sie nickte.

„Dann werde ich es tun.“ Er schenkte ihr ein flüchtiges Lächeln, verließ den Raum und fragte sich dabei, ob er im Begriff stand, sich zum zweiten Mal zum Narren zu machen.

„Das ist verrückt“, murrte Heather, während sie in ihrem Schlafzimmer umherlief. „Ich bin verrückt.“

Sie blieb vor dem Spiegel stehen und musterte sich. Ein silbriges, hauchdünnes Nachthemd umschmiegte ihre Gestalt. Schmale Träger hielten das seidige Oberteil. Die Form ihrer Brüste und Knospen zeichnete sich deutlich durch den halb durchsichtigen Stoff ab, der fließend bis zum Boden fiel und ihren Körper graziös und äußerst feminin wirken ließ. Nie zuvor hatte sie sich so begehrenswert gefühlt.

Das intime Dinner in ihrer Suite bot eine perfekte Gelegenheit, Jamal zu verführen. Doch sie hatte keine Ahnung, wie sie es anfangen sollte. Mit einem geistreichen Gespräch? Einer zarten Berührung? Und was war, wenn er nicht merkte, was sie beabsichtigte?

Die Chancen standen zu schlecht, befand sie. Ihr war heiß und kalt zugleich, und ihr Magen flatterte. Sie musterte ihr Spiegelbild und wusste, dass es ein Fehler war, dieses Gewand zu tragen. Sie sollte eines der schicken Kleider anziehen, oder vielleicht …

Ein Klopfen an der Tür erklang. „Heather? Bist du fertig?“

„Ich komme gleich!“, rief sie. Dann holte sie tief Luft, ging zur Tür und trat hinaus auf den Flur.

Nur noch drei Schritte bis zum Wohnzimmer, sagte sie sich und zwang sich, ruhig zu atmen. Ihre Brust war wie zugeschnürt, und ihre nackten Füße drohten sie nicht zu tragen.

Jamal stand bei der Bar, mit einer Flasche Champagner in der Hand. Er trug einen schwarzen Smoking, in dem er atemberaubend gut aussah. „Ich dachte, du möchtest vielleicht …" Er drehte sich zu ihr um und verstummte. Mit offenem Mund starrte er sie an, und einen Moment lang fürchtete sie, er würde die Sektflasche fallen lassen. Sie zwang sich, völlig still zu stehen, während er sie von Kopf bis Fuß musterte.

Die Haare fielen ihr lose über die Schultern. Ihr einziger Schmuck war der Ehering, aber das Nachthemd bedurfte keiner weiteren Accessoires. Unter dem hauchdünnen Stoff war sie völlig nackt, und sie fühlte sich sehr verletzlich.

„Heather?" Seine Stimme klang sanft und unglaublich verführerisch.

Sie straffte die Schultern und begegnete mutig seinem verwirrten, aber glühenden Blick. „Ich habe gehört, dass einiges für animalische Triebe spricht, aber ich habe keine eigene Erfahrung. Ich dachte, vielleicht wärst du bereit, das zu ändern."

Jamal antwortete nicht. Da wusste sie, dass sie einen furchtbaren Fehler gemacht hatte. Sie war ein Dummkopf. Gerade als sie sich abwenden und davonlaufen wollte, stellte er die Sektflasche ab und trat zu ihr.

Dicht vor ihr blieb er stehen. Er legte eine Hand auf ihre Taille und streichelte mit der anderen ihre Wange. „Du willst mit mir schlafen?" Er klang verwundert. Er klang fasziniert.

„Ja. Aber nicht, wenn wir darüber reden müssen. Dazu bin ich zu nervös."

Er lächelte. „Das Reden übernehme ich", versprach er, und dann küsste er sie inniglich.

Als er den Kopf hob, war sie völlig atemlos. Sie hoffte, dass er keine Fragen stellen würde, denn sie vermochte keinen klaren Gedanken zu fassen. Zum Glück nahm er sie nur bei der Hand und führte sie in sein Schlafzimmer.

Nur flüchtig nahm sie ein riesiges Bett, andere massive Möbelstücke und wundervolle Mosaike an den Wänden wahr.

Jamal lächelte sie an. „Nervös?"

„O ja. Meine Hände zittern." Um es zu demonstrieren, hielt sie einen Arm hoch.

Er führte ihre Finger an die Lippen. „Ich werde dafür sorgen, dass dein ganzer Körper zittert, aber nicht vor Nervosität."

Er küsste jeden Finger, ließ dann die Lippen über die Innenfläche zu ihrem Puls gleiten und streichelte die empfindsame Stelle mit der Zunge. Das versprochene Zittern begann in den Beinen. Eine Woge der Hitze stieg in ihr auf, und ihre Knie wurden weich.

Er schlang die Arme um ihre Taille, drückte sie an sich und küsste ihre Wange. „Meine süße Heather", murmelte er.

Sie brauchte ihn auf eine Weise, die sie nicht verstand. Sie sehnte sich nach leidenschaftlicheren Küssen und innigeren Liebkosungen. Sie presste sich an ihn, strich mit einer Hand durch sein dunkles Haar und erforschte mit der anderen seinen breiten Rücken.

Sogar durch sein Jackett und das Hemd spürte sie das Spiel seiner Muskeln. Nie zuvor hatte sie einen Mann derart berührt. Die Vorstellung, dass sie seinen Körper bald ebenso gut wie ihren eigenen kennen würde, wirkte überwältigend.

Etwas Hartes presste sich an ihren Bauch. Verwirrt zuckte sie zusammen. Dann wurde ihr klar, was es war. Sie wusste nicht, ob diese Erkenntnis instinktiv war oder von den Büchern herrührte, die Fatima ihr zu lesen gegeben hatte. Jedenfalls begriff sie, dass Jamal erregt war. Einerseits war es ihr peinlich, doch vor allem erweckte es ihre Neugier. Unwillkürlich fragte sie sich, wie er nackt aussehen würde.

Er wich zurück und musterte sie eingehend. „Woran zum Teufel denkst du? Du bist völlig weggetreten. Offensichtlich habe ich mein Geschick verloren und langweile meine Braut."

„Entschuldige. Es ist nicht so, wie du glaubst. Ich bin nicht gelangweilt."

Sie riskierte einen Blick und stellte erleichtert fest, dass seine Augen belustigt funkelten. Einen Moment lang hatte sie Zorn befürchtet.

„Was hast du also gedacht, Prinzessin?", hakte er nach, während er mit einem Finger über ihre Lippen strich.

Die leichte, zarte Berührung war kaum zu spüren, erweckte aber den Drang, die Hüften an seine zu pressen. „Ich ... Du machst es mir sehr schwer zu denken."

„Du sollst auch nicht denken. Du sollst fühlen."

„Das habe ich ja. Ich habe dich gefühlt, und das war sehr verwirrend."

Er drängte sich an sie, bis ihre Körper sich wieder berührten. „Meinst du das?"

Ein Flattern erwachte in ihr. „Ja", flüsterte sie. „Ich war noch nie mit einem Mann zusammen, und deshalb bin ich noch nie in Berührung gekommen mit seinem ... du weißt schon."

„Aha, sein *du weißt schon.*" Er schmunzelte. „Heather, du bist die entzückendste Frau, der ich je begegnet bin."

„Wirklich?"

„Eindeutig." Er musterte sie. „Macht es dir Angst, dass ich erregt bin?"

Muss er unbedingt darüber reden? schoss es ihr durch den Kopf, können wir es nicht einfach tun? Verlegen senkte sie den Blick auf seinen obersten Hemdknopf und dachte dabei unwillkürlich: Wer hat eigentlich den Knopf erfunden, und wie mögen die Leute vorher zurechtgekommen sein?

„Heather?"

„Mir gefällt, dass du mich willst", wisperte sie.

„Ich will dich wirklich. Ich will dich küssen und berühren und dir all die Wunder zeigen, die zwischen Mann und Frau möglich sind."

Endlich begegnete sie seinem Blick. „Okay."

„Danke, dass du zustimmst."

Sie wollte gegen seine Neckerei protestieren, doch dann küsste er sie, und seine Belustigung störte sie nicht länger.

Er drängte sie zurück zum Bett und drückte sie hinab auf die Matratze. Dann zog er sich das Jackett aus. Während er sich der Krawatte entledigte, begann sie, sein Hemd aufzuknöpfen. Sie konnte es kaum fassen, dass sie im Begriff stand, mit ihm zu schlafen. Sie wusste nicht, ob sie vor Entzücken lachen oder schreiend aus dem Raum rennen sollte. Doch Jamals Küsse gefielen ihr, und sie war sich sicher, dass sie an allem anderen auch Gefallen finden würde.

Als er sich das Hemd abstreifte, faszinierte sie der Anblick seiner breiten Schultern und nackten Brust im Schein der Nachttischlampe.

Er kniete sich neben sie auf die Matratze und griff zum Saum ihres Nachthemdes. „Ich möchte es dir ausziehen."

Sie schluckte schwer und befeuchtete sich die plötzlich ausgedörrten Lippen. „Ja, nun, es spricht wohl nichts dagegen, außer dass ich drunter nichts anhabe."

„Also bist du praktisch nackt?"

„Ja."

„Keine Kleidung, nur nackte Haut, die ich nach Herzenslust betrachten und erforschen kann."

„Du quälst mich absichtlich."

„Worin läge der Reiz, dich zu quälen, wenn es nicht absichtlich geschähe?"

Trotz ihrer Nervosität lachte sie. „Ich hätte nicht erwartet, dass es so sein würde. Ich dachte, wir wären beide ernst."

Er beugte sich hinab und küsste sie. „Es wird früh genug ernst werden. Vertrau mir."

Überrascht stellte sie fest, dass sie das tatsächlich tat. Daher ließ sie sich das Nachthemd abstreifen. Ihr Anflug von Tapferkeit und Vertrauen schwand, sobald sie nackt war. Doch bevor sie sich bedecken konnte, küsste er sie, und sie dachte an nichts anderes mehr als an das Vergnügen, ihm so nahe zu sein.

Sie schlang die Arme um seinen Nacken und zog ihn zu sich herab mit einem bisher unbekannten, brennenden Hunger, der sie verwirrte.

Jamal legte eine Hand auf ihren Bauch und ließ sie langsam kreisen. Sie zuckte zusammen, als seine Finger hinauf zu ihren Brüsten glitten. Ihr fiel ein, wie wundervoll es gewesen war, als er sie das letzte Mal dort berührt hatte. Allein der Gedanken daran ließ ihre Knospen hart werden.

„Wie wundervoll du bist", murmelte er an ihren Lippen. „Ich will dich überall berühren und kosten."

Ihr ganzer Körper erzitterte, als er eine Hand um ihre Brust schloss. Sie störte sich nicht mehr daran, dass sie nackt war. Sie dachte überhaupt nicht mehr.

Er streichelte die Knospe, und sie stieß winzige Laute aus, die ihn anstachelten. Gemächlich ließ er den Mund über ihren Hals wandern, und dann nahm er die Knospe zwischen seine Lippen.

Eine Woge der Hitze durchströmte Heather. Sie stemmte die Füße in die Matratze, bäumte sich auf und presste seinen Kopf an sich.

Abwechselnd liebkoste er ihre Brüste. Gleichzeitig glitt seine Hand an ihrem Bauch hinab. Unwillkürlich spreizte sie die Beine. Schauer rannen durch ihren Körper. Sie fürchtete sich und war dennoch bereit für alles, was er zu tun gedachte. Es gefiel ihr, dass er sie so behutsam berührte und damit ihre Ängste vertrieb.

Mit sanftem Druck schmiegte er die Hand zwischen ihre Schenkel.

Ausgiebig erforschte er all die empfindsamen Stellen, die sie vor Entzücken seufzen ließen. Seine Küsse dämpften die sinnlichen Laute, die sich ihr unwillkürlich entrangen. Sie klammerte sich an ihn, strich über seinen Rücken, presste die Hände dann auf seine Brust und liebkoste seine Brustwarzen.

Sie spürte seine Erregung und genoss es, derart begehrt zu werden. Dann stockte ihr der Atem, als ein Finger in sie eindrang. Spannung wuchs in ihr. Sie wand sich heftig, klammerte sich hilflos an ihn. Ihr Körper versteifte sich. Mehr und mehr steigerte er ihre Erregung, und dann geschah das Wunder: eine Art Explosion im Innern. Unzählige Schauer schüttelten sie, zunächst heftig und dann immer schwächer, bis sie schließlich nur noch zitterte.

Fest hielt Jamal sie in den Armen. Verklärt blickte sie ihn an. „Sollte es so sein? Ich meine, so wundervoll?"

Er betrachtete sie so seltsam, so eindringlich, als hätte er sie nie zuvor gesehen.

„Habe ich etwas falsch gemacht? Sollte ich nicht …"

„Hör auf damit", unterbrach er sie hastig. „Du warst perfekt. Es sollte genau so sein. Du sollst all das empfinden. Es wird sogar noch besser werden."

Sie lächelte. „Das geht gar nicht."

„O doch. Durch Übung lernen wir, was der andere mag oder nicht mag, und wir entwickeln einen Rhythmus, der uns beiden zusagt."

„Ich kann mir nicht vorstellen, dass du etwas tust, das ich nicht mag."

„Gut." Zögernd fügte er hinzu: „Ich möchte in dir sein. Ich möchte es vollenden."

Ihre Verlegenheit kehrte zurück, aber sie nickte. „Das möchte ich auch."

Jamal stand auf, zog sich Schuhe und Strümpfe aus und griff zu seiner Gürtelschnalle. „Hast du schon mal einen nackten Mann gesehen?"

Sie schüttelte den Kopf.

Mit einer geschmeidigen Bewegung streifte er sich Hose und Slip ab. Dann glitt er auf das Bett und streckte sich auf dem Rücken aus. „Schau mich ruhig an“, bot er an. „Mach dich mit mir vertraut. Fass mich an, wenn du möchtest.“

Sie stützte sich auf einen Ellbogen und musterte seinen Körper. Er war fit und gebräunt und muskulös. Seine Schultern waren breit. Seine Brust verjüngte sich zu einer schmalen Taille und schlanken Hüften. Ihr Blick folgte der dunklen Linie von Haaren, die über seinen Bauch verlief und direkt zu seinen Lenden führte.

Zögernd streckte sie eine Hand aus und berührte ihn zurückhaltend. Die Haut war weich und warm, doch darunter befand sich eine pulsierende Härte. Ihr gefiel, wie er sich unter ihrer Berührung spannte und leise stöhnte. Sie experimentierte mit langsamen Bewegungen, erhöhte dann das Tempo. Das schien ihm wirklich zu gefallen.

„Genug.“ Er umfasste ihr Handgelenk und hielt es fest. „Diese Lektion ist für ein andermal.“ Er drückte sie hinab auf die Matratze und kniete sich zwischen ihre Schenkel. Erneut berührte er sie, wie zuvor. Die Liebkosung raubte ihr den Atem. Unwillkürlich bewegte sie die Hüften im Rhythmus seiner Finger. Erneut wuchs die Spannung in ihr.

Doch bevor sie Erfüllung fand, hielt er inne und küsste sie. Sie spürte einen Druck zwischen den Schenkeln, der nicht von seinen Fingern rührte. Etwas Größeres suchte einzudringen. Es tat nicht weh, aber es war auch nicht angenehm.

„Verkrampf dich nicht“, sagte er mit rauer Stimme. „Ich weiß, dass es unangenehm ist, aber es wird besser, das verspreche ich. Entspanne dich.“

Sie wollte ihn von sich stoßen, doch stattdessen gehorchte sie und konzentrierte sich ganz auf seinen Kuss. Schon wollte sie ihm sagen, dass es nicht so schlimm war, als sie einen scharfen Schmerz verspürte. Sie schrie auf, und er verharrte reglos.

„Das Schlimmste ist schon vorbei", versicherte er ihr und bedeckte ihr Gesicht mit Küssen.

Tränen brannten in ihren Augen, doch sie murmelte: „Es ist gar nicht so schlimm."

„Du bist wirklich eine schlechte Lügnerin." Er stützte sich auf Knie und Ellbogen und blickte ihr in die Augen. „Erinnerst du dich, wie es vorher war, als ich dich dort berührt habe? Als die Spannung gewachsen ist?"

Sie nickte zögernd.

„Es wird sich wieder so anfühlen", versprach er. „Vielleicht nicht dieses Mal, aber bald. Es wird für uns beide schön werden."

Seine Worte vertrieben ihre Anspannung, und als er sich langsam zu bewegen begann, genoss sie es sogar.

Er steigerte das Tempo. Seine Miene spannte sich. „Ich kann mich nicht zurückhalten."

Sie wusste nicht, wovon er sprach, aber sie hielt es für angebracht, ihn zu beruhigen. „Es geht mir gut. Halt dich nicht zurück." Er senkte den Kopf und küsste ihren Hals. Dann spannte sich sein ganzer Körper, als er sich tief in ihr vergrub.

Sie drückte ihn an sich, spürte das letzte Zittern seiner Muskeln. Sie hatten es getan. Sie hatten miteinander geschlafen. Sie war nicht länger eine Jungfrau, und er war endlich ihr wahrer Ehemann. Zum Glück war Sex wesentlich besser, als sie es sich vorgestellt hatte.

„Jetzt gehörst du mir", flüsterte er eindringlich.

Ein Lächeln spielte um ihre Lippen. Zum ersten Mal im Leben fühlte sie sich zugehörig.

Jamal starrte in die Finsternis. Heather schlief an seiner Seite, doch er bekam kein Auge zu. Freude und Stolz erfüllten ihn, als er sich in Erinnerung rief, wie sehr seine intimen Liebkosungen sie erregt hatten. Er hatte die Verzückung und die Leidenschaft auf ihrem Gesicht gesehen.

Gleichzeitig quälte ihn jedoch die Befürchtung, dass es ein Einzelfall oder vorgetäuscht gewesen sein könnte. Schließlich hatte Yasmin in all den Ehejahren kein einziges Mal so heftig reagiert. Meistens war sie völlig ungerührt geblieben. Für sie war Sex mit ihm nur ein Mittel zum Zweck gewesen.

Er hatte sich einzureden versucht, dass nicht jede Person die gleiche Freude an Sexualität empfand. Dennoch hatte er sich immer mit Selbstzweifeln gequält und sich selbst die Schuld daran gegeben, dass er sie nicht hatte befriedigen und glücklich machen können. Und es traf zu. Denn sie hatte nur in Ruhe gelassen werden wollen.

Aber Heather war nicht wie Yasmin. Sie hatte gleich beim ersten Mal einen Höhepunkt erreicht. Allein der Gedanke daran erweckte erneut sein Verlangen, und obwohl es schon spät war, konnte er nicht verhindern, sie an sich zu ziehen.

Schläfrig rührte sie sich. „Jamal? Was ist denn?"

„Nichts", murmelte er, während er ihren Hals küsste.

Sie lachte sanft. „Ich spüre da etwas Hartes und Eindrucksvolles. Es fühlt sich nicht wie nichts an." Sie rückte zu ihm und schob ein Bein über seine Lenden.

Er erschauerte. „Du weißt nicht, was du mir antust."

„Sag es mir."

Er musterte sie in der Dunkelheit, doch er konnte ihr Gesicht kaum erkennen. „Ich will dich schon wieder."

Sie lächelte. „Weißt du, das habe ich mir beinahe gedacht. Das Komische daran ist, dass ich dich auch will."

12. KAPITEL

Das Schlafzimmer war sonnenüberflutet, als Heather erwachte. Ohne auf die Uhr zu sehen, wusste sie, dass es spät am Vormittag war. Sie wusste außerdem, dass sie allein war. Jamal war in aller Frühe aufgestanden, hatte ihr einen Kuss gegeben und sie gedrängt, weiterzuschlafen.

Sie setzte sich auf, reckte sich und lächelte, als sie eine einzelne rote Rose auf dem Kopfkissen neben sich sah. Sie roch an der Blüte und dachte dabei, dass Jamal ein unglaublicher Liebhaber war. Rücksichtsvoll und sehr geschickt. Sie passten sehr gut zusammen, und sie genoss es, in seinen Armen zu liegen.

Als sie zum ersten Mal in den Büchern von Fatima geblättert hatte, war sie schockiert gewesen. Nun erregte sie die Vorstellung, all diese Dinge mit Jamal zu tun. Vielleicht sollte sie ihm die Bilder zeigen und …

Sie stand auf und ging in ihr eigenes Schlafzimmer. Abrupt blieb sie stehen, als sie das Päckchen mit den Schleiern auf dem Bett liegen sah. Die Schleier, mit denen sie als Honey für Jamal tanzen sollte.

Einerseits freute sie sich darauf, ihre weibliche Macht über ihn zu erproben. Doch andererseits erweckte es ihren Zorn, dass er von einer anderen Frau verführt werden wollte. Es war eine verfahrene Situation, die fachmännischer Hilfe bedurfte.

Eine halbe Stunde später sank Heather in Doras Büro auf eines der behaglichen Sofas.

„Du siehst strahlend, aber auch besorgt aus“, bemerkte Dora, als sie sich zu ihr gesellte. „Das ist eine interessante Kombination.“

„Strahlend?“

„Eindeutig. Und obwohl das schön ist, beunruhigt mich deine Besorgnis. Was ist los?“

„Ich hasse es, dass Jamal eine Geliebte hat“, erwiderte Heather nachdrücklich. „Da ich diese Geliebte bin, sollte es eigentlich nicht weiter schlimm sein. Aber da er das nicht weiß, trifft er sich praktisch mit einer anderen Frau, und das gefällt mir nicht."

Dora runzelte die Stirn und musterte sie nachdenklich. „Entschuldige, dass ich es so deutlich ausdrücke, aber du sitzt verdammt tief in der Klemme."

Heather seufzte. „Wem sagst du das? Wie soll ich das Problem lösen?"

„Ich habe keine Ahnung. Aber ich habe eine andere Frage an dich. Was willst du?"

Heather dachte an all die Veränderungen in ihrem Leben, seit sie nach El Bahar zurückgekehrt war. Sie hatte einen Beruf, den sie liebte, einen Platz im Palast und einen Ehemann, der gütig war und rücksichtsvoll und unterhaltsam und sehr sexy und ...

„Ich liebe ihn", murmelte sie verwundert. Natürlich. Warum hatte sie es bisher nicht erkannt? „Ich liebe ihn, und ich will immer bei ihm sein. Ich möchte, dass er mich auch liebt."

„Dann sag ihm einfach die Wahrheit."

Heather zögerte. Würde er verstehen, warum sie die Rolle einer anderen gespielt hatte? Oder würde er zornig werden?

„Du willst es ihm nicht sagen?"

„Ich weiß nicht. Unsere Ehe hat gerade erst angefangen. Ich bin mir nicht sicher, ob ich die Bombe schon platzen lassen will. Ich habe Angst, dass er mir die Täuschung übel nimmt."

„Wann wirst du ihn als Honey wieder sehen?", erkundigte sich Dora.

„In zwei Tagen." Mit einem verlegenen Lächeln fügte Heather hinzu: „Ich soll einen Schleiertanz für ihn vollführen."

„Ach ja? Das klingt interessant."

„Komischerweise freue ich mich darauf. Deswegen ist alles so verwirrend. Wie kann ich wollen, dass er Honey aufgibt, wenn es mir gefällt, sie zu sein?“

„Warum vollführst du nicht den Tanz und wartest ab, wie es klappt?“, schlug Dora vor. „Wenn es dir weiterhin gefällt, die Geliebte und die Ehefrau zu sein, dann bewahre das Geheimnis ein bisschen länger. Wenn du die Täuschung nicht aufrechterhalten kannst, dann sag ihm die Wahrheit.“

„Da ist etwas dran. Da ich nicht weiß, was ich möchte, ist es wohl das Beste, abzuwarten und später zu entscheiden.“

Eine Weile lang plauderte Heather noch mit Dora. Dann verabschiedete sie sich und ging zu ihrem eigenen Büro. Die Erkenntnis, dass sie Jamal liebte, änderte alles. Es machte ihr Liebesspiel kostbarer, aber alles andere komplizierter. Wie würde er reagieren, wenn er erfuhr, dass sie ihn mit Honey ausgetrickst hatte? Was war, wenn er ihr nie verzieh? Was war, wenn er Honey lieber mochte?

Sie öffnete die Tür zu ihrem Büro, blieb wie angewurzelt stehen und blickte sich verwirrt um. Wo noch am Tag zuvor Möbel und Aktenschränke gestanden hatten, befand sich nun ein leerer Raum.

Eine der Sekretärinnen trat ein. „Prinzessin Heather, es tut mir leid, dass ich Sie nicht habe kommen sehen.“

Heather schenkte der jungen Frau ein Lächeln. „Kein Problem. Aber vielleicht können Sie mir sagen, wohin mein Büro verschwunden ist.“

„Sicher. Bitte kommen Sie mit.“

Verwirrt folgte Heather der Sekretärin. „War der König hier? Habe ich zu viel Raum beansprucht? Braucht jemand anders das Büro und …“

Ihre Stimme verklang, als diese die Tür zu einem großen, hellen Büro öffnete. Heather trat ein und erkannte die Möbel, die sie selbst ausgesucht hatte. Ihre Aktenschränke standen an Ort und Stelle, ebenso wie ihre Bücher. Der einzige Unterschied war das große Fenster im rechten Winkel zum Schreibtisch.

Statt auf den Garten zu gehen, bot es einen Blick über das tiefblaue, glitzernde Meer, das sich bis an den Rand der Welt erstreckte.

„Das verstehe ich nicht", flüsterte Heather. „Warum wurde ich hierher verlegt?"

Die Sekretärin lächelte und deutete auf einen Blumenstrauß mitten auf dem Schreibtisch. Eine kleine Karte steckte zwischen zwei weißen Orchideen. Darauf stand geschrieben:

Für meine Prinzessin, die sich nach einem Fenster zum Meer sehnt.

„Jamal", flüsterte sie.

„Es ist ja so romantisch. Er ist heute ganz früh mit mehreren Männern gekommen und hat alles hierher bringen lassen. Wir haben sehr sorgfältig darauf geachtet, die Sachen wieder so zu arrangieren, wie sie waren, damit Sie nichts suchen müssen."

„Vielen Dank."

„Keine Ursache", sagte die Sekretärin lächelnd und ging.

Heather spazierte in dem großen Raum umher und trat schließlich an das Fenster. Sie dachte zurück an ihre Behauptung, dass sie in ihrem Schlafzimmer arbeitete, um das Meer sehen zu können. Jamal hatte ihr zugehört und sie als Überraschung hierher verlegt.

Sie lachte. Diese Geste bedeutete offensichtlich, dass ihm an ihr gelegen war. Vermutlich war es keine Liebe, aber immerhin ein Anfang. Wenn sie Glück hatte, gelang es ihr vielleicht, ihren Mann für sich zu gewinnen.

Aber nicht, wenn er herausfand, dass sie ihn belog. Also musste sie sehr vorsichtig vorgehen, damit er nicht erfuhr, dass sie selbst die mysteriöse Honey Martin war, die ihn mit dem Tanz der sieben Schleier verführen wollte.

Aus der Stereoanlage ertönte orientalische Musik. Jamal saß auf dem Sofa und verfolgte fasziniert jede Bewegung von Honey, die mitten im Raum mit den Hüften kreiste. Die Schritte waren ihr nicht vertraut. Er sah, wann sie aus dem Rhythmus kam und improvisierte, um die Musik einzuholen. Doch für ihn war sie eine wundervolle, geheimnisvolle Kreatur.

Sonnenschein strömte zur Terrassentür herein und betonte ihre helle Haut. Sie trug die Haare offen. Schleier verhüllten ihren Körper, doch sie waren so dünn, dass er den mit Perlen bestickten Bikini darunter erkennen konnte. Sie tanzte barfuß und lächelnd, und sie war die verführerischste Vision, die er je gesehen hatte.

Er begehrte sie mit einer Verzweiflung, die er sich nie zuvor erlaubt hatte. Der Drang, sie zu sich auf das Sofa zu ziehen, wirkte überwältigend. Doch er hielt sich zurück, denn es war ihr Spiel, und er wollte sie gewinnen lassen.

Sie streckte die Arme über den Kopf und wirbelte im Kreis herum, bis ihr schwindelte. Es hatte ihr Spaß gemacht, den Tanz zu erlernen und abzuwandeln. Doch nun, unter Jamals Blicken, kam sie sich lächerlich und töricht vor.

Als sie den ersten Schleier ablegte, blickte sie unwillkürlich zu seinen Lenden und erkannte, dass er erregt war. Eine Woge der Hitze stieg in ihr auf. Beinahe hätte sie den Tanz abgebrochen und wäre zu ihm gegangen. Doch dann fiel ihr ein, dass sein Verlangen nicht ihr galt, sondern einer anderen.

Wie konnte er in der vergangenen Nacht mit ihr geschlafen haben und nun eine andere begehren? Und was war, wenn er sich statt in sie in Honey verliebte? Wenn er Honey mehr begehrte?

Sie beschloss, dem albernen Spiel ein Ende zu bereiten, ihm ungeachtet der Konsequenzen die Wahrheit zu sagen. Doch als sie zu ihm herumwirbelte, blieb sie mit dem Fuß am Couchtisch hängen und stolperte.

Mehrere große Kissen dämpften ihren Sturz, doch ein stechender Schmerz zuckte durch ihren Knöchel.

Augenblicklich war Jamal an ihrer Seite und fragte besorgt: „Hast du dich verletzt? Soll ich einen Arzt rufen?"

„Es geht mir gut."

„Das ist nicht wahr. Ich sehe, dass du Schmerzen hast. Wo tut es weh?"

Überall, dachte sie, hauptsächlich im Herzen. Doch sie sprach es nicht aus und deutete auf ihren Knöchel. „Ich habe ihn verstaucht. Aber es ist nicht so schlimm. Ich brauche nur einen Moment, um wieder zu Atem zu kommen."

Wortlos hob er sie hoch, trug sie in die Essecke und setzte sie auf den Glastisch. „Lass uns mal sehen." Sanft tastete er den Knöchel ab. „Gebrochen scheint er nicht zu sein. Kannst du die Zehen bewegen?"

Sie tat es. Er blickte ihr ins Gesicht und lächelte. „Es sind sehr hübsche Zehen."

„Danke", flüsterte sie. Zu ihrem Entsetzen rann eine Träne über ihre Wange.

„Honey, was ist denn?" Er trat zwischen ihre Schenkel und zog sie an sich. „Bist du noch woanders verletzt?"

„Nein", murmelte sie. Ihre Gefühle verwirrten sie. Es gefiel ihr, dass er sie so zärtlich in die Arme schloss, als wäre sie ihm sehr kostbar. Doch sie hasste es, dass seine Liebkosungen Honey galten. Sie wollte ihm Einhalt gebieten, ihn zur Rede stellen. Aber als er sie küsste und streichelte, konnte sie ihm nicht widerstehen. Verlangen überwältigte sie und raubte ihr die Willenskraft.

Er schlang die Arme um ihre Taille und zog sie an sich. „Leg die Beine um mich", wies er sie mit rauer Stimme an.

Sie tat wie geheißen und stellte fest, dass sie vollkommen zusammenpassten. Er wiegte die Hüften, reizte ihre empfindsamste Stelle, sodass sie sich wand. Während er sie leidenschaftlich küsste, entfernte er die Schleier und den BH.

Es fand kein ausgedehntes, zärtliches Vorspiel statt wie bei ihrem ersten Liebesspiel. Vielleicht hielt er es bei Honey für überflüssig, weil sie erfahren war.

Jamal brach den Kuss ab, um ihr den Slip abzustreifen. Als sie völlig nackt war, zog er sich hastig das Hemd aus und legte es auf den Tisch. So als hätte er ihre geheimsten Wünsche erraten, drückte er sie hinab auf den weichen Stoff, der noch warm von seinem Körper war, und liebkoste ihre Brüste. Er rieb die harten Knospen zwischen Daumen und Zeigefinger, bis ein Prickeln des Entzückens durch ihren Körper schoss.

„Bist du sicher?“, fragte er. „Willst du wirklich mit mir schlafen?“

Sie legte die Hände auf seine und lächelte. „Findest du nicht, dass du ein bisschen spät fragst?“

Er erwiderte ihr Lächeln nicht. „Nein. Ich höre sofort auf, wenn du willst.“

Sie schlang die Arme um seinen Nacken und zog ihn an sich. „Hör nicht auf. Hör niemals auf.“

Während seine Hände ihr Zauberwerk fortsetzten, ließ er den Mund von ihren Lippen hinab bis zu ihrem Bauch wandern. Sie erschauerte und wand sich und wünschte, es würde niemals enden.

Sie wusste nicht, wie ihr geschah, aber es kümmerte sie nicht länger. Wichtig war nur, dass sie mit Jamal zusammen war. Wenn sie eine andere sein musste, um ihren Mann zu halten, dann wollte sie diese andere sein.

Ihre Haut prickelte, wo er sie mit der Zunge streichelte. Sein Mund glitt tiefer und tiefer hinab. Schließlich kniete er sich auf den Boden, legte sich ihre Beine auf die Schultern und küsste ihre intimste Körperstelle.

Vage erinnerte sie sich, von diesem höchst intimen Akt in Fatimas Büchern gelesen zu haben. Sie hatte es sich nicht vorstellen können, und es hatte sie schockiert. Doch nun tat es ihr Mann, und sie genoss es sogar!

Sanft und forschend liebkoste er sie mit Lippen und Zunge. Sie spürte die Spannung in sich wachsen und den Höhepunkt nahen. Es war zauberhaft. Unwillkürlich zog sie die Beine an, als er das Tempo erhöhte. Die Spannung wuchs immer mehr, bis sie schließlich aufstöhnend Erfüllung fand. Langsam und zärtlich streichelte er sie weiter.

Als er schließlich aufstand, glühten seine Augen vor Leidenschaft. „Ich will dich", murrte er und griff nach seiner Gürtelschnalle. „Jetzt gleich. Ich kann nicht länger warten."

Als er den Reißverschluss öffnete, erkannte sie verblüfft, dass seine Hände zitterten. Sie konnte kaum glauben, dass sie es bewirkt hatte. Sie setzte sich auf und rutschte an die Tischkante. „Ich will nicht, dass du wartest."

Ihr Körper zitterte immer noch von der Erlösung, aber der Anblick seines erregten Körpers erweckte in ihr den Drang, es erneut zu tun.

Hastig streifte Jamal sich Hose und Slip ab, trat zwischen ihre gespreizten Schenkel und drang in sie ein.

Unwillkürlich schrie Heather auf. Das Entzücken war so überwältigend, dass sie die Beherrschung verlor. Sie drängte sich an ihn, schlang die Beine um seine Hüften, presste ihn an sich.

Er bewegte sich immer schneller, drang immer tiefer ein, steigerte beider Verlangen. Sie bäumte sich auf, als die Spannung wuchs, und schließlich schrien beide auf und sanken in sich zusammen.

Vollkommen, dachte sie verklärt und verwirrt. Sie wagte nicht zu riskieren, das zauberhafte, zarte Band zwischen ihnen zu zerreißen, indem sie ihre Lüge aufdeckte. Daher musste sie vorläufig einen Weg finden, weiterhin seine Ehefrau und seine Geliebte zu sein.

13. KAPITEL

Der Sonnenaufgang war noch über eine halbe Stunde fern, aber es herrschte bereits eine sengende Hitze in der weiten Wüste von El Bahar. Heather spürte Schweiß auf dem Rücken und Trockenheit in der Kehle, aber sie wollte nicht umkehren. Es war für sie die schönste Tageszeit, seit sie und Jamal der Woche zuvor begonnen hatten, gemeinsam auszureiten.

„Machst du schon schlapp?“, fragte Jamal.

„Noch lange nicht.“ Sie schenkte ihm ein Lächeln und trieb den Hengst an. Der Araber ertrug die Hitze wesentlich besser als sie, denn er war in diesem Klima geboren und aufgezogen worden.

Sie galoppierten zu der einladenden Oase, in der sie zu rasten pflegten. Des Öfteren begegneten sie Dora und Khalil am Ufer des kühlen Gewässers, aber an diesem Morgen lag es verlassen da.

Sie zügelten die Pferde und stiegen ab. Jamal nahm die Feldflasche aus der Satteltasche und reichte sie ihr. Sie trank begierig und reichte sie ihm zurück.

„Ende September ist die schlimmste Hitze in London vorbei“, sagte er und setzte damit das Gespräch fort, das sie zu Beginn des Ausritts angefangen hatten. „Ich schlage vor, dass wir dann hinfahren.“

Heather lachte. „Wir befinden uns im Sommer mitten in der Wüste. Wie kannst du dir da über die Hitze in London Gedanken machen?“

Er zuckte die Achseln. „Außerdem geht es um die Touristen. Im Herbst sind nicht mehr so viele da.“

„Hast du Angst, dass du erkannt wirst?“

„Es ist schon vorgekommen.“

„Das kann ich mir denken.“ Bewundernd musterte sie ihn

in dem weiten hellen Hemd, das seine breite Brust betonte. Sein dunkles Haar glänzte im Schein des untergehenden Mondes, und sie konnte gerade eben seine markanten Züge erkennen. Sie zweifelte nicht daran, dass Touristen jeglicher Nationalität ihn faszinierend fanden.

„September ist mir recht." Sie setzte sich auf das kühle Gras und strich mit beiden Händen über die federnden grünen Halme, die in weniger als einer Stunde unter der sengenden Sonne leiden würden.

„Ich möchte mit dir ins Theater gehen", verkündete er, während er sich neben sie setzte. „Mehrere neue Stücke werden aufgeführt. Eines davon ist ein Musical. Ich glaube, dass es dir gefallen wird."

Sie musterte seine lässige Pose und die Art, in der er die Hände bewegte, wenn er sprach. Sie liebten sich beinahe jede Nacht, und er war stets geduldig und zärtlich und achtete darauf, sie nicht zu erschrecken. Er war ein gütiger, aufmerksamer und rücksichtsvoller Mensch, geradezu ein Traummann. Er erkundigte sich nach ihrer Gesundheit, interessierte sich für ihre Pläne, ihre Träume. Sie sprachen über ihre Arbeit und seine. Sie hatte ihn sehr gut kennengelernt. Aber er war auch ein völlig anderer Mensch.

Denn er fuhr fort, seine Geliebte zu treffen. Sie führte ein Doppelleben und wusste nicht, wie sie dem Einhalt gebieten sollte. Dutzende Male hatte sie ihm die Wahrheit sagen und die Konsequenzen akzeptieren wollen. Aber wann immer er sie in die Arme nahm und ihr gestand, wie sehr er sie begehrte, konnte sie ihm nicht widerstehen. Sie liebte ihn und war bereit, sogar eine Lüge zu leben, um ihn nicht zu verlieren.

Gleichzeitig befürchtete sie, dass er Honey mehr ins Herz schließen könnte als sie selbst. Die Tatsache, dass es sich um ein und dieselbe Person handelte, verwirrte sie nur. Was als harmloser Versuch begonnen hatte, die Aufmerksamkeit ihres Ehemannes zu erringen, hatte sich in eine äußerst schwierige Situation verwandelt, die sie nicht länger unter Kontrolle hatte.

Außerdem überschattete Yasmins Geist ihr Leben. Was war, wenn er niemals mit der Vergangenheit abschließen konnte? Was war, wenn sie diese Qual umsonst durchstand? Sie träumte davon, dass er ihr seine Liebe gestehen und mit Honey Schluss machen würde. Sie wusste, dass sie sich wie ein Kind benahm, das nach den Sternen griff, aber ihr Herzenswunsch war nicht durch Logik zu verdrängen.

„Du siehst so ernst aus", bemerkte er und berührte ihre Wange. „Was ist? Woran denkst du?"

„Es ist nichts weiter. Ich bin nur ein bisschen müde. Wahrscheinlich habe ich mich noch nicht an die Hitze gewöhnt."

Er nahm ihre Hand. „Vermisst du Amerika? Hast du Heimweh?"

Seine Frage überraschte sie. „Überhaupt nicht." Sie drückte seine Hand. „Mein Leben ist hier in El Bahar. Ich habe mir immer gewünscht, dass es mein Zuhause ist."

„Und jetzt ist es so." Er lächelte sie an. „Ich bin froh, dass du hier bist, Heather. Zuerst war ich sehr besorgt wegen unserer Ehe. Ich hatte Angst, dass wir beide einen Fehler gemacht hätten, den wir lange Zeit bereuen würden. Doch nun weiß ich, dass wir ein glückliches Leben zusammen führen werden."

Ihr Herz pochte heftig. Stand er im Begriff, ihr zu sagen, dass er sie liebte?

Jamal stand auf und zog sie mit sich hoch. Dann legte er ihr die Hände auf die Schultern und blickte ihr eindringlich in die Augen. „Ich möchte etwas mit dir besprechen."

Sie nickte.

„Ich möchte Kinder mit dir haben. Ich nehme an, dass du noch nicht bereit dafür bist, aber du sollst wissen, dass ich es bin. Ich glaube, dass du eine wundervolle Mutter wärst. Es wird von uns erwartet, zum Wohle von El Bahar Erben zu bekommen, aber das ist nicht der einzige Grund. Ich möchte, dass wir eine richtige Familie sind."

Hoffnung, Sehnsucht und Liebe erfüllten Heather. Was sollte sie antworten? Es wäre ihr nicht schwer gefallen, ihre Gefühle einzugestehen. Aber was war mit der Tatsache, dass sie ein Doppelleben führte und er mit einer anderen Frau verkehrte?

„Bist du schockiert?", hakte er nach.

Sie zwang sich zu einem Lächeln. „Völlig, aber ich werde es überleben."

Er blickte an ihr vorbei zum Horizont. „Die Sonne geht bald auf. Wir sollten umkehren."

Sie nickte und ging zu den Pferden. Bevor sie einen Fuß in den Steigbügel stellten konnte, trat Jamal hinter sie und umarmte sie. Seine Brust presste sich an ihren Rücken, während er die empfindsame Haut unter ihrem Ohr küsste.

„Versprich mir, dass du darüber nachdenken wirst", flüsterte er.

„Natürlich", murmelte sie wahrheitsgemäß. Sie bezweifelte, dass sie an irgendetwas anderes denken würde.

Rastlos wanderte Heather in der weiß dekorierten Suite umher. Ausnahmsweise fesselte der atemberaubende Ausblick nicht ihre Aufmerksamkeit. Sie bemerkte kaum das strahlende Blau des Himmels oder des Meeres. Selbst des dürftigen Kleides und der hohen Absätze war sie sich kaum bewusst. Ihre Gedanken kreisten zu sehr um das Gespräch mit Jamal an diesem Morgen.

Er wollte Kinder mit ihr. Sie hatte sich stets nach einer Familie gesehnt. Es gehörte zu ihren Zukunftsplänen, Wurzeln zu schlagen. Der Umgang mit Kindern sagte ihr zu, und sie hoffte, eine gute Mutter zu sein. Aber an Kinder zu denken und tatsächlich welche zu haben, waren zwei verschiedene Dinge. Sie und Jamal hatten viele Differenzen zu klären, zu denen vor allem seine Affäre mit Honey gehörte.

Als es an der Tür klopfte und sie ihren Ehemann einließ, beschleunigte sich ihr Herzschlag. Was immer sie von seiner Affäre halten mochte, ihr Körper reagierte stets heftig auf seiner Nähe.

Lächelnd küsste er sie. „Du siehst wundervoll aus."

„Danke."

Er reichte ihr eine kleine Geschenktüte mit der goldenen Aufschrift eines exklusiven Juweliers. „Für dich."

„Was ist das?" Sie nahm die Tüte und zog eine rechteckige, mit Samt bezogene Schachtel hervor.

„Mach es auf. Ich glaube, es wird dir gefallen."

Sie presste die Lippen zusammen. Er hatte seiner Geliebten also ein Geschenk gebracht. Seine Ehefrau hatte bisher keinerlei Schmuck erhalten. Jedenfalls nicht von ihm persönlich. Zu einem Staatsdinner hatte Fatima ihr mehrere wunderschöne Stücke aus dem Familienerbe gegeben. Doch das war etwas anderes.

Tränen brannten in ihren Augen. Sie wollte nicht, dass er Geschenke für Honey kaufte. Sie erwartete vielmehr, dass er mit seiner Geliebten Schluss machte. Schließlich hatte er erst an diesem Morgen seiner Frau gesagt, dass er Kinder mit ihr haben wollte.

Doch sie zwang sich, die Schachtel zu öffnen, und erblickte eine wundervolle Perlenkette.

„Gefällt sie dir?", fragte er. „Als ich sie sah, musste ich an dich denken. Ich habe mir vorgestellt, dass du sie trägst und nichts anderes." Er trat hinter sie und nahm die Kette aus der Schachtel. „Heb deine Haare hoch."

Als sie der Aufforderung folgte, legte er ihr die Perlen an und zog sie zu dem Spiegel über der Anrichte im Esszimmer.

„Sie ist wundervoll. Ihr beide seid wundervoll."

Sie hielt den Blick gesenkt. Sie wollte den Schmuck nicht um ihren Hals sehen, den er seiner Geliebten, nicht aber seiner Frau geschenkt hatte.

„Honey, was ist denn? Magst du keine Perlen?"

Widerstrebend hob sie den Blick zum Spiegel. Die Perlen schimmerten auf ihrer Haut, die der tiefe Ausschnitt des grünen Kleides nackt ließ.

„Siehst du? Sie sind so wundervoll wie du." Er trat hinter sie, schlang die Arme um ihre Taille, presste die Brust an ihren Rücken und küsste die empfindsame Stelle unter ihrem Ohr.

Genau wie heute Morgen, durchfuhr es sie, er behandelt uns beide gleich. Irgendetwas hakte in ihr aus. Voller Zorn wirbelte sie in seinen Armen herum und stieß ihn mit aller Kraft von sich.

Er taumelte und musste einige Schritte zurückweichen, bevor er das Gleichgewicht wiedererlangte. „Was hast du denn plötzlich?"

„Wie kannst du es wagen?", stieß sie hervor. Das Atmen fiel ihr schwer. Ihr war heiß und kalt zugleich. „Du bist ein furchtbarer Mensch. Ich verachtete dich."

Jamal wirkte völlig verwirrt, was ihren Zorn nur noch mehr anstachelte.

„Ich bin nicht deine billige Geliebte. Ich bin deine Frau." Mit angehaltenem Atem hielt sie inne. Wie mochte er darauf reagieren, dass sie ihn praktisch in flagranti erwischt hatte? Eine kleine innere Stimme warnte sie, dass ihr Doppelspiel ihn erzürnen könnte, doch es kümmerte sie nicht länger.

Statt entsetzt oder schockiert oder auch nur überrascht zu wirken, lächelte Jamal. „Ich weiß, wer du bist, Heather", sagte er sanft. „Ich wusste es fast von Anfang an. Du bist keine besonders gute Schauspielerin. Du hast mich höchstens zehn Minuten getäuscht. Zuerst hat es mich sehr verwundert. Dann wurde mir klar, dass du damit meine Aufmerksamkeit erringen wolltest. Es hat mich fasziniert, dich von dieser Seite kennenzulernen. Nicht viele Männer haben diese einzigartige Gelegenheit."

Wie erstarrt stand sie da. Seine Worte hallten in ihrem Kopf wider.

Er sprach weiter, doch sie hörte nicht zu. Stattdessen zog sie sich in sich selbst zurück. All ihre Pläne, ihre Hoffnungen, ihre Ängste waren umsonst gewesen. Sie hatte sich zum Narren gemacht.

„Heather?"

Sie blinzelte und riss sich aus ihren Grübeleien. Noch immer lag der herzliche, fürsorgliche Ausdruck auf seinem Gesicht, während sie ihm am liebsten die Augen ausgekratzt hätte.

„Ich bin froh, dass du es mir gesagt hast."

„Ach wirklich? Ich dachte, du würdest es vorziehen, mich sowohl als deine Frau als auch deine Geliebte nach deiner Pfeife tanzen zu lassen."

„Sei nicht zornig. Du warst bezaubernd." Er lächelte. „Zumindest hast du gelernt, auf diesen hohen Absätzen zu laufen." Er trat einen Schritt auf sie zu und breitete die Arme aus.

Sie wich zurück. „Fass mich nicht an!" Sie öffnete die Perlenkette und warf sie ihm zu. „Ich will nichts mehr mit dir zu tun haben. Du hast mich von Anfang an zum Narren gehalten. Wie konntest du?" Tränen brannten in ihren Augen.

„So ist es nie gewesen." Er bückte sich, hob die Perlen auf und ließ sie in sein Jackett gleiten. „Heather, es tut mir leid, wenn ich mich falsch ausgedrückt habe. Ich wollte dir nicht wehtun. Ich dachte, ich würde richtig handeln, indem ich dich gewähren ließ."

Sie lachte hart auf. „Du hast mich gewähren lassen? Wie äußerst liebenswürdig, aber ich brauche dich nicht, um mich etwas tun zu lassen. Ich war ein jämmerlicher Narr, und du hast mich ausgelacht."

Seine Miene verfinsterte sich. „Ich habe dich nie ausgelacht. Wenn du das glaubst, dann kennst du mich überhaupt nicht."

„Da hast du recht. Ich kenne dich nicht, und ich will es auch nicht." Sie hatte noch wesentlich mehr zu sagen, aber plötzlich drehte sich ihr der Magen um. „Geh einfach", flüsterte sie und stürmte ins Badezimmer.

Als sie sich einige Minuten später zwang, ins Wohnzimmer zurückzukehren, war Jamal verschwunden.

14. KAPITEL

Erleichtert betrat Heather ihre Suite im Palast und schloss die Tür hinter sich. Sie wollte nichts weiter, als sich in ihr Zimmer zu verkriechen und nie wieder mit jemandem zu reden. Tränen strömten über ihre Wangen, als sie an all ihre zerstörten Hoffnungen und Träume dachte. Sie hatte sich eingebildet, ihren Mann für sich gewinnen zu können, während er sie nur ausgelacht hatte.

„Jamal hat erzählt, was passiert ist."

Heather zuckte zusammen und drehte sich um.

Fatima saß auf einem Sofa und fügte hinzu: „Er war sehr aufgeregt, als er aus dem Hotel zurückkam."

Heather wischte sich die Tränen ab und wandte sich dem Schlafzimmer zu – nicht demjenigen, das sie in den vergangenen Wochen mit Jamal geteilt hatte, sondern dem anderen, das sie gleich nach der Hochzeit bewohnt hatte. „Ich will nicht darüber reden", sagte sie leise. „Es wäre mir sehr lieb, wenn du mich allein lassen würdest."

„Ich fürchte, das ist nicht möglich." Fatima stand auf und trat zu ihr. „Weißt du, ich trage zum Teil die Schuld. Ich wusste nämlich, dass Jamal dich sofort durchschaut hatte. Er hat richtigerweise erkannt, dass ich meine Hand im Spiel habe, und kam zu mir, um mit mir darüber zu reden. Ich war es, die ihm geraten hat mitzuspielen."

Heather hatte geglaubt, sich nicht schlechter fühlen zu können, doch es erwies sich als Irrtum. Eine eisige Kälte stieg in ihr auf. Sie schlang die Arme um sich selbst und schüttelte den Kopf. „Ich kann es nicht glauben. Wie konntest du so etwas tun?"

Fatima legte ihr eine Hand auf den Arm. „Ich hielt es für das Beste. Jamal war sehr verwirrt, wie du dir vorstellen kannst. Ich habe ihm versichert, dass deine Absichten sehr positiv sind, dass du ihn nicht demütigen oder verspotten, sondern nur seine Aufmerksamkeit erringen willst. Er wollte dir sagen, dass er es weiß, aber ich habe ihm geraten zu schweigen. Ich habe ihm gesagt, dass du es tun musst, um dein Selbstbewusstsein aufzubauen."

„Statt ihm sollte lieber ich gedemütigt und verspottet werden", brachte Heather mühsam hervor. „Ich nehme an, es ist verständlich. Schließlich gehört Jamal zur Familie. Ich hätte wissen müssen, dass du auf seiner Seite stehst."

Fatimas Augen verdunkelten sich mitfühlend, aber auch ungehalten. „Es gibt keine Seiten in dieser Angelegenheit. Ich habe getan, was für euch beide richtig war. Sei zornig, wenn du es sein musst, aber glaub mir, dass ich recht hatte. Es war wichtig für dich zu lernen, dass du die Gunst deines Mannes gewinnen kannst. Du hättest es selbst schaffen können, aber daran hast du nicht geglaubt. Erst durch die Verwandlung in eine andere Person hast du Vertrauen in dich und deine Fähigkeiten gefasst. Jamal wiederum musste erfahren, was seine Frau alles auf sich nimmt, um ihn zu gewinnen. Er brauchte das Gefühl, geschätzt zu werden. Deine Rolle als Honey hat all das bewerkstelligt."

Enttäuscht wandte Heather sich ab. „Du hast die ganze Zeit gewusst, dass ich mich zum Namen mache. Du hast mich diesen albernen Tanz aufführen lassen, obwohl du wusstest, dass er die Wahrheit kannte." Sie wirbelte herum. „Warum hast du es mir nicht gesagt?"

Fatima lächelte sanft. „Ich weiß, dass du dir ein bisschen töricht vorkommst, aber das wird vergehen."

„Du hast gut reden. Du bist ja auch nicht diejenige, die von der ganzen königlichen Familie ausgelacht wird!"

„Du übertreibst, mein Kind. Nur Jamal und ich wissen davon. Ich habe niemandem sonst davon erzählt. Es tut mir weh, dass du mir niedere Motive unterstellst. Ich habe dich schon ins

Herz geschlossen, als du noch ein kleines Mädchen warst, und ich habe immer nur das Beste für dich gewollt. In diesem Fall ist es nicht anders. Du kannst zornig auf mich sein, wenn dir mein Verhalten nicht gefällt, aber du kannst mir nicht vorwerfen, dich nicht zu mögen."

Heather ließ den Kopf hängen. Durch Fatimas Worte fühlte sie sich wie ein aufsässiges Kind. „Ich weiß, dass du mich magst", gestand sie ein, „aber ich bin wütend auf dich. Aus meiner Sicht sieht es so aus, als hättest du mich verraten. Du hast dafür gesorgt, dass ich mich meinem Mann gegenüber völlig idiotisch benehme."

Fatima seufzte. „Es tut mir leid, Heather. Das war nie meine Absicht." Zuneigung, Mitgefühl und Besorgnis sprachen aus ihrem Blick, und als sie die Arme ausbreitete, warf Heather sich hinein und brach in Tränen aus.

„Ganz ruhig", besänftigte Fatima sie. „Es ist längst nicht so schlimm, wie es dir erscheint."

„Doch. Er hält mich für einen Dummkopf, und es ist mir nicht gelungen, seine Zuneigung zu gewinnen."

„Ich glaube, da irrst du dich. Ich glaube, er mag dich sehr. Du musst mit ihm sprechen und diese Sache klären."

„Nein." Heather richtete sich auf und wischte die Tränen fort. „Ich werde ihm nie verzeihen, dass er mich betrogen hat."

Seufzend schüttelte Fatima den Kopf. „Mein Kind, du siehst das völlig falsch. Zum einen hätte er mindestens so viel Grund wie du, böse zu sein, weil du ihm etwas vorgemacht hast. Und da er wusste, dass du Honey bist, war er dir nicht untreu. Welche Sünde hat er eigentlich begangen?"

Heather vermochte ihre Einstellung nicht logisch zu erklären. Ihre Welt war eingestürzt und ihr Herz gebrochen. Sie war das größte Risiko ihres Lebens eingegangen und hatte versagt. „Er liebt mich nicht", murmelte sie.

„Aber du liebst ihn?"

„Ja. Deswegen ist alles so furchtbar."

Fatima seufzte. „Du musst Geduld haben", sagte sie schließlich. „Er wird schon zu dir finden."

Wenn es doch nur so einfach wäre, dachte Heather traurig und niedergeschlagen.

Heather kuschelte sich auf das Bett und wartete darauf, dass sich ihr Magen wieder beruhigte. Soeben hatte sie sich übergeben, zum zweiten Mal innerhalb von vierundzwanzig Stunden. Sie wünschte von ganzem Herzen, es der nervlichen Belastung zuschreiben zu können, doch sie ahnte, dass sie schwanger war.

Erst am Vortag hatte Jamal sie gedrängt, eine Schwangerschaft in Erwägung zu ziehen. Es sah ganz so aus, als ob es dafür zu spät war. Ob sie bereit war oder nicht, sie bekam ein Baby.

Sie drehte sich auf den Rücken und starrte an die Decke. Nach der Unterredung mit Fatima hatte sie sich in dieses Zimmer eingeschlossen und es nicht einmal zu den Mahlzeiten verlassen. Von Rihana waren ihr in regelmäßigen Abständen Mahlzeiten gebracht worden, und um des Babys willen hatte sie sich gezwungen zu essen. Jamal hatte mehrmals angeklopft, aber sie hatte sich geweigert, mit ihm zu sprechen.

Was sollte sie nun tun? Irgendwie musste sie sich damit abfinden, dass sie sich in eine demütigende Lage gebracht hatte. Sie musste einen Weg finden, ihre Ehe zu retten, um des Babys wie um ihrer selbst willen. Denn trotz allem liebte sie Jamal.

Sie stützte sich auf einen Ellbogen, als es an der Tür klopfte. „Wer ist da?"

„Malik."

Überrascht stand sie auf und ließ ihn herein. „Was willst du denn hier?" Sie konnte es kaum fassen, dass der Kronprinz in ihrem Schlafzimmer stand. Er maß nur wenige Zentimeter mehr als Jamal, wirkte aber wesentlich größer. Vielleicht lag es an seinen Verantwortlichkeiten und Pflichten. Insgeheim dankte sie dem Himmel, dass der König nicht von ihr verlangt hatte, Malik zu heiraten. Sie hegte keinerlei Wunsch, Königin zu werden.

„Ich wollte mit dir reden." Verlegen trat er von einem Fuß auf den anderen. „Was immer Jamal auch getan haben mag, es war nicht seine Schuld."

Heather setzte sich im Schneidersitz auf das Bett und deutete zum Stuhl beim Fenster, doch Malik schüttelte den Kopf. „Typisch Mann", begann sie, „sich auf die Seite eines anderen Mannes zu stellen, ohne die Tatsachen zu kennen."

„Jamal ist ein guter Mensch. Das weißt du ebenso gut wie ich." Er zögerte. „Ich habe eine Frage. Es kommt dir vielleicht seltsam vor, aber antworte bitte. Ich glaube, es könnte wichtig sein."

„In Ordnung."

„An deinem ersten Abend hier in El Bahar hast du doch mit der ganzen Familie diniert. Nachher ist Jamal mit dir in den Garten gegangen. Hat er dich da geküsst?"

Sie brauchte nicht an jenen Abend erinnert zu werden. Sie hatte panische Angst davor gehegt, in eine unliebsame Ehe gezwungen zu werden – bis Jamal sie geküsst hatte. Es war ihr erster Kuss gewesen, und sie hatte die Erfahrung genossen. Trotz ihres Kummers lächelte sie. „Ja, das hat er getan."

Malik fluchte leise. „Ich wusste es. Aber er hat kein Wort gesagt."

„Warum sollte er denn auch?"

„Weil wir gewettet hatten, das er dir nicht mal ein Lächeln, geschweige denn einen Kuss entlocken könnte. Es stand viel auf dem Spiel. Hätte er gewonnen, hätte ich ihm eine Woche lang mein Auto überlassen müssen. Aber am nächsten Morgen hat er geschworen, dass nichts passiert sei. Demzufolge hatte ich gewonnen, und ich durfte sechs meiner Stuten von seinem preisgekrönten Hengst decken lassen."

Heather runzelte die Stirn. „Er hat geleugnet, mich geküsst zu haben?"

„Allerdings." Maliks blickte höchst zufrieden drein.

„Sollte ich etwa glücklich darüber sein, dass mein Mann sich geschämt hat einzugestehen, mich geküsst zu haben?"

„Nein. Du verstehst das falsch. Dass er nicht darüber reden wollte, bedeutet, dass der Kuss wichtig war. Männer reden nicht über Beziehungen, die ihnen wichtig sind. Wenn ein Mann jedem erzählt, dass er mit einer Frau intim geworden ist, dann ist es nichts weiter als eine bedeutungslose Affäre. Ich will damit sagen, dass du Jamal damals schon wichtig warst."

Zweifelnd blickte sie ihn an. „Das ist eine sehr verdrehte Logik."

„Im Gegenteil. Es erklärt alles." Er trat einen Schritt näher zu ihr. „Ich weiß nicht, was zwischen euch beiden vorgefallen ist. Jamal will es mir nicht sagen. Aber er fühlt sich scheußlich deswegen. Ich wollte dich nur wissen lassen, dass du ihm sogar ganz am Anfang etwas bedeutet hast, und dass du ihm eine Chance geben solltest." Er zuckte die Achseln. „Das war schon alles." Er machte auf dem Absatz kehrt und ging.

Heather starrte auf die geschlossene Tür. Sie konnte es kaum fassen, dass der zukünftige König tatsächlich zu ihr gekommen war und als Eheberater fungiert hatte.

Sie streckte sich auf dem Bett aus, schloss die Augen und dachte über Maliks Worte nach. Sie musste davon ausgehen, dass sie der Wahrheit entsprachen. Er hatte keinen Grund, sie zu belügen.

Lag Jamal wirklich etwas an ihr? Sie rief sich in Erinnerung, wie oft er sich aufmerksam und rücksichtsvoll ihr gegenüber verhalten hatte – zum Beispiel, indem er ihr die Informationen über den General und ein neues Büro mit Blick auf das Meer besorgt hatte. Vielleicht war es keine Liebe, aber immerhin ein positives Zeichen. War es ihr genug?

Konnte sie vergessen, dass sie sich gedemütigt und zum Narren gehalten fühlte? Hatte sie, wie Fatima glaubte, Jamals Verhalten missverstanden und übertrieben reagiert?

Immer und immer wieder dachte sie über die Vergangenheit nach und versuchte, einen Weg für die Zukunft zu finden. Sie hätte alles dafür gegeben, an Jamal glauben zu können. Doch wie sie es auch drehte und wendete, eine schmerzliche Tatsache ließ sich nicht verdrängen – dass Yasmin und nicht sie die Liebe seines Lebens war.

Im Dunkeln durchquerte Jamal das Wohnzimmer seiner Suite. Erneut erwartete ihn ein leeres und kaltes Bett. Yasmin hatte sich stets an das äußerste Ende der Matratze zurückgezogen, so als fürchtete sie selbst im Schlaf, angefasst zu werden. Heather hingegen hatte sich an ihn geschmiegt und eher auf ihm als neben ihm gelegen. Es würde lange dauern, sich wieder daran zu gewöhnen, allein zu schlafen.

Er betrat sein Schlafzimmer, schaltete das Licht an und erstarrte.

Heather saß in einem Sessel in einer Ecke, die Knie an die Brust gezogen. Sie trug Jeans und ein T-Shirt. Ihre Füße waren nackt und ihre Haare offen. Sie sah müde und blass aus. Ihre Augen wirkten riesig hinter den Brillengläsern.

Er überlegte, was er sagen sollte, doch ihm fiel nichts ein. Sehnsucht schnürte ihm die Kehle zu, und er hätte ohnehin kein Wort herausgebracht.

„Ich habe eine Rede vorbereitet“, eröffnete sie und begegnete dabei kaum seinem Blick. „Es ist leichter für mich, wenn du mich einfach sprechen lässt und deine Kommentare bis zum Schluss aufhebst. Ich habe den ganzen Nachmittag und Abend daran gearbeitet und glaube, dass ich all die wichtigen Punkte berücksichtigt habe."

Eigentlich wollte er den Raum durchqueren und sie in die Arme ziehen. Er wollte ihr sagen, dass er sie liebte und dass es ihm leid tat, ihr wehgetan zu haben. Aber er spürte, dass es falsch gewesen wäre. Also blieb er stehen und sagte nur: „In Ordnung."

Sie räusperte sich. „Es tut mir leid, dass ich mich gestern im Hotel wie ein Kind benommen habe. Als du mir gesagt hast, dass du die ganze Zeit von meiner Rolle als Honey wusstest, habe ich mich unglaublich töricht gefühlt. Es war wie ein Schlag ins Gesicht. Ich war völlig überrascht und habe deshalb die Beherrschung verloren."

„Es ist meine Schuld", warf er ein. „Ich hätte es dir früher sagen sollen. Oder ich hätte anders reagieren sollen, als du mich damit konfrontiert hast. Wie auch immer, ich wollte dir nicht wehtun."

„Ich weiß." Sie spielte mit dem Saum ihres T-Shirts. „Lass mich bitte ausreden, ja?"

„Gut."

„Ich dachte, du würdest mich auslachen. Ich habe mich wie der größte Idiot auf Erden gefühlt." Sie warf ihm einen flüchtigen Blick zu. „Das tue ich immer noch, aber ich versuche, es zu überwinden."

Ihr Kummer schmerzte ihn. „So war es nicht. Ich habe bewundert, was du getan hast."

„Mag sein, aber ich habe diesen Aspekt noch nicht verarbeitet. Ich war nie gut im Umgang mit Männern. Mangel an Übung vermutlich. Ich wollte dich bezirzen, während du nur nachsichtig warst."

„Ich war bezirzt."

„Du hast versprochen, nur zuzuhören und nicht zu reden."

Er nickte. „Sprich weiter."

Sie holte tief Luft. „Ich wollte nie heiraten, weil ich keinen Sinn darin sah. Als der König von mir verlangte, dich zu heiraten, hatte ich Angst, zu versagen und dein Interesse nicht wecken zu können."

Er hasste ihre Zweifel. Wieso merkte sie nicht, wie wundervoll sie war?

„Je mehr Zeit wir miteinander verbrachten, desto klarer wurde mir, dass ich wirklich Gefühle für dich entwickeln könnte. Aber gleichzeitig hatte ich noch mehr Angst, unzulänglich zu sein. Deswegen habe ich in unserer Hochzeitsnacht diese Sachen über Sex gesagt. Noch schlimmer wurde es, als ich erfuhr, dass du Yasmin immer noch liebst."

„Du irrst dich", widersprach Jamal tonlos.

Sie hielt eine Hand hoch. „Bitte, unterbrich mich nicht. Sonst schaffe ich es nicht, dir alles zu sagen. Ich habe mich in Honey verwandelt, weil ich wusste, dass ich nicht das Zeug dazu habe, dich für mich zu gewinnen. Ich dachte, ich hätte bessere Chancen, wenn ich eine schillernde und verführerische Persönlichkeit annähme. Eigentlich war es Fatimas Idee."

Sie stellte die Füße auf den Boden und beugte sich zu ihm vor. „Du musst entscheiden, ob ich dir als ich selbst genüge. Obwohl mir einige Dinge an Honey gefallen, bin ich nicht wie sie. Es liegt mir nicht, so schamlos zu flirten, und ich hasse die Kleidung und die Kontaktlinsen. Ich habe eingesehen, dass du mich wahrscheinlich nicht so sehr ausgelacht hast, wie ich dachte, aber du hast mich mit Yasmin verglichen. Diesen Wettbewerb kann ich nie gewinnen."

Sie hielt inne und straffte die Schultern. Tränen schimmerten in ihren Augen. „Ich verstehe, dass du sie immer mehr lieben wirst als mich. Damit könnte ich mich abfinden. Aber ich muss wissen, wie viel dir an mir liegt. Ich brauche nicht viel. Ein winziger Platz in deinem Herzen wäre wahrscheinlich genug." Sie schenkte ihm ein zittriges Lächeln. „Ich möchte dich bitten, dir zu überlegen, was du wirklich willst."

Ihre Aufrichtigkeit und ihr Kummer rührten ihn. „Und was ist, wenn ich dich will?"

„Sag jetzt bitte nichts. Ich möchte nicht, dass du spontan antwortest, aus einem unangebrachten Gefühl von Schuld oder Pflicht heraus. Ich will, dass du dir sicher bist. Ich will, dass du darüber nachdenkst und dann tust, was für dich das Beste ist."

„Und wie steht es damit, was für dich das Beste ist?"

„Darüber muss ich auch nachdenken."

Plötzlich kam ihm ein beängstigender Gedanke. „Willst du mich verlassen?"

Sie wandte den Blick ab. „Das kann ich nicht."

„Ich würde dich nicht gegen deinen Willen hier behalten."

„Das weiß ich, aber das steht nicht zur Debatte. Ich werde nicht weggehen, solange du mich nicht wegschickst. Mir ist sehr daran gelegen, unsere Ehe zu retten. Du bist mir wichtig, und ich liebe El Bahar und möchte es nicht verlassen." Sie stand auf und ging zur Tür. „Lass uns weiterreden, wenn du es dir überlegt hast."

Er wollte sie packen und schütteln, bis sie die Wahrheit begriff. Stattdessen öffnete er den Mund, um ihr zu sagen, dass er sie liebte. Doch dann presste er die Lippen zusammen und nickte. Es hatte momentan keinen Sinn, die Worte auszusprechen. Sie hätte ihm nicht geglaubt. Aus irgendeinem lächerlichen Grund war sie davon überzeugt, dass er sie nicht lieben konnte, weil er noch immer um Yasmin trauerte.

Sie verließ den Raum. Sie gehen zu lassen, fiel ihm äußerst schwer. Doch er spürte, dass es das einzig Richtige war. Er ahnte, dass sie diejenige war, die Zeit brauchte. Also wollte er ihr die benötigte Zeit lassen, bevor er ihr die Wahrheit sagte.

Aber würde sie ihm glauben? Würde es ihm gelingen, die richtigen Worte zu finden und sie zu überzeugen? Niedergeschlagen schloss er die Augen bei der quälenden Vorstellung, sie zu verlieren.

Dann kam ihm eine Idee, und ein Lächeln spielte um seine Lippen. Er brauchte gar keine Worte zu finden. Sie existierten bereits. Vielleicht war sie fähig, ihm zu widerstehen, aber der Geschichte von El Bahar vermochte sie gewiss nicht zu widerstehen.

15. KAPITEL

„Ich bin so froh, dass wir es hinter uns haben“, sagte Fatima am nächsten Abend. „Es hat mir gar nicht gefallen, dass du böse auf mich warst.“

Heather umarmte sie und atmete den vertrauten Duft ihres Parfums ein. „Ich war eigentlich nicht wirklich böse. Ich weiß, dass ich übertrieben reagiert habe. Ich war einfach so schockiert und verletzt, dass ich nicht klar denken konnte.“ Sie trat zurück und betrachtete die Frau, die ihr eine Mutter ersetzt hatte. „Du bedeutest mir sehr viel, und ich weiß, dass du mich ebenso magst. Du würdest mir nie bewusst wehtun.“

„Natürlich nicht.“ Fatima nahm ihre Hände und drückte sie. „Wenn ich geahnt hätte, wie es sich entwickelt, hätte ich Jamal geraten, dir sofort die Wahrheit zu sagen.“ Sie hielt inne und musterte Heather forschend. „Also, wie stehen die Dinge zwischen euch?“

Es war eine naheliegende Frage, aber Heather hatte keine Antwort parat. „Ich weiß es nicht. Wir haben gestern miteinander gesprochen. Eigentlich habe ich geredet, und er hat zugehört. Ich habe ihn nicht zu Wort kommen lassen, weil ich alles loswerden musste. Ich habe ihm gesagt, dass er mich akzeptieren muss, wie ich wirklich bin, und dass er neben Yasmin einen Platz für mich in seinem Herzen finden muss.“

Fatima zog die Augenbrauen hoch. „Yasmin ist keine Konkurrenz für dich. Jamal kann froh sein, dass er sie los ist.“

„Wieso? Ich dachte, jeder hätte Yasmin angebetet.“

Fatima trat an das Fenster und blickte hinaus auf den beleuchteten Garten des Harems, der trotz der Hitze üppig gedieh. Sie presste die Fingerspitzen an die Schläfen. „Diese junge Frau war eine Enttäuschung für uns alle. Verglichen mit Maliks Frau war sie zwar eine Heilige, aber das heißt nicht viel.“

„Aber Jamal hat sie angebetet. Er liebt sie immer noch. Ich

weiß es. Er hat es mir gesagt.“

Fatima drehte sich zu ihr um. „Ich bezweifle nicht, dass Jamal sehr viele törichte Dinge in seinem Leben gesagt hat. Aber garantiert hat er dir niemals gesagt, dass er Yasmin liebt. Weil es nicht wahr ist. Er war einmal in sie verliebt, aber er hegt keinerlei zärtliche Gefühle mehr für sie.“

Verwirrt schüttelte Heather den Kopf. „Du musst dich irren. Er hat gesagt …“ Ihre Stimme verklang. Sie konnte sich nicht an den genauen Wortlaut erinnern, aber er hatte in ihr die Überzeugung erweckt, dass er Yasmin immer noch nachtrauerte. Hatte sie sich etwa geirrt? Hatte sie wochenlang ohne Grund die Hölle durchgemacht und gegen einen Geist gekämpft, der gar nicht existierte?

„Mir scheint, dass ihr beide lernen müsst, besser miteinander zu kommunizieren.“

„Da könntest du recht haben“, räumte Heather ein.

Sie wusste nicht mehr, was sie denken oder glauben sollte. Sie hatte ihm Bedenkzeit eingeräumt und musste nun warten, bis er zu ihr kam und sich äußerte. Inzwischen waren bereits vierundzwanzig Stunden vergangen. War das ein gutes oder ein schlechtes Zeichen? „Es ist alles so schrecklich verworren“, murrte sie.

„Eigentlich sollte es ganz einfach sein“, entgegnete Fatima lächelnd. „Aber die Wege der wahren Liebe sind leider oft verschlungen.“

Liebe, dachte Heather. Sie wusste, dass sie Jamal liebte, aber wie stand er zu ihr? Was war, wenn Fatima sich irrte und er doch noch an Yasmin hing?

„Prinzessin Heather, würden Sie bitte mit mir kommen?“

Sie drehte sich um und sah Rihana lächelnd in der Tür stehen.

„Prinz Jamal wünscht, dass Sie mich in den Garten begleiten.“

Heathers Herz pochte schneller. Sie ahnte, dass ihr eine Antwort auf all ihre Fragen bevorstand. „Wünsch mir Glück!“, rief sie, während sie Rihana aus dem Harem folgte.

„Das wirst du nicht brauchen“, entgegnete Fatima. „Dessen bin ich mir sicher.“

Da war Heather sich nicht so sicher. Ihr war flau im Magen, wie immer wieder in den vergangenen Tagen.

Sie traten hinaus auf einen gepflasterten Weg, der sich durch den Garten wand. Die Luft war heiß, obwohl es bereits dunkel war.

„Hier entlang, Prinzessin.“ Rihana führte sie durch eine schmale Tür, die fast von Gebüsch verborgen war und auf einen schmalen Pfad führte, den Heather nie zuvor betreten hatte. Zu beiden Seiten herrschte dichte Vegetation. Es duftete nach Rosen, und die Bäume waren schwer behangen mit Granatäpfeln.

Hinter einer Wegbiegung tauchte ein großes weißes Zelt auf, vor dessen Eingang zwei Kamele standen. Ein Wächter trat vor und versperrte ihnen den Weg. Er trug nicht die gewöhnliche Uniform des Palastes. Stattdessen war sein Oberkörper nackt bis auf eine Schärpe. Die Klinge eines langen, gekrümmten Messers blitzte vor seiner Brust auf. Seine Hose war an der Taille und den Knöcheln verschnürt, und seine Füße waren nackt.

Verblüfft blieb Heather stehen und starrte ihn an. Er war gekleidet wie ein Haremswächter. Doch er konnte unmöglich ein Eunuch sein. Und obwohl sie es für unwahrscheinlich hielt, dass er mit dem rituellen Messer ihre Tugend verteidigt hätte, erschauerte sie unwillkürlich, als er sich verbeugte und ihr bedeutete, das Zelt zu betreten.

Rihana verbeugte sich ebenfalls, drehte sich um und kehrte zum Palast zurück.

Heather holte tief Luft und betrat zögernd das Zelt. Die niedrigen Möbelstücke, die Gobelins, die Kissen wie der Geruch nach Weihrauch erweckten in ihr den Eindruck, dass Vergangenheit und Gegenwart irgendwie miteinander verschmolzen seien und sie zweihundert Jahre in der Zeit zurückversetzt worden wäre.

Jamal saß im Schneidersitz da, in traditionelle Roben und Kopfschmuck gehüllt. Obwohl sie ihn auf Anhieb erkannte, erschien er ihr wie ein Furcht einflößender Fremder. Ein Schauer der Angst durchlief sie. Um sich abzulenken, betrachtete sie den niedrigen Tisch vor ihm, auf dem Papiere, mehrere Schachteln und ein Schlüsselbund lagen.

„Bitte komm und setz dich zu mir, meine Frau“, sagte er formell.

Während sie sich ihm gegenüber auf ein Polster setzte, entzündete er zwei Stäbchen Weihrauch und stellte sie in winzigen Haltern auf beide Enden des Tisches.

Eindringlich blickte er sie an. „Heute Abend und für immer bist du meine einzige wahre Frau“, rezitierte er. „Heute Abend, vor Gott und der Wüste und all meinen weltlichen Besitztümern, bist du meine einzige wahre Frau. Die Besitzerin meines Herzens und die Mutter meiner noch ungeborenen Kinder. Morgen und jeden Morgen danach, über meinen Tod hinaus und in das Leben danach, bist du meine einzige wahre Frau.“

Heather stockte der Atem. Die Worte hallten in der Stille des Zeltes nach, trieben ihr Tränen in die Augen. Sie erkannte den antiken Wortlaut, lange vor Christi Geburt zum ersten Mal gesprochen, als El Bahar das Land der Nomaden gewesen war und Männer durch Tugend und Stärke regiert hatten. Dieser monumentale Text hatte lange vor dem geschriebenen Wort existiert und war gesprochen worden, wenn ein Mann seinen Harem aufgelöst und auf sein Recht verzichtet hatte, mehr als eine Frau zu haben.

Diese Worte versprachen Treue selbst über den Tod hinaus. Nach diesem Gelübde durfte ein Mann aus El Bahar nie wieder heiraten – selbst dann nicht, wenn seine Frau am nächsten

Tag verstarb. Vor allem aber versprachen diese kostbaren Worte Liebe.

Sie starrte auf die verstreuten Gegenstände auf dem Tisch. Sie erkannte die Schlüssel für seine zahlreichen Autos, Bankauszüge, Besitzurkunden für Ländereien und Pferde. All das repräsentierte seine weltlichen Besitztümer. Die Schachteln enthielten gewiss die Juwelen, die er aus dem Familienbesitz erhalten hatte.

Lass es wahr sein, betete sie insgeheim. „Warum vollziehst du diese Zeremonie?"

„Weil du meine einzige wahre Frau bist und ich nicht wusste, wie ich es dir auf anderem Wege begreiflich machen sollte." Jamals Blick war eindringlich, seine Stimme klang aufrichtig.

Die Tränen, die sie unterdrückt hatte, kullerten über ihre Wangen.

Er stand auf, trat an ihre Seite und setzte sich auf das Kissen neben sie. „Ich werde Frauen nie verstehen. Ich dachte, es würde dich glücklich machen."

„Das tut es ja auch. Sehr glücklich."

„Warum weinst du dann?" Er streichelte ihre Lippen mit seinen. „Schon gut. Ich glaube nicht, dass ich es verstehen würde." Er nahm ihr Gesicht zwischen die Hände. „Du sollst wissen, dass es mir ernst ist. Du bist meine einzige wahre Frau, Heather. Ich liebe dich."

Aufatmend warf sie sich ihm an den Hals. Er drückte sie hinab auf die Kissen und legte sich dicht neben sie. „Darf ich aus deiner Reaktion schließen, dass du dich darüber freust?"

Sie lachte unter Tränen. „Natürlich." Sie senkte den Kopf ein wenig. „Ich liebe dich auch, Jamal."

„Wirklich? Bist du dir sicher?"

Sie nickte. „Ich liebe dich schon lange. Ich hatte Angst, weil ich dachte, dass du nie eine andere als Yasmin lieben könntest. Deswegen bin ich Honey geworden. Um eine bessere Chance zu haben, dich zu gewinnen. Ich glaube, ich habe dich damals schon geliebt, aber ich habe es nicht erkannt."

„Meine süße, unschuldige Braut. Wie dumm wir beide doch waren." Er strich mit dem Daumen über ihre Lippen. „Eines möchte ich klarstellen. Ich liebe Yasmin nicht. Ich gebe zu, dass ich ganz am Anfang in sie verliebt war, aber es hielt nicht lange an. Sie war keine liebenswerte Person."

Ihr schien es, als gingen sämtliche Träume in Erfüllung, die sie je gehegt hatte.

„Ich will eigentlich nicht über Yasmin reden, aber ich glaube, dass ich es dir schuldig bin."

Heather hatte das Gefühl, dass ihr nicht gefallen würde, was er zu sagen hatte. Doch sie zwang sich zu nicken.

Jamal küsste ihre Stirn, drehte sich dann auf den Rücken und blickte hinauf an die Decke. In jeder Ecke des Zeltes hingen Laternen, doch sie verbreiteten nur einen schwachen Schein.

„Yasmin war sehr schön", begann er. „Als die Ehe arrangiert wurde und wir uns kennenlernten, wirkte sie begeistert und glücklich darüber, mich zu heiraten. Sie war aufmerksam, liebevoll und zärtlich – alles, was ein junger Mann sich von seiner Zukünftigen wünschen könnte." Er wandte ihr den Kopf zu und lächelte schmerzlich. „Im Gegensatz zu dir, die bei unserer ersten Begegnung verkündete, nicht an einer Heirat interessiert zu sein."

„Ich habe es nicht persönlich gemeint."

„Ich weiß, und ich beschwere mich nicht. Du warst von Anfang an ehrlich, was deine Gefühle angeht. Ich war nie im Zweifel. Aber Yasmin war anders. Alles, was sie sagte, war gelogen. Sie hatte kein Interesse an mir. Sie hatte es nur auf den Titel, das Geld und die Position abgesehen. Nachdem wir ein paar Wochen verheiratet waren, enthüllte sie ihre wahre Natur und ließ mich wissen, dass sie mich nicht in ihrem Bett wollte."

Er hielt inne und wandte den Blick ab. Sanft berührte sie

seinen Arm. „Ich verstehe schon."

„Nein, das kannst du nicht. Du bist zu unschuldig, ein zu guter Mensch." Ohne sie anzublicken, fuhr er fort: „Sie nahm sich keine Liebhaber. Auf ihre Weise war sie treu. Aber nur, weil es sie anekelte, mit einem Mann intim zu sein. Sie benutzte Sex nur als Mittel zum Zweck. Sie wollte keine Kinder und gab mir deutlich zu verstehen, dass ich sie nie wieder anfassen sollte."

Sein Gesicht verzog sich zu einer Grimasse. „Leider beging ich in jenen ersten Wochen, als sie mir etwas vorspielte, den Fehler, mich in sie zu verlieben. Als ich dann die Wahrheit erkannte, begann ich, sie zu hassen. Als sie starb, hatte ich überhaupt keine Gefühle für sie."

„Kein Wunder, dass du nicht gerade glücklich über meinen Wunsch warst, nur eine mentale und spirituelle Beziehung zu hegen", murmelte Heather.

Er lächelte. „Das stimmt. Aber seitdem hast du bewiesen, dass deine animalischen Triebe ebenso gut entwickelt sind wie dein Intellekt."

Sie rückte näher und kuschelte sich an ihn. Sie wusste, wie viel es ihn gekostet haben musste, ihr das alles einzugestehen, und dass es ein Akt der Treue von seiner Seite war. Sie bettete den Kopf auf seine Schulter und legte ein Bein über seine. „Ich liebe dich, und ich begehre dich. Immer."

Jamal schlang die Arme um sie und zog sie auf sich. „Bleib bei mir. Lass mich dich lieben. Für immer. Gebäre mir Kinder. Nimm Teil an meinem Leben, wie ich an deinem teilnehmen möchte."

Ihre Tränen waren zwischenzeitlich versiegt, brachen nun jedoch erneut hervor. „Ich werde für immer bleiben", versprach sie. „Ich bin so froh, dass du Yasmin nicht nachtrauerst."

„Ich hatte befürchtet, dass du mich wie sie nur tolerierst, um zu bekommen, was du willst. Deswegen war ich so entzückt von dir als Honey. Da du zu dem Zeitpunkt bereits das Geld, den Titel und die Position hattest, konntest du es nur auf mein Herz abgesehen haben. Das hat mich sehr glücklich gemacht. Deswegen habe ich mitgespielt. Nicht, um dich zum Narren zu halten. Du warst für mich immer wundervoll. Du bist mein Leben. Ich würde Berge für dich versetzen, wenn ich es könnte."

Ihr Herz war zum Bersten voll von Liebe und Glück. „Eigentlich gefallen mir die Berge, wo sie sind, aber danke für das Angebot."

„Gern geschehen. Ich dachte, wir könnten unsere Diskussion beenden, indem wir miteinander schlafen. Wir hatten nie eine richtige Hochzeitsnacht in einem Zelt. Was meinst du dazu? Ich habe vorsichtshalber eine Flasche Champagner für uns gekühlt."

Sie kuschelte sich näher an ihn, bis sie seine Erregung spürte. Jamal Khan, Prinz von El Bahar, liebte und begehrte sie. Sie hätte nie gedacht, dass das Leben so unglaublich wundervoll sein konnte. „Ja", flüsterte sie, während sie Küsse auf seinen Mund hauchte. „Ich will jetzt und so oft wie möglich mit dir schlafen. Ich will deinen Körper an meinem spüren. Und eines Tages, wenn du Glück hast, könnte ich sogar diesen albernen Tanz noch mal vollführen."

Er lächelte zufrieden. „Das wäre schön. Bleib liegen, während ich den Champagner hole."

Er wollte aufstehen, doch sie entgegnete: „Ich darf keinen trinken."

„Warum nicht? Bist du krank?"

Sie grinste. „Eigentlich nicht. Meistens fühle ich mich gut. Aber ich werde viel zunehmen, geschwollene Knöchel kriegen und vielleicht sogar launisch werden. Meinst du, dass du mich dann immer noch liebst?" Mit angehaltenem Atem wartete sie auf seine Reaktion.

Er sprang auf und zog sie mit sich hoch. Dann schlang er die Arme um ihre Taille und wirbelte sie herum, bis das Zelt vor ihren Augen verschwamm. „Du bist schwanger! Du bekommst unser Baby."

„An deinem Verstand ist nichts auszusetzen", murmelte sie lachend. „Das verspricht Gutes für die Erbanlagen."

Er ließ sie an seinem Körper hinabgleiten, bis ihre Füße den Teppich berührten. Dann drückte er sie an sich und küsste sie. „Ein Baby. Das ist wundervoll. Du wirst eine tolle Mutter sein."

„Und du der perfekte Vater. Ich glaube, wir werden sehr glücklich miteinander sein."

Lächelnd blickte er ihr tief in die Augen. „Das sind wir schon, meine Liebe. Das sind wir jetzt schon."

– ENDE –

Susan Mallery

Küss mich, Kronprinz

Roman

Aus dem Amerikanischen von
Tatjána Lénárt-Seidnitzer

MIRA®

1. KAPITEL

„Mommy, guck mal!“

Liana Archer blickte von dem Liebesroman auf und starrte aus dem Fenster des Flugzeugs. Sie sah einen strahlend blauen Himmel, eine erbarmungslose Sonne und etwa ein Dutzend Männer auf Pferden. „Keine Angst, Bethany“, sagte sie geistesabwesend. „Das ist nur …“

Erschrocken verstummte sie und riss die Augen weit auf. Männer auf Pferden? Als der Pilot verkündet hatte, dass sie ein paar Minuten verspätet am Gate eintreffen würden, hatte sie angenommen, dass es sich um ein technisches Problem handelte. Nicht im Traum hätte sie daran gedacht, dass sie von einer Gruppe Eingeborener überfallen wurden.

Instinktiv zog sie ihre neunjährige Tochter an sich. „Es wird alles gut“, sagte sie mit einer Ruhe, die sie keineswegs verspürte.

Andere Passagiere hatten die Männer ebenfalls entdeckt. Stimmengemurmel erhob sich. Mehrere Frauen begannen zu schreien. Lianas Herz pochte heftig, und ihr Atem beschleunigte sich derart, dass sie in Ohnmacht zu fallen fürchtete. Was ging da vor sich? Ihr war versichert worden, dass El Bahar das sicherste Land im Nahen Osten und der König ein aufrechter, von seinem Volk geliebter Herrscher war. Sie hatte diesen Informationen geglaubt. Andernfalls hätte sie sich und ihre Tochter niemals dem Umzug bis ans andere Ende der Welt ausgesetzt.

Die Passagiere duckten sich auf ihren Sitzen, als die Eingeborenen an Bord kamen.

Zum Glück sitzen wir ganz hinten, dachte Liana, während sie sich nach dem nächsten Notausgang umblickte.

„Mommy?“ Bethanys Stimme klang zittrig, und ihr Gesicht war kreidebleich. „Müssen wir jetzt sterben?“

„Natürlich nicht." Liana strich ihr das blonde Haar aus der Stirn und küsste sie auf die Wange. „Bestimmt gibt es eine logische Erklärung dafür, und wir werden …"

Mehrere große, dunkle Männer in Roben und mit Kopfbedeckung stürmten die Kabine. Sie schienen nach jemandem zu suchen.

„Was wollen Sie?", verlangte ein Passagier zu wissen und stand auf. „Wenn Sie Geiseln wollen, lassen Sie wenigstens die Frauen und Kinder gehen."

Die Eingeborenen ignorierten ihn. Etwa in der Mitte des Flugzeugs blieben sie stehen. Einer von ihnen griff nach einer jungen Frau und zog sie vom Sitz. Nach einem Wortwechsel, den Liana nicht verstehen konnte, wurde die Frau abgeführt.

Aufgeregte Stimmen erhoben sich. Schreie hallten durch die Kabine.

„Ruhe, bitte!", rief eine laute Männerstimme über den Lärm der hysterischen Passagiere hinweg.

Liana blickte auf und sah einen der Einheimischen vorn in der Kabine stehen. Er war größer als die anderen und auf exotische Weise gut aussehend. Mit gespreizten Beinen stand er da, und seine zurückgeschlagene Robe enthüllte eine Pistole an seinem Gürtel. Sie schluckte schwer und suchte sich mit dem Gedanken zu trösten, dass Erschießung zumindest ein schneller Tod war.

„Ich entschuldige mich für die Ängste, die Sie ausgestanden haben", sagte der Mann. „Einige der jüngeren Männer haben sich zu sehr für ihren Auftrag engagiert und das Spiel zu ernst genommen."

Er verbeugte sich tief. Als er sich wieder aufrichtete, lächelte er, und sein Gesicht wirkte nicht länger unnahbar, sondern faszinierender, als gesetzlich erlaubt sein sollte.

„Ich bin Malik Khan, Kronprinz von El Bahar. Willkommen in meinem Land. Was Sie gerade gesehen haben, war keine

Entführung, und es war kein Leben in Gefahr. Eine junge Amerikanerin, die im Palast angestellt ist, wurde von ihrem Verlobten aus dem Flugzeug *gerettet.*" Er deutete zur Linken aus dem Fenster. „Wie Sie beobachten können, ist sie sehr erfreut über die Geschehnisse."

„Kannst du es sehen?", flüsterte Bethany.

Liana reckte den Hals und blickte auf der anderen Seite des Flugzeugs aus dem Fenster. Die junge Frau, die aus dem Flugzeug geführt worden war, lag in den Armen eines Mannes und wirkte überglücklich. „Sie küssen sich. Der Mann scheint recht zu haben. Es war nur ein Spaß, der außer Kontrolle geraten ist."

Grinsend legte Bethany sich eine Hand auf die Brust. „Ich dachte schon, mein Herz würde aus meiner Brust springen."

Liana lächelte. „Ich auch, Kind. Da hätten sie zappelnd auf dem Fußboden gelegen." Sie demonstrierte es mit einer zuckenden Handbewegung.

Bethany kicherte.

„Also hast du dich erholt, junge Dame? Du fürchtest nicht mehr, El Bahar zu betreten?"

Gleichzeitig drehten sie sich zum Gang um. Der große Prinz stand neben ihren Sitzen. Bethany starrte zu ihm auf. „Ich würde El Bahar gern sehen, aber nicht, wenn Sie uns die Köpfe abhacken."

Er zwinkerte ihr zu. „Mir gefällt dein Kopf, wo er ist. Ich verspreche, dass du hier in Sicherheit sein wirst. Wenn dich jemand belästigt, dann sag ihm, dass du den Kronprinzen persönlich kennst."

Mit großen Augen blickte sie ihn an. „Sind Sie ein richtiger Prinz? Wie in Aschenputtel?"

„Genau so einer." Er wandte sich ein Liana. Gerade wollte sie ihm ein höfliches Lächeln schenken und ihm versichern, dass es auch ihr gut ging, als sich ihre Blicke begegneten und einander gefangen hielten.

Seine Augen waren so dunkel wie die Nacht, und sie spürte deren Wirkung bis hinab in die Zehenspitzen. Obwohl sie die vernünftigste Frau war, die sie kannte, spürte sie eine heftige Anziehungskraft. In ihr erwachte ein überwältigender Drang, diesen Fremden anzuflehen, sie zu berühren und zu küssen – geradewegs in diesem Flugzeug. Es schien, als wäre ihr eine Überdosis einer Liebesdroge verabreicht worden. Sie konnte nicht sprechen, konnte kaum atmen.

Zum Glück lächelte der Prinz nur und kehrte wortlos in den vorderen Bereich zurück.

„Wow! Der ist aber cool", flüsterte Bethany verklärt. „Ich habe einen lebendigen Prinzen kennengelernt! Er ist viel netter, als ich dachte. Findest du, dass er gut aussieht, Mommy?"

„Ja, das finde ich", gestand Liana ein. Beide beobachteten, wie er von Bord ging. Die Tür wurde geschlossen, und das Flugzeug rollte zum Gate. Als sie ihren Liebesroman im Handgepäck verstaute, musterte sie den Einband und dachte dabei, dass der Inhalt ansteckend sein musste. Denn einen flüchtigen Moment lang hatte sie sich wie die Heldin zu einem großen, dunklen, unerreichbaren Mann hingezogen gefühlt.

Nur eine Verirrung, sagte sie sich, während sie und Bethany sich in der trägen Schlange zur Gepäckausgabe begaben. Der lange Flug, die Angst oder der Genuss von zu viel Kaffee musste einen Schalter in ihrem Gehirn betätigt haben. Das war die einzige Erklärung für ihre spontane, überwältigende Zuneigung zu einem Fremden.

Vierzig Minuten später, als Liana und Bethany an der Zollabfertigung warteten, trat ein schmächtiger Mann zu ihnen. „Würden Sie bitte mitkommen?", bat er und bückte sich bereits nach einem ihrer Koffer.

„Was tun Sie denn da?", fragte Liana schroff. „Fassen Sie das nicht an."

Die Zollabfertigung befand sich in einem großen klimatisierten Raum. Obwohl die Schlangen an den Schaltern lang waren, ging es zügig voran. Gerade wollte sie einen der Sicherheitsbeamten rufen, die durch die Menge patrouillierten, als sich der kleine Mann entschuldigend verbeugte.

„Ich wurde geschickt, um Sie zu einer kürzeren Schlange zu führen“, erklärte er. „Da Sie ein Kind bei sich haben, möchten wir Ihnen lange Wartezeiten ersparen. Gleich da drüben.“ Er deutete zu einem einsamen Zollbeamten am anderen Ende des Gebäudes.

Liana fragte sich, warum niemand sonst diesen Schalter wählte. Sie hob den Blick und sah ein Schild mit der Aufschrift: *Staatsbesucher und Residenten.* „So gern ich es mir auch anders wünsche“, entgegnete sie mit einem freundlichen Lächeln, „bin ich weder Staatsbesucher noch Resident. Aber vielen Dank für das Angebot.“

Der kleine Mann presste die dünnen Lippen zusammen. Er hatte dunkle Augen und einen spärlichen Bart, und er trug einen vorzüglich geschneiderten Anzug. „Bitte, Madam. Wir wären Ihnen gern zu Diensten.“

Ein uniformierter Sicherheitsbeamter trat zu ihnen. „Es ist wirklich in Ordnung, Madam. Wir bemühen uns nur, den Prozess zu beschleunigen.“

„Wenn Sie meinen“, sagte Liana zweifelnd. Sie gestattete den beiden Männern, Besitz von ihrem Gepäck zu ergreifen und zu dem Zollbeamten vorauszugehen.

„Wieso wolltest du denn nicht zu dem Schalter gehen?“, wollte Bethany wissen. „Hättest du lieber hier Schlange gestanden?“

„Okay, okay, ich wollte nur vorsichtig sein.“

Sie warteten, während der uniformierte Beamte ihre Pässe prüfte. Liana blickte sich um und stellte überrascht fest, dass sie die Einzigen an diesem Schalter waren. Sie wandte sich an den kleinen Mann. „Ich verstehe das nicht. Warum ich und niemand sonst?“

„Weil ich es angeordnet habe.“

Auf Anhieb erkannte Liana die tiefe, sonore Stimme. Noch bevor sie sich zu dem Mann umdrehte, stellten sich ihre Nackenhaare auf. Sie war müde, hungrig und vierundzwanzig Stunden lang mit ihrer neunjährigen Tochter um die halbe Welt gereist. Sie war nicht in der Stimmung, als Spielball behandelt zu werden – nicht einmal von ihrem eigenen Körper.

Doch all ihr Widerstand vermochte nicht die Woge der Hitze oder das Zittern in ihren Gliedern zu vertreiben. Sie hob den Blick, geradewegs zu dem hübschen Gesicht von Malik Khan, Kronprinz von El Bahar.

Er verbeugte sich tief. „Wir sind uns noch nicht offiziell vorgestellt worden. Ich bin Prinz Malik, und Sie sind …?“ Er griff nach ihrem Pass.

„Liana Archer. Das ist meine Tochter, Bethany.“

„Hi.“ Bethany strahlte ihn an. „Leben Sie in einem richtigen Palast?“

„Natürlich. Mit meinen beiden Brüdern und deren Frauen. Viele Prinzen und Prinzessinnen. Ach ja, und mit meinem Vater, dem König von El Bahar.“

„Und Sie haben ganz viel Gold und eigene Pferde, und alle Leute verbeugen sich dauernd vor Ihnen?“

Malik grinste. „Nicht so viel Gold, wie wir gern hätten, und die Leute verbeugen sich nicht mehr so oft. Es wäre sehr schwierig für sie, ihre Arbeit zu verrichten, wenn sie sich ständig verbeugen würden.“ Er gab dem Zöllner ein Zeichen, der hastig ihre Pässe abstempelte und sie passieren ließ, ohne ihr Gepäck auch nur eines Blickes zu würdigen. „Willkommen in El Bahar.“

Liana war immer noch sprachlos über das Wiedersehen, ganz zu schweigen von ihrer unangebrachten körperlichen Reaktion auf seine Nähe. Sie war zu erschöpft, um zu ergründen, was mit ihr nicht stimmte. Daher beschloss sie, es zu ignorieren. Der Prinz war sehr groß. Er überragte sie um einiges, obwohl sie selbst nicht gerade klein geraten war. Oder verlieh sein Kopfschmuck ihm vielleicht die Illusion von Größe? Sie musterte ihn und befand, dass seine Kleidung zwar seine Stärke unterstreichen mochte, aber nichts hinzufügte, was nicht vorhanden war. Nein, Prinz Malik war groß, stark und Furcht einflößend. Aber vielleicht waren alle Prinzen so. Sie konnte es nicht beurteilen, da sie kaum in königlichen Kreisen verkehrte.

„Warum haben Sie das getan?“, erkundigte sie sich, als sie schließlich ihre Stimme wiederfand.

Malik zuckte die Achseln. „Ich wollte mich dafür entschuldigen, dass wir Ihnen und Ihrer Tochter im Flugzeug Angst eingejagt haben. Ich versichere Ihnen, dass es nicht unsere Absicht war.“

Sie versuchte zu ignorieren, dass seine Augen ihr bis in die Seele zu blicken schienen, indem sie ihn kritisch musterte. Wenn sie etwas an ihm auszusetzen fand, wirkte er vielleicht nicht mehr so einschüchternd.

Zu ihrem Pech war sein Äußeres jedoch makellos. Er besaß weit auseinander stehende Augen und eine gerade Nase. Gebräunte Haut spannte sich über hohen Wangenknochen. Sein Mund war fest und ein bisschen streng, aber von Lachfältchen umrahmt. Er war die Art Mann, dessen Porträt auf einer Briefmarke gut ausgesehen hätte.

„Also, Liana Archer, warum sind Sie in meinem Land?“, erkundigte er sich.

„Ich bin die neue Lehrerin an der Amerikanischen Schule.“ Sie blickte über die Schulter zurück. Der Zöllner, der kleine Mann und der Sicherheitsbeamte befanden sich immer noch in Hörweite. Keiner von ihnen lauschte unverhohlen, aber Liana bezweifelte nicht, dass sie jedes Wort verfolgten.

Malik verzog das Gesicht. „Das sind Sie nicht."

„Wie bitte?"

„Sie sind keine Lehrerin." Er verschränkte die Arme vor der Brust. „Lehrerinnen sind alt und hässlich. Warum sind Sie also wirklich hier, und wo ist Ihr Mann?"

Liana war davor gewarnt worden, dass El Bahar zwar moderner gesinnt war als die meisten Länder des Nahen Ostens, aber bestimmte Vorstellungen noch immer in der Vergangenheit wurzelten.

Der seltsame Empfang im Flugzeug, ihre anhaltende Faszination für diesen Mann und die Müdigkeit auf Bethanys Gesicht ließen sie spontan entgegnen: „Hören Sie, Hoheit, es geht Sie zwar nichts an, aber ich bin nicht mehr verheiratet. Gegen mein Alter kann ich nichts tun, aber wenn Sie möchten, werde ich daran arbeiten, mir ein paar Warzen wachsen zu lassen, um hässlicher zu werden. Wären Sie damit zufrieden?"

Hinter sich hörte sie die drei Männer nach Atem ringen. Zu spät bedachte sie, dass Sarkasmus beim Kronprinzen vermutlich nicht erwünscht war. Eine Vision von Jahren in einem Wüstengefängnis, gefolgt von einem langsamen und qualvollen Tod, stieg vor ihrem geistigen Auge auf. Sie trat einen Schritt näher zu Bethany.

Doch anstatt zornig zu werden, lächelte der Prinz nur. „Wären die Warzen auf Ihrer Nase?"

„Möchten Sie sie dort haben?"

„Ich bin mir nicht sicher. Ich muss mir die Sache überlegen." Er schnippte mit den Fingern, und ein Kofferträger erschien mit einem Karren.

Wenige Minuten später entfernten Liana und Bethany sich in einem Taxi vom Flughafen. Prinz Malik hatte sie mit guten Wünschen einfach ziehen lassen.

„Erinnere mich daran, dass ich nie wieder versuche, geistreich gegenüber einem Angehörigen des Königshauses zu sein", murmelte Liana.

Bethany kuschelte sich an sie. „Er war nicht böse. Er mag dich. Das habe ich gemerkt."

„Wie nett", bemerkte Liana automatisch, doch sie war nicht im Geringsten interessiert an seiner Einstellung. Ihr Leben gefiel ihr so, wie es war. Sie hatte Pläne und Ziele, in die keine Tändelei mit einem Prinzen passte.

Als das Taxi die Ausfahrt des Flughafengeländes erreichte, wurde Liana bewusst, dass sie dem Fahrer keine Adresse genannt hatte. „Kennen Sie die Amerikanische Schule? Dorthin möchten wir fahren. Ich kann Ihnen Richtungsanweisungen geben."

Der dunkelhäutige Mann begegnete ihrem Blick im Spiegel und nickte ihr freundlich zu. „Das ist nicht nötig, Madam. Ich kenne den Ort gut."

Als das Taxi auf die Schnellstraße abbog, fragte sie Bethany: „Was hältst du von El Bahar?"

Die Stadt erstreckte sich vor ihnen, mit dem Arabischen Meer zur Linken. Es war von einem dunkleren Blau als der Himmel – beinahe die Farbe von Kobalt. Üppige Pflanzen wuchsen bis an den Rand der Schnellstraße, doch in der Ferne war das Ödland zu sehen, das den Anfang der Wüste darstellte.

„Es gefällt mir." Bethany schnupperte. „Die Luft riecht süß, wie Blumen oder Parfüm. Weißt du, was das ist?"

Liana atmete tief den Duft ein. „Nein. Irgendeine Blume, denke ich. Wir werden im Computer nachsehen."

In ihrem Vertrag war zusammen mit einer möblierten Zweizimmerwohnung ein Laptop mit Internetzugang vorgesehen, den sie sowohl im Klassenzimmer als auch zu Hause benutzen durfte. Sämtliche Kosten waren enthalten. Die Amerikanische Schule hatte ihr ein sehr großzügiges Angebot unterbreitet. „Stell dir nur mal vor, du kannst deinen Klassenkameraden sagen, dass du den Kronprinzen schon kennengelernt hast."

Bethany grinste. „Meinst du, dass sie mir das glauben?"

„Wenn nicht, dann fungiere ich als Zeugin."

Das Taxi passierte eine Gruppe Hochhäuser, die zwischen dem Highway und dem Meer standen. Liana erinnerte sich an die Erkundigungen, die sie über das Land eingezogen hatte, und vermutete, dass es sich um den Finanzdistrikt handelte. El Bahar besaß eine stabile Wirtschaft, die ausländische Investoren ermutigte zu investieren.

In wenigen Minuten erreichten sie die Stadt, die gleichermaßen aus modernen und antiken Gebäuden bestand. In der Ferne tauchten die letzten Überreste der Mauer auf, die einmal die Stadt behütet hatte, und dahinter ragte ein strahlend weißes Gebäude zum Meer hinaus.

Bethany deutete auf das große Gebäude. „Das ist der Palast. Ich erkenne ihn von den Fotos."

„Ich frage mich, ob unsere Wohnung in der Nähe liegt. Ich habe gelesen, dass es Führungen durch die Gärten gibt. Wir werden bald an einer teilnehmen."

„Vielleicht sehen wir dann Prinz Malik wieder."

„Sicherlich", sagte Liana, obwohl sie daran zweifelte. Gewiss hatte ein Kronprinz keine Zeit, sich mit Touristen zu befassen. Nein, ihre Begegnung mit dem Königtum war vorüber.

Kurz darauf passierte das Taxi ein eindrucksvolles Tor. Eine lange Auffahrt schlängelte sich zwischen exotischen Bäumen und Blütenpflanzen hindurch.

Liana richtete sich auf und blickte sich um. Lag das Wohnhaus der Amerikanischen Schule inmitten solch eindrucksvoller Gründe? Oder handelte es sich um einen Park?

Nach einer Kurve tauchte das weiße Gebäude auf, das sie vor wenigen Minuten von fern bewundert hatten. Aus der Nähe wirkte es noch riesiger und eindrucksvoller. Etwa ein Dutzend Wachen stand still vor einer riesigen Doppeltür.

„Mommy, wo sind wir?“, fragte Bethany.

Liana hatte keine Antwort. Sie wandte sich an den Mann hinter dem Steuer. „Da liegt ein Irrtum vor.“

Grinsend schüttelte er den Kopf. „Kein Irrtum. Seine Hoheit hat mich angewiesen, Sie nach Hause zu bringen, und da sind wir. Willkommen im Königspalast von El Bahar.“

Bevor sie entscheiden konnte, was sie tun sollte, trat ein großer Mann in einem grauen Anzug zum Taxi und öffnete den Schlag. „Gut, da sind Sie ja. Kommen Sie mit.“

2. KAPITEL

„Mommy, guck mal!"

Liana folgte Bethanys Blick zur gewölbten Decke des riesigen Foyers, in das sie geführt worden waren. Glitzernde Sterne auf dunklem Untergrund stellten den Nachthimmel dar, und im Osten waren die ersten rosa Strahlen des Sonnenaufgangs zu sehen. Das gesamte Bild war mit Goldfarbe gemalt. Oder vielleicht war es sogar echtes Gold. Glasierte Mosaiksteinchen auf dem Fußboden bildeten einen Drachen ab, der ein Königreich – vermutlich El Bahar – bewachte.

„Wenn dich die Decke beeindruckt, dann sieh dir bloß an, worauf du stehst", murmelte sie.

Bethany sprang zurück und musterte die riesige, gefährlich wirkende Kreatur. „Ich bin ihm auf den Schwanz getreten", flüsterte sie. „Glaubst du, dass er mir böse ist?"

„Es sind schon Leute auf mehr als nur den Schwanz getreten", verkündete Prinz Malik, während er den Raum betrat. „Herzlich willkommen. Ich hoffe, dass die Taxifahrt angenehm war."

„Es gibt nichts auszusetzen", erwiderte Liana. Sie war fest entschlossen zu ignorieren, dass ihr Blut schneller und heißer durch ihre Adern zu fließen schien. Ja, er war fabelhaft gut aussehend – und eben ein Prinz. Aber sie wollte sich nicht von ihm oder ihrer Umgebung beeindrucken lassen. Doch sie fragte sich, wie es ihm gelungen war, den Palast vor ihnen zu erreichen und sich noch dazu umzuziehen. Oder hatte er diesen grauen Anzug unter seiner Robe getragen?

„Sie werden feststellen, dass der Palast sehr behaglich ist."

„Der Palast ist wundervoll. Sehr eindrucksvoll und nicht der Ort, an dem wir wohnen wollen." Als Bethany zu ihr trat, legte sie ihr einen Arm um den schlanken Körper. „Ich bin Lehrerin an der Amerikanischen Schule. Als solche wurde mir dort eine Unterkunft zugesagt. Ich weiß nicht, warum Sie uns in den Palast gebracht haben oder was Sie dadurch zu erreichen hoffen, aber ich bestehe darauf, dass Sie uns jetzt gehen lassen."

Malik tat ihre Bemerkungen mit einer Handbewegung ab. „Sie werden hier viel glücklicher sein. Die Räume sind größer, und Sie können alles nach Herzenslust erforschen. Morgens und abends wird Ihnen ein Transport zur Schule und wieder zurück zur Verfügung stehen."

Liana fühlte sich, als spielte sie eine Nebenrolle in einem schlechten Film. „Sind wir gekidnappt worden?"

Ihre Frage schien ihn zu kränken. „Natürlich nicht." Er richtete sich zu seiner vollen, eindrucksvollen Größe auf. „Ich bin Kronprinz Malik Khan von El Bahar. Ich erweise Ihnen die Ehre, mein Gast im Königspalast zu sein."

Liana presste die Lippen zusammen. Sie wusste nicht, wie sie darauf reagieren sollte. Ein leises, schnüffelndes Geräusch drang in ihre Gedanken. Sie drehte sich um und sah einen Golden Retriever vor der Eingangstür. Er wedelte heftig mit dem Schwanz, betrat den Palast jedoch nicht.

Bethany erblickte den Hund und klatschte in die Hände. „Mommy, kann ich ihn streicheln?"

Liana blickte Malik an. „Ist er lieb?"

„Ja. Sam gehört meinen Neffen, die alle jünger als Bethany sind. Er ist sehr kinderfreundlich."

„Geh nur, aber bleib in Sichtweite", sagte Liana.

Langsam näherte Bethany sich dem Retriever und streckte die Hand aus. Sam beschnüffelte sie, beleckte ihre Finger und wedelte hocherfreut über den neuen Spielgefährten mit dem Schwanz.

Liana nutzte die Gelegenheit und trat näher zu dem Prinzen. Nicht, weil sie noch mehr in seinen Zauberbann geraten wollte, sondern weil Bethany nicht hören sollte, was sie zu sagen hatte.

„Wir werden nicht hier bleiben“, teilte sie ihm mit. „Ich weiß nicht, was Sie sich dabei denken, aber Ihr Verhalten ist völlig inakzeptabel. Ich bin eine amerikanische Bürgerin und für die nächsten zwei Jahre Gast in Ihrem Land. Als solche werde ich die Gesetze von El Bahar befolgen. Als Gegenleistung wünsche ich mit Respekt und Höflichkeit behandelt anstatt gegen meinen Willen festgehalten zu werden.“

„Sie verstehen nicht“, entgegnete Malik geduldig. „Es ist besser für Sie, im Palast zu sein.“

Er wirkte zu intelligent, um ihren Standpunkt nicht zu verstehen. Demnach hörte er nicht zu. Diese Eigenschaft teilte er mit vielen Männern, und vielleicht wurde sie durch seinen königlichen Status noch verstärkt. Dennoch musste sie ihn zur Einsicht bringen.

Sie setzte zu einer Erklärung an, als ihr eine Erinnerung kam, die sie trotz der potentiellen Gefahr ihrer Lage leise lachen ließ. „Hoheit, Sie wollen dieses Spiel gewiss nicht mit mir veranstalten. Ich habe den Film gesehen.“

Er runzelte die Stirn. „Wovon sprechen Sie?“

„Von der Lehrerin, die in ein fremdes Land gebracht wird, und dem Mann im Königshaus, der sie nicht gehen lassen will. Sie sind nicht der König von Siam, und ich bin nicht Mrs. Anna. Aber falls Sie mit dem Gedanken spielen, diesen Film nachzuspielen, möchte ich Sie daran erinnern, dass der König niemals mit Mrs. Anna schläft und dazu das Pech hat, am Schluss zu sterben.“

Statt wie erwartet schockiert oder missbilligend zu reagieren, beugte er sich zu ihr. „Wir sterben alle am Schluss, Liana.“ Sein warmer Atem streifte ihr Ohr. „Und Sie können sich darauf verlassen, dass ich Sie in meinem Bett haben werde.“

„Wenn du weiterhin solche Dinge sagst, wirst du die arme Frau noch zu Tode erschrecken.“

Malik wie Liana drehten sich um beim Klang der weiblichen

Stimme. Eine attraktive Frau mit lockigen hellbraunen Haaren und Nickelbrille näherte sich. Sie trug ein elegantes grünes Kleid, das auf den ersten Blick die Hand eines Designers verriet, und wundervolle Perlen schimmerten um ihren Hals. Missbilligend schüttelte sie den Kopf. „Ich kann es nicht fassen, dass du derartige Sprüche benutzt, Malik. Hast du noch nie von Finesse gehört?"

Er richtete sich auf und blickte sie finster an. Obwohl sie hohe Absätze trug, war sie ein gutes Stück kleiner. „Ich bin Malik Khan, Kronprinz von El Bahar ..."

Sie tat ihn mit einer Handbewegung ab und richtete die Aufmerksamkeit auf Liana. „Achten Sie nicht auf diese Rede. Alle Prinzen geben sie von sich, und wir haben gelernt, sie zu ignorieren. Was haben diese Scheichs bloß an sich? Kaum haben sie etwas Macht, schon wollen sie einen überrollen." Sie streckte ihre Hand aus. „Hi. Ich bin Heather, die Frau von Jamal, dem mittleren der Brüder Khan."

Mit einem zittrigen Lächeln schüttelte Liana der charmanten Amerikanerin die Hand. Sie fühlte sich, als wäre sie auf einem fremden Planeten gelandet. El Bahar war ganz anders als ihr Heimatland Kalifornien. „Es freut mich zu erfahren, dass man einem Kronprinzen widersprechen kann und es überlebt, um davon zu erzählen."

Heather grinste. „Malik ist gar nicht so schlimm. Er redet, als ob mit ihm nicht gut Kirschen essen wäre, aber im Grunde genommen ist er ein netter Kerl."

Er gab einen missbilligenden Laut von sich. „Du solltest dich lieber vor mir in Acht nehmen."

„Sonst werde ich geköpft. Die Drohung habe ich schon öfter gehört." Heather beugte sich zu Liana und senkte die Stimme. „Eigentlich ist er ein ausgezeichneter Herrscher, und jeder respektiert ihn ungeheuerlich, aber er kann gelegentlich ein bisschen anmaßend sein."

„Ich habe ihn bereits in Aktion erlebt“, erwiderte Liana. „Ich gehöre nicht hierher. Ich bin Lehrerin an der Amerikanischen Schule.“

Er schüttelte den Kopf. „Sie ist mein Gast.“

Abwägend blickte Heather von einem zum anderen. „Interessant. Was ist passiert? Sie hat dir auf den ersten Blick gefallen, und deshalb hast du sie nach Hause gebracht?“

Malik blickte unbehaglich drein. „Ich bin der Kronprinz. Ich schulde dir keine Rechenschaft.“

Heather musterte Liana. „Lassen Sie mich raten. Sie wollen nicht hier sein.“

„Genau.“

„Na ja, Malik braucht eine willensstarke Frau in seinem Leben – auch wenn er es niemals zugeben würde. Er ist ein bisschen verknöchert. Von einer Frau herausgefordert zu werden, würde ihm helfen, menschlicher zu werden.“

„Ich bin nicht verknöchert!“

„Haben Sie mich wirklich hergebracht, weil ich Ihnen gefalle?“, wollte Liana wissen. Sie ignorierte die Tatsache, dass es ein nettes Kompliment war. „Ich bin kein Spielzeug.“

„Als das habe ich Sie nie betrachtet.“

Sie wandte sich an Heather. „Können Sie mir helfen, zur Amerikanischen Schule zu kommen?“

Bevor Heather antworten konnte, kehrte Bethany zurück und lehnte sich an Liana. „Ich bin müde, Mommy. Gehen wir bald?“

„Das Kind braucht Ruhe“, sagte Malik. „Während Sie hier herumstehen und argumentieren, verschwenden Sie nur Zeit. Heather wird Sie in Ihre Räume bringen.“

Heather warf ihm einen Blick mit hochgezogenen Augenbrauen zu, protestierte aber nicht. „Es ist einfacher, wenn Sie heute Abend nachgeben, Liana. Sie müssen erschöpft von der langen Reise sein. Morgen früh können Sie sich dem Kampf erneut stellen. Sie sind hier völlig in Sicherheit. Alle Gäste des Palastes werden mit äußerstem Respekt behandelt."

Liana wusste nicht recht, was sie tun sollte. Sie hatte das Gefühl, dass ihr Leben nie wieder wie früher sein würde, wenn sie nun nachgab. Doch sie war so müde wie Bethany. Außerdem war es eine einmalige Chance, eine Nacht in einem richtigen Palast zu verbringen. Sollte sie diese einzigartige Gelegenheit wirklich aus Stolz ausschlagen? „Also gut. Wenn Sie sicher sind, dass wir keine Umstände bereiten."

„Keineswegs." Malik verbeugte sich und verschwand dann einen langen Korridor entlang.

„Wer ist dieser undurchschaubare Mann?", murmelte Liana.

Heather hörte es und lachte. „Man muss sich erst mal an die Prinzen gewöhnen. Kommen Sie mit. Ihr Gepäck wird Ihnen gebracht werden."

Liana wandte sich an Bethany. „Hast du etwas dagegen, die Nacht im Palast zu verbringen?

Sie lächelte strahlend. „Wenn wir hier bleiben, dann kann ich Prinzessin spielen."

„Da hast du recht."

Bethany wandte sich an Heather. „Sind Sie wirklich mit einem Prinzen verheiratet?"

„Allerdings. Das macht mich zu einer Prinzessin. Wir haben einen kleinen Sohn, der ebenfalls ein Prinz ist."

Bethanys Augen wurden immer größer. „Toll. Haben Sie auch eine Krone und alles?"

„Darauf kannst du wetten."

Sie gingen einen langen Korridor entlang. Sprachlos blickte Liana sich um. Offene Türen erlaubten Einblicke in großartige Räume mit hohen Decken und kostbarem Mobiliar. Fenster führten hinaus auf üppige Gärten mit romantischen Springbrunnen. Sie passierten unzählige Alkoven mit fabelhaften Kunstwerken wie Gobelins, Glaswaren oder Statuen.

Schließlich blieb Heather stehen und öffnete eine Tür, in die das Bildnis einer Gazelle geschnitzt war. „Das ist Ihr Reich."

Liana und Bethany folgten ihr in einen riesigen Raum. Breite Terrassentüren führten auf einen großen Balkon und eröffneten den Blick auf das Arabische Meer. Beinahe so atemberaubend wie die Aussicht waren Wandbilder zur Rechten wie zur Linken. Winzige Mosaiksteinchen stellten Herden galoppierender Araberpferde in der Wüste dar. Sie waren beinahe lebensgroß, mit flatternden Mähnen und Schweifen, und man glaubte förmlich das Donnern der fliegenden Hufe auf dem Sand zu hören.

„Oh, Mommy, guck mal!" Bethany lief zur rechten Wand und berührte ehrfürchtig die Steinchen. „Toll!"

In diesem Augenblick trafen zwei Diener mit dem Gepäck ein und verschwanden einen kleinen Flur entlang. Sekunden später kehrten sie ohne Koffer zurück, verbeugten sich und zogen sich so leise zurück, wie sie gekommen waren.

„Das Motiv findet sich in der ganzen Suite wieder", erklärte Heather. „Alle Gästequartiere haben ein bestimmtes Thema. Ich dachte mir, dass Ihnen diese Suite gefallen würde, da Ihre Tochter gerade in dem Alter ist, in dem viele Kinder in Pferde vernarrt sind."

Liana fühlte sich trunken. „Das ist ein gewöhnliches Gästezimmer? Es gibt noch mehr solche Suiten, die einfach leer stehen und auf Besucher warten?"

Heather nickte. „Ich weiß, dass es überwältigend wirkt, aber Sie werden sich daran gewöhnen. Es gibt häufig Gäste hier. Einige Staatsmänner ziehen es vor, in den Hotels am Strand abzusteigen, aber anderen gefällt es hier im Palast besser."

„Das kann ich verstehen", murmelte Liana beeindruckt.

„Der Balkon wird gemeinschaftlich genutzt", erklärte Heather. „Augenblicklich sind keine weiteren Gäste da, sodass Sie niemanden sehen werden, aber erschrecken Sie nicht, wenn jemand vorbeigeht. Übrigens können Sie auf diesem Balkon einmal ganz um den Palast herumgehen. Ich empfehle den Spaziergang am Abend. Es ist sehr schön."

„Danke, das werde ich tun."

Heather zögerte. „Ich weiß, dass es schrecklich unhöflich ist zu fragen, aber wie gut kennen Sie den Prinzen?"

„Überhaupt nicht." In kurzen Zügen berichtete Liana von den Vorfällen im Flugzeug und auf dem Flughafen. „Statt zur Amerikanischen Schule hat das Taxi uns hierher gebracht. Ich verstehe nicht, was passiert ist."

„Offensichtlich hat er ein Auge auf Sie geworfen."

Dann kann er es gern zurückhaben, dachte Liana, aber sie sprach es nicht aus. „Das kann ich nicht glauben. Ich bin nur eine Lehrerin."

„Sie sind sehr attraktiv. Groß, blond, blauäugig."

All das traf zu, aber sie war auch etwa zwanzig Pfund zu schwer und nicht im Geringsten an Mode interessiert. Sie kleidete sich lieber bequem als stilvoll. Sie sah zwar ganz passabel aus, aber sie fesselte bestimmt nicht die Aufmerksamkeit eines Prinzen. „Es muss etwas anderes sein."

„Warum fällt es Ihnen so schwer zu glauben, dass Malik Sie begehren könnte? Sind Sie nicht interessiert?"

„Eigentlich nicht. Ich habe einen Punkt erreicht, an dem ich keinen Mann in meinem Leben haben möchte, und andernfalls würde ich nicht jemanden wie Malik nehmen. Ich würde mich als Frau Nummer drei oder vier niemals wohlfühlen."

Heather lächelte. „Aber in El Bahar ist Vielweiberei nicht gestattet. Männer haben nur eine Ehefrau, und Prinz Malik ist nicht verheiratet."

„Wenn ich jemals wieder heirate, soll es eine gleichberechtigte Partnerschaft sein. Das ist bei einem Kronprinzen sehr unwahrscheinlich."

„Da mögen Sie recht haben. Ich lasse Sie jetzt in Ruhe auspacken. Wenn Sie etwas brauchen, greifen Sie nur zum Telefon und bitten Sie darum. Später wird jemand kommen und Ihre Bestellung zum Dinner aufnehmen." Sie ging zur Tür. „Es hat mich sehr gefreut, Sie beide kennenzulernen. Ich wünsche Ihnen einen schönen Aufenthalt in El Bahar." Und damit war sie gegangen.

„Sie ist sehr hübsch", sagte Bethany. „Ich hätte nie gedacht, dass ich mal eine Prinzessin kennenlerne oder in einem Palast wohne. Es ist wie aus einem Märchenbuch, stimmt's, Mommy?"

„So ähnlich", stimmte Liana vage zu. „Sehen wir uns mal den Rest der Suite an."

Sie gingen durch den kurzen Flur und fanden zwei Schlafzimmer vor, jedes mit einem eigenen Badezimmer. Der kleinere der Räume war immer noch groß genug für ein breites Bett, einen Schreibtisch, eine Kommode und einen großen Einbauschrank, der einen supermodernen Fernseher, einen DVD-Spieler und eine Sammlung Spielfilme beherbergte. Das angrenzende Bad war mit flauschigen Handtüchern wie einer Sammlung Toilettenartikel ausgestattet. Kleinere Versionen der Wandbilder im Wohnzimmer befanden sich auf den Wänden und dem Fußboden.

Das größere Schlafzimmer wies ein riesiges Himmelbett auf, und das Badezimmer war mit einer runden Wanne ausgestattet. Blumen zierten die Kacheln. Auch hier standen verschiedene Toilettenartikel sowie Make-up zur Verfügung.

„Mir gefällt es hier, Mommy", verkündete Bethany, als sie die Tour beendeten. „Können wir bleiben?"

Liana grinste. „Wäre es nicht schön, wie Prinzessinnen zu leben? Du könntest darauf bestehen, dass all deine Klassenkameraden sich vor dir verbeugen."

Bethany kicherte. „Vor allem die Jungs."

„Natürlich alle Jungs, und einige Mädchen. Diejenigen, die nicht nett sind."

Lachend kehrten sie in Bethanys Zimmer zurück und begannen auszupacken. Kurz darauf klopfte es an die Tür.

Liana eilte ins Vorzimmer. War es Malik? Sie befand sich in der unbehaglichen Lage, es zu hoffen wie zu fürchten. Sie öffnete die Tür und erblickte eine attraktive Frau Anfang dreißig mit dunklen Haaren und Augen.

„Ich bin Dora Khan. Darf ich hereinkommen?"

„Natürlich." Liana trat beiseite. „Sie sind also …?"

„Die Frau von Khalil, dem jüngsten Königssohn."

Dora trug das Haar zu einem eleganten Knoten verschlungen. Sie hatte einen makellosen Teint, und ihr Kleid war so elegant wie Heathers.

Offensichtlich wissen Prinzessinnen sich zu kleiden, dachte Liana mit einem Anflug von Neid und versuchte zu ignorieren, wie zerknittert ihre Jeans und ihre Bluse nach über vierundzwanzig Stunden auf Reisen waren.

„Ich wollte Ihnen nur sagen, dass ich von Maliks ungebührlichem Verhalten gehört habe", eröffnete Dora. „Ich weiß, dass Sie seit einer Weile miteinander gehen, aber Sie zu zwingen, im Palast zu wohnen, ist sogar für ihn anmaßend. Wie ich hörte, haben Sie eine Tochter, die Sie natürlich vor einem Skandal schützen wollen."

Liana blinzelte verwirrt. „Wovon in aller Welt reden Sie denn da?"

„Von Ihrer Beziehung zu Malik. Ich wurde zu der Annahme verleitet, dass Sie sich sehr häufig sehen und Sie aus diesem Grund nach El Bahar gekommen sind."

„Ich habe den Kronprinzen erst heute Nachmittag kennengelernt."

„Wieso sind Sie dann hier im Palast?"

„Das frage ich mich auch." Liana berichtete in kurzen Zügen von den Ereignissen des Nachmittags.

„Wie seltsam", murmelte Dora. „Das sieht Malik gar nicht

ähnlich." Abwägend musterte sie Liana. „Es ist sehr lange her, seit er Interesse an einer Frau gezeigt hat. Sein Vater wird sehr erfreut sein."

Abwehrend hob Liana die Hände. „Er kann nicht an mir interessiert sein. Er weiß nichts von mir. Ich verstehe nicht, warum er das alles getan hat, aber ich versichere Ihnen, dass ich morgen früh ausziehe."

„Natürlich. Nun, willkommen in El Bahar, Liana. Ich bin sicher, dass Sie die Zeit hier genießen werden." Dora lächelte. „Lassen Sie mich wissen, wenn ich Ihnen irgendwie helfen kann. Wenn Sie den Palast wirklich verlassen wollen, kann ich es arrangieren."

„Danke." Liana blickte ihr nach und schloss die Tür hinter ihr. Wie seltsam! Wer konnte ihr erzählt haben, dass sie und Malik liiert waren? Hatte Heather es angedeutet oder Malik selbst?

Die Vorstellung, dass der arrogante Kronprinz eine Beziehung vortäuschte, die gar nicht existierte, war lächerlich. Doch ihre Lage war eigentlich nicht belustigend, vor allem nicht ihre unerwartete Reaktion auf ihn. Irgendetwas an ihm war äußerst reizvoll, und zwar nicht sein Geld und seine Position. Sie musste sich eingestehen, dass er sehr anziehend wirkte. Lag es an seinen dunklen, geheimnisvollen Augen, die bis in ihre Seele zu blicken schienen, ohne etwas von sich preiszugeben?

Erneut klopfte es an der Tür. Seufzend öffnete sie. Ein großer, dünner Mann mit weißem Bart stand vor ihr. Er trug eine seltsame Anstecknadel am Aufschlag seiner Anzugjacke.

„Lassen Sie mich raten", sagte sie unwillkürlich. „Sie sind der König von El Bahar und gekommen, um mir zu meiner bevorstehenden Verlobung zu gratulieren."

„Nein, Madam. Ich bin der Butler und gekommen, um mich zu erkundigen, was Sie und Ihre Tochter zum Dinner wünschen."

3. KAPITEL

Nachdem Liana und Bethany die Koffer ausgepackt, das köstliche Dinner verzehrt und ein Bad genommen hatten, war es neun Uhr durch. Jetlag machte sich bei beiden bemerkbar und ließ Bethany einschlafen, kaum dass ihr Kopf das Kissen berührt hatte.

Liana stand am Fuß des Bettes und betrachtete ihre schlafende Tochter, die vom ersten Moment der Schwangerschaft an ihre ganze Welt bedeutete. Ihretwegen war sie nach El Bahar gekommen, und um ihretwillen hätte sie bereitwillig eine noch größere Distanz hinter sich gebracht.

„Ich habe dich lieb“, murmelte sie, bevor sie hinaus in den Flur ging und die Tür schloss.

Liana konnte sich nicht erinnern, jemals so müde gewesen zu sein, doch sie wollte noch nicht schlafen gehen. Eine seltsame Rastlosigkeit hatte sie befallen. Sie öffnete die Tür, die auf den breiten Balkon führte, und trat hinaus in die Nacht. Augenblicklich schlug ihr ein wundervoller Geruch entgegen. Das Meer, der Sand und die unzähligen Pflanzen in den Gärten mischten sich zu einem einzigartigen, belebenden Aroma. Sogar mit geschlossenen Augen hätte sie gewusst, dass sie sich in einem fremden Land fand.

El Bahar. Jahrelang hatte sie von diesem Land gehört, aber nie geplant, es zu besuchen. Ihr Budget reichte nicht für Weltreisen, und sie und Bethany hatten sich mit gelegentlichen Ausflügen nach Disney-World oder zum berühmten Zoo von San Diego begnügt.

Dann hatte sie von der einmaligen Gelegenheit erfahren, in El Bahar zu unterrichten. Und nun waren sie da, sogar im königlichen Palast, wenn auch nur für eine Nacht. Unwillkürlich dachte sie an Malik und sein seltsames Verhalten. Warum hatte er sie hergebracht? Sie fühlte sich, als wäre sie mitten in Filmaufnahmen geraten, ohne das Drehbuch zu kennen.

Wer war dieser Kronprinz, der sich in anderer Leute Leben einmischte mit der Straflosigkeit eines Kindes, das mit Bauklötzen spielt?

Sie lehnte sich an die Brüstung. Flutlichter erhellten den Garten. Sie erkannte vier große Springbrunnen und mehrere Wege. Trotz der Hitze des Tages war die Abendluft kühl und brachte eine wundervolle Meeresbrise mit sich.

Sie schloss die Augen und inhalierte tief die exotischen, süßen Düfte der Gärten. Das Zauberland El Bahar wirkte wie aus einem ihrer Liebesromane. Nun musste nur noch der hübsche Prinz erscheinen …

„Guten Abend."

Liana wirbelte herum und fand sich von Angesicht zu Angesicht mit Malik wieder. Sei vorsichtig, was du dir wünschst, dachte sie und wusste nicht, ob sie lachen oder die Flucht ergreifen sollte.

„Genießen Sie den Abend?", fragte er.

„Ja. Es ist sehr hübsch hier. Was tun Sie hier draußen?"

„Ich habe Sie herbeigezaubert."

Er sprach so ernst, dass Liana lachten musste. „Ich dachte, nur Vampire zwingen Frauen, ihrem Geheiß zu folgen. Kronprinzen können das auch?"

„Aber natürlich." Er blieb neben ihr stehen und lehnte sich lässig an die Brüstung. Er trug noch immer den grauen Anzug, der ihm noch immer perfekt passte und seine breiten Schultern betonte.

„Ich lasse mich nicht so leicht beeinflussen", teilte sie ihm mit. „Ich bezweifle, dass Sie bekommen, was Sie von mir wollen."

„Seien Sie sich da nicht so sicher. Ich kann sehr geduldig sein."

„Geduldig? Mich in den Palast zu entführen, ohne vorher

meine Erlaubnis einzuholen, ist kaum das Vorgehen eines geduldigen Mannes."

„Zugegeben, aber es war effektiv. Ich bin auch an Resultaten interessiert."

„Hören Sie, Hoheit, ich weiß nicht, was Sie von mir erwarten, aber ich möchte einige Dinge klarstellen. Ich bin nicht an einer Affäre interessiert. Das ist nicht mein Stil."

Forschend musterte er sie. Er stand ihr so nahe, dass sie seinen aufreizend männlichen Duft riechen konnte. „Was ist denn Ihr Stil?"

„Ich habe keinen. Ihre Aufmerksamkeit ist zwar sehr schmeichelhaft, ergibt aber keinen Sinn. Ich bin schließlich kein Model. Ich bin nicht auf eine Beziehung aus. Ich bin hier, um einen Job auszuüben."

„In der Amerikanischen Schule. Ich weiß."

„Nein, Sie wissen nicht." Sie drehte sich zu ihm um. „Dieser Job ist mir sehr wichtig. Ich liebe meinen Beruf, aber er ist nicht gerade hoch bezahlt. Ich habe eine kleine Tochter, und wir sind auf uns gestellt. Es liegt an mir, für ihre Zukunft vorzusorgen. Ich habe die Stellung hier angenommen, weil das Gehalt sehr großzügig bemessen ist und die Lebenshaltungskosten inbegriffen sind. In zwei Jahren kann ich genug sparen, um davon Bethanys Ausbildung zu finanzieren und darüber hinaus die Anzahlung für ein kleines Haus zu leisten. Das ist mir wichtig – die Zukunft meiner Tochter und unsere finanzielle Sicherheit."

„Ich verstehe." Malik blickte ihr weiterhin ins Gesicht. Es wirkte äußerst beunruhigend, da sie seine Aufmerksamkeit beinahe wie eine Berührung spürte. Ihre Lippen begannen tatsächlich zu prickeln, so als hätte er sie geküsst. „Sie haben also Ihr Leben geplant", murmelte er. „Das ist sehr umsichtig von Ihnen, aber es klingt einsam."

„Falls Sie von Liebe reden, bin ich nicht interessiert. Das habe ich hinter mir."

„Ich verstehe. Sie sind eine Witwe, die den unerwarteten und vorzeitigen Tod ihres geliebten Ehemannes betrauert."

Sie verdrehte die Augen. „Eigentlich nicht. Ich bin geschieden, und mein Mann ging mir auf die Nerven. Ich beabsichtige nicht, das noch einmal durchzumachen."

„Da vorn steht eine kleine Bank. Würden Sie mir bitte für ein paar Minuten Gesellschaft leisten, bevor Sie sich für die Nacht zurückziehen?"

Seine altmodische Höflichkeit entwaffnete sie. Was war aus dem herrischen Mann geworden, der mit Gewalt seinen Kopf durchsetzte? Unwillkürlich setzte sie sich in die angedeutete Richtung in Bewegung. Malik legte ihr eine Hand auf den Rücken, und seine Finger schienen auf ihrer Haut zu brennen. In ihr erwachte der Drang, sich an ihn zu schmiegen wie eine Katze und ihn zu bitten, sie auf intimste Weise zu berühren. Sie musste sich unbedingt beherrschen und diese Anziehungskraft besiegen. „Warum haben Sie mich hierher gebracht?", verlangte sie zu wissen.

„Ich finde Sie attraktiv." Malik setzte sich neben sie auf die Bank.

„Aber ich bin nicht attraktiv. Ich bin auch nicht ausgesprochen hässlich, aber ich gehöre in die Durchschnittskategorie."

„Wir werden uns darauf einigen müssen, dass ich in diesem Punkt anderer Ansicht bin. Ich finde Sie einzigartig."

„Liegt es daran, dass ich blond bin? Ich meine, die meisten Frauen in diesem Land haben dunkle Haare."

Malik streckte eine Hand aus und berührte ihre Locken, die ihr bis auf die Schultern reichten. „Es geht nicht um die Haarfarbe. Erzählen Sie mir von Ihrem Exmann. Warum sind Sie geschieden?"

„Weil Chuck einunddreißig ist und sich wie zwölf benimmt." Sie seufzte. „Er ist kein schlechter Mensch, aber zu sehr in seinen Träumen gefangen, um ein guter Ehemann oder

Vater zu sein." Liana erlaubte sich ein kleines Lächeln. „Es war sehr amüsant mit ihm in der High School. Er hatte immer das schnellste Auto. Das ist das Wichtigste für ihn im Leben – Autorennen. Er arbeitet, um Geld zu beschaffen für neue Motoren und Reifen und was immer nötig ist, um Autos schneller zu machen, als sicher ist. Als wir heirateten, hatten wir großartige Pläne. Aber dann wurde ich schwanger, bevor wir erwachsen geworden waren."

„Ihre Tochter scheint sehr klug und wohlerzogen zu sein."

„Für mich war Bethany ein Segen, aber für Chuck war die Vaterrolle zu beengend. Bei jeder Gelegenheit verschwand er zur Rennbahn. Ich habe ein Kind erzogen, gearbeitet und studiert. Die Belastung war zu groß für mich, sodass die Ehe darunter litt. Chuck kam sehr häufig an letzter Stelle. Ich glaube, wir haben beide in gleichem Maße Schuld."

„Wie haben Sie das Studium finanziert? Haben Ihre Eltern Ihnen geholfen?"

„Sie haben gelegentlich auf Bethany aufgepasst, aber sie sind im Ruhestand und haben nicht viel Geld. Es hat lange gedauert, aber ich habe es allein geschafft."

„Das klingt nach einer starken Frau."

„Ich bin kein Drückeberger. Und ich glaube nicht an Märchen."

„Ich auch nicht."

Warum bin ich dann hier? fragte sie sich erneut, doch sie sprach es nicht aus. Sie war noch nicht bereit, diesen zauberhaften Augenblick an der Seite eines hübschen Prinzen völlig zu zerstören. Hätte es sich um einen Hollywoodfilm gehandelt, hätte er sie in die Arme geschlossen und geküsst – oder im Falle eines Erotikfilms wesentlich mehr getan …

Unwillkürlich erzitterte sie bei der Vorstellung, ihm so nahe zu sein. Die Chemie war offensichtlich wesentlich mächtiger, als sie bisher geahnt hatte. Sie war nie eine flüchtige Affäre eingegangen, hatte nur mit Chuck geschlafen, doch etwas an Malik erweckte den Drang, die Vorsicht in den Wind zu schlagen und … „Heather hat mir erzählt, dass Sie nicht verheiratet sind“, sprudelte sie unbedacht hervor.

„Das stimmt.“

„Also sind Sie der immer währende Junggeselle, der seinen königlichen Charme einsetzt, um Frauen zu verführen?“

Unvermittelt stand er auf. „Danke für Ihre Gesellschaft, Liana. Ich habe es sehr genossen, mit Ihnen zu reden.“ Und dann war er verschwunden.

Mit offenem Mund und großen Augen starrte Liana ihm nach. Hatte sie ihn beleidigt?

„Die Reichen sind wirklich anders“, murrte sie, während sie sich in ihre Suite begab. „Und verwirrend. Je eher wir hier verschwinden, umso besser.“

Carl Birmingham, der Rektor der Amerikanischen Schule, gab sich untadelig höflich und mitfühlend, aber keineswegs hilfreich.

„Mir scheint, dass alles einfacher wäre, wenn Sie einfach die Einladung des Kronprinzen akzeptierten. Wäre es denn so furchtbar, seinem Wunsch zu genügen und weiterhin sein Gast zu bleiben?“ Der stattliche Mann Mitte fünfzig beugte sich zu Liana vor und lächelte. „Ist Ihnen die große Ehre bewusst? Sie sind als amerikanische Lehrerin eingeladen worden, in einem der großartigsten Paläste der Welt zu residieren. Sie haben die Gelegenheit, sich mit der Königsfamilie anzufreunden.“

Sie fragte sich, warum sie Verständnis erwartet hatte. Offensichtlich hielt nur sie selbst die Situation für merkwürdig. „Ich weiß die Ehre durchaus zu schätzen. Ich habe jedoch nie darum gebeten, im Palast zu wohnen. Alles, was ich mir für meine Tochter und mich selbst wünsche, ist die Unterkunft, die mir in meinem Vertrag zugesagt wurde. Eine Zweizimmerwohnung für uns beide allein."

Mr. Birmingham ordnete die Papiere auf seinem Schreibtisch und blickte sie dann an. „Wenn Sie fürchten, dass Sie und Ihre Tochter in Gefahr sind, dann muss die Situation natürlich umgehend korrigiert werden. Mir war nicht bewusst, dass Sie sich bedroht fühlen."

Sie seufzte. „Darum geht es nicht. Ich befürchte nicht, angefallen zu werden. Es ist nur ..." Wie sollte sie das Gefühl erklären, von einer Übermacht überrollt zu werden? Malik Khan war es gewohnt, seinen Kopf durchzusetzen. Obwohl seine Aufmerksamkeit ihr schmeichelte, wirkte sie auch bedrohlich. Ihre Zuneigung zu ihm machte sie verletzlich.

„Mrs. Archer, die Amerikanische Schule existiert auf Grund der Unterstützung der Königsfamilie", erklärte Mr. Birmingham. „Prinz Malik ist Vorstandsmitglied. Er hat wesentlich dazu beigetragen, dass unsere Politik geändert wurde, sodass Lehrer auf Grund ihrer Fähigkeiten statt ihres Geschlechts oder ihres Familienstandes eingestellt werden. Vor nicht allzu vielen Jahren hätte eine ledige Frau keine Chance gehabt, angestellt zu werden."

„Inwiefern sollte das wichtig sein? Ich bin gut in meinem Beruf, ob mit oder ohne Ehemann."

„Da stimme ich zu. Aber wir sind Amerikaner. Das Leben hier in El Bahar ist anders. Das Land ist zwar fortschrittlich, aber dennoch fremdartig, mit anderen Gesetzen und einer anderen Kultur."

„Sie meinen also, dass ich im Palast wohnen sollte."

„Mrs. Archer, ich würde mir nie anmaßen, Ihnen vorzuschreiben, was Sie zu tun haben. Wir reden jedoch über den Kronprinzen. Er ist eine mächtige Persönlichkeit, während Sie einfach eine Lehrerin sind."

Liana lehnte sich auf ihren Stuhl zurück und unterdrückte ein Stöhnen. Im Grunde genommen war sie gefangen. Ihr großzügiger Vertrag enthielt eine Klausel, die der Schule gestattete, sie aus beinahe jedem Grund zu entlassen. Dafür musste ihr der Rückflug und drei Monate Gehalt bezahlt werden, sodass sie sich eine neue Stelle in Kalifornien suchen konnte, ohne hungern zu müssen. Aber es ermöglichte ihr nicht, für Bethanys Ausbildung oder die Anzahlung eines Hauses zu sparen.

„Betrachten Sie es einmal auf diese Weise", sagte Mr. Birmingham mit einem Lächeln. „Prinz Malik hat seit Jahren kein Interesse an einer Frau gezeigt. Nicht seit ..." Seine Stimme verklang.

„Nicht seit wann?"

Verlegen rutschte er auf seinem Stuhl umher. „Nun, nicht seit dem unseligen Vorfall mit seiner Frau."

„Seiner Frau? Aber Prinzessin Heather hat gesagt, dass er nicht verheiratet ist."

„Das ist er auch nicht. Er war es, aber Prinzessin Iman weilt nicht länger unter uns."

Liana spielte mit dem Gedanken zu fragen, woran die Frau gestorben war, doch eigentlich ging es sie nichts an und war ihr auch egal. „Sie wollen also, dass ich im Palast bleibe", sagte sie tonlos.

Mr. Birmingham zuckte die Achseln. „Es steht Ihnen frei, in die Wohnung zu ziehen. Sie wird Ihnen weiterhin zur Verfügung gestellt. Ich kann Ihnen nicht vorschreiben, was Sie tun sollen, Mrs. Archer. Es ist Ihre Entscheidung."

Liana nickte. „Vielen Dank, Mr. Birmingham. Ich werde Ihre Zeit nicht länger in Anspruch nehmen." Damit stand sie auf und verließ den Raum.

Sobald sie die Tür hinter sich geschlossen hatte, stieß sie einen leisen Fluch aus. Sie war gefangen. Wenn sie zu viel Theater über ihre Unterbringung machte, drohte ihr die Entlassung, noch bevor sie die Stellung überhaupt angetreten hatte.

Malik blickte aus dem Fenster seines Büros und sagte sich dabei, dass er nur nach dem Wetter sah und nicht nach Lianas Rückkehr von ihrem ersten Arbeitstag Ausschau hielt.

Er wusste bereits, dass sie mit dem Rektor über ihre Unterbringung gesprochen hatte. Denn Carl Birmingham hatte ihn angerufen, ihm die Einzelheiten der Unterredung mitgeteilt und versichert, dass er Mrs. Archer auf die große Ehre hingewiesen hatte.

Malik hätte wesentlich mehr Respekt für Kritik an seinem Verhalten aufgebracht. Wer war er schließlich, diese Frau im Palast festzuhalten? Selbst als Kronprinz war es ihm in diesen modernen Zeiten nicht gestattet, eine amerikanische Bürgerin zu kidnappen. Er spielte ein gefährliches Spiel und musste Liana wieder gehen lassen.

Aber noch nicht, sagte er sich. Vielleicht morgen oder Ende der Woche. Vorläufig wollte er sie in seiner Nähe wissen. Sein Verlangen nach ihr war überwältigend. Kein Wunder, denn er konnte sich nicht erinnern, wann er das letzte Mal mit einer Frau verkehrt hatte. Als Kronprinz wurden an ihn höhere Maßstäbe als an jeden anderen Mann gestellt. Affären waren ihm verboten, denn er durfte sich oder sein Land nicht der Gefahr aussetzen, in die Schlagzeilen der Boulevardpresse zu geraten.

Er sehnte sich nicht nur nach körperlicher Liebe, sondern beneidete seine Brüder und deren Frauen besonders wegen der emotionellen Intimität, die ihm versagt blieb.

Daher hatte er Liana hergebracht. Auf den ersten Blick hatte er sich ihr auf seltsame Weise verbunden gefühlt. Er wünschte, sein Interesse an ihr erklären zu können. Welche Kombination aus Persönlichkeit und Schicksal hatte ihn dazu gebracht, so untypisch zu handeln? Vielleicht hatte Fatima ihn mit einem Zauber belegt.

Malik grinste bei der Vorstellung, dass seine Großmutter sich mit Liebeszauber abgab. Sie war viel zu nüchtern für derartige Dinge. Nein, er musste selbst die Verantwortung für sein Verhalten übernehmen.

Eine Bewegung erregte seine Aufmerksamkeit. Er blickte auf und sah Lianas Tochter zu den Stallungen gehen. Mit einem Lächeln verließ er spontan sein Büro.

Einige Minuten später fand er Bethany vor der Box eines kastanienbraunen Wallachs. Sie hatte die Schuluniform mit Jeans und T-Shirt vertauscht und die blonden Haare zu einem Zopf gebunden. Mit sehnsüchtiger Miene streichelte sie die weichen Nüstern.

„Kannst du reiten?“, fragte er.

Sie zuckte zusammen und wirbelte zu ihm herum. „Ich wollte nur hallo sagen. Ich tue ihnen nichts.“

Er unterdrückte ein Lachen. „Das weiß ich.“

„Sind Sie böse? Ich habe meiner Mom nicht gesagt, dass ich in den Stall gehe, weil sie es mir bestimmt verboten hätte. Deshalb habe ich nur gesagt, dass ich mich ein bisschen im Palast umsehen will. Sie hat gesagt, dass ich drinnen bleiben und keinem im Weg sein soll.“ Sie verzog das Gesicht. „Erwachsene haben immer so viele Regeln und schreiben sie nie auf. Manchmal ändern sich die Regeln auch. Hassen Sie es auch, wenn das passiert?“

Blonde Ponyfransen fielen ihr in die Stirn und betonten das strahlende Blau ihrer Augen. Er sah viel Ähnlichkeit mit ihrer Mutter. Sie war hübsch und klug und das charmanteste Kind, das er je gesehen hatte. „Doch, ich hasse es“, erwiderte er ernst, ohne genau zu wissen, worauf es sich bezog. „Du magst Pferde also?“

Sie nickte. „Ganz doll. Wo wir gewohnt haben, in Kalifornien, gibt es ganz viele Pferde. Der alte Mr. Preston gibt Reitstunden, aber die sind so teuer. Ich wollte mir was einfallen lassen, wie ich dieses Jahr Geld verdienen und welche nehmen kann. Er hat zehn Pferde. Ein paar sind schon alt, aber ein paar sind toll.“

Er deutete zur Stallgasse. „Möchtest du meine Pferde kennenlernen?"

„Oh ja! Wie viele haben Sie denn?"

„Ungefähr ein halbes Dutzend zum Reiten. Außerdem gehören mir Rennpferde und Zuchttiere. Pferde sind mein Hobby."

Ihre Augen weiteten sich. „Dann haben Sie viel mehr als Mr. Preston!"

„Das würde ich meinen." Er ging voraus an einigen Boxen vorbei und blieb dann stehen. „Das ist Alexander der Große. Er ist mein Lieblingsreitpferd. Er hat gern Aufmerksamkeit, also kannst du ihn ruhig streicheln. Er ist ein bisschen eitel. Wenn wir am Wasser reiten, geht er immer ganz langsam, damit er sein Spiegelbild sehen kann."

Bethany kicherte, hob eine Hand und berührte zögernd den schwarzen Hengst. Alexander schnupperte an ihrer Handfläche und schnaubte verächtlich.

„Er möchte einen Leckerbissen." Malik deutete zu einem kleinen Eimer, der an der gegenüberliegenden Wand hing. „Da ist Hafer drin. Du darfst ihm eine Handvoll geben, aber nicht mehr. Sonst wird er krank."

Eifrig holte sie den Leckerbissen und fütterte den Hengst mit flacher Hand. Sie seufzte entzückt, als er sich streicheln ließ. „Wenn ich groß bin, will ich ganz viele Pferde haben. Ich will jeden Tag reiten, und springen lernen, und es wird sein wie fliegen."

Ihre Augen funkelten, während sie von ihren Träumen sprach. Ihre blassen Wangen glühten, und sie strahlte eine Energie aus, die ihn sich alt fühlen ließ. Hatte er jemals so seichte Hoffnungen für seine Zukunft gehegt? Er bezweifelte es. Er konnte sich nicht an eine Zeit erinnern, als er nicht gewusst hatte, dass er eines Tages El Bahar regieren würde. Er beneidete sie um ihre Freiheit, obwohl er niemals sein Schicksal geändert hätte. „Du musst erst mal reiten lernen. Ich würde dich sehr gern unterrichten."

Ihr ganzer Körper zitterte vor Aufregung. „Wirklich?"

„Ja. Ich habe einen Wallach, der genau das richtige Temperament hat. Er hat einen weißen Stern auf der Stirn und ist dadurch sehr hübsch, aber er ist nicht so eitel wie Alexander."

„Danke", flüsterte Bethany. Dann zog sie eine Grimasse. „Aber ich muss zuerst meine Mom fragen, und die sagt bestimmt Nein."

„Warum sollte sie das tun?"

„Ich weiß nicht. Moms können manchmal komisch sein." Ihre Miene erhellte sich. „Aber vielleicht hat sie doch nichts dagegen, weil Sie ein Prinz sind und so. Heute in der Schule haben alle gesagt, dass Sie der König von El Bahar werden."

„Darauf scheint es hinauszulaufen."

„Ich finde es so romantisch, eine Prinzessin zu sein, aber meine Mom findet das nicht. Sie passen nicht in ihren Plan."

Dessen war Malik sicher. „Ich würde dir trotzdem gern das Reiten beibringen. Wenn du möchtest."

„Das möchte ich sehr gern. Ich frage sie jetzt sofort."

„Gut. Wenn es deiner Mutter recht ist, fangen wir morgen an, wenn du aus der Schule kommst."

Bethany stieß einen schrillen Schrei aus, umarmte ihn völlig unerwartet und lief dann aus dem Stall, als wäre der Teufel hinter ihr her. Alexander schnaubte verächtlich, doch Malik teilte die Ansicht nicht. Für ihn war sie eine höchst charmante junge Dame, die ihn bewunderte. Nun musste er nur noch einen Weg finden, ihre Mutter ebenfalls zu seinem Fan zu machen.

4. KAPITEL

Aufgebracht wanderte Liana im Wohnzimmer umher. Sie konnte einfach nicht fassen, wie ihr geschah.

Carl Birminghams Worte gingen ihr nicht aus dem Kopf – dass Prinz Malik Vorstandsmitglied der Amerikanischen Schule war und sie sich geehrt fühlen sollte, sein Gast zu sein.

Ihr Blick heftete sich auf die Aussicht. Das Arabische Meer erstreckte sich bis zum Horizont und bildete einen wundervollen Anblick. Langsam drehte sie sich im Kreis und betrachtete die exquisiten Wandbilder, die teuren Möbel, die Kunstgegenstände. War sie verrückt, eine eigene Unterkunft zu verlangen, anstatt die Gastfreundlichkeit eines Prinzen zu akzeptieren?

Sie war eine ledige Mutter aus San Bernardino. Ihr Vater war Postbeamter im Ruhestand, ihre Mutter Hausfrau. Ihre Schwester arbeitete als Friseurin. Liana war die Einzige in der Familie, die ein Studium absolviert hatte. Und doch beklagte sie sich, weil sie die Aufmerksamkeit des Kronprinzen einer reichen und respektierten Nation erregt hatte.

„Vielleicht bin ich ja verrückt", sagte sie laut. „Vielleicht sollte ich einfach nachgeben und hier bleiben. So schrecklich ist es nicht. Schließlich ist das Essen großartig und die Dienerschaft sehr beflissen."

Liana sank auf das Sofa und atmete tief durch. So verlockend der Palast auch sein mochte, sie konnte nicht bleiben. Sie wusste nicht, warum Prinz Malik sie hergebracht hatte, aber sie bezweifelte, dass er sie als eine Zierde ansah. Erwartete er, dass sie mit ihm schlief?

Diese Vorstellung erweckte ihren Zorn. In diesem Zeitalter wurden Frauen nicht gekidnappt und in einen Harem gesteckt. Schon gar nicht eine Frau wie sie. Ein hübscher Prinz wie er verlangte sicherlich Perfektion und hatte reichlich Auswahl an

Frauen. Sie selbst spürte seine überwältigende Anziehungskraft. Er ließ auch ihr Herz höher schlagen und ihr Blut kochen oder wie auch immer es in den Liebesromanen hieß, die sie so gern las. In diesen Büchern fanden die Frauen stets einen wundervollen Mann und sexuelle Erfüllung, doch im wahren Leben funktionierte es nicht. Ungeachtet ihrer ungeratenen Hormone hatte sie nicht die Absicht, sich in ihn zu verlieben.

Die Tür öffnete sich, und Bethany segelte herein. Ihre leuchtenden Augen und ihre glühenden Wangen kündeten von einem wundervollen Abenteuer. Lächelnd klopfte Liana auf das Polster neben sich. „Komm her und erzähl mir alles."

Bethany ließ sich auf das Sofa fallen und seufzte theatralisch. „Da sind so viele Pferde! Sie sind alle so hübsch, und Prinz Malik hat mir sein Lieblingspferd vorgestellt. Alexander der Große ist sehr eitel. Er bewundert sein Spiegelbild im Wasser!" Sie kicherte entzückt.

Liana war weniger belustigt. „Prinz Malik war bei dir?"

Bethany nickte. „Er ist sehr nett. Er hat gesagt, dass er mir gern das Reiten beibringen würde, und ich habe ihm gesagt, dass ich dich erst fragen muss, aber ich weiß, dass es okay ist, weil er gesagt hat, dass er ein ganz besonderes Pferd hat, das perfekt für ein Mädchen wie mich ist und dass mir nichts passieren würde und du bestimmt nichts dagegen hast, weil du doch weißt, dass ich schon ewig reiten will." Sie tätigte einen dringend benötigten Atemzug. „Das ist das Einzige, was ich mir jemals auf der ganzen weiten Welt gewünscht habe."

Liana unterdrückte den Zorn, der in ihr aufstieg. Denn Bethany war eine unschuldige Figur in dem Spiel, das Prinz Malik mit ihnen beiden veranstaltete. Wie konnte er es wagen, ihre Tochter zu benutzen? Reitunterricht! Sicher, jeder gute Prinz gab fremden Kindern regelmäßig Unterricht.

Sie zwang sich zu lächeln. „Es ist eine wundervolle Idee, reiten zu lernen, und wenn es hier nicht klappt, dann erkundige ich mich in der Stadt. Bestimmt gibt es einen Reitstall in der Nähe der Schule. Auch wenn wir viel Geld sparen müssen, bleibt bestimmt genug für Stunden übrig."

Bethany öffnete den Mund zu einem Protest, doch Liana brachte sie mit einem Kopfschütteln zum Schweigen. „Ich muss zuerst mit dem Prinzen reden. Während ich weg bin, mach bitte deine Hausaufgaben. Nach dem Essen könnten wir uns einen Film ansehen. Möchtest du einen aussuchen?"

„Okay. Ich habe mir heute Morgen schon die Videos in meinem Zimmer angeguckt. *Die kleine Prinzessin* ist auch dabei." Sie kicherte. „Vielleicht sollten wir uns den ansehen."

Liana betrachtete Bethany. Sie war ein hübsches Kind mit Sommersprossen auf der kecken Nase und einem schlanken, sportlichen Körper, das in wenigen kurzen Jahren zu einer Herzensbrecherin heranwachsen würde. Doch vorläufig war sie noch ein kleines Mädchen, und zu ihrem Schutz hätte Liana alles getan, sogar einen internationalen Zwischenfall – oder ihren Job riskiert. „*Die kleine Prinzessin* klingt gut. Kommst du zurecht, während ich weg bin? Ich müsste in etwa zwanzig Minuten wieder hier sein."

„Ich bin schon neun! Ich bin doch kein Baby."

„Ich weiß. Du bist praktisch eine Großmutter. Versprich mir trotzdem, dass du hier in der Suite bleibst."

„Versprochen!", rief Bethany, während sie in ihr Zimmer lief.

Der Palast war riesig, und nach wenigen Minuten hatte Liana sich verlaufen. Als sie den steinernen Springbrunnen mit der Nymphe zum dritten Mal passierte, wurde ihr bewusst, dass sie sich ohne Hilfe nicht zurechtfand.

Schließlich begegnete sie einer jungen Zofe, erklärte ihr Anliegen und wurde durch endlose Korridore zu einer massiven Doppeltür geführt.

„Hier, Madam. Prinz Maliks Räume", sagte die junge Frau lächelnd. „Ihnen beiden einen schönen Abend."

„Für ihn wird es kein schöner Abend", murrte Liana, bevor sie an die Tür klopfte.

Sie erwartete, einem Butler ihre Anwesenheit erklären zu müssen. Stattdessen öffnete Prinz Malik höchstpersönlich. Er trug eine schwarze Hose und ein weißes Hemd und stand gerade im Begriff, Manschettenknöpfe anzulegen. Sein Haar war feucht und sein Gesicht frisch rasiert.

Sein Blick hielt ihren gefangen, während er erfreut verkündete: „Liana, das ist aber eine Überraschung! Ich wollte gerade ausgehen."

„Das sehe ich", erwiderte sie und unterdrückte entschieden den Anflug von Eifersucht, der in ihr aufsteigen wollte bei dem Gedanken, dass er sich vermutlich mit einer Frau traf. Ihr konnte es nur recht sein, denn dann hatte sie nichts von ihm zu befürchten. „Ich habe etwas mit Ihnen zu besprechen, Hoheit. Es wird zwar nicht sehr lange dauern, aber ich erachte es als sehr wichtig."

„Natürlich." Lächelnd bedeutete er ihr, einzutreten und in seinem Wohnzimmer Platz zu nehmen. „Bitte nennen Sie mich Malik."

Sie bemühte sich, sich von dem Luxus und der Vornehmheit seiner Räume nicht einschüchtern zu lassen. Wundervolle Gemälde zierten die schlichten hellen Wände. Er schien Impressionisten zu bevorzugen, obgleich im Essbereich auch eine kleine Sammlung an moderner Kunst hing. Der dicke Orientteppich war vermutlich älter als die Vereinigten Staaten und mehr wert als ein Luxusauto.

Sie ignorierte ihr klopfendes Herz und rief sich in Erinnerung, weshalb sie gekommen war. „Ich bin überzeugt, dass Sie daran gewöhnt sind, Ihren Kopf ungeachtet der Konsequenzen durchzusetzen. Aber ich versichere Ihnen, dass ich nicht mit mir spielen lasse und es mich nicht kümmert, ob Sie ein Prinz oder ein König oder der Herrscher des Universums sind. Ich lasse nicht zu, dass Sie meine Tochter benutzen. Sie ist ein wundervolles, intelligentes Mädchen, das es verdient, mit Respekt behandelt zu werden. Wie können Sie es wagen, mit ihren Gefühlen zu spielen?“

Sekundenlang blickte er sie stumm an. „Sind Sie fertig?“

„Ich habe noch nicht mal angefangen. Ich habe keine Angst vor Ihnen oder Ihrer Macht. Es ist schlimm genug, dass Sie mich und Bethany gegen unseren Willen hierher gebracht haben. Wie Sie sicherlich wissen, habe ich mit Mr. Birmingham gesprochen, und er hat mir mitgeteilt, dass Sie ein Vorstandsmitglied der Schule sind. Die Schlussfolgerung ist eindeutig. Entweder tue ich, was Sie sagen, oder Sie lassen mich feuern. Damit kann ich notfalls leben, aber dass Sie so tief sinken und ein unschuldiges Kind benutzen, ist widerlich. Wie können Sie es wagen, sich wie ein Wiesel ihre Zuneigung zu erschleichen? Sie ist jung und unerfahren und daher leichtgläubig, aber ich bin es nicht.“

„Ein Wiesel? Ein interessanter Vergleich. Ich habe noch nie ein Wiesel gesehen, zumindest nicht in Natur. Meerkatzen hingegen habe ich in Afrika gesehen, während einer Safari.“ Er sprach so gelassen, als redeten sie über das Wetter.

Liana hätte am liebsten mit dem Fuß aufgestampft. „Hören Sie mir überhaupt zu?“

„Jedem Wort.“ Er trat einen Schritt näher. „Das Problem ist, dass es keinen Sinn ergibt.“ Er schlang die Arme um sie und zog sie an sich.

Liana war so verblüfft, dass sie das Atmen einstellte. Ehe sie es sich versah, senkte er den Mund auf ihren. Der Druck seiner warmen Lippen erregte sie ungeheuerlich. Er hielt sie entschieden fest und presste sie an sich, sodass sie sich von den Schultern bis zu den Knien berührten.

Sie sagte sich, dass sie protestieren, sich ihm entwinden sollte, aber es war so lange her, seit ein Mann sie liebkost hatte, und sie war zu schwach, um sich gegen ihn zu wehren. Seine weichen und doch festen Lippen, sein harter Körper wirkten unwiderstehlich. Die Knospen ihrer Brüste, die an seine Brust gepresst wurden, verhärteten sich. Wie aus eigenem Antrieb schienen sich ihre Hüften an ihn zu schmiegen. Statt ihn von sich zu stoßen, schlang sie die Arme um seinen Nacken und stellte sich auf Zehenspitzen, damit ihr Körper noch besser an seinen passte.

Er gab ihr zarte Küsse, die beinahe unschuldig, aber unglaublich verführerisch wirkten. Sein Duft hüllte sie ein, berauschte sie. Als er mit der Zunge über ihre Unterlippe strich, öffnete sie unwillkürlich die Lippen. Sie begehrte ihn mit einer verwirrenden, beängstigenden Verzweiflung.

Sie erzitterte, als er den Kuss vertiefte. Er verhielt sich nicht länger sanft, sondern forschend und drängend, während er ihren Rücken streichelte und schließlich ihren vollen Po umschmiegte.

Unwillkürlich verspürte sie den Drang, sich die Kleider vom Leib zu reißen und mit ihm an Ort und Stelle zu schlafen, auf dem Sofa oder vielleicht auf den Esstisch.

Das Gefühl, die Beherrschung verloren zu haben, war ihr so fremd und veranlasste sie, bestürzt zurückzuweichen. Unwillkürlich presste sie eine Hand auf ihre prickelnden Lippen. „Ich kann nicht“, flüsterte sie.

Maliks Miene war so hart wie sein Körper. Sie fragte sich, ob sie die Einzige war, die das Feuer zwischen ihnen gespürt hatte.

„Ich brauche Ihre Tochter nicht, um Ihre Aufmerksamkeit zu erringen, Mrs. Archer, und es enttäuscht mich, dass Sie es mir unterstellen“, sagte er leise und ruhig. „Ich habe angeboten, ihr das Reiten beizubringen, weil ich ihre Gesellschaft genieße. Aus keinem anderen Grund.“ Damit machte er auf dem Absatz kehrt und verschwand im Flur seiner Suite.

Verblüfft starrte Liana ihm nach. Hatte er ihr lediglich beweisen wollen, dass er Bethany nicht brauchte? Dieser Kuss hatte nicht nur ihre Leidenschaft erweckt, sondern auch ihre Welt neu definiert. Sie war dreißig Jahre alt und hatte ein Kind. Die Vorgänge zwischen einem Mann und einer Frau hätten ihr nicht neu sein sollen, und doch waren sie es.

Bestürzt kehrte Liana in ihre eigene Suite zurück. Bislang hatte sie befürchtet, dass er nur an Sex interessiert sein könnte. Nun hoffte sie, dass es der Fall sein möge. Kaum vierundzwanzig Stunden in einem fremden Land, und schon war sie nicht mehr sie selbst. Entschieden nahm sie sich vor, den Zwischenfall zu vergessen und dafür zu sorgen, dass sich etwas Derartiges nicht wiederholte.

Als sie das Wohnzimmer betrat, erhob sich eine fremde, ältere Frau vom Sofa und verkündete: „Guten Abend. Ich hoffe, es stört Sie nicht, dass ich es mir gemütlich gemacht habe, aber in meinem Alter fällt es schwer, lange zu stehen, ohne Unbehagen zu empfinden."

„Wie bitte? Oh, natürlich, es ist mir recht. Ich bin Liana Archer."

„Ich bin Königin Fatima, die Mutter des Königs und Maliks Großmutter. Willkommen im erhabenen Palast von El Bahar."

Die nächsten Minuten vergingen wie in einem Traum. Irgendwie tauchten Tee und Kekse auf. Liana fungierte als Gastgeberin in einem Raum, in dem sie sich wie ein unangemessener Gast fühlte. Fatima, die wie ihr Sohn darauf bestand, ohne Titel angeredet zu werden, war eine elegante Frau unbestimmten Alters. Ihr silbernes Haar war zu einer Frisur hochgesteckt, die an eine vergangene Ära erinnerte, doch ihr hellblaues Seidenkleid war modern, schmeichelnd und offensichtlich Haute Couture.

Im Gegensatz dazu trug Liana immer noch das schlichte, billige Kleid aus dem Kaufhaus, das sie am frühen Morgen angezogen hatte. „Der Palast ist wundervoll“, sagte sie mit einem strahlenden Lächeln.

„Ich bin froh, dass Sie so denken. Es haben einige Modernisierungen stattgefunden, aber im Großen und Ganzen hat er sich nicht sehr verändert, seit ich als junge Braut hierher gebracht wurde.“ Fatima lächelte. „Sie müssen mir versprechen, mich im Harem zu besuchen. Dort ist es wundervoll und friedlich.“

Liana, die gerade in einen Keks gebissen hatte, verschluckte sich prompt und musste husten. „Harem?“

„Natürlich. Ich habe die Originalmosaike und die meisten Möbel darin belassen. Die Gärten sind so wunderschön wie früher, obwohl die meisten Papageien fort sind.“ Fatima nippte an ihrem Tee. „Um den Harem herum wurden immer Papageien gehalten, damit kein Mann die Frauenstimmen hören und versucht sein konnte, die Mauer zu erklimmen.“

„Ich verstehe“, sagte Liana, obwohl sie es nicht tat. „Dort werden also Frauen für die Prinzen gehalten?“ Mit großer Mühe verbarg sie ihren Abscheu. Sie hatte geglaubt, dass El Bahar ein modernes Land sei, aber offensichtlich war das ein Irrtum.

„Ich bin jetzt die einzige Bewohnerin des Harems“, entgegnete Fatima. Ihre Miene verriet, dass sie Lianas Gedanken kannte. „Der Harem, wie Sie ihn sich vorstellen, wurde etwa ein Jahr nach meiner Hochzeit abgeschafft. König Givon, mein Sohn, hat nie Frauen für sich dort gehalten, und die Prinzen auch nicht. Daher ist es manchmal ein bisschen einsam dort für eine alte Frau wie mich.“

Liana lachte unwillkürlich. „Ich bezweifle, dass irgendjemand Sie als alte Frau ansieht, Fatima. Sie sind viel zu elegant.“

„Danke, meine Liebe. Ich versuche mein Bestes. Aber jetzt erzählen Sie mir von Ihrer Beziehung zu meinem Enkelsohn. Ich habe verschiedene Gerüchte gehört und weiß nicht, welchem ich glauben soll.“

„Da gibt es nichts zu erzählen“, entgegnete Liana. Sie verdrängte den Gedanken an den soeben getauschten Kuss, der keinerlei Bedeutung hatte, und erklärte, wie es zu ihrer Anwesenheit im Palast gekommen war.

„Höchst faszinierend“, sinnierte Fatima. „Das sieht Malik gar nicht ähnlich. Normalerweise ist er sehr reserviert. Heather, seine Schwägerin, ist eigentlich die Einzige, die an ihn herankommt. Ich glaube, es liegt an ihrer Missachtung seiner Autorität und der Tatsache, dass sie ihn wie einen normalen Menschen behandelt.“

„Er ist ein normaler Mensch. Er hat außergewöhnliche Verantwortlichkeiten, aber dadurch ist er nicht weniger menschlich.“

Fatima nippte an ihrem Tee. „Wie interessant, dass Sie so denken. Die meisten seiner Bekannten würden Ihnen nicht zustimmen. Sie würden sagen, dass er uns übrigen sehr fern ist.“

Weil er sie wahrscheinlich nicht geküsst hat, dachte Liana. Nichts vermochte eine Frau mehr davon zu überzeugen, dass ein Mann ein gewöhnlicher Sterblicher war, als eine leidenschaftliche Umarmung.

„Und wie gefällt Ihnen das Leben in El Bahar“, erkundigte sich Fatima.

„Ich habe noch nie in einem Palast gewohnt. Es hat Vorzüge, aber auch gewisse Nachteile.“

„Sie und Ihre Tochter müssen mich im Harem zum Tee besuchen. Vielleicht am Samstag?“

„Das wäre schön“, erwiderte Liana höflich, obwohl sie sich fragte, ob sie am Samstag noch da sein würden.

Fatima lächelte sie ein. „Ich hoffe, dass Sie gut für meinen Enkelsohn sein werden. Er braucht das.“

„Weil er seine verstorbene Frau vermisst?“

Fatimas Miene verfinsterte sich. Sie erstarrte und stellte dann ihre Teetasse auf den Tisch. „Ich werde nicht über diese

Frau reden“, verkündete sie, während sie sich erhob. „Sie mag von königlichem Blut gewesen sein, aber sie war des Hauses Khan nicht würdig.“

„Es tut mir leid“, sagte Liana hastig. „Ich wollte nichts Anstößiges sagen.“

„Machen Sie sich deswegen keine Sorgen, Kind.“ Fatima lächelte verkrampft. „Obwohl Iman für meinen Geschmack nie tot genug sein kann, ist sie aus unserem Leben verschwunden, und wir können froh sein, sie los zu sein. Ich habe Ihre Gastfreundschaft lange genug strapaziert. Ich wünsche eine gute Nacht.“

Die Reichen und Königlichen sind wirklich anders, sinnierte Liana verwundert und sehr verwirrt.

5. KAPITEL

Das Mädchen lernt schnell, dachte Malik erfreut. Nach nur drei Tagen Reitunterricht saß Bethany sicher und ohne Angst im Sattel. Sie war ein wahres Naturtalent. „Ich will durch die Wüste galoppieren", verkündete sie ein wenig schmollend, während sie die große Bahn umkreisten. „Das hier ist langweilig."

„Es ist Übung", entgegnete er geduldig. „Du willst doch nicht stürzen und dir etwas brechen. Ein Gipsverband ist unbequem und juckt."

Das Schmollen verwandelte sich in ein Grinsen. „Was hast du dir denn gebrochen?"

„Den Arm. Zweimal."

„Meine Mom sagt, dass es gut ist, einen Fehler zu machen. Es bedeutet, dass wir unseren Horizont erweitern und etwas Neues lernen. Aber denselben Fehler zweimal zu machen, ist wirklich …" Bethany presste die Lippen zusammen und sprach nicht weiter.

Malik fragte sich, ob ihre Zurückhaltung auf der plötzlichen Erkenntnis beruhte, dass er ein Prinz war und ihm daher Ehrfurcht gebührte. „Mein Vater hat mir das Gleiche gesagt. Er hat mir außerdem verboten, noch mal mit meinem Pferd zu springen."

„Aber wenn du dir den Arm zweimal gebrochen hast, heißt das, dass du nicht auf ihn gehört hast."

„Da hast du recht. Und ich habe dafür bezahlt."

Sie dachte darüber nach. „Ich glaube, ich höre auf meine Mom und auf dich. Ich will mir nichts brechen." Sie seufzte. „Wenn wir nicht ausreiten können, können wir dann wenigstens schneller reiten?"

„Okay."

Mit einem erfreuten Grinsen trieb sie den Wallach an, der in einen Trab verfiel und sie gehörig durchschüttelte.

„Versuch zu kantern!“, rief Malik ihr zu. „Das ist bequemer.“

Mit konzentrierter Miene beugte sie sich über den Nacken des Pferdes und presste die Schenkel mit aller Kraft an. Vermutlich spürte der Wallach den Druck nicht, aber er ahnte ihre Absicht und verfiel gehorsam in einen Handgalopp. Sie ritt einige Male im Kreis, bevor sie im Schritt zu Malik zurückkehrte. „Können wir morgen ausreiten?“

„Ja. Ich glaube, du bist so weit.“

„Ich finde es toll hier in El Bahar“, verkündete Bethany. „Ich dachte, dass ich mein Zuhause vermissen würde, aber ich tue es nicht. Ich meine, ich vermisse meine Freunde und so, aber ich finde neue, wie Mommy es versprochen hat.“

Unwillkürlich fragte Malik: „Was ist mit deinem Vater? Vermisst du ihn?“ Sanft berührte er sie am Arm. „Wenn du nicht willst, musst du nicht antworten. Ich wollte dich nicht traurig machen.“

„Ich bin nicht traurig. Ich vermisse meinen Dad nicht besonders, weil ich ihn eigentlich nie sehe. Ihm sind nur seine Rennwagen wichtig. In die steckt er seine ganze Freizeit und sein Geld. Er kauft lieber einen neuen Motor, als Unterhalt zu zahlen. Mommy sagt, dass er einfach nicht praktisch veranlagt ist. Er versteht nicht, dass es wichtiger ist, mir neue Schuhe und Kleider zu kaufen.“

Sie holte tief Luft und zuckte die Achseln. „Das stört mich nicht so besonders. Aber ich habe früher immer geweint, wenn er versprochen hatte, mich am Samstag zu besuchen und es dann vergessen hat. Oder er hat mich mit zu einem Rennen genommen und den ganzen Tag allein in der Box gelassen. Das hat mir nicht gefallen. Es war so laut, und ich hatte Angst.“

Nachdenklich musterte Malik ihr Gesicht. Sie erschien ihm viel zu klein und unschuldig, um eine solche Last zu tragen. Er wünschte, ihr Vater wäre ein Einwohner von El Bahar. Die Gesetze dort waren sehr strikt in diesen Angelegenheiten. Wenn ein Vater nur zwei Unterhaltszahlungen versäumte, fand er sich im Gefängnis wieder. „Was sagt deine Mutter dazu?"

„Dass Daddy mich trotzdem lieb hat, aber nicht reif genug ist für die Verantwortung für ein Kind. Wir haben beschlossen, Mommy und ich, dass es besser ist, wenn ich ihn für eine Weile nicht sehe. Nicht, solange er nicht wirklich kommt, wenn er es verspricht."

„Das tut mir leid", murmelte er.

„Schon gut. Ich will ja glauben, dass er mich trotzdem lieb hat, wie Mommy sagt, aber ich weiß nicht. Ich meine, wenn er mich lieb hätte, würde er dann nicht mit mir zusammen sein wollen? Du würdest doch bestimmt nicht vergessen, deine Tochter abzuholen, oder?"

„Wenn ich eine Tochter wie dich hätte, würde ich Himmel und Erde in Bewegung setzen, um bei ihr zu sein."

Sie sank in sich zusammen. „Siehst du, das habe ich gewusst."

Er bereute, dass er sie aus der Fassung gebracht hatte. „Du hast ja deine Mutter", rief er ihr in Erinnerung. „Sie hat dich sehr lieb. Bei ihr kommst du immer an erster Stelle."

Bethanys Miene erhellte sich. „Das stimmt. Deswegen sind wir hier in El Bahar. Die Amerikanische Schule bezahlt ganz viel, und wir können für das College und ein Haus und so sparen. Ich möchte so gern ein Haus, das groß genug ist für ein Pferd."

„Das müsste schon sehr groß sein. Und es dürfte keine Treppen haben, wenn du darin ein Pferd halten willst."

Sie brach in Gelächter aus. „Man hält doch keine Pferde im Haus, Dummkopf."

„Aber das hast du doch gesagt. Ein Haus, das groß genug ist für ein Pferd."

„Ich habe doch den Garten gemeint."

Das Lachen vertrieb die Traurigkeit aus ihren Augen und ließ ihre Wangen glühen. In vielerlei Hinsicht erinnerte sie ihn an die Frau seines Bruders Jamal. Heather war für ihn wie eine Schwester. Sie neckte ihn bei jeder Gelegenheit und kümmerte sich nicht darum, dass er eines Tages El Bahar regieren würde.

Bethany war ebenso. Zum Teil lag es an ihrem zarten Alter. Kinder vergaßen rasch, dass sie beeindruckt sein sollten. Aber hauptsächlich lag es an ihrer überschäumenden Persönlichkeit.

„Lass uns bis zum Stall um die Wette reiten", schlug sie vor. „Ich verspreche auch, nicht zu fallen und mir nichts zu brechen."

„In Ordnung", stimmte er zu.

„Ich habe wirklich nichts anzuziehen", murmelte Liana niedergeschlagen. Fatima hatte sie zum Dinner im Kreis der Königsfamilie eingeladen, doch ihre beschränkte Garderobe hielt königlichen Maßstäben nicht stand.

„Du bist bestimmt trotzdem die hübscheste von allen", versicherte Bethany, die ausgestreckt auf dem Bett lag. „Außerdem ist Prinz Malik echt cool. Er gefällt dir bestimmt."

Im Gegensatz zu Bethany, die von kaum etwas anderem als Malik sprach, hatte Liana den Kronprinzen in den vergangenen drei Tagen kaum gesehen. Und nun sollte sie zum Dinner mit ihm und seiner Familie erscheinen. Zumindest hoffte sie, dass Malik anwesend sein würde. Sie wollte nicht mit zwei Prinzen, deren Frauen, einem König und einer Königmutter dinieren ohne die Anwesenheit des Mannes, der für ihren Aufenthalt im Palast verantwortlich war. „Das ist verrückt! Was tun wir hier eigentlich?"

„Du suchst ein Kleid", erwiderte Bethany. „Zieh das blaue an, Mom. Das lässt deine Augen funkeln, und du willst doch hübsch sein für Prinz Malik."

„Ja, nur dafür lebe ich", murmelte sie sarkastisch, während sie in das Kleid schlüpfte, das seidig schimmerte und ihrer Figur schmeichelte.

Bethany musterte ihre Finger. „Kann ich meine Nägel lackieren?"

Die Frage war Liana sehr vertraut. „Nein."

„Kann ich mich schminken?"

„Noch mal nein, Nervensäge."

„Ach, Mommy, warum nicht? Kann ich nicht auch hübsch sein?"

„Du bist schon hübsch ohne all das. Wenn ich zulasse, dass du noch hübscher wirst, stichst du jede andere Frau aus, sodass wir alle versteinern und du allein übrig bleibst."

Bethany lachte. „So hübsch bin ich gar nicht."

„Doch, das bist du. Und klug. Und witzig. Wenn du sechzehn bist, werde ich dich in einen hohen Turm einsperren müssen, damit die Jungs dich nicht entführen."

„Ich lasse dich nicht allein, Mommy. Nicht für einen albernen Jungen. Außerdem soll ich doch aufs College gehen, und das kann ich nicht in einem Turm."

„Das stimmt." Liana zog sie an sich und genoss das vertraute Gefühl dünner Arme, die sie festhielten. Das waren die Augenblicke, an die sie sich erinnern würde, wenn Bethany erwachsen und aus dem Haus war.

Der König thronte an einem Ende des großen Esstisches und Fatima am anderen. Dora und Khalil hatten neben Malik Platz genommen, und gegenüber saßen Heather und Jamal neben Bethany und Liana. Zu Lianas Leidwesen waren alle sehr nett und behandelten sie, als wäre sie ein Mitglied oder zumindest eine enge Freundin der Familie.

„Ich habe das Gerücht gehört", verkündete der König, „dass

jemand an diesem Tisch Malik in einem Wettreiten besiegt hat."

Bethany lachte. „Das war ich." Verschwörerisch senkte sie die Stimme. „Aber ich glaube, er hat mich gewinnen lassen. Er ist ein guter Reiter und sein Pferd ist schnell. Aber ich werde immer besser, und irgendwann schlage ich ihn wirklich."

König Givon nickte anerkennend. „Wenn du hart daran arbeitest, schaffst du es bestimmt. Aber ich muss dich warnen, mein Sohn ist ein außerordentlich guter Reiter."

„Und niemand, der sich von einem Mädchen besiegen lässt", neckte Malik.

Bethany hob das Kinn. „Ein Mädchen zu sein, hat nichts damit zu tun."

Malik blickte Liana an. „Diese Einstellung dürfte Ihr Fehler sein."

„Danke für das Kompliment", entgegnete sie leichthin und versuchte zu ignorieren, dass das Funkeln in seinen Augen nicht nur von Humor kündete, sondern auch an die Leidenschaft erinnerte, die drei Tage zuvor bei jenem Kuss zwischen ihnen erwacht war.

Khalil legte einen Arm um Doras Schultern. „Ich habe beschlossen, dass wir als Nächstes ein Mädchen bekommen. Wir haben schon zwei Söhne, und es ist Zeit für eine Abwechslung."

„Wie kommst du auf die Idee, dass du wählen darfst?", hakte sie nach.

Er blickte beleidigt drein. „Ich bin Prinz Khalil Khan von El Bahar."

„Als ob das alles erklärt!" Dora beugte sich zu Liana. „Die Männer in diesem Haus sind unausstehlich. Khalil glaubt, dass er seinen Kopf durchsetzen kann, indem er einfach seinen Titel nennt. Als ob sich das Meer für ihn teilen würde!"

„Das passiert ständig, wenn ich es will", warf Jamal ein.

Heather verdrehte die Augen. „Das ist alles deine Schuld,

Givon. Du hast einigermaßen intelligente Männer in unmöglich arrogante Prinzen verwandelt."

Der König lächelte. „Um unseren Ehrengast zu zitieren", sagte er mit einem Blick zu Liana, „danke für das Kompliment. Ich bin der König dieses Landes. Wozu hätte ich meine Söhne sonst erziehen sollen?"

„Wie wäre es mit warmherzig und einfühlsam?", hakte Dora nach.

Er tat ihren Einwand mit einer Handbewegung ab, aber aus seinen dunklen Augen sprach Zuneigung. Offensichtlich betete er seine beiden Schwiegertöchter an, und die gesamte Familie schien sich sehr nahe zu stehen.

Alle drei Brüder besaßen dunkle Haare und dunkle Augen. Sie waren hoch gewachsen, hatten breite Schultern und schlanke, aber muskulöse Körper, die von Maßanzügen unterstrichen wurden. König Givons Schläfen waren ein wenig ergraut, aber auch er war immer noch ein gut aussehender Mann in der Blüte seiner Jahre.

Malik beugte sich zu Liana vor. „Wie gefällt Ihnen die Arbeit?"

Es wurde still im Raum, und alle Augen richteten sich auf sie. „Bisher sehr gut. Die Schüler sind klug, was den Unterricht interessanter macht, aber auch eine Herausforderung darstellt."

„Sie unterrichten Mathematik?", erkundigte sich der König.

„Ja."

„Wollten Sie schon immer Lehrerein werden?", fragte Fatima.

„Ja, seit ich in Bethanys Alter war. Mathe war immer mein Lieblingsfach."

„Mommy will wieder aufs College gehen", warf Bethany ein.

„Sie wollen weiter studieren?", hakte Fatima nach.

„Ja. Ich möchte den Doktortitel erwerben. In theoretischen Gleichungen."

„Und was genau ist das?", hakte Malik nach. Er schob die Süßspeise von sich und trank stattdessen Kaffee.

„Es würde zu weit führen, das zu erklären."

Er lächelte charmant, und ihr schoss durch den Kopf, dass sie für dieses Lächeln gern auf ihr Dessert verzichtet hätte. Dann rief sie sich zur Vernunft und tauchte hastig den Löffel in die Speise.

Eine Stunde später spazierten Liana und Malik durch die üppigen Gärten des Palastes, während Heather und Dora mit Bethany zu deren Kleinkindern gegangen waren. Ob es sich spontan so ergeben hatte oder geplant worden war, wusste Liana nicht, aber es kümmerte sie auch nicht. Wie oft in ihrem Leben bot sich ihr schon die Gesellschaft eines gut aussehenden Prinzen? Solange sie Vernunft wahrte, bestand keine Gefahr.

„Die Gärten sind zum Teil Jahrhunderte alt. Wie gefallen sie Ihnen?", erkundigte sich Malik, als sie einen kleinen Orangenhain passierten.

„Sie sind wundervoll", erwiderte sie und sog tief den lieblichen Blumenduft ein.

„Bethany macht große Fortschritte im Reiten."

„Das habe ich gehört. Sie erzählt gern sehr detailliert vom Unterricht. Danke. Es tut mir leid, dass ich vorher falsche Schlüsse gezogen habe. Was Ihre Motivation angeht, meine ich."

Obwohl Laternen die Wege erhellten, lag sein Gesicht im Schatten, und sie konnte seinen Ausdruck nicht erkennen. „Ich mag Ihre Tochter. Ich genieße die gemeinsame Zeit mir ihr."

Liana glaubte ihm, obwohl es sie überraschte. Sie hätte nicht gedacht, dass ein Kronprinz den Umgang mit einer Neunjährigen genießen könnte. Aber was wusste sie schon von königlicher Unterhaltung?

„Sie hat heute über ihren Vater gesprochen."

„Was hat sie gesagt?"

„Dass er nicht praktisch genug veranlagt ist, um Unterhalt zu zahlen oder sie regelmäßig zu besuchen."

Liana seufzte. „Dass er kein Geld schickt, kümmert mich inzwischen nicht mehr. Schlimm ist, dass er sich oft mit ihr verabredete und dann nicht erschien. Es war furchtbar, mit ihr am Fenster zu sitzen und auf ihn zu warten. Obwohl es immer später wurde, bemühte sie sich, nicht zu weinen. Ihre Tapferkeit hat mir fast das Herz gebrochen. Schließlich musste ich von ihm verlangen, sich gar nicht mehr mit ihr in Verbindung zu setzen. Die Enttäuschungen waren einfach zu groß für sie." Sie hielt inne und presste die Lippen zusammen. „Entschuldigung. Ich wollte Sie nicht damit behelligen."

„Kein Problem. Ich habe gern zugehört. Bethany ist ein liebenswertes Mädchen. Es ist der Verlust ihres Vaters, dass er sich nicht mit ihr befassen will."

Sie blickte ihn an und lächelte. „Danke, dass Sie das sagen. Chuck und ich waren zu jung und passten nicht zusammen, was ich damals jedoch nicht erkannte. Aber ich habe viel aus der Ehe gelernt. Das nächste Mal will ich eine Partnerschaft zwischen Gleichgestellten. Bei Chuck war ich immer die Erwachsene und er ein Kind. Das habe ich gehasst."

„Das kann ich verstehen. Es dürfte schwierig sein, romantische Gefühle für jemanden zu hegen, den man ständig wegen Missetaten schelten muss."

„Genau. Und was haben Sie aus Ihrer Ehe gelernt?"

Selbst im schwachen Lichtschein war zu erkennen, dass sich seine Miene verhärtete. „Keine hässliche, seichte Frau zu heiraten."

„So habe ich es nicht gemeint."

„Es ist unwichtig, was ich über meine erste Ehe denke. Bald kommt die Zeit, dass ich eine andere Frau nehmen muss."

„Sind Sie mit jemandem liiert?“

„Nein. Das ist auch nicht wichtig. Wie meine erste Ehe wird auch die nächste höchstwahrscheinlich arrangiert.“

„Sie scherzen wohl!“

„Ich betrachte die Situation nicht als scherzhaft. Ich bin der Kronprinz von El Bahar. Jede Ehe, die ich eingehe, zieht politische Konsequenzen nach sich. Wenn die Zeit kommt, werde ich meine Pflicht tun.“

„Ich kann es nicht fassen! Eine arrangierte Ehe? Was ist, wenn Sie die Frau nicht mögen oder sich nicht mit ihr vertragen?“

„Ich bin meinem Land gegenüber verpflichtet.“

„Ich kann mir nicht vorstellen, so zu leben wie Sie. Für mein Privatleben würde ich lieber auf den Titel und die Krone und was Sie sonst noch haben verzichten.“

„Es gibt gewisse Entschädigungen für den Mangel an Privatleben.“

„Welche denn?“

„Reisen, Reichtum, Macht.“

„All das ist mir nicht wichtig. Sonst noch etwas?“

„Nur das.“

Bevor sie wusste, wie ihr geschah, zog er sie an sich. Obwohl sie sich erst einmal geküsst hatten, begab sie sich in seine Arme, als hätte sie es tausendmal getan.

Leidenschaft entflammte, sobald sich ihre Lippen berührten. Er begann mit einer sanften Erforschung, aber sie war nicht in der Stimmung, verführt zu werden. Sie wollte genommen werden, und zwar sofort. Sie vergrub die Finger in seinen Haaren und öffnete einladend die Lippen.

Plötzlich waren seine Hände überall. Auf ihrem Rücken, ihren Hüften, ihrem Po. Sie schmiegten sich aneinander, und sie spürte seine Erregung. Es schien eine Ewigkeit her zu sein, dass sie einen Mann begehrt hatte, und nie zuvor hatte sie jemanden so sehr begehrt wie ihn. Ihre Brüste schwollen, und die Knospen verhärteten sich. Sie hielt den Atem an, als seine Hände höher glitten und die Rundungen umschmiegten.

Sie war bereit zu tun, was immer er verlangte, ungeachtet der Konsequenzen. Was war nur in sie gefahren? Das sah ihr gar nicht ähnlich.

Er strich mit den Daumen über die Knospen. Das Entzücken war so groß, dass ihre Beine beinahe nachgaben. Eine Woge der Hitze stieg in ihr auf, und sie befürchtete, den Höhepunkt zu erreichen, wenn er sie weiterhin derart berührte.

Diese Erkenntnis war so verblüffend, dass sie sich aus seiner Umarmung befreite. „Hör auf", befahl sie atemlos. „Ich kann es nicht tun."

Malik begegnete ihrem Blick. Abgesehen von seinem raschen Atem wirkte er völlig ruhig. „Warum bist du so aufgebracht? Du hast es doch genossen."

„Ja, aber es ist nicht richtig." Sie legte die Hände auf ihre glühenden Wangen. „Du bist ein Prinz. Ich bin nur eine Mathelehrerin. Das ergibt keinen Sinn für mich."

„Für mich ergibt es einen Sinn."

„Hast du mich in den Palast gebracht, um mit mir zu schlafen?" Sie wusste, dass es zutraf. Sie wusste außerdem, dass sie nachgeben würde, wenn sie nicht ihm wie sich selbst Einhalt gebot. „Mach dir nicht die Mühe zu antworten. Ich verstehe schon. Es ist eine Art Spiel für dich. Du bist im Vorstand der Schule, sodass ich mich nicht mal bei meinem Boss über dich beschweren kann, ohne zu riskieren, entlassen zu werden." Sie wich noch einen Schritt zurück. „Werden die Dinge hier immer so gehandhabt? Werden Frauen in ausweglose Situationen gebracht und ausgenutzt? Warum kannst du mich nicht in Ruhe lassen?"

Einige Sekunden lang starrte Malik sie wortlos an. Dann nickte er. „Ich entschuldige mich. Mir scheint, wir haben beide die Situation missverstanden. Ich werde dich nicht wieder belästigen.“

Er machte auf dem Absatz kehrt, ging davon und ließ sie allein in den wundervollen Gärten zurück. Ihr wurde klar, dass sie übertrieben reagiert und unbedacht gesprochen hatte, doch jedes ihrer Worte traf zu. Dass ihr seine Aufmerksamkeit zusagte, machte alles nur noch schlimmer. Er war charmant ihr gegenüber, aufmerksam gegenüber ihrer Tochter, und sie genoss seine Gesellschaft – vor allem seine Liebkosungen. Und darin bestand die Gefahr.

6. KAPITEL

Ein beharrliches Klopfen weckte Liana weit vor sieben Uhr am nächsten Morgen. Sie stolperte aus dem Bett, schlüpfte in ihren Bademantel und begab sich zur Tür. Nach den Ereignissen des vergangenen Abends hatte sie lange nicht einschlafen können. Erschöpft und mit geröteten Augen blickte sie nun die drei Zofen an, die im Flur warteten.

„Prinz Malik schickt uns", verkündete Rihana mit einem Knicks. „Es tut mir leid, dass wir Sie so früh wecken, aber er hat uns aufgetragen, Ihre Sachen zu packen, bevor Sie zur Schule aufbrechen."

Liana blinzelte mehrmals. „Wie bitte?"

„Wir sollen Ihnen ausrichten, dass Prinz Malik sich für jegliche Unannehmlichkeiten entschuldigt. Wenn Sie uns eintreten lassen, werden wir Ihre Sachen packen, die dann hinüber in Ihre Wohnung auf dem Grundstück der Amerikanischen Schule gebracht werden."

Verwirrt fragte Liana sich, warum Malik sie plötzlich fortschickte. Dann erinnerte sie sich an das Gespräch vom vergangenen Abend und an ihre Vorwürfe. Offensichtlich hatte er ihr gut zugehört.

„Mommy? Was ist denn los?", fragte Bethany. Sie war bereits angezogen, aber sie hatte ja auch eine geruhsamere Nacht hinter sich.

Liana strich ihr über die langen Haare. „Diese Frauen sind hier, um uns beim Packen zu helfen. Wir ziehen heute in die Wohnung von der Amerikanische Schule."

In der Schuluniform aus weißer Bluse und kariertem Pullover sah Bethany älter als neun Jahre aus. Doch die Vorstellung, den Palast zu verlassen, trieb Tränen in ihre Augen. „Mommy, ich will nicht weg von hier."

Inzwischen wollte Liana auch nicht mehr fort, doch sie gehörten nicht dorthin. „Wir sind der königlichen Familie lange genug zur Last gefallen. Wir brauchen unsere eigene Wohnung."

„Aber was ist mit dem Reitunterricht?"

„Wir werden einen Reitstall in der Nähe der Schule finden, und dort kannst du Unterricht nehmen."

Bethanys Unterlippe zitterte. „Aber das ist nicht dasselbe."

„Ich weiß. Aber es wird dir trotzdem Spaß machen." Sie wandte sich an die drei Frauen, die immer noch in der Tür warteten. „Ich weiß Ihr Angebot zu schätzen, aber wir können selbst packen."

Rihana schüttelte den Kopf. „Prinz Malik besteht darauf. Er will nicht, dass Sie beide zu spät zur Schule kommen." Sie lächelte. „Außerdem soll ich der kleinen Dame von ihm ausrichten, dass er sie immer noch gern über Pferde unterrichten wird."

Bethanys Tränen schwanden so rasch, wie sie gekommen waren. Eifrig klatschte sie in die Hände. „Oh, kann ich, Mommy? Bitte sag Ja. Bitte!"

„Natürlich kannst du immer noch hier reiten. Wenn der Prinz Zeit für dich hat." Was hätte sie sonst sagen sollen? Ihr Streit mit Malik betraf nur sie selbst, und nur weil sie Abstand zu ihm brauchte, wollte sie Bethany nicht die Freude verderben.

Es ist besser so, redete sie sich ein, während sie die Frauen eintreten ließ. Auf sich gestellt, würden sie viel glücklicher sein. Sie hatten die Chance, mit den anderen Lehrern und ihren Familien Freundschaft zu schließen, an organisierten Führungen teilzunehmen und das Land kennenzulernen. Von dem Palast hatte sie bereits mehr gesehen, als jemals auf der umfangreichsten Tour geboten wurde.

Die Wohnung lag im vierten Stockwerk und war hell und geräumig. Sie bestand aus zwei Schlafzimmern mit jeweils eigenem Bad, einem Esszimmer, einem Arbeitszimmer und einem großen Wohnraum mit Blick auf den Spielplatz der Schule.

Obwohl das Mobiliar keinen Preis für Schönheit gewonnen hätte, war es praktisch und bequem. Die Wände waren in Blau und Beige gehalten und mit bunten Drucken geschmückt.

Ein Träger hatte das Gepäck gebracht, und während Bethany sich in ihrem Zimmer einrichtete, erforschte Liana die Küche. Sie öffnete Schranktüren und Schubladen und musterte das Geschirr und die vorhandenen Utensilien.

„Was möchtest du zum Abendessen?“, fragte sie ihre Tochter, die gerade die Küche betrat. „Wollen wir uns eine Pizza kommen lassen? Ich habe so lange keine mehr gegessen, dass ich vergessen habe, wie sie schmeckt.“

„Das wäre prima.“

Es klingelte an der Tür. „Ich gehe hin“, bot Bethany. Sie sprang auf, lief in den Flur und öffnete. „Mommy, komm mal.“

Liana folgte ihr und erblickte einen Boten mit einem riesigen Blumenstrauß, der kaum durch die Tür passte.

„Ich weiß, von wem der ist“, verkündete Bethany triumphierend.

Liana ahnte ebenfalls, wer der Absender war. Ihre Hände zitterten, als sie den Umschlag öffnete, der zwischen den Rosen und Lilien steckte. Mehrmals las sie das Kärtchen mit der ausgeprägten, nüchternen Handschrift. „Prinz Malik wünscht uns, dass wir uns hier wohl fühlen werden, und er freut sich darauf, morgen wieder mit dir zu reiten. Er holt dich um vier Uhr ab.“

Mit einem Freudenschrei tanzte Bethany durch das Zimmer. „Wir gehen reiten, wir gehen reiten! Ich wusste, dass er es nicht vergisst. Ich wusste es!“

Liana beobachtete sie lächelnd und verspürte ein vages Gefühl der Enttäuschung. Es freute sie, dass der Kronprinz sein

Wort gegenüber ihrer Tochter hielt, und die Blumen waren wunderschön, doch es verletzte sie ein wenig, dass er sie nicht wiedersehen wollte. Obwohl, nachdem sie ihn am Vorabend mehr oder weniger der sexuellen Belästigung bezichtigt hatte …

Am folgenden Freitag, eine gute Woche nach dem Auszug aus dem Palast, lief Liana wie ein nervöser Teenager in der Wohnung umher. Und das nur, weil Malik sich angekündigt hatte.

Ihr Plan, ihn zu vergessen, war leider nicht aufgegangen. Denn Bethany wurde es nicht müde, von ihm zu erzählen, und fing beinahe jeden Satz mit seinem Namen an.

Wenn er Bethany zu den Reitstunden abholte oder wieder nach Hause brachte, kam er für gewöhnlich nicht hinauf in die Wohnung, sodass Liana ihn in der vergangenen Woche kaum gesehen hatte. Sie vermisste es, mit ihm zu reden. Sie vermisste den Palast und die übrigen Mitglieder der Königsfamilie. Und die Erinnerungen an jene innigen Küsse raubten ihr allzu oft den Schlaf. Zum ersten Mal gestand sie sich ein, dass sie die Entscheidung bereute, den Palast zu verlassen. Auch wenn Prinzen sich nicht in Lehrerinnen verliebten und sie ihr Herz an ihn verloren hätte.

Es klingelte an der Tür. Nervös wischte sie sich die Handflächen an der Hose ab, während sie öffnen ging.

„Hallo, Liana."

Malik trug ein schlichtes weißes Hemd und eine Reithose, und sein Anblick raubte ihr den Atem. Seine breiten Schultern wirkten so stark, als könnten sie das Gewicht der Welt tragen, und welche ledige Mutter wünschte sich nicht gelegentlich jemanden, mit dem sie ihre Last teilen konnte?

Er lächelte. „Darf ich hereinkommen?"

Ihr wurde bewusst, dass sie ihn wie ein liebeskranker Teenager anstarrte. Sie errötete. „Natürlich?" Sie ließ ihn eintreten, schloss die Tür und deutete zum Wohnzimmer. „Setz dich doch.

Bethany zieht sich gerade um und wird gleich fertig sein."

„Danke."

Er setzte sich auf das karierte Sofa und lehnte sich entspannt zurück. „Fühlst du dich wohl hier?"

„Ja, danke." Sie schenkte ihm ein flüchtiges Lächeln und setzte sich ihm gegenüber in einen Sessel. „Es ist nicht annähernd so hübsch wie im Palast, aber es ist besser für uns."

Er zog die Augenbrauen hoch. „Warum ist es besser?"

Weil sie sich danach sehnte, in seinen Armen zu liegen und von ihm liebkost zu werden. Sie begriff ihre Reaktion auf ihn nicht. Nie zuvor hatte sie ein derart spontanes Verlangen nach einem Mann verspürt. Doch sie musste ihre Positionen und ihre Ziele berücksichtigen. „Malik, du warst sehr nett zu mir und meiner Tochter, aber wir gehören nicht in deine Welt. Das hier entspricht unserem Standard." Sie blickte sich im Raum um. „Schlicht, zweckdienlich und kein bisschen königlich. Ich fand es verwirrend, im Palast zu wohnen."

„Es hätte dich nicht verwirren dürfen. Du warst mein Gast."

„Ich wollte nicht undankbar wirken." Sie zwang sich, seinem Blick zu begegnen. „Ich weiß, dass es nicht unbedingt zutreffend war, als ich dich am letzten Abend beschuldigt habe, die Situation auszunutzen."

Sein steter Blick erschwerte es ihr zu atmen. Obwohl beide sich nicht gerührt hatten, hegte sie das Gefühl, ihm körperlich näher zu sein. Es schien, als könnte sie seine Körperwärme spüren und seinen Herzschlag hören.

„Was war denn zutreffend?", hakte er nach. „Weißt du, warum ich dich in den Palast gebracht habe? Warum ich wollte, dass du bleibst?"

„Ich habe keine Ahnung", flüsterte sie.

Er lächelte dieses betörende Lächeln, das sie förmlich dahinschmelzen ließ. „Eines Tages wirst du es verstehen, Liana, und dann werden wir weitersehen."

Sie veranstalteten irgendein Spiel, dessen Regeln sie nicht kannte. „Tja, ich bin überzeugt, dass es viel Spaß machen wird", murmelte sie mit dem Gefühl, unter der Wirkung eines antiken Liebestrankes zu stehen. Sie lehnte sich zurück und versuchte, sich zu entspannen.

Malik musterte sie. „Ich bin für nächstes Wochenende zum Essen bei einem Nomadenstamm eingeladen. Sie leben für gewöhnlich draußen in der Wüste, aber einmal im Jahr schlagen sie ihr Lager relativ nahe bei der Stadt auf. Ihr Lebensziel hat sich seit Hunderten von Jahren nicht verändert, und ich genieße die Chance, ein paar Stunden lang an einem traditionelleren Leben teilzuhaben. Ich dachte mir, dass es dir gefallen könnte, mir Gesellschaft zu leisten. Das Lager liegt drei oder vier Autostunden entfernt, sodass wir sehr spät zurückkehren würden. Fatima hat jedoch angeboten, Bethany bis zum nächsten Tag bei sich im Harem unterzubringen, damit du dir keine Sorgen um sie zu machen brauchst."

Unzählige Gedanken schossen Liana durch den Kopf. War es ein Date? Lud er sie ein, weil er Zeit mit ihr verbringen wollte? Ihr Herz schlug höher. Aber warum sollte er mit ihr ausgehen wollen? Wollte er sich dafür entschuldigen, dass er sie im Palast festgehalten hatte?

„Du hast einen sehr seltsamen Ausdruck auf dem Gesicht. Was denkst du?"

„Dass ich gern mitkommen würde. Vielen Dank für die Einladung."

Offensichtlich wusste er, dass sie etwas anderes gedacht hatte, aber er bedrängte sie nicht. Zögernd erklärte er: „Als ein Zeichen des Respekts vor den Stammesmitgliedern müsstest du dich traditionell kleiden. Fatima hat die entsprechende Kleidung im Palast. Du solltest dich dort umziehen, wenn du nichts dagegen hast."

Im Geiste sah Liana einen Bikini mit Haremshosen vor sich, aber das meinte Malik sicherlich nicht. Zweifellos würde sie sich züchtig bedecken und verschleiern müssen. „Natürlich. Ich werde tragen, was immer der Gelegenheit angemessen ist."

Er stand auf, als Bethany in ihrer Reitkleidung in den Raum stürmte. „Dann freue ich mich darauf."

Liana stand ebenfalls auf und bemühte sich, ihre überschwängliche Freude zu maskieren, doch ihr strahlendes Lächeln verriet sie vermutlich. „Bis Freitag."

7. KAPITEL

Die blaue Seide schimmerte wie klares Wasser in der Sonne. Das Gewand hüllte Liana völlig ein, und derselbe Stoff bedeckte ihr Haar. Über dem Kleid trug sie eine weiße Samtrobe, und ein Schleier verbarg ihre untere Gesichtshälfte vor neugierigen Blicken.

„Die Nomaden glauben, dass ein fremder Mann, der ihre Frauen unverschleiert sieht, sie entführen könnte“, erklärte Fatima. „Es ist ein großes Kompliment.“

„Die Frauen wissen die Sorge bestimmt zu schätzen“, meinte Liana. „Vor allem diejenigen, die sich nicht so attraktiv fühlen.“

Fatima lächelte. „Jede Frau ist schön. Wussten Sie das nicht?“

„Eine nette Philosophie, von der wir im Westen lernen könnten.“

„Ich würde Ihnen empfehlen, sich bedeckt zu halten, meine Liebe. Ihr wundervolles blondes Haar ist sicherlich eine Versuchung. Ich nehme an, dass Malik zwei oder drei Dutzend Kamele für Sie bekommen würde.“

„So viele“, murmelte Liana und fühlte sich wie eine Prinzessin, wenn auch nur für einen Abend. „Danke für alles“, sagte sie und umarmte Fatima impulsiv.

„Es war mir ein Vergnügen. Und ich freue mich auf den Abend mit Ihrer Tochter, die momentan bei den anderen Kindern im Spielzimmer sein dürfte.“ Fatima blickte zur Uhr. „Malik wird schon auf Sie warten. Amüsieren Sie sich. Es wird eine denkwürdige Nacht.“

Als Liana aus dem Palast trat, öffnete Malik ihr die Fondtür einer Limousine, die vor dem Haupteingang wartete. „Du siehst wundervoll aus.“

„Danke“, murmelte sie und versuchte, ihre Nervosität zu verbergen. Auch er sah ausnehmend gut aus in seinen Roben und dem Kopfschmuck. Das dunkle Gewand betonte seine

Stärke und ließ ihn noch größer als gewöhnlich wirken.

„Unser Transportmittel überrascht mich", sagte sie, während sie auf den butterweichen Ledersitz glitt. „Ich dachte, wir bräuchten ein Fahrzeug mit Allradantrieb."

Malik setzte sich zu ihr. „Normalerweise schon, aber unsere Freunde haben ihr Lager nicht weit von einer asphaltierten Straße aufgeschlagen. Wir werden die restlichen Meter zu Fuß gehen. Ich habe Fatima gesagt, dass du vernünftiges Schuhwerk brauchst. Hat sie es ausgerichtet?"

„Ja." Liana hielt einen Fuß hoch. Ihre Sandalen waren flach und sehr bequem.

„Gut." Er blickte auf, als der Chauffeur die Trennwand senkte. „Ja, Sandy?"

„Sind Sie bereit zur Abfahrt, Sir?"

Malik nickte. „Wir begeben uns in Ihre fähigen Hände."

„Ich werde mich bemühen, Sie nicht zu enttäuschen, Sir."

Das Glas schloss sich geräuschlos, während der Wagen anfuhr.

„Sandy ist schon seit Jahren bei uns", erläuterte Malik und deutete auf den Mann, der durch das Rauchglas kaum zu sehen war. „Er stammt ursprünglich aus England, aber er ist nach El Bahar übergesiedelt, als er Anfang zwanzig war. Mein Vater zieht ihn allen anderen Fahrern vor. Sandy hat sogar meinen Brüdern und mir das Autofahren beigebracht."

Liana musterte die Silhouette des Chauffeurs, der in den Fünfzigern sein musste, und grinste. „Dann überrascht es mich, dass er nicht mehr graue Haare hat."

„Mich auch. Starke Gene, nehme ich an."

„Die braucht man vermutlich, wenn man es mit euch drei Prinzen zu tun hat." Als Malik den Mund öffnete, um zu protestieren, bat sie hastig: „Erzähl mir, was uns heute Abend erwartet."

Er zog die Augenbrauen zusammen. „Glaubst du wirklich,

dass ich mich so leicht ablenken lasse?“

„Nein, aber ich glaube, dass du ein so netter Gastgeber bist.“

„Zuerst versuchst du, mir einen Themenwechsel aufzuzwingen, und dann schmeichelst du mir. Offensichtlich brauchst du eine Lektion in Respekt vor königlicher Hoheit.“

„Offensichtlich“, murmelte sie und konnte es kaum fassen, dass sie tatsächlich mit dem Kronprinzen von El Bahar flirtete.

„Ich werde mir etwas Angemessenes einfallen lassen“, versprach er. „Nun zum Ablauf des Abends. Wir werden in ein großes Zelt geführt. Gewöhnlich sitzen die Frauen getrennt von den Männern, aber als mein Gast wird man bei dir eine Ausnahme machen. Wir werden beköstigt, es werden ein paar Reden gehalten, und dann wird Bilal, der Häuptling, mir eine hochwertige Ziege oder ein Kamel schenken.“

Sie lachte auf. „Ist das dein Ernst? Eine Ziege oder ein Kamel? Was willst du denn damit anfangen? Wir haben kaum genug Platz dafür im Wagen.“

„Ich werde irgendeinen Wettkampf vorschlagen. Ein Rennen oder ein Geschicklichkeitsspiel. Der Preis wird mein Einsatz sein. Dadurch kann der Stamm mir ein wertvolles Geschenk machen, ohne das Tier zu verlieren. Die Sitte wird gewahrt, und alle sind zufrieden. Möchtest du etwas trinken?“

„Ja, gern.“

Malik öffnete einen kleinen Kühlschrank neben sich, nahm eine Flasche Champagner heraus und öffnete sie geschickt, ohne auch nur einen Tropfen zu verschütten. Er schenkte zwei Gläser ein, reichte ihr eines und stieß mit ihr an. „Auf einen Abend wie keinen anderen.“

„Auf diesen Abend“, stimmte sie zu und nahm einen Schluck von dem leichten, lieblichen Getränk. Dann blickte sie sich in dem geräumigen Innenraum um. Die Verkleidung bestand nicht nur aus poliertem Walnussholz, sondern war mit Intarsien verziert. Unter ihren Füßen befand sich ein flauschiger Teppich. Sie seufzte. „Die Reichen leben wirklich anders."

„Bereust du, dass du den Palast verlassen hast?"

„Gelegentlich ein wenig", gestand sie ein, „aber ich weiß, dass es die richtige Entscheidung war. Bethany und ich müssen in der realen Welt Wurzeln schlagen."

„Der Palast ist real."

„Für dich vielleicht. Nicht für uns. Für mich ist es dort wie im Disneyland. Es ist ein großartiger Urlaub, aber am Montag setzt der Alltagstrott wieder ein."

„Glaubst du, dass mein Leben so einfach ist?"

„Ich weiß es nicht." Sie leerte ihr Glas, und Malik schenkte ihr nach. „Sag mir, wie es ist, der Kronprinz von El Bahar zu sein. Ist es schön?"

„Es macht mir Spaß, mein Land im Ausland zu repräsentieren. Ich habe die Genugtuung zu wissen, dass ich das Leben unzähliger Menschen verbessern helfe. Ich arbeite hart, aber mein Lebensstil entschädigt mich dafür."

„Wie sagtest du doch gleich? Geld, Prestige und Macht?"

„All das."

Liana nahm noch einen Schluck. „Aber es kann nicht ständig perfekt sein. Was verschweigst du mir?"

„Aha, du möchtest von der Schattenseite des Lebens im Palast hören."

Er neckte sie, doch sie blieb ernst. „Ich will damit nicht sagen, dass es eine Schattenseite geben muss, aber alles hat seinen Preis. Zum Beispiel wette ich, dass du keine normale Kindheit hattest."

„Für mich war sie normal. Ich wurde von meiner Mutter entfernt, als ich vier war, und von meinem Vater und seinen Ministern erzogen."

„Entfernt? Heißt das, dass du sie nicht mehr gesehen hast?"

„Nicht oft. Mein Vater legte Wert darauf, dass ich zu einem

starken und selbstgenügsamen Mann erzogen wurde. Ich durfte nicht ständig von Frauen verhätschelt werden und nicht wegen jedem aufgeschrammten Knie oder verletzten Gefühl zu meiner Mutter laufen."

„Wurden deine Brüder ebenso erzogen?"

„Nein. Jamal und Khalil blieben bei unserer Mutter, bis sie starb. Danach hatten sie Kindermädchen und Hauslehrer. Für sie waren die Verantwortlichkeiten nicht so allumfassend. Aber sie werden auch nicht eines Tages El Bahar regieren."

Für Liana klang seine Kindheit sehr traurig und einsam. „Und wie steht es jetzt? Wist du immer noch von deinen Brüdern abgesondert?"

„Wir stehen uns nahe, aber ihr Leben ist anders. Ich bin nicht nur für die Ölproduktion unseres Landes und die Beziehungen zu unseren Nachbarstaaten verantwortlich, sondern habe auch innerhalb der Staatsgrenzen Verantwortlichkeiten. Mein Vater ist noch ein rüstiger Mann, aber er hat mir bereits einige seiner Funktionen übertragen."

„Das klingt nach sehr viel Arbeit."

„Ich kenne es nicht anders. Ich bin der zukünftige Herrscher meines Landes. Das Volk von El Bahar sieht zu mir auf. Es erwartet, dass ich stark bin und immer das Richtige tue. Für sie bin ich der Löwe der Wüste. Kraftvoll, fortschrittlich, furchtlos."

„Ich glaube, du leistest großartige Arbeit. Aber du musst sehr einsam sein." Wohin ging er, wenn er es müde war, der Löwe der Wüste zu sein? Wer tröstete ihn, wenn er verletzt war? Wem vertraute er seine Zweifel, seine Hoffnungen, seine Ängste an?

Überrascht blickte er sie an. „Einsam? In einem Palast voller Menschen? Unmöglich."

Leugnete er es, weil er nicht mit ihr darüber reden wollte? Oder merkte er nicht, wie isoliert er lebte? Mitgefühl stieg in ihr auf für das kleine Kind, das aus der liebevollen Fürsorge seiner Mutter entfernt und vorzeitig in einen Mann verwandelt worden war, der keine Schwäche zeigen durfte.

Aber vielleicht war es falsch, von sich auszugehen und anzunehmen, dass er sich wie sie nach jemandem sehnte, der mit ihm die guten wie die schlechten Zeiten teilte. Vielleicht lag es auch am Champagner, der ihr allmählich zu Kopf stieg.

„Ich bin sehr beeindruckt von deiner Tochter", verkündete Malik, während er ihr Glas erneut füllte. „Sie wird eine ausgezeichnete Reiterin. Sie ist außerdem sehr klug. Ich genieße ihre Gesellschaft."

„Überrascht dich das?"

„Ja. Ich habe mich nie mit Kindern befasst."

„Es tut mir leid, dass ich dich beschuldigt habe, sie zu benutzen, um an mich heranzukommen. Deine Beziehung zu ihr hat nichts mit unserer Beziehung zu tun. Nicht, dass wir wirklich eine haben. Übrigens betet sie dich an."

„Ich vermute, dass ich für sie eine Art Vaterfigur bin." Er beugte sich zu ihr und nahm ihr das Glas aus der Hand. „Also hast du mir verziehen, dass ich dich in den Palast gebracht habe?"

„Ja, sicher. Es war schön." Sein Gesicht schien vor ihren Augen zu verschwimmen. War sie betrunken von drei Gläsern Sekt? „Ich bin froh, dass wir Freunde geblieben sind."

Er rückte näher und legte die Arme um sie. „Sind wir denn Freunde?"

„Ja", flüsterte sie.

„Wie enttäuschend."

„Warum? Was hast du dir denn erhofft?"

„Vielleicht etwas … Intimeres."

Er senkte den Mund auf ihren, und innerhalb weniger Sekunden erwachte ein heftiges Verlangen in ihr. Vielleicht lag es am Sekt, vielleicht nur an Malik. Sein Kuss raubte ihr den Atem, und sie schob die Hände unter seine Robe und streichelte seinen breiten Rücken.

Die Sonne war untergegangen. Malik löschte die Innenbeleuchtung, hob Liana auf seinen Schoß, sodass ihre Schenkel seine Hüften umschmiegten, und hauchte unzählige Küsse auf ihr Gesicht.

Er schob den Stoff ihres Kleides beiseite. Sie erschauerte, als sie seine Lippen und seine Zunge auf der nackten Haut spürte. Er küsste das Tal zwischen ihren Brüsten, und sie genoss es und fürchtete sich dennoch vor dem nächsten Schritt. Schließlich kannte sie ihn kaum, und welche vernünftige Frau liebte sich schon mit einem Prinzen auf dem Rücksitz eines Wagens?

So als hätte er ihre Gedanken erraten und ihre Unschlüssigkeit gespürt, lenkte er seine Aufmerksamkeit wieder auf ihren Mund und küsste sie so aufreizend, dass sie sich auf seinem Schoß wand. Als sie seine Erregung deutlich spürte, war sie verloren. Sie war bereit, auf der Stelle mit ihm zu schlafen, ungeachtet jeglicher Konsequenzen. Sie griff nach seiner Hand, um sie sich auf die Brust zu legen. Doch in diesem Moment hielt die Limousine an.

Malik seufzte. „Ein lausiges Timing. Sandy wird in etwa fünf Sekunden die Tür öffnen."

Hastig kletterte Liana von seinem Schoß und zupfte ihre Kleidung zurecht.

Er grinste sie an. „Ich kann dir gar nicht sagen, wann ich eine Fahrt mehr genossen habe."

Plötzlich war sie verlegen über den Vorfall. „Ich bin überzeugt, dass dir so etwas ständig passiert."

Die Tür öffnete sich, doch Malik ignorierte es, legte eine Hand an ihre Wange und verkündete: „Ich habe noch nie so etwas getan."

Aus irgendeinem Grund glaubte sie es ihm. Ein Lächeln spielte um ihre Mundwinkel. „Gut."

Der Spaziergang zum Lager erwies sich als kürzer, als Liana erwartet hatte. Die Nacht war klar, und unzählige Sterne beleuchteten ihren Weg.

Als sie eine Anhöhe erklommen, erblickten sie das Lager unten im Tal. Dutzende von Zelten waren um eine große Frischwasserquelle herum aufgebaut. Kinder liefen zwischen offenen Feuerstellen umher, und am Rande des Lagers wurden Ziegen und Kamele in Pferchen gehalten.

Liana fühlte sich wie an einem Drehort. „Wird hier *Lawrence von Arabien* neu verfilmt?“, fragte sie.

Malik grinste. „Das ist die reale Welt, nicht Hollywood.“

Als ihre Ankunft bemerkt wurde, versammelten sich die Stammesangehörigen um sie und redeten in einer fremden Sprache. Liana wurde von Frauen umringt und unvermittelt fortgeführt.

„Keine Sorge, dir geschieht nichts!“, rief Malik ihr nach, doch da war sie sich nicht so sicher.

Die Frauen brachten sie in ein großes Zelt. Ihre lauten Stimmen und ihr unbekümmertes Lachen erheiterten Liana. Mit Gebärden bedeuteten sie ihr, die Robe abzulegen, und dann staunten sie über ihre blonden Haare. Sie scharwenzelten um sie herum, servierten ihr süßen Tee und überredeten sie, sich Hände und Füße mit Henna bemalen zu lassen.

Liana akzeptierte all die Aufmerksamkeit mit Humor und dachte bei sich, dass ihr einige Aspekte an Maliks Leben sehr gefielen.

„Was zum Teufel soll das?“, verlangte Malik zu wissen.

Bilal hob die Hände mit den Innenflächen nach oben. „Warum ist der Löwe der Wüste unzufrieden? Ich habe nur getan, worum du mich gebeten hast.“

Malik stürmte im Zelt auf und ab. „Ich habe um eine Willkommenszeremonie gebeten.“

„Zunächst schon. Aber später erhielt ich eine Botschaft aus dem Palast mit der Bitte, das zu ändern. Ist dem nicht so?“

„Nein.“

„Aber es muss so sein“, entgegnete Bilal. „Eure ergebensten Leute haben es in den Sternen geschrieben gesehen. Sie ist dein Schicksal. Die fremde Frau mag von sehr weit kommen, aber sie trägt die Wüste in ihrem Herzen. Sie ist ganz anders als die Böse.“

„Da kann ich nicht widersprechen.“ Malik wusste, dass Bilal sich die Zunge herausschneiden würde, bevor er Imans Namen aussprach. „Aber der anderen Sache kann ich nicht zustimmen.“

„Vielleicht hast du keine Wahl. Es kann aufgeschoben werden, aber es gibt kein Entrinnen.“ Der alte Mann legte eine starke Hand auf Maliks Schulter. „Komm, lass uns fortführen, was sie begonnen haben.“

Malik starrte den Mann an, der wie ein zweiter Vater für ihn war. Er wollte ihn und sein Volk nicht enttäuschen, aber er wusste, dass es falsch war. Er hatte kein Recht, derart mit Lianas Leben zu spielen. Wer hatte die Änderung verlangt? Sein Vater? Fatima? „Wir können es nicht tun“, beharrte er.

Bilal schüttelte den Kopf. „Wir müssen. Ich habe es dir gesagt. Es steht in den Sternen. Sie ist diejenige.“

Erneut wollte Malik widersprechen. Doch in Wahrheit wusste er, dass Liana wirklich die Auserwählte war. Obwohl er ahnte, dass er einen hohen Preis dafür zahlen musste, war er bereit, es zu riskieren. Es machte ihn zu einem Dummkopf und einen Lügner und würde ihren Hass erwecken. Doch zumindest würde sie ihm gehören – wenn auch nur für eine kurze Zeit.

Es war das seltsamste Dinner, an dem Liana je teilgenommen hatte. Sie und Malik bildeten den Mittelpunkt der Aufmerksamkeit. Eine Speise nach der anderen wurde ihnen serviert, und sie mussten von einem gemeinsamen Teller essen.

Sie waren in ein großes Zelt geführt worden, das mit Wandteppichen verziert und mit dicken Teppichen ausgelegt war.

Nebeneinander knieten sie auf großen Kissen vor einem niedrigen Tisch. Bilal, der Häuptling des Stammes, hatte gesprochen und beiden eine Hand auf den Kopf gelegt.

Eine hübsche junge Frau stellte eine Schale mit Datteln auf den Tisch. Sie bedeutete Liana, in eine Frucht zu beißen und die andere Hälfte Malik zu reichen.

„Es ist ganz anders, als ich erwartet hatte", sagte Liana. „Ich dachte, es wäre eher eine Party."

„Das kommt später." Er wandte den Blick ab. „Aber es wird nicht erwartet, dass wir daran teilnehmen."

„Weil wir Außenseiter sind?"

„So ungefähr. Bilals Volk ist sehr gastfreundlich und hat uns angeboten, ein Zelt für die Nacht zu benutzen. Oder wir können uns von Sandy zurück zum Palast fahren lassen." Endlich blickte er ihr ins Gesicht. „Es liegt bei dir."

Liana schluckte schwer und blickte zu den Leuten, die sie beobachteten und ermutigend lächelten. Sie wusste nicht sehr viel über El Bahar und noch weniger über die Nomadenstämme, aber sie hatte keine Angst. Sie fühlte sich sogar wie zu Hause, obwohl sie die Sprache nicht verstand. Sie blickte Malik an. „Was möchtest du denn?"

„Ich glaube, das weißt du."

Sie nickte. Er hatte es ihr mit seinen leidenschaftlichen Liebkosungen gesagt. Vielleicht war es ein Fehler, mit einem Prinzen eine Affäre einzugehen, aber sie wusste, dass sie es den Rest ihres Lebens bereuen würde, wenn sie Nein sagte.

Sie lächelte zittrig. „Ich habe noch nie in einem Zelt übernachtet. Es macht bestimmt Spaß."

8. KAPITEL

Lianas Mut hielt an, bis sie das große Zelt verließen und ein kleineres am Rande des Lagers betraten. Auch dieses wies Teppiche an den Wänden und auf dem Boden auf, jedoch keine Sitzkissen, Tische und Leute, sondern nur ein sehr großes Bett.

„Du lieber Himmel“, murmelte sie leise und blieb dicht hinter dem Eingang stehen. Sie drehte sich zu Malik um. „Weißt du überhaupt, wie lange es her ist, seit ich mit einem Mann zusammen war?“ Sie zitterte am ganzen Körper, und ihre Stimme bebte.

„Wie lange denn?“

„Jahre. Nicht mehr seit der Trennung von Chuck. Ich hatte andere Dinge im Kopf. Ich glaube, meine sexuelle Seite hat geschlafen. Gelegentlich habe ich mich nach einem Mann in meinem Leben gesehnt und bin ausgegangen, aber es war nie besonders aufregend. Daher habe ich es aufgegeben. Bethany hält mich beschäftigt, und ich habe immer gedacht, dass ich erst später wieder eine Beziehung eingehe, wenn sie älter ist.“

Er nahm ihre Hand und führte sie zum Bett. Als sie sich gesetzt hatten, entfernte er ihren Schleier und seinen Kopfschmuck.

„Du musst es nicht tun“, versicherte er, während er ihr Gesicht zwischen die Hände nahm. „Ich würde heute Nacht sehr gern mit dir schlafen, aber ich werde dich nicht zwingen und nicht einmal überreden. Es ist ganz allein deine Entscheidung. Sandy kann uns jederzeit zurückfahren. Du kannst in einem Gästezimmer im Palast übernachten oder in deine eigene Wohnung zurückkehren.“

„Es geht nicht darum, dass ich nicht mit dir zusammen sein will. Es ist nur … so seltsam. Ich meine, guck dich doch mal an.“

„Das ist schwer ohne Spiegel."

Sie zog eine Grimasse. „Es geht darum, dass du kein gewöhnlicher Mann bist. Du bist ein Prinz und mir damit haushoch überlegen. Ich fühle mich wie ein Bauerntrampel, das sich in diesen Spielen nicht auskennt. Was ist, wenn es dir nicht gefällt, was ich tue?"

Er ließ die Hände sinken. „Du bist nervös."

„Natürlich bin ich nervös."

„Ich habe seit über zwei Jahren mit keiner Frau geschlafen. Entgegen deiner Ansichten über mich verkehre ich nicht mit Models und Schauspielerinnen. Ich suche sehr sorgfältig aus, wen ich in mein Leben und mein Bett lasse. Wenn sich jemand durch eine armselige Vorstellung in Verlegenheit bringen könnte, dann bin ich es."

„Wirklich?"

Erneut berührte er ihr Gesicht. „Natürlich. Ich begehre dich, Liana. Schon vom ersten Moment an. Alles, was du mir vorgeworfen hast, ist wahr. Ich habe meine Position und Macht benutzt, um dich gegen deinen Willen festzuhalten. Es war falsch, und ich entschuldige mich dafür, weil du meinen Respekt verdienst. Aber das ändert nichts an der Tatsache, dass ich dich begehre."

„Du bist einer der mächtigsten Männer der Welt. Du könntest jede Frau haben."

„Ich will dich."

„Aber ich muss dich warnen. Ich habe ein Kind geboren. Mein Körper ist nicht perfekt. Ich habe die zwanzig Pfund nie verloren, die ich während der Schwangerschaft zugenommen habe. Wenn du ein Covergirl erwartest, muss ich dich enttäuschen."

„Ist das ein Ja?"

„Ja", flüsterte sie.

Er legte einen Arm um sie und drückte sie hinab auf die

Matratze. „Gut. Denn ich erwarte kein Covergirl. Ich will mit dir zusammen sein.“

Und dann küsste er sie.

Sie hätte auf die Wirkung vorbereitet sein sollen. Schließlich hatten sie sich schon mehrmals geküsst, und jedes Mal hatte es ihr den Atem geraubt und sie erregt. Nun war es ebenso und doch ganz anders. Denn nun lag sie auf einem weichen Bett in einem exotischen, romantischen Zelt mitten in der Wüste, und sein Körper war dicht an ihren gekuschelt.

Sie schlang die Arme um seinen Nacken und schmiegte sich noch fester an ihn. Nachdem sie ihre Sinnlichkeit so viele Jahre lang geleugnet hatte, stellte sie fest, dass dieser Teil von ihr hellwach war und nach Erfüllung hungerte.

Er brach den Kuss ab. Seine dunklen Augen funkelten. „Wenn du so leidenschaftlich bist, kann ich mich nicht beherrschen.“ Er legte einen Finger an ihre Lippen. „Das war nur eine Feststellung, keine Kritik. Ich spüre das Verlangen in dir, und es ruft eine sehr starke Reaktion hervor. Aber ich will dich nicht schockieren, indem ich dir die Kleider vom Leib reiße und dich einfach nehme.“

Sie vergrub die Finger in seinem dichten dunklen Haar und zog ihn wieder an sich. „Ich bin nicht so leicht zu schockieren“, murmelte sie, bevor sie ihn küsste.

Und dann waren seine Hände überall. Er wickelte sie aus dem Gewand, streifte ihr den BH ab und küsste ihre Brüste so aufreizend, dass sie vor Entzücken stöhnte.

Als er die Hand über ihren Bauch wandern ließ, dachte sie flüchtig an Schwangerschaftsstreifen und Übergewicht. Doch dann glitten seine Finger in ihren Slip, und es kümmerte sie nicht mehr, wie sie aussah.

Einfühlsam und zärtlich erforschte er die intime Zone, die ihnen beiden die ultimative Erfüllung bringen würde. Als er einen Finger hineinschob, wand sie sich heftig vor Leidenschaft.

Erneut küsste er ihre Lippen, während seine Finger den erogensten Punkt in einem Rhythmus liebkosten, der ihr den Atem raubte.

Unvermittelt hielt er inne und streifte ihr den Slip ab. Dann schlüpfte er aus seinen Roben. Darunter trug er ein schlichtes Hemd und eine Hose aus Leinen.

Bald hatte er auch die restliche Kleidung abgelegt. Er war muskulös und gebräunt, mit breiten Schultern und schmalen Hüften.

Fieberhaft ließ sie die Hände über seinen Körper wandern, erforschte seine glatte Haut und seine stählernen Muskeln. Beinahe hatte sie vergessen, wie es war, mit einem Mann zusammen zu sein. Und nun war es anders, als sie es aus der Vergangenheit erinnerte. Die Leidenschaft und die Erregung und das Wohlgefühl waren unvergleichlich stärker und schöner.

Dann konnte sie nicht mehr denken. Sie schlang die Arme um seinen Nacken und küsste ihn leidenschaftlich, als sich ihr Körper spannte und Erlösung fand. Entzücken durchströmte sie und verdrängte alles außer der Herrlichkeit, mit Malik intim zu sein. Er fuhr fort, sie sanft zu streicheln, bis ihre Erregung abgeklungen war. Dann legte er sich auf sie.

Sie hätte es nicht für möglich gehalten, doch als er langsam in sie eindrang, erwachte ihr Verlangen erneut. Sie hob die Hüften, um ihn ganz in sich aufzunehmen, und sie genoss das Gewicht seines Körpers und die wachsende Spannung in ihr.

Malik küsste sie inniglich, richtete sich dann auf und musterte ihr Gesicht. Sie fühlte sich wollüstig und sinnlich und femininer denn je zuvor.

Und dann bewegte er sich schneller. Schließlich drang er ein letztes Mal tief in sie ein, erstarrte und stöhnte auf. Im selben Moment kam auch sie zum Höhepunkt. Sie hielt Malik ganz fest, als er auf sie sank.

Ein Glücksgefühl durchströmte sie. Vielleicht war es nicht

das Klügste, was sie in ihrem Leben getan hatte, aber sie bereute es nicht. Auch wenn es nur diese eine Nacht andauerte, war es wundervoll, sich mit Malik zu lieben.

„Nicht schlecht für zwei Leute, die außer Übung sind", murmelte sie.

„Du warst höchst zufriedenstellend."

Sie lachte. „Wie du, mein hübscher Prinz."

Malik saß in einem Sessel gegenüber vom Bett und musterte Liana im Schlaf. Unzählige Gedanken schossen ihm durch den Kopf.

Es gab keine Entschuldigung für sein Verhalten. Wenn sie die Wahrheit herausfand, würde er schwer büßen müssen. Er hätte Bilal entschiedener Nein sagen sollen.

Seufzend schloss er die Augen und sah Liana im Geiste nackt in seinen Armen liegen. Er erinnerte sich, wie es sich angefühlt hatte, in ihren wartenden Körper zu gleiten. Für diesen einen Augenblick waren sie wirklich eins gewesen.

Nachdenklich betrachtete er ihr goldblondes Haar, das im schwachen Schein einer Laterne glänzte. Sie war schön, liebevoll, intelligent, zärtlich, humorvoll. Wie sollte er ihr widerstehen können? Für einen Mann, der fast sein ganzes Leben lang allein gelebt hatte, war die Verheißung zu groß. Er wusste, dass es nicht andauern würde, aber er hatte sich nicht von ihr abwenden können. Zum ersten Mal im Leben verstand er, was es bedeutete, intim zu sein – in mehr als nur sexueller Hinsicht.

„Woran denkst du?"

Er schreckte aus seinen Gedanken auf. Liana hatte sich aufgesetzt und musterte ihn. „Ich denke an dich. Daran, wie es zwischen uns war."

„Ach ja? Und wie war es?"

„Unglaublich."

„Das denke ich auch." Sie schlug die Decke zurück und

stand auf. Nackt durchquerte sie den Raum und blieb vor seinem Sessel stehen.

Er erinnerte sich, dass sie sich über ihren Körper Sorgen gemacht hatte, weil sie ein Kind geboren und nicht so schlank war, wie sie es gern hätte. Doch als er sie betrachtete, sah er nur Vollkommenheit. Die vollen Brüste einer reifen Frau, wohlgerundete Hüften, lange Beine und einige Anzeichen dafür, dass sie eine fruchtbare, vitale Göttin war.

„Du bist ein Traum", sagte er, beugte sich vor und presste die Lippen auf ihren Bauch.

Sie hob sein Kinn, sodass er sie anblickte. „Ich glaube eher, dass du eine Traumgestalt bist. Sehr wenige Männer träumen von Lehrerinnen, aber fast jedes kleine Mädchen auf der Welt träumt von einem Prinzen."

„Von einer Märchengestalt, nicht von einem realen Mann."

„Bist du denn real?", hakte sie mit gespielter Enttäuschung nach. „Und ich dachte, du wärst die Erscheinung aus meinen kindlichen Träumen." Sie sank auf die Knie und legte die Hände auf seine nackten Schenkel. „Wenn du real bist, ist das Gute daran, dass du nicht um Mitternacht verschwindest oder was immer Märchenprinzen tun."

„Es ist Mitternacht vorbei, und ich bin immer noch hier."

„Und das ist gut so." Mit einem schelmischen Lächeln beugte sie sich vor, sodass ihre langen Haare seine Schenkel streiften, und nahm ihn in den Mund. Eine Woge des Entzückens durchströmte ihn. Im Nu wuchs seine Erregung derart, dass er sich ablenken musste, um nicht die Beherrschung zu verlieren. Er schloss die Augen und versuchte, an andere Dinge zu denken, doch die Liebkosung ihres Mundes war unerträglich aufreizend.

„Was tust du da?", murmelte er, während er sie hochzog und aufstand.

„Ich gebe nur der Versuchung nach."

„Du bist eine Frau vieler Überraschungen."

„Wieso? Weil ich das Liebesspiel genieße? Wenn ich dir zu wild bin, ist es deine eigene Schuld. Du bist derjenige, der mein Verlangen derart geweckt hat."

Ihre Worte ließen nicht nur seine Brust vor Stolz schwellen. Er verspürte den heftigen Drang, sie erneut zu nehmen. Sie mochten nur diese eine Nacht haben, und er wollte jede Minute davon auskosten.

In inniger Umarmung begaben sie sich zum Bett und ließen sich auf die Matratze fallen. Doch er küsste sie nicht. Zumindest nicht auf die Lippen. Stattdessen tat er, was sie mit ihm getan hatte.

Er wusste, dass er keinen einzigen Augenblick ihres Liebesspiels vergessen würde – nicht in diesem Leben und nicht im nächsten. Er ließ die Lippen an der zarten Innenseite ihrer Schenkel hinaufgleiten und fand mit der Zunge all die Stellen, die ihr den Atem raubten. Als sich ihr Körper spannte, erhob er sich über sie und drang in sie ein.

Sie zog ihn an sich und flüsterte immer wieder seinen Namen. Sobald er sich in ihr bewegte, erreichte sie schon den Gipfel der Ekstase und vereitelte seinen Versuch, es diesmal andauern zu lassen. Stattdessen strebte er seiner eigenen Erlösung zu, verloren in dem Entzücken, das er in ihren Augen sah.

Für diese kurze, wundervolle Nacht war sie sein. Und am Morgen würde er sie verlieren – so unaufhaltsam und rasch, wie der Sand durch eine Sanduhr rinnt.

Mit einem verklärten Lächeln erwachte Liana am nächsten Morgen. „Ich wusste nicht, dass es so sein kann. Ich war verheiratet. Ich hatte keine Ahnung, dass mein Körper zu so etwas fähig ist." Und dazu mit einem praktisch Fremden, dachte sie verwundert.

Er setzte sich zu ihr und streichelte ihren nackten Rücken.

„Ich dachte immer, dass die Autorinnen von Liebesromanen lügen“, murmelte sie. „Sie schreiben immer über großartigen Sex, und ich hielt es für maßlos übertrieben. Aber jetzt muss ich sagen, dass sie recht haben.“

Er beugte sich über sie und küsste sie. „Ich habe auch noch nie so etwas erlebt.“

Ihre Brüste waren entblößt, doch es kümmerte sie nicht. Vor allem nicht, als er die vollen Rundungen zu liebkosen begann. „Also ist es Chemie?“

„Oder Schicksal.“

„Schicksal. Das klingt gut.“ Liana schloss die Augen und genoss seine sinnliche Berührung. Vielleicht hatte sie irrtümlich angenommen, dass eine Beziehung zwischen ihnen nicht in Frage kam. Vielleicht war eine Affäre möglich. Doch sie musste vorsichtig sein und durfte ihr Herz nicht an ihn verlieren.

Eine junge Frau steckte den Kopf zum Zelt herein. Liana bedeckte sich hastig, während Malik aufstand. „Guten Morgen“, wünschte er. „Bringst du uns Kaffee?“

„Ja, Hoheit“, erwiderte die Frau in gebrochenem Englisch, während sie ein Tablett auf den Tisch stellte.

„Es ist eine große Ehre für sie, uns Kaffee zu servieren“, erklärte er Liana.

„Aber sie hat mich in deinem Bett erwischt. Was in aller Welt werden die Stammesmitglieder darüber denken? Sind sie nicht sehr traditionell in ihrer Einstellung zu Sex?“

Malik mied ihren Blick. „Das ist kein Problem.“

Sie wollte ihm weitere Fragen stellen, doch die junge Frau näherte sich dem Bett und kniete sich auf den Teppich. „Guten Morgen, Prinzessin Liana“, sagte sie bedächtig, so als rezitierte sie eine vorbereitete Rede in einer ihr fremden Sprache. „Die besten Wünsche zum Ereignis Ihrer Hochzeit mit dem Löwen der Wüste.“

9. KAPITEL

„Verheiratet? Verheiratet?“ Liana war sich bewusst, dass sie das Wort immer und immer wiederholte, aber sie wusste nicht, was sie sonst sagen sollte.

„Es ist nicht so, wie du denkst.“

Finster blickte sie Malik von der äußersten Ecke des Rücksitzes an. Die erste Stunde der Fahrt hatte sie geschwiegen, doch nun konnte sie sich nicht länger zurückhalten. „Sind wir verheiratet oder nicht?“

„Wir sind verheiratet.“

„Dann ist es genau so, wie ich denke.“

„Liana, lass es mich erklären.“

„Nur zu. Ich würde allzu gern hören, wie du und ich geheiratet haben, denn ich kann mich bestimmt nicht daran erinnern. Und ich lasse ganz gewiss nicht zu, dass du über mein Leben bestimmst. Ich weiß nicht, was für ein Spiel es ist, aber ich spiele nicht mit.“

Malik griff nach ihrer Hand, doch sie zog ihren Arm zurück. „Fass mich nicht an. Du magst eine Kanone im Bett sein, aber ich falle nicht ein zweites Mal darauf herein. Ich habe mich zwar verführen lassen, aber ich bin nicht dumm.“

„Ich habe dich nicht verführt. Ich habe dir allein die Entscheidung überlassen.“

„Das stimmt. Ich habe eingewilligt.“ Sie hatte nicht nur eingewilligt, sondern beim zweiten Mal sogar die Initiative ergriffen. „Aber ich habe nie gesagt, dass ich dich heiraten würde. Für dich ist es wahrscheinlich ein Scherz, aber für mich ist es sehr ernst. Es geht um mein Leben. Ich lasse mich nicht wie eine Schachfigur herumschieben.“

„Ich hatte nicht vor, dich zu manipulieren.“

„Dann war es also ein Unfall?“, hakte sie sarkastisch nach.

„Soll ich jetzt erklären oder nicht?“

„Ich höre."

„Ich hatte eine Willkommenszeremonie erwartet. Aber als wir eintrafen, stellte ich fest, dass Bilal stattdessen eine Hochzeit arrangiert hatte."

Vergeblich wartete sie, dass er fortfuhr. Nach einigen Minuten des Schweigens hakte sie nach: „Mehr hast du nicht dazu zu sagen? Es war ein Irrtum? Ist dir nie in den Sinn gekommen, es mir zu erklären? Mich einzuweihen?"

„Ich wusste, dass du nicht einwilligen würdest."

„Natürlich hätte ich nicht eingewilligt. Ich will niemanden heiraten, und schon gar nicht dich. Ich kann es nicht fassen, dass du mich blind in die Situation geführt hast. Für wen hältst du dich eigentlich?"

Malik richtete sich auf. „Ich bin Malik Khan, Kronprinz von El Bahar. Ich bin der zukünftige Herrscher dieser Nation, und ich habe dir eine große Ehre erwiesen, indem ich dich zur Frau genommen habe."

Sie öffnete den Mund, doch sie brachte keinen Ton hervor. Was in aller Welt sollte sie dazu sagen? Zum Glück fuhr die Limousine vor dem Palast vor. Noch bevor sie zum Stillstand kam, öffnete Liana die Tür und stieg aus.

„Ich will den König sehen", verlangte sie, während sie an den bewaffneten Wächtern vorbeimarschierte.

Malik war dicht hinter ihr. Er nahm ihren Arm und wirbelte sie zu sich herum. „Was hast du vor?"

„Ich werde diese Sache aufklären. Offensichtlich liegt ein Irrtum vor. Wir sind bestimmt nicht wirklich verheiratet. Ich weiß nicht, was du im Schilde führst, aber es funktioniert nicht."

„Mommy?"

Liana drehte sich um.

Bethany war mit Fatima zur Begrüßung aus dem Palast gekommen. Ihre Lippen zitterten. „Mommy, hast du Prinz

Malik wirklich geheiratet?“

„Nein.“ Liana entzog ihm ihren Arm und starrte ihn finster an. „Es liegt nur eine kleine Verwechslung vor. Ich werde den König aufsuchen und die Angelegenheit klären.“

„Malik?“, fragte Fatima.

„Du weißt nicht zufällig, warum keine Willkommenszeremonie stattgefunden hat, oder?“, entgegnete er trocken.

Verärgert stemmte Liana die Hände in die Hüften. „Versuche nicht, anderen die Schuld für deine Handlungsweise in die Schuhe zu schieben. Du bist der Verantwortliche.“ Sie wandte sich an Fatima. „Entschuldigung, aber ich muss dringend den König sprechen. Wo ist er?“

„Ich bringe dich hin“, bot Malik steif an.

„Vielen Dank, aber ich werde ihn allein aufsuchen. Du hast schon genug angestellt“, entgegnete Liana und stürmte in den Palast.

Er holte sie ein, nahm ihre Hand und hielt sie eisern fest.

„Du wirst gehen, sobald wir da sind“, verlangte sie, während sie durch die langen Korridore eilten. „Ich werde dieses Gespräch nicht führen, solange du im Raum bist.“

„Dann wirst du es gar nicht führen.“

„Das werden wir ja sehen.“

Sie bogen um eine Ecke und fanden sich vor einer breiten Doppeltür mit dem königlichen Wappen wieder. Zwei bewaffnete Wächter standen auf jeder Seite. Einen Moment lang fragte Liana sich, ob sie überhaupt vorgelassen werden würden. Doch dann lief ein Sekretär herbei, öffnete den rechten Türflügel, verbeugte sich und kündete Malik an.

König Givon saß hinter einem eindrucksvoll großen Schreibtisch. Er erhob sich, als sie eintraten. „Welch unerwartete Überraschung“, sagte er und lächelte beide an. „Mrs. Archer, ich habe Ihre Anwesenheit im Palast vermisst. Es freut mich, dass Sie sich heute die Zeit nehmen, zu mir zu kommen und mit mir zu sprechen."

Seine höfliche Begrüßung brachte Liana momentan aus dem Gleichgewicht. Sie entzog Malik ihre Hand und nickte dem König zu. „Majestät, ich habe ein kleines Problem und brauche Ihre Hilfe."

Givon zog die Augenbrauen hoch und blickte seinen Sohn an. „Bist du das Problem, Malik?"

„Sir", unterbrach Liana, „ich würde es vorziehen, wenn wir dieses Gespräch ohne die Anwesenheit des Prinzen führen könnten."

„Ich verstehe." Er bedeutete ihr, auf einem der niedrigen Sofas beim Fenster Platz zu nehmen. „Malik, wünschst du zu bleiben?"

„Ja, Vater."

Liana sank auf ein weiches Polster, obwohl sie eigentlich durch den eindrucksvollen Raum wandern wollte. Die Teppiche auf dem Boden sahen so alt wie El Bahar selbst aus, doch die Farben waren immer noch kräftig.

König Givon setzte sich neben sie und nahm ihre Hand. „Es tut mir leid, mein Kind. Ich würde Ihnen gern die Bitte einer Audienz ohne Anwesenheit meines Sohnes gewähren, aber da er zu bleiben wünscht, kann ich es ihm nicht verwehren. Ich hoffe, Sie haben Verständnis dafür."

Das hatte sie nicht, aber sie hielt es für sinnlos, es auszusprechen. Also nickte sie nur und blickte hinab auf ihre Hände. Ihr stockte auf einmal der Atem, als sie das Muster aus Henna auf ihrer Haut sah. Plötzlich fiel ihr ein, dass sie einmal von der Sitte gelesen hatte, die Hände und Füße einer Braut mit Henna zu verzieren. Warum hatte sie sich am Vortag nicht daran erinnert?

„Ich kann es nicht fassen", murmelte sie und blickte zum König auf. „Etwas Schreckliches ist passiert. Mir ist bewusst, dass Malik Ihr Sohn und der Kronprinz ist, aber ich hoffe, dass Sie Ihre persönlichen Gefühle beiseite lassen und mich anhören."

Der König nickte ernst. „Natürlich."

Malik stellte sich mit dem Rücken zu ihnen an das Fenster. Sie hatte keine Ahnung, was in ihm vorging, und es kümmerte sie auch nicht. „Gestern habe ich Prinz Malik in die Wüste begleitet", begann sie, und dann berichtete sie in kurzen Zügen von den Ereignissen. „Es kann nicht wahr sein. Ich habe nie zugestimmt. Es muss ein Irrtum sein. Ich will nicht mit ihm verheiratet sein. Niemand hat mich gefragt, ob ich ihn heiraten will."

Der König tätschelte ihre Hand. „Die Sitten hier sind anders als im Westen. Eine traditionelle Wüstenhochzeit erfordert nicht die Einwilligung der Braut, sondern nur ihrer Familie."

„Aber ich habe keine Familie hier."

Weise Augen, die Maliks so ähnlich waren, musterten ihr Gesicht. „Ohne Familie, die für Sie sorgt ..."

Sie entzog ihm die Hand und stand auf. „Ich brauche niemanden, der für mich und meine Tochter sorgt. Ich komme sehr gut allein zurecht."

„Das stimmt. Die alten Sitten berücksichtigen jedoch keine Frau, die sich selbst erhalten kann. Vielmehr wird eine Frau ohne Familie mit dem ersten Mann verheiratet, der bereit ist, für sie zu sorgen." Givon lächelte. „Auf unsere eigene Weise stellen wir sicher, dass jeder versorgt ist."

Liana unterdrückte ihre Verzweiflung. Sie durfte sich nicht den Zorn des Monarchen zuziehen, sondern brauchte ihn auf ihrer Seite. Doch es fiel ihr schwer, den Sarkasmus aus ihrer Stimme zu verbannen. „Sie sagen also, dass jeder Mann in El Bahar mich gegen meinen Willen heiraten kann, weil ich keine Familie habe?"

„In gewisser Weise ja. Aber, wie ich erwähnt habe, sind das

die alten Sitten. Die Dinge haben sich inzwischen geändert."

Erleichterung durchströmte sie. Sie sank zurück auf das Sofa und lächelte zum ersten Mal an diesem Tag. „Also sind wir nicht verheiratet?"

König Givon blickte zu seinem Sohn, der ihnen immer noch den Rücken zukehrte. „Moderne Praktiken haben zwar zumeist die alten Traditionen verdrängt, aber unter gewissen Umständen können die Zeremonien der Wüste dennoch Gültigkeit haben."

Liana schluckte schwer. „Welche Umstände?"

„Wenn Sie sich gestern Abend der Zeremonie unterzogen haben und das alles war, dann kann die Ehe sofort annulliert werden. Wenn die Ehe jedoch vollzogen wurde, ist das Paar wirklich verheiratet – für einen Monat. Nach Ablauf dieser Zeit können Sie eine Scheidung erwirken, aber nicht vorher."

Sie konnte kaum atmen. Sie konnte nicht denken, sie konnte sich nicht rühren. Sie konnte nur den König anstarren und die Lippen zusammenpressen, um nicht vor Verzweiflung zu schreien. „Das kann nicht sein", flüsterte sie.

Givon zog beinahe unmerklich die dunklen Augenbrauen hoch. „Ich verstehe."

Nur zwei Worte, doch dahinter lag eine ungeheure Bedeutung. Mit glühenden Wangen sprang Liana auf, murmelte eine Entschuldigung und lief aus dem Raum. Sie stürmte an den verblüfften Wachen vorbei und rannte, bis sie das Büro des Königs weit hinter sich gelassen hatte und sich wieder in einem vertrauten Teil des Palastes befand.

Bei einem kleinen Springbrunnen in einem Alkoven blieb sie stehen. Das Plätschern des Wassers klang wie winzige Glöckchen, aber sie hörte die zarte Melodie kaum, denn Schluchzer schnürten ihr die Kehle zu.

Es darf nicht wahr sein, dachte sie verzweifelt, heutzutage kann bestimmt kein Mann eine Frau gegen ihren Willen ehelichen, nicht einmal ein Kronprinz. Und falls doch, welchen Grund hätte Malik dafür?

Sie kannte nur eine Person, bei der sie sich Rat holen konnte. Daher eilte sie zu der goldenen Tür.

Die weiblichen Familienmitglieder hatten sich im Harem versammelt und erwarten sie bereits. Bethany lief freudestrahlend zu ihr. „Fatima sagt, dass du wirklich mit Prinz Malik verheiratet bist, und deshalb bist du eine Prinzessin. Bin ich auch eine Prinzessin, Mommy?"

Liana blickte die elegante Königinmutter an. „Dann ist es also wahr?"

Fatima trat vor, legte ihr die Hände auf die Schultern und küsste sie auf beide Wangen. „Nun, meine Tochter, ich fürchte, du hast den Kronprinzen geheiratet." Ein Lächeln spielte um ihre Lippen. „Du bist eine ausgezeichnete Partnerin für meinen Enkel."

Dora und Heather nickten zustimmend, doch Liana entgegnete tonlos: „Wir sind nicht richtig verheiratet."

„Aber der König hat angerufen und gesagt, dass du es bist", widersprach Bethany. „Gerade eben. Und Fatima freut sich darüber, und jetzt sind Prinzessin Dora und Prinzessin Heather meine Tanten und Fatima ist meine Grandma und ich habe eine große Familie." Sie klatschte in die Hände. „Ich wollte immer eine große Familie haben, aber bis jetzt gab es meistens nur Mommy und mich."

Liana presste die Finger an die Schläfen. „Ich fühle mich nicht besonders gut."

„Vielleicht solltest du dich setzen", meinte Fatima und führte sie zum Sofa.

Dora lächelte sie mitfühlend an. „Ich lasse Tee kommen."

„Ich glaube nicht, dass Tee helfen wird." Liana schüttelte den Kopf. „Das alles ist nicht wahr, oder?"

Bethany setzte sich neben sie. „Es ist okay, Mommy. Du

wirst schon sehen. Es wird dir gefallen, mit Prinz Malik verheiratet zu sein. Er ist echt nett. Wenn wir ausreiten, hört er mir immer zu und redet mit mir. Und jetzt können wir hier im Palast wohnen, wo es Pferde und andere Kinder gibt. Ich will auch ganz artig sein und brav für die Schule lernen, damit es dir hier gefällt und du für immer bleiben willst."

Liana hatte irrtümlich angenommen, dass Bethany aufgebracht reagieren würde. Doch für eine Neunjährige war es natürlich wie ein Märchen, einen Prinzen zum Vater zu bekommen. Der Raum schien um sie zu schwanken. „Ich glaube, ich werde ohnmächtig", murmelte sie.

„Atme tief durch", wies Fatima sie an. „Es war ein Schock, aber du wirst dich an die Vorstellung gewöhnen. Mit einem Prinzen verheiratet zu sein, kann so schlimm nicht sein."

Liana wollte auf das Schärfste widersprechen. Ihrer Ansicht nach hätte es nicht schlimmer sein können. Die anderen Frauen jedoch blickten sie zwar ein wenig besorgt, aber keineswegs schockiert an. Sie waren nicht entsetzt und beklagten nicht ihr Schicksal. War sie die Einzige, die noch bei Verstand war?

Heather beugte sich lächelnd zu ihr vor. „Ich weiß, dass es dir seltsam erscheinen muss, aber es ist wirklich nicht so schlimm. Stell dir nur mal vor, wie wundervoll es ist, wenn du dich in ihn verliebst."

Liana öffnete den Mund und schloss ihn wieder, denn es gab keine höfliche Erwiderung auf diese Bemerkung, und sie wollte sich nicht von jedem Bewohner des Palastes entfremden. In Malik verlieben? Niemals. Die Vorstellung war lächerlich. Nur weil er attraktiv und anständig zu ihrer Tochter war? Weil es sexuell mit ihnen klappte? Das war Lust, nicht Liebe. Niemals hätte sie sich gestattet, Zuneigung zu jemandem zu entwickeln, der andere Leute derart manipulierte. Außerdem hatte sie ein eigenes Leben. „Ich muss zurück in meine Wohnung", sagte sie zu Fatima.

„Natürlich. Du brauchst deine Kleider."

„Ich habe dabei eher an meinen Stundenplan gedacht. Ich brauche ihn für Montag."

Fatima tätschelte ihr die Hand. „Das ist nicht nötig, meine Liebe. Du bist die Frau des Kronprinzen. Du wirst nicht mehr unterrichten. Du brauchst für den Rest deines Lebens nicht mehr zu arbeiten."

10. KAPITEL

Nicht mehr arbeiten zu müssen, war keineswegs Lianas Traum. Es bereitete ihr Freude, ihren Lebensunterhalt selbst zu verdienen. Daher hatte sie nicht die Absicht, die augenblickliche Situation ohne Gegenwehr zu akzeptieren.

Also zog sie sich in die Gästesuite zurück, die sie schon einmal mit Bethany bewohnt hatte, und führte einige Telefonate.

Ihr erster Anruf galt dem Rektor der Amerikanischen Schule. Er gratulierte ihr überschwänglich zu ihrer unerwarteten Hochzeit und teilte ihr mit, dass ihre Klasse einem anderen Lehrer übergeben und ihrem Konto das Gehalt für die vollen zwei Jahre gutgeschrieben worden war.

Es bestand kein Zweifel daran, woher dieses Geld stammte. Doch wenn Maliks glaubte, sie kaufen zu können, dann stand ihm eine Überraschung bevor.

Als Nächstes rief sie das amerikanische Konsulat an. Während sich der Mann durchaus mitfühlend und verständnisvoll gab, war er kein bisschen hilfsbereit. Er bestätigte ihr, was ihr der König über die Wüstenhochzeit in El Bahar gesagt hatte. Außerdem legte er ihr nahe, keine internationale Affäre daraus zu machen. Die Beziehungen zu diesem sehr reichen Staat des Nahen Ostens waren höchst freundlich, und die Regierung der Vereinigten Staaten beabsichtigte, es so beizubehalten.

Liana begriff. Es war ihr Problem, und niemand wollte ihr helfen. Es darf nicht wahr sein, dachte sie verzweifelt. Wann hatte sie die Kontrolle über ihr Leben verloren? War El Bahar so anders? Und warum hatte Malik ausgerechnet sie erwählt? Männer wie er verliebten sich nicht in Frauen wie sie. Der Sex war zwar überwältigend gewesen, hatte jedoch erst nach der so genannten Hochzeitszeremonie stattgefunden.

„Mommy, warum bist du so wütend?“

Sie blickte auf und sah Bethany mit verwirrter Miene in der Tür zur Suite stehen. „Ich bin weniger wütend als verzweifelt."

„Aber Fatima sagt, dass wir jetzt für immer im Palast wohnen und jeden Tag reiten können."

Aus der Sicht einer Neunjährigen war es natürlich toll, in einem Schloss zu wohnen, einen Prinzen als Vater und eine Schar Onkel und Tanten zu haben, die sie verwöhnten. Wenn das Leben für Erwachsene nur so einfach wäre, dachte Liana seufzend. „Komm mal her zu mir."

Als Bethany sich zu ihr auf die Couch setzte, erklärte sie: „Prinz Malik und ich sind zwar verheiratet, aber es ist keine dauerhafte Ehe. Es ist wie ein Ferienkurs, weißt du, eben kürzer als ein normales Schuljahr. Diese Ehe dauert nur einen Monat. Danach gehen wir zurück nach Amerika."

Tränen stiegen in Bethanys Augen. „Aber ich will für immer hier bleiben. Ich will Prinz Malik als Daddy. Er mag mich und redet mit mir, und er ist nie zu beschäftigt und vergisst nie, mich abzuholen. Bitte, Mommy! Können wir bitte bleiben? Ich will auch ganz brav sein und Prinz Malik kauft dir jeden Tag Blumen und du hast immer genug Geld für meine Schulsachen und ich gehe jeden Abend pünktlich ins Bett, das verspreche ich."

Auch in Lianas Augen brannten Tränen. Nun erst wurde ihr bewusst, wie sehr es Bethany verletzte, dass ihr Vater sie vernachlässigte. „Es tut mir leid", murmelte sie und drückte Bethany an sich. „Ich wünschte, ich könnte es dir besser erklären. Ich möchte, dass du die Zeit hier genießt, aber vergiss nicht, dass es nur für eine kurze Weile ist und wir dann nach Hause zurückkehren müssen."

Bethany barg das Gesicht an ihrer Schulter und schluchzte, als würde ihr das Herz brechen. „Ich bete jeden Abend und bitte Gott, dass er deine Meinung ändert und wir hier bleiben", verkündete sie mit Tränen erstickter Stimme. „Oder vielleicht kannst du dich ja in Prinz Malik verlieben, und dann willst du nie wieder weggehen."

Und Schweine können fliegen, dachte Liana. So sehr sie sich auch wünschte, Bethanys Wunsch erfüllen zu können, war es ihr doch unmöglich. Denn trotz all seiner unleugbaren Vorzüge konnte sie sein anmaßendes Verhalten nicht tolerieren, und sie war gewiss nicht so dumm, sich in ihn zu verlieben.

Am späten Nachmittag begab Malik sich zu einer anberaumten Besprechung mit seinem Vater und Fatima. Angriff ist die beste Verteidigung, sagte er sich und eröffnete: „Ihr habt Bilal kontaktiert und die Zeremonie ändern lassen."

König Givon zuckte die Achseln. „Mag sein, dass ich so etwas habe anklingen lassen, aber ich hätte nie gedacht, dass du es durchziehst."

„Oh doch, du hast damit gerechnet. Warum sonst hättest du dir die Mühe gemacht?"

Fatima beugte sich vor. Sie war wie immer elegant gekleidet und sah wesentlich jünger aus als ihre fast achtzig Jahre. „Malik, es ist so lange her, seit du Interesse an einer Frau gezeigt hast. Wir haben lediglich den Samen gesät. Alles Weitere lag an dir. Wärst du nicht mit ihr ins Bett gegangen, hätte die Ehe annulliert werden können."

Malik zog die Augenbrauen zusammen. „Ihr habt euch in mein Leben eingemischt, und jetzt werft ihr mir vor, dass ihr bekommen habt, was ihr wolltet?"

Sie seufzte. „Anscheinend haben wir die Situation falsch eingeschätzt. Liana passt es gar nicht, überlistet worden zu sein."

„Das kann ich ihr nicht verdenken."

„Aber du bist derjenige, der sie überlistet hat", gab Givon zu bedenken. „Warum hast du es getan?"

Malik zuckte die Achseln. „Ich war völlig verblüfft, als mir klar wurde, was Bilal im Schilde führte. Ich habe mit dem Gedanken gespielt, Liana die Wahrheit zu sagen und sie entscheiden zu lassen. Aber sie hätte Nein gesagt. Ich wollte Bilal und sein Volk nicht beleidigen. Also habe ich sie geheiratet, weil ich sie zu meiner Frau haben wollte."

„Aber sie wird sich nicht einfach fügen", sagte Fatima. „Sie ist wütend, und ich kann es ihr nicht verdenken. Unsere Wege sind nicht ihre Wege. Warum willst du ausgerechnet diese Frau?"

„Sie reizt mich."

„Nun, dir bleibt ein Monat, um deine Braut für dich zu gewinnen. Ein Monat, um sie verliebt in dich zu machen und zu lernen, sie zu lieben."

Malik nickte, obgleich er der letzten Aussage nicht zustimmte. Er wollte sein Bestes geben, um Liana für sich zu gewinnen, aber die Liebe war eine Schwäche, die er sich nicht gestatten durfte. Das war eine Lektion, die er bereits in sehr jungen Jahren gelernt und nie vergessen hatte.

Sobald die Unterredung mit Givon und Fatima beendet war, sucht er Liana in der Gästesuite auf. Sie stand allein am Fenster, als er eintrat.

Sie trug Jeans und ein T-Shirt. Das lange Haar hing ihr lose über die Schultern, und er dachte unwillkürlich daran, wie es in der vergangenen Nacht seine Schenkel gestreichelt hatte.

„Was willst du?", fragte sie, ohne sich umzudrehen. Ihre Stimme klang nicht zornig, sondern müde und resigniert.

„Wo ist Bethany?"

„Bei den Pferden. Sie überbringt ihnen die gute Neuigkeit, dass sie im Palast wohnen und sie jeden Tag besuchen wird. Ich habe ihr mitgeteilt, dass wir nur den einen Monat hier bleiben werden, aber sie hofft auf ein Wunder." Langsam drehte sie sich zu ihm um. Sie hatte kein Make-up aufgelegt, und ihre Haut war blass. „Ich habe vergeblich versucht, die ganze Sache zu verstehen. Warum hast du mich zur Ehe überlistet?"

„Ich brauchte eine Ehefrau."

„Einfach so? Keine Erklärungen, keine Entschuldigungen?"

„Möchtest du denn welche hören?"

„Eigentlich nicht."

„Das dachte ich mir. Warum also die Mühe? Ich habe dir die Wahrheit gesagt."

„Du brauchtest also eine Frau." Fassungslos schüttelte sie den Kopf. „Aber warum ich? Es muss Hunderte, nein Tausende Frauen geben, die der Aufgabe eher gewachsen sind. Ich weiß nichts von deiner Welt. Ich verstehe nicht mit Staatsvertretern über Politik zu reden, ich bin nicht vornehm und bestimmt nicht schön genug, um Titelblätter zu zieren."

Malik betrachtete sie kritisch. Ihre Züge mochten keine klassische Schönheit aufweisen, aber für ihn war sie sehr lieblich und vor allem die Frau, bei der er fast er selbst sein konnte. „Kein Mann könnte an deinem Äußeren etwas auszusetzen haben."

„Oh, ein beachtliches Kompliment. Ich weiß nicht, was ich sagen oder denken soll. Mein ganzes Leben ist außer Kontrolle geraten."

„Dein Leben ist durchaus unter Kontrolle."

„Oh ja, unter deiner Kontrolle. Ich hasse das. Was gibt dir das Recht?"

„Die alten Traditionen gestatten ..."

„Zum Teufel mit alten Traditionen", unterbrach sie ihn. Sie trat zu ihm. „Wer gibt dir das Recht, dich in mein Leben einzumischen, und warum in aller Welt hast du mich ausgewählt?" Sie blieb einige Schritte vor ihm stehen und rieb sich die Schläfen. „Ging es dir beim Sex nur darum, mich zu behalten?"

„Hätten wir letzte Nacht nicht miteinander geschlafen, wäre ich vor Sehnsucht vergangen."

„Ein großartiger Spruch. Hast du ihn dir selbst ausgedacht?"

„Es ist die Wahrheit."

„Sicher, und ich bin die Königin von …" Ihre Stimme verklang. „Vergiss es. Womöglich bin ich die Königin von irgendwas. Ich will das alles nicht. Ich kann es nicht fassen, dass ich um die halbe Welt gereist bin, um bei jemandem zu landen, der genau wie mein Exmann ist."

Malik versteifte sich. „Vergleich mich nicht mit ihm. Wir haben nichts gemeinsam."

„Ach nein? Chuck hat alle möglichen Entscheidungen getroffen, ohne mich zu konsultieren. Er hat unsere Ersparnisse, von denen wir ein Haus anzahlen wollten, genommen und davon ein neues Rennauto gekauft. Er hat mich nicht gefragt, sondern einfach getan, was er wollte. Offen gesagt sehe ich keinen Unterschied zu dir."

„Ich habe dir nichts genommen. Du hast durch unsere Bekanntschaft nur gewonnen."

„Wenn du von dem Geld sprichst, das du auf mein Konto überwiesen hast, kannst du es vergessen. Ich werde es zurückgeben. Es ist zwar eine sehr großzügige Bezahlung für eine Nacht, aber ich bin um keinen Preis deine Hure."

Er fasste sie bei den Armen. „Glaubst du wirklich, dass ich dich für deine Dienste bezahlen wollte?"

Tränen glitzerten in ihren Augen. „Was könnte es sonst sein?"

„Vielleicht meine Art, dafür zu sorgen, dass deine Träume nicht beeinträchtigt werden. Ich möchte nicht, dass du nach Ablauf des Monats gehst. Aber wenn ich es nicht verhindern kann, sollst du El Bahar nicht ohne das verlassen, weswegen du gekommen bist. Wenn du mit dem Geld, das du für deine Arbeit verdient hättest, in dein Land zurückkehrst, werdet ihr beide versorgt sein. Du wirst das Haus bekommen, und Bethany wird das College besuchen können."

Er schüttelte sie. „Wie kannst du mir unterstellen, dich anders als einen kostbaren Teil meines Lebens behandelt zu haben? Ich habe dich gestern Abend nicht genommen, ohne deine

Gefühle zu berücksichtigen. Ich habe dich gefragt. Hättest du dich geweigert, hätte ich mich abgewandt. Ich habe dich geehrt, indem ich dich geheiratet habe, und doch wirfst du mir vor, dich niederträchtig zu behandeln." Er schob sie von sich. „Du weißt nichts von mir."

„Das stimmt. Ich kenne dich nicht und will es auch nicht. Ich hatte mein ganzes Leben geplant. Alles war bestens. Ich bin verdammt gut darin, selbst für mich und meine Tochter zu sorgen, und wir brauchen dich nicht." Eine Träne rann über ihre Wange. „Aber jetzt sitzen wir fest. Was soll jetzt geschehen? Was ist mit Bethany? Es wird sie vernichten."

„Warum denn? Ich mag sie."

„Ach, wie nett. Weißt du was? Sie mag dich auch, und je länger sie hier ist, umso mehr wird sie dich ins Herz schließen und Erwartungen an dich hegen."

„Ich werde ihr ein guter Vater sein."

„Wirst du sie besuchen, wenn wir wieder in Kalifornien sind? Wirst du jedes zweite Wochenende zu uns fliegen? Ist dir denn nicht klar, dass ein Monat ausreicht, um ihr das Herz zu brechen?"

„Ich will nicht, dass es nur für einen Monat ist. Ich will, dass ihr beide bleibt."

„Ach, wie nett", sagte sie sarkastisch. „Aber diesmal bekommst du ausnahmsweise nicht, was du willst."

„Ihr zieht noch heute in meine Suite", entgegnete er entschieden.

„Das glaube ich kaum, Prinz Malik", entgegnete sie zornig. „Ich mag vielleicht in El Bahar festsitzen, aber ich bleibe nicht im Palast."

„Du bist meine Frau. Dein Platz ist an meiner Seite. Außerdem hast du keine andere Wahl. Die Wohnung der Amerikanischen Schule steht dir nicht länger zur Verfügung."

„Weil ich nicht mehr dort arbeite", murmelte sie gedehnt, so als würde ihr die Situation nun erst richtig bewusst. „Ich vermute, dass mir auch niemand ein Zimmer vermieten wird."

„Du bist meine Frau", wiederholte er trotzig. „Dein Platz ist hier."

„Ich gehe zum amerikanischen Konsulat. Dort muss man mir helfen."

Er berührte ihre Schulter. „Man wird dir nicht helfen."

Niedergeschlagen sank sie auf das Sofa. „Das ist nicht fair", flüsterte sie.

„Vielleicht nicht, aber wir müssen die Situation nehmen, wie sie ist. Wir sind verheiratet. Das ist nicht zu ändern. Was spricht dagegen, das Beste daraus zu machen?"

„Du hast nicht gewonnen, Malik. Ich mag die nächsten dreißig Tage hier bleiben, aber danach werden Bethany und ich verschwinden."

„Nein. Du wirst dich in mich verlieben und bleiben."

Ihre Lippen verzogen sich zu einem Lächeln, doch es lag keinerlei Belustigung auf ihrem Gesicht. „Wollen wir wetten?"

Sie war seine letzte Hoffnung. Nur bei ihr konnte er ein Mann statt einer Maschine sein. Sie besaß den Schlüssel zu seinem Herzen, und wenn sie ihn verließ, würde es für immer verschlossen bleiben. Doch all das sagte er nicht. Einerseits hätte sie es ihm nicht geglaubt. Andererseits gestattete er sich nicht, sich einer anderen Person gegenüber so verletzlich zu zeigen. Er war zu Unabhängigkeit erzogen worden. Er war der Kronprinz und brauchte niemanden. „Du wirst mich lieben. Und du wirst bleiben."

„Du wirst den Tag bereuen, an dem du mich zur Ehe überlistet hast", konterte sie.

Er begegnete ihrem zornigen Blick und fragte sich, wer von ihnen Recht behalten würde.

11. KAPITEL

Mommy ist wirklich sauer auf dich", verkündete Bethany am nächsten Tag, als sie mit Malik durch die Wüste ritt.

„Das überrascht mich nicht. Als ich gestern Abend mit ihr gesprochen habe, war sie auch zornig."

Sie hatte sich standhaft geweigert, in seine Suite ziehen. Er versuchte, die Demütigung zu ignorieren, von seiner Ehefrau kaum vierundzwanzig Stunden nach der Hochzeit abgewiesen zu werden. Er wusste, dass im Palast bereits darüber geredet wurde und es bald in der Stadt bekannt werden würde.

„Du musst was tun", teilte sie ihm mit. „Sonst bleibt sie für immer sauer."

Malik versteifte sich im Sattel. „Ich bin Prinz Malik Khan. Ich schließe keine Kompromisse."

„Wenn das bedeuten soll, dass du einen Fehler gemacht hast und es zugeben sollst, dann ist es das, was Mommy will." Sie lächelte ihn an. „Sie sagt, dass sie viele andere Dinge auch will, aber ich glaube nicht, dass sie es ernst meint. Besonders nicht, dass sie dir den Kopf abhacken und auf einen Stock mitten in der Stadt stellen will."

„Wie anschaulich", murmelte er trocken.

„Mommy hat ganz viel Fantasie. Sie kann langweilige Sachen interessant machen. Deswegen ist sie so eine gute Lehrerin. Ach ja, sie ist außerdem sauer, weil sie ihren Job verloren hat, und noch mehr, weil sie all das Geld gekriegt hat, obwohl sie nicht dafür gearbeitet hat." Vertraulich senkte sie die Stimme. „Du steckst ganz schön in der Patsche. Ich wusste gar nicht, dass Erwachsene wie Kinder in der Patsche stecken können."

Malik blickte zum Horizont, wo die Sonne gerade aufging. Manchmal erschien ihm sein Leben so leer und kalt wie die Wüste im Winter. Liana konnte seine Sonne sein, doch sie hatte ihm den Rücken zugekehrt.

„Ich glaube, sie mag dich, aber das will sie nicht zugeben." Verwirrt blickte Bethany ihn an. „Sie sagt, dass du genau wie mein Dad bist. Aber das stimmt gar nicht. Du vergisst nie, mit mir auszureiten, und du bist immer nett zu mir. Das hab ich ihr gesagt, aber sie meint, dass ich zu jung bin, um das zu verstehen."

Malik verstand es auch nicht, aber das wollte er nicht eingestehen. „Ich bin sicher, dass wir uns einigen werden."

„Hoffentlich, weil ich im Palast wohnen und eine richtige Prinzessin sein will."

„Ich werde sehen, was ich tun kann."

Sie grinste. „Dann muss sich jeder in der Schule vor mir verbeugen, und ich muss nicht mehr tun, was die Lehrer sagen."

„Leider ist das nicht so einfach, Kleines. Wenn man der Königsfamilie angehört, muss man manchmal Dinge tun, die man nicht tun will. Es gibt sehr viele Pflichten."

Sie seufzte. „Ich hab mir schon gedacht, dass es nicht so schön sein kann, wie ich denke. Hast du Mommy deswegen geheiratet? Damit sie dir bei deinen Pflichten hilft?"

„Das auch. Ich wollte vor allem nicht, dass sie weggeht."

„Aber sie sagt, dass wir trotzdem weggehen, und nicht erst in zwei Jahren, wie wir eigentlich wollten, sondern in einem Monat." Sie runzelte die Stirn. „Du musst unbedingt was tun."

„Ich weiß. Hast du einen Vorschlag?"

Sie verdrehte die Augen. „Ich bin doch erst neun. Ich kenne mich in so was nicht aus. Aber in den Büchern, die sie immer liest, bringen die Männer die Frauen immer dazu, sich zu verlieben. Und dann heiraten sie und sind für immer glücklich. Ich glaube, du hast das mit dem Verlieben vergessen. Das hättest du zuerst tun müssen."

„Da könntest du recht haben."

„Dann mach Mommy doch verliebt in dich. So schwer ist

das bestimmt nicht. Du kannst doch so einen Liebesroman lesen, und dann weißt du, was du tun musst."

„Ich werde es mir überlegen", versprach er.

„Und ich rede noch mal mit Mommy, damit wir nie weggehen müssen."

„Ich will auch nicht, dass ihr weggeht", gestand er ein, doch er verschwieg, dass sie zum Teil der Grund dafür war. Sie war nicht nur der Beweis dafür, dass Liana seinen Söhnen eine gute Mutter sein würde, sondern er hatte sie auch ins Herz geschlossen.

Manchmal, wenn er mit ihr zusammen war, vergaß er all die Verantwortlichkeiten, die ihn erwarteten. Durch sie sah er, wie seine Kindheit ausgesehen hätte, wenn er nicht der Kronprinz wäre.

Sie rief ihm in Erinnerung, wie sehr er seine Brüder beneidet hatte. Sie hatten spielen dürfen, während er von seinem Vater und den Ministern in Regierungsangelegenheiten ausgebildet worden war. Sie hatten zu ihrer Mutter zurückkehren dürfen, während er selbst nach dem Dinner hatte lernen oder an Staatsereignissen teilnehmen müssen. Im Alter von vier Jahren hatte er sich bereits wie ein Mann benehmen müssen.

Malik wollte dieses Schicksal nicht für seine Kinder, aber er kannte es nicht anders. Daher brauchte er Liana. Sie sollte ihre Kinder schützen, sogar vor ihm. Sie sollte ihnen beibringen, zu lieben und geliebt zu werden, damit sie nicht wie er mit einem leeren Herzen aufwuchsen.

Nach zwei Tagen in ihrer Suite hatte Liana das Gefühl, verrückt zu werden. Sie war es gewohnt, von früh bis spät beschäftigt zu sein. Doch nun gab es nichts für sie zu tun. Bethany war den ganzen Tag in der Schule. In der Suite durfte sie keinen Finger rühren, um die Dienerschaft nicht zu beleidigen. Sie hatte keine Freunde und niemanden zu Unterhaltung. Außerdem spürte sie, dass die getrennten Quartiere Anlass zu Tratsch und Spekulationen gaben.

Einerseits fühlte sie sich schuldig, weil die Leute auf Grund ihres Verhaltens schlecht von Malik denken könnten. Doch sie rief sich in Erinnerung, was er ihr angetan hatte, und schwor sich, nicht nachzugeben.

Trotz unablässiger Grübelei hatte sie weder eine Erklärung für sein Verhalten noch einen Ausweg aus ihrer unhaltbaren Situation gefunden. Sie hatte zu viele Fragen und zu wenige Informationen.

„Ich brauche Antworten“, murmelte sie vor sich hin. Kurz entschlossen verließ sie die Suite und machte sich auf den Weg zum Büroflügel des Palastes.

Nachdem sie sich zweimal verlaufen hatte, fand sie sich vor einem eindrucksvollen Schreibtisch wieder, an dem ein Mann mit kurzen blonden Haaren saß. Er war blass und schmächtig, tat aber sehr wichtig. Eine scheinbare Ewigkeit lang fuhr er fort, seinen Computer zu füttern, bevor er endlich aufblickte. „Ja?“

„Ich möchte zu Prinz Malik“, erwiderte sie und bemühte sich, nicht so eingeschüchtert und fehl am Platze zu wirken, wie sie sich fühlte.

„Das mag sein, aber es ist nicht möglich. Prinz Malik ist völlig ausgebucht.“ Er schlug drei Tasten auf der Tastatur an. „Ich könnte Ihnen für Ende des Monats einen Termin geben. Wäre Ihnen das genehm?“

Die Wahrheit traf Liana wie ein Blitzschlag. Sie hatte nicht nur einen wohlhabenden oder erfolgreichen Mann geheiratet, sondern einen richtigen Prinzen, den künftigen Herrscher eines richtigen Landes.

„Nun? Möchten Sie den Termin oder nicht?“

Sie blinzelte und schüttelte den Kopf. „Nein. Danke.“ Hastig verließ sie den Raum und eilte durch die Korridore, vorbei an Springbrunnen und Statuen und anderen kostbaren Kunstobjekten. Als sie sich vor der goldenen Tür zum Harem wiederfand, trat sie ein, ohne zu wissen, was sie dort wollte.

Dora, die mit Heather auf einem Sofa saß und sich unterhielt, blickte auf und lächelte. „Du siehst so verstört aus. Was immer passiert ist, wir können helfen. Bitte, setz dich zu uns." Sie deutete auf das Teeservice auf dem niedrigen Tisch. „Wir haben Rihana mit einer Einladung zu dir geschickt, aber du warst nicht in deiner Suite."

Liana setzte sich neben Heather und schenkte beiden ein zittriges Lächeln. „Ich war am anderen Ende des Palastes. Ich wollte mit Malik reden, aber sein Sekretär hat mir gesagt, dass ich einen Termin brauche."

Heather krauste die Nase. „Ich kann Zachary nicht ausstehen. Er ist mir zu eingebildet. Aber er soll sehr tüchtig sein. Zumindest sagt Jamal das."

„Ich mag ihn auch nicht besonders", stimmte Dora zu und reichte Liana eine Tasse Tee. „Sag ihm das nächste Mal, wer du bist. Ich nehme an, dass er es nicht weiß. Sonst hätte er dich sofort eingelassen."

Liana nickte, während sie sich bewusst machte, dass sie mit zwei Prinzessinnen im Harem des Palastes von El Bahar englischen Tee trank. Sie fühlte sich wie Alice im Wunderland.

„Woran denkst du gerade?", wollte Dora wissen. „Du hast einen höchst seltsamen Gesichtsausdruck."

„Dass ich ein Niemand aus einer Kleinstadt bin, die keiner kennt, und hier mit zwei Prinzessinnen sitze und einen Prinzen geheiratet habe."

Dora wischte die Bemerkung mit einer Handbewegung fort. „Lass dich von dieser königlichen Sache bloß nicht zu sehr beeindrucken. Ich war Chefsekretärin, bis ich Khalil kennenlernte. Heather dagegen hat ein Schweizer Mädchenpensionat besucht, was einer Prinzessinnenschule sehr nahe kommt, wenn du mich fragst."

„Ich habe nicht gefragt“, entgegnete Heather trocken. „Lass dich nicht unterkriegen, Liana. Ich weiß, dass du dich erst daran gewöhnen musst, im Palast zu wohnen und mit Malik verheiratet zu sein, aber es ist nicht so furchtbar. Lass dir so viel Zeit, wie du brauchst.“

Liana musterte die beiden Frauen, die sehr attraktiv und sehr vornehm gekleidet waren und offensichtlich nichts mit ihr gemeinsam hatten. „Ich weiß nicht mal, wie es dazu gekommen ist, dass ich mit einem Prinzen verheiratet bin.“

Dora seufzte. „Ich kenne nicht alle Details, aber ich weiß genug, um zu verstehen, wie du dich fühlst. Khalil hat mich unter Vorspiegelung falscher Tatsachen geheiratet, und ich habe sehr lange gebraucht, um unsere Ehe zu akzeptieren. Aber schließlich habe ich ihn gezähmt – oder er hat mich wilder gemacht.“ Sie lächelte. „Wie auch immer, wir sind sehr glücklich.“

Heather beugte sich vor und berührte Lianas Arm. „Die Männer Khan sind nicht einfach, aber sie sind der Mühe wert.“

„Ihr redet beide, als würde ich bleiben.“

„Woher weißt du, dass du es nicht tust?“, hakte Dora nach.

„Ich kenne ihn nicht. Er kennt mich nicht. Ich habe immer noch keine Ahnung, warum er mich überhaupt geheiratet hat. Wir haben nichts gemeinsam. Ich weiß nicht, wie sich eine Prinzessin geben muss. Ich bin die Erste in meiner Familie, die überhaupt das College besucht hat. Wie soll ich verhindern, dass ich mich und Malik lächerlich mache? Warum sollte das Volk von El Bahar mich akzeptieren?“

„Gute Fragen“, sagte Heather ruhig. „Das klingt, als hättest du viel nachgedacht.“

Dora nickte. „Aber du hast die wichtigste Frage ausgelassen, Liana. Willst du Malik wirklich verlassen? Ich will nicht leugnen, dass er kein Recht hatte, dich zu dieser Ehe zu überlisten. Aber es ist eine wundervolle Gelegenheit. Du solltest dir ganz sicher sein, dass du an diesem Leben nicht interessiert bist, bevor du ihm den Rücken kehrst."

„Sie hat recht", sagte Heather. „Warum nutzt du nicht diesen einen Monat, um Malik kennenzulernen und mehr über El Bahar zu erfahren? Du musst dich doch nicht heute entscheiden. Was hast du schon zu verlieren?"

„Du lässt es so einfach klingen."

„Vielleicht ist es das ja."

„Momentan reden wir kaum miteinander", gestand Liana ein. „Wie soll ich ihn da besser kennenlernen?"

„Heute Abend findet ein Staatsbankett statt", verkündete Dora. „Hast du vor, daran teilzunehmen?"

Liana schüttelte den Kopf. „Ich wusste gar nichts davon."

„Als frisch gebackene Frau des Kronprinzen solltest du teilnehmen", wandte Heather ein.

„Offensichtlich ist Malik anderer Meinung", widersprach Liana gekränkt. „Er hat mir kein Wort gesagt."

„Hatte er denn Gelegenheit dazu?", konterte Dora.

„Eigentlich nicht", gestand Liana ein. „Wäre mir die Teilnahme denn erlaubt?"

„Aber natürlich bist du willkommen."

Liana presste die Lippen zusammen. Wenn sie ihren Ehemann kennenlernen wollte, musste sie sich bemühen, seine Welt zu verstehen. In ihrer Vorstellung war die Teilnahme an einem formellen Staatsbankett in etwa so reizvoll wie eine Wurzelbehandlung beim Zahnarzt, aber es würde ihr einen Einblick in das Leben einer Prinzessin gewähren. „Ich möchte schon hingehen, aber ich habe nichts anzuziehen."

Dora lächelte. „Das ist das geringste Problem. Heather und ich haben Dutzende von Kleidern, von denen viele noch nie getragen wurden." Nachdenklich tippte sie sich mit dem Zeigefinger an die Lippen. „Du bist etwas größer als ich, aber ich habe ein Kleid, das mir zu lang ist. Ich habe es noch nicht ändern lassen, weil der Schnitt mir nicht so gut steht." Sie klopfte sich auf die Hüften. „Wer wie ich birnenförmig gebaut ist, muss darauf achten, dass die Kleidung die Hüften überspielt. Deine Figur ist ausgeglichener.“

Liana wollte schon darauf hinweisen, dass sie zwanzig Pfund zu viel wog, aber sie erachtete es als sinnlos. Entweder passte Doras Kleid oder nicht.

„Wenn es nicht passen sollte, finden wir garantiert etwas anderes“, sagte Heather ermutigend. „Dann schminken wir dich und stecken dir die Haare hoch, und du wirst dich wirklich wie eine Prinzessin fühlen.“

Liana bezweifelte es, aber vielleicht gelang es ihr wider Erwarten, für einen Abend lang eine Prinzessin zu spielen.

12. KAPITEL

Liana blickte in den Spiegel und sah eine Frau, die ihr sehr ähnelte, aber eine andere Person zu sein schien. Vielleicht lag es am Kleid oder am Make-up oder an den funkelnden Diamanten in ihrem Haar. Jedenfalls sah sie tatsächlich wie eine Prinzessin aus.

Der herzförmige Ausschnitt des bodenlangen Gewands, das Dora ihr geliehen hatte, enthüllte sanft den Ansatz ihrer Brüste. Der blaue Samt umschmeichelte ihren Körper, hob die Vorzüge hervor und verdeckte die Nachteile.

Heather hatte ihr die Haare zu einem eleganten Knoten hochgesteckt und ihr ein mit echten Diamanten besetztes Diadem aufgesetzt. Die funkelnden Edelsteine verliehen ihren Augen einen besonderen Glanz. Oder vielleicht lag es auch an Fatimas Schminke. Die Königmutter kannte Geheimnisse, die Augen größer und Haut so perfekt wie Porzellan wirken ließen. Zum ersten Mal im Leben fühlte Liana sich wirklich hübsch.

Ein Klopfen an der Tür ließ sie zusammenzucken. Vorsichtig ging sie auf den ungewohnt hohen Absätzen öffnen.

Malik stand auf der Schwelle. In einem schwarzen Smoking und einem weißen Hemd wirkte sein eindrucksvoller Körper atemberaubend. Nachdenklich musterte er sie. „Du siehst sehr hübsch aus."

Sie musste nach Luft ringen, bevor sie sprechen konnte. „Danke."

„Ich habe gehört, dass du an dem Diner teilnehmen möchtest, das wir zu Ehren unseres Nachbarn im Osten geben. Bahania ist unserem Land sehr ähnlich – eine Monarchie mit dem Bestreben, auf dem Weg in die Zukunft die Vergangenheit lebendig zu halten. Meine Großmutter stammt aus diesem Land."

Sie nickte. Fatima hatte ihr bereits einiges erzählt. „Stört es dich, wenn ich mitkomme? Du hast mir nichts davon gesagt."

Seine Miene verhärtete sich. „Weil du deutlich klargestellt hast, dass du nicht daran interessiert bist, in irgendeiner Funktion als meine Frau zu handeln. Wenn sich das geändert hat, bist du an meiner Seite willkommen."

Bevor ihr etwas zu sagen einfiel, drückte er ihr eine Holzschachtel in der Größe eines Brotlaibes in die Hand. „Das ist für dich", sagte er schroff. „Es hat nicht Iman gehört. Ihre Sachen wurden verkauft, und den Erlös habe ich den Armen gegeben."

Liana öffnete die Schachtel und erblickte eine opulente Schmucksammlung. Diamanten, Saphire, Rubine, Smaragde und Perlen lagen ineinander verschlungen. „Ich weiß nicht, was ich sagen soll", murmelte sie.

Malik nahm eine atemberaubende Halskette aus Saphiren und Diamanten und legte sie ihr an.

Sie befestigte die dazu passenden Ohrringe und musterte sich im Spiegel. „Ich bin eine Fremde", flüsterte sie.

„Du bist durchaus würdig", teilte Malik ihr mit.

Sie begegnete seinem Blick im Spiegel und hatte das Gefühl, dass er nicht nur die Teilnahme an diesem Diner meinte. Aber woher wollte er das wissen?

Er reichte ihr den Arm, und sie legte die Hand in die Beuge seines Ellbogens.

Es gelang ihr, relativ gelassen zu bleiben, bis sie durch die Doppeltür des Ballsaals schritten. Als sie jedoch die unzähligen Gäste sah und eine laute Stimme: „Kronprinz Malik und Prinzessin Liana!", ankündigen hörte, stockte ihr der Atem. Zu allem Überfluss drehte sich jede Person im Saal um und starrte sie an.

Zum zweiten Mal an diesem Tag stürmte die Realität auf sie ein wie eine Herde wilder Araberpferde. Wenn sie mit diesem Mann verheiratet blieb, wurde sie eines Tages Königin.

„Ich empfehle dir weiterzuatmen", murmelte Malik. „Wenn

du lächelst und nickst, fangen die Leute wieder an, miteinander zu reden. Aber wenn du ohnmächtig wirst, stehst du den ganzen Abend im Mittelpunkt der Aufmerksamkeit."

Sie holte tief Luft. „Das möchte ich lieber nicht."

Er lächelte sie an. „Versuch, dich zu entspannen. Du bist charmant und sehr schön. Niemand außer mir wird merken, wie nervös du bist."

Beinahe stolperte sie auf dem glatten Boden. Empfand er sie wirklich als schön und charmant?

Ihr blieb keine Gelegenheit, über seine Worte nachzusinnen, denn die königliche Familie reihte sich zum Empfang auf. Ein uniformierter Offizier stellte jedem die Gäste vor. Liana schüttelte die Hände von Ministern, einem europäischen Staatsmann, dem König von Bahania nebst seiner Tochter und seinen vier Söhnen. Ihr wurden Komplimente gezollt und zu ihrer Hochzeit gratuliert, als ob ihre Ehe mit Malik nichts Ungewöhnliches wäre.

Nach über einer Stunde, als ihre Lippen vom Lächeln und ihre Füße vom Stehen in den Pumps schmerzten, wurde in den Speisesaal gerufen. König Givon und der König von Bahania geleiteten Fatima in den großen Saal, gefolgt von Malik und Liana in Begleitung des Kronprinzen von Bahania.

Der Speisesaal wirkte wie ein Märchenland. An der Decke funkelten Tausende Lichter auf dunklem Grund. Edle Tischtücher aus Brokat reichten bis zum Boden. Überall flackerten Kerzen, spiegelten sich in Kristall und feinem Porzellan. Exotische Blüten in verschiedenen Farben zierten die Tische. In einer Ecke spielte ein Orchester leise Hintergrundmusik, und livrierte Kellner eilten lautlos umher und halfen den Gästen, Platz zu nehmen.

Liana wurde zu einem Tisch auf einer Empore geführt und zwischen Malik und den König von Bahania gesetzt. Sie schluckte schwer.

Malik beugte sich zu ihr. „Was denkst du?“

„Dass ich vor all diesen Leuten nicht unbedingt meinen Wein verschütten oder mein Essen von der Gabel fallen lassen will.“

Er fand ihre Hand unter dem Tischtuch, drückte sie sanft und ließ sie wieder los. „Du wirst dich daran gewöhnen. Und sobald das Essen serviert ist, interessieren sich die meisten Leute mehr für ihr eigenes Gedeck und das Gespräch an ihrem Tisch als für das, was hier oben passiert.“

Sie beugte sich zu ihm, bis ihre Lippen beinahe sein Ohr berührten. „Wird von mir erwartet, dass ich mit einem König plaudere?“

„Du hast dich doch schon mit meinem Vater unterhalten. Keine Sorge, du schaffst das schon.“

Sein steter Blick kündete von seinem Vertrauen in ihre Fähigkeiten. Seltsamerweise gefiel es ihr und erweckte in ihr den Drang, sich zu beweisen.

Sie blickte sich im Raum um und lächelte, als sie einen jungen Mann angeregt mit einem jungen Mädchen sprechen sah.

Der König von Bahania bemerkte ihr Interesse. „Mein Jüngster“, verkündete er stolz. „Er entdeckt gerade die Reize des anderen Geschlechts.“

„Er ist sehr hübsch“, sagte Liana und erkannte, dass sie nicht die Einzige war, die den harmlosen Flirt beobachtete.

Wie furchtbar muss es sein, derart im Rampenlicht aufzuwachsen, dachte sie und fragte sich, wie es Malik ergangen sein mochte. Hatte er jemals einen Augenblick der Privatsphäre genossen? Mitgefühl stieg in ihr auf für den kleinen Jungen, der gezwungen worden war, wie ein Mann zu handeln. Wer hatte seine Ängste verscheucht? Wer hatte ihn getröstet und ihm Zärtlichkeit geschenkt? Und wenn es niemand getan hatte, trug er die Leere dann immer noch mit sich herum?

Sie betrachtete ihren Ehemann, der so selbstsicher und verschlossen war. Was würde passieren, wenn er sich sicher genug fühlte, um sein Herz zu öffnen? Vielleicht sollte sie sich die Zeit nehmen, es herauszufinden.

„Ich hatte einen sehr schönen Abend“, verkündete Liana steif.

Als Malik ihr angeboten hatte, sie in ihre Suite zu begleiten, hatte sie sich mehr als oberflächliches Geplauder erhofft. Schließlich hatte er sie den ganzen Abend lang mit glühenden Blicken verfolgt, während sie mit Dutzenden von Staatsmännern getanzt hatte. Es war ihr schwer gefallen, höfliche Konversation zu treiben, da sie sich im Geiste ausgemalt hatte, mit Malik zu schlafen. Doch seit dem Verlassen des Ballsaals verhielt er sich zurückhaltend. Vielleicht hatte sie sich sein Interesse nur eingebildet.

„Es freut mich, dass du dich amüsiert hast“, bemerkte er höflich.

„Möchtest du auf einen Drink hereinkommen? Bethany schläft heute im Kinderzimmer mit Doras Kindern, sodass wir nicht befürchten müssten, sie zu wecken.“

Sie fühlte sich wie ein schamloses Flittchen, denn sie bezweifelte nicht, dass er das Verlangen in ihrem Blick erkannte. Ihre Haut war heiß und ihre Wangen glühten. Seit sie den ersten Tanz mit Malik absolviert hatte, war sie praktisch erregt.

„Ein Drink wäre mir recht“, erwiderte er, als sie die Tür öffnete und eintrat.

„Setz dich“, bot sie an, während sie zu der Bar in einer Ecke des Wohnzimmers ging. Sie griff nach einer Flasche Cognac. „Ist dir das recht?“

„Perfekt.“ Er nahm auf dem gestreiften Sofa Platz.

Sie schenkte einen Fingerbreit in zwei Schwenker. Auf dem Weg zum Sofa öffnete sie die Tür, die auf den Balkon führte. Lieblich duftende Nachtluft wehte in den Raum. „Es wird kühler“, sagte sie, während sie ihm sein Glas reichte und sich zu ihm auf das Sofa setzte.

„Das stimmt. Die Winter sind mild in El Bahar, aber die Sommer können unangenehm heiß sein, solange man sich nicht daran gewöhnt hat." Er nahm einen Schluck Cognac. „Am schönsten ist der Frühling, wenn alle Pflanzen blühen und ihr Duft herüberweht."

Sie wollte schon sagen, dass sie sich darauf freute, als ihr einfiel, dass sie im Frühling nicht mehr in El Bahar sein würde. Es war Mitte Oktober. Wenn sie nur den erforderlichen Monat blieb, würde sie zu Thanksgiving zu Hause sein. Seltsamerweise machte der Gedanke sie traurig.

„Was hältst du von meinem Land?"

„Ich habe noch nicht genug gesehen, um mir eine Meinung bilden zu können. Der Palast und die Gärten sind natürlich wunderschön."

„Ich würde dir gern einen Chauffeur zur Verfügung stellen", bot er an. „Du kannst fahren, wohin du möchtest."

„Ich weiß die Geste zwar zu schätzen, aber ich glaube nicht, dass es reicht." Sie stellte ihr Glas auf den niedrigen Tisch und faltete die Hände im Schoß. „Ich war immer eine rührige Person. Ich fühle mich wohler, wenn ich Beschäftigung habe. Aber momentan verbringe ich die Tage damit, in diesen Räumen herumzuwandern. Bethany ist in der Schule, und alle anderen sind beschäftigt. Dora hat ihre politische Arbeit und setzt sich für die Rechte der Frauen ein, und Heather verbringt all ihre Zeit mit antiken Texten."

„Was möchtest du denn gern tun?"

So gern sie wieder unterrichtet hätte, wusste sie, dass es nicht in Frage kam. „Ich weiß es nicht."

„Du hast doch gesagt, dass du deine Ausbildung fortsetzen möchtest. In El Bahar gibt es mehrere renommierte Universitäten. Zwei davon liegen direkt hier in der Stadt."

„Eine interessante Idee", murmelte sie und dachte dabei,

dass sie nicht lange genug da sein würde, um ihren Doktortitel zu erwerben.

„Du denkst, dass du in einem Monat nicht viel schaffen kannst", sagte er leicht vorwurfsvoll. Mit eindringlichem Blick beugte er sich zu ihr vor. „Ist es denn so schrecklich hier?"

„Nein, natürlich nicht. Es ist nur … Ich befürchte, dass ich nicht hierher passe. Ich bin nicht zu einer Prinzessin erzogen worden. Das königliche Leben hat zwar durchaus Vorteile, aber es kann auch sehr schwierig sein. Ich habe heute Abend einen kleinen Einblick erhalten. Alle haben mich angestarrt, und ich hatte furchtbare Angst, ins Fettnäpfchen zu treten."

„Du warst prima. Alle haben dich bewundert."

„Diesmal vielleicht. Aber was passiert, wenn ich etwas Falsches sage und unbeabsichtigt einen Staatsmann beleidige? Ich will nicht dafür verantwortlich sein, einen internationalen Zwischenfall hervorzurufen." Liana rieb sich die Schläfen. „Ich weiß nicht, ob du es wirklich nicht verstehst oder es einfach nicht verstehen willst. Hatte Iman denn keine Zweifel?"

Er versteifte sich. „Ich will nicht mit dir über sie reden."

„Natürlich nicht. Es geht immer alles nach deinem Kopf. Du wolltest mich heiraten, und wir sind verheiratet. Du willst, dass ich bleibe, und setzt voraus, dass es so sein wird. Du willst nicht darüber reden, was so furchtbar an deiner Beziehung zu Iman war oder wie sie starb, also tun wir es nicht." Verärgert blickte sie ihn an. „Du kannst nicht beides haben. Entweder bin ich deine Frau oder nicht. Wenn ich es ernst nehmen soll, dann musst du es auch tun. Die Umstände beugen sich nicht deinem Willen, sosehr du es dir auch wünschen magst."

Malik stellte sein Glas ab und stand auf. Sie erwartete beinahe, dass er sich verabschiedete, doch er ging zur Balkontür und starrte hinaus in die Dunkelheit. Spannung strahlte von ihm aus. Spannung und etwas, das Schmerz sein konnte. Einen Moment lang dachte sie daran, zu ihm zu gehen und die Arme um ihn zu schlingen. Nicht, weil ihr Körper sich nach der Berührung sehnte, sondern weil er so einsam wirkte und ganz allein eine schwere Last zu tragen schien.

Doch bevor sie sich entscheiden konnte, verkündete er: „Iman ist nicht tot."

Sie erstarrte. Sie versuchte zu sprechen, doch sie brachte keinen Ton heraus. Sie setzte erneut an. „Aber alle haben gesagt … Sie haben den Eindruck erweckt, dass sie tot wäre."

„Sie hat El Bahar verlassen und wird nicht zurückkehren. Obwohl es für uns alle besser wäre, wenn sie gestorben wäre, ist es nicht der Fall."

„Du bedauert, dass deine Exfrau nicht gestorben ist?", hakte sie verwirrt nach. „Du bist doch aber geschieden, oder?"

Er blickte sie über die Schulter an. „Ich versichere dir, dass meine Ehe mit dir völlig legal ist. Iman und ich sind seit Jahren geschieden."

„Oh. Gut." Seltsamerweise erleichterte es sie, obwohl andernfalls all ihre Probleme gelöst wären. „Warum bist du so zornig auf sie?"

Er wandte sich wieder der Dunkelheit jenseits des Balkons zu. „Zorn beschreibt nicht meine Gefühle." Nach kurzem Zögern fuhr er fort: „Die Ehe war arrangiert und von Anfang an ein Desaster. Wir hatten nichts gemeinsam. Trotzdem hatte ich gehofft, dass wir Freunde werden könnten und mit der Zeit Zuneigung entstehen würde."

„Aber das ist nicht passiert?"

„Nein. Iman war schön, aber ihr Herz war kalt und hässlich. Sie wurde gegen ihren Willen zu unserer Ehe gezwungen und versuchte nicht einmal, ihren Hass auf mich und die Situation zu verbergen. Als wir schließlich die Ehe vollzogen, stellte ich fest, dass sie bereits mit einem anderen Mann zusammen gewesen war."

Sie vermutete, dass ein künftiger Monarch eine jungfräuliche Braut erwartete, obwohl es für sie ein veraltetes Konzept war. „Das konntest du ihr nicht verzeihen?"

Er drehte sich zu ihr um. „Ich konnte ihr nicht verzeihen, dass sie die Affäre fortsetzte. Ich konnte ihr nicht verzeihen, dass sie damit mich und mein Land lächerlich machte. Ich konnte nicht verzeihen, dass viele der Dienstboten von ihrer Untreue wussten und Gerüchte in den Straßen im Umlauf waren. Und ich konnte ihr nicht die Dummheit und Gefühllosigkeit verzeihen, dass sie sich mit ihrem Liebhaber in unserem Ehebett von mir und meinem Vater überraschen ließ."

Er holte tief Luft und fuhr fort: „Der Name Iman bedeutet *treu*, aber in ihrem Fall war es eine Lüge. Als ich von ihren Vergehen erfuhr, verbannte ich sie und ließ mich scheiden. Alles, was sie je berührte, wurde vernichtet. Sie hat uns alle betrogen. Denn was dem Kronprinzen angetan wird, widerfährt jedem Bürger. Mir ist es gleich, was sie mir angetan hat, aber es ist unverzeihlich, dass sie die Ehre von El Bahar beschmutzt hat."

Liana kannte ihn inzwischen gut genug, um zu spüren, wie groß sein Kummer war. Mitgefühl für den stolzen Mann stieg in ihr auf. Er wollte nur, was gut und richtig für sein Land war. Er opferte sich auf. Er verkörperte El Bahar, gab alles für das Wohl seines Volkes, dem sein letzter Gedanke, sein letzter Atemzug gelten würde.

Seine Demütigung war auch die seines Volkes. Würde es ihn demütigen, wenn sie ihn verließ? Würde ihr Vermächtnis ebenso schmerzlich wie Imans sein?

Sie wollte nicht daran denken. Sie wollte nicht die Macht besitzen, ihm wehzutun. Aber sie konnte sich der Tatsache nicht entziehen, dass es ihn sehr viel gekostet haben musste, ihr seine Vergangenheit und seine Beschämung zu offenbaren.

„Danke, dass du mir die Wahrheit gesagt hast", sagte sie. „Ich verspreche, dass ich dein Vertrauen ehren werde."

„Selbst die Straßenfeger kennen die Wahrheit. Es gibt kein

Vertrauen zu wahren."

Spontan trat sie zu ihm, schlang die Arme um ihn, stellte sich auf Zehenspitzen und küsste ihn.

Er packte ihre Oberarme und stieß sie von sich. „Ich will dein Mitleid nicht", knurrte er mit finsterer Miene.

Sie lächelte. „Malik, du erweckst viele Gefühle in mir – hauptsächlich Zorn und Verzweiflung. Aber ich schwöre, dass ich nicht ein einziges Mal Mitleid mit dir hatte."

„Warum kommst du dann jetzt zu mir, nachdem ich dir von der Hure erzählt habe, die meine Ehefrau war?"

Sie schob die Hände unter sein Jackett und küsste seine verkniffenen Lippen. „Weil du endlich mehr Mann als Prinz bist. Während der Prinz anmaßend und nervtötend ist, ist der Mann sehr reizvoll. Ich möchte ihn gern küssen, bevor er sich wieder zurückverwandelt."

Seine Miene wurde sanfter. Mit funkelnden Augen legte er die Hände auf ihre Taille. „Ich bin nicht nervtötend. Ich gelte als charmant und unterhaltsam."

„Also, willst du die ganze Nacht reden, oder könnte ich dein Interesse an etwas mehr Körperlichem wecken?"

13. KAPITEL

Malik wusste, dass es ein Fehler war, sich erneut mit Liana einzulassen. Solange er sie auf Distanz hielt, war er in Sicherheit. Wenn er jedoch ihr Licht in sein Leben ließ, konnte er sich nie wieder damit zufrieden geben, im Finstern zu vegetieren.

Doch obwohl er sich bemühte, einen kühlen Kopf zu bewahren, spürte er seine Erregung wachsen und seine Willenskraft schwinden.

Er nahm ihr das Diadem ab und befreite ihre langen Haare aus der eleganten Frisur. „Du warst wundervoll heute Abend", murmelte er, während er ihre zarten Wangen und dann ihren Mund küsste.

„Ich war verängstigt", flüsterte sie. „Alle Leute haben mich angestarrt und darauf gewartet, dass ich etwas Falsches sage oder tue."

„Nein. Sie haben dich beobachtet, weil sie neidisch waren. Alle Frauen haben dich bewundert. Die Männer haben dich begehrt, und wenn sie heute Nacht mit ihren Frauen schlafen, werden sie dabei von dir träumen."

Sie wich zurück und blickte zu ihm auf. Ihre Augen funkelten vor Leidenschaft und Belustigung. „Das glaube ich nicht. Ich gebe zwar zu, dass ich gut zurechtgemacht war, aber ich war nur …"

Er brachte sie mit einem innigen Kuss zum Schweigen und presste sie an sich. „Du warst vollkommen."

Sie erzitterte. „Malik, weißt du eigentlich, was du mir antust?"

Er wusste es, weil er die gleiche unbeherrschbare Leidenschaft verspürte. Er wollte jeden Zentimeter ihres Körpers streicheln und küssen und von ihr ebenso liebkost werden. Er wollte mit ihr verschmelzen und sie mit seinen Küssen und Berührungen brandmarken, bis sie nur noch für ihn existierte.

Er ließ die feuchten Lippen über ihren Hals zu ihrer Brust wandern. Der liebliche Duft ihrer Haut erweckte seinen Hunger nach mehr. Mit zitternden Fingern öffnete er den Reißverschluss ihres Kleides und schob den Stoff von ihren Schultern.

Sie trug einen seidigen BH, unter dem sich die Knospen abzeichneten. Er nahm eine Knospe zwischen die Zähne und reizte sie, sodass sie sich verhärtete.

„Malik", seufzte sie atemlos und klammerte sich an seine Schultern, „du machst mich wahnsinnig."

„Gut."

Ihr Gesicht glühte, ihre Augen waren verschleiert. Er kniete sich hin und streifte ihr das Kleid ab. Ihm stockte der Atem, als er sah, dass sie Strapse und Seidenstrümpfe trug. Ihm verlangte danach, sie augenblicklich zu nehmen und sie beide ins Paradies zu entführen. Stattdessen zwang er sich, ihr gemächlich den Slip abzustreifen. Dann drückte er sie hinab auf das Sofa, kniete sich vor sie und küsste sie inniglich, während er ihr den BH abstreifte.

„Wundervoll", murmelte er, als er die Rundungen erforschte und die Knospen mit der Zunge streichelte.

Aufstöhnend vergrub sie die Finger in seinen Haaren, drängte die Hüften an seine und bewegte sich auf und nieder. Als er es nicht mehr ertragen konnte, küsste er ihren Bauch und die Innenseite ihrer Schenkel. Er liebkoste sie mit Lippen, Zunge und Fingern, während er mit der anderen Hand ihre Brust umschmiegte.

Hitze strahlte von ihr aus. Sie war eine äußerst sinnliche Kreatur und wundervoll im Bett. Als sie die Knie anzog, schob er den Finger tiefer hinein. Er konzentrierte sich völlig auf die Botschaften ihres Körpers, um ihr einen perfekten Höhepunkt zu bereiten, und er streichelte sie zart weiter, bis sie schließlich still wurde.

Als er den Kopf hob und sich ihre Blicke begegneten, sah

er Tränen in ihren Augen. Zunächst erschrak er, doch dann erkannte er, dass die intensive Erlösung ihr in mehr als nur einer Hinsicht die Beherrschung geraubt hatte.

„Noch nie habe ich mich so gefühlt“, flüsterte sie.

Er hatte gewusst, dass er stark sein musste, um sich nicht an Liana zu verlieren. Doch es war zu spät. Bei ihr war er nichts als ein gewöhnlicher Mann. Menschlich, unvollkommen, lebendig. Bei ihr konnte er sich vergessen.

Sie öffnete seine Hose, streichelte ihn und steigerte sein Verlangen ins Unermessliche. „Ich will dich“, flüsterte sie.

Er schlang die Arme um sie. Sie öffnete einladend die Beine und nahm ihn in sich auf.

„Ich glaube es nicht“, flüsterte sie atemlos und drängte sich an ihn. „Es passiert schon wieder. Malik, bitte, hör nicht auf.“

Ihre drängenden Worte erregten ihn noch mehr, doch er hielt sich zurück, bis er die erste Kontraktion ihres Körpers spürte. Dann stöhnte er auf und gab sich ganz der Leidenschaft hin. Er verschmolz völlig mit ihr, bis sie eine untrennbare Einheit wurden.

Sein Denken schwand. Es zählte nur noch der Augenblick, und seine Empfindungen für diese Frau, die ihm eine Zuflucht bot. Er presste sie an sich, atmete ihren Duft ein, lauschte ihrem Atem und wusste, dass er sich fühlen würde, als hätte er einen Teil von sich selbst verloren, wenn sie sich schließlich trennten.

Bleib, dachte er verzweifelt, als sie sich zurücklehnte und ihn anlächelte, bleib bei mir, weil ich nicht ohne dich leben kann.

Doch er sprach es nicht aus. Er gestattete sich kaum einzugestehen, dass er die Worte dachte. Doch aus einem ihm unerklärlichen Grunde war sie die Einzige für ihn. Er wollte alles tun, um sie zu halten. Irgendwie musste es ihm gelingen, sie an sich zu binden.

Als Liana erwachte, war es strahlend hell im Raum, und sie verspürte ein Wohlbefinden, wie sie es nie zuvor erlebt hatte.

Es lag nicht nur daran, dass sie und Malik sich am Vorabend geliebt hatten – und erneut im Morgengrauen, bevor er sich in seine eigene Suite begeben hatte. Natürlich lag es zum Teil an der körperlichen Befriedigung, doch das war nicht alles. In seinen Armen hatte sie eine echte Verbindung gespürt, als wären tatsächlich ihre Seelen miteinander verschmolzen.

Ein Klopfen an der Tür unterbrach ihre Gedanken. Sie schlüpfte in einen Bademantel, ging öffnen und erblickte Fatima und ein halbes Dutzend Zofen mit den Armen voller Kleider.

„Guten Morgen." Fatima küsste sie auf beide Wangen. „Ich habe beschlossen, dass es Zeit für dich wird, dich wie die Prinzessin zu kleiden, die du bist. Aber mir ist heute nicht nach einem Einkaufsbummel zumute. Daher habe ich den Laden zu dir kommen lassen."

Weitere Zofen traten mit Schachteln und Einkaufstaschen und Schuhkartons ein.

„Legt alles irgendwohin, wo ihr Platz findet, und dann lasst uns allein", ordnete Fatima an. Sie lächelte Liana an. „Rihana wird uns später den Lunch bringen. Also kannst du in Ruhe alles anprobieren. Behalte nur, was dir wirklich gefällt. Du kannst später immer noch in Paris und London einkaufen."

Als sich die Dienerschaft zurückzog, lag überall Kleidung. Auf den Sofas und Sesseln, auf allen Tischen, in Schachteln auf dem Fußboden. Liana bückte sich, befühlte ein rotes Kleid aus glatter, kühler Seide und fragte sich, was es kosten mochte. Nicht dass sie gefragt hätte. Zum einen bezweifelte sie, dass Fatima es ihr gesagt hätte, und zum anderen war es nicht wichtig. Die königliche Familie besaß ein Ausmaß an Reichtum, das unvorstellbar war.

„Bist du überwältigt?", fragte Fatima, während sie ein mit Perlen besetztes schwarzes Gewand beiseite schob, um sich

Platz auf dem Sofa zu schaffen. „Ich wollte eigentlich warten, bist du selbst merkst, dass du neue Sachen brauchst. Aber gestern Abend, als du so hübsch in dem Ballkleid ausgesehen hast, habe ich beschlossen, die Angelegenheit selbst in die Hand zu nehmen. Stört es dich?"

Liana musterte die elegante Frau in dem grünen Kostüm, das vermutlich mehr als ein Monatsgehalt kostete. Sie wusste, dass Fatima es nur gut meinte. Sie lächelte. „Ja, ich bin überwältigt, aber nicht im Geringsten beleidigt. Ich hätte nicht gewusst, wo und was ich einkaufen soll, und ich hätte bestimmt nicht so viel zur Auswahl genommen."

„Es wird dir Spaß machen, es anzuprobieren. Geh dir Unterwäsche anziehen. Währenddessen werde ich die Sachen nach dem jeweiligen Anlass sortieren. Zuerst die Tageskleider, dann die Cocktailkleider und dann die Ballkleider." Sie zog ein wenig die Augenbrauen hoch und lächelte verschmitzt. „Ich habe sogar ein paar gewagte Nachthemden liefern lassen – falls du interessiert bist."

Liana errötete. Sie hatte das Gefühl, dass jeder im Palast wusste, wo Malik die Nacht verbracht hatte. „Die heben wir bis zum Schluss auf."

„Natürlich."

Vier Stunden später war Liana erschöpft, aber zufrieden. Nun besaß sie eine Garderobe, die einer Prinzessin angemessen war, obwohl sie nach Fatimas Ansicht noch wesentlich mehr brauchte.

„Wir sind vielleicht nicht so berühmt wie die britische Königsfamilie", gab Fatima zu bedenken, während sie ihren Tee nippte, „aber wir werden dennoch ständig für Zeitschriften und Boulevardpresse fotografiert. Vergiss nie, dass es deine Pflicht ist, so schön und gepflegt wie möglich zu sein. Als Maliks Frau musst du dich so präsentieren, dass das Volk von El Bahar stolz auf dich sein kann. Junge Mädchen werden sich Fotos von dir an die Wand hängen, und Frauen werden kopieren, was du trägst."

Liana schüttelte den Kopf. „Ich kann mir nicht vorstellen, dass irgendjemand ein Foto von mir irgendwohin hängt. Das ist alles so seltsam und ein wenig beängstigend."

„Gestern Abend hast du es glänzend gemeistert", versicherte Fatima ihr. „Du hast dich gegenüber dem König von Bahania behauptet."

„Das war Anfängerglück. Wir haben hauptsächlich über Bethany und ihre Liebe zu Araberpferden gesprochen."

„Das war kein Glück." Fatima blickte sie eindringlich an. Obwohl sie bei der Anprobe von fast hundert Gewändern geholfen hatte, wirkte sie immer noch so frisch wie bei ihrer Ankunft am Morgen. „Manche Leute können ein Leben lang in königlichen Kreisen verkehren und es immer noch falsch machen."

Liana fragte sich, ob von Iman die Rede war. Hätte sie Fatima besser gekannt, hätte sie gefragt. Doch so lenkte sie das Gespräch lieber in ungefährlichere Bahnen. „Malik ist hervorragend darin. Ich nehme an, es liegt daran, dass er dazu geboren wurde."

„Vielleicht. Auf jeden Fall hat er sehr viel Übung. Hat er dir erzählt, dass er von seiner Mutter getrennt wurde, als er erst vier Jahre war?"

„Ich habe davon gehört."

Fatima nickte. „Ich war nie damit einverstanden, aber mein Sohn weigerte sich, auf mich zu hören. Schließlich war er mir in dem Alter ebenfalls weggenommen worden. Ich hatte mit meinem Mann über diesen Brauch gestritten, aber manchmal ist es schwer, die alten Sitten zu ändern." Ihre Miene wurde nachdenklich. „Ich vermute, du würdest so etwas nicht zulassen."

„Nein. Ich würde mir meinen vierjährigen Sohn bestimmt nicht wegnehmen lassen, nur weil er eines Tages vielleicht König werden soll."

„Malik ist aber sehr starrsinnig. Was ist, wenn er sich dir widersetzt?“

„Ich möchte nicht respektlos wirken, aber ich finde diese Praktik unmenschlich und falsch. Malik mag der Kronprinz sein, aber er kann mich nicht einschüchtern. Ich würde mich dieser Art von Tradition nicht unterwerfen.“

Fatima seufzte. „Da bin ich aber froh. Ich bewundere deine Stärke und Entschlossenheit. Ich habe viele Jahre gebraucht, um zu lernen, mich durchzusetzen, und als ich es konnte, war es zu spät für Givon. Und seine Frau war nie sehr stark und hat sich ihm nie widersetzt. Daher wurde von Malik mit vier Jahren erwartet, ein Mann zu sein. Ich erinnere mich noch gut, als er sich zum ersten Mal einen Arm brach. Er weinte vor Schmerzen. Sein Vater war nicht anwesend, aber einer der Minister fand ihn und schalt ihn wegen seiner memmenhaften Tränen. Er sperrte ihn für den Rest des Tages in seinem Zimmer ein. Erst am nächsten Morgen brachte er ihn zum Arzt und ließ den Knochen richten.“

Sie stellte ihre Tasse auf den Tisch. „Zum Glück sah Givon ein, dass der Mann zu weit gegangen war, und entließ ihn aus seiner Position. Aber das war nicht genug. Niemand tröstete Malik. Ich wollte ihn zum Arzt begleiten, aber es wurde mir nicht erlaubt. In jener Nacht saß ich im Flur vor seinem Zimmer und wünschte, ich könnte ihn in die Arme nehmen.“

„So etwas kann ich mir nicht vorstellen“, sagte Liana grimmig.

„Deswegen bist du so gut für Malik. Wenn du einen Sohn hast, wirst du da sein, um ihn an seine Vergangenheit zu erinnern und ihm zu helfen, einen Kronprinzen auf andere Weise zu erziehen.“

Liana wusste nicht, was sie dazu sagen sollte. Sie hatte sich noch nicht entschieden, was zu tun war. Obwohl die letzte Nacht Anlass zu der Hoffnung gab, dass die Ehe zwischen ihr und Malik klappen könnte, war sie nicht sicher, ob sie ein Teil der königlichen Familie bleiben wollte.

Fatima erhob sich. „Genug über die Vergangenheit. Wir haben eine glorreiche Zukunft zu feiern. Da du deine Kleider jetzt ausgesucht hast, kann ich die anderen zurückschicken lassen. Rihana wird deine neuen Sachen transportieren."

„Ich brauche ihre Hilfe nicht. Ich kann sie selbst ins Schlafzimmer bringen."

„Sei nicht albern. Du brauchst deine Sachen nicht durch den Palast zu tragen. Ohne Hilfe müsstest du zu oft laufen."

Zuerst begriff Liana nicht, was Fatima meinte. Dann wurde ihr bewusst, dass sie in Maliks Suite ziehen sollte. „Ich weiß deine Hilfe und dein Vertrauen sehr zu schätzen", sagte sanft. „Ich hoffe, du verstehst, dass sich nichts geändert hat. Malik hat mich gegen meinen Willen geheiratet, und das gefällt mir nicht. Ich weiß nicht, wie es zwischen uns weitergehen soll, und deshalb ist es mir wichtig, dass Bethany und ich vorläufig in diesen Räumen bleiben."

Fatima erstarrte. „Das sagst du nach allem, was ich dir erzählt habe?"

Liana fühlte sich klein und undankbar. „Es ist alles so kompliziert. Ich habe viel nachzudenken."

„Aha. Ich dachte, du hättest erkannt, dass Malik es wert ist, für ihn zu kämpfen. Offensichtlich habe ich mich geirrt. Verzeih mir, dass ich deine Zeit geraubt und dich mit Geschichten aus seiner Vergangenheit gelangweilt habe."

Tränen traten in Lianas Augen. „Fatima, bitte sei nicht so. Ich möchte nicht mit dir verfeindet sein."

„Anscheinend geht es nicht anders. Ich liebe meinen Enkel. Ich dachte, du würdest ihn auch lieben lernen. Ich dachte, du könntest seine Fassade durchschauen und den Mann dahinter erkennen. Aber ich habe mich in dir geirrt."

„Was erwartest du denn von mir? Zuerst hat er mich praktisch gekidnappt und dann zur Ehe überlistet."

„Ja, ich kann mir denken, wie unangenehm dir seine Entschlossenheit ist, dich in seinem Leben zu halten. Du ziehst Männer vor, die ihrer Familie ohne Skrupel den Rücken kehren."

„Das ist nicht fair", entgegnete Liana. „Ich bin sehr froh, dass Malik ein ganz anderer Mensch ist als mein Exmann. Aber er hat trotzdem Unrecht gehandelt."

„Ich konnte ihn nicht schützen, als er ein Kind war", entgegnete Fatima kühl. „Ich war auch nicht fähig, ihn vor den Schrecken seiner ersten Ehe zu bewahren. Aber mit Sicherheit werde ich nicht zulassen, dass jemand ihn noch einmal zu vernichten versucht."

„Das würde ich nie tun."

Fatima blickte sie finster an. „Was glaubst du denn, was deine Abreise ihm antun wird?"

14. KAPITEL

Sie haben gestern keinen Termin vereinbart", eröffnete Zachary missbilligend, „und der Prinz ist heute genauso beschäftigt. Ich fürchte, er kann Sie nicht empfangen."

Liana stützte die Hände auf seinen Schreibtisch und beugte sich eindringlich vor. „Ich bin Prinzessin Liana, die Ehefrau des Kronprinzen, und ich werde meinen Mann sehen, wann immer ich will. Sie können mich anmelden oder mir aus dem Weg gehen. Suchen Sie es sich aus."

Zachary errötete. „Es gibt bestimmt keinen Grund, unhöflich zu sein."

„Dann seien Sie es gefälligst auch nicht." Sie richtete sich auf und stürmte zu der geschlossenen Tür zur Linken.

„Sie können da nicht reingehen." Zachary stürmte an ihr vorbei zur Tür und warf sich dagegen.

Liana war verwirrt und müde und fühlte sich völlig verloren. Ihr Mann war ihr ein Rätsel, ihre angeheiratete Großmutter war gegen sie gestimmt, und sie musste befürchten, dass jede private Entscheidung internationale Folgen haben könnte. „Gehen Sie mir aus dem Weg", befahl sie.

In diesem Moment riss Malik mit verärgerter Miene die Tür auf. Liana fürchtete, dass er Zacharys Partei ergreifen würde. Doch als er sie erblickte, lächelte er. „Wolltest du zu mir?"

Sie nickte. „Ich habe keinen Termin, und das scheint ein Problem zu sein."

„Kein Problem." Er nahm ihre Hand und zog sie an seinem Sekretär vorbei. „Das ist Prinzessin Liana. Sie ist stets willkommen, und Sie werden sie zu mir lassen, wann immer sie es wünscht. Haben Sie verstanden?"

Zacharys Wangen röteten sich noch mehr. Er nickte und verbeugte sich vor beiden.

Malik führte sie in sein Büro, vorbei an einem großen Schreibtisch und Bücherregalen zu einem Ecksofa.

„Er ist ein nervtötender Mensch“, verkündete sie mit einem Blick zu der geschlossenen Tür, als sie sich setzten.

„Da stimme ich dir zu. Aber er ist sehr tüchtig, und deshalb ertrage ich ihn. Ich lasse jedoch nicht zu, dass er dich beleidigt.“

Seine Nähe erweckte in ihr den Drang, sich in seine Arme zu werfen. Bei ihm fühlte sie sich so lebendig und sicher, so als würde er immer für alles sorgen. Doch das war lächerlich, da sie sehr gut für sich selbst sorgen konnte.

„Danke für letzte Nacht“, sagte er.

Sie lächelte ein wenig verlegen. „Ja, nun, es war erstaunlich. Danke.“

„Wir passen gut zusammen. Nicht nur im Bett. Ich finde, beim Dinner haben wir auch ein gutes Paar abgegeben.“

Seine Bemerkung entsprach ihrem eigenen Eindruck. Sie musterte ihn. Jahrhunderte der Weisheit schienen aus seinen Augen zu sprechen. Sein Leben und ihr Leben hatten nichts gemeinsam, und doch hatte sie das Gefühl, ihn zu verstehen. Sie mochte ihn und begehrte ihn, und das bedeutete, dass es ihr nicht sehr schwer fallen würde, sich in ihn zu verlieben.

Sie verschränkte die Hände im Schoß. „Was erwartest du von mir? Geht es um Sex? Suchst du Freundschaft? Ich kann keine Entscheidung treffen, solange ich deine Ziele nicht kenne.“

Malik schwieg lange Zeit. Schließlich beugte er sich zu ihr und berührte ihre Wange. „Du hast schlanke Fesseln.“

Sie blinzelte. „Wie bitte?“

Er nahm ihre Hand. „Ich kann mit Leichtigkeit dein Handgelenk mit meinen Fingern umschließen. Du bist eine zarte Blume und doch so stark im Innern.“ Dann küsste er ihre Handfläche.

„Malik, wovon redest du denn da?“

Eindringlich blickte er ihr in die Augen. „Von deinen Fesseln. Sie sind zierlich."

„Ich versuche, ein ernstes Gespräch über unsere Beziehung zu führen, und du redest von meinen Knochen?"

„Alles an dir ist wundervoll."

„Ich will momentan nicht über Körperteile reden. Was ist mit uns?"

„Deine Haut ist so zart wie ein Pfirsich."

Sie entzog ihm die Hand. „Du redest Unsinn."

„Du sollst wissen, wie sehr ich dich schätze."

„Schätzen ist gut und schön, aber was willst du von mir?"

Die Bewunderung wich von seinem Gesicht. Seine Miene wurde undeutbar. Er ließ ihre Hand los und richtete sich auf.

Zuerst fühlte sie sich gekränkt und hielt seine Komplimente für ein seltsames Spiel. Doch dann erkannte sie, dass ihre Frage ihn beängstigte und er es verbergen wollte. „Du willst, dass ich mich in dich verliebe", flüsterte sie verwundert.

Er stand auf. „Natürlich", sagte er schroff. „Was dachtest du denn? Würdest du mich jetzt bitte entschuldigen? Ich habe in fünf Minuten eine Besprechung."

Liana wusste nicht recht, was sie von der Einladung zum Dinner im Kreis der Familie halten sollte. Nach der Auseinandersetzung mit Fatima fürchtete sie, dass sie vom König und Maliks Brüdern gescholten werden könnte. Doch stattdessen wurden sie und Bethany herzlich willkommen geheißen und verbrachten einen sehr angenehmen Abend. Anschließend brachte Malik sie zu ihrer Suite.

„Ich gehe jetzt ins Bett", verkündete Bethany, sobald sie das Wohnzimmer betraten. „Ich bin ganz doll müde und schlafe bestimmt in fünf Minuten ein." Sie gab beiden einen Gutenachtkuss und verschwand in ihrem Zimmer.

Liana seufzte. „Meine Tochter ist nicht unbedingt subtil."

„Sie ist ein wundervolles Kind. Du kannst von Glück sagen, dass du sie hast."

„Ich weiß, und es freut mich, dass du es bemerkt hast. Ich bin dir sehr dankbar, dass du dir so viel Zeit für sie nimmst."

„Ich tue es, weil ich es will. Aus keinem anderen Grund."

Sie lächelte. „Das macht es so bedeutungsvoll. Bethany himmelt dich an." Sie zögerte und räusperte sich. „Was hast du für den Rest des Abends vor?"

Er trat näher. „Du bist ein heller Stern am Abendhimmel."

„Was?"

„Jegliche Schönheit verblasst vor deinem Glanz."

„Malik, du bist schon wieder so komisch. Es macht mich nervös."

Er küsste ihre Lippen. „Du sollst wissen, wie sehr ich deine weiblichen Reize schätze."

„Du hast auch einige sehr eindrucksvolle männliche Reize." Sie schlang die Arme um seine Taille. „Es dauert bestimmt nicht lange, bis Bethany eingeschlafen ist. Möchtest du einen Drink, während wir warten?"

Erneut küsste er verführerisch ihre Lippen. Sie war bereits entflammt, und der Gedanke, auch nur fünf Minuten zu warten, schmerzte geradezu.

„Ich werde von deinen schlanken Fesseln, deiner zarten Haut und deinem lieblichen Duft träumen", sagte er und wich zurück.

„Würdest du bitte normal reden?"

„Entschuldige, Liana. Ich bleibe heute Nacht nicht. Du bist meine Ehefrau, und wenn wir uns das nächste Mal lieben, dann wird es in meinem Zimmer geschehen, in meinem Bett."

Verärgerung gesellte sich zu der Leidenschaft. „Du erpresst mich."

„Ich habe dir gesagt, dass du in meine Suite ziehen sollst. Dorthin gehörst du."

„Du erwartest von mir, dass ich in allem nachgebe. Was bekomme ich dafür?"

Er antwortete nicht. Stattdessen drehte er sich um und ging.

Entgeistert blickte Liana ihm nach. Dann schnappte sie sich ein Kissen vom Sofa und warf es an die geschlossene Tür. Die kindische Geste erleichterte sie nur wenig. Seine blumigen Komplimente erschienen ihr sehr seltsam. Und sie hasste sein Beharren darauf, dass sie in seine Räume zog.

Wie so oft in letzter Zeit lief sie rastlos im Raum umher. Sie war zu erregt, sehnte sich zu sehr nach ihm, um in absehbarer Zeit Schlaf zu finden. Sie konnte nur hoffen, dass er sich ebenso unwohl fühlte.

Tu es doch, flüsterte eine innere Stimme, wäre es denn so furchtbar, mit ihm zu leben?

„Du machst Mommy wirklich verrückt", verkündete Bethany in der folgenden Woche, als sie und Malik von den Stallungen zum Palast gingen.

„Inwiefern?"

Sie lächelte zu ihm auf. „Sie sagt, dass du dauernd über ihre schlanken Fesseln und ihre zarte Haut redest, wenn ihr allein seid. Sie sagt, dass sie sich langsam wie die Puppe des Monats bei einem Einkaufssender im Kabelfernsehen fühlt." Sie rümpfte die Nase. „Gefallen dir ihre Fesseln wirklich?"

„Sie sind bestimmt sehr hübsch, aber sie sind nicht mein bevorzugter Teil."

„Warum redest du denn dann ständig davon?"

Sie betraten den Garten hinter dem Palast. Malik setzte sich auf eine steinerne Bank am Wegesrand, und Bethany setzte sich neben ihn.

Durch die täglichen Austritte war ihre Haut gebräunt und ihre Nase mit Sommersprossen übersät. Sie hatte noch immer diese unschuldige Miene, die in ihm den Drang erweckte, sie vor allem Bösen zu beschützen. Er konnte sich nicht mehr vorstellen, wie sein Leben ausgesehen hatte, bevor dieses Kind seine Welt verändert hatte.

„Ich habe deinen Rat angenommen", gestand er verlegen ein. „Du hast mir aufgetragen, mir was einfallen zu lassen, damit sie nicht mehr so sauer auf mich ist. Du hast diese Liebesromane erwähnt, die sie immer liest. Also habe ich mir welche besorgt." Er schüttelte den Kopf. „Die Männer darin reden immer über die schlanken Fesseln der Frauen."

„Das finde ich ziemlich blöd."

„Ich auch. Aber ich dachte mir, dass es einen Versuch wert ist."

„Versuch was anderes. Das mit den Fesseln klappt nicht. Außerdem denkt sie, dass ihr nichts gemeinsam habt und du der falsche Mann für sie bist." Verschwörerisch senkte sie die Stimme. „Ich glaube, sie hat Angst davor, eine Prinzessin zu sein. Sie hat gesagt, dass es Spaß macht, darüber zu lesen und davon zu träumen, aber so zu leben, ist was anderes. Sie will dich oder dein Land nicht in Verlegenheit bringen."

„Das würde sie nie tun. Deine Mutter ist jeder Situation gewachsen." Er befürchtete vielmehr, dass sie ihrer Ehe keine Chance gab. All seine Komplimente schienen nicht gefruchtet zu haben, und die Zeit lief ihm davon. Ohne sie konnte er weder schlafen noch sich auf die Arbeit konzentrieren, was ihm nie zuvor passiert war. Irgendwie musste er sie zum Bleiben bewegen. Aber wie?

„Malik? Wo du und Mom jetzt verheiratet seid, bist du da mein neuer Dad?" Bethany stellte die Frage, ohne ihn anzusehen. Sie drehte ihre Reitkappe in den Händen, so als handelte es sich um das interessanteste Ding auf der Welt.

Er legte ihr eine Hand auf die Schulter. „Dein Vater in Amerika wird immer dein richtiger Vater bleiben. Nichts kann das ändern, und niemand wird seinen Platz einnehmen. Aber wenn du damit meinst, ob wir gegenseitig zum Leben des anderen gehören, dann lautet die Antwort ja."

Sie hob den Kopf. Tränen schimmerten in ihren Augen. „Aber was ist, wenn wir weggehen, wenn der Monat um ist? Dann vergisst du mich bestimmt."

Behutsam wischte er die Tränen fort, die über ihre Wangen rannen. Er betrachtete ihr liebliches Gesicht und erkannte, dass sie immer die Tochter seines Herzens sein würde, auch wenn sie biologisch das Kind eines anderen Mannes war. „Wusstest du, dass dein Name auf arabisch etwas bedeutet?"

Sie schniefte und schüttelte den Kopf. „Was denn?"

„Auf arabisch bedeutet Bethany *Tochter des Herrn*. Bald werde ich El Bahar regieren und der Herr dieses Landes sein. Das macht dich in gewisser Weise zu meiner Tochter." Er zog sie an sich. „Keine Sorge, Kind. Ich werde dich nie vergessen."

Sie klammerte sich an ihn. „Ich will nicht weggehen, Malik."

„Du bist willkommen, so lange du willst."

„Ich habe dich lieb."

Ihre Worte rührten ihn ebenso wie ihre Tränen, doch er sagte nichts, hielt sie nur fest. Es gefiel ihm, dass sie ihn mochte. Aber ihre Gefühle zu erwidern, war ihm unmöglich. Er hatte der Liebe vor langer Zeit abgeschworen.

„Wenn ich einen Prinzen ermorde, werde ich dann enthauptet?", verlangte Liana zu wissen.

Dora lachte. „Schon möglich. Allerdings ist Malik bei seinem Volk sehr beliebt, sodass du wahrscheinlich eher vom Mob getötet würdest."

„Das sind ja tolle Aussichten."

„Unsere Prinzen sind schwierige Männer. Leidenschaftlich und unglaublich loyal, aber nicht einfach. Sie haben nicht nur die typischen Fehler normaler Männer, sondern dazu noch die nervenden Neigungen, die einer Königsfamilie eigen sind. Es ist kein Leben für schwache Herzen."

Dora war so elegant und königlich wie Fatima und ebenso gut gekleidet. Liana hatte Geschichten über ihre Heirat mit Khalil gehört, und es fiel ihr schwer, die Prinzessin ihr gegenüber mit der verlassenen Chefsekretärin zu vereinbaren, die allein und mittellos auf einem Flughafen gestanden hatte.

„Aber ich finde es der Mühe wert", fuhr Dora fort. „Khalil ist der wundervollste Mann, den ich je kennengelernt habe. Ich würde Berge für ihn versetzen, und er für mich."

Liana nickte. Sie hatte die Liebe zwischen Dora und Khalil gesehen, ebenso wie zwischen Heather und Jamal, und manchmal beneidete sie die Paare um ihr Glück. „Ich weiß nicht, was Malik empfindet", erklärte sie. „Ich kann mir nicht erklären, warum er will, dass ich bleibe."

„Ist das denn wichtig? Reicht es nicht, dass es so ist? Er hat dich erwählt, Liana, von allen Frauen auf der Welt."

„Ich weiß, und es macht mich verrückt, dass ich mir den Grund nicht erklären kann."

„Ich kann mich in deine Lage einfühlen, aber ich bin auch egoistisch. Du bist wundervoll für Malik, und ich will nicht, dass du weggehst. Was macht Malik denn falsch? Was willst du?"

„Ich weiß es nicht." Malik machte sehr viele Dinge richtig. Er war charmant und aufmerksam, und wenn sie die Tatsache außer Acht ließ, dass er sie zur Ehe überlistet hatte, war er ein richtiger Schatz. Er verlangte immer noch, dass sie in seine Suite zog, und wollte vorher nicht mit ihr schlafen – was ihr sehr missfiel. „Ich werde mit ihm reden", verkündete sie und stand auf.

„Ich bin sehr gespannt, was dabei herauskommt."

Liana lächelte immer noch, als sie in das Vorzimmer von

Maliks Büro stürmte. Zachary bedachte sie mit einem einzigen Blick, bevor er sie ankündigte.

Anstatt zu warten, bis sie hineingeführt wurde, spazierte sie in das Büro und schloss die Tür hinter sich.

Malik zog die Augenbrauen hoch. „Ein unerwartetes Vergnügen."

„Ja, ja, lass bitte diesmal meine Fesseln in Ruhe, okay?"

„Wie du wünschst."

Er war übertrieben höflich und so gut aussehend und aufmerksam und kompliziert und gut im Bett. „Ich dachte, du wolltest, dass die Ehe funktioniert."

„Das will ich auch."

„Aber du willst nicht mit mir schlafen."

„Nicht, solange du mein Bett nicht teilst."

„Und ich kann nicht nur für ein paar Stunden zu dir kommen und dann wieder gehen?"

Er machte sich nicht die Mühe zu antworten.

Sie seufzte. „Also gut. Bethany und ich werden heute Nachmittag umziehen. Aber bilde dir nicht eine Sekunde lang ein, dass ich dich bitten werde, mit mir zu schlafen."

Ein Lächeln spielte um seine Lippen. „Ich verspreche dir, dass du nicht zu bitten brauchst."

15. KAPITEL

Verwundert blickte Liana sich in dem vornehm möblierten Wohnzimmer um. Überall standen Rosen, in Vasen und Schalen, von sämtlichen Farben. Blütenblätter bedeckten den Fußboden, und der Duft betörte ihre Sinne.

Malik stand mitten im Raum. Seine Miene war undeutbar wie üblich, aber sie spürte seine Spannung. Sie legte ihre Kleider auf einen Stuhl bei der Tür. „Es ist erst eine halbe Stunde her, seit ich dir gesagt habe, dass ich hier einziehe." Sie deutete auf die Rosen. „Wie ist das möglich?"

„Ich bin eben schnell."

„Du kannst die Blumen nicht die ganze Zeit hier gehabt haben."

„Nein. Sie waren in einem großen Kühlschrank. Ich habe sie einige Male erneuert, während ich auf deine Entscheidung gewartet habe."

Es war eine alberne, kostspielige, romantische Geste, und sie wusste nicht, ob sie ihm danken, in Tränen ausbrechen oder ihn wegen der Geldverschwendung schelten sollte. Stattdessen ging sie über den mit Blütenblättern übersäten Boden und blieb dicht vor ihm stehen. „Werde ich dich je verstehen?"

„Mit der Zeit."

„Verstehst du mich denn?"

Er lächelte. „Du bist eine Frau. Du und dein Geschlecht werden für uns Männer immer ein Geheimnis bleiben." Er griff in die Tasche seines Jacketts und holte eine kleine Schachtel hervor. Ihr stockte der Atem, als er den Deckel hob und ihr einen Brillantring zeigte. „Ich habe dir noch keinen Ehering gegeben", erklärte er, während er ihr den Reif an den Finger steckte.

„Er ist wunderschön." Liana wusste nicht, was sie noch sagen sollte. Irgendwie erschien ihr die Ehe durch den Ring noch realer.

Er zog sie an sich, küsste ihre Wangen, ihre Stirn und schließlich ihren Mund.

Sie spürte ihn in ihren Armen zittern, so als wäre ihr Dasein ihm wirklich wichtig. All ihre Zweifel verflogen ebenso wie die Frage, ob sie hätte nachgeben sollen oder nicht. Verlangen erfüllte sie. Nicht nur Leidenschaft und die Begierde, mit diesem Mann zusammen zu sein, sondern eine Sehnsucht, ihn zu verstehen und zu heilen. Seine Zuflucht zu sein.

Sie öffnete die Lippen und erwiderte begierig seinen Kuss, während sie nach den Knöpfen seines Hemdes griff.

Er hielt ihre Hände fest. „Nicht hier. In meinem Bett." Unvermittelt hob er sie auf die Arme und trug sie in sein Schlafzimmer. Unter Küssen und Liebkosungen entkleideten sie sich hastig.

Endlich waren sie nackt. Sie war bereit. Es war nicht zu lange her – etwa eine Woche, aber es erschien ihr wie eine Ewigkeit.

„Mehr", drängte sie, als er in sie eindrang.

Malik griff zwischen ihre Körper. Während er tiefer eindrang, reizte er den kleinen Punkt und bereitete ihr sofort Entzücken.

Immer und immer wieder drang er ein, führte sie erneut dem Höhepunkt entgegen, raubte ihr den Atem. Als er sich der Erlösung näherte, öffnete er die Augen und blickte in ihr Gesicht.

Ihre Körper spannten sich. „Meine Frau", murmelte er, als die erste Woge des Entzückens über ihn hereinbrach.

„Mein Mann", wisperte sie, und dann verlor sie sich in den köstlichen Wellen.

Nachdem sich ihr Atem wieder beruhigt hatte, kuschelte Liana sich an ihn und legte den Kopf auf seine Schulter. „Ich hätte schon längst bei dir einziehen sollen", neckte sie. „Wenn du mir klargemacht hättest, was mich erwartet, hätte ich mich nicht so sehr dagegen gewehrt."

„Das bezweifle ich. Du kannst sehr starrsinnig sein."

Sie lachte. „Nicht nur ich. Du warst entschlossen, deinen Kopf durchzusetzen."

„Ich hatte keine Wahl."

Es gibt immer eine Wahl, dachte sie, aber sie wollte nicht mit ihm diskutieren. Nicht jetzt, da sie noch so wundervoll träge und zufrieden war.

„Wer bist du, Malik Khan?", sinnierte sie, während sie seine Brust streichelte. „Du sagst, dass ich dich mit der Zeit verstehen werde, aber ich bin mir da nicht so sicher. Manchmal kommt es mir vor, als wüsste ich jeden Gedanken von dir, doch manchmal bist du ein völlig Fremder."

„Wie gut kennt man schon andere?", entgegnete er ausweichend. Er nahm eine Haarsträhne und rieb sie zwischen den Fingern. „Du hast wunderschöne Haare."

Sie lächelte. „Willst du dich gar nicht über meine Fesseln auslassen?"

„Ich habe beschlossen, es sein zu lassen."

„Vielen Dank. Es hat mir allmählich Angst gemacht. Ich hatte schon befürchtet, du wärst insgeheim ein Fußfetischist."

„Keine Sorge."

Sie musterte sein Gesicht. Mit der Zeit, wenn sie blieb, würde sie jeden Zentimeter von ihm kennenlernen. Sie würde seinen Körper erforschen, bis er ihr vertraut war wie ihr eigener. Gemeinsam würden sie sich eine Vergangenheit schaffen, die ihnen die Kraft verleihen würde, schwere Zeiten zu überstehen. Wenn sie blieb.

Und wenn sie ging? Was würde dann geschehen? Sie stellte fest, dass sie nicht daran denken wollte. Es war zu erschreckend und traurig. „Ich weiß immer noch nicht, ob ich fähig bin, eine Prinzessin zu sein."

„Du wirst es lernen. Genau wie ich es lernen werde, Bethany ein guter Vater zu sein."

„Macht es dir keine Angst, Vater zu sein?“

„Manchmal schon. Ich habe keine Erfahrung.“

„Mir macht es auch manchmal Angst“, gestand sie ein. „Wenn das passiert, konzentriere ich mich einfach darauf, wie lieb ich sie habe. Es ist erstaunlich, was ein volles Herz in einer Beziehung vollbringen kann.“ Sie presste die Lippen zusammen und beschloss dann, das Risiko einzugehen und zu fragen: „Was passiert, wenn ich mich in dich verliebe?“

„Dann wirst du in El Bahar bleiben und glücklich sein als meine Frau.“

Sie knuffte ihn in die Rippen. „Falsche Antwort, Malik. Du hättest sagen sollen, dass du mich dann auch lieben wirst. Dann kann ich in El Bahar bleiben und glücklich sein als deine Frau.“

Sie hatte erwartet, dass er einen Scherz machen oder vom Thema ablenken würde. Stattdessen wurde er ernst.

„Ich bin dein Ehemann, Liana. Ich werde dir treu sein und mich um dich und jegliche Kinder kümmern, die wir zusammen haben könnten. Aber du musst verstehen, dass ich zuerst und vor allem der Kronprinz von El Bahar bin. Mein Bestes gilt meinem Volk. Daher kann ich es mir nicht leisten, durch Gefühle wie Liebe geschwächt zu werden. Ich lebe für ein größeres Wohl.“

Verblüfft starrte sie ihn an. „Mir ist nicht klar, ob es ein schlechter Scherz ist, oder ob du wirklich glaubst, was du da sagst.“

„Ich meine, was ich sage. Ich werde dir vieles sein, aber ich werde dich nicht lieben.“

Seine Worte trafen sie wie ein Schlag ins Gesicht. Sie setzte sich auf und zog die Decke bis zum Kinn hoch. „Meinst du das wirklich ernst?“

„Ja.“

Irgendetwas in ihr schien zu brechen. „Und doch erwartest

du von mir, dass ich hier bleibe und dich liebe?"

Verlegen mied er ihren Blick. „Liebe ist nicht erforderlich. Eine erfolgreiche Ehe basiert auf vielen Dingen, zu denen gegenseitiger Respekt und der aufrichtige Wunsch gehören, den anderen glücklich zu sehen. Ich glaube, darauf können wir aufbauen."

„Auch wenn du der Kronprinz bist, bist du trotzdem ein Mann. Du kannst deinem Herzen nicht befehlen, nicht zu lieben."

„Bisher habe ich es, und zwar ohne große Mühe."

Daran zweifelte sie nicht. „Du hast den aufrichtigen Wunsch erwähnt, den anderen glücklich zu sehen. Was ist, wenn ich nur mit deiner Liebe glücklich sein kann?"

Er erhob sich vom Bett. „Du sprichst von Ereignissen, die womöglich niemals eintreten. Ich wünsche zu diesem Zeitpunkt nicht über sämtliche unwahrscheinliche Möglichkeiten zu diskutieren."

„Jedes Mal, wenn ich zu glauben beginne, dass es mit uns klappen könnte, sagst du mir etwas, das es unmöglich macht."

Er erstarrte. Er stand nackt vor ihr, und sie sah, dass sich all seine Muskeln spannten. Er trat näher und berührte ihre nackte Schulter.

„Du scheinst nicht zu verstehen. Ich kann dir alles geben. Du sagst, dass du keinen Wert auf Geld, Position oder Macht legst, aber das liegt nur daran, dass du all das nicht erlebt hast. Millionen Menschen auf der ganzen Welt werden dich beneiden. Dir wird es an nichts mangeln. Bethany werden alle Möglichkeiten offen stehen. Wir werden gemeinsame Kinder haben, die wir zu großartigen Fürsten heranziehen. Wir können eine Dynastie beginnen, die tausend Jahre andauern wird. Willst du all das wegwerfen wegen ein paar Worten?"

„Es sind nicht nur Worte. Sie beinhalten eine Verpflichtung."

„Ich habe mich dir verpflichtet. Ich nehme dich als meine

zukünftige Königin. Ich lege dir El Bahar zu Füßen. Wie kannst du nach mehr verlangen?"

Wenn er es so ausdrückte, fühlte sie sich selbstsüchtig und habgierig. Erneut hatte er sie völlig verwirrt. „Was ist mit Kindern? Ich würde nie zustimmen, sie so zu erziehen, wie du erzogen wurdest. Ich würde nicht zulassen, dass mir mein ältester Sohn mit vier Jahren weggenommen und gezwungen wird, ein Mann zu sein. Ein Kind bleibt ein Kind, bis es von selbst bereit ist, ein Mann zu sein."

Er sank auf das Bett und zog sie an sich. Er war warm und stark, und sie spürte das stete Klopfen seines Herzens. „Deswegen musst du bleiben. Weil ich das auch nicht für meine Kinder will. Ich brauche dich, Liana. Bleib bei mir."

Wie sollte sie ihm widerstehen, wenn er sich so gab? Sie schlang die Arme um ihn und hielt ihn fest. Doch im Hinterkopf hörte sie die Uhr ticken. Der Monat verflog rasch, und sie war einer Entscheidung nicht näher als an jenem Tag, als sie erfahren hatte, dass sie verheiratet war.

„Du scheinst dich gut eingelebt zu haben", meinte Fatima ein paar Tage später, als sie Liana zum Lunch Gesellschaft leistete.

Sie saßen auf dem Balkon an einem kleinen Tisch aus Ebenholz, dem Geschenk eines chinesischen Kaisers vor fast fünfhundert Jahren. Liana strich über die glatte Oberfläche und versuchte zu lächeln. Ihr Mund verzog sich auf Befehl, aber sie ahnte, dass sie nicht besonders glücklich aussah.

Fatima beugte sich vor. „Bist du mir immer noch böse? Ich war ein wenig barsch zu dir, und das tut leid. Ich habe aus Enttäuschung gehandelt. Ich dachte, dass du so gut für Malik bist, und als ich herausfand, dass du tatsächlich weggehen willst, war ich verletzt."

„Glaub nur nicht, dass sich alles geändert hat."

„Das verstehe ich nicht. Du wohnst in seinen Räumen.

Wenn ihr beide in der Öffentlichkeit oder im Kreis der Familie erscheint, wirkt ihr sehr glücklich."

Liana zuckte die Achseln. „Das sind wir. In gewisser Weise." Sie nahm einen Schluck Eistee und seufzte. „In gewisser Hinsicht läuft es gut zwischen Malik und mir. Er ist aufmerksam, gütig und wundervoll zu Bethany. Er hat angefangen, mit mir über seine Verantwortlichkeiten zu sprechen. Er ist ein brillanter Politiker, und ich lerne sehr viel."

„Givon sagt, dass Malik deine Ansichten schätzt. Er respektiert dich."

„Wie ich ihn respektiere." Sie hielt inne. Sie und Malik schliefen außerdem jede Nacht miteinander, und dieser Aspekt ihres gemeinsamen Lebens war wunderbar. „Ich könnte mich sehr leicht in ihn verlieben."

„Wo liegt dann das Problem?", hakte Fatima verständnislos nach.

Liana holte tief Luft. „Er meint, dass er sein Bestes für El Bahar aufheben muss, und will sich nicht in tiefe Gefühle verstricken. Also wird er für mich sorgen und mir treu sein, mich aber nicht lieben. Ich nehme an, dass er es auch auf unsere Kinder ausweiten will, sollten wir welche haben. Wie kann ich bei einem Mann bleiben, der mir niemals das eine geben will, das ich will?"

Fatima musterte sie mit weisen Augen. „Du bist eine reife Frau mit einer gewissen Lebenserfahrung. Ist dir nie in den Sinn gekommen, dass Malik sich selbst täuscht? Dass er die Worte ausspricht, weil er sie wahrhaben will, und nicht, weil sie es sind?"

„Daran habe ich gar nicht gedacht."

„Das solltest du vielleicht. Was hat er dir von Iman erzählt?"

„Ich weiß, dass sie nicht tot ist und dass sie ihm untreu war. Ich kann mir gar nicht vorstellen, wie sehr ihn das gedemütigt haben muss. Er ist ein sehr stolzer Mann."

„Ich glaube, es war einer der finstersten Momente seines Lebens. Nicht nur, weil jeder davon wusste, sondern weil er seiner Meinung nach sein Volk im Stich ließ. Er konnte nicht einsehen, dass ihr Betrug ihn in den Augen seiner Untertanen menschlicher machte. Er war nicht länger ein junger Gott, sondern ein echter Mann, der Fehler macht. Er wurde immer bewundert, aber danach wurde er wirklich geliebt."

„Ich glaube nicht, dass Malik es so sieht."

„Das stimmt. Er sieht nur seinen Fehler und hat sich geschworen, dass es nie wieder geschehen wird." Fatima neigte den Kopf. „Warum hat er dich zu seiner Frau erwählt?"

„Ich habe keine Ahnung. Diese Frage stelle ich mir ständig."

„Vielleicht solltest du stattdessen Malik fragen. Vielleicht solltest du auch bedenken, dass er nie wieder einen Fehler wie mit Iman begehen will. Wir sind alle Produkte unserer Vergangenheit. Seine Vorgeschichte beeinflusst ihn."

„Aber er hat Iman nie geliebt."

„Woher willst du das wissen?"

„Er hat es mir gesagt."

„Was hätte er sonst sagen sollen?"

Das hatte Liana bisher nicht bedacht. Wenn er Iman geliebt hatte, musste er seine Urteilsfähigkeit in Frage stellen und sich schwören, nie wieder auf diese Weise hereinzufallen.

„Vielleicht muss man ihm zeigen, dass er einen sicheren Hafen gefunden hat", sagte Fatima sanft. „Ich glaube, du und deine Tochter seid fähig, sein Herz zu heilen und ihm zu gestatten, sich wieder zu öffnen. Wenn er geliebt wird, kann er sich vielleicht gestatten zu lieben. Achte auf sein Verhalten, nicht auf seine Worte. Dann überleg dir, was du siehst. Überstürze nichts, Liana. Ist er nicht zumindest eine Chance wert?"

16. KAPITEL

Warum hast du ausgerechnet mich genommen?", fragte Liana an diesem Abend, als sie nach einem berauschenden Liebesspiel zufrieden in Maliks Armen lag.

„Du bist meine Frau. Es wäre ungehörig von mir, mit einer anderen zu schlafen."

Sie lächelte. „Das meine ich nicht, und du weißt es. Warum hast du mich geheiratet? Du hättest eine andere nehmen können, die angemessener ist."

„Du bist die eine, die ich wollte. Zuerst hast du mir nur gefallen. Später, als ich dich und deine Tochter kennengelernt habe, ist mir bewusst geworden, dass du die nötigen Eigenschaften hast, um eine gute Königin und Mutter abzugeben. Du hast Bethany zu einem wundervollen Menschen erzogen. Du liebst sie innig und würdest alles tun, um sie zu beschützen. Das möchte ich für meine Kinder."

Sie nickte bedächtig.

„Außerdem beeindruckt es dich nicht, dass ich ein Prinz bin. Ich kann mir nicht vorstellen, den Rest meines Lebens mit jemandem zu verbringen, der Ehrfurcht vor mir hat."

„Stattdessen hast du mich am Hals, die dir ständig die Meinung sagt."

„Das stört mich nicht. Wenn ich anderer Ansicht bin, höre ich einfach nicht zu."

Sie wollte lachen, aber sie wusste, dass er es ernst meinte. Ging es ihm auch um ihre Fähigkeit zu lieben? Hatte er eine Frau mit einem großen Herzen gewählt, damit er einen Platz für sich selbst darin finden konnte?

Sie fragte ihn nicht, denn sie wusste, dass er nicht offen antworten würde. Er hielt seine Emotionen streng unter Kontrolle. Ihre Gefühle sprudelten jedoch hervor, selbst wenn sie es nicht wollte. Und obwohl er gelegentlich arrogant und aufreizend sein mochte, hatte er irgendwie den Platz in ihrem Herzen gefunden.

„Ich kann mir eine Welt ohne dich nicht vorstellen, Malik. Ich liebe dich, und wenn du willst, dass ich bleibe, dann tue ich es." Ein Lächeln spielte um ihre Lippen, während sie auf seine überschwängliche Reaktion wartete.

Doch er nickte nur. „Das freut mich. Du hast die richtige Entscheidung getroffen. Wir müssen besprechen, wann wir unsere Familie gründen. Ich möchte den Prozess so schnell wie möglich in die Wege leiten."

Er sprach weiter über Kinder und eine verspätete Hochzeitsreise und eine Zeremonie, in der ihr ein Titel verliehen werden sollte. Seine Worte riefen eine eisige Kälte in ihr hervor. Hatte sie sich in ihm geirrt?

„Interessiert dich gar nicht, was ich gerade gesagt habe?", hakte sie nach.

Er runzelte die Stirn. „Natürlich. Ich habe dir doch gesagt, dass ich mich über dein Bleiben freue. Es gibt Details zu klären. Aber wenn es dir lieber ist, können wir ein andermal darüber sprechen."

„Es ist mir gleich, wann wir darüber reden", entgegnete sie voller Enttäuschung und Zorn. „Ich will hören, dass du überglücklich bist, weil ich dich liebe, und dass du Angst hattest, ich könnte dich verlassen. Ich will wissen, dass ich dir wichtig und nicht irgendein ersetzbarer Teil in deinem Leben bin."

„Das haben wir doch alles schon abgehakt", entgegnete er geduldig. „Ich habe großen Respekt vor dir, und ich habe dich geehrt, indem ich dich als meine zukünftige Königin genommen habe."

Sie blickte ihn finster an. „Das reicht nicht. Ich habe in jedem Punkt nachgegeben, Malik. Ich lebe in deinem Land, und ich werde die Sitten erlernen und unsere Kinder zu guten und weisen Herrschern erziehen. Aber wir beide haben keine geschäftliche Vereinbarung, sondern führen eine Ehe. Es geht nicht um Pflicht und Position, sondern um gegenseitige Liebe. Du hast bisher jeden Kampf gewonnen, aber diesmal wirst du nicht gewinnen. Bei Gott, du wirst mir sagen, dass ich dir wichtig bin."

Seine Miene verschloss sich. „Ich werde dich nicht lieben."

„Du hast Angst, es einzugestehen. Vielleicht nur mir, vielleicht aber auch dir selbst. Ich weiß, dass du viel Schreckliches durchmachen musstest. Ich lasse dir Zeit, das zu verwinden und zu lernen, mir zu vertrauen. Aber irgendwann wirst du in diesem Punkt nachgeben müssen."

„Niemals."

Sie stand auf, verschränkte die Arme vor der nackten Brust und blickte zu ihm hinab. „Es ist ganz einfach. Wenn du meine Liebe erwiderst, verändere ich die Welt für dich. Wenn nicht, verlierst du mich für immer. Ich werde nicht weggehen, aber ich werde innerlich immer mehr sterben."

„Frauen setzen zu sehr auf Emotionen", entgegnete er schroff. „Ich werde dir ein guter Ehemann sein. Beurteile mich nach meinen Taten, nicht nach meinen Worten."

Seit über einer Woche war Malik bereits schlecht gelaunt. „Warum will sie nicht nachgeben?", fragte er Bethany, als sie zu den Stallungen gingen.

Sie blieb stehen und blickte zu ihm auf. „Du musst ihr sagen, dass du sie lieb hast. Mommys und Daddys sagen sich das immer. So kriegen sie Babys. Wenn du Mommy nicht liebst, kann ich keine Geschwister kriegen. Willst du das nicht? „

„Natürlich. Aber ob ich sie liebe oder nicht, ist dabei nicht entscheidend."

Sie schüttelte den Kopf. „Du musst Leute lieben, Malik." Sie runzelte die Stirn und erblasste. „Ich hab dich lieb. Hast du mich nicht lieb?"

Er kniete sich vor sie und zog sie an sich. „Bethany, du bist mir sehr wichtig. Das weißt du. Ich genieße unsere gemeinsame Zeit, und ich bin sehr froh, dich in meinem Leben zu haben."

Zum ersten Mal, seit sie sich kannten, stieß sie ihn von sich. Tränen rannen aus ihren Augen, und ihre Lippen zitterten. „Ich dachte, du hast mich lieb. Ich dachte, du wärst anders als mein Daddy, aber du bist genau wie er. Du hast mich auch nicht lieb."

Bevor er sie zurückhalten konnte, lief sie davon. Er hörte sie schluchzen und schickte sich an, ihr zu folgen. Aber was sollte er ihr sagen?

Einige Minuten lang blieb er reglos stehen. Dann stürmte er in den Palast, eilte zum Harem und hämmerte an die goldene Tür, bis seine Großmutter öffnete.

„Es ist nur ein Wort", knurrte er. „Sie sind alle verrückt und erwarten von mir, dass ich von Liebe rede. Ich bin ein Prinz. Ich habe keine Zeit für so was. Du musst mit ihnen reden und die Situation klären."

Nachdenklich musterte Fatima ihn. „Ich nehme an, du sprichst von Liana und Bethany?"

„Ja. Sie hat eingewilligt zu bleiben und mit dem nächsten Atemzug verlangt, dass ich ihr meine Liebe gestehe. Es ist fast eine Woche her, und was ich auch tue, sie will nicht nachgeben. Du musst die Sache regeln."

„Ich muss gar nichts." Sie trat hinaus auf den Flur und schloss die Tür hinter sich. „Weißt du, Malik, lange Zeit habe ich dir Recht gegeben und Liana geraten nachzugeben. Aber jetzt bin ich mir nicht mehr sicher. Ich nehme an, sie hat ihre Gefühle eingestanden."

„Sie hat angedeutet, dass sie mich mag und bereit ist zu bleiben."

„Mag? Hat sie dieses Wort gebraucht?"

„Nein. Sie hat gesagt, dass sie mich liebt."

„Aha. Aber du liebst sie nicht. Ich sehe ein, dass es ein Problem sein könnte."

„Ich habe sie geehrt, indem ich sie zu meiner Frau gemacht habe. Das muss reichen."

Fatima schüttelte den Kopf. „Dein Vater und seine Minister mögen dich zu einem Herrscher erzogen haben, aber in Bezug auf Frauen bist du ein Dummkopf. Gib nach, Malik. Die Dattelpalme, die sich im Wind beugt, lebt weiter und trägt Früchte in der nächsten Saison. Die Dattelpalme, die vor Stolz aufrecht bleibt, bricht und stirbt allein."

„Ich werde niemals nachgeben in diesem Punkt."

Ihre Augen blickten traurig. „Dann tust du mir leid, Malik. Denn du kannst kein großer König sein, solange du kein Erbarmen kennst, und du kannst kein Erbarmen erfahren, ohne vorher die Liebe zu kennen. Liana bedeutet alles, was du je wolltest. Sie bringt dir Frieden und ein wundervolles Kind, das dich für Sonne und Mond in einem hält. Doch du verlierst sie lieber wegen deines Stolzes oder deiner Angst oder vielleicht beidem." Sie wandte sich ab. „Ich kann es nicht für dich regeln. Ich kann dir nur raten zuzugeben, was du bereits in deinem Herzen spürst. Wenn du es nicht tust, wirst du es für den Rest deines Lebens bereuen."

Liana saß auf der Bettkante, als Malik aus der Dusche kam. Sie trug ein seidiges, tief ausgeschnittenes Nachthemd, und allein der Anblick erweckte sein Verlangen.

Er runzelte die Stirn, als sie eine kleine Tablette aus einem Plastikbehälter nahm. War sie krank? Dann dämmerte ihm die Wahrheit. Sie nahm die Pille.

Er betrat das Zimmer. „Ich dachte, wir wollten eine Familie gründen."

Sie schluckte die Pille und blickte ihn an. Ihre Augen wirkten unsagbar traurig. „Sei realistisch, Malik. Es wird keine Kinder geben."

„Wir haben doch darüber gesprochen", sagte er leise. „Du hast zugestimmt."

„Ich habe vielem zugestimmt, dem ich nicht hätte zustimmen sollen." Tränen traten in ihre Augen, aber sie hob das Kinn und blinzelte sie fort. „Es war falsch zu sagen, dass ich bei dir bleibe, denn ich kann nicht. Bethany und ich reisen ab."

Er konnte nicht sprechen, er konnte nicht atmen.

„Ich habe durch meine erste Ehe viel gelernt. Die wichtigste Erkenntnis ist, dass ich mich als gleichberechtigter Partner fühlen muss. Da du eines Tages König wirst, werden wir nie gleichberechtigt entscheiden können, wie wir zu leben haben. Umso wichtiger ist es, dass es in unserer privaten Beziehung Geben und Nehmen gibt. Es darf nicht einseitig sein."

Panik stieg in ihm auf. Er musste einen Weg finden, sie zum Bleiben zu bewegen. „Willst du wieder unterrichten? Ich könnte es zulassen. Oder du kannst zur Universität gehen oder im Palast arbeiten. Du bist hier keine Gefangene."

Sie wischte eine einsame Träne fort. „Du begreifst immer noch nicht, Malik. Ich brauche dich nicht, um mir etwas zu erlauben. Ich brauche von dir, dass du mich und meine Tochter liebst."

Sie stand auf und trat zu ihm. „Ich hätte es riskiert, wenn es nur um mich ginge. Ich liebe dich und wäre bereit zu bleiben. Aber ich bin nicht die Einzige, die ihr Herz an dich verloren hat. Als Erwachsene kann ich es darauf ankommen lassen, ob du deine Ansicht änderst und deine Gefühle eingestehst. Als Mutter kann ich nicht zulassen, dass du meiner Tochter weiterhin wehtust. Seit sie weiß, dass du sie nicht lieb hast, hat sie sogar die Freude am Reiten verloren. Sie isst kaum und schläft schlecht. Du hast sie vernichtet, Malik. Sie denkt, dass du genau wie Chuck bist. Dass du ihr Versprechungen machst, die du nicht halten wirst. Es ist paradox. Ich bin um die halbe Welt gereist, um einen Mann zu finden, der meinem Exmann so ähnlich ist."

„Ich bin nicht wie er", knurrte er gekränkt. „Ich habe jedes Versprechen gehalten, das ich deiner Tochter gegeben habe."

„Aber du willst ihr nicht sagen, dass du sie lieb hast, und das war ein impliziertes Versprechen. Ich hatte gehofft, dass du dich an deine Kindheit erinnern und jene Gefühle auf sie übertragen könntest. Wie zum Beispiel, als du dir den Arm gebrochen hast und von einem der Minister als Heulsuse bezeichnet wurdest."

Die Erinnerung drohte, aber er verdrängte sie. „So etwas würde ich ihr nie antun."

„Ich weiß, aber sie braucht mehr als eine verantwortungsvolle Erziehung. Sie braucht Liebe. Wie die Dinge jetzt liegen, könnte ich ein Kindermädchen anheuern, das deinen Platz bei ihr einnimmt."

Er trat einen Schritt auf sie zu. „Wie kannst du es wagen, mich derart zu beleidigen?"

„Wie kannst du es wagen, meinem Kind wehzutun? Ich hätte dir alles verziehen. Ich hätte gewartet. Aber an dem Tag, an dem du sie zum Weinen gebracht hast, habe ich erkannt, dass wir weggehen müssen."

Vor ihm schien sich ein bodenloser Abgrund aufzutun, aber er ignorierte die kalte Angst, die ihm über den Rücken kroch. Er wandte sich ab. „Geh, wenn du musst. Mir ist es gleich."

„Ich weiß", flüsterte sie. „Darum geht es ja."

Malik stand auf dem Dachgarten des Palastes und beobachtete, wie sich die schwarze Limousine entfernte. Der Garten sah anders aus als beim letzten Mal, als er ihn gesehen hatte. Vermutlich wegen Liana. Er hatte gehört, dass sie viel Zeit dort oben verbracht hatte.

Der Wagen verschwand um eine Kurve. Liana war fort, und er konnte sie nicht zurückholen. Ein einziger Anruf hätte genügt, um zu verhindern, dass sie das Land verließ. Aber wozu? Sie hatte deutlich zum Ausdruck gebracht, dass sie nicht länger bleiben wollte, und er konnte es ihr nicht verdenken. Eine schwere Last senkte sich auf ihn. Erneut hatte er sein Volk im Stich gelassen. Die Nachricht von der Abreise seiner Frau würde sich schnell verbreiten, und jeder würde erfahren, dass er erneut versagt hatte.

„Da bist du ja, mein Sohn."

Malik drehte sich um und sah seinen Vater kommen.

„Liana ist fort", verkündete Givon unnötigerweise. „Die Frauen sind in heller Aufregung. Fatima tobt, und ich verdächtige Dora und Heather der Verschwörung. Jamal und Khalil sind besorgt, dass ihre Frauen sie nicht in Frieden lassen werden, solange diese Angelegenheit nicht aus der Welt geschafft ist."

„Mit der Zeit werden sie es verwinden."

„Vielleicht. Aber die Vorwürfe richten sich nicht alle gegen dich. Einige der schärfsten Spitzen zielen direkt auf mich ab."

Überrascht musterte Malik seinen Vater, der sich trotz seiner fast sechzig Jahre bester Gesundheit erfreute und durchaus noch zwanzig Jahre hätte regieren können. Doch das war nicht seine Absicht. Sobald Malik sein Privatleben geregelt hatte, sollte er den Thorn besteigen, solange er noch jung war. So wurde es in El Bahar seit tausend Jahren gehandhabt.

„Warum sind sie böse auf dich?"

Der König zuckte die Achseln und lehnte sich an die Brüstung. „Erinnerst du dich noch gut an deine Mutter?"

Die Frage überraschte Malik. „Sie starb, als ich acht war, also müsste ich mich erinnern. Aber nach meinem vierten Lebensjahr habe ich sie kaum gesehen, also erinnere ich mich eigentlich nicht."

„Sie war eine wundervolle Frau. Schön, intelligent, liebevoll.

Ihr größter, vielleicht ihr einziger Fehler war, dass sie mich anbetete und mir nichts verweigerte. Nicht einmal meinen ältesten Sohn, als ich ihn ihr fortnahm." Der König seufzte. „Wir haben viele wundervolle Sitten in unserem Land, aber es ist falsch, den Kronprinzen von seiner Mutter und seinen Geschwistern zu entfernen. Ich hasste es, als ich betroffen war, doch ich tat es auch dir an. Es tut mir leid, dass ich die alten Traditionen nicht geändert habe, aber für deinen Sohn ist es nicht zu spät."

Malik zog eine Grimasse. „Ich bezweifle, dass ich einen haben werde."

„Weil Liana fort ist?"

„Ja."

„Du könntest wieder heiraten. Ich kann es arrangieren."

„Das ist nicht wichtig." Malik starrte in die Ferne. Hatte sie den Flughafen bereits erreicht?

„Ist es denn wichtig, dass ich stolz auf dich bin und glaube, dass du als einer der größten Herrscher unseres Landes in die Geschichte eingehen wirst? Dass ich mich oft gefragt habe, wie ich einen solchen Erben verdient habe? Ich sorge mich nicht um das Volk oder das Land. Du wirst immer das Richtige tun. Aber ich sorge mich um dein Herz, mein Sohn. Ich habe dich immer geliebt und es dir nie gesagt."

Malik wagte nicht, seinen Vater anzusehen. Er fühlte sich sehr seltsam. Seine Brust war wie zugeschnürt, und dennoch fühlte er sich, als wäre eine schwere Last von ihm genommen worden. Er schluckte. „Danke, Vater."

Eine starke Hand senkte sich auf seine Schulter. „Ich habe deine Mutter auch geliebt. Sie zu lieben, hat mich stark gemacht, wie es dich stark machen wird, Liana zu lieben. Liebe ist es, die uns in schweren Zeiten zusammenhält. Sie heilt uns und gibt uns Mut. Ich wäre für sie durch das Höllenfeuer gegangen, wenn sie mich darum gebeten hätte, und ich habe es nie bereut, sie zu lieben."

Malik drehte sich zu ihm um. „Hast du deswegen nie wieder geheiratet?“

Givon nickte. „Ich hatte Gefährtinnen, aber ich konnte mir nicht vorstellen, mir eine andere Ehefrau zu nehmen. Denn mein Herz war unwiderruflich vergeben. Ich vermute, du hättest dasselbe Problem, wenn du wieder heiraten würdest. Ich hatte keine Wahl in Bezug auf den Verlust der geliebten Frau. Aber du hast es, Malik. Beuge dich und sag die Wahrheit. Dann wirst du ungeahnte Stärke und Seelenfrieden finden.“

„Ich will nicht weg von hier“, sagte Bethany mit tränenüberströmten Wangen. „Ich will hier bleiben.“

„Es wird alles gut“, versprach Liana, während sie ihr tröstend über das Haar strich. Vom Verstand her wusste sie, dass die Abreise für alle Beteiligten das Beste war. Doch gefühlsmäßig sah es anders aus.

Auch ihr stiegen Tränen in die Augen, als sich das Flugzeug langsam vom Gate entfernte. Sie konnte sich ein Leben ohne Malik nicht mehr vorstellen. Wie lange würde es dauern, ihn zu vergessen? Sie fürchtete, dass sie ihn ewig lieben und in Erinnerung an ihn alt werden würde.

Bethany blickte zu ihr auf. „Vielleicht hätte er gelernt, uns lieb zu haben. Können wir ihm nicht noch eine Chance geben?“

„Ich wünschte, wir könnten. Aber manche Leute ändern sich nie. Er hat dir wehgetan, und ich will nicht, dass es wieder passiert.“

„Es geht mir schon viel besser. Bitte, Mommy. Nur noch eine Chance?“

„Es wird alles einfacher, wenn wir wieder zu Hause sind. Du wirst schon sehen.“

„Mommy, guck mal!“ Bethany deutete zum Fenster.

Liana blickte hinaus und blinzelte. Aus der Ferne näherte sich eine Gruppe Männer auf Pferden. Staub hüllte sie ein, bis sie das asphaltierte Rollfeld erreichten.

Das Flugzeug hielt mit einem Ruck. „Meine Damen und Herren, hier spricht Ihr Kapitän. Der Start wird sich um ein paar Minuten verzögern …"

Die Stimme ertönte weiter über Lautsprecher, aber Liana hörte nicht zu. Trotz der Roben und der Kopfbedeckung erkannte sie den Mann auf dem Leithengst. Weitere Tränen flossen, doch es waren Freudentränen.

„Er lässt uns nicht gehen!", rief Bethany entzückt. Sie öffnete ihren Sicherheitsgurt. „Beeil dich, Mommy!"

Mit einem verlegenen Lächeln zu den verblüfften Passagieren ringsumher schlüpfte Liana mit Bethany in den Gang und ging zur Tür.

„Sie müssen zu Ihren Plätzen zurückkehren", ordnete eine Stewardess in strengem Ton an.

Liana sagte nichts. Sie zog Bethany einfach an der Frau vorbei. Bevor sie die Tür erreichten, betrat ein großer, gut aussehender Mann das Flugzeug. Seine harte Miene wurde sanft, als sein Blick ihrem begegnete.

„Ich kann euch nicht gehen lassen", sagte er und wandte sich dann an Bethany. Er hockte sich vor sie und breitete die Arme aus. Mit einem Aufschrei warf sie sich an seine Brust und klammerte sich an seinen Nacken. „Es tut mir leid", sagte er leise. „Es war Unrecht von mir, dir wehzutun, und ich verspreche, dass ich mein Bestes tun werde, damit es nicht wieder vorkommt. Natürlich habe ich dich lieb. Du bist die Tochter meines Herzens und wirst es immer bleiben."

„Bist du jetzt mein Daddy?", hakte sie nach.

Fragend blickte er Liana an. Als sie nickte, bestätigte er: „Ja. Wenn du es möchtest."

„Ich hab dich lieb, Daddy."

Er schloss flüchtig die Augen und drückte sie an sich. „Ich hab dich auch lieb, Tochter." Dann stand er auf und griff nach dem Mikrofon. „Meine Damen und Herren, ich entschuldige mich für die Verzögerung. In Kürze werden Sie starten." Er hängte das Mikrofon wieder an seinen Platz und wandte sich an Liana. „Du hast mich verlassen, weil du dachtest, dass ich deine Tochter nicht lieb habe. Du hast gesagt, dass du mir eine Chance geben würdest, wenn du dich nicht um sie sorgen müsstest."

„Das stimmt."

„Also wirst du jetzt bleiben?"

„Wenn es dein Wunsch ist."

„Ich bin Malik Khan, der Kronprinz von El Bahar. Als meine Ehefrau ist dein Platz an meiner Seite, in meinem Land und bei meinem Volk." Er reichte ihr die Hand. „Bleib, weil dir mein Herz gehört. Bleib, weil ich dich brauche. Bleib, weil ich dich liebe und für alle Ewigkeit lieben werde."

Liana warf sich in seine Arme. „Ich liebe dich", flüsterte sie, als die Passagiere spontan applaudierten. „Und ich werde für immer bei dir bleiben. In deinem Land, bei deinem Volk."

Sanft küsste Malik sie. Der letzte Eiskristall an seinem Herzen schmolz dahin. Endlich hatte er gefunden, wonach er sein Leben lang gesucht hatte. Als er sich seine Liebe zu Liana und Bethany eingestand, spürte er Frieden und Stärke in sich aufsteigen.

Jahre später sollte Bethany Khan ihrem Enkelkind von jenem Tag im Flugzeug erzählen, als ein künftiger König ihr Vater geworden war und seine große Liebe zu ihrer Mutter den Anfang einer Dynastie gebildet hatte, die für tausend Jahre regieren sollte. Aber das ist eine ganz andere Geschichte.

– ENDE –

Susan Mallery
Suche: Köchin
Biete: Liebe
Band-Nr. 95005
7,95 € (D)
ISBN: 978-3-89941-369-4
400 Seiten

Susan Mallery
Habe Mutter, brauche Vater
Band-Nr. 25268
7,95 € (D)
ISBN: 978-3-89941-436-3
400 Seiten

Susan Mallery
Kenne alle, will nur eine
Band-Nr. 25306
7,95 € (D)
ISBN: 978-3-89941-494-3
320 Seiten

Susan Mallery
Tausche mich, nehme dich
Band-Nr. 25348
7,95 € (D)
ISBN: 978-3-89941-566-7
368 Seiten

Deutsche Erstveröffent-lichung

Carly Phillips
Fang schon mal
ohne mich an!
Band-Nr. 25384
8,95 € (D)
ISBN: 978-3-89941-621-3
336 Seiten

3 Romane in einem Band

Pia Engström
Mittsommerträume
Band-Nr. 25380
8,95 € (D)
ISBN: 978-3-89941-617-6
464 Seiten

Sommer Edition
3 Romane in einem Band

Lori Foster
sexy^3
Band-Nr. 25383
8,95 € (D)
ISBN: 978-3-89941-620-6
480 Seiten

2 Romane in einem Band

Nora Roberts
Ungezähmte Herzen
Band-Nr. 25382
8,95 € (D)
ISBN: 978-3-89941-619-0
368 Seiten